文化符號學

龔鵬程著

臺灣學生書局印行

再版序

國內治符號學者，蓋甚寥寥。近年論者漸夥，然鸚鵡學舌，妙諦無多。本書在其中，性質便顯得比較特殊。衍吾國「名學」之緒，探傳統文化之賾。昔年曾以此自喜，以為生面別開。如今八年以還，學界於此，苦乏賞音，亦未聞有嗣響者，令我振衣高崗，頗有不勝孤寒之感。不料如此默默地便將書售完了。三十餘萬字的書，有這麼多人買了去看，賞音豈可謂少？這又頗令我驚異台灣學術的生機畢竟是不可小覷的。

這本書，如我在原版自序中說的，旨在說明中國語文與中國歷史文化發展的內在聯繫，故由對文字符號的解析，指向文化傳統，進行文學與文化批評。一方面建構一個新的符號學規模，一方面則以此符號學來展開我對中國「文字—文學—文化」一體性結構的總體解釋。所以原分為三卷：一論文字、文學與文人；二論以文字為中心的文化表現，如史學、哲學、宗教等；三論中國這個文字化的社會及其變遷。

在這個脈絡中談符號，符號當然不會是孤立的。對語言文字符號本身形義音聲及組織結構的討論較少，而重在說明這套符號系統如何在社會文化中起作用，這個社會何以有此符號，此符號又如何建構這個社會。當代談歷史、社會、文化者，多不嫻文字名言訓詁之學，論哲學者又不諳具體社會情狀，因此我這類說明其實是不可少的。

寫這本書時，我還在陸委會供職。如今，世事流轉，我業已由陸委會而南華大學，而

再補。

以後若讀者還有興趣再看，我再繼續增補之。囊底之智未竭，這個論題也談不完，所以儘可佛光大學」書，也已再版了。歲月既增，書當然也該有些增訂。原書三卷，現在補了一卷。

現在這一卷，是談文化的符號與意義。第一章論文字與語言兩種文化符號，牽連及於文學與歷史、虛構與眞實、傳記與小說間關係的再思。第二章，論漢語文化學發展的經過，謅了一首七律做爲回目，敘述語文學從歷史面到社會面再到文化面的發展情形，並附評議。此種文字，成如容易卻艱辛，未可爲不知者道。第三章，是第二章的一個補充，談台灣語言美學的探索，並以我自己的研究爲例，做一分析。舊編有《台灣美學的發展》，較偏於生命美學一路的說明，本篇也可視爲該書之補論。第四章沿續第三章，從語言層面進而探討意義的問題，順便清理一下近代方法學史，故由戴震談起，論如何才能因言以明道。欲從學者勿執泥於筌蹄而迻徑亡羊也。書不盡言，聊爲以此示意，知者鑒之。

民國八十九年九月十五日記於佛光大學

自序

這部書稿，旨在觀察中國的文學與社會文化，且每篇文章都使用著由語言文字符號去了解文化的方法。全書也旨在指出：構成中國文化的整個社會生活領域，事實上都處在中國文字符號系統的組織和制約中。因此，友人蔡英俊建議我將此書命名爲「文化符號學」。

我知道他擬想此名稱時，是從近代西方學術發展史上得到靈感的。因爲這種文化符號學的方法，一般以爲肇端於維柯的《新科學》。

維柯認爲：人類認識中所謂的眞實，其實是他通過自己的觀念和語言所構造的一種眞實。故古人之神話，乃以隱喻之方式去描述其所知見之世界。這些神話不應看成是古人荒唐無稽或原始落後的徵象，而應視爲古人運用隱喻思維（或稱詩性思維）所建立之符號系統。此說不僅指出了研究神話的方法，更動搖了我們對語文的一般見解。一般人總把語言文字視如斧頭鉗子般的工具。但維柯以後的語言哲學，卻覺得語文不只是工具。人必須透過語文方能論述這個世界；不同的語文傳統，所理解和敘述的世界即不相同。因此，語文提供了人類認知與解釋世界的基本範疇，也影響到人類所有的思維與文化表現。我們所身處的世界，乃是我們自己運用語文構成的世界。故只有深入解釋語文，方能解釋社會。這種新的見解，影響深遠，在近代西方學術發展史上，早已非一家一派之私見，而是一種廣泛的學術傾向了。所以語言研究，不僅爲當代諸多哲學課題之一，它已成爲哲學的基礎、方法，並具有近乎傳統哲學中形上學的地位了。

我的研究，在方法和趨向上，與上述西方近代學術之發展有並駕對觀的意味，故將本書名爲文化符號學，甚爲恰當。但我之爲此，有特殊的感懷，手眼心力，頗不同於西洋符號學的傳統，似應再予說明。

案，符號學，旨在討論人類運用符號之方法與過程、符號的性質及其指涉等問題。舉凡語言、文字、聾啞者之手式、電報、旗語、音樂、宗教儀式、祭典、服飾、親屬系聯……等符號系統，皆在其討論項目之列。或稱爲記號學、或名曰形名學。由於人類所使用的符號系統，以「語言」最複雜、最完整，故符號學的研究，實以語言學爲根本基石。透過對語言的研究，形成一些基本觀念，再推拓及於其他符號系統，逐步建立一個討論一般符號的理論體系，用以分析人類各種符號之構成與運作。

這種學問，若放在中國的學術脈絡中說，則當稱爲「名學」。正名，雖然是先秦諸子共同的主張；建構成爲一門學問，專門探討名的性質、指涉及使用狀況，則有名家一派學者專門致力於此。名家對名的辨析，後來因太過繁瑣而遭到攻擊，謂其「碎義逃難，致遠恐泥」，故漸趨式微。到了清朝末年，學人身當時世之變，遂扇揚古風、會通西法，名學之義，乃復炳炳烺烺焉。然而揆測其論述之途，蓋有三類：

第一種路向，是依西洋的文法語法之學來重建名學。亦即把名學視爲建立語言規則系統的學問。代表著作是馬建忠的《馬氏文通》。循著這個路向，近代的中國語言學、語法研究，於焉展開。與西方自索緒爾以下之語言學傳統也能直接聯結起來。專門名家，如黎錦熙、陳望道、王力、許世瑛、張世祿、周法高……等，著作宏富，已建立了不可動搖的學科新傳統。

第二種路向，是依西洋哲學與邏輯研究之規模，來重建名學。亦即把名學視爲主智的邏輯的心靈表現，認爲墨家之墨辯，名家之惠施、公孫龍、鄧析，皆具有「純理論的興趣」（馮友蘭語），乃「一系相承之邏輯心靈之發展」（牟宗三語），試圖用歐西邏輯語式，來重新詮解名墨舊文。代表人物是胡適、牟宗三等。循著這個路向，近代講中國哲學史者，亦能與西洋哲學在近代重視語言研究的發展相關聯起來。

第三種路向，是對中國傳統文字訓詁之學的發揚與重構。如劉師培、章太炎諸氏之論正名，皆紹承清儒詁經之學，兼採西洋語言學知識，予以系統化條理化。但這條途向，後來又分化爲兩路，一是重回清代訓詁小學的格局，另一路則匯入依西方語言學語法研究而構建的語言學陣營中去了。

這些途向，甚爲不同，各路向內部亦有嚴重之分歧，不同路數間彼此更是互相攻許。我入大學時，所讀淡江大學中文系，是許世瑛先生創辦的。許先生無疑爲第一種路向在台灣之代表人，系中師友濡染宗風，從事語法研究者甚多。後負笈師大國文研究所，林尹、高明諸先生，師承章太炎一派，以訓詁小學爲主，耳目心力所及，端在《說文》與《廣韻》。此近代名學發展之第三種途徑，而退返於清儒故墟者也。故彼時林先生等，皆頗以能紹清儒箕裘自矜，自謂爲俞樾、孫詒讓、章太炎、黃侃之嫡傳。當時台大及中央研究院史語所諸先生亦好言語言研究，然自董同龢以降，取徑皆與師大一派不同。偶相談論，輒爲双方之刺悖不相入所驚。而世之治哲學者，又對中文系之硜硜然於文字語言，頗有微辭。新儒家如牟宗三等，尤其鄙視師大的小學傳統。我與新儒家一派過從論學，本極熟稔。對於兩派的衝突，感觸當然也很深。而當時却又有不滿於新儒家者，頗採摭邏輯實證論之話頭，自謂沿續殷海光之教，以台大哲學系爲主。双方腹誹面諍，亦頗嚴重。其時我尚未能辨章學術之源流，遂以爲此乃人事恩怨、派系糾紛使然。至今則逐漸明白這可能恰好顯示了近代名學的幾種不同發展。

而且這幾種發展之所以互相譏詆，彼此不協，固由路線不同所致，實亦肇因於它們自身皆存在著甚多疑難。

例如依西洋文法語法研究而建立的語言學，事實上已使漢語語法的詞、詞類、句子、主語、賓語等基本範疇，歷經幾十年論爭仍無法獲得合理的解釋。正如張世祿〈關於漢語的語法體系問題〉一文所說：「漢語語法學的建立，從開始到現在，已經快要一個世紀了。在這八九十年中間，研究和學習漢語語法的，幾乎全部抄襲西洋語法學的理論，或者以西洋語言的語法體系做基礎來建立漢語的語法體系」，以致在詞類、結構形式、句子類型這三方面的洋框框，「好像是三條繩索，捆著本世紀的漢語語法學，使它向著複雜畸型的方面發展」（一九八〇・復旦大學學報）。

所謂走入畸型複雜的死衚衕，乃是指此種研究根本無法處理漢語的特殊語言現象，也無法通過這樣的研究，建立一個語言學理論的規模。而且，在西方，語法研究，向來可以直接關聯於其形式邏輯之傳統，因此，語言學可以跟哲學研究、文學批評密切聯結起來，成爲哲學解析和文學評論的基本方法，我們的語法分析却僅僅是語言學中之一支，完全無法延伸到邏輯思維的討論上去，與文學研究亦無甚關係。

另一路語言學的發展，如章太炎所代表者，主要是傳統聲韻文字訓詁之學的發揚，故其病不如前述之甚，但他們對西學也非無所因仍參考。像章太炎的「小學」，特點正在於對聲音的强調。他批判古代的小學「專引筆畫，繳繞文字」「刻削字形，不求聲音」。所以他要「作《文始》以明語原，述《新方言》以一萌俗」。換言之，他扭轉了傳統以文字爲中心的小學（所謂「保氏敎國子以六書」），從語言上去掌握文字。例如由語言之緣起，說明「同一聲類之字，其義往往相似」；謂轉注之「建類一首，同意相受」，類指聲類，首指語基；並由聲之轉變，來解釋何謂轉注、何謂假借、何謂遞衍等等，皆與漢宋明清人言小學者大異其趣。他講聲類、講語基、講聲首，試繙其《國故論衡》上卷小學十篇（小學略說、成韻圖、一字重音說、古今音損益說、古音娘日二紐歸泥說、古双聲說、語言緣起說、轉注假借說、理惑論、正言論），便知其所謂小學，乃是語音爲樞紐的。是通過對語言變遷的了解，來掌握文字孳乳發展的脈絡。此非通達西方語言學，絕不能有此觀念，亦不能有此術語。黃侃作〈國故論衡贊〉云：「侃以頑質，獲侍君子，嘗聞文字之本，肇於語言，形體保神，聲韻是則。曉微撝約，獨能尋理。若夫探賾索隱，妙達神指：聲有對轉，故重文孳多；言無定型，而轉注斯起。其猶二君所未逮乎！」正指此而言。

但反傳統者往往因爲必須自附於傳統，故可能以新觀點去錯釋傳統，而又因他們自稱是傳統之發展，遂使後學者忘記了他們本來是反傳統的，反而以保衛傳統的方式來紹述他們。

如章太炎《文始·略例·庚》謂宋朝王聖美之右文說，是「字從某聲，便得某意」。劉師培〈字義起於字音說〉更推溯於晉朝，云：「字義起於字音，楊泉〈物理論〉述取字，已著其端」。其實，據《藝文類聚》人部引楊泉之說，乃「在金曰堅，在草木曰緊，在人曰賢」，是就會意之關係說，而非由聲音論字義起於音。王聖美的右文說，更與字音無涉，沈括《筆談》卷十四謂：「王聖美治字學，演其義以爲右文。古之字書，皆從左文，凡字，其類在左，其義在右，如木類，其左皆從木。所謂右文者，如戔，小也。水之小者曰淺、金之小者曰錢、歹而小者曰殘、見之小者曰賤，如此之類，皆以戔爲義也」，故所謂右文，是說字義往往可以從字的右偏旁得知，根本不曾談到什麼「字從某聲，便得某義」。章太炎劉師培自己主張因聲求義、主張因聲言之變以考文字之孳乳，遂不免錯迹宗祊，推源於古人。否則豈能將古代以會意爲主的文字學，扭轉成以形聲爲主的文字學？所以這是總體文字學觀念的轉變以及方法的更新。固然盡章劉之術，未必便眞能如章氏所期許的那樣，「衡論國故、平章王教」，然而學者循其塗向，自可生面別開，另樹新幟。無奈繼承者墨守師說，竟眞以爲章劉所說即是清儒詁經之法、即是清人小學之故轍，嫡傳正宗，莫可移易。於是一種生猛有力的語言文字學之革新運動，漸漸地竟退返於《說文》的條例分析、以及聲紐新變之爭論之中，看不出具有什麼革命性意義。而章太炎當時以發揚古代名學爲職志的豪語：「小學者，國故之本，王教之端」，亦寖假而墮落成一工具性的入門學科、或獨立分析文字音義而與其他學問渺不相干之術。

講中國哲學史的先生們，對此學風，夙致不滿。然以宋明理學來反對那些標榜漢學清學者，實亦爲其表象所誤，且夾纏於漢宋之爭的歷史陰霾中，未能得其緫理。將名家之學，類比於邏輯問題，更是大錯。故其論述墨辨名學之結果，並未如近代西洋哲學那樣，將語言分析提升到一個方法學的層次；也未能理解到名學在中國學術文化中的地位。他們只是發潛德之幽光，表述了一些衆所遺忘的名家墨家舊論題，並用一個理論（如牟宗三的「兩層存有論」）

來安置它們和宋明理學的關係而已。

這三種途向都未必能爲中國名學打開一條生路，我自己的研究也不從此處問津。我是從文學批評的角度來處理這一問題的。

文學批評本來就要討論到語文表現諸問題，早期王力《漢語詩律學》即對中國文學中的聲律問題頗有析釋。影響所及，在台如王忠林《中國文學之聲律研究》、邱燮友〈唐詩中使用和送聲現象〉之類論著，亦沈沈夥頤。除了這些文學聲律的研究之外，有些人透過修辭學，來討論文學作品中的字句安排，如黃永武《中國詩學》，剖析詩中的倒裝、實字、虛字、矛盾語法……等。有些則參酌西洋語法分析之技，撰爲專文，如高友工、梅祖麟〈唐詩的語法、用字與意象〉、梅祖麟〈文法與詩中的模稜〉、李文彬〈變換律語法理論與文學研究〉等。顏元叔運用形式主義結構分析，講張力、反諷、字質，亦近於這一路。還有一些，則不從這些細碎局部的地方去談作品的文字技巧，而是從語言運用的整體性質上去討論文學，如王夢鷗《文學概論》《文藝美學》，即以「語言美學」的角度，認定文學就是語言的藝術；直述、譬喻和繼起意象，就是賦比興。

凡此皆可視爲名學在文學批評上的表現，但亦不妨縱貫化，視爲我個人的學思歷程。也就是說，在近二十年間，我亦嘗問塗於上述諸端。先熟稔傳統之詩詞曲律學，進而能以修辭學觀點去討論作品的文字構成，以窺作者鍊字鑄句之匠心所在。再進而參酌西方的新批評、形式主義、結構主義、敍事理論和當代漢語語言學，嘗試對中國文學有所解說，並企圖建立一個新的語言美學架構。步步運思，甘苦備嘗。

這樣的學思過程，使我在處理中國文學批評史時，特別注意到抒情主體之外的文學語文表現諸問題。文體的規範與流變、文法的講究與發展、以及主體性情和文辭之間的辯證關係，皆曾耗我不少筆墨。凡所申議，具詳於《文學批評的視野》《文化文學與美學》等書。而在說明文學原理的拙著《文學散步》中，也想從語言構成方面來闡述文學的特質，並區分「意義形式」和「結構形式」，以解決長久以來的文學內容和形式之爭，建立一套新的文學美學。體系初具，綱維略張，差可以成一家之言矣。然而語文的研究似不應止於此。由語文意義的理解面看，涉及了詮釋與理解的問題；由語文做爲一基本文化傳承中介者看，語文之使用與發展，本身便是一個重要的文化問題。因此，通貫語文與文化之研究，乃是我不能規避的方向。

針對這些問題，我一方面創辦《國文天地》月刊，討論語文與社會文化之關聯，一方面深入歷代文化史的研究。我的目的，是想說明中國語文與中國歷史文化發展的內在聯繫。只有把這層關聯弄清楚了，我們才能明白中國文化之特質，以及中國文學藝術發展的原理。

到這個時候，我便發現原先依西方近代語言學符號學而說「語言構成」等等，是大成問題的。因爲在我國，文字可能比語言更值得注意。中國之所謂名學，固然兼指文與言，然主要是指文字。故《論語・子路篇》：「必也正名乎」鄭《注》就說是：「謂正書字。古者曰名，今者曰字」，《儀禮・聘禮》的《疏》也說：「名者，即今之文字也」。所以現在若要談符號學，首先就必須注意近代西方符號學的語言學屬性，並予以扭轉。

在此，我擬岔開去，先介紹德希達（Jacques Derrida）的一篇訪談紀錄。那是他與克里斯特娃的對話：〈符號學與文字學〉。最初發表在一九六八年六月的《社會科學通訊》，中譯則刊於一九九二年一期《哲學譯叢》（中國社科院哲學所編，余碧平譯）。在該文中，德希達認爲：自索緒爾以降，皆將語言學當成符號學的一般模式。這種做法，顯露了西方傳統的語詞中心主義和語音中心主義態度，所以才會把文字視爲語言的拙劣表現者。對這種態度，德希達甚不以爲然。故主張以文字做爲符號學最一般的概念，謂「這一概念的優點，就是在原則上中和符號的語言學傾向」，並可注意到「超出西方界限之外的文字之歷史和系統」。顯然，他是想用文字學來替代符號學，或替符號學重新界定意義與方法。因爲唯有如此，他覺得才有可能打破「在場／不在場」「主體／對象」等所有西方傳統形上學的概念區分，超越一切以語詞爲中心所構成的封閉狀態，扭轉從柏拉圖到黑格爾的傳統。

德希達的想法與做法，我以爲它跟我有某種類似性。我當然不必如他那樣，力圖解構西方傳統，可是我注目於中國文化社會這個「超出西方界限之外的文字之歷史與系統」，自然就會以文字做爲符號學最一般的概念。而且，我亦將如其解構理論，由文字符號指向文化傳統層面，進行文學與文化批評。亦即由文字，進而通貫文學與文化，一方面重構一個新的符號學規模，一方面則以此符號學來展開我對中國「文字、文學、文化」一體性結構的總體解釋。

因此，在本書中，我從文字的考察開始，分爲三卷。上卷論文字、文學與文人：

中國文人傳統之形成：論作者

中國文學藝術發展的結構：說「文」解「字」

文字藝術中的辯證：由張懷瓘書論觀察

本卷先論我國文人傳統的形成、文學創作者的出現、以及文學批評的基本路向。再論文學與諸藝術間分合起伏之發展歷程，說明我國各種藝術如何文字化與文學化。而文字藝術

(書法)本身，卻也存在著究竟要不要脫離文字而獨立發展其線條藝術的疑難，最後則以一種辯證的方式處理之。前兩部份，以理論綜述爲主，後一部份係以唐朝張懷瓘的書法理論爲例，即事言理。

第二卷則以文字爲中心，觀察我國哲學、宗教等各方面的文化表現：

哲學文字學——中國哲學之主要方法與基本型態

有字天書——中國宗教（道教）的性質與方法

文史通義——中國史學對歷史寫作活動的思考

在哲學方面，我認爲中國的思考，係以字爲單位；解釋文字，乃我國哲學的主要方法與基本型態。而這一點，卻與西方大異其趣。西洋哲學，是以分析句子爲主的。例如從前馬克斯曾經批評黑格爾：「黑格爾講『可是主觀性只是作爲主體才眞正存在，人格只是作爲人才存在』。這也是神秘化。主觀性是主體的規定，人格是人的規定。而黑格爾不把主觀性和人格看成主體的謂語，反而把這些謂語弄成某種獨立的東西，然後神秘地把這些謂語變成謂語的主體」(《馬克斯恩格斯全集》·第一卷)。在這兒，顯然他就是想從主謂語構的句子分析來談問題。

這個例子，說明了西方思想家在要澄清觀念時，常會採用「重新分析句子」的辦法。把句子弄清楚，事實上也就把哲學問題解決了。近代語言分析哲學所强調的：「沒有哲學問題，只有語言問題」，即徹底揭露了這個意義與奧秘。當然不是所有人都贊成分析哲學或邏輯經驗論，然而，分析語句仍可視爲彼此共通的方法運作。

這些分析，正如斯特勞在《哲學中的變革》第七章〈構造與分析〉一文中所指出的，甚爲分歧：「是要分析出它們是直陳式還是斷言式的句子嗎？還是要分析出這些句子所表達的思想或其陳述？」但不管如何，似乎分析的對象主要是命題，「一個句子，作爲一類屬於相同論題之句子的代表·據說可以通過另一個句子的構成而得到說明」。這在中國便否。例如王陽明論格物致知，他絕不會把格物致知視爲一命題，且以分析句子的辦法來說明其涵義。他只會解釋：「何謂格物？格者，正也」。這就是說文解字、深察名號的方法了。

對文字進行深入的省察，以明白萬事萬物的道理，既爲中國哲學之基本型態與方法，中國人當然就相信文字與眞理是相關的。文字可以見道、道即在文字或道與文字相關聯，這是所有文學家都深信不疑的，但最深刻極至的表現，則在宗教。中國人特有的道教，事實上正是一種文字教。相傳古代醫術，有所謂「祝由科」者，云係黃帝所傳，故稱爲軒轅黃帝祝由科。乃黃帝仰觀俯察，利用文字、造爲秘字符章，「以尙字爲將、食字爲兵，各作爲先鋒，以作治病驅邪之用」（《黃帝碑記醫學祝由十三科·序》）。蓋即禱祝病由，以符治病者也。其法出於天師道，相傳迄今。這是道教符字妙用之一端，也最能顯示我們對文字神奇力量的信仰。與道教靈寶派所謂「無文不生，無文不度，無文不成，無文不立，無文不明，無文不光」相似，文字被視爲一切生成變化的樞紐與力量。故書寫文章，可以同時是一種文學活動，也是宗教行爲。

文學書寫活動不但關聯於道，關聯於宇宙秩序與終極眞理，也關聯著歷史的開展。《王闓運年譜》卷二中有段記載很有意思，他認爲：「古今學術，約有三塗：一曰儒林、二曰文苑、三曰道學」，但「文苑之中復分三等，長記述者謂之良史。精論說者謂之諸子。工詞賦者謂之才人」。史著與論說並不被認爲不屬於文苑，這正是中國傳統的觀念。這裡最重要的關鍵即在於：中國史學主要是對歷史寫作活動的表現與思考，因此它與文學本質上是一致的。章實齋撰《文史通義》，欲依此特性，建構一套文史學的規模，最能揭明這個奧秘。因此我在這兒即以該書爲例，試由重新了解實齋文史學之體系與特色，來說明中國史學的精義。

第三卷繼續探索中國這個文字化的社會。第一章以唐代爲例，描述我國社會中文學崇拜的現象。這個社會生活文學化、社會階層文士化、文學權威神秘化的社會，就是一個「文學社會」。在這一社會中，整個人文世界被理解爲一以文字及文學所點染與規定的世界。文字與文學這一名言系統，既上通於道，又平鋪展示爲一社會名教系統，結構了社會的組織與人群關係、行爲、價值體系。這種社會之出現，當然突顯了中國文化的特點與精采，但這其中也蘊存了不少問題，第二章論儒學轉爲吏學並出現文書政治，即略述此中之問題。第三章則由五四新文化運動對中國文化的衝擊，來看這種文學社會如何瓦解或變遷。

對五四運動，我的觀感甚爲複雜，且有濃重的傷悼之情。因爲五四運動既已颷舉發厲，歷史不會再走回頭路，中國社會文化的基本架構與文字傳統，可謂一去不可復返了。如何縫合歷史斷裂的傷痕，重新表述中國文化，乃我輩無可脫卸之職份。我自民國七十年起，佇思建構中國文化史學，後因力有不逮，僅成〈危機時代的中國文化史學〉〈觀乎人文：文化的形式與意義〉〈察於時變：中國文化史之分期〉三章而已。現在，我擬再由文化符號學這個角度來說明中國文化與中國社會，或亦可視爲另一種文化史學的表述罷！

總之，我在這本書裡，既想進行文化符號學這種方法論的創構，又欲運用此文化符號學之方法，來論析中國文化。既爲一文學研究，也是文字研究和文化研究。書中各篇獨立成文，而又交光互攝，相與補充發明，務求委曲盡致地說明中國文字文學文化一體結構之特性。論旨龐雜、支蔓至多，殆與近日學界流行之風氣及論文規格未盡相符。然我之治史，自有一種文化的悲情在，欲求安身立命、繼往開來，不徒與時賢爭短長，故我用我法、自負生面別開。各篇舉例示意，輒欲爲各研究領域闢榛蕪、啓新塗者，尙其餘事耳。這是我的心血所繫，當然有此自信。但目不見睫，恒人之蔽，尙祈海內賢達，賜匡不逮，無任感禱。時在民國八十一年四月十五日，記於行政院大陸委員會。

文化符號學　目　次

第二卷　以文字爲中心的文化表現

第三卷　文字化的社會及其變遷

第四卷 文化的符號與意義

第一卷　文字、文學與文人

第一章　中國文人傳統之形成：論作者

一、何謂「作者」？

沈約《宋書・謝靈運傳論》說：「歌詠所興，宜自生民始也」。自有人類以來，就有歌吟舞詠，大概是不會錯的。但是這樣的歌吟舞詠，是否能夠像後世詩文那樣，確指某歌某舞是誰作的呢？

這恐怕十分困難。《淮南子・道應篇》說：「今夫舉大木者，前呼『邪許』，後亦應之，此舉重勸力之歌也」，一群人扛著木頭齊聲唱和的歌，有什麼固定的作者？至於「里巷歌謠之作，所謂男女相與詠歌，各言其情」（朱子・〈詩集傳序〉），唱就唱了，歌無定辭，互酬情志，也談不上什麼作者問題。且不說上古時期是如此，現在臺灣仍然保留的客家山歌對唱就仍是如此。

這是早期文學或民間文學的主要型態，普遍見諸歌謠、口傳故事、寓言、吟唱等形式中。它們原初的那個作者，泰半不可考，也不甚重要。在群眾間傳播時，每個人或每個地域、時代，也都可以恣意增添刪補，讓自己參與創作活動。

換句話說，這時如有所謂的「作者」，那麼這時的作者就不是單一的、擁有作品所有權的作者。他們可以逕自增刪、修飾、改編，不必追究作者的創作意旨、不必尊重作者的解釋、也不必管作品的獨立完整性。可以隨興地傳述、抄錄並享用這件作品。

但在另一種情況下，所謂「作者」，其性質與涵義便不同了。如王逸《楚辭章句・離騷經序》說：「《離騷經》者，屈原之所作也」。這就標出了一個特定的人：屈原。是屈原這個人創作了〈離騷〉這麼一篇作品。這個勞動生產關係，決定了作者對作品的勞動所有權，說明了某件東西是由某個人製造出來的。固然製造出來的東西，可以開放給大家欣賞，但是欣賞者必須尊重作者的創造之功，不能攘奪了他創造的榮耀，也必須信從作者對他自己作品的處理權與解釋權。

所謂處理權，是說作者怎麼寫、怎麼唱，我們就只能怎麼聽怎麼看，不能說你處理得不好，我來改改。就算要改，也只能建議作者去改。所謂解釋權，則是說作品是作者創造的，只有作者最了解他爲什麼創造、如何創造。所以倘若讀者在欣賞作品時有任何疑義，只能請作者來做一解說，並以作者的解說爲欣賞及理解之標準。我們經常看到一些詩文藝評，說：「恨不能起作者於地下而質之」，或「九原可作，定不以吾言爲河漢也」……一類話。這些話，便是以作者的解釋爲權威，一切文藝評論及詮釋，均以接近作者之解釋爲鵠的，或以揣摩作者之用心命意爲旨趣。

例如蘇軾論詩，於《東坡題跋》卷二中收了兩篇文章，一是〈書諸集改字〉，痛罵：「近世人輕以意改書，淺鄙之人，好惡多同，從而和之者眾，遂使古書日就訛舛，深可忿疾」。並舉了陶潛「採菊東籬下，悠然見南山」，被改爲「望南山」；杜甫「白鷗沒浩蕩，萬里誰能馴？」被改爲「波浩蕩」兩個例子，說：「二詩改此兩字，覺一篇神氣索然」。這就是尊重作者處理權的例子。其次是〈記子美八陣圖詩〉，說：「僕嘗夢見一人，云是杜子美，謂僕：世多誤會余詩〈八陣圖〉。世人皆以謂先主武侯欲與關羽復仇，故恨不能滅吳。非也。我意本謂吳蜀脣齒之國，不當相圖，此爲恨耳」。他引述了這個作者的解釋，並贊同地說：「此理甚近」。

但是，作者的解釋權與處理權是否眞値得如此信賴呢？東坡舉的兩個改詩之例，當然改得並不高明；但原作不佳，經人修改後神情煥發者也不少見。至於作者的解釋，如〈八陣圖〉這首詩，仇兆鰲《詳注》就說：「以不能滅吳爲恨，此舊說也。以先主之征吳爲恨，此東坡之說也。不能制主上東行，而自以爲恨，此《杜臆》朱注之說也。以不能用陣法而致呑吳失師，此劉氏之說」，在以上四種互相競爭的解釋裡，東坡所轉述的作者解釋僅佔其中之一，並無壟斷性與權威感。

從這個例子，我們就可以發現：勞動所有權及智慧財產權的作者觀，只是一種作者觀而已，且並不見得是絕對可以信賴的作者觀。起碼我們還有一種不那麼強調作者勞動創造功績的作者觀，如歌謠、口傳故事那樣[1]。

二、兩種作者觀

在歌謠、口傳故事中，作者之主名往往隱晦不彰，作品也往往是集體增刪修潤的結果。這不僅在上古時期如此，遲至明清小說如《西遊記》《水滸傳》等，都有充分證據證明其爲集體作品，很難指實某一人爲該書作者。即使《金瓶梅》《紅樓夢》，也仍有不少人從這個觀點去談所謂的作者問題。可見這不能說成是一進步的歷程或進化的現象，而實在是兩種不同的作者觀在長期競爭著。固執單一的、所有權作者觀的人誠然不少，卻也有很多論者慣於從模糊不定的作者觀入手解釋問題。例如清朝方玉潤的《詩經原始》便是如此。《詩經原始序》反對刪詩說，認爲：

> 大抵古人載籍，多不著撰人姓名。《書》雖斷自唐虞，而著書之人無傳焉。《詩》縱博採列國，而作詩之人亦無聞焉。《詩》《書》作者名且不著，況編纂者乎？……故作者之名不必問，而編纂之人無由詢。

依這個原則，他對於〈詩序〉所指實的作者多持懷疑態度，例如〈鄘風・柏舟〉，序說是衛世子共伯早死，其妻共姜要守寡，父母卻逼她改嫁，所以共姜作此詩以表白心跡。這個說法，包括朱熹《詩集傳》在內，大抵已獲解詩諸家所贊同，甚至有些人（如呂祖謙）更根據詩序來懷疑《史記》的記載有誤。方玉潤則認爲這詩不必指實爲共姜作。另外，他也常以歌謠狀況來擬想《詩經》。像〈周南・芣苢〉，他便說這詩無所指實，且「此詩之妙，正在其無所指實而愈佳也。……此詩恍聽田家婦女三三五五於平原繡野、風和日麗中群歌互答，餘音裊裊，……今世南方婦女登山採茶，結伴謳歌，猶有此遺風云」。又〈漢廣〉，他說：「此詩即爲刈蕘而作，所謂樵唱是也。近世楚粵滇黔之間，樵子入山，多唱山謳，響應林谷……其詞大抵男女相贈答、私心愛慕之情……」。這些地方，都顯示了他並不怎麼看重那種尋找作者的活動，也不必以作者之生平經驗來解說詩意。

不過，即使如此，方玉潤的立場還是模棱、游移的。他發現指實作者的〈詩序〉式解詩傳統大有問題，想從另一個角度來追原《詩經》之始。在很多地方，他辦到了。但是，無論如何，他還是深受〈詩序〉以來解詩傳統的影響，並不能完全擺脫這種勞動所有權的作者觀。所以，他只是說：無法指實作者時，就不必硬要去找。反之，倘若他覺得能找時，他也不會放棄拉一位作者來亮相的機會。例如上文所舉的〈漢廣〉〈芣苢〉，做山謳樵唱解，已經命中答案了。他卻要說這不是原始的樵歌山謳，而是「詩人作此，以畀婦女，俾自歌之」「愚意此詩必當時詩人歌以付樵」。這便是用後世文士擬作民歌的型態來解釋民歌了。民歌中固然有此一類，卻爲何要說「必」呢？顯見方玉潤的觀念中仍不能完全放棄所有權作者觀。所以他仍然要去「求得詩人作詩本意」「欲原詩人始意」❷。

爲什麼要舉這個例子呢？我認爲：在中國，隱匿的、非專指的「作者」，是個較早發展起來的作者觀。但後來這樣的作者觀被新的作者觀替代了。新的作者觀强調獨立的單一個體作者，確定了作者的勞動創造功勞，肯定作者對作品的所有權。這個觀念逐漸獲得大多數人的認同，但前一作者觀卻也並未消失，特別是在所有權式作者觀遇到某些詮釋的困難時，它就會被人重新提出來考慮。如方玉潤之願意突破〈詩序〉傳統，考慮山歌樵唱的性質，便是如此。研究《金瓶梅》的人，對作者是誰，聚訟難定；潘開沛、徐朔方等人便考慮到「集體創作說」，不也是如此嗎？但是，由於所有權式的作者觀也是源遠流長的，所以論者有時也不易完全擺脫之，方玉潤之夾纏，即緣於此。反過來說，持所有權式作者觀的人，亦往往不能如此純粹。這其間複雜的關係，就是我們在下文所欲探討的。

三、神聖性作者觀

上古的文藝活動，如《呂氏春秋・古樂篇》所述：「昔葛天氏之樂，三人操牛尾，投足以歌八闋」，或《尙書・堯典》：「余擊石拊石，百獸率舞」，這些歌舞，都是群體的，然其辭俱不可考。今相傳堯時兒童所唱的〈康衢歌〉，見《列子・仲尼篇》；堯時老人所唱的〈擊壤歌〉，見《帝王世紀》；舜所唱的〈南風歌〉，見《尙書・大傳》等等，後世皆謂其爲僞作。

所謂「僞作」，是指它並非如它所號稱的，爲堯時舜時所作。故張心澂《僞書通考・例言》說：「凡書本非僞，因誤認撰人及時代，照所誤認之撰人及時代論，即成僞書」。若不搞清楚書的眞僞，據梁啓超說，在文學方面會造成「時代思想紊亂，進化源流混淆」的毛病。

這眞是固執「所有權式作者觀」的人的偏見。〈南風歌〉固然不可能就是當年舜創作時的原貌，甚至未必是舜自己作的。但是這很可能是古之歌謠不斷傳唱的結果，說是某時某人作，不過是個集體創作者的總代稱。辨僞論者拘泥於版本著作權的觀念，務考其創作時之原貌。凡在此原件上增删改補者，皆以僞作名之。殊不知其所謂僞作，皆爲另一種作者觀之下的產物。在那個作者觀的支配下，一部作品，無論是一首詩歌或一本書，往往是一群人、一個學派陸續纂輯而成的，很難具體指出某些部份是某人所作。〈南風歌〉〈康衢歌〉如此，《老子》《莊子》等書何嘗不是如此？所謂辨僞，等於是拿另一種觀念來與它對質，根本是牛頭不對馬嘴，徒勞無功的。《老子》之眞僞與作者問題，辨到現在，仍是疑雲滿天。《莊子》也是。有些人認定內七篇是莊周所作，外篇是其門人作，雜篇則是其後學作，這雖比較合理了，卻仍忽略了內七篇乃是後人分輯的事實。內七篇中如〈齊物論〉原先就在雜篇之中❸。所以說這些作品都很難指實某一部份確爲某人所作。

這個時候，所謂「作者」，要不就是佚名；或主名難尋，出於眾手，屬於隱匿的作者。要不就是個標籤，姑以某人爲作者。這個某人，可能是古代聖哲、帝王、學派的宗師、家族的始祖、社會上眾所景仰的人物，或世俗信奉的神佛仙鬼。作品貼上了這個標籤，就算是有主名了，作品可未必即是這個主兒所作。

這幾種情況，都極爲普遍。如《詩經》裡各詩的作者，就多是佚名。有幾篇在詩本文裡自己說明了作者的，像〈小雅・節南山〉：「家父作誦，以究王計」、〈巷伯〉：「寺人孟子，作爲此詩」、〈大雅・烝民〉：「吉甫作誦，穆如清風」、〈崧高〉：「吉甫作誦，其詩孔碩」等，其詩也未必就是尹吉甫、寺人孟子等作。因爲〈崧高〉明明是稱贊申伯之功業，而謂尹吉甫作詩贈之，其意深長。故這絕不可能是一首尹吉甫自己作的詩，而是旁人詠吉甫之贈詩美申伯❹。〈烝民〉的情況與此相同。故這類詩之作者，仍是佚名的。

但作品雜出眾手，難尋一固定的作者，或作者名位未顯，不易徵考，比較容易理解。爲什麼一人或一群人作一書作一詩歌，而竟要托名於他人呢？

據張心澂的研究，「作僞」的原因有下列各項：

(1)憚於自名、(2)恥於自名、(3)假重於人、(4)惡其人，僞以禍之、(5)惡其人，僞以誣之、(6)爲爭勝、(7)爲牟利貪賞、(8)因好事而故作、(9)以他人作爲己作，是爲了求名。

以上這些，均可以看得出辨僞派都是從不良的心理動機上去解釋作僞之原因，刻意讓人獲得一個不好的印象，而不齒於作僞者之所爲。然而，試問：這樣的解釋諦當嗎？「僞作」〈南風歌〉〈擊壤歌〉者，何必憚於或恥於自名？又爭什麼勝、牟什麼利呢？若說老子莊周之門人弟子後學著述時仍冠以宗師之名，勉强能算是「假重於人」吧。惡其人則僞以誣禍之，在周秦漢晉之間，倒還不太容易找到例子。《易》之〈十翼〉說是孔子作；《周禮》說是周公作；《孟子》《荀子》說是孟軻荀卿作；《素問》說是黃帝作；……這些又如何以「好事故作」去解釋？因此，這樣的解釋，只照顧了局部現象，而且出於偏見，殊不可信❺。

東西明明是自己作的，卻不願自居於作者，而要推一位才智名望都比自己高的人出來掛名，乃是將創作的榮耀歸於他人的行爲。這種行爲背後，有一特殊的作者觀。此一作者觀認爲：一切創造性的力量，及創造性的根源，均來自神或具有神聖性的「東西」。人是靠著神的給予，才獲得了這一力量。所以，作品固然是由我所製造的，創作者卻是另一「東西」，不是我。

《山海經・大荒西經》曾紀載：「夏后開上三嬪於天，得〈九辯〉〈九歌〉以下」，《楚辭・九歌》也說：「啓〈九辯〉與〈九歌〉」「啓棘賓商，〈九辯〉〈九歌〉」。〈九辯〉與〈九歌〉顯然被認爲是啓所傳下來的歌，可是這種歌卻非啓所能作，而是從上天那兒求來的。靠著神的給予，人才能獲得它。——這就是人間之所以有樂曲的來源。

既然樂曲非人所能作，而是神作的，那麼這些曲子就成爲人要創作時的模範。換句話說，人的創作，其實只是模擬與學習；是傳述神的靈恩，而非自己在宣示、傳達意念。這時的作者，實即等於述者。

然樂曲既爲神所作，則知樂、或仿擬其樂而作樂，便能通過樂曲與神溝通了。這樣的知樂與作樂者，亦非一般人所能勝任，必須是接受了神的指示或具有特殊的神眷，方能具有這樣的能力。如古之巫覡即屬於此等人。《說文》：「巫，祝也。女能事無形以舞降神者也」。以舞降神，就是透過歌舞以溝通人神。這時，巫覡可能是「作歌樂鼓舞，以樂諸神」（王逸《楚辭注》）；也可能是在神靈降體的情況下，消失自我，口歌足蹈，作出歌舞來。

這就是所謂的通靈。通靈者，是處在一激情的恍惚之中，暫時喪失了他的理性意識，而權充爲一啓示眞理之宣示者，且常以預言、詩歌、象徵的方式，來宣告這一眞理。因此，不但創作者是神聖的，其作品也有神聖性。人必須接受這一眞理的讖言，並設法去理解它、實現它。

通靈的創作活動，既是迷狂的、恍惚的、激情的，我暫時非我，神進入我身體之中。那麼，它當然就是近乎作夢的經驗；同時，也近乎性交的感覺：是「夢與神交」。故祀神的樂章多半「褻慢淫荒之雜」，有點人神戀愛的味道。

這個神，當然不那麼拘泥一定是什麼神。凡古之聖王哲人、先王先公，在中國人的觀念中都能降神降靈。所以我們必須從這個角度去了解所謂：「帝顓頊令飛龍作樂」（呂氏春秋・古樂篇）「帝俊生晏龍，是務爲琴瑟」「帝俊有子八人，是始爲歌舞」（山海經・海內經）……等創造神話的意義。

基於對這一意義的信仰，後人才會在作詩著書之際，不敢自居於作者，而將作者的榮耀歸於古先聖哲。

四、作者之謂聖：孔子的地位

我們稱這一作者觀爲「神聖性作者觀」，它不同於「所有權作者觀」。它的所有權是開放的，任何人都可以參與這一作品，而且視參與作品爲一神聖性的活動。任何人都不敢壟斷或獨居創作者之名；作者，也被視爲神聖性的。這就是《禮記・樂記》所說的：「作者之謂聖，述者之謂明」。聖者作，其他人便來傳述之、彰明之。這種傳述，就是我們前面說的：參與作品。

通過這個神聖性作者之概念，及作者與述者的區分，讓我們來分析一下孔子的行爲。

在孔子當時，頗有人以聖者視之，《論語・子罕篇》載：「大宰問於子貢曰：『夫子聖者歟？何其多能也？』子貢曰：『固天縱之將聖，又多能也！』」大宰的贊嘆，與衛國封儀人說：「天將以夫子爲木鐸」〈八佾篇〉意義是一樣的。所謂木鐸，孔注云：「天將命孔子制作法度以號令於天下」，即包含了聖者制作及天縱等義涵。

孔子卻並不敢自居於這一地位，他一再表示：「若聖與仁，則吾豈敢？」認爲自己只不過是比較用功學習而已。說：「十室之內，必有忠信如丘者焉，不如丘之好學也」〈公冶長篇〉「吾十有五而志於學」〈爲政篇〉「加我數年，五十以學易，可以無大過矣」〈述而篇〉「學如不及，猶恐失之」〈泰伯篇〉。一部《論語》，從一開卷，我們就隨處可看到孔子在强調學。「學而時習之，不亦樂乎」，後來自稱好學，以致老而忘倦；又稱贊顏回不改其樂，也是因爲顏回好學。

孔子究竟學什麼呢？衛國有位大夫公孫朝曾問過子貢：「仲尼焉學」，子貢回答道：「文武之道，未墜於地，在人，賢者識其大者，不賢者識其小者，莫不有文武之道焉。夫子焉不學？而亦何常師之有？」意思是說孔子學的乃是文武先王之道。

的確，用孔子自己的話來說，就是：「述而不作，信而好古，竊比於我老彭」〈述而篇〉。《正義》云：「作者之謂聖，述者之謂明。但述修先王之道，而不自制作」。他認爲自己只是個學習者與傳述者，不能自稱爲一作者。故曰：「蓋有不知而作者，我無是也。多聞，擇其善者而從之；多見，而識之。知之次也」〈述而篇〉。所謂知之次，即否認他自己是天才生知。

雖然如此，述者也非平常人，他是以虔敬的心情，自任爲眞理的探尋者、學習者與宣布者，對於眞理之源，表達了極其熱烈的追尋及嚮往。這種人是特殊的，因爲一般人並未聽到眞理的聲音，也無法那麼熱切地去學習作者遺留下來的作品。唯有孔子，在大家還無法理解的情況下，不顧一切地去鑽研，信而好古，並擔任神聖性作者的使者，努力地傳述眞理。

因此，在精神上他亦等同於降神通靈的巫覡。他曾提到：「南人有言，人而無恆，不可爲巫醫」，並用此來證成《易經》的道理；他又贊《易》；整理《尙書》，也談到「謀及卜筮」〈洪範篇〉；臨終更夢到坐於兩楹之間。卜占巫筮的經驗對他來說，乃是極爲熟悉的。這樣的人，他對眞理的信仰與追尋的信心，其實並不盡如後世理性化的解釋，而往往來自神祕的啓示，例如他說：「鳳鳥不至、河不出圖，吾已矣夫！」〈子罕篇〉，又說：「甚矣！吾衰也！吾不復夢見周公」〈述而篇〉。夢寐通靈以及上天降示的神祕符號，是讓他堅信作者之聖而願服膺躬行，並爲之發揚光大的重要心理憑藉。一旦減少了這種通靈的經驗或不再看到神祕的啓示，他就惶恐了，感到是自己衰老不中用了，不再能感應作者所給予的訊息了。

這樣的傳述者，是要將作者之作品昌明光大於天下的。所以孔子要修《詩》《書》、正《禮》《樂》、贊《易》，使「雅頌各得其所」。這種傳述，其實便是參與了作品，但述者自認爲只是在替作者做工。

這才是眞正的孔子。一位述而不作、信而好古的孔子。不過，前面說過，孔子當時已經有些人把他看成是神聖性的作者了。大宰與子貢的對談，是最典型的代表。子貢本人更在孔子喟嘆：「余欲無言」時，立刻接口說：「子如不言，則小子何述焉？」（陽貨篇）。孔門弟子也是把孔子視爲聖人，而自居祖述者之地位的。所以「仲尼祖述堯舜，憲章文武」（中庸），後來的儒家則「祖述堯舜，憲章文武，宗師仲尼」（《漢書・藝文志》）。

這種情況，遂構成了歷史上儒家的基本性格，强調先王之道是永不可變易的眞理，自居於一學習者與傳述者的地位。重視經典的傳習講授、文獻的整理，推崇神聖性作者的功績。孔子推美三代文武周公，後來儒家則說：「天不生仲尼，萬古如長夜」。這箇神聖性作者，成爲眞理之源。一切是非，皆當不謬於或折衷於聖人。

然而，孔子本人並不敢自居爲聖人、爲作者，現在孔門後學及儒家均視其爲聖人，其中便產生了若干問題。

五、述者之謂明：儒家的性格

以儒家的學術內容來說。從孔子重學、荀子勸學、《禮記》有〈學記〉以下，儒家對學的內容與方法雖有爭議，重學之義卻是儒者之共識。然而，勸人力學，又推崇孔聖的天縱生知，本身就構成了一個內在的矛盾。這一矛盾，乃是儒家理論內部無法解決的困難之一。以朱子之精博，對此困局，亦感爲難。

例如《論語・爲政》孔子自述十有五而志於學，朱子門人讀此便常發生了懷疑。因爲孔子是聖人，「聖人生知、安行，所謂志學至從心等道理，自幼合下皆已完具」，原是不待學習的，爲何孔子卻說得如此鄭重，自述進學如此之艱難？朱子無法解答這個問題，便只好說：「聖人自說心中事，而今也不可知，只做得不可知待之」（語類・卷廿三）。

這是老實話。但有些時候他不能只這樣說，他必須找到一個解釋，否則連他自己也無法心安。所以有一次他的弟子問：「我非生而知之者，好古敏以求之者。聖人之敏求，固止於禮樂名數，然其義理之精熟，亦敏求之乎？」朱子答：「不然。聖人於義理，合下便恁地；固天縱之將聖，又多能也。敏求則多能事耳。其義理完具，禮樂等事，便不學，也有一副擔當。但力可及，故亦學之」。意思還是強調以孔子的天才，學不學並不重要，但聖人力氣大，行有餘力，所以便去學了。後來他又再補充說：聖人之學，也與一般人所謂的「學」不一樣，「聖人是生知而學者。然其所謂學，豈若常人之學耶？聞一知十，不足以盡之！」（皆見《語類》卷三四）。

正因爲他必須維護孔子生知的立場，所以他不能同意張載的看法（張載認爲孔子是自覺發憤才能成就爲聖人）。朱子門人有一次向他請教張載「仲尼憤一發而至於聖」這一說法。朱子答道：「聖人緊要處，生知了，其積學者，卻只是零碎事，如制度文爲之類，其本領不在是。若張子之說，是聖人全靠學也。大抵如所謂『我非生而知之，好古敏以求之』，皆是移向下一等說以教人」（同上）。

說孔子的話只是故意降低層次來勸人用功，在道理上說，當然不無可能。從整部《論語》所顯示的重學氣氛以及孔子對先王之道虔敬熱切求索的態度看，此說便不免迂曲。而且，如此推尊孔子，把孔子跟一般人區分得如此遼遠，從理論上看，又是否恰當呢？《語類》卷廿九即曾討論到這個問題：

或問：「美資質底固多，但以聖人爲生知不可學，而不知好學」，曰：「亦有不知所謂學底，如三家村有好資質底人，他又哪知所謂學，又哪知聖人如何是聖人，又如何是生知！」

這是在談「十室之內，必有忠信如丘者焉，不如丘之好學也」時帶出來的感嘆。肯定聖人爲聖、爲天才生知之後，確實會讓很多人自暴自棄，覺得自己不是聖人，也學不到聖人。朱子門人以此爲問，朱子卻未針對問題，反而也發了一頓牢騷。這不是朱子不想針對問題，而實在是在伊川學、朱子學裡，此一問題是無解的。張載等人不論天才，也只是規避問題而已。眞正想解決這個問題的人，是王陽明。

陽明學的基本重心，在於聖人可學而至；發揮本心良知，即能成就爲聖人。但這一說法，立刻就會碰到有關天才的問題，《傳習錄》第九九條：「希淵問：聖人可學而至。然伯夷伊尹於孔子，才力終不同，其同謂之聖者安在？」就是這一問題。

對此，陽明以「成色輕重」說來解釋。也就是說人中的聖人，猶如金屬中的純金，聖人都是聖，猶如純金的成色皆相同；天才的高下，則猶如純金的輕重有了差異。堯舜是萬鎰，禹湯文武才千鎰，伯夷伊川更少，才四五百鎰。此說取譬善巧，金之分兩固不能增減，成色則可鍛鍊，所以人皆可以學為聖人。

但為什麼在聖人之中孔子就不如堯舜呢？陽明仍用作者與述者的區分來解釋，他說：「看《易經》便知道了。……伏羲作易，神農黃帝堯舜用易。至於文王演卦于羑里，周公又演爻於居東。二聖人比之用易者似有間矣。孔子則又不同，其壯年之志，只是東周，故夢亦周公。嘗曰：『文王既沒，文不在茲乎？』自許其志，亦只二聖人而已。況孔子玩易，韋編乃至三絕，然後嘆易道之精，曰『假我數年，五十以學易，可以無大過』，比之演爻者更何如？更欲比之用易如堯舜，則恐孔子亦不自安也。其曰：『我非生而知之者，好古敏以求之者』，又曰：『若聖與仁，則吾豈敢？抑為之不厭』，乃其所至之位」〈傳習錄，拾遺第三十七條〉。

陽明此說，似甚圓融，其實問題重重。馮柯《求是編》卷三即反駁說：「使果以『替聖人爭分兩』為軀殼起念，則陽明前日以分量喻聖人分量者，獨非軀殼起念乎？使前日之喻非軀殼起念，何獨以今日之疑為軀殼起念乎？既自以為不從軀殼起念、不替聖人爭分量，何不以孔子為萬鎰，堯舜為九千鎰乎？」也就是說，陽明一方面講人皆可以為聖，一方面又替聖人定等級；於是人只能成就為一小聖人，而永遠不可能成就為堯舜、孔子之類的大聖人。因為這種聖，是天生的，連孔子面對堯舜，也不得不說：「若聖與仁，則吾豈敢！」

因此，陽明學雖講良知本然之天理，雖講人人皆有此良知，只須擴充、只須致良知就能成聖，骨子裡仍不能不是天才決定論。《傳習錄》第二二五條載：「先生曰：我輩致知，只是各隨分限所及。今日良知見在如此，只隨今日所知，擴充到底。明日良知又有開悟，便從明日所知，擴充到底。如此方是精一工夫。與人論學，亦須隨人分限所及，如樹有這些萌芽，只把這些水去灌溉；萌芽再長，便又加水。自拱把以至合抱，灌溉之功，皆是隨其分限所及。若些小萌芽，有一桶水在，盡要傾上，便浸壞他了」(卷下)。擴充的工夫，要看人當時的分限。同理，推到工夫至極處，不也仍在於人的天生分限嗎？小萌芽不可以浸整桶水，只能逐漸灌溉；但逐漸灌溉到最後，小薔薇終究不能成長爲大松樹，這就是天分所限了。

這仍然是聖不可學論，只是多了一層轉折，說：聖人可學而至，然堯舜孔子不可學而得。

因其理論如此，故陽明與朱子之不同，其實只是下手工夫的不同，陽明自謂：「吾說與晦庵時有不同者，爲入門下手處有毫釐千里之分，不得不辯。然吾之心與晦庵之心，未嘗異也」(傳習錄．卷上)，也就是爲學的工夫，朱說格物致知，王說致良知罷了。可是既承認天才生知，這種工夫又無意義了。卷下：「問：『聖人生知安行，是自然的。如何有甚工夫？』」，便問到了癥結所在。陽明無力破解此一困局，只好說：「知行二字，即是工夫，但有深淺難易之殊耳」。這純屬強辯。因爲所謂工夫，是就人之用功而言，生知安行者，本未用工夫，如何能說其知其行即是工夫？其次，工夫若有深淺難易之別，則一種人天生美質，毫無障蔽，工夫簡易，甚且不必用功，自然契合；一種人天生罪孽，「蔽錮已深」，工夫就應困苦，「思量要做生知安行的事，怎生得成？」也不符人格平等之義。與其所說：「夫婦之與知與能，亦聖人之所知所能。聖人之所不知不能，亦夫婦之所不知不能」，適相矛盾(傳習錄．拾遺第三五條)。

但陽明卻自認爲已經解決了朱子所難以解決的困難，自稱其說爲「拔本塞源」之論。這一論辯，詳其〈答顧東橋書〉。《傳習錄》卷中，顧氏書謂朱子引尹焞曰「生而知之者，義理耳。若夫禮樂名物，古今事變，亦必待學，而後有以驗其行事之實」云云，為「定論」。陽明不以為然，駁之曰：

> 夫聖人之所以為聖者，以其生而知之也。而釋《論語》者曰：「……」。夫禮樂名物之類，果有關於作聖之功也，而聖人亦必待學而後能知焉，則是聖人亦不可以謂生知矣。

這是以「聖人生知」來否定禮樂名物等知識有去學的價值，要求學者「學而知聖人之所能知者」。但聖人所能知的是義理，而其所以能知，則是生知。學者不能生知，只能學聖人生知的義理。這個說法，與朱子究竟有啥不同呢？只不過朱子說：「禮樂等事，但力可及，故亦學之」，陽明較為斬截，說：「大端惟在復心體之同然，而知識技能，非所與論也」而已。總之，聖是天縱生知的，後人無此天才，便只能祖述之、學習之。從孟子：「乃所願則學孔子」（公孫丑上）及荀子之勸學開始，儒家對學的內容與方法，爭端蜂起，各成學派，然作者聖而述者明的認定，幾乎沒什麼變動。自居於述者的立場，也使得儒家「成聖」的理論，實際上成為「學聖」的理論。不是學為聖人，而是學聖人。

但是這其中有個非常詭譎的狀況，那就是：雖只是學聖人，卻又只成就自己，而不是聖人的影子。孔子述而不作，信求先王之道，然畢竟是孔子而非周公；孟子願學孔子，然畢竟與孔子不同。神聖性作者觀之中的述者，其實就是參與作品、不敢自居於作者的作者。陽明說得好：

先認聖人氣象。昔人嘗有是言矣。然亦欠有頭腦。聖人氣象自是聖人的，我從何處識認？若不就自己良知上眞切體認，如以無星之稱而權輕重、未開之鏡而照姸媸，眞所謂以小人之腹而度君子之心矣。聖人氣象，何由認得？自己良知，原與人一般。若體認得自己良知明白，即聖人氣象不在聖人，而在我矣。

此所以儒者之學又是爲己之學，聖人之氣象即在己身。到此地步，便是不敢自居爲聖人的聖人；所成就的，不是堯舜、孔子那樣的聖人，而是自己這樣的聖人。這是澈底放掉自己、沒入聖人之中，而卻得到自己、實現自己的方式。此一工夫歷程，也可顯示在儒家對經典的態度上。孔子以後的儒家，也多採取述而不作的態度，祖述六經、宗師仲尼，一切意見，均以闡述經典或注釋經典的方式來表達。這在表面上看起來，是擁抱聖人之糟粕；是依傍前人；是仰企聖人，以爲不可超越。其實猶如一闋歌謠，傳唱者你添了一段、我改了一句；或者用了舊調子，唱著我的新歌詞；或則旋律變動了、節拍不一樣了。每個人、每個時代其實都唱著自己的歌哩！創作活動，即在傳述之中進行。

六、由述者到作者的轉換

在孟子時代，孟子曾提到，「有爲神農之言者許行」；他所排拒的墨家，據說也祖述禹道。因此我們可以相信：遲至戰國時期，神聖性作者觀仍是最普遍的觀念。即使是孟子本人亦不例外。

然而，傳述活動既以述明作者之意爲宗旨，卻又由於創作活動同時在傳述之中進行，以致傳述的不同，必然引發「誰祖述的才是眞理」之懷疑。

荀子曾批判「不法先王」的鄧析惠施；也曾批判「略法先王而不知其統。……案飾其辭，而祗敬之曰：此眞先君子之言也」的子思孟軻。所謂案飾其辭而祗敬之，便有神聖性作者觀中的神祇敬祭態度在。然而這種虔敬祖述的學說，卻被視爲不合先王之義。同樣的，荀子的弟子韓非也質疑那「道上古之傳譽、先王之成功」的儒者，是「說者之巫祝」。並進一步批評：

> 孔墨之後，儒分爲八，墨離爲三，取舍相反不同，而皆自謂眞孔墨。孔墨不可復生，將誰使定世之學乎？孔子、墨子俱道堯舜，而取捨不同，皆自謂眞堯舜。堯舜不復生，將誰使定儒墨之誠乎？（顯學篇）

這是一方面檢察到述者與述者之間的裂罅，一方面詰問述者與作者之間的差距，而得出傳述活動皆不可信的結論。依荀子的說法，是著重於傳述者與傳述者之間的競爭、辯難，看誰才眞正符合聖者之意。這便必須回到原典、回到聖人說話的語意脈絡中去考察。如此，即開啓了經典考證、注意文獻、追究聖人原意的學術路向。荀子之所以爲傳經之儒，所以能開啓漢代學風，這不能不說是關鍵之一。

依韓非子之說，則傳述者與傳述者之間因爲有所不同、因爲我們無法鑑別傳述的眞假，所以乾脆認爲所有的傳述都是假的，都是「非愚則誣」。這一推論，當然十分荒謬。但是它的意義在於顯示了：人不願意再活在不確定的傳述之中，它要尋找確實的、可以「參驗」的東西，他不願自居於述者，他要制法術，自己來做聖人了。用韓非自己的話說，這就是「新聖」。〈五蠹篇〉曰：「今有美堯舜禹湯文武之道於當今之世者，必爲新聖笑矣」。

不只是韓非子，恐怕那不法先王的惠施與鄧析，也具有這樣的精神。神聖性作者觀就在這個時候，開始遭到腐蝕了。韓非子的觀點，破除了神聖性作者觀中的神聖性，或者說他鄙夷這種神秘性，且要求人自己來做新聖。荀子則基本上仍主張法先王，但其取徑已兼含法後王。而更奇特的是：他追究作者原意的路向，更摧毀了神聖性作者觀。

神聖性作者觀中的作者之意，一定是模棱的、混含的、包孕衆多意義以待解釋的，所以可以「取舍不同，而皆自謂眞堯舜」。一旦追尋出一個正解定解，其神聖性便喪失了。其意旨不再對每個人都有意義，而僅爲作者個人之意。作品既屬於作者個人，那麼，所有權作者觀便興起了。

何況，孔子的例子，也使得戰國諸子清楚地看到了：一個人如何由「述者」被轉換爲「作者」。儒家推尊孔子的舉動，其實也教育了其他人，其他各門派的學者同樣可以推崇他們的宗師是聖人、是作者。因此，這個時候，當然還有不少書是群體增刪修補並貼上標籤式作者之名的，諸書間的抄錄轉述，也視爲平常。可是確有一些書，已經是個別著作、明標作者的了。

在這一趨勢之中，《呂氏春秋》和《淮南子》恐怕是最有趣的作品了。這兩部書，都是一位當權者，鳩集賓客集體撰寫的，撰寫者之名姓不可考，其學術淵源亦難以諦知。寫好以後，即冠上呂不韋和劉安的名字，他們兩位竟成了「作者」。元朝陳澔說：「呂不韋相秦十餘年，此時已有必得天下之勢，故大集群儒，損益先王之禮，而作此書，名曰春秋，將欲爲一代興王之典禮也」（《禮記集說》），關於《淮南子》之成書，也有人做類似的推測。但不管如何，呂不韋與淮南王之所以要尸此作者之名，正因爲作者代表一種榮耀，而撰寫者又讓他們得到了這個榮耀，不自居於作者。這正是神聖性作者觀的表現。另外，據《史記》說，呂不韋之所以如此做，是看到「荀卿之徒著書布天下」。「恥以貴顯而不及」（宋黃震語），故他集門客著書。可見這也剛好處在兩種作者觀競爭的時代。自此以後，如呂不韋、劉安著書的情況當然存在，達官顯宦，往往倩人捉刀。但所有權作者觀的勢力則確實在逐漸增長，且有成爲正式的作者觀之趨勢。命賓客著書，然後冠上自己姓名的方式，倘若被人揭穿（即指出該作品的所有權作者另有其人），也會變成一件不名譽的事，彷彿盜用了別人的東西。賓客格於體制與形勢，替府主座師或其他人代筆，也往往仍會收入自己的詩文集，不再掛別人的名字。因爲文章是「我」寫的，所以是「我的」❻。

據此，我們可以說：荀子韓非子，代表這種所有權作者觀業已興起，且來勢洶洶，頗有攻擊性。《呂氏春秋》《淮南子》，代表神聖性作者觀仍將固守陣地的企圖，但其勢力畢竟是在減弱之中。

七、作者觀在漢代的發展

(1)　確定原本的學術路向

兩種作者觀的消長之機，主要是在漢朝。漢朝經秦末大亂之後，迫切的時代問題之一，就是整理文獻，一方面徵甄佚亡，一方面整比異同。徵求來的佚書圖籍，當然要確定是誰作的、屬於哪一部書。這就涉及眞僞的鑒別以及作者的認定。而整齊異同，更含有一「定本」的觀念在。所以說漢代學術，有明顯的尋找定本的氣息，也有濃厚的尋找作者的意圖。

所謂尋找定本，我們立刻可以想起劉向、班固等人的校定經籍活動。通過這些大規模的經籍校定整理，他們也發展出一套完備的目錄、板本、校勘、輯佚、乃至訓詁的整理文獻方法，構成日後我國文獻學或「漢學」研究法的基本架構。利用這套方法，研究者假定有一個作品的原貌。只不過，在流傳的過程中，原貌有了剝蝕損毀，或增彩附色。研究工作，就是要掃除這些增飾、輯補這些殘缺，恢復其舊觀。

什麼叫做作品的原貌呢？他們認爲：作者寫定這篇作品時的樣子，就叫原貌。這個認定，再簡單清晰不過了。但是要確定這一點，勢必先證明誰是作者、何時寫定，對不對？於是，這就有了作者與作時的問題。

確定了作者，確定了創作時間，確定了作品的原貌，我們才能安心地閱讀這篇作品，享受作品所提供給我們的訊息。這個訊息，是作者透過作品傳達給我們的，所以，我們的一切閱讀，又都以確實掌握作者的原意爲宗旨。

這樣，「原作、原意、原貌」，就構成了一個詮釋結構，一切閱讀與理解的活動，都要納入這個框架中，才能進行。

(2) 探尋本義的解經傳統

但在這裡我們必須强調：漢代整理圖籍只是造成這個結果的原因之一。應該這樣說：儒家的神聖性作者觀，本來就蘊涵了轉變爲所有權作者觀的理由。因爲在前文我們討論荀子時已經說過，自命爲傳述者的後學們，彼此就會爭辯誰才能眞正了解作者的原意。

孔子的後學們，分成了八派。這八派，據《禮記》曾子的說法，乃是「各尊所聞」的發展。由於各尊所聞、各是其是，對孔門傳習的經典，解釋也就不會一樣，此所以《詩》有齊、魯、韓、毛；《春秋》有公羊、穀梁等等。這些不同的學派，都不約而同地提到有關「口說」的問題，只不過强調的程度不盡相同而已。所謂口說，即師弟相傳，口述傳播的微言與大義。各派所根據的本子可能是一樣的，但由於口說不同，以致各派各尊所聞，對經典和作者的理解大相逕庭。

因解釋不同，形成不同的家法、師法，是漢代學術的基本狀況。然而正由於解釋甚爲不同，彼此競爭，遂越來越要指實何者始確爲某作者所作（例如：某句話眞是孔子說的嗎？），倘某作品確爲某作者所作，則該作者到底要說什麼？這就也走上追究原作與原意的路子上去了。——這與前述第一個原因本來是矛盾的，但居然殊途同歸！

例如《漢書・藝文志》說：「漢興，魯申公爲詩訓故，而齊轅固、燕韓生皆爲之傳。或取《春秋》，雜采衆說，咸非詩本義。與不得已，魯最爲近之」。所謂傳，就是傳述的意思。以劉向班固這些整理圖籍的人來看，這些傳述，均非原貌原意，所以批評它非本義。但從三家詩本身或屬於古文的毛詩去觀察，我們卻又可以發現各家詩幾乎都在逐首指實該作者是誰、本義爲何。如《韓詩外傳》說〈漢廣〉是孔子南游至楚，見女子佩瑱浣衣，叫子貢去調戲她而作的。這種解詩法，近乎杜撰本事，乃後世《本事詩》之濫觴。所以它本身固然是神聖性作者觀底下的產物，傳述時添油加醋、繪聲繪影，乃其本份。可是，經由他們的傳述，卻是朝向確定作者、作時、作意的路子在發展，本義與本事的追尋，構成了漢人的解詩傳統。神聖性作者觀也順乎自然地就轉換成所有權作者觀了❼。

(3) 公羊家作者觀的普遍化

不只此也。試看司馬遷的例子。司馬遷《史記．屈原列傳》說：「余讀〈離騷〉〈天問〉〈招魂〉〈哀郢〉，悲其志。適長沙，觀屈原所自沈淵，未嘗不垂涕，想見其爲人」。他顯然已把〈離騷〉等一系列作品視爲屈原這一位作者所作，讀者閱讀這一作品，即可以了解作者的「志」，並進而「想見其爲人」。另外，他又在〈太史公自序〉中說：「夫《詩》《書》之隱約者，欲遂其志之思也。昔西伯拘羑里，演《周易》；孔子戹陳蔡，作《春秋》；屈原放逐，著〈離騷〉；左丘失明，厥有《國語》……《詩》三百篇，大抵賢聖發憤之所爲作也」。顯然他是把〈離騷〉跟《詩》《書》《春秋》《國語》……等書視爲同類性質的著作：都是某一位作者，在某個創作動機的驅動之下，爲了表達其個人之思與志而創作出來的。

依司馬遷的語脈來觀察，他已經把這一情況，視爲作品之所以產生的通例：不只〈離騷〉或其他某一本書如此，凡作品，幾乎都可以說是「大抵賢聖發憤所爲作也」。

這其中特別值得注意的，是他講到「孔子戹陳蔡，作《春秋》」。司馬遷曾跟董仲舒學過《春秋》，這裡似乎即採用了公羊家對《春秋》的基本看法。此一看法堅決反對孔子只是一述者、只是編輯整理古代文獻的人；反對《春秋》乃是史官之記載。認爲孔子是玄聖、是素王、是作《春秋》的人、是在爲漢制法。

環繞這一說法，孔子被描述爲一神靈降生的聖人；而其所作之《春秋》等書，則猶如預言，且其辭旨甚爲隱曲，必須經由師法「口說」，才能了解。所以後來劉歆推崇古文，即攻擊今文家「信口說而背傳記」。章太炎也批評漢儒「說經者多以巫道相糅，故《洪範》，舊志之一篇耳，猶相與抵掌樹頰，廣爲紬繹。伏生開其源，仲舒衍其流。……以經典爲巫師預記之流，而更曲傳《春秋》，云爲漢制法。……昏主不達，以爲孔果玄帝之子、眞人尸解之倫。讖緯蜂起，怪說布彰，曾不須臾，而巫蠱之禍作，則仲舒爲之前導也」（文錄卷二・駁建立孔教議）。

今文、古文的對諍，可以視爲兩種不同作者觀的衝突，因爲古文家就是堅決反對孔子作《春秋》的。但西漢流行的，正是以孔子爲作者，而自居於述者的學風。述者解作者之作，猶如巫覡解神靈之讖言，一方面深感其隱曲模糊，一方面又要盡力闡述之。由於它是隱曲的，所以解《春秋》的人，稱《春秋》中有微言大義；司馬遷則認爲《詩》《書》也是隱約的；〈詩大序〉也說〈風〉是「主文而譎諫」。對此隱曲難明之作，述者把它視爲神聖的眞理啓示，不敢小覷，務求解明闡釋之。所以才會形成章太炎所說那種「抵掌樹頰，廣爲紬繹」的狀況。此即漢人的章句之學。所謂章句，乃是逐句闡述，分章講論的，其文甚爲繁富，故《漢書・夏侯勝傳》謂勝「牽引以次章句，具文飾說」。

換言之，在今文經學的普遍影響下，漢儒解經，仍保持神聖性作者觀，自居於述者的地位。但將經典視爲孔子這一位作者所作的態度，亦已畀予作品一所有權的觀念。這一觀念，運用到六經以外的作品上去，便很自然地也把那些作品視爲某一位賢聖所作。

最典型的例子就是司馬遷提到的〈離騷〉。

王逸的《楚辭章句》，即是將解經的章句之學，移用到《楚辭》上去的實驗。而據其序文，知在王逸以前，班固等人已有了類似的嘗試，他說：「淮南王安作《離騷經章句》，……而班固、賈逵復以所見改易前疑，各作《離騷經章句》」。稱為「離騷經」，乃是將〈離騷〉予以經典化；經典化之後，此一作品即可以如六經那樣，指實為某一人所作。而述者亦可以根據其作品，章句闡明之。

可見這是在西漢今文經學的發展下，將作品之作者所有權逐漸普遍化的結果。作品為一位作者所作，已成所有作品之通例。《春秋》為孔子作、〈離騷〉為屈原作、《國語》為左丘明作、〈七諫〉為東方朔作、〈九懷〉為王褒作……，甚至《呂氏春秋》，也是「不韋遷蜀，世傳呂覽」，仍可以視為賢聖發憤之所為「作」。

八、作者的世俗化：文吏與文士

這也就是說，神聖性作者觀從戰國末期逐漸式微之後，經漢代新的發展，而竟轉變成所有權作者觀獲得普遍認同的局面。在此情況之下，作者的神聖性降低了。著作固然仍是一件崇高偉大的事，卻不必然只有聖人才能從事，不必只有天才始能創作。每個有志者似乎都可以撰寫作品，以使自己名垂久遠。

這就是作者的世俗化。也就是「文人」這一流品之所以出現於漢朝的原因。

所謂文人，是專指那些能夠寫作的人，這種人乃是新時代裡世俗化了的作者，與志在祖述的儒家大異其趣。當時的儒家，仍是述而不作的，他們的工作，王充說得極為清楚：「能說一經者，為儒生」（論衡・超奇篇）「儒生籀經，窮竟聖意」（程材篇）。旨在玩索作品，以探作者之意，而非自己寫作品。文人則不然，他們不必窮經，不必籀聖，他們自己就要創作且能創作。

這類文人的出現，有幾種型態。一種即如司馬遷這樣，以孔子作《春秋》來自我期許，使自己成作者。一種則屬於戰國策士著書持說的延續，像陸賈《新語》便有此氣味。另一種則是新時代統治結構變遷之後，出現的一批「文吏」與專藝文人。

漢代統一天下之後，士與統治王權之間的關係即發生了劇烈的變化，他們的處境，與戰國時期大不相同。這些不同，在東方朔〈答客難〉、揚雄〈解嘲〉、班固〈答賓戲〉諸文中，均有深刻的剖析。而面對這一處境。他們的回應之道，當然也各不相同。這其中除了涉及人生觀及價值抉擇的問題之外，大體上我們可以朝幾個方向來觀察。例如王充，《論衡‧須頌篇》說：「漢家功德，頗可觀見，今上即命，未有褒載，論衡之人……為此畢精。故有〈齊世〉〈宣漢〉〈恢國〉〈驗符〉」，這是著文贊頌此一「偉大時代」的。還有些人，並不站在局外贊頌此一時代，而要積極地進入官僚體系，為時代服務。這些人，也能寫作，特別是官文書的寫作。故此等人可稱為文吏。

《漢書‧兒寬傳》曾提及「文史法律之吏」，《論衡‧程才篇》說：「文吏，朝廷之人也。幼為幹吏，以朝廷為田畝，以刀筆為耒耜，以文書為農業」。這些人擅長簿書筆札，對於只知祖述古人、誦說經義，而不擅屬文，「文辭卓詭，辟刺離實，曲不應義」的儒生，自然頗為輕視；而儒生也看不起文吏，所以《論衡‧謝短篇》說：「儒生能說一經，自謂通大道，以驕文吏；文吏曉簿書，自謂文無害，以戲儒生」。

文吏是為朝廷辦事的人，文書筆札之能，只是一種工具。但朝廷所用之人中，卻不乏只賞其筆札，而不必責其幹濟者。這就是朝廷所養的文學侍從之臣。如梁孝王好文學，鄒陽、枚乘、司馬相如皆在其處；後來司馬相如等，又得到漢武帝的賞識。據《漢書·嚴助傳》，武帝於此等人，皆「倡優畜之」。這就是把寫作視爲一種技藝，與倡優歌舞之技藝視同一類了。

對此狀況，具有傳統意識的儒者當然也頗表不滿，如揚雄就曾說：寫作是「雕蟲篆刻，壯夫不爲」。這與《論衡》描述儒生看不起文吏一樣，都可以看做仍然保留神聖性作者觀的儒生，心目中依然把創作視爲神聖的事業，依然只願自居於祖述者，自認爲能從聖人的著作中獲得眞理。對於新興的世俗化作者觀，無論它是文吏型態還是文人技藝型態，都表示不能欣賞。

但儒生只能祖述而無法著作，卻成爲新時代中被普遍攻擊的弱點。所以像班固在〈答賓戲〉中就說：

> 若乃牙曠清耳於管弦、離婁眇目於毫分、逢蒙絕技於弧矢、般輸榷巧於斧斤、良樂軼能於相馭、烏獲抗力於千鈞、和鵲發精於鍼石、研桑心計於無垠。走亦不任廁技於彼列，故密爾自娛於斯文。

這顯然是把文章寫作視爲一種諸如相馬、聽琴、射箭、看病的技能了。班固這位學者，已從瞧不起技藝、以別人把文章寫作視同技藝爲可恥的情況中，轉換到自覺地以文章寫作爲一種技藝，而且是可以安身立命、表現自我的技藝。到王充，更直接地認爲儒者必須爲文著作：

> 通書千篇以上……而以教授爲人師者，通人也。杼其義旨，損益其文句，而以上書奏記，或興論立說、結連篇章者，文人鴻儒也。夫能說一經者爲儒生。博覽古今者爲通人。采掇傳書，以上書奏記者爲文人。能精思著文，連結篇章者爲鴻儒。（超奇篇）

《春秋繁露》曾說：「能通一經曰儒生，博覽群書號鴻儒」，王充的說法顯然已有了改變。儒者不能只述不作，必須能上書奏記如文吏、又能興論立說爲作者。

不論是王充的期許，還是班固的說詞，都顯示「文人」已正式出現了。述而不作的型態，澈底打破，儒者必須擅長文章寫作這種技藝，才能成爲文人、成爲鴻儒。《論衡・佚文篇》說得好：「文人宜遵五經六藝爲文、造論著說爲文、上書奏記爲文、文德之操爲文」，文之德大矣哉！文人的地位，在儒生之上，因爲他們能著作，仍是有過去承認「作者之謂聖」的傳統神聖性尊嚴。從此之後，〈儒林傳〉與〈文苑傳〉開始分立，劉劭《人物志》中也正式把「文章」視爲「人流之業」十二種之一，說：「文章家，能屬文著述，司馬遷、班固是也」（流業篇）❽。

此一發展歷程，使得所有權作者觀得到進一步的鞏固，不僅作品所有權的觀念，普遍運用到所有的作家與作品身上；作者之神聖性亦降低成爲人人可以追求的目標；寫作活動，則不必是爲了傳示眞理，只在顯示作者駕馭文字、結連篇章的能力。漢代末期以後，文學寫作的蓬勃發展、文士階層的興起，都與這一發展有著密切的關聯。

但是，這一發展中存在著本質上的困局：文章寫作的技藝化，與要求儒生成爲文人之間，隱藏著難以化解的衝突。——基於作者與述者的不同，儒生與文人、儒林與文苑必須分開，

《人物志》把「儒學」與「文章」分爲二種流業，即由於此。某些時候，他們又希望儒生能兼文章，因爲儒家所祖述的周公孔子就是作者，高明的儒者，應該也是如周孔那樣能夠著作的作者。這種人，王充稱爲鴻儒。他不僅是儒生的最高標準，也是文人的最高標準。因爲依儒家「作者之謂聖」的傳統理念來說，文人既能著作，則此種寫作便不應只是一種文字技藝，即更應該能具有「聖」的內涵，能宣布眞理（道）、示人生以準則。

而反過來說，假若我們不把文章寫作視爲一項技藝，寫作便不可能成爲一種自覺的活動，一切創作之規範即無從討論、創作之技術亦無法改進。漢魏以後，文學的發展，至爲迅速蓬勃，正得力於此。所以〈詩大序〉只談到「詩言志」的層面，即作文之志的方面；〈文賦〉《文心雕龍》卻大談「爲文之用心」，對於寫作的文字處理問題，多所探討。

換言之，自從文吏出現之後，文學即常被視爲必須有益於朝廷施政之物；自儒生之文士化之後，文學又常被認爲必須「達聖意、通大道」；但文章寫作之技藝化以後，文學固然被看成是一項專門技藝，卻保有殘存的「作者神聖性」。所謂「伊茲事之可樂，固聖賢之所欽」〈文賦〉，具有創作者的榮耀。這些都是在作者的地位世俗化、神聖性轉爲所有權的趨勢中形成的，但彼此卻互相衝突。曹丕說：「文章爲經國之大業，不朽之盛事」，即屬前二種觀點。依此類觀點，往往會鄙夷文之技藝化，謂其爲雕蟲篆刻，「一爲文人便無足觀」。反之，從文章之技藝面來討論文學的人，也常自命不凡、自我尊崇，並諷嗤儒生不善屬文。彼此形成內在的緊張關係。化解此一緊張關係的方法，通常是從討論文之技藝面出發，而歸趨於「文原於道」或承認「伊茲文之爲用，濟文武之將墜，宣風聲於不泯」〈文賦〉。此一脈絡，自漢末以來，即屢見不鮮[9]。因爲文章著作固然已是人人可爲，作者，卻仍要以孔子爲典範；作品，仍要以六經爲圭臬。依前者，文章必須徵聖；依後者，著作必須宗經。世俗化了的文人作家，已經所有權化了的作品，唯有通過這樣的辦法，始能獲得神聖性；否則便僅爲一技術，微不足道。

九、創作的新傳統

(1) 創作活動的改變

總之，這樣的發展脈絡，甚爲曲折複雜：作者由聖賢下降爲文人，文人又自期上升爲聖賢；做爲述者的儒生，有時要成爲扮演作者角色的文人；有時又不免用「作者之謂聖」的標準，來批評新的、世俗化的作者（文人）。

但不管如何，作者、作品、寫作活動與閱讀行爲至此皆已全面改變了。

例如作者的世俗化和文章著作的技藝化，即顯示了著作權的解放。此一解放，乃漢代學術發展之理性化「除魅」結果。表面上看，漢代經學充滿了災異禨祥、五行陰陽之說，而事實上那亦可以看出漢人企圖洞窺宇宙秩序的用心。其經學辯難及釋經之作，更是高度理性化的表現，故民國初年的研究者，才會將之與「科學方法」相類比。經由此一理性化的發展，作者的神秘性逐漸解消，而終至「除魅」爲人人都可以是作者、人人都可寫出作品的地步。

著作權既已解放，則創作者就不必是超出衆人之上的聖人與天才。創作活動的神聖性，亦降低了。不必具有啓示眞理之類性質，只如工匠造一鐘錶器械而已。這樣的創作，即不必需要創造性的才華，而是一項可以學習的技藝了❿。

所謂「是一項可以學習的技藝」，其實包涵意蘊甚爲複雜。就其爲一人爲的作品而言，它與自然相反；就其包含著普遍性法則而言，它又與簡單的經驗相反。因此，創作不再是一種類似「夢與神交」的神聖經驗，仰賴靈感與冥會；而是理性化的行爲，其技術與法則，亦可以形成一套實踐性知識，予以傳授。有關文章著作的學問，於焉形成。此即文「學」。從漢代末期開始，文體論、文律論等有關詩文之「法」的討論，正是在此條件下出現及展開的⓫。

此時，創作之源，不是神，而是人，是創作者自己。所以作者本人的身心狀況，即作品之具體依據：作者感物而動，以其哀樂發爲篇章；其年壽、體貌、遭際、心境、學思，不僅是影響作品品質的要素，更常成爲作品的內容。於是，著作成了極個人化的東西，不再如山歌樵唱那樣，可以傳唱，呼應、同其哀樂。也不像說故事、寓言或扮戲那樣隱沒自我，屬於「爲了眾人」言眾人之志的、創作型態。它只訴說他自己，每篇作品上都要烙上作者的印記。猶如某窯燒出的瓷器，上面必要標明年代及窯名，所謂「其中有人，呼之欲出」「必其中有我」。整個創作活動，旨在表達自己、紀錄自己、複寫自己，言自己的志。

再以作者的性質來說。在神聖性作者觀中，作者之謂聖、述者之謂明，傳述者不自居於作者的地位，只在傳述古先聖哲之所作而已。創作之功，歸於古人。所有權作者觀，則重視作者的智慧財產權與勞動功績，除非別有用心，否則不能掛上旁人的名字，使其尸作者之榮耀。這就是所謂「盜用」「僞作」或「托古」的說法。在神聖性作者觀的時代，無此說詞，因爲傳述與推尊作者，本身即被視爲一種美德。用宋元以後書刊版權的觀念來說，一是「版權所有，翻印必究」，一是「歡迎翻刻，以廣流傳」。這種鼓勵傳述的作品，多半被認爲是對社會有益的好書，亦即具有神聖性，特別是儒道釋經典、善書之類。寫出這些神聖性作品的，自然也就不會是一般人，而是古之聖賢。但從所有權式作者觀看，有些善書，明明是後人所寫，卻說作者是某某前賢，就是「假托古人」啦！

(2) 哀怨精神的崛起

著作權解放、寫作技藝化、作品個人化、文學建立成一門學問，這些，代表了整個創作活動已有了本質性的改變。相應於這些變動，作者的創作態度亦有了具體的變化。

在神聖性作者觀的時代，不論作者是否可以確指，作品都代表衆人的聲音，其意旨是普遍的，對每個人都有意義，所以才會傳述廣遠。其意含又往往是外指的，帶領衆人去認識世界、理解社會、體會宗教與歷史。這時，作品通常總是充滿了贊頌的態度。是對天地、神祇、祖先、國族社會、偉人聖哲的謳歌。如宗教聖歌、祭曲、英雄詩篇、偉人故事、傳奇……等等，其中均充滿了驚異、歡樂、唱嘆、頌美。人生不是沒有憂苦，對社會不會沒有批評，但整個精神卻是以贊頌爲主的。

到了所有權作者觀代興之後。作品之旨意是個人的，只對他自己有意義。作品不再外指，而以內在指向作者個人世界爲主，帶領讀者了解創作者內在心靈。但是，作者爲什麼覺得他內在的世界需要人了解呢？這時，往往是因爲他覺得別人不夠了解他，感到遭了誤解，所以才需要傾訴、需要表白。因此，這樣的作品，主要的精神就不可能是贊頌，而是哀怨。

李白〈古風〉說得好：「大雅久不作，吾衰竟誰陳？」。大雅不作的原因，即在於：「正聲何微茫，哀怨起騷人」。自楚騷以後，揚馬崛起，作品皆隸屬於某一所有權的作者，哀怨的精神就成爲作品的主調。依正統的「詩經學」觀點，哀怨風刺者皆爲變，頌贊始爲正，所以李白惋惜正聲之消熠。李白本人曾自述：「我志在刪述」「希聖如有立」，所以他才會在所有權作者觀大行之際，昌言復古，不以作者而以述者自期。

通過這一對照，我們便會發現：「屈平、宋玉哀而傷，靡而不返，六經之道遯矣」（李華〈贈禮部尚書清河孝公崔沔集序〉）。從屈原以後，創作的精神就轉變了，韓愈說：「大凡物不得其平則鳴。……楚，大國也，其亡也以屈原鳴」（〈送孟東野序〉），指的就是此事。這種哀怨悲鳴的精神，一旦成爲主調，我國文學中自然便充滿了「文士多數奇，詩人尤命薄」（白居易·序洛詩）「文窮而後工」等嘆老嗟卑、怨天尤人的表現與理論。

然而，所謂哀怨起騷人，未必即是《楚辭》的本相。近代的研究者，多半懷疑是否眞有屈原其人；〈離騷〉等篇，更不一定眞出其手。因此，「屈原作離騷」這一認定，本身便是漢人替作品確定作者所有權的產物，也代表了漢代文人的意識，所謂：「賊星犯台垣，文人不得時勢，山林必多隱逸」（《開元占經》七六引〈河圖帝覽嬉〉），所以才出現了放廢隱居、行吟澤畔的屈原形象。章學誠〈屈賦章句序〉曾說：

> 〈東皇太一〉，不過祀神，而或以爲思君。〈橘頌〉嘉樹，不過賦物，而或以爲疾惡。朱子曰：「〈離騷〉不甚怨君，後人往往曲解」，洵知言哉！

魏了翁《鶴山渠陽經外雜抄》卷二也提到：「世傳原沈流，殆與稱太白捉月無異」。屈原這個人的生平事蹟尙多附會，作品是否都是那樣嫉惡怨君，更成問題。但在所有權式作者觀底下，解釋者一古腦兒全往屈原生平遭際及哀怨態度去設想了。以致〈橘頌〉之「頌」，也要講成是作者的不平之鳴[12]。

(3) 閱讀之目的與方法

由此可知，神聖性作者觀在漢代，正逐步發展而轉變爲所有權的作者觀。作品的精神方向在改變，讀者的閱讀方法與期待也因此有了變化。每一作品均有一位單一的作者，成了我們對作品的基本了解；探尋作品之原貌、追問作者之原意、確認某一作品之作者與寫作時間，亦已成爲詮釋及閱讀作品的基本課題。通過這些工作，讀者努力地去貼近作者，以了解作者所欲言之意，想見其爲人，以與作者溝通。

這種漢人發展出來的解經傳統，包含了以下幾個方面：⑴以目錄、板本、校勘、訓詁、輯佚、考證等等手段，追求「定本」與「原貌」；⑵以考證和知人論世、探索「本事」等方法，確定作者、作品寫作之時代年月與寫作動機；⑶以闡述章句之工夫，詳細確認作品提供的訊息，以便了解作者的原意本衷，以見作者之志。整個閱讀活動，歸結於此；倘能如此，便爲「知音」，便能理解作者內在隱密幽微的世界。

秦漢之際的《呂氏春秋》，第一次提到「知音」的問題，〈孝行覽·本味篇〉載：「伯牙鼓琴，鍾子期聽之。方鼓琴而志在太山。鍾子期曰：『善哉乎鼓琴，巍巍乎若太山！』少選之間，而志在流水。鍾子期又曰：『善哉乎鼓琴，湯湯乎若流水！』」——這種知作者之志的知音狀態，是後來作品閱讀所祈嚮的最高境界。而要想達到這樣的境界，通常總要運用孟子所提出「知人論世」和「以意逆志」的辦法。

但是，這種解讀策略是有困難的。因為有許多作品事實上無法找到作者，或無法確認作者為誰，更有些作品為二人或兩人以上合作，這些作品便無法利用此一解讀策略去處理。例如柏梁體詩，一人一句；韓孟聯句，一人一聯，其中並無統一的一個作者之志。又如南朝〈子夜歌〉之類吳謳西曲，往往難尋主名；且常見套用樂府曲辭，與自己心志遭際無關的情況。還有，仿擬與代作，後世亦屢見不鮮。都用這種求作者之志的辦法去求解答，要不就是在很多地方束手無策，要不就是杜撰本事，或強拉一人來應卯、聊充作者。

作者之問題既已如此，詩旨文意的判斷，亦復問題重重。因為以讀者之意，逆作者之志，本身便有相當的困難。何況對「論世」、對於歷史的理解，也是人各不同的。以此探尋作品之原意，欲見作者之本衷，更是戛戛乎其難哉！

更有甚者，這一解讀策略中，面對的是一不變的、穩定的作品。此一作品，猶如昔日某一巧匠造一鐘錶，我們見此鐘錶，即宜考其創造之動機、創造之技巧、創造之時地等等。鐘錶是不會變的東西，作品也是不可改變的，倘有剝蝕或後人之附飾，則應查明，使其恢復舊觀。這就是「定本」的觀念，要尊重作者的創作權。

可是我們都知道，作曲者作了一闋歌曲，不同的演奏者和演唱者，便會奏出、唱出許多不同的歌曲。學戲人學的，是「梅蘭芳的貴妃醉酒」「余叔岩的二進宮」，而不是「貴妃醉酒」和「二進宮」。以文字寫成的定本，在此恰好只是個未完成的作品；而且是仍然可以增刪改動的本子，每個演奏者和演唱者都可以有不同的處理。梅蘭芳就跟程硯秋不一樣。

這一現象不僅打破了定本的作品觀，也打破了所有權的作者觀。作品在作者手上並未完成，在流傳的過程中，它仍在不斷「書寫」及衍變之中。而不同的傳述者，即參與了作品的繼續書寫活動。必須經由作者與述者共同合作，才能完成一個完整的作品。在此情況下，述者對一作品之成敗，不僅有舉足輕重的地位，甚且常要超過原初的作者。因爲不論原初那位作者提供的作品如何粗糙、簡陋，述者都能化腐朽爲神奇，使該作品得到新的、完美的生命。從這個意義上說，這位述者才是此一完整的作品的作者。

不但在所謂「梅蘭芳的貴妃醉酒」這一事例中，我們可以觀察到這個道理。在話本、戲曲、彈唱等與表演藝術有關的作品中，乃至孔子贊《易》這類事實中，我們也不難發現此一問題。研究《易經》是誰作的、其本意如何，可說並無太大的意義，或只有歷史考古的意義。因爲《易經》之所以值得重視，全是孔子贊《易》的結果，「《易》自孔子闡發羲文之旨，而後《易》不僅爲占筮之用」，故後人所讀之《易》，本非原初占筮之《易》，而是孔子參贊之《易》。皮錫瑞即是在這個意義上說：「《易》爲孔子所作，義尤顯著」（《經學歷史》一）

同理，文學史上不乏同一劇本，原無藉藉之名，經某人演出乃大放異采的例子。也有同講水滸故事，而巧妙各各不同的事情。至於樂府詩，原曲辭可算一底本，各代作者依這一底本寫出各各不同的作品來，亦與同一曲「蘇三起解」各個不同演唱者不斷在演唱一樣。跟說書人據同一底本，講出不同的故事；或塡詞者，依一闋詞牌曲式，作出不同的「菩薩蠻」「浪淘沙」等等，也沒什麼不同。

這些作品，都不適宜用所有權式作者觀去觀察，也不能以上述那種解經策略去閱讀⑬。更進一步說，整個閱讀的目的，也未必就是「知音」。

孔子曾說：「小子何莫學乎詩？詩可以興、可以觀、可以群、可以怨。邇之事父、遠之事君，多識於鳥獸草木之名」（《論語・陽貨》）。詩可以興、觀、群、怨，充分顯示了詩是在群體傳述、感發之間活動的，不是爲了面對某一獨特的心靈，與之交通知察。這是根本閱讀目的差異，解讀作品的策略隨此目的之不同而產生嚴重分歧，是極爲自然的。

十、餘　論

中國的作者觀，從孔子以後，歷經各種複雜的變化，到漢代終於成功地由神聖性作者觀轉換到所有權式作者觀。並通過這一作者觀，建立起新的傳統，在創作型態、作品性質、閱讀行爲等各方面，都跟從前有著極大的不同。這些不同，如上所述，中間有一歷史發展的過程，曲折繁複，牽聯甚廣，凡儒學、經學、文學各方面，皆有關涉，乃是摸清秦漢以迄魏晉一段學術文化變遷狀況的重要線索。而通過兩種作者觀的對比，我們也可以比較了解後代一些論爭的原委，例如朱子與陽明之論聖人，或方玉潤等人爲何不滿〈詩序〉的解詩方式……之類。

不過，神聖性作者觀與所有權式作者觀固然在許多方面都是對立的，但彼此又有一發展的關係。如秦漢間之所有權式作者觀，就是由神聖性作者觀逐步發展而成的。同理，漢末所有權式作者觀取得新優勢之後，往往又必須重提或回到神聖性作者觀。此話怎講？蓋作者世俗化、喪失其神聖性之後，作者是以作品的創造者、所有人自居的。我，即爲創作之源。一切作品之理解，均將從我的生平、歷史條件、心理狀態、寫作能力等方面來索求。這是無庸置疑的。作者也因其能創作精妙的作品而受人尊崇，享受作品所有人的榮耀。然而，漸漸的，到宋代，文學理論上發展出一種說法，認爲眞正的作品，並非作者憑其學問技藝所能創造，而應該是「文章本天成，妙手偶得之」（陸游語）或「箭在中的非爾力，風行水上自成文」（姜夔〈以詩送江東集歸誠齋〉）。寫作作品的人，反而不重要了，要「忘」掉，讓自然來書寫；或寫作作品的人，並不被認爲是眞正的作者，眞正的作者是天、是道、是自然。不只文學理論如此，一切創作，都涵有這樣的祈嚮⑭。從歷史上看，那就是：先從神聖性的解消，使人獲得作者的榮耀；再由人的地位，上升，以使其合於自然、天、道、聖。始於作者之世俗化，由天而人；終於以人合天。

正因爲如此，故所謂漢代以後所有權式作者觀已成爲一新傳統，並不是那麼僵化的。例如「知音」的企求，一旦遭遇到解釋上的困難，往往便重提「興」；盡往作者生平、本事、原意上去想，碰壁以後亦常改由不必確定作者、集體創作、比興、寓言等方面想。像前述《金瓶梅》《紅樓夢》各書的作者問題就是如此。王夫之曾說：「詩可以興、可以觀、可以群、可以怨。可以云者，隨所以而皆可也」（〈詩繹〉），也是主張不必探求詩的定解本意、可以隨人自得⑮。

其次，值得注意者爲：所有權式作者觀之鞏固與大行其道，與文人階層的確立，甚有關係。因此，整個文人寫作傳統，大體上是以所有權式作者觀爲主導的。但在民間文學的傳統裡，神聖性作者觀仍大行其道。對於這些傳說、演義、說唱、雜耍，倘若執著於所有權作者觀，追查作者、拼湊定本、探討本意，實在是驟頭不對馬吻。但是這點也不能予以絕對化，認爲民間文學與文人作品的主要區分即在於此。因爲許多詩文也保留了神聖性作者觀，或者意圖由所有權式作者觀轉化爲神聖性作者觀。反之，許多民間文學在寫作時另有因緣，也會採取了所有權式作者觀的一些寫法。不能一例相量。

但大體說來，作者觀的區分與轉變，不失為了解中國古代學術發展、民間文學與文人傳統之關係等問題的好鑰匙。與西方對比，尤覺有趣。Harold Bloom "Anxiety of influeace"一書曾謂中國人注重述，看重與前人的繼承關係；西方則看重創造，强調與前人的斷裂關係。此說有一部分是對的，不僅在神聖性作者觀中强調傳述，即使是所有權式作者觀，也注重學習。因此中國人論著作，往往是說「著述」，而不說「創作」。說自己在從事小說創作什麼的，乃是近代受西方文化洗禮而云然。

另外，「藝術」一辭，在西方古代，係表示一種諸如建屋、雕像、造船、縫衣、燒陶之類技術。這些技術，都需要有一套規範性的知識，因此某些屬於運用靈感與經驗的技藝，如詩歌便不算在藝術之內。藝術家是工匠，詩人則是吟唱者(bane)與哲學家。詩並非出於常規而係由於創造；並非生於技巧，而是來自靈感。而且詩與預言有密切的關係，它不是雕刻或塑陶那樣的人類的活動，因為它受到諸神的啓發；所以它也常具有令人神魂顚倒、心神恍惚的魔力。又由於它可與諸神相溝通，故詩人往往宣示了眞理，與哲人屬於一類。

這種藝術與詩歌的區分，有點近似我國有關作者與述者的分別。「藝術」之必須尋找規範，且否定「創造性」而强調模倣說，均類似我國所有權式作者觀中蘊含的觀念。詩歌的預言性質、啓示眞理能力、仰賴靈感等等，則近乎神聖性作者觀。到了亞里士多德，將詩與藝術都界定為模倣性藝術之後，詩的地位才被壓低。而到希臘主義階段，則將視覺藝術的地位抬高到與詩相當，具有神聖性的地位。這種地位高低的變化，與中國文章著作之世俗化，然後又上升神聖化，亦有同工之妙。這些類似處，當然仍需要精細地處理，因為其內涵頗為不同，如詩的神聖性，被認為來自非理性的力量，就與中國人的觀念大有距離。在範疇上，這種詩與藝術的區分，也無法與中國涵蓋一切著作的作者觀相比，與作者、天才有關的「聖人」概念，及其包涵之論爭，亦非西方所有。但不管如何，這樣的對比，甚爲有趣，值得繼續。

本文對以上這些問題，只是粗發其凡，許多地方皆有待闡發申述。但我只想如此寫，且只寫到此，其他的留給讀者去引申、傳述罷！

附註

❶ 中美著作權談判以後，著作財產或智慧財產權的規定與觀念，業已全面控制了言論市場。視傳述爲不道德，或須付費才能轉錄傳述，已爲理所當然之事。其實此事是否如此理所當然呢？

❷ 〈漢廣〉的解釋，下文還會涉及。另參江乾益〈詩經漢廣之研究〉，七七年五月，中興大學《興大中文學報》，第一期。

❸ 莊子的篇次問題，詳王叔岷〈論今本莊子乃魏晉間人觀念所定〉，七七年十一月，台大中文學報，第二期。

❹ 近人如李辰冬等，謂《詩經》爲尹吉甫一人所作。只此一詩，已明白證知《詩經》作者必非尹吉甫。凡謂《詩經》爲一人所作者，皆如漢人硬找一屈原來擔《楚辭》作者之名而已。是用所有權作者觀扣在《詩經》身上的結果。此一「尋找作者」的活動，又詳後文。

❺ 這也就是說，所謂辨僞，是站在一個偏狹的作者觀上發展出來的治學方法，故對另一種作者觀，會因陌生而感到恐懼、厭惡。其次，辨僞也可能出於學術上一種僞裝的眞誠。因爲辨僞表面上是追求信實可靠的資料，以免研究者誤入歧途，但因僞不僞的判斷，很多地方必須仰賴辨僞者

的經驗、成見、主觀好惡，故往往越辨越糊塗，衆說紛紜，各執一詞。論者相信某篇或某書爲僞，很可能只是因爲如此乃便於解說論者心目中已有的歷史圖象。所以，遇到某個問題，我們解釋不通時，即說該文爲僞造，既方便俐落又可博得客觀科學之名。此風不自近代始，明朝熊伯龍《無何集．讀論衡說》就提到他友人因感《論衡》立說矛盾，故疑其中含有大量僞作的事。民國胡適也指出該書〈亂龍篇〉與其他各篇宗旨相反，故爲僞作。事實上，《論衡》中哪有僞篇？這些都是不細心讀書、又讀不懂書的人在那兒瞎疑心（參看李偉泰《漢初學術及王充論衡述論稿》二二九頁〈以僞作解釋矛盾現象的商榷〉，七四年長安出版社）。

❻ 關於代作的問題，另詳龔鵬程〈論李商隱的櫻桃詩—假擬、代言、戲謔詩體與抒情傳統間的糾葛〉，書目季刊，二二卷一期。收入《文學批評的視野》，民七九，大安。

❼ 呂思勉《讀史札記》乙帙〈漢儒術盛衰下〉條云：「陳蘭甫謂孟子及《禮記．坊記、中庸、表記、緇衣、大學》引詩，皆外傳體。蓋詩本謠辭，緣情託興，無所的指。然正以無所的指故，隨處可引申觸長，於事顧無所不苞焉，此齊、韓詩所以必取《春秋》、采雜說。而亦其所以能浹人事而備王道也」。對此中曲折，只說對了一半。齊詩韓詩是神聖性作者觀底下的產物，但它們同時也在朝確定作者與本事的方向發展，只是他們指實的作意較複雜，並不全從政治方面立說而已。

❽ 以上另參龔鵬程〈世俗化的儒家：王充〉，見《當代中國學》創刊號，民國八十。又，黃暉《論衡校釋》引孫人和曰：「何休公羊序曰：『是以治古學貴文章者謂之俗儒』，徐彥疏云：『謂之俗儒者，即《繁露》云：能通一經曰儒生，博覽群書號曰：鴻儒」。今本《繁露》脫此文。疑儒生、通人、文人、鴻儒之分別，仲任蓋依舊說也」。這個講法，我以爲可疑。一是所引《繁露》之佚文，究竟是眞佚文，還是漢末人觀念下的產物，不得而知，即由此文，亦只能證明俗儒與鴻儒的區分，古已有之，並不能證明王充的四分法亦沿用舊說。三、貴文章者爲俗儒，

這個觀念與王充恰好是相反的，黃暉引孫氏此說，未諦。

❾ 特別是唐宋以後文人與道學之爭、文人與學人之分，都應從這一脈絡去了解。

❿ 主張人人都可以作，打破作者之神聖性，把著作比於「上書奏記」的王充，就反對天才聖知說，認爲：「智能之士，不學不成，不問不知」，詳《論衡・實知篇》。

⓫ 另詳龔鵬程〈論詩文之「法」〉，收入民七七，時報，《文化、文學與美學》一書。

⓬ 在漢代這一趨勢中，主張所有權作者觀的王充，卻大力推揚「贊頌」的創作態度，實爲一異數。然此肇因於王充特殊的態度，亦詳注❽所引龔鵬程文。

⓭ 這也是我對當代小說戲曲研究方法的批評。我曾在民國七六年寫過〈我對當前小說研究的疑惑〉（收入注十一所引書），認爲搞考證、搜版本、定作者，對小說研究來說，可能毫無意義。最近，容世誠〈關公戲作爲一種驅邪儀式：兼談演出場合的研究在探討民間文學上的重要性〉一文，也指出：不能抽空地做故事主題的研究，因爲同一深層結構，可以附於不同的故事、人物之上（民國七八年民間文學國際研討會論文）。他講的就是傳述的型態。

⓮ 詳見龔鵬程《詩史本色與妙悟》，民七五，學生；及本書第一卷第三章。

⓯ 參見龔鵬程〈無題詩論究〉，中央大學人文學報，第七期。亦收入注❻所引書。另外，呂思勉《讀史札記》論〈詩無作義〉也是對知音說的反省，頗可參看。他說：

古之詩，與後世之謠辭相似，其原多出於勞人思婦，矢口所陳，或託物而起興，或感事而陳辭。其辭不必無所因，而既成之後，十口相傳，又不能無所改易。故必欲問詩之作者爲何人、其作之爲何事，不徒在後世不可得，即起古人於九原而問之，亦將茫然無以對。何也？其作者本不可知，至於何爲而作則作者亦不自知也。三家說《詩》，知本義者極少，即由於此。今所傳〈小序〉，乃無一詩不知其何爲而作；而其所爲作，且無一不由於政治；幾若勞人思婦，無不知政治之得失者。夫古者謂陳詩可觀民風，抑且可知政治之得失者。以風俗之善惡，與政治之得失相關也；非謂勞人思婦，無一不深知政治明乎其得失，且知其與風俗之關係也。所謂〈小雅〉譏己之得失，其流及上也。〈雅〉且如此，而況於〈風〉。若如今之〈詩序〉，則〈風〉〈雅〉何別焉？故今之〈詩序〉，不必問其所言者如何，但觀其詩之皆能得其本義一端，即知其不可信矣。《詩》有誦義，無作義，有以此爲攻擊今學之言者。《漢書·藝文志》，謂齊韓詩或取《春秋》，采雜說，咸非其本義是也。陳蘭甫辨之云：「今本《韓詩外傳》，有元至正十五年錢惟善序云：斷章取義，有合於孔門商賜言詩之旨。澧案孟子云：憂心悄悄，慍於群小，孔子也；亦外傳之體。《禮記、坊記、中庸、表記、緇衣、大學》引詩者，尤多似外傳。蓋孔門學詩者皆如此。其於詩義，洽熟於心，凡讀古書，論古人古事，皆與詩義相觸發，非後儒所能及。西漢經學，惟詩有毛氏、韓氏兩家之書，傳至今日，讀者得知古人內傳、外傳之體；乃天之未喪斯文也。《直齋書錄解題》云：《韓詩外傳》，多記雜說，不專解詩，果當時本書否？杭堇浦云：董生《繁露》、韓嬰《外傳》，偭背經旨，敷列雜說，是謂畔經；此則不知內外傳之體矣。」其自注云：「韓非有〈解老篇〉，復有〈喻老篇〉，引古事以明之，即外傳之體。其〈解老〉即內傳也」（東塾讀書記卷六）。愚案：觀此，即可知此體由來之古，所謂詩義洽熟於心。凡讀古書，論古人古事，皆與詩義相觸發者，古簡籍少而誦之專精之世，凡書皆然，正不獨詩；抑古之誦詩者皆然，亦不獨孔門之言詩者也。古人會聚，多賦詩以見志，即其一證。

第二章　中國文學藝術發展的結構：說「文」解「字」

一、詩是藝術最高的發展

克羅齊在《美學原理》中寫道：「諸藝術的區分，完全起於經驗。因此，任何將藝術作美學分類的企圖，都是荒謬的。……討論諸藝術之分類及系統的書籍，若全部付之一炬，絕無損失」（第十五章）。

幸好他這個焚書的建議並未實現，否則損失實在不小。而且，這一問題，亦非一把火就能解決的。早期有些人認爲可以把史詩改畫成一組圖畫；而且詩的價值，即可由是否能讓畫家翻譯爲畫來判斷❶。但後來大家就發現了美的普遍性與藝術類別之間，可能仍有衝突。如張岱《瑯環文集》卷三〈與包嚴介〉云：

詩中有畫、畫中有詩，因摩詰一身兼此二妙，故連合言之。若以詩句之畫作畫，畫不能佳；以有畫意之詩爲詩，詩必不妙。如李青蓮〈靜夜思〉「舉頭望明月，低頭思故

> 鄉」，有何可畫？王摩詰〈山路〉詩：「藍田白石出，玉川紅葉稀」，尚可入畫；「山路原無雨，空翠濕人衣」，則如何入畫？又〈香積寺〉：「泉聲咽危石，日色冷青松」，松、泉聲、危石、日色、青松皆可描摹；而咽字、冷字，則決難畫出。故詩以空靈才爲妙詩，可以入畫之詩，尚是眼中金屑也❷。

區分詩與畫之不同，指出它們各有審美的界限。這樣的區分，與萊辛（Lessing）在《拉奧孔》（Lao Koon）之中討論詩與畫的分界，性質相同。這些區分，都意識到了：各種藝術或許會因材料之不同與表現的可能性不同，而各有其特點及限制。因此我們討論藝術時，除了一般的藝術原理之外，也應注意藝術的類別及各類藝術間的關聯、異同等問題。萊辛將藝術分爲空間的、靜的（如圖畫、雕刻）；時間的、動的（如詩歌）兩種，認爲前者適合描摹物態，後者宜於敘述動作。後來哈特曼（E．V．Hartmann）主張把藝術分爲視覺（造型藝術與圖畫）、聽覺（音樂、語言、歌）及想像（詩）。康德依人意識中的感覺力，把藝術分作：感覺力（音樂）、直觀力（視覺是造型藝術）、想像力（詩）。就都屬於這一類工作。不論克羅齊如何詆毀它們的工作是「天地所不容的狂妄分類法」，討論藝術美，恐怕仍不能不注意到這個問題❸。而且，事實上此類討論，亦必愈趨細緻。我們可以從藝術品與時間空間的組織方面，描述其類別；也可以利用心理學對人類經驗和行爲模式的分類，來區別感覺、情緒、意志諸藝術；更可以依藝術材料之不同，探討其差異。這樣的研究，甚至可以關聯到風格學、比較藝術學與藝術形態學方面，精深繁複❹。

但本文的主旨，不在討論此一藝術分類的問題，而只是企圖指出：在藝術分類中，文學所佔的地位及其性質。

我們不妨借黑格爾之分類，來稍做分析。

黑格爾對藝術類型與種類的區分，實即爲他對藝術發展史的看法。依他看，最早的類型，是人類僅能以符號象徵地表現他朦朧認識到的理性，形成象徵型藝術。如印度、埃及、波斯等東方民族之神廟、金字塔等，即屬此類。等到人能很明確地認識到理念與感性形象，主客體能夠統一時，才能選擇以完美的人體形式表現絕對精神，形成古典類型藝術。但這些人體雕塑及古典希臘建築，借重有限的物質，實不能充分表達無限精神，故此即不能不逐漸轉變爲浪漫型藝術。他說：

> （建築、雕刻）藝術的材料都是單純的物質，即有重量有體積的物質具有空間存在的整體。……佔空間的外在形象，對精神主體性並不是一種眞正適合的表現媒介（美學‧第三卷‧第三部份序論）。

所以這時出現的第一階段，就是拋開物質，只保留外物之形象。這就是繪畫。然後，第二階段，再拋開物象，「不用佔空間事物的結構，而用在時間上起伏回旋的聲音結構」，此即音樂。但音樂僅能表現主觀感情的內在生活，而無力顯見外在的現實；且聲音本身，仍爲一感性材料。故由此更進一步，只把感性材料做爲傳達媒介來用，將感性材料降爲一種本身無意義的符號，詩就出現了。詩就是語言的藝術。

這種語言藝術有幾個特點，一是它是最能凸顯主體性的藝術。在浪漫藝術中，精神回到它本身，有自我意識的人回到自我，而詩又是浪漫藝術最高的發展。二、詩（文學藝術）由於是最能突顯主體性，能把精神的整體完全展示出來的藝術，乃造型藝術與音樂兩極端之統合，所以它是藝術最高發展的階段。可以說一切藝術都在朝「詩」發展。三、一切藝術都在朝詩發展，一切藝術也都有詩的性質。黑格爾說：「詩同時也是一種普遍性的藝術，通用於一切藝術形式或一切類型之藝術」（同上）。四、詩一方面可以如音樂那樣，領會內心生活；一方面又可以從內心的觀照和情感領域伸展到一個客觀世界。既不完全喪失雕刻和繪畫的明確性，又能比任何其他藝術更完滿地展示一個事件的全貌、一系列事件的先後承續、心情活動、思想轉變及動作情節之完整過程，故詩可以統攝其他各種藝術，且非其他藝術所能及。五、因為詩（文學）是普遍性的藝術，也是整體的藝術，因此文學並不一定得局限於某一特定的內容及某些特定的構思方式、表現方法，甚至於它可以不局限於某一藝術類型，可以用一切類型去表現一切可以納入想像的內容❺。六、文學藝術不像繪畫，運用外界事物之感性形象，而只運用代表觀念之語言文字，文字本身只是意義的符號，所以在各種藝術中，文學是觀念性（非直接感性）最強的。

無疑的，黑格爾此說乃其個人哲學觀點之特有解釋。但除了他以此解說藝術發展之歷史，不能被人接受外，並不太有人質疑❻。例如很少人會反對他以文學為最高藝術之說，而倡言建築乃最高、最具觀念性之藝術。文學在各類藝術中的優位性，大抵至今並未動搖。黑格爾對文學藝術諸特點的闡釋，也頗具啓發性。——特別是用在中國文學藝術的發展上。

二、樂與禮：藝術中心的轉換

黑格爾所說的「詩」，包含史詩、抒情詩及戲劇體詩等。他既認爲這種藝術最具主體性，中國詩就更不用說了。中國言志的傳統，與希臘以降摹倣說的傳統相比較，前者的主體性無疑要强些。其次，黑格爾斷言一切藝術都在朝文學方向發展，文學藝術爲一普遍藝術，可以統攝其他諸藝術云云，在中國更是明顯。甚至我們還可以將之視爲說明中國藝術發展的線索。

李澤厚曾經談到中國美學的第一個特徵，即是以「樂爲中心」。他的意思是說早期中國的巫術禮儀歌舞、樂器演出，是關聯著整個社會的活動內容；其後儒家將禮和樂逐步分開而並提，以樂來補足禮，通過以樂爲中心的藝術活動把氏族團結起來。所以音樂是中國藝術的中心，並以此形成「線的藝術」。如舞蹈、書法，都是線的藝術，也即是中國藝術的基本形式❼。

在這裏，我想李澤厚恐怕有點誤解。早期中國藝術是以音樂爲中心，確然不錯。但禮、樂逐步分開而並提之後，情況就有了些改變。因爲「文」的觀念出來了。由《論語》中孔子與子夏問答，孔子談到「繪事後素」，子夏即想到「禮後乎」，而孔子贊其可與言詩。可見禮在本質上具有藝術性。所謂：「興於詩、立於禮、成於樂」，正是一連貫的藝術活動。其中，詩與禮的關係尤爲密切。從根本上說，禮這種藝術，亦即是詩的藝術、文的藝術。

禮是人生的修飾整理，使人能免於素朴的原始生命型態，表達出一種登降揖讓、貴賤親疏有等的態度。這種態度，就是文明與素朴原始之分，就是文的表現。線條之錯畫成文，物之煥然有章成文，人群如此揖讓登降貴賤親疏有等也成文，所以禮與文乃是同義字。《國語・周語》注：「文，禮法也」、《莊子・繕性》：「信行容體而順乎文，禮也」……一類解釋，周秦古籍中不勝枚舉。故凡貴禮者，一定主文，最明顯的例子，就是荀子。〈非相篇〉說：

「聽人以言，樂以鐘鼓琴瑟，故君子之於言無厭。鄙夫反是：好其實不恤其文，是以終身不免汙庸俗」。這個文，就是由「會集衆采以成錦繡」到「會集衆字以成詞誼」（釋名・釋言語），再到「稱情而立文」（荀子・禮論）的禮。

但禮文的觀念日益凸顯，原先樂的地位便不免逐漸動搖。像上引荀子語，就說：「聽人以言，樂於鐘鼓琴瑟」，音樂不再成爲主導性的中心地位，言文才是。因此荀子一方面說：「先王制雅頌之聲以導之，使其聲足以樂而不流，使其文足以辨而不諰」（樂論篇），注意到音樂除了聲音之外，還有屬於文字的篇辭部分（樂記注：「文，篇辭也」）。不以爲音樂只是音符與樂器的構成。另一方面又指出：「樂者，合奏以成文者也」（樂記作「節奏合以成文」），把整個音樂的目的，導向於文。如此一來，其結果就是《禮記・樂記》所說的：「樂者，異文合愛」、「文采節奏，聲之飾也」，音樂內部的結構也要服從文的法則了。

我覺得這就是儒家由「立於禮，成於樂」轉而變成由禮文統攝音樂的發展。《禮記・樂記》中並存的兩段文字，可以說明這兩種不同的音樂觀：

> 凡音之起，由人心生也。人心之動，物使之然也。感於物而動，故形於聲；聲相應，故生變；變成方，故謂之音；比音而樂之，及干戚羽旄，謂之樂。樂者，音之所由生也。……故禮以道其志，樂以和其聲。

> 凡音者，生人心者也。情動於中，故形於聲，聲成文，謂之音。……知樂，則幾於禮矣。

這兩段都在解釋音樂的源起，但前一段較樸質，純從聲音方面立論，最後才禮與樂並提，而仍以聲言樂。後段則既以「聲成文」爲說，又歸結於禮。我頗懷疑這是纂集《禮記》時，同時收輯的兩派儒家之說，否則不當贅複矛盾至此❽。

漢代儒者論樂，大體上要以後一派說法較佔優勢，如〈毛詩序〉云：「情發於聲，聲成文謂之音」，以下竟歸結於：「故正得失、動天地、感鬼神、莫近於詩」。這個詩，非弦歌之詩，而實爲「文足以論而不息」的文辭篇章。詩樂分途，於茲而起；《樂經》之亡，遂不可避免了。

固然音樂在此之後,仍有其勢力；固然在《韓詩外傳》卷九、《說苑》卷八及後來的《列子·湯問篇》，都提到了鍾子期與伯牙鼓琴知音的故事；劉勰《文心雕龍·知音篇》甚至還以這種屬於音樂的理解活動，來說明文學的理解❾。但是，從大趨勢上看，音樂做爲中國藝術中心的地位，已經消失了。儒者的樂教、或做爲一個士人所需要的音樂修養，漢代以後，顯然並不在意。以致周朝那麼豐富的音樂文化，逐漸發展到唐代便完全無法與胡樂抗衡❿。據《漢書·藝文志》說：「太史試學童，能諷書九千字以上，乃得爲史（吏）。又以文體試之，課最者以爲尚書御史、史書令史。吏民上書，字或不正，輒舉劾」，可見漢朝是個全面確立文字書寫系統的時代。文字能力，乃判斷一個人是否有教養的最佳指標，也是要成爲士或吏的基本條件。諸如《倉頡篇》、〈急就篇〉、〈元尙篇〉以及「文」人司馬相如編的〈凡將篇〉，揚雄作的《訓纂篇》《方言》等，都是爲鞏固此一文字系統而做的工程。到《說文解字》與《釋名》出，而語言文字的系統，於焉大定。

要到這個時候，才有所謂「文人」、與樂無關的古詩及書法藝術：

古所稱文學，本不以其文采論，謂文章博學而已。漢初「淮南衡山修文學」，但所招的，仍是「四方遊士，山東儒墨」（鹽鐵論．晁錯篇）。可是梁孝王好文學，而鄒陽枚乘司馬相如皆在其處。這時的文學一辭，就有文采巧妙之意了。至東漢乃正式有文人、文士之稱，如《論衡》：「文人宜遵五經六藝爲文、造論著說爲文、上書奏記爲文、文德之操爲文」（佚文篇）「飾貌以强類者失形，調辭以務似者失情，……文士之務，各有所從，或調辭以巧文，或辯僞以實事」（自紀篇）。後來魏劉邵《人物志．流業篇》便因此而在人流之業十二類之中，特別指出有一種「能文著述」的文章家。范曄《後漢書》也獨立〈文苑〉一傳。顯見在文字系統建立的同時，文學藝術的地位也得以確立了。這些從事文學藝術的文人，能嫻熟掌握文字（編《凡將》《訓纂》），寫著不必合樂的詩文與賦。新的音樂文學：樂府，對他們反而毫無吸引力。他們所投身的，乃是一個文字的世界。而且，由於熟悉每一個字的筆畫形構，能夠體察每個字的意義和它帶給人的感覺，一種純粹的字的藝術，也誕生了，那就是書法。當時趙壹曾批評社會上許多人專心致力於寫字：「忘其罷勞，夕惕不息，仄不暇食，十日一筆，月數九墨，領袖如皂，唇齒常黑」（非草書）。字的線條、姿態、形體，大概深深迷住了這批人。漢末魏晉，書學大盛，實在是非常自然的事。而書法，正是線條的美、是文字的藝術，跟音樂不相干的[11]。

文學也是如此，文辭篇章不再附屬於音樂之中，也不跟音樂配合，僅以其文辭表達情志意境。然後，到了齊梁之際，他們更發現了語言文字本身的韻律，以文字書寫語言的平仄關係，構造了一種人爲的節奏，表現於駢文及詩中。這是從文字本身創造了音樂性，而非令文辭與音樂結合以付諸管弦，或按譜依聲作爲歌辭。所以這純是文字的聲律節奏，並不循著音樂的規則。故鄭樵云：「古之詩曰歌行，後之詩曰近古二體。歌行主聲，二體主文。詩爲文也，不爲聲也」。詩與樂至此徹底分開，音樂在文學中存在的價值及影響，淪喪殆盡。這一點，我們只要看律詩形成後，樂府詩也逐漸不可歌、不必歌，以致成爲杜甫那種只寫時事，不再因襲古調名的新樂府，就可曉得了。

且這種詩樂分途的情況既已確立，文人熟悉詩文的優位性既久，竟逐漸對古代《詩經》的合樂情形也有了懷疑，如程大昌、顧炎武就認爲《詩經》只有二南雅頌是樂詩，其餘都是徒詩，不可歌，也不入樂。清范家相《詩瀋》則强調是先有詩，再以樂合詩，不是因樂譜辭而成詩。這一說法，朱熹亦曾提出，說：「樂乃爲詩而作，非詩爲樂而作也」。所以不但要分清主從，而且「求之固有序矣」。讀詩者若竟去研究它的音樂，雖不至買櫝還珠，也要算是本末顚倒：「樂者其末也」。至於那種不依從語言，「不寫人聲」，只以音符表現其節奏旋律的音樂，或依樂曲而製作歌詞的情況，對這些文人來說，簡直都是不可思議的。

三、從歌詞到文詞

這種文主樂從、文本樂末的觀念，到詞曲興起後，依然沒有改變。

如前所述，整個藝術活動的中心，已從音樂轉移到了文學。音樂不僅中心地位及優越性喪失，藝術中的音樂功能，亦往往被文學所取代，音樂當然也就不可能再有什麼發展。周秦以降，音樂之衰頹，這即是它內在的原因。此一情況延續至唐而有了新的變化。因爲伊朗、印度、西北諸民族等各地音樂流入中土，唐朝成爲亞洲地區國際音樂文化的中樞，重新刺激並豐富了沉寂已久的中國音樂傳統。

唐朝本身與北朝胡人政權及血統有密切關係，而胡人宮廷之中居藝術主導地位的，自然不是文字而是音樂。因此，唐代宮廷生活中，音樂佔了不可或缺的位置，對音樂的重視與熱愛，遠遠超過漢晉諸朝，而成爲唐代的特色。安史之亂以後，宮廷音樂文化，開始轉移到一般市民。市民除模仿宮廷辦理祭祀用樂之外，將宮廷宴饗用的十部伎、二部伎等大規模樂舞，變成小型曲調，在酒樓妓館供一般官吏、商人及普通民庶欣賞。音樂的節奏旋律，遂又洋溢於整個社會。而在音樂本身，俗樂與清樂日漸融合，例如唐玄宗之法曲，其發展之結果，成爲唐末新俗樂，使清樂傳統得到新生的機會。新俗樂吸收了坐部伎系的燕饗雅樂，並由教坊與梨園取代了太常寺樂工制，而掌握主導權，成爲唐代音樂的核心⑫。唐朝中葉以後，勃興的說唱藝術、詞曲、雜劇等等，均與此一形勢有關。而那已經分途的詩與樂，至此也開始有了復合的跡象。

據《集異記》等書所記載唐人歌詩，如高適王之渙王昌齡之旗亭畫壁事，可知唐人詩多可合之弦管、播諸歌喉。這似乎是詩樂合一了，但詩律與樂律畢竟沒有結合。試看《唐書》云「李賀樂府數十篇，雲韶樂工皆合之弦管」「李益詩名與賀相埒，每一篇成，樂工爭以賂來取，被之聲歌，供奉天子」「武元衡工五言詩，好事者傳之，往往被於管弦」，可見詩人是自作詩，自依詩之律而作，並不依樂之律譜辭；只不過樂工將詩取去製歌而已。故《苕溪漁隱叢話》說：「《蔡寬夫詩話》云：『大抵唐人歌曲，不隨聲爲長短句，多是五言或七言詩。歌者取其辭與和聲相疊成音耳』。余家有古涼州、伊州辭，與今偏數悉同，而皆絕句也。豈非當時人之辭爲一時所稱著，皆爲歌人竊取播之曲調乎？」因此這仍是詩樂分塗，詩主樂從，只是關係較從前緊密些罷了⑬。

中唐以後則不然，《全唐詩》卷八八九曰：「唐人樂府，原用律絕等詩雜和聲歌之。其並和聲作實字，長短其句以就曲拍者，爲塡詞。開元天寶間肇其端，元和太和衍其流，大中咸通以後，迄於南唐二蜀，尤家工戶習，以盡其變。凡有五音二十八調，各有分屬」。本來是樂工屈從詩的文字格律，勉强以和聲去彌縫詩與樂之間的差距。但隨著音樂勢力的增强，文字開始練習著去適應樂曲，「以就曲拍」。詞便興起了。

因此詞與詩是兩回事，不但不是詩的發展，反而是逆轉詩藝術的發展，而從屬於音樂。其調譜、協韻、辨四聲、分五音，都是以辭合樂，而非以樂合詩。所以它是塡詞而非作詩，各詞分屬於五音二十八調，以供傳唱。

正因爲詞的性質如此，所以詞的本色、正宗，向來有兩個要求，一是合乎聲律。這個聲律，不是詩的聲律，而是樂的聲律，如李清照批評「晏元獻、歐陽永叔、蘇子瞻，學際天人，作爲小歌詞，直如酌蠡水於大海。然皆句讀不葺之詩爾，又往往不協音律者何耶？」顯見詞別是一家，與詩不僅爲長短句之異。二是詞的興起，係由唐末新俗樂之盛行，所以在本質上屬於一種通俗流行歌曲。必須綢繆宛轉、綺羅香澤，以便傳唱於旗亭妓館。史稱溫庭筠「逐弦吹之音，爲側豔之詞」，即兼這兩方面說。晚唐五代詞也正好表現了這樣的性質。

但自李後主「變伶工之詞爲士大夫之詞」（王國維語）以後，此一新興樂章，便開始朝兩個路向去發展，一是保持詞的樂曲性格，仍然審音度曲、按之弦管，且纏綿婉約，使有井水處皆能歌之。一則又放棄了音樂，只玩繹其文辭篇章，文筆所之，往往爲曲子中縛不住者。走上了從前詩樂分途的老路。北宋如柳永，屬於前者；晏殊歐陽修王安石蘇軾等人屬於後者。

後面這批文人詩家，在當時雖被批評爲不當行、非本色，但一來是詞在北宋已有開始有文辭化的傾向了，音樂的問題，許多人並不太講究，故沈括《夢溪筆談》說：「唐人填曲，多詠其曲名，所以哀樂與聲尙相諧會。今人則不復知有聲矣。哀聲而歌樂詞、樂聲而歌怨詞，聲與意不相諧」。二來這些文人學士似乎也有意識地在提倡一種文人詞。他們普遍瞧不起柳永，故意貶低音樂的重要性，有時甚至擺出：我不是不懂音樂、不能協律，只是不想協律而已的態度[14]。把原先流行於市井之間的娛樂歌曲，「提昇」爲表達文士心境及其理想的詩篇。所謂：「逸懷浩氣，超乎塵垢之外，於是《花間》爲皁隸，而耆卿爲輿儓矣」。偏偏被視爲繼承柳永詞風的周邦彥，雖妙擅度曲，提舉大晟，其本身卻充滿了文人氣質。這種文人氣質，並不遜於他的音樂家氣質，以致他一方面在音樂上增衍慢曲引近，或移宮換羽爲三犯四犯之曲；另一方面又在歌詞的寫作上，廣泛融鑄唐人詩句，使詞能跟詩文的傳統連接起來。這就他個人來說，固然稱得上是集兩派之大成，但從大趨勢上看，音樂的主導性就不免又逐漸讓渡給文學了[15]。

於是詞成了「詩餘」，被認爲是詩系統的一部分。文人作詞時，其構思方式、語言運用、情意內容……等，均強烈地詩化，以詩爲寫作典範。詞的音樂成分雖仍保留，但依譜填詞的譜，不是樂譜，而是類似詩的格律譜了。倚聲之道，同於詩律（納蘭性德《飲水詞集》卷上〈填詞〉詩：「詞源遠過詩律近，擬古樂府特加潤」），尊體之義，比乎風騷[16]。一次新興的音樂藝術活動，如火如荼地展開，卻仍被文字藝術消融轉化，落得如此結局。詞不再可歌了，詞樂詞律也不可考了，但誦讀玩索詞文之美的人，卻認爲這正是詞的進步，是向上發展的結果。到最後，清末常州派以「意內言外」說詞，更是具體指出了詞做爲一觀念性較強的文學藝術時，其美學性質的特點，並在根本上改變了詞在歷史上所曾有過的「樂府」「琴趣」「樂章」「歌曲」「漁笛譜」「樵歌」「漁唱」「曲林」「鼓吹」諸義[17]。

五四以來，很少人了解這種轉變的意義，因此只簡單地認爲文字較聲音能存久、樂譜不易流傳、樂聲也無法保留，故詞樂不可復考。殊不知這其中實經歷過一場詩化的運動，涵有文字藝術與音樂藝術間激烈的競爭。更有許多人把宋詞看成可與宋詩分庭抗禮的新文類，甚至是足以代表宋朝的文類。這也是因不了解宋詞之所以能成爲一種「文類」，正由於它擬倣了宋詩。就宋代文學來說，詞，實是在詩底下的一個次文類。再進一步說，則詞既已脫離了音樂，附從於語文藝術之列，則詞與書法便可聯宗了。戴表元〈余景游樂府編序〉：「詞章之體，累變而爲今之樂府，猶字書降於後世，累變而爲草也」、況周頤《香海棠館詞話》云：王碧山詞「如書中歐陽信本，準繩規矩極佳。二晏如右軍父子，賀方回如李北海，白石如虞伯施而雋上過之，公謹如褚登善，夢窗如魯公，稼軒如誠懸，玉田如趙文敏」、譚獻云碧山：「歐晏如蘭亭眞本，此僅一翻」（評詞辨）、周濟云姜白石：「以詩法入詞，門徑淺狹，如孫過庭書，但便後人模倣」（介存齋論詞雜著）等，均屬此類聲口。至於以詩家文流喻詞人者，那當然就更普遍了[18]。

四、由曲藝到詩劇

據沈義父《樂府指迷》說：「前輩好詞甚多，往往不協律腔，所以無人唱和。秦樓楚館之詞，多是教坊樂工及鬧市做賺人所作。只緣音律不差，故多唱之，求其下語用字，全不可讀」。文人詞，到南宋時已成爲案頭文字藝術，但矜文辭之美，勿問聲律之協。但民間歌詞卻仍保留了它做爲歌曲的性質，文詞可以在其意義未被理解的情況下直接進入音樂結構。這就形成了詩樂分途，一主文、一主樂的分化現象。

以音樂爲主的藝術型態，從古就綜攝著舞蹈及故事演出，如漢代即有合歌舞以演故事的「東海王公」。隋代舞曲大盛，《隋書・音樂志》記當時天竺伎二曲、疏勒伎三曲、康國伎六曲、安國伎三曲、高麗伎二曲。其歌曲、舞曲及解曲概可分爲三種，大致一種一曲。而康國伎卻有歌曲二、舞曲四。因康國以善胡旋舞著名。其後此類舞曲漸發展成歌舞戲，至宋遂有雜劇、唱賺等。再經金院本，而有元雜劇，乃正式有了戲劇這一種藝術[19]。

然而，因爲中國戲劇藝術是在綜合歌、舞的型態中形成的，其中就不免涵有幾個問題，値得探究：

一、是戲劇呑併了舞蹈。從石刻、繪畫及傅毅〈舞賦〉之類記載中，我們可以曉得舞蹈在漢代已極發達。至唐朝更是蓬勃，形式多樣、氣勢宏闊。如上元樂，舞者竟可多達數百人。且此時舞蹈並不雜溶大量雜藝、武技等，而已形成爲一門獨立的舞蹈藝術。這都是它跟早期舞蹈相當不同的地方。第三是唐代舞蹈在整體上是表現性的，大多數唐舞都不再現具體的故事情節、不擬似具體的生活動作姿態，只運用人體的形式動作來抒發情感與思想，而不是用來敘事。四則唐人已超越了古代以舞蹈的實際功用（如祭祀、儀典）、道具來命名舞蹈的型態，直接就舞者姿態之柔、健、垂手、旋轉來品味。這些特徵都顯示唐代舞蹈已發展至一成熟的顚峰，已成爲一門獨立的藝術。

可是這門藝術到了宋代卻開始有了改變，宋人强化了唐代舞蹈中的戲劇成分。開始在舞蹈中廣泛運用道具，這些桌子、酒果、紙筆，已類似後來戲劇中的布景。又增加唱與唸。唱與唸强化了舞蹈的敘事、再現能力，道具與布景，又增强了環境的眞實感。跟它們相呼應的，則是宋舞有了情節化的傾向。如洪适《盤洲集》記載〈降黃龍舞〉〈南呂薄媚舞〉，即取材於唐人傳奇及蜀中名妓灼灼的故事，可見宋舞在這時已類似演戲了。

這種情況越演越烈，到元代時除宮廷還保留隊舞之外，社會上的舞蹈大抵已溶入了戲劇之中。在元雜劇裏，舞蹈通常以兩種形式出現：一是與劇情密切相關的，做爲戲曲敘事之一環的舞蹈；一是劇情之外，常於幕前演出的插入性舞蹈。所以舞蹈動作是在戲曲結構中，爲表現人物動作、塑造氣氛、推動劇情而服務的，內在於戲的整體結構中。不再能依據人體藝術獨特的規律，去展示獨立於戲曲結構之外的東西。舞蹈，顯然已被戲劇併吞了[20]。

二、音樂又併吞了戲劇。有人把純音樂和戲劇音樂分開，以爲純音樂的首要目的就是對樂音的審美編組，戲劇音樂卻是以音樂爲臺詞、姿式、舞臺動作的輔助因素。在西方，許多批評家就依此區分，而認爲歌劇是失敗的藝術，應該以戲劇爲眞正主宰，以音樂爲伴奏才好。然而，蘇珊．朗格說得好：「音樂（有時還包括舞蹈）的運用，使虛構的歷史與現實區分開來，從而保證了戲劇的藝術抽象性。還有，戲劇的時間性質，乃是『音樂性的』時間而非實際的時間」。戲劇具有某些本質上的音樂性。而且，像許多歌劇，其作者乃依據音樂之精神，把古希臘悲劇藝術，看作是一種應用激情和相互協調的性格、事件來創作音樂的藝術。故雖名爲「歌」「劇」，卻非兩者之混合物，而是劇同化於歌的音樂藝術[21]。

是的，中國戲劇的情況也頗類似於此。它不像一般人所說，是「音樂在戲中佔了非常重要的地位」，而是所謂的戲，根本只是一種音樂創作。在中國，一般稱戲劇爲戲曲或曲；古人論戲，大抵亦只重曲辭而忽略賓白。元刊雜劇三十種，甚至全部省去了賓白，只印曲文。當時演戲者，稱爲唱曲人。談演出藝術，則有燕南芝庵的《唱論》、周德清的《中原音韻》。明代朱權的《太和正音譜》、魏良輔的《曲律》、何良俊〈四友齋曲說〉、沈璟《詞隱先生論曲》、王驥德《曲律》、沈寵綏《弦索辨訛》《度曲須知》等，注意的也都是唱而不是演。這就是爲什麼元明常稱創作戲劇爲作曲、塡詞的緣故。直到李漁，才開始注意到推動戲劇成分的賓白，在《閑情偶寄》中，特立〈賓白〉一章，以矯歷來只重塡詞、不貴賓白之弊。但他仍不能不承認歷來「塡詞首重音律」，且在〈恪守音律〉一章中他也嚴申「半字不容出入」「寸步不容越」的「定格」。這就像後來皮黃戲雖有「千斤話和四兩唱」的行話，可是觀眾卻只說去聽戲，沒人說是去看戲；即使賓白，也屬於以語音做音樂表現的性質。故音樂在中國戲曲中實居於主控的地位，而非伴奏。它不是在戲劇裏摻進音樂的成分，因爲戲劇整個被併呑在音樂的結構之中了。在中國，所有戲種的分類，大概都是由於唱腔的不同，而很少考慮到它表演方式的差異。

換言之，中國戲劇「無聲不歌、無動不舞」，整體來說，表現的乃是一種音樂藝術的美。但正如詞的詩化一樣，那强而有力的文字藝術系統，似乎又逐漸扭轉了發展的趨勢。從明朝開始，戲曲中文辭的地位與價値就不斷被强調。試看凌濛初、臧懋循的批評，就曉得戲曲在明朝，已有一股新興的勢力與潮流形成了。這一批人，崇尙藻飾文雅，力改元朝那種只重音律不管關目、且詞文粗俗的作風。凌氏《譚曲雜箚》嘗云：「自梁伯龍出，而始爲工麗之濫觴，一時詞名赫然。蓋其生嘉隆間，正七子雄長之會，崇尙華靡。弇州公以維桑之誼，盛爲吹噓，且其實於此道不深，以爲詞如是觀止矣，而不知其非當行也」。王世貞的書，就叫《曲藻》。當時如〈琵琶記〉，何良俊謂其賣弄學問；〈香囊記〉，徐復祚說是以詩作曲。可見篤守曲風者固不乏人，「近代文士，務爲雕琢，殊失本色」（北宮詞紀凡例）「文士爭奇炫博，益非當行」（南宮詞紀凡例），則爲新形勢、新景光。

這時，復古者如臧懋循便重揭行家本色之義，力攻南北宗之說，〈荊釵記引〉云：

> 元人所傳，總一衣砵。分南北二宗，世人自暗見解，繆相祖述，尊臨濟而薄曹溪。

他又在〈元曲選後集序〉中強調：

> 曲有名家，有行家。名家者，出入樂府，文彩爛然。在淹通閎博之士，皆優爲之。行家者，隨所妝演，無不摹擬曲盡。……是唯優孟衣冠，然後可與於此，故稱曲上乘首曰當行。

對時人論曲之重視辭藻及不能肯定北曲成就，備致不滿。但我們必須注意：臧氏的行家名家之分，乃是古義，如宋張端義《貴耳集》即以行家爲供職者，不當行則稱爲戾。可是此義在元已有趙子昂提出異議，以爲「雜劇出於鴻儒碩士騷人墨客所作，皆良人也，倡優豈能扮演乎？」「倡優所扮者，謂之戾家把戲」，文人創作及演出才是行家。明代如顧曲散人的《太霞曲話》用的就是這個區分，說：「當行也，語或近於學究；本色也，腔或近乎打油」，以文詞家爲當行。臧氏之說反而不再通行了。故後來吳梅論北曲作法時才會說：「行家生活，即明人謂案頭之曲，非場中之曲」[22]。

案頭曲的出現，形成了我國戲劇批評中「劇本論」的傳統，只論曲文之結構及文采，音樂不是置之不論，如湯顯祖所說：寧可拗折天下人嗓子；就是如李漁之尊體，謂：「塡詞非末技，乃與史、傳、詩、文同源而異派者也」，所以結構、詞采居先，音律第三[23]。

總之，無論是〈香囊記〉的以詩爲曲；或「宛陵（梅鼎祚）以詞爲曲，故是文人麗裁；四明（屠隆）新采豐縟，下筆不休」（曲律）；或徐渭所謂「以時文爲南曲」；或李漁的尊體，戲曲藝術似乎都朝著文字藝術發展。逐漸地，戲曲成了一種詩，所體現的不再是戲劇性的情節與衝突，而是詩的美感。如果中國戲劇有特質可言，這種詩化過程及結果，恐怕很值得注意[24]。

五、由描摹到書寫的藝術

王驥德《曲律》曾言：「曲與詩，原是兩腸」，但文詞家的曲風，卻越見其盛。所以文詞家是否當行？專主文藻的作曲方式是否爲本色？是明朝發展出來的大問題。同樣的問題也出現在明朝的繪畫方面：曲有文詞家，畫也有文人畫；曲「同一師承，而頓漸分教」（王世貞・曲藻），畫也有南北宗；曲有行家戾家之分，畫也有行家逸家之說。

南北宗問題的提出，旨在建立文人畫的傳統。被稱爲南宗的王維、張璪、荊、關、董、巨、郭忠恕、米家父子、元四大家，均以水墨渲染爲主，與板細的著色山水畫不同；均是一超直入如來地，不必講究細緻的筆法工夫，純以氣韻高雅爲主。他們以水墨而不以著色表現，是放棄了繪畫運用色彩、塊積以複現外物感性形體的性質，變成如文學一樣以表達觀念爲主的藝術。

中國的繪畫與書法，原先在本質上具有完全不同的表現意向，書法與繪畫並無關聯。早期的畫，雖不一定寫實，但寫生性地要求細緻描繪物體，卻是中國繪畫裏長期保持的方向。物體的輪廓，通常以線條來勾摹把握；物體的體積、空間位置，則用色彩來說明。固然在畫線和上色時也使用毛筆做爲工具，但繪畫的興趣始終在造形而不在線條，所以它不但不可能如書法那樣，要求線條本身的美感及線與線之間組合成一美的結構和韻律；畫裏的線描，直到漢朝，仍與漢隸運筆法大異其趣㉕。

謝赫的六法當然是個里程碑，因爲他提出了「氣韻」的觀念。但不可忽略他骨法用筆及應物象形、隨類賦彩、經營位置、傳移摹寫諸法，仍嚴格地守住了繪畫摹寫物象的傳統。摹寫諸技法也絕不可拋棄。

但這種傳統到了中唐朱景玄《唐朝名畫錄》提出「逸品」之後，就有了改變。所謂逸，就是逸出了繪畫原有的規範。如王默（又作洽、墨）只依偶然成形的形象作畫，不拘常格，不遵六法。五代間黃休復《益州名畫錄》說孫位所畫鷹犬「皆三五筆而成」，也是如此。黃休復把這種逸品抬高到三品之上，無形中便貶抑了畫的造形技巧面。後來北宋郭若虛《見聞誌》卷一〈論氣韻非師〉條，又說氣韻是天生的能力，「骨法用筆以下五者」才須要學習，所以一般畫工只是技巧好而已。於是，一切爲配合繪畫之造形表現的技術，都不重要了；作畫者，只要培養胸中逸氣即可。而這種逸氣又是什麼氣呢？那就是文士氣。凡「板細無士氣」（陳眉公・偃曝餘談）的，就是北宗、是匠人畫。反之，技巧不地道，逸筆草草，聊寫胸中逸氣的，就是南宗、文人畫。故沈顥《畫塵》所謂：「今人見畫之簡潔高逸，曰士大夫畫也，以爲無實詣也」。

所以從宋朝開始，傳統畫的技巧，被有意貶抑，甚或忽略了。像郭椿《畫繼・論遠》就說：「畫者，文之極也」「其爲人也多文，雖有不曉畫者寡矣」，彷彿文章寫得好的人，自然就會畫畫。事實上當然不可能如此，因爲畫畫畢竟還是需要技巧的。因此新的畫風，便逆轉了繪畫的造形寫物特質，以趨向語文藝術的方式，另建一繪畫傳統。例如放棄設色，轉而以水墨替代。文徵明云：「余聞上古之畫，全尚設色，墨法次之，故多用青綠。中古始變爲淺絳，水墨雜出」（岳雪樓書畫錄），其後則根本以水墨爲主。水墨與著色，在繪畫觀念上是截然不同的。水墨的運用，使畫立刻脫離寫生的傳統，重「意」不重形似，並趨近於書法的韻律效果。這也使得線條的重要性，隨之增强。例如宋朝出現的白描畫，完全以線條鉤勒，線條就包含了色彩的功能；而皴法的發展，又能以線來表達體積、硬度、和空間位置、光暗色澤淺深，所以水墨的運用，最根本地還是筆法線條。荆浩《筆法記》曾說：「畫道之中，水墨爲上」，但後來汪珂玉《畫則》却以爲：「第一白描、第二水墨……第七大著色」，可見中國繪畫發展到宋明，的確可稱得上是「線條的藝術」㉖。

這種線條藝術，立刻就與書法取得了聯繫，以寫字的方法來作畫。如黃山谷〈題東坡水石〉云：「東坡居士遊戲於管城子楮先生之間，作枯槎壽木、叢篠斷山。……蓋道人之所易而畫工之所難，如印印泥。霜枝風葉，先成於胸次者歟？顰中奮迅，久反震動，草書三昧之苗裔歟？」（文集卷一）將東坡畫比擬爲草書。米芾《畫史》也說：「王晉卿收江南畫小雪山三軸，易余歲餘。小木一筆纏起作枝葉如草書，不俗」。但這仍是就已成之畫作比況，還有一些則將書與畫的比擬化做積極性的創作方法，如郭熙《林泉高致》中說繪畫之用筆，可以「近取諸書法」「故說者謂王右軍喜鵝，意在取其轉項如人之執筆轉腕以結字。此正與論畫用筆同。故世之人多謂善書者往往善畫」。後來元人柯九思《竹譜》也提到用書法寫竹：「凡踢枝，當用行書法為之」。其論畫友湯垕則說韋偃畫馬，「如顏魯公書法」；說武宗元〈朝元仙杖圖〉「大抵如寫草書然」（畫鑑）。趙孟頫綜合了這一類說法，指出：

> 石如飛白木如籀，寫竹還應八法通。若也有人能會此，須知書畫本來同（自註：柯九思善寫竹，嘗自謂寫幹用篆法，枝用草書法，寫葉用八分法、或用魯公撇筆法，木石用金釵股，屋漏痕之遺意）。

天下翕然從風，六法遂成了八法，什麼「郭熙、唐棣之樹，文與可之竹，溫日觀之葡萄，皆自草法中得來，此畫與書通者也」（藝苑卮言）、「陳道復花卉豪一世，草書飛動似之」（徐渭語）、「書成而學畫，則變其體不易其法」（董棨・養素居畫學鈎深）……等，都是同樣的論調。

然而，書法本身乃是一種文字的藝術，作為一文字藝術，其線條固然能顯示一律動的美，可是文字的組合，也必顯示為一詩的美感。因此，在將畫轉換為一語文藝術時，「詩畫一律」便成了極普遍的觀點。如歐陽修云：「見詩如見畫」、東坡云：「蘇子作詩如見畫」「詩畫本一律」，《宣和畫譜》還記載趙叔儺善畫禽魚，「每下筆皆默合詩人句法」。這類意見，大概就是宋元以後題畫詩日多的原因之一（宋淳熙年間，孫紹遠曾輯唐宋題畫詩，編為《聲畫集》）。詩與書，不但在意境和審美趣味上逐漸接近，在畫面的構成中，詩與書法題字也已成為畫裏不可或缺的一個部分㉗。

順著這樣的發展，才會有明末正式提出的南北分宗說：正式確定「文人畫」的性質與傳統。這個傳統因爲是追敘的，所以不免有不符歷史事實之處；唐宋繪畫也並沒有形成完全的文人畫風，所以南北分宗亦不免於牽强。但此說之提出，卻指明中國繪畫已確實詩化了。詩化了以後的所謂南宗文人畫，自比於禪家頓教，不必費神苦修技法。而把那些技法細密的畫師畫，稱爲行家、作家。何良俊《四友齋叢說》：「我朝善畫者甚多，若行家當以戴文進爲第一，而吳小仙、杜古狂、周東村其次也。利家則沈石田爲第一，而唐六如、文衡山、陳白陽其次也。戴文進……乃院體中第一手」。利家又稱隸家、戾家、逸家或力家，專指用淡墨、不著意的文人畫，本來是論畫者對文人畫的貶辭。然而文人卻力辨士大夫畫家非外行，甚至痛罵戴文進一類作家畫，而以教外別傳之文人畫爲正法眼藏㉘。

但，什麼是正法眼藏呢？清王學浩《山南論畫》說得好：

王耕煙云：「有人問：如何是士大夫畫？曰：只一寫字盡之」，此語最爲中肯。字要寫，不要描，畫也如之。一入描，便爲俗工矣。

六、文字、文學與文化

顯然，文字書寫的觀念，彌漫於諸藝術種類中。以文學爲最高及最普遍藝術的看法，至少已成爲後期中國美學意識之普遍信念。我們當然不能忘記還有許多人在努力地區分詩與音樂、詞與詩、戲劇與詩、詩書與畫的差別。但從大趨勢上說，文學確實消融了其他藝術，各門藝術都在朝著文學化的路子走。

以清末劉熙載的《藝概》來看，其書綜論諸藝，可稱爲一冊中國的藝術概論。但它卻能很安心地略去視覺藝術、造型藝術、表演藝術等項，只論文、詩、賦、詞曲、書、經義。這些全是文字藝術，所謂：「文章名類，各舉一端，莫不爲藝」（序）。所論只此，可概其餘。則中國藝術中以文學最具綜攝能力和代表性，實已不言而喻了。

形成這種狀況的原因，自然甚爲複雜，例如文人階層的勢力與結構、派系相爭、社會條件等等；各門藝術的發展情況更不盡相同。但是無論如何，整體看來，歷史似乎有一種長期的合理性。音樂、繪畫、戲劇的文學化，基本上乃是合理的。

以新興的電影藝術爲例，電影的材料、方法、形式，均與文字書寫的「文學」相去甚遠。早期的電影且根本沒有聲音，只有影像晃動於布幕上所形成的幻覺。因此自一九一六年林賽出版《動畫藝術》以來，强調電影已成爲一種藝術的人，可把電影比爲音樂、雕塑、戲劇，甚至建築；卻極少有人能把這種具有影象性（Photogenie）特質的東西，說成是文學。但是，慢慢地，法國出現了「電影詩」的理論。俄國艾森斯坦也把電影形容爲有力的修辭說服工具；他並且從表意文字中發現了電影動力的基礎，如「口」加上「鳥」就是「鳴」、「口」加上「犬」就是「吠」，字與字之間如此，句與句之間也是如此。像：「孤零零的烏鴉／在枯枝上／秋夕」，句與句之間的意念撞擊產生了統一的心理效果。他即由此提出了蒙太奇的電影創作方法。

不只艾森斯坦如此，幾乎所有的形式主義電影理論，都以電影和語言之比較爲出發點，建立視覺的文法與辭典。而所有文學上的技巧（如譬喻、諷語等），也都被認爲有助於電影之扭曲現實。更有些人，如把拉茲，主張劇本本身就是獨立的藝術品，不見得要上演。

這樣的傾向，在一九五〇年左右曾受到寫實理論的衝擊，但很快地，電影符號學又崛起了。梅茲認爲，從電影意義顯現的方法上看，電影不是一種眞正的語言，但「無論如何，電影還是像一種語言」，所以他贊成把整個語言學的觀念用到電影上。

這樣的發展，誠然可用很多其他方式及理由來詮釋，但電影藝術朝語文藝術同化跡象，不能說完全不可得而見。跟我國戲劇或繪畫之詩化書法化，亦頗有可資比較之處。而且，不論是電影、繪畫或音樂，一種藝術，到底是要保持並發揮該藝術的特性，還是要文學化地發展，所引起的爭辯，似乎正可做爲觀察其歷史變遷的線索。因此，黑格爾說一切藝術都在朝詩發展，都具有詩的性質，恐怕是恰好說對了。以「大歷史」的視野來觀察，此即歷史之合理性，中國藝術的發展則合乎此種合理性。

但所謂歷史的合理性，有時是無意識地，一切在盲然與自然的情況下發展，曲曲折折，忽而輕舟已過萬重山，再檢點來路，才赫然發覺其中似有理性藏焉。有時則是洞察了理性與價值，自覺地要如此發展，而其發展也具有歷史的合理性。我國殆屬後者。

因爲我們至遲在春秋時代，即開始以「文」概括綜攝一切人文藝術活動。「文王既沒，文不在茲乎」，周文的精神，具顯於禮樂，而樂，又如〈樂記〉和〈毛詩序〉所云：「情發於聲，聲成文，謂之音。……故正得失、動天地、感鬼神，莫近於詩」。成文之美，可以涵括一切藝術創造。充極盡至，則中國人談自然美，也必以文概括一切自然美的表現，如《文心雕龍·原道》說：

傍及萬物，動植皆文：龍鳳以藻繪呈瑞，虎豹以炳蔚凝姿；雲霞雕色、有逾畫工之妙，草木賁華、無待錦匠之奇。至於林籟結響，調如竽瑟，泉石激韻，如和球鍠。——故形立則章成矣，聲發則文生矣。

雲霞、草木之美，擬為雕刻與繪畫；林籟泉石之聲，喻如音樂，而總結則為「文」「章」。一切自然美，即是自然所顯現的文。這種文，跟人所創作的文學作品，基本上被視為同一的。所以劉勰說：「夫以無識之物，鬱然有彩；有心之器，其無文歟？」

既然有大美而不言的天地有文，所有人文藝術活動也有文，文即成為一切美的原理，甚或一切存在的原理。所謂：「文之為德大矣哉！與天地並生」「道沿聖以垂文」（原道）。這是對文最高的禮讚與說明。而且又因為劉勰在說這個「文」時，主要是扣住文章寫作而說，所以整個「文化」，又落到文字書寫上，成為文章文學的文化。孔子所謂「文勝質則史」，就涵有這個意義。——由文化的內容來說，所謂文化，基本上是道沿聖以垂文的文學性文化，我們整個社會「自成童就傅以及考終命，解巾筮仕，以及鈞衡師保，造次必於文，視聽必於文」（唐・楊嗣復、權德輿文集序），文學不只是文人的專利包辦，而是彌漫貫串於一切社會之中的存在與活動。文化，其實就是文學，就是文。中國人的生活方式、人生態度，也都體現為一文學藝術的性質。唯其如此，整個文化展布的歷史才能說是文、而因歷史的內容是文，歷史的寫作遂不能不是文。劉知幾雖批評南朝史著過於華美，係文人筆墨，非史家撰述，然史與文怎能區分？中國的歷史寫作，根本就是在書法辭例上發展出來的，要講史法史例，秉筆記述，便不能不是文學；對史書的評價，其實也大多著眼於文章，沒有一部史書是文章差卻被稱道的。要綜合這幾方面，我們才能曉得為什麼曹丕說：「文章者，經國之大業，不朽之盛事」，要說得如此鄭重、且又能說得如此莊嚴㉙。

由此可見中國是很早就建立了一個「主文」的文化傳統，在這個傳統裡，我們不但以文涵蓋一切藝術的創造、概括一切自然美的表現，更以文為一切歷史文化的內容、為存在之原理。這種情況，實屬中國文化之特色、有與西方迥異者也。西方文化並未如此有意識地建立一主文之文化傳統，且居其藝術中心地位的，恐怕也是造型藝術，因此文學反而常以結構、組織關係為美的原則。

另一個中西主要的差異在於：即使自維柯到克羅齊，均以為語言文字本身就是藝術品，所以美學與語言學是分不開的；然而，西方畢竟沒有發展出一個以文字為獨立藝術門類的傳統，中國卻有，那就是書法藝術。

書法不純是線條美的構成，因為我們論書法，仍將它放在文字藝術的範疇，所以字形與字義仍不能不講究，不可能如現今許多書法家所主張的；只追求線條與墨趣的抽象造形美。張懷瓘〈文字論〉說得好：

字之與書，理亦歸一。因文為用，相須而成。名言諸無，宰制群有。……闡典墳之大猷，成國家之盛業，莫近乎書。其後能者，加之以玄妙，故有翰墨之道光焉。

又〈書議〉云：

堯舜王天下，燦乎其有文章，文章發揮，書道尚矣。夏殷之世，能者挺生，秦漢之間，諸體間出。玄猷冥運，妙用天資，追虛捕微，鬼神不容其潛匿，而通微應變，言象不測其存亡，……理不可盡於詞，妙不可窮於筆，非夫通玄達微，何可至於此乎？

書法乃文字玄妙的表現，故「理與道通」。在藝術門類中，地位也最高，與詩文並列，非繪畫音樂等所能及㉚。而且，由書法所帶來的文字圖案裝飾藝術，在我們的社會中也是極爲普遍的，諸如門聯、剪紙、繪皿、刻竹等等，在欄干上、窗格上、燈面上、茶碗上……，幾乎到處都可看到用文字構成的裝飾圖案。所以書法不只是文人雅士的藝能，也是融貫到生活裡的一個部分。

由這一部分，也可讓我們發覺中西另一個差異。——文學，被黑格爾界定爲一語言藝術。這個界定在我國便複雜得多。因爲西方拼音文字的關係，言文一致，且均以語言爲其基本型。我們卻不是這樣，言是言，文是文，而且言必須趨向於文，才能發揮其價值：「言之不文，行之不遠」。所以我們的文學，很難界定爲一語言藝術，而可能是語言文字藝術或根本就只是文字藝術。

爲什麼這樣說呢？如果「文學」是語言文字藝術，那我們就可將說話、謠諺、故事……等列入文學史的系譜中。無疑的，我們現在也都這樣做了。但是，從兩個方面來看：一、由講唱變文，宋人說話而逐漸發展到明朝，文人小說不是越來越興盛嗎？「講的故事」，漸被「看的小說」取代了。二、由歷來的文學評價上說，說評話等，似乎也無法跟文人小說相提並論。至今爲止，那些職業編書人或說話人，如羅貫中、熊大木、馮夢龍、天花藏主人等，不但年齒爵里仍搞不太清楚，其小說史的地位，更是遠不及吳承恩、董說、夏敬渠、吳敬梓、李汝珍、紀昀和曹雪芹這些文人小說家（Scholar-novelist）。對於明清小說，我們的批評家所喜愛的，乃是脫離民間說話傳統，成爲作者個人表達其屬於一文人或知識份子情操、趣味及理念的作品。這些作品，文字當然遠較民間說話傳統「文」，趨近於書寫傳統而遠離說與唱的表演；其內容也當然遠較民間文學傳統「雅」，不那麼粗俗，較接近文人的世界觀。所以它們就比較容易獲得稱賞。例如孟瑤在《中國小說史》中批評清代俠義小說：「除小部分經過文人的潤飾，而產生了文學價值以外，其餘都是品質低劣的東西」、馮承基爲《文人小說與中國文化》一書寫序時也說：「像《隋史遺文》那樣，文人根據了說話人的講話，潤色成書，那是最理想的」，都可以具體顯示這個立場。所以越到後來，語言部分便越稀薄，一切源於說話的套子都丟掉了；語言的藝術，成爲語言文字的藝術，然後，索性成爲文字的藝術了。這樣的問題，在西方是不可能有的。

總之，諸藝術朝文學發展，是中國藝術史的大線索，也是形成文學之繼承與創新、文學內部諸文類變遷、風格遞嬗的主要原因。但各門藝術過去固然均以文學化爲其發展原理，往後是否將如此馴服？黑格爾所說：「詩是藝術最高的發展」，用以詮釋中國藝術史與文學史誠然可以適用，是否眞正符合歷史的理性或藝術原理，仍不可能沒有爭論。過去既有由音樂到文學的革命性改變，未來也未必沒有另一次革命性轉變的可能。甚至語與文的關係，亦不是如此穩定的，五四白話文學運動，應該就可以看成是一次由「文」到「語」的大翻身㉛。不過，正因爲這其中有爭論、有變遷，所以這個藝術詩化、文學化的原則，才可以用來解釋文學發展的結構。

我建議以這樣的看法，來重新建設我們的中國文學史、中國藝術史或美學史。

附　註

❶ 詳見克羅齊書中的敘述。

❷ 張岱這番話，顯然是針對蘇東坡評王維之〈藍田煙雨圖〉而發。《東坡題跋》卷下：「味摩詰之詩，詩中有畫；觀摩詰之畫，畫中有詩。詩曰：『藍田白石出，玉山紅葉稀；山路原無雨，空翠濕人衣』，摩詰之詩。或曰：『非也，好事者以補摩詰之遺』」。按東坡此語。引述者多就上半截闡發，其實下半段也顯示了詩可補足畫之限制的意思。張岱所論，並不能完全超越它的範圍。

❸ 我國美學家似乎特別注意這個問題，宗白華〈美學的散步——詩（文學）和畫的分別〉，當然是專門討論此事。朱光潛早期的《詩論》也闢有專章〈評萊森的詩畫異質說〉。後來他又譯註了萊辛這本《拉奧孔——詩與畫的界限》。錢鍾書早年那篇我甚不同意卻已膾炙人口的〈中國詩與中國畫〉，處理的也是同樣的問題。

❹ 這些方面，托馬斯・門羅（Thomas Munro）《走向科學的美學》（Toward Soience in Aesthetics）一書，有百科全書式的論述。見該書第四、五、六三篇。

❺ 這或許可以用現代藝術之發展來解釋。電影未出現前，本無此一門藝術，但現在，有些人也把電影看成是一種文學。又，如果「口傳文學」一詞能夠成立，則許多表演藝術，如滑稽雜劇、口技、說評話、講唱……等，似乎也可以算是文學。文學不一定寫在紙上。幾乎所有的《中國文學史》都包含了歌舞、戲曲之類；則擴大及於一切表演藝術，有何不可？現代詩在這些地方迭有突破，與造型藝術結合或本身即已為造型藝術的「詩」展，已屢見不鮮。在臺灣，近更有一群年輕人組成四度空間詩社，又有許多詩運用了積體電

路電腦語言。如獲選入《七十六年詩選》的林群盛〈沉默〉，除題目外，沒有一個中文字，全詩由一系列BASIC電腦程式組成；獲選爲《文訊月刊》新生代女詩人十四家的郭玉文〈玫瑰人生〉以音調音符構成。這些奇形怪狀的「詩」，非常容易引起爭論，但似乎正顯示了詩不局限於某一特定內容和構思、表現方式的雄心。

❻ 朱光潛即曾批評說：「詩須假定精神主體的自覺。所以在精神發展的最初階段，即象徵型藝術的初級階段，自我意識還很朦朧，詩還不能出現。這並不符歷史事實，在各民族中，詩歌出現都很早」（朱譯《美學》第三卷第三部分序論的譯注）。事實上黑格爾把東方藝術視爲象徵型，爲藝術的初級階段；希臘爲古典型，第二階段，近代歐洲基督教藝術爲浪漫型，最高階段。即與他的日耳曼種族文化優越觀有關。因此他用這一套說法來談藝術發展史是完全不通的。

❼ 李澤厚〈關於中國美學史的幾個問題〉（收入民國七十四年臺版《美學與藝術》中，木鐸出版社）。此一觀點亦即作者在《美的歷程》中所闡述的，特別是第一、第二章。

❽ 這裏面有幾個問題：一、郭沫若說：「中國舊時的所謂樂，它的內容包含得很廣，音樂、詩歌、舞蹈本是三位一體不用說，繪畫、雕鏤、建築等造型美也被包含著。甚至於儀仗、田獵、飲饌等都可以涵蓋。……它以音樂爲代表，是毫無疑義的」（青銅時代・公孫尼子與其音樂理論。李澤厚《美的歷程》誤作《十批判書》）。這即是以音樂爲藝術之中心時的情況。但是這種情況到後來並未保持。以他所援引的〈樂記〉來說，原先儒家的禮與樂，在理論上是並提的，至少應該同等重要，然而現在〈樂記〉只是《禮記》中的一部分。整個〈樂記〉也並不像郭氏說的，是以音樂爲代表、關於整個藝術領域的美學思想，而更像是攝樂歸禮的著作。裏面談到禮的地方，簡直要超過了樂。孔子說：「立於禮、成於樂」，它卻說：「樂著太始，而禮居成物」「知樂則幾於禮矣」「先王有大事必爲禮以哀之；有大福必有禮以樂之。哀樂之分，皆以禮終」。它以禮爲中心，豈不是非常明顯嗎？二、郭沫若相信今存《樂記》係公孫尼子的著作。這是用沈約皇侃之說。但《漢書・藝文志》提到：

「武帝時河間獻王好博古，與諸生等共采《周官》及諸子言樂事以作《樂記》，……獻二十四卷《樂記》。劉向校書，得《樂記》二十三篇，與禹不同」，似乎漢代《樂記》有數種，王禹之本，係采輯先秦古書而成；劉向之本，也不能保證就很純粹是出於公孫尼子。《史記·樂書》收了今存《禮記·樂記》，而次第即與劉向本不同。張守節認爲這是褚先生搞亂的，但焉知不是摻雜了別本的資料？所以今本著作權要斷給公孫尼子，恐怕仍難定讞。郭氏說今存者未必屬公孫尼子之作，乃漢儒雜抄纂集而成，特所采者以公孫尼子爲多。大概不錯，然殊不必實指爲公孫尼子。

三、因《樂記》本係抄纂，故內容不甚統一，頗有矛盾或不能協調的地方。特別是與荀子〈樂論篇〉相同處很多。所以我懷疑像以上所引這兩條資料的情況，可能就是近乎荀子重禮之學的一派，與公孫尼子（或其他不知名儒者）的言論，給漢人抄到一塊兒了。

⑨ 詳蔡英俊〈知音說探源—試論中國文學批評的基本理念(一)〉（民國七十六年，清華大學主辦第一屆中國文學批評研討會論文）。

⑩ 漢代雅樂傳至唐，僅成爲儀式音樂，且已吸收不少胡樂俗樂之要素。清商曲則趨於沒落，唐初編爲十部伎之一，餘八部皆爲西涼、西域、東夷之樂。

⑪ 郭沫若認爲東周彝銘之字體，多作波磔而有意求工，故「中國以文字爲藝術品之習尙當自此始」（青銅時代·周代彝銘進化觀）。不過這時只能說是有了一些對於文字的審美意識，要到漢朝末年，寫字，才能成爲一種藝術的活動；字所形成的書法，也才能成爲中國獨有的藝術部類和審美對象。換言之，東周春秋之際，是文字作爲一藝術活動與對象之萌芽期；逐步與已居藝術中心的音樂爭衡，到漢代遂確立了「文字——文學」的整體藝術，全面替代了音樂的地位。書法家及書法論著在此刻出現，具有不尋常的意義。

⑫ 以上詳《唐代音樂史的研究》（岸邊成雄著。梁在平黃志炯譯，臺灣中華書局，民國六十二年出版）。

⑬ 參看王易《詞曲史》〈具體〉第三。

⑭ 這些人先是看不起詞，再是看不起柳永式的詞，再則表示我也能通曉音樂但卻不願遵守腔拍。看不起詞，

如《石林詩話》載：「張先，能爲詩及樂府，至老不衰……然俚俗多喜傳咏先樂府，遂掩其詩聲，識者皆爲恨之」、《冷齋夜話》卷十說法秀道人告訴黃山谷：「詩多作無害，艷歌小詞可罷之」，陸游自序其詞集也說：「余少時汨於世俗，頗有所爲，晚而悔之」。劉克莊跋黃孝邁長短句說得更明白：「詞，尤藝之下者也。……故雅人修士，相戒不爲」。然若不能眞正不爲時，可能的方向，就是如張耒：「文潛乃又自謂不善倚聲製曲，而致意古樂府，有所矯耶？」（愛日齋叢鈔）或者就像東坡，矯而爲一異於正規詞風的詞。《石林避暑錄話》：「秦觀少游，亦善爲樂府。語工而入律，知樂者謂之作家歌，元豐間盛行於淮楚。……蘇子瞻於四學士中最善子游，故他文未嘗不極口稱善，特樂府猶以氣格爲病。故常戲云：『山抹微雲秦學士，露花倒影柳屯田』」，東坡意識中，隱然有一與柳永競爭及反對作家知樂之詞的心理，實在非常明顯。如此，遂開創了一種「別調」。其後沈義父、晁無咎又替東坡辯護，說東坡之不協律，非不能，是不爲也，其不豪放處，亦必協律。因此整體看來，夏承燾〈剪淞閣詞序〉說：「詞蛻於詩，而非詩之餘。柳永秦觀稍稍著鋪飾，猶未違其宗。范仲淹、王安石乃寖尋以之咏史、懷古矣。至蘇軾黃庭堅，則禪機諢俚，縱橫雜出，李清照所謂句讀不葺之詩耳。昔之求蛻於詩者，至此還與詩合其用。」（見《天風閣學詞日記》一九三一年六月十五日記，浙江古籍出版社，一九八四），確實符合詞在北宋的發展狀況。

⑮ 詞至歐蘇，文格一變，體製高雅（見卻掃編）。但從整體趨勢上說，即使是柳永，也是以作詩作文之法作詞的。故夏敬觀云柳詞多用六朝小品文賦作法（評樂章集）；譚獻云耆卿正鋒，可當杜詩（評詞辨）；趙令時《侯鯖錄》更載：「東坡云：世言柳耆卿曲俗，非也。如八聲甘州云：『霜風淒緊，關河冷落，殘照當樓』，此語於詩句不減唐人高處」。柳永之外，如黃山谷序晏幾道詞，謂其「嬉弄於樂府之餘，而寓以詩人之句法」；樓敬思謂東坡詞：「寓以詩人句法」（詞林記事引）；夏敬觀云賀鑄「小令喜用前人成句，其造句亦恆類晚唐人詩。慢詞命辭遣意，多自唐賢詩篇中來」（批東山詩）；陳振孫說：「清眞詞多用唐人詩語，檃栝入律」（直齋書錄解題）、沈義父說：「清眞下字運意，皆有法度，往往自唐宋諸賢詩句中來」（樂府指迷）……。可見詞的詩化，在北宋已成一普遍現象。其用字、構思、章法及意境，皆類同

於詩。

⑯ 尊體說，是推崇詞體，使風雅之士，把它與詩賦之類視爲一系，勿薄之爲小道。詳吳宏一《常州派詞學研究》（民國五十九年，嘉新水泥公司文化基金會出版）第三章第一節一。

⑰ 宋人詞集名爲樂府者，有劉弇《龍雲先生樂府》蘇軾《東坡樂府》趙長卿《惜香樂府》等；名爲樂章者，有柳永《樂章集》洪适《盤洲樂章》劉一止《苕溪樂章》等；名爲琴趣者，有黃庭堅《山谷琴趣外編》晁補之《琴趣外篇》晁端禮《閑齋琴趣外篇》等；名爲歌曲者，有王安石《臨川先生歌曲》姜夔《白石道人歌曲》等。另外，也有名爲長短句，如辛棄疾的《稼軒長短句》。以琴趣樂章爲名，是著眼於它的音樂性質，稱做長短句便只照顧它的語文格式了。

⑱ 詞詩化以後，中國文人有時竟根本不能想像從前曾有過一段以辭合樂的時期。像徐英在《詩經學纂要》中力辯《詩經》不可能是按樂之腔調而作。詞也是如此，他認爲西樂流入中土時，本有歌辭，中國人將它改換辭語，遂成爲詞。所以「詞語之先，傳自西樂，西樂亦必先有文詞而後製爲聲律者也。後起者不復通曉西樂，乃取前人眾制，按其格律，定爲程式」（詩樂第九）。換言之，他一定要堅持文字的優位性，一定要堅稱詞律根本是一語文格式，而非音樂曲調。這樣的信念，依懂音樂的朋友來看，恐怕是要笑掉大牙的。——因爲他斷言按詩製樂，乃「中西古今，其揆一也」。

⑲ 一般論中國戲劇，都從講唱文學找淵源。認爲講唱可以分成詞曲和詩讚兩個系統。前者如唱賺、諸宮調；後者如變文、彈詞。雜劇和傳奇的曲詞，就是詞曲系講唱文學的進一步發展；皮黃和多數地方戲曲，則採用了詩讚系講唱文學的形式。但我想這樣談未必恰當。唱賺諸宮調等，自是唱曲，本無所謂講。而且這種分法會使人以爲中國戲曲中存著平行的兩個系統。事實上有講有唱的藝術形式，即是介於音樂和文學之間的混合藝術，大興於唐代之理由，亦即在此。但變文、彈詞、陶眞等畢竟是說唱，與戲曲無關，其本身也不是戲曲。戲曲初起時純是音樂藝術型態。即使到了元人雜劇，有人還認爲元雜劇的作者只製曲文，賓白是由伶人當場奏技時敷衍的。所以戲曲中說的部分，乃是後來逐漸傾向語言藝術型態時增強的。皮黃及大

部分地方戲曲，多採詩讚形式，更是音樂節奏順從詩句的一種徵象。

⑳ 以上詳見謝長葛《人體文化—古典舞世界裏的中國與西方》（一九八七，四川人民出版社，走向未來叢書）頁二〇—五三。

㉑ 詳蘇珊·朗格《情感與形式》（劉大基等譯，一九八六，中國社會科學出版社，美學譯文叢書）第十章〈同化原則〉，又頁三七三。

㉒ 詳龔鵬程《詩史本色與妙悟》（七五·臺灣學生書局）第三章第六、七節。

㉓ 葉長海《中國戲劇學史稿》第八章論〈牡丹亭〉的研究，說前期如王思任沈際飛及湯顯祖本人，所討論的重點在於劇本；到明末清初，如馮夢龍等則可稱爲演出論，主要是對表演和演唱的研究。今按：論戲偏重劇本、於劇本中又特重曲文，乃明代風氣，把戲文看成文學作品了。

㉔ 俞大綱曾有「東方戲劇幾乎全屬於詩劇型」之說，認爲東方戲劇的形式和美學基礎，建築在詩、舞蹈和音樂上；而三者之中，詩的藝術形式，又超過動作和敘述故事。故事的主要任務在如何表現詩的部分。例如著重抒情和意念的表達，輕視邏輯性的敘述，結構不嚴格，動作較舒緩、節奏慢、極度重視辭藻等，都是這類戲劇的特徵，與西方戲非常不同。不過，中國與印度雖然都屬於這樣的戲劇形式和風格，可是印度戲的舞蹈成分更突出，已接近舞劇，又與中國略有不同（見《俞大綱全集—論述卷》頁二七九〈漫談東方戲劇〉）。大陸方面，張庚則提出「劇詩」一辭，說中國戲曲是詩與劇、曲與戲的結合。說詩劇是對的，因爲中國戲劇確實體現的是詩的藝術美感，是戲曲而朝詩發展。但不是詩與劇結合的劇詩。

㉕ 詳鈴木敬《中國繪畫史》（上）（民國七十六年，魏美月譯，國立故宮博物院）。特別是第一章第二章。

㉖ 所謂筆墨的墨，其實仍是筆的線條表現，故莫是龍〈畫說〉云：「有筆法而無輕重向背明晦，即謂之無墨。古人云石分三面，此語是筆亦是墨」。沈宗騫《芥舟學畫編》也說：「今人以淡墨水塡凹處及晦暗之所，便謂之墨，不知此不過以墨代色而已，非即墨也。且筆不到處，安謂有墨？即筆到處，而墨不能隨筆以見其神采，當謂之有筆而無墨也。豈有不見筆而得謂之墨者哉？」可見用墨與古代的設色敷采截然異趣，

乃是筆的表現。王麓臺自題倣大癡山水說：「畫中設色之法，與用墨無異」，是受筆墨觀念影響後的設色法，跟古法不同的。

㉗ 詩中有畫、畫中有詩之問題，即在此一論述脈絡中產生。註一所引錢鍾書〈中國詩與中國畫〉一文，引了很多宋朝人將詩與畫相提並論的言論，可以參看。但他以「出位之思」「藝術彼此競賽」（Aaderst—reban）來解釋詩畫一律的現象，與本文觀點恰好相反。

㉘ 以上詳註二十二所引書。

㉙ 順著這個觀點，我認爲儒家在中國審美意識之發展與內涵中的重要性應予重新肯定。過去，我們常強調理學家與文學家的衝突，誇大儒家以道德扭曲文學的傾向，而把中國藝術精神歸因於佛道兩家的影響。但儒家主文的傳統，可能才是中國文化與藝術發展的主導者。

㉚ 徐復觀《中國藝術精神》一書，認爲中國藝術精神的自覺，主要表現在繪畫和文學兩方面。而以書法和繪畫來比，筆墨的技巧，書法大於繪畫，精神境界則繪畫大於書法。「過去的文人常把書法高置於繪畫之上，我是有些懷疑的。不過在目前，還不敢肯定地這樣講」（自序）。歷來都把書法高置於繪畫上，徐先生研究畫與畫論較多，而疏於知書法，故不大能了解古來論書法，並不大從筆墨技巧面說。早在唐代，張懷瓘就已提出「冥心玄照」的創作觀及「妙不可窮於筆」「言不盡意」的筆墨論。「逸格」的提出，也在繪畫之前、故繪畫之精神意境大於書法，在中國傳統藝術格局中是不可能的。

㉛ 詳見本書第三卷第二章。

第三章　文字藝術中的辯證：由張懷瓘書論觀察

一、獨立的書法評論家

唐代是中國書法史上極燦爛的時代，名家輩出，劇迹甚多，有關書學的討論也極爲豐富。這些討論，固然仍與六朝一樣，多屬書法家本身的經驗談，但已經形成了書藝評論的規範，批評家也逐漸有了獨立的批評地位。

這話是什麼意思呢？早期的書法藝術，多本之於書家從事藝術創作時的體會及經驗歸納，故好的評論者，必需先是好的作者。此即曹丕所云：「有南威之容，乃可以論於淑媛；有龍泉之利，乃可以議於斷割。」六朝至唐初，書藝評論仍是如此，然自孫過庭以來，這種情形便有了改變。

孫過庭《書譜》，自然是書、論雙美的劇迹，他自已也對他的字頗爲自負。不過他在《書譜》中卻引述了曹丕這段話，並批評說：此言「語過其分，實累樞機」[1]。可見批評家獨立地位的要求，已經開始被意識到了。其後，論書大家張懷瓘，便正面揭出：「語曰：『能言之者未必能行，能行之者未必能言』，何必備能而後爲評」（〈書斷〉）。何必備能而後爲評，即指評論與創作是兩種活動，雖相關而未必相同，故不妨有專門評書而不必善書的人。從這個區分，他又發展出書法中的言意之辨，認爲：

> 古之名手，但能其事，不能言其意。今僕雖不能其事，而輒言其意（〈書議〉）。（蘇晉）謂僕曰：「看公於書道無所不通，自運筆固合窮於精妙。何爲與鍾王頓爾遼闊？且公自評書至何境界？與誰等倫？」僕答曰：「天地無全功，萬物無全用，妙理何可備賅？常嘆書不盡言。僕雖知之於言，古人得之於書。且知者博於聞見，或可能知；得者非假天資，必不能得。是以知之與得，又書之比言，俱有雲塵之懸」（〈文字論〉）。

這是說：(1)評者與作者，才性各有所偏，罕能兼備。(2)評者是透過博聞知見來理解書道的，作者卻是以親行實證，配合天份而理解書法。這屬於兩種活動，性質不同。(3)親行實證之知，如人飲水、如啞巴吃冬瓜，無法舉以告人；故僅能行其事，不能言其意，時或知其然而不知其所以然。評者以聞見博察其意，有時或能知其所以然而不能行其然。所以說書不盡言，言不盡意，二者有雲塵之隔。

批評家之有獨立地位、批評活動之有獨立性質，是要到這個時候才確立的。也因此，這個時候才會出現專以書論名世的張懷瓘這類人。同時，張懷瓘的〈書估〉和竇臮的〈述書賦〉，在書論史上也是創體之作，並無嗣音❷。這些，都可以看出唐代書論在史上的地位，以及張懷瓘的重要性。

張懷瓘，開元時海陵人，官至翰林供奉。生於唐初書法大盛之後，故在創作上高自矜飾，自認爲眞書、行書可比虞褚，草書則可獨步於數百年間；而在書法理論上，又總結六朝之經驗，自謂：「今論點畫偏旁、用筆向背，皆宗元常、逸少，兼遞代傳變」（《玉堂禁經》）。所以他可說是我國前期書法理論的集大成者。天寶大曆以後，唐人書法寫作，因顏柳崛起，六朝古法盡變。因此書法理論也有了一些新的發展。但這些發展，係新典範興起後，美學觀念及技法上的變更，書法的基本理論，畢竟仍不脫張懷瓘所談的範圍。而且，處在開元年間、集六朝書論之大成的張懷瓘，當新變將生之際，總結古今之說，其理論內部事實上也含有許多引生後來書論發展的因素。如前舉的言意之辨，即與宋人之尚意，頗有關係。因此，他的理論格外值得注意。

二、筆法論的形成與發展

今傳張懷瓘論書之作，有〈評書藥石論〉、〈論用筆十法〉、〈六體書論〉、《玉堂禁經》、〈文字論〉、〈書議〉、〈書估〉、〈書斷〉等❸。種類甚多，但值得注意的是：沒有六朝及唐初流行的「筆勢論」。

對書法體勢的講求，是漢晉南北朝書論的重點，特別是書法藝術剛剛形成時，體勢論幾乎就是書法理論的全部了。蔡邕〈筆論〉、〈九勢〉、成公綏〈隸體書勢〉、衛恆〈四體書勢〉、索靖〈草書勢〉……等，都是有關筆勢的討論。且均以物象擬喻字的形勢姿態。

這是對字形的美感掌握。每一個字，都可從自然物象所帶給人的審美感受上去理解，所以說字可以「頹若黍稷之垂穎，蘊若蟲蛇之棼縕。」這時對字，乃是整體的審美掌握。故只能以書體為單位，欣賞其形勢、氣勢。漸漸地，批評者可以分析構成這種形勢的線條了。線條依字的結構關係，可以區分為一，丿㇄乀㇆等，任何一個字，都是依這些基本單位組織起來的，如何處理這些基本單位呢？〈筆法說〉就興起了。

題衛夫人〈筆陣圖〉、題王羲之〈筆勢論十二章〉、蕭衍〈觀鍾繇書法十二意〉等，均屬此類。分析字的結構，提出一些如何處理這些結構的法則。例如一橫，該如千里陣雲；一點，須如高峰墜石；一捺，又得像崩浪雷奔……。這樣的討論，從〈筆陣圖〉提出了七勢以後，到陳隋之間逐漸凝型成為《永字八法》。換句話說，整個書學史，即是從「體勢論」到「筆法論」，然後再從「筆法論」發展到「筆意論」的過程。漢晉南北朝前期，以筆勢論為主；齊梁間則已展開了筆法的探索，至隋唐而蔚為大觀。故唐太宗曾說：「我今臨古人之書，殊不學其形勢」（〈論書〉），孫過庭亦直接批評：「世有《筆陣圖》七行。頃見南北流傳，疑是右軍所制。雖則未詳眞僞，尙可發啓童蒙。……至於諸家勢評，多涉浮華，莫不外狀其形，內迷其理。今之所撰，亦無取焉」❹。

有取於筆法而不喜言形勢。孫過庭的態度，可以顯示唐朝一般書論者的立場。此即張懷瓘論書雖多，而竟沒有討論形勢之作的緣故。反之，他有專門論筆法的〈論用筆十法〉及分析鍾張二王歐等名家點畫的《玉堂禁經》❺。

這兩篇文章，與隋釋智果〈心成頌〉、唐歐陽詢〈八訣〉、唐太宗〈筆法訣〉、顏眞卿〈述張長史筆法十二意〉等，屬於同一性質，它們都是一方面分析字的結構，一方面告訴寫字的人：怎麼樣用筆才能達成符應這一結構的美感。例如張懷瓘論用筆十法，提到偃仰向背、陰陽相應、鱗羽參差、峰巒起伏、眞草偏枯、邪眞失則、遲澀飛動、射空玲瓏等十種要求。所謂偃仰向背：「謂兩字幷爲一字，須求點畫上下偃仰離合之勢」；遲澀飛動，是：「謂勒與磔法用筆本尙遲澀，而字勢仍要飛動也」；隨字變轉，是：「如蘭亭歲字，一筆作垂露，其下年字則變懸鋒。又其間二十個之字，各別有體。」早期的形勢論，只是形容筆勢如何「婉若銀鉤、漂若驚鸞」「玄熊對踞於山嶽，飛燕相追而差池」（〈索靖・草書勢〉），現在則教人如何用筆以追求點畫線條的效果了。

從六朝中期逐漸發展茁壯的這種筆法說，與文學發展之趨勢，也是互相呼應的。曹丕〈典論論文〉，言文章引氣不齊，雖在父兄不能以移子弟。把創作全部視爲才性的表現，立場猶如趙壹的〈非草書〉。但此時他又提出「詩賦欲麗，章奏宜雅」的文體論，則又與蔡邕論體勢相彷彿。到了〈文賦〉，言爲文之用心；《文心雕龍》討論文章的軌則、修辭的方法，沈約提出四聲八病，而詩格詩例大盛………等等，不也跟書法一樣，都在討論「法」的問題了嗎？這種討論，至唐代初盛期，可說已達到高峰。詩文方面，總結爲文鏡秘府論，書法則可以張懷瓘的〈論用筆十法〉和《玉堂禁經》爲代表。

張懷瓘書論的歷史地位及意義在此，但其限制也在此。因爲這種筆法論，主要有兩個重點，一是從諸如「永」字的分析中，籀繹出組成中國字的基本線條：側、努、勒、趯、策、掠、啄、磔等，以及從用筆時手腕的起伏，討論頓、挫、揭、按等。這些統稱爲運筆法或用筆法，談的是每一頓挫、每一努側應該如何處理的問題。如智永〈永字八法〉便提到側須如鳥翻然側下、勒須如馬之用韁。這些運筆法既被揭出，便成了寫字的指導，所以多成爲口訣。

但運筆法之外，筆法論討論結體構字的問題，例如智果〈心成頌〉指出：字頭頸長的，像寧、宣、臺、尙，宜向右拓展；有腳的，像到、朝、升，右邊都不妨拉長；字方的，像周、用、圖，右邊可以稍微高些……❻。張懷瓘稱此爲「結裹法」。

用筆法的討論，淵源較遠，結裹法的探究，則稍晚近，張懷瓘之前，要以歐陽詢〈三十六法〉爲大宗。但《佩文齋書畫譜》，已謂其中有高宗書法東坡先生及學歐書者等語，必非唐人所撰。故張懷瓘論結裹的部份，至爲重要。晚唐盧雋編《臨池妙訣》，自言得永興家法，取《翰林隱術》等書輯成八篇。其中把用筆法稱爲「認勢」，結裹法稱爲「裹束」，就是採用張懷瓘的分法❼。而所謂《翰林隱術》，亦即刪節《玉堂禁經》而成者。《墨池編》、《書苑菁華》所載「九生法」也出於張書。其影響之大可知。

然而，「用筆」與「結裹」並不足以盡筆法論的內涵。張懷瓘又提出了有關執筆的問題。這個問題，早在〈筆陣圖〉中即已出現，但孫過庭說：「世有〈筆陣圖〉七行，中畫執筆三手，圖貌乖舛，點畫湮訛」，故並未產生重要影響。〈筆陣圖〉比較重要的仍是那七行筆勢的分析。其後書家偶論執筆，如歐陽詢言：「虛拳直腕，指齊掌空」、虞世南言：「用筆須手腕輕虛」「指實掌虛」，均爲原則性的提示。到張懷瓘才指出：「執筆亦有法」。他認爲：

> 若執筆淺而堅，掣打勁利，掣三寸而一寸著紙，勢有餘矣。若執深而束，牽三寸而一寸著紙，勢已盡矣。其故何也？筆在指端則掌虛，運動適意，騰躍頓挫，生氣在焉。筆居半則掌實，如樞不轉，掣豈自由？轉運旋回，乃成稜角。筆既死矣，寧望字之生

動？……是故學必有法，成則無體，欲探其奧，先識其門。（〈六體書論〉）

另外又談到執筆須「心圓管直」，使「萬毫齊力」。這種對執筆法的講求，遂導引出中唐書法家的興趣，例如韓方明〈授筆要說〉，謂執筆的方式有五種（執管、擫管、撮管、握管、搦管），但以執管爲正，執筆於大指中節前，以頭指齊中指，使得指實掌虛之效。林蘊〈撥鐙四字法〉則提出了撥鐙法：推、拖、撚、拽。這兩者，後來皆成聚訟。什麼是「撥鐙」，至少有四五種說法。而執管的單包雙包，又稱單鉤雙鉤，爭議也不少❽。不過，有關這些討論，幾乎全部出現於唐代中葉到五代之間，如韓方明自謂：「昔歲學書，專求筆法。貞元十五年，授法於東海徐公璹，十七年授法於清河崔公邈，由來遠矣」，林蘊自稱：「咸通末爲州刑掾，時盧陵盧肇罷南浦太守，歸宜春。蘊竊慕小學，因師於盧公子弟安期」，盧雋自誇：「永禪師乃羲獻之孫，得其家法，以授虞世南。虞傳陸柬，陸傳子彥遠，彥遠僕之堂舅，以授余。」他們雖都託諸古人，什麼智永禪師、虞世南、張旭……等，其實執筆法的講求根本就在貞元元和以後，而張懷瓘的理論，對他們才有最直接的作用。因爲像盧雋的《臨池妙訣》，就是「取〈翰林隱術〉、右軍〈筆勢論〉、徐吏部〈論書〉、竇臮〈字格〉、〈永字八法勢論〉刪繁選要，以爲其篇」的。其中至少用了張懷瓘兩部論述，關係如何，不難想見。

所以說，張懷瓘的書論，代表了以「形勢論」爲重心的書學，業已爲「筆法論」所取代。不過，筆法論中有關用筆與結構的討論，雖已集大成於張氏的書論，執筆法之探究，則方在濫觴，不及中晚唐時期發展完備。這是張懷瓘的限制，卻也未嘗不是他的貢獻。因爲宋元以降，書學固然續有發展，但言筆法、結構及執筆法，基本上仍不出此一範圍。所謂唐人重法，法即備於此❾。

三、書法：文字藝術的規範

(1) 書法的文體論

然而，重法的意義何在？

在趙壹反對學習草書時，曾認爲字寫得好，純粹是天才，學也學不來，就像人長得美或醜一樣，是無法改變的。但藝術創作無論是否爲一天才之表現，既成爲藝術品，便能爲人所欣賞，故亦不妨賞其體勢、翫其姿態。這就興起了「體勢論」。逐漸地，藝術品多了，創作的人也雜了，所作有優劣、表現有異同。於是論評優劣，而有袁昂〈古今書評〉、庾肩吾〈書品〉之類討論；分析表現，尋找他們在用筆及結構上的規則，而有前述〈筆陣圖〉以下一系列筆法論的出現。這些分析，既找到了作爲藝術品的字（非文字學意義的字）之規則，學習者自然也可以學習規則，以寫出美觀的字來。所以，這裏至少有幾點可談：一是分析字；二是分析字的美，找出美的原因；三是學習這些形成美的因素。

什麼是分析字？

書法就是寫字，字是書寫的對象也是內容，所以書法思考的第一個範疇就是關於字的理解。而字，固然只有一種（中國字），卻有許多樣式，那就是字體。從古之鳥蟲書到篆隸行草楷，樣式至爲繁複。書法家在思考其創作問題時，首先面對的就是他將書寫何種樣式的字。

草？隸？篆？楷？每種字的淵源雖然相關，字體卻差異甚大，書家對此即不能不有所考慮。此猶如文人撰文，必先思量體裁；詩家作詩，首應辨體。道理是一樣的。

漢晉以來，文學中的辨體論，已由摯虞、劉勰等人系統地建立了。書法則還沒有。衛恆〈四體書勢〉所論書體甚簡。北朝王愔〈古今文字志目〉可能是第一篇書體論。其書上卷載書三十六種，包括龜、蛇、雲、芝英、仙人、懸針、垂露等各種書，中下卷論秦至魏晉的書法家一一七人。但此書至唐即已亡佚，張彥遠說：「未見此書，唯見其目。」且依它的目錄看，所論書體中包括「古今小學」三十七家，百四十七人，及「書勢五家」。所以此時雖已有文字學意義的字和藝術價值的字之區分，在這篇書體論中，可能還是兼含的，並非專論書法。同理，後魏江式〈論書表〉也是站在字學立場，兼及書藝的。該表乃敘其撰集字書古今文字四十卷的原因，意不在專論書藝，蓋甚顯然。

至唐則不然。這時我國文字創體的過程已經結束，所有書體均已出現，以後不再有新的字體了。論者當此時會，自宜對書體有一綜合的理解。但這種理解並不是文字學意義的。虞世南《筆髓論》〈書旨述〉在這方面，即佔有特殊的地位。《筆髓論》七篇，第一即是〈敘體〉，謂：「倉頡象山川江海之狀、龍蛇鳥獸之迹，而立六書。戰國政異俗殊，書文各別，秦患多門，約爲八體。後復訛謬，凡五易焉，然並不述用筆之妙。及乎蔡邕、張、索之輩，鍾繇衛、王之流，皆造意精微，自悟其旨也。」明確地指出他之敘體是從「述用筆之妙」這個角度來的。故〈書旨述〉由「古者畫卦立象，造字設教」，一直談到古文、大小篆、隸、草、楷各體，而對各體的說明，則重在「綜其遺美」「俯拾眾美」「豐妍」「奮逸」等書法美的討論⑩。

張懷瓘就是這一趨勢的發展，但同時也是集書體論之大成者（因爲此後並無新書體出現）。他寫〈書斷〉，「凡三千二百餘年，書有十體源流，學有三品優劣，今敘其源流之異，著十贊一論，較其優劣之差，爲神妙能三品」，卷上即是書體論。每一體的贊語，都從審美效果上去描述，例如說籀文是「落落珠珍，飄飄纓組」，隸書是「長毫秋勁，素體霜妍」之類。做法與〈六體書論〉大體近似。〈六體書論〉也是討論每一體在藝術上的特色和要求，如云：「眞書如立，行書如行，草書如走」「草法貴在簡易」等等。另有〈書議〉一卷，則更進一步，謂：「猛獸鷙鳥，神采各異，書道法此。其古文、篆籀，時罕行用者，皆闕而不議。議者眞正、藁草之間」。這一斷語，非常重要。

文字是不斷演變的，至唐而書體大備。創體的活動結束了，唐人總結古代書體，竟有數十種之多，故韋續編有〈五十六種書〉。這五十六種，包括了龍、雲、龜、鸞、仙人、麒麟、刻符、蚊腳、鶴頭、虎爪、金錯等。這些書體，或偶見於記載，或存諸傳聞，巧意緣飾，各矜新奇，書法家是不是都要去寫它呢？以張懷瓘的態度來看，〈書斷〉敘源流，僅標十體；〈六體書論〉旨在論書，便只論其中六體；〈書議〉又刪去古文與篆籀，只談草書和正楷。換句話說，書體論爲求完備，固然要兼顧發展源流；但書法創作之重點只在眞、草及介乎眞草之間的行書[11]。

這個態度，跟孫過庭是一致的。〈書譜〉開宗明義即說：「夫自古之善書者，漢魏有鍾張之絕，晉末稱二王之妙」，截斷眾流，單論隸、草。其後又申言：「六文之作，肇自軒轅；八體之興，始於嬴政。其來尚矣，厥用斯弘。但今古不同，妍質懸隔，既非所習，又亦略諸」，與張懷瓘的看法完全相同。然後又談到：「復有龍蛇雲露之流，龜鶴花英之類，乍圖眞於率爾，或寫瑞於當年，巧涉丹青，工虧翰墨，異夫楷式，非所詳焉」，反對文字畫。

文字畫的問題，張懷瓘沒有論及；孫過庭草楷兼通的立場，亦不見於張氏書論中。張懷瓘的書論，大概有點像《文心雕龍》。《文心》上篇大談文體，自謂論文敘筆，囿別區分。張懷瓘也是論諸體之體要，以明綱領的。故破體兼通，非其所措意。反而認爲：「如人面不同，性分各異，書道雖一，各有所便」「若乃無所不通，獨質天巧，則逸少爲最。」這豈不是曹丕論文體時所謂「文本同而末異，蓋奏議宜雅、書論宜理、銘誄尚實，詩賦欲麗。此四科不同，故能之者偏也，唯通才能備其體」的口脗嗎？這是書法中的文體論哩！

(2) 書法的體要觀

然而，論文體者，常執著於「設文之體有常」，而把體要視爲創作時規範性的要求，反對「失體成怪」。如唐李嗣眞的〈書後品〉就是如此。所以他批評王獻之「正書行書如田野學士越參朝列，非不稽古憲章，乃時有失體處。」爲了避免失體，作者即必須注意稽古、憲章古人，所以他又說：「太宗與漢王元昌、褚僕射遂良等皆授之於史陵，褚首師虞，後又學史，乃謂陵曰：此法更不可教人。是其妙處也。陸學士柬之受於虞秘監，虞秘監受於永禪師，皆有法體。今人都不聞師範，又自無鑒局，雖古迹昭然，永不覺悟」「古之學者皆有規法，今之學者但任胸懷。」這眞如《文心雕龍・通變》所謂：「體必資於故實」了。以古迹、古法爲模範，他稱爲「法體」或「規法」「規則」。學者必須要學習這些法則規範，才是正途，假若「倏忽變化，莫知所自」，就不免時有失體了。

唐人論書體、再從書體討論到書之體要時，往往都如李嗣眞。這就是爲什麼訣法授受一類傳說大盛的緣故。而且，字形至唐已大定，形既無可變化，每一書體的審美要求又趨向於如此穩定，標準化、規格化，勢必造成書法的呆滯。創作者一方面必須努力地臨寫古帖，以稽古憲章，一方面整個書法美也傾向於穩定的、均衡的、規則的。

唐太宗論鍾繇書，曾說他：「字則長而踰制」。踰制，跟失體的意義是一樣的。唐人所認爲的「制」，就是字不要太長、不要太短、不要太大、也不要太小，這才符合規格體制⑫。如徐浩〈論書〉曰：「字不欲疏，亦不欲密，亦不欲大，亦不欲小。小促令大，大蹙令小。筆不欲捷，亦不欲徐，亦不欲平，亦不欲側」，釋亞棲也自稱：「吾書不大不小，得其中道」（見《宣和書譜》）。李華則在大小疏密、捷徐平側之外，另加「字不可拙、不可巧、不可今、不可古」的說法。因此，在字形上，他們講究的是平正與大小適中；在用筆方面，他們主張中鋒。

宋朝米芾曾攻擊字體平正的說法，云：「小字展令大、大字促令小，是張顛教顏眞卿謬論。蓋字自有大小相稱，且如『太乙之殿』作四窠分，豈可將『乙』字肥滿一窠，以對『殿』字乎？蓋自有相稱，大小不展促也」，康有爲也說：「大字促令小，小字展令大，非古法也。」至於中鋒，姜夔也以爲：「晉人挑剔，或帶斜拂，或橫引向外，至顏柳始正鋒爲之，正鋒則無飄逸之氣」，此即米芾所謂：「顏柳挑剔，爲後世醜怪惡札之祖，從此古法蕩然無遺矣。⑬」唐人書法所建立的新典範，正是以字體平正、大小適中及中鋒所構成的。這種傾向，在唐初幾位書法大家身上已可看到。南宋趙孟堅論書，謂隋〈啓法寺碑〉「舉右方直下，最具此法，學者當垂情如此下筆，則姸麗方直，端重楷正，味此則痴鈍墨豬矣」，可見隋唐之際，書法已具變態，然魏晉六朝之風未泯。中唐以後，此一趨勢才愈發明顯，顏柳崛起，書法創作及理論上都强調正鋒和平正字體。這樣寫來，就構成了一種典麗方直、端重楷正的風格。均衡、穩定、有規律。但批評者也即因爲它具有這樣的美感，反而嫌它不夠瀟灑飄逸和奇崛變化，認爲有時它才是痴鈍墨豬，會造成醜怪惡札之不良影響⑭。

張懷瓘在這個趨勢中，他當然也是主張法、法古及平正適中的，例如他在用筆十法中特立「尺寸規矩」一法，認爲「不可長有餘而短不足」；在〈六體書論〉中强調：「學必有法」「得射法者，箭乃端而遠，用近則中物而深入，爲勢有餘矣。不得法者，箭乃掉而近，物且不中，入固不深，爲勢已盡矣」；在〈評書藥石論〉中談到書法若肉多筋少即是字有了病，須予以治療。後來徐浩〈論書〉所謂：「筋骨不立，肉何所附？用筆之勢，特須藏鋒。鋒若不藏，字則有病」，即採取了他這個說法。而藏鋒，就是爲了追求字的中正安和之美⑮。

張懷瓘〈書議〉曾說王羲之靈和，王獻之神俊，皆古今之獨絕也。〈書估〉又進一步分析獻之的神俊，是：「志在驚奇，峻險高深，起自此子。然時有敗累，不顧疵瑕，故減於右軍之價」。其〈書斷〉又批評歐陽詢草書：「驚奇跳駿，不避危險，傷於清雅之致」。這些言論，都可以看出他並不贊許險峻飛揚的風格，而比較主張雅正、中和。所以〈論用筆十法〉中列有「邪真失則」一法，「謂落筆結字分寸點畫之法，須依位次。」《玉堂禁經》也自詡：「今論點畫偏旁、用筆向背，皆宗元常、逸少，兼遞代傳變，各有所由，備其軌範，並列條貫。」

換句話說，張懷瓘或包括張懷瓘在內的唐代書論，基本上是從辨析字體的審美特性開始，並以歷史上每一書體之審美表現爲規式典範，而形成法古、臨習古帖、講究傳授、重視規範法度的趨勢。這種重視古法與規則法式的態度，也使得他們在書法美的追求上，不願朝較「

危險」「驚奇」的方向去發展，而比較講求平衡、均勻、中正、安和、穩健的風格。他們的書寫態度與書寫技法，如柳公權所謂：「心正則筆正」、釋亞棲所謂：「吾書不大不小，得其中道」，以及中鋒法、藏鋒法等，均是此一風氣下的產物。

這就是重法的意義。他們藉著對字的分析，勾勒出具體的書體美典型、書寫規則、模倣對象等等，建構了書法做爲一門藝術的規範。

四、藝術對文字的反抗

然而，書法藝術建立在對文字的分析與規範上，可能是有問題的。正如〈筆勢論〉所描述的，書法之所以成爲一門藝術，不在於它寫了什麼字，而是由於它的形勢姿態、線條組織。這才是書法做爲一門藝術的本質。但從漢朝末年開始，書法藝術雖以草書這種較不易辨識字義、僅能賞其姿態的書體爲主，發展起來。卻仍侷限於「各體書勢」的架構中，立刻被强而有力的文字系統吸納了，一切筆勢都要進入各種字體的體系中去表現。

自此以後，所謂書法，就是寫字。但是，做爲文字體系的字，和做爲一門藝術的線條美，畢竟不是同一的。書法家面臨本質不一致卻又必須依已經定型的字體來書寫之狀況時，可能的辦法，一是字體雖同而寫法不同，如王羲之〈蘭亭集序〉中每個「之」字，都作了不同的寫法表現⑯。二是略爲變更字的結構，例如褚遂良寫〈房玄齡碑〉，把「學」寫成「𭓇」，從文字學的立場看，是錯字別字，在書藝上則不妨容忍。這兩種情況，可說都是書法在不脫離文字體系下的變通，且廣爲書家所採用。

其次，文字是一個字一個字爲單位的，書法則以一件書寫品爲一藝術單位。在這一件藝術品中雖然寫了一個個的字，卻不能以一個個字來看待筆法藝術，而應將所有的字視爲一單一整體，打破字與字之間的個別性，這就是「一筆」與「血脈」的觀念。張懷瓘說：「字之體勢，一筆而成，偶有不連，而血脈不斷。及其連者，氣候通而隔行」（〈書斷〉上）。所謂一筆而成，意指寫多字如寫一字，乃創作一件藝術品；線條上倒未必一定是一筆相連不斷的⑰。

再者，眞、草、隸、篆各體書的區分，是文字在歷史發展演變中形成的；書法寫作，卻是在寫作當下書寫這些既成的字體。所以各字體間並無一發展演變之關係，各體的畛域自然就變得不甚重要，它們都是線條書寫的基本框架而已，其爲線條藝術一也。此即孫過庭所謂：「假令薄解草書、粗備隸法，則好溺偏固，自閡通規。詎知心手會通，若同源而異派；轉用之術，猶共樹而分條者乎？……草不兼眞，殆於專謹；眞不通草，殊非翰札」。正因爲線條之使轉不能以書體爲畛域，所以他呼籲作者「旁通二篆，俯貫八分，包括篇章，涵泳飛白」⑱。

這也就是說，因爲書藝與文字並非同一的，書論家乃不得不從突破字形、個別文字、個別字體等方面，來反抗文字體系的宰制性。

張懷瓘的反抗，偏重於前二項，對第三項較少論及。但是他另外從文字的起源處來反省。他認爲文字起於自然之道，其始則爲庖羲氏之畫卦以立象。因此他說：「庖羲氏畫卦以立象，軒轅氏造字以設教。至於堯舜之世，則煥乎有文章。其後盛於商周，備於秦漢，固其所由遠矣」（〈書斷〉序）「卦象者，文字之祖」（上）。卦象既是文字之祖，那麼，文字的理則，當然也應該是立象以盡意的了。書法家如果仍要寫字，那便不能只寫已經成形的字體字形，而應該追溯取法那取象立象的原理。在「文字論」中，他一方面主張：「深識書者，但觀神彩，不見字形」，要作者與觀者放棄對字形的執著；一方面又積極表明自已的創作觀，是要：「探文墨之妙有，索萬物之元精。……或若擒虎豹，有强梁拏攫之形；執蛟螭，見蚴蟉盤旋之勢。探彼意象，入此規模」。在「六體書論」中，他也說：「臣聞形見曰象，書者法象也」。書者法象，作書者以意盡象[19]。這種說法不僅在書寫對象上消解了字形的重要性，也强調了書寫主體的（意）的重要性[20]。可以說，這乃是虞世南《筆髓論・指意》：「虞安吉云：夫未解書意者，一點一畫皆求象本，乃轉自取拙，豈成書耶？」李世民〈指意〉：「縱放類本，體樣奪眞，可圖其字形，未可稱解筆意」、〈論書〉：「吾臨古人之書，殊不學其形勢，惟在求其骨力，而形勢自生耳。吾之所爲，皆先作意」等說法的進一步處理[21]。

書法理論至此，遂有兩個特色値得特別注意。一是論意象而不論形勢，書法藝術便在實際上超越了文字形體的格局。或者說書法雖仍是寫字，不能脫離文字，卻已超越了文字形體的侷限。這是比前述幾種方式更根本地消解了文字體系對書法藝術表現的限制。然而，無論它如何消解限制、超越文字體系，它仍是不廢文字體系的，仍是與文字體系不可分割的。觀賞者可以欣賞點畫外錯、結構乖異，而美感表現甚佳的字；也可以完全看不懂書家所寫的草字或異體字，獨賞其筆畫姿態。可是如果說書法家完全不寫字，只以筆與墨表現線條運動的痕迹、水墨流布的趣味，則無論寫者或觀者，都覺得是不可思議的，或許可以稱爲墨戲而無法名之爲書法。因此他們所謂的象，並非純粹的「抽象」（Abstract）概念，與爻象之象並不相同，乃象與文字之中間結構[22]。這麼一種超越文字又不捨文字、抽象又具象的藝術，成了中國的書法的特色。直到現在，日本書法界不顧文字，只講「墨韻」，或利用文字之變造而形成具有畫畫意味的前衛書法，仍被我們的書法家們目爲野狐禪，即是這個道理。這種情況，乃是唐朝就已形成了的。

第二、與上述者同理，作書者不必執著拘泥於字形的學習與書寫，而須得筆意、須先作意，也是對於他們論法古、論筆法與結裹的解消。而且正如他們對於文字形體的超越是透過對文字本原的思索那樣，要解消論法古、論筆法與結裹之局限，也必須直探書法之本原。

對書法本原的思索，在超越文字又不捨文字的思維模式下，仍是奠基於文原論之上的。在〈書斷〉中張懷瓘指出文之原出於自然，書體的創造，不必歸功於某幾個人：

> 故知文字之作，確乎權輿，十體相沿，互明創革。萬事皆始自微漸，至於昭著，春秋則寒暑之濫觴，爻畫則文字之兆朕。其十體內，或先有萌芽，今取其昭彰者爲始祖。夫道之將興，自然玄應，前聖後聖，合矩同規，雖千萬年，至理斯會，天或垂範，或授聖哲，必然而出，不在考其甲之與乙耶。案道家相傳，則有天皇、地皇、人皇之書各數百言，其文猶在，象如符印，而不傳其音指。審爾則八卦未爲雲孫矣，況古文乎！且戎狄異音各貌，會於文字，其指不殊，禽獸之情，悉應若是，觀其趣向，不遠於人。其有知方來、辨音節，非智能而及，復何所學哉？則知凡庶之流，有如草木鳥獸之類，或蘊文章。又霹靂之下，乃時有字，或錫貺之瑞，往往銘題。以古書考之，皆可識也，夫豈學之於人乎？又詳釋典，或沙劫以前，或他方怪俗，云爲事況，與即意無殊。是知天之妙道，施於萬類一也。但所感有淺深耳，豈必在乎義、軒、周、孔，將釋、老之教乎？況論篆籀將草隸之後先乎？

這段文字，若再加上〈文字論〉中「文也者，其道煥焉。日月星辰，天之文也；五嶽四瀆，地之文也；城闕朝儀，人之文也」一段，豈不像極《文心雕龍·原道篇》所討論的文原論嗎？由此，他即逕接之以「字之與書，理亦歸一」，便替書藝也找到了一個出於自然的根源義。所以說他的書原論，是奠基於文原論的。

不過，書法固然是文字的表現，卻不同於一般傳達意見或紀錄物事的文字，所以他又得繼續在文字與書藝之間做一區分。據他的看法，文孳乳而爲字，字書寫於竹帛則爲書；這種文字的書寫，若精采玄妙了，便可稱爲翰墨藝術。故他說：「文章之爲用，必假乎書。書之爲徵，期合乎道。故能發揮文者，莫近於書」（〈書斷〉）「闡典墳之大猷，成國家之盛業者，莫近乎書。其後能者，加之以玄妙，故有翰墨之道生焉」（〈文字論〉）。

所謂「自然玄應」、「玄妙」是啥意思呢？

五、自然無爲的創作觀

(1) 法道無爲

唐初孔穎達《周易正義·乾文言疏》曾說：「凡天地運化，自然而爾」，繫上疏也說：「道謂自然而生」。這即是老子所謂「道法自然」「莫之命而常自然」之意。依這種自然天道觀，萬物都是「自然而生，不假修營，物皆自成」（坤之六二疏）的。唐初虞世南《筆髓論》說：「字雖有質，迹本無爲，稟陰陽而動靜，體萬物以成形」，就表現了這種陰陽氣化的自然無爲天道觀。張懷瓘說書體乃自然而興，不必歸功於某個人的創造，也同樣是據這一觀念在說話。

文字與書體既是自然無爲而生的，這生的歷程，張懷瓘描述是：「爾其初之微也，蓋因象以瞳矇，眇不知其變化，範圍無體，應會無方，考沖漠以立形，齊萬殊而一貫，合冥契，吸至精，資運動於風神，頤浩然於潤色。爾其終之彰也，流芳液於筆端，忽飛騰而光赫……信足以張皇當世，軌範後人矣」。整個變化，「實則微妙而難明」，所以「觀者玩迹探情，循由察變，運思無已，不知其然」（〈書斷〉序）。因爲整個變化歷程不知其然而然，故只能以玄妙來形容。像虞世南說：「書道玄妙」（《筆髓論》）「書法玄微，其難品繪，今之優劣，神用無方」（〈書旨述〉）；孫過庭說文字之形勢姿態，「同自然之妙有，非力運之能成」（〈書譜〉），張懷瓘說：「眇不知其變化」「實則微妙而難名」「古今人民，狀貌各異，此皆自然之妙有，萬物莫比。惟書之不同，可庶幾也」，都是如此。文字的創生是玄妙的，書法藝術更是文字的玄妙化，其玄妙可知。

書藝既是如此玄妙，作者須如何始能臻此玄妙、得此玄妙？觀者又須如何才能知其玄妙？前者導出了自然無爲的創作觀，後者發展出了知音冥契的鑑賞論。

所謂自然無爲創作觀，是說書法既屬自然無爲之妙道，則寫字當然也須復歸於自然，自然成爲最高的審美要求。如〈書斷〉稱贊張芝章草與草書「字皆一筆而成，合於自然，可謂變化至極」；〈書議〉又認爲草書是書體中藝術性最高者，因爲「草與眞有異，眞則字終意亦終，草則行盡勢未盡。……是以無爲而用，同自然之功；物類其形，得造化之理。皆不知其然也」。李嗣眞〈書後品〉也有類似的評論說：「褚氏臨寫右軍，亦爲高足，豐豔雕刻，盛爲當今所尙，但恨乏自然，功勤精悉耳」，諸如此類言論甚多㉓。

書體是無爲自然的，自然又已成爲創作最高的要求，那麼創作者得怎樣才能追求到這種境界呢？張氏的建議是：效法道的自然無爲，始能得之。因爲書法乃道自然而生，現在作者要創作，也唯有把自己提舉到類似道之創生者的地位，否則便無法創作出自然玄妙的書法來。依此理解，創作者的地位，即同於造化或與造化相合，故〈書議〉云：「草書張伯英創立規模，得物象之形，均造化之理」、〈書斷〉云：「蔡邕創造飛白，動合神功，眞異能之士也」「王獻之……改變制度，別創其法，率爾私心，冥合天矩」。

如此一來，創作者最重要的，當然就是學習造化：「善學者乃學之於造化，……而各逞其自然」（〈書斷〉）。學習造化，以合於造化，或自己同於造化，則法度規範、前人典型還有什麼意義？自然而然就是無法了，「至於無法，可謂得矣，何必鍾、王、張、索而是規模？」何況，「道本自然，誰其限約？亦猶大海，知者隨性分而挹之」，當然也不必倣效古人、遵循古法。

其次，造化是爲而不爲的，創作者也須自然無爲地創作。這種自然無爲的創作觀，認爲作者的寫作是不爲而爲、作而非作的，作者的構思與設計、作者的性情與技術在書法表現中的重要性遂被貶低，只強調作者如何「冥合」「冥通」自然。一切設計與技巧、一切「法」都不重要了。

(2) 靈感神遇

這樣的創作觀，其哲學底子當然是孔穎達周易正義所代表的自然氣化宇宙論及據此衍生的聖人無心成化論。像《孔疏・繫辭》上說：「君子體道以爲用者，謂聖人爲君子體履至道，法道而施行，則老子云：爲而不宰，功成不居是也。……不爲所爲，得道之妙理」「聖人設教，資取乎道，行無爲之化，積久而遂同於道」「聖人法此神之不測，無體無方以垂教，久能積漸而冥合於神」，就與張懷瓘的書論脣脗近似㉔。在張氏之前，只有虞世南《筆髓論・契妙》中言：「學者心悟於至道，則書契於無爲」，張氏則將這一哲學立場澈底運用在書法理論上。在〈書斷〉序中，張氏說：

> 且其學者，察彼規模，采其玄妙，技由心付，暗以目成。或筆下始思，困於鈍滯，或不思而制，敗於脫略，心不能授之於手，手不能受之於心，雖自己而可求，終杳茫而無獲，又可怪矣。及乎意與靈通，筆與冥運，神將化合，變化無方……鬼出神入，追虛補微，則非言象筌蹄所能存亡也。

這便是《筆髓論》所說的：「書道玄妙，必資神遇，不可以力求也」。書法是藝術創作，既是藝術創作就不只是寫字，不只是依固定的技術重覆製作，其中包含了作者自己都不能控制的因素。所以一說不可以力求；一說雖自己能夠大致掌握，卻充滿了杳渺難測的情況。在此情況下，靈感說自然應運而生，所謂「必資神遇」「意與靈通」者是也。〈書斷〉形容王獻之「偶其興會，則觸遇造筆」，陸柬之「尤善運筆，或至興會，則窮理極趣矣」，都是强調觸機偶遇的興會靈感。這種靈感偶發的創作，豈不是脫離了有意的製作，出於不知其然而然，是作而非作、爲而不爲的嗎？

這一區分，猶如西洋藝術中代表古典時期的語彙「創造力」（invention），轉換爲十八世紀强調天才、自發性與靈感的語彙「創意」（creation）。作而非作。作，就是指作者有意的、理性的、依循學識與技術的創造或說是創作，而「作而非作」指的卻是一種不盡由作者理性行爲所控制的特殊創意活動。此一特殊創意活動，來自一種「意與靈通」的力量，在西方便稱爲「藝術家的神性」問題。認爲藝術創作具有神聖性，靈感是個作者之外的創作者，作者因爲與它感應了，所以就不知其所以然地作出了美妙的藝術品來。而這種藝術品因爲出自於超越個人能力之外或之上的力量，所以又被認爲是符合神性的。對於「神性」的意涵及解釋，中西方有極大的差異，但在說明靈感的性質、以及靈感在藝術創作中的作用時，張懷瓘的想法確實近於西方天才論的說明。

(3) 天資偶發

George Colman 曾說：「天才既不需要勤學，也無需專心」，Young 也說：「天才有時得將其榮耀歸功於缺乏學識」。天才所依賴的是靈感及其特殊心靈能力，而非學習。這是一切天才論的基本看法。早期的書法理解中，趙壹曾以此一觀點反對學者練習寫草書。而在早期的文學理論中也充滿了曹丕「引氣不齊，雖在父兄，不能以移子弟」、顏之推「若乏天才，勿强操筆」一類說法。這些說法大概是在一門藝術剛被確認爲是藝術時，發現到此一藝術並非人人能夠從事，只有某些具有特殊才能的人才擅長於此，故傾向於肯定天才。但藝術既被確認爲是一門藝術了，這一門藝術便應有一傳統、有一範疇，於是，我們就不能純講天才，而須講究「學」的問題，告訴人如何進行此一藝術之創作，並鼓勵大家來從事這門藝術。書法由早期的天才說，轉到天然與人工並重的立場，原因在此。

從庾肩吾到虞世南，都是天資與用功並重的。庾肩吾說王獻之「早驗天骨，復識人工」；虞世南在《筆髓論》中特闢〈勸學〉一章，都可以看出書法理論上逐漸重「學」的傾向。也就是說，是因爲注意到「學」的問題，書法理論才會擺脫純任天才的表現觀，而逐漸趨向於「法」的建立。筆法說的出現，就是要提供學習者一個穩定的、可以依循的方法去掌握字的美感、去練習著從事藝術創作㉕。

張懷瓘是個講筆法論的人，但是，由於他反省到書法藝術的本質問題，以致他的理論發展成了一種對於法、對於學的反叛，肯定了天才的重要性及優先性。

康有爲曾批評張懷瓘說：「夫書道有天然、有工夫。二者兼美，斯爲冠冕。自餘偏至，亦足稱賢。必如張懷瓘，先其天性，後其學習，是使人惰學，何勸之爲？」（廣藝舟雙楫・品碑篇）。是的，張懷瓘並不「勸學」。他欣賞的是「自然天骨」。他稱贊道：「鍾王眞行，一古一今，各有自然天骨，猶千里之迹，邈不可追」（〈文字論〉）。因爲他「評先賢之書，皆先其天性，後其習學」（〈書議〉），故其言如此。

依他的看法，書法乃出於自然妙有的，能作書的，當然也是稟於自然之妙有，這就是天資。「蓋生而知之」（〈六體書論〉），有此天資，方能用功。所以「才」是先決條件，他非不談學，但他是以才攝學的，如〈書斷〉云：「古今人民，狀貌各異，此皆自然妙有，萬物莫比，惟書之不同，可庶幾也。故得之者，先稟於天然，次資於功用」「逸少……千變萬化，得之神功，自非造化發靈，豈能登峰造極？」「天然所資，理在可度，池水盡黑，功又至焉」、〈文字論〉云：「得者非假以天資，必不能得」，皆是此理㉖。

這種天資，是屬於原創性的天才，能夠創體，猶如天之能創生萬物一樣，故〈書議〉說：

「夏殷之世，能者挺生，秦漢之間，諸體間出，玄猷冥運，妙用天資。追虛捕微，鬼神不容其潛匿，而通微應變，言象不測其存亡」。描述創造性活動之神妙，可謂極盡形容。此外，如〈書斷〉謂蔡邕「創造飛白，妙有絕倫，動合神功，眞異能之士」「其體有二，創法於八分，窮微於小篆，自非蔡公設妙，豈能詣此？可謂勝寄，冥通縹緲，神仙之事也。」〈文字論〉說：「張有道創意物象，近於自然」，亦具此意。

有時作者天資雖然稍差，但也不排除在偶爾靈感興會時，可以到達這種自然入妙之境界，如〈書斷〉云：「惜其（王獻之）陽秋尙富，縱逸不羈，天骨未全，有時而瑣。……偶其興會，則觸遇造筆」「陸柬之……或至興會，則窮理極趣矣」，在興會、神遇之際，人即成爲暫時的天才，可以通神入妙。

(4) 學至無學

在這種天才說之下，學的最高意義，不是學人爲法，而是效法自然，故曰：「善學者乃學之於造化」（〈書斷〉）㉗。甚至書法藝術中最被重視的字體，草書，也被說成是：「豈必草行之際謂之草耶？蓋取諸渾沌天造草昧之意也」，造草書者，即如造化之創生。

既然講自然創化，不學人爲法，則法當然就不會是固定的一套系統。張懷瓘在此，便主張法的當機、適意與不定。例如〈書議〉說：「智則無涯，法固不定」「法既不定，事貴變通。然古法亦局而執，……子敬之法，無藉因循，寧拘制則？臨事制宜，從意適便」，〈六體書論〉說：「書者法象也，隨變所適，法本無體，貴乎會通」，都指出了法的不定。

不僅如此，法既是不可學的，當然也不可傳，〈書斷〉曾說：「或以法可傳，則輪扁不能授之於子」。後來朱長文《墨池編》說：「技之精者，父子所不能教，然則書法孰爲傳哉？」即衍張氏之緒者。

前文說過，張懷瓘的書論顯現了唐人重法的精神，但這裡卻可以發現唐人書論如何從法的講求中，逐步走到掙脫法執的地步。這種掙脫，是從兩個方面說的。一是從法的根源處，從道的自然這方面說；這也就是此處所敘述的。由於書法出於自然造化之無爲妙有，故不能以定法來拘限。這與他在另一些地方討論筆法，並不矛盾。因爲就書法這門藝術之規格、範疇與傳統說，是有法而且必須遵守法、學習法的；但從本質上說，法又是無限的，可以造法創法，並無定體可說。另一方面，創法者及用法者是人，從人這一面看，法也是不可執著的，重要的乃是人的心智。〈評書藥石論〉說：「道本自然，誰其限約？亦猶大海，知者隨性分而挹之」，講的是前者；「聖人不凝滯於物，萬法無定，殊途同歸，神智無方而妙有用，得其法而不著，至於無法，可謂得矣。何必鍾、王、張、索而是規模？」講的就是後者。

由後者這方面講，書法的創作者，對於已經形成的法度規範，必須要嫻熟而又能夠超越。張旭曾說，書法之妙，須要識法，「口傳手授，勿使無度，所謂筆法也」，但又得「通變適懷，縱合規矩」。所謂通變適懷，在張懷瓘說，則是：「工於倣效，劣於獨斷，以此爲少也」（〈書斷〉）。

(5) 心契冥通

如何才能有獨斷之功呢？一是善學造化：「僕今所制，不師古法，探文墨之妙有，索萬物之元精，以筋骨立形，以神情潤色，雖迹在塵壤，而志出雲霄，靈變無常」（〈文字論〉），掌握了字的本質、法的本質，自然就能「探彼意象，入此規模」。其次是在寫作時的當機適會：「書之爲體，不可專執；用筆之勢，不可一概。雖心法古，而制在當時，遲速之態，資於合宜」（《玉堂禁經》）。第三就得講求心的作用與工夫了。早在虞世南《筆髓論・契妙篇》中就提到：

欲書之際，當收視返聽，絕慮凝神，心正氣和，則契於妙。……然則字雖有質，迹本無爲。稟陰陽而動靜，體萬物以成形，達性通變，其常不主。故知書道玄妙，必資神遇，不可以力求也。機巧必須心悟，不可以目取也。字形者，如目之視也。爲目有止限，由執字體既有質滯。……假筆轉心，妙非毫端之妙，必在澄心運思至微妙之間，神應至徹。……學者心悟於至道，則書契於無爲，苟涉浮華，終懵於斯理也。

這一理論，可以溯至齊梁。在齊梁筆法論形成之際，同時也在發展著筆意論。如王僧虔〈筆意贊〉就已有「書之妙道，神彩爲上，形質次之」「必使心忘於筆，手忘於書，心手達情」這樣的說法；蕭衍〈觀鍾繇書法十二意〉雖旨在說明書藝的平直均密等十二法，但其中也有「字外之奇，文所不書」之說。這些都超越了對字形之美的考究，而注意到創作主體的心手相忘等工夫。到虞世南把這一脈絡結合了無爲自然、通變不執等觀念，乃進一步强化了書法藝術中「心」的作用。叫人不要執著於字形，要以心使筆，通過絕慮凝神的工夫，去掌握書法的玄妙。

這個講法，對唐代書論影響深遠。如孫過庭云：「吾乃粗舉綱目，隨而授之，無不心悟手從，言忘意得」「意先筆後，瀟灑流落，翰逸神飛，亦猶弘羊之心，預乎無際；庖丁之目，不見全牛」，就是這一態度。他們都從老莊哲學來解說「心悟」及創作活動，原因是他們有個自然無爲的哲學底子。張懷瓘也是如此，〈書斷〉說：創作要「常清心率意，虛神靜思以取之」，〈書議〉說書藝本身：「無爲而用，同自然之功；物類其形，得造化之理，皆不知其然也。可以心契，不可以言宣」，都强調以心契妙，而非執管技術的熟練。

值得注意的是：「心契」的心之作用，乃是無作用的，所以他常用「冥」來形容。所謂「率爾私心，冥合天矩」「冥通合聖」「冥通縹緲」「筆與冥運」。冥與迹，是莊子學的術語，冥指無爲無執，迹指有爲之物。故〈胠篋篇〉郭注：「迹者，已去之物，非應變之具也，奚足尚而執之哉？」〈人間世〉郭注：「畫地而使人循之，其迹不可掩矣，有己而臨物，與物不冥矣」，必須是不執著於迹，無心、自然、無爲，才能與物冥合。張懷瓘就利用這種冥通說，充分顯示了他的無爲創作觀㉘。

六、知音冥契的鑑賞論

假如說創作者必須透過心悟與冥通的方式，才能表達或創造出自然無爲、契於道妙的藝術。那麼，鑑賞者同樣也要以這種冥通契會的方式，才能掌握住它。張懷瓘說：

> 無物之象，藏之於密，靜而求之或存，躁而索之或失，雖明目諦察而不見，長策審逼而不知，豈徒倒薤、懸針、偃波、垂露而已哉？是知之也！蓋粗以言詮，則假於詞說；

若精以心了，則無寄詞（〈評書藥石論〉）。

創作是超越字形的追摹探究，直以心契；「知」的活動也同樣是要精以心了，不必言詮的；所賞亦不在懸針垂露等字形結構上，而是直接契會於那無物之象。

(1) 形神

由這個基本原則出發，張懷瓘評書，雖仍採用庾肩吾以來慣用的三品九等架構，卻將三品定名爲神、妙、能㉙。能是指技法精熟，要超越這個層次，才能入妙、才能通神。到了通神這個境界的書藝，往往是「不可以智識，不可以勤求」的。

這一分判，意義深遠。因爲張懷瓘是唐代最重要的書法評論家，他評書既有理論又有實際批評。其實際批評又都顯示了不同的批評理念，例如〈書議〉是依眞、行、章、草四體書，來品評各家的等第。顯然這是依一書體論的架構來進行的，通過實際批評，可以建立各體內部的權威關係，說明各體書寫作的規範。〈書估〉則是把書法放到藝術消費環境中去看㉚。〈書斷〉上卷述書體之源流，中下卷才以三品九等來品量各家書藝。但他雖採用舊有的批評框架，展示的批評觀念卻是簇新的。在他這個觀念底下，批評家所要欣賞的，並不是字形結構之巧、用筆精熟之妙，而是字的神。他說：

以風神骨氣者居上，妍美功用者居下（〈書議〉）。

逸少天質自然，風神蓋世。（同上）

逸少（草書）則格律非高，功夫又少，雖圓豐妍美，乃乏神氣，是以劣於諸子（同上）

索靖乃越制特立，風神凜然（〈書斷〉中）。

今大令書中風神怯者，往往是羊（欣）也（同上）。

陳阮研……其隸則習於鍾公，風神稍怯（同上）。

深識書者，唯觀神彩，不見字形（〈書斷〉下）。

唯觀神彩，不見字形。這一藝術上的形神之辨，遠紹六朝畫論「雖略於形色，頗得神氣」（古畫品錄評晉明帝）之說，而開張彥遠「眾皆密於盼際，我則離披其點畫；眾皆謹於象似，我則脫落其凡俗」（歷代名畫記卷二）的鑑賞理論，以及後來釋皎然《詩式》的：「詩之佳者，但見性情，不覩文字」，在藝術思想史上有極重要的價值。

與張懷瓘同時的李嗣眞，也有類似的考慮，所以他在上中下三品之上另加了一個「超然逸品」，特指王羲之、張芝、王獻之、鍾繇四人。逸，即有超脫凡俗、一般書藝評量標準之上的意思。張彥遠《歷代名畫記》似乎結合了張懷瓘與李嗣眞的架構，分爲自然、神、妙、精、謹細五等。精與謹細，即是張懷瓘說的能品；自然，則是李嗣眞說的逸品。宋初黃休復《益州名畫錄》：「畫之逸格，最難其儔。拙規矩於方圓，鄙精研於彩繪。筆簡形具，得之自然；莫可楷模，出於意表。故目之爲逸格爾」，不就是把逸格解釋爲自然嗎？但是，如果依張懷瓘的理論，在神品之上設一逸格，並無必要，神品就是自然，就是拙規矩於方圓、鄙精研於彩繪的㉛。

唯觀神彩，不見字形的形神之辨，同樣可以解釋爲一種言意之分。字形者言也，神彩者意也。觀覽者非因言以求意，而是忘言得意。

(2) 言意

〈文字論〉說：

> 文則數言乃成其意，書則一字已見其心，可謂得簡易之道。欲知其妙……須考其發意所由，從心者爲上，從眼者爲下。先其草創立體，後其因循著名。雖功用多而有聲，終天性少而無象，同乎糟粕，其味可知。不由靈台，必乏神氣，其形悴者，其心不長。狀貌顯而易明，風神隱而難辨。……自非冥心玄照，閉目深視，則識不盡矣。——可以心契，非可言宣。

創作時，發意者爲心，這心是個創造性的心靈，故可以草創立體，可以成象，可以有神氣。這些都不是透過學習用功就可以獲得的，必須仰賴天才，無此天才原創的心靈，則形悴乏神。——創作時既然如此，鑑賞時也須「從心者爲上，從眼者爲下」，不察其形見之狀貌，而深識其發意所由。這是個以心契心的活動，所以他說要冥心玄照，閉目深視；可以達意，非可言宣㉜。

此外，〈書議〉又解釋他爲什麼要採用這種得意略言的鑑賞方法，說：「夫翰墨及文章至妙者，皆有深意以見其志，覽之即了然。若與言面目，則智昏菽麥、混黑白與胸襟。若心悟精微，圖古今於掌握。玄妙之意，出於物類之表；幽深之理，伏於杳冥之間。豈常情之所能言，世智之所能測？非有獨聞之聽、獨見之明，不可議無聲之音、無形之相」。他不相信形狀面目的考察，認爲這種考察徒亂人意；而且書道之精微玄妙，也非此種方法所能知。必須以心悟之，乃得以見其深意。

據此，可見其言意論包含了兩個方面：言，一是指字形。創作者因言（字形）示意，觀覽者略其言（字形）而得其意。但得其意以後，能不能說得清楚呢？這種「言」，張懷瓘覺得也是頗爲困難的。所以他一再强調：整個評鑑活動，「可以心契，非可言宣」。

在〈書斷〉的結尾處，他有一類似序言的表白，自負評書「觸類生變，萬物爲象，庶乎周易之體也。其一字褒貶，微言勸戒，竊乎春秋之意也。其不虛美、不隱惡，近乎馬遷之書也」。但他也很清楚，他所能言詮的，只是「推其大略」而已。眞正精微處，他仍感到言不盡意。他說：「嗜好不同，又加之以言，況可盡之？於剛柔消息，貴乎適宜，形像無常，不可典要，固難評也。蕭子雲言欲作二王論草隸法，言不盡意，遂不能成。又云：『頃得書意轉深，點畫之間，所言不得盡其妙者，事事皆然』，誠哉是言也！」

(3) 知音

書意難知，知者亦難言，充分顯示了評賞活動的困難所在。這種困難，被認爲不是技術性的，而是本質性的。例如言不能盡其妙，就是本質性的困難。要超越這種困難，唯有不藉由語言，進行以心契心、默識玄照的方式，方能達成意的理解與溝通。

張懷瓘把這樣的理解，稱爲知音。他曾感慨書法「其道微而味薄，固常人莫之能學；其理隱而意深，故天下寡於知音」，又氣憤地說他自己的評鑑：「冀合規於玄匠，殊不顧於聾俗。夫聾俗者無眼有耳，但聞是逸少，必暗然懸伏，何必須見？見與不見一也。雖自謂高鑑，旁觀如三歲小兒，豈敢斟量鼎之輕重哉？伯牙、子期、不易相遇。造章甫者，當售衣冠之士，本不爲於越人也」。其後，並假包融之口，稱贊自已是「知音」。

什麼是知音呢？《呂氏春秋・本味篇》中曾引述了鍾子期與伯牙的故事，描寫知音相契的狀況。這個故事表示藝術欣賞乃是兩個生命主體之間，相悅以解，莫逆於心的活動。這樣的活動，有兩個特點，一是它爲一內在的活動，其理解只是構成一個靜默的內在經驗，不必明言，且亦往往無法明言。二是這樣的理解，又似乎只屬於某些特定的對象，而不是人人可解的㉝。張懷瓘批評那些無法知音者是「聾俗」，就含有這樣的意義。〈書斷〉說：「嗟夫！道不同，不相爲謀。夫藝之在已，如木之加實，草之增葉。繪以眾色爲章，食以五色而美，亦猶八卦成列、八音克諧，聾瞽之人，不知其謂。若知其故，耳想心識，自貽通審。其不知則聾瞽者耳」！這種「聾瞽」與「知」，其能力出於天生，某些人就是能知音，如蔡邕能於桐焦尾時，識其爲良材；某些人則焚琴煮鶴，無法知音。這兩類人之間，是完全無法相互溝通的。所以說道不同不相爲謀。這種能力也無法傳習，所以又說是：「如輪扁之斲輪，固言說所不能」「雞鶴常鳥。知夜知晨，則眾禽莫之能及。非蘊他智，所稟性也。」在這種知音說之下，似乎張懷瓘已經否定了所謂藝術客觀批評標準之建立、或客觀知識的可能性與必要性。

(4) 文質

但張懷瓘的意思不是這樣。他只是說批評能力無法傳習、批評的內在經驗及理解也無法充分傳達，評論者固然可以用客觀化的表述形式來言詮其評賞所得，卻不能不了解到這一審美判斷本質上的主觀性，這個判斷是「我」的判斷。但何以「我的判斷」又同時可以是有客觀意義的判斷呢？這一方面取決於我對我之判斷的信心，相信自己具有獨特的知音能力；一方面建立在對知音相知的信念上，「道合者，千載比肩，若死而有知，豈無神交者也？」（〈書議〉）。這就好像某甲在談論某丙的事，某乙斷然認爲某甲所言不足信據，說：「你不了解他」。某甲不服氣，要求某乙說明，某乙乃根據他對某丙的了解，來說明某丙的「眞正用意是什麼」。這種說明，是根據某乙自覺能知某丙的自信，以及「某丙若知道我曾這樣說，也一定會同意」的信心上。所以它是通過主觀而獲得的眞實判斷。某甲之判斷，可能是根據了各種客觀標準與現象，但因爲不被承認具有某乙那樣的知之基礎，所以反而被認爲不足採信，反而是客觀但虛妄或隔閡的判斷。

雖然如此，這個主觀而眞實的判斷，在進行時依然必須有一判斷之依據。例如鍾子期與伯牙之知音，對音樂曲式、旋律、調性、樂器、技法等「法」的了解，即對音樂之基本知識的了解，仍然是不可或缺的條件。不可能有人完全不懂這些知識而能夠說他是天生知音的。藝術賞鑑之不同於晨雞報曉，即在於此。而這一基本知識，是有客觀性的。張懷瓘的書論，也就是在這個需要下，才會大談筆法、書體。

除了對藝術構成之基本原理的掌握之外，藝術表現之形相風格，也不能不予以注意。這種藝術形相風格，也可以具有客觀認知上的穩定性，例如男子雄健、女郎婀娜，春花艷美、松柏勁蒼之類。詮評者必須透過對這些藝術形相所表示的風格的理解、以及運用這些藝術形相的風格來表述他所心知其意的意，聽衆才能了解他在說什麼。因此，我們雖然可能是聾子或瞎子，不能知音，卻可以觀察知音者所掌握的藝術形相美是什麼，而知知音者所知者爲何。

據張懷瓘說：「張芝草書，得易簡流速之極，蔡邕飛白，得華艷飄蕩之極。字之逸越，不復過此二途。前後羲之、獻之並造其極」（〈書斷〉）。易簡流速與華艷飄蕩，即是張懷瓘所掌握的藝術形相之美，這兩種美，可以「質」「文」來稱呼。質者近古，文者爲今。

在一般的判斷上，以文質彬彬者爲佳，例如〈書議〉說：「逸少草有女郎才，無丈夫氣，不足貴也」，原因是王羲之草書雖「圓豐姸美，乃乏神氣」。這與〈書斷〉批評蕭子雲「姸妙至極，難與比肩。但少乏古風，抑居妙品」，是一樣的。〈書斷〉還說蕭道成的字，效法王獻之，「稍乏風骨」。因爲羲之與獻之，「父子之間，又爲古今」，祖述子敬者，即不免偏於華艷而不夠古質。另外，他說蕭綸「善隸書，始變古法，甚有娟好」，說庾肩吾「變態殊姸，多慚質素」。『文勝質則史』，是之謂也」，也都是針對文勝之弊而說。文勝質的字，缺乏古風，脂肉多，骨氣少，姿媚姸好，不夠簡重。反之，如果過於簡易，那又不免凋疎了。他認爲褚遂良的弟子史陵「有古直，傷於疏瘦也」。又說王羲之比鍾繇好的地方，在於：「鍾繇法於大篆，措思神妙，得其古風。亦有不足，傷於疏瘦。王羲之比鍾繇，鋒芒峻勢多所不及；於增損則骨肉相稱，潤色則婉態姸華，是乃過也」。張芝創造了草書，但他覺得：「草法貴在簡易，而此公傷於太簡也」（〈六體書論〉），亦是嫌其質勝於文。

文／質、古／今、骨／肉、簡易／豐姸，既不能偏重，那麼該怎樣才能讓它文質彬彬呢？張懷瓘用的詞語是「損益」。以損益斟酌的方式，使其華實得中。但是，他强調文質之間有一工夫的優先性秩序，即先質後文、先植骨後潤肉，「所以然者，古質今文，世賤質而貴文，文則易俗，合於情深，識者必考之古，乃先其質而後其文。質者如經，文者如緯。若鍾張爲枝幹，二王爲華葉，美則美矣，……然後爲得矣。故學眞者不可不兼鍾，學草者不可不兼張，此皆書之骨也。如不參二家法，欲求於妙，不亦難乎？」（〈六體書論〉）㉞

這種「繪事後素，禮後」的觀念，當然秉之於儒家論文質問題的傳統。但斟酌損益或先質後文的辦法，眞能解決文質問題嗎？我覺得那是不行的，這個問題不是加減的概念。平面加減，文多則加質，質多則加之以文；或立體相加，先有質再加之以文。都無法眞正處理之。但沿著張懷瓘這裏提出來的說法繼續發展，我們卻不難看到宋人在這個問題上的辯證性超越地處理。所以說，他是個關鍵㉟。

七、歷史關鍵時期的書論家

文論、書論、畫論在六朝的發展，並不如一般人所想像那樣，具有可以互相印證或解釋的同一性。它們幾乎都是在各自發展其藝術性格，其關聯性既少，又因藝術媒介、對象、目的之不同，形成了頗不一致的藝術傳統。所以，在文學上正熱烈表現爲「巧構形似」之風時，繪畫卻已嶄向著遺形取神，強調氣韻生動。在文學上正努力建構「法」的體系時，書法則已發展出對「意」的強調，而且很早就有了「意在筆先」的講法。這個講法，即使在繪畫中，也要遲到張彥遠才提出；用在詩歌評論上，那就更晚了。張懷瓘談的「但觀神彩，不見字形」，必須是僧皎然才在《詩式》中論及㊱。這些現象，顯示了什麼呢？

它顯示的一個相反相成的狀況：從漢末到唐代，乃是中國詩文、書、畫諸藝術獨立於經史子之外，「以其本身做爲一門藝術」的情況在發展著。因此，做爲一門藝術，在發展過程中，特別是在中國文化傳統、思想淵源、社會條件中發展，由於這些條件是相同的，藝術發展的原理也有共通性，所以它們彼此之間，會產生某些類似的現象與觀念，可以互相印證或解說。但又由於各藝術之性質不同，某些問題在甲藝術中可能先被觸及，先有了處理，而乙藝術則必須先面對另外的問題。這類情況，便構成了藝術發展的差異相。我們不能要求在某一時間階段中，各類藝術都表現出發展的一致性。文學與書、畫在六朝到隋唐的發展，就同時顯現了這樣兩種相反又相成的狀況。

考察這一情況，則我們不難發現，書法，是在這一階段中最典型的藝術，其理論思考之發展，實在繪畫與文學之前。而且，正因爲書法理論的發展，使得中國繪畫逐漸類化於書法，而書法理念也替宋代文學開了先路㊲。

張懷瓘的書論，除了從書法史、書論史上來觀察之外，我是把它放在這個脈絡中來討論的。在張旭、顏眞卿出現之前，他其實已經總結了六朝書藝之思考，肇啓新變之規模。一般論唐代轉變到宋代，都認爲轉變之樞機，在於盛唐、中唐之間，詩之杜甫、文之韓柳、書之顏眞卿、畫之王維，皆在此一時期。但在創作的表現之前，張懷瓘的理論，似乎已爲將來之發展，勾勒了一個藍圖。那種不廢一切法而走向法之超越的途徑，及其中蘊涵之問題，均已出現，且有了初步的處理。

本文旨在說明這種處理的狀況，著重於其理論內部結構之分析。並且試圖把這樣的一套書論，放在唐代書學的整個架構中去了解，藉著解析張懷瓘的書論，說明整個唐代書論的精神及內涵。研究張懷瓘的人並不太多，而這樣的思考角度，或許也較少見，希望能提供對這些問題有興趣的人一點幫助。因爲，我以爲：解讀張懷瓘的書論，可能是解讀中唐以後文學與藝術理論的一個關鍵。

其次，我認爲中國文化中有非常强韌的「主文」的傳統，文字—文學—文化，構成一個非常緊密的關係。藝術的發展，因爲受到此一傳統的影響，不論是音樂、繪畫，都有文字化的傾向。像純音樂不發達，音樂總是配合人聲，所謂「歌永言」。到後來普遍形成「以字行腔」的特色，使得記譜法、說唱、音樂類型，都與西方有顯著的不同。繪畫的文人化也顯示了同一意義。但是，整體趨向雖然如此，藝術不斷趨離文字系統的努力也從未中止。甚至我們可以說，二者之間的爭衡與拉扯，才構成了中國藝術史的律動㊳。

書法，在此一律動之中是最爲特殊的。因爲它書寫文字，所以它可以說就是文字本身所顯示的藝術。這種藝術，在這個主文的傳統裏，當然會被視爲最純粹、最典型、最高級的藝術。理論的發展，如前所述，較其他諸藝術快些，正是因爲這個緣故。但是，書法同時又是線條表現的藝術，在一特定的有限空間（紙張、牆壁、絹素、扇面……等）裏，用水、墨、筆鋒的運動，構成一幅藝術品，它的藝術性質，就不只是書寫文字而已。倘若充分發展此一藝術性質，便可能逐漸趨離文字。

這種兩面性，在張懷瓘的思考中已被充分理解了。所以他一面建構書法做爲一門文字藝術的規範，一面發展書法的藝術性：從書寫對象和書寫者自身兩個角度，去消解文字體系的宰制性，去處理文字與藝術之間所蘊涵的矛盾。所謂從書寫對象上反省，是指他推原文字之始，將書法從書寫文字提爲「書法約象」「書者，法象者也」的藝術，消解了書法對文字體系的執著。而在書寫者自身這方面，他强調無爲、自然、神遇、心契的創作方式，既不著意於字形與技法的掌握，又注意了心靈主體的工夫與作用。而這樣的思考，卻也並未形成其理論內部的斷裂或矛盾。因爲書寫對象與書寫者自身兩方面的思考，統攝於「自然」之下：書法取象，而象出於自然；作者創意作字，亦是自然無爲的。書法的規範與超越「法」的執溺，也放在一「破法以存法」的理論格局中來處理了。他的批評理論及實際批評，也是在這個格局中進行的。

思考這樣一個書學理論，當然甚爲有趣也有益。

附註

❶ 孫過庭及後面將談到的張懷瓘，當然也都夠資格被稱爲書法家。但是他們的理論地位，與他們自己字寫得怎麼樣，並沒有直接的關係。張懷瓘根本沒有書迹流傳，孫過庭的字，《漢溪書法通解》卷一曾引述古人的評論說：「〈書斷〉曰：孫虔禮少工用而有天才，眞行之書，亞於草矣。用筆儁拔剛斷，尙異好奇。黄山谷曰：孫虔禮書名烺烺一時，獨竇泉貶之曰凡草闖闍之類。焦竑曰：昔人謂其千字一律，如風偃草，蓋輕之也」。但無論書迹是否流傳、論者是否推重其創作，其書論地位均不受影響。這與從前理論須仰賴書家創作上的名望，才能站得住腳的情形，非常不同。所以六朝時期，論書者往往需依託書家，僞稱爲某某名家所傳筆法訣要，唐已漸少，後來則幾乎完全不需要了。即如康有爲，自稱「眼中有神，而腕底有鬼」，亦絲毫無損其理論地位。這就是理論有沒有獨立地位的重要判斷指標之一。

❷ 《歷代書法論文選》載此賦，並有識語云：「自來名著，後人咸有續編，或事仿效，獨此篇之後，書家至多，竟無嗣響。蓋搜集批評，兩難難並，文辭之不易工，猶其餘事，故有此篇爲千古獨傳之作的說法」

（七三、華正翻印本）。張懷瓘〈書估〉也沒有繼承者，詳龔鵬程〈書法藝術的品鑒〉，收入《文化·文學與美學》，七七，時報，頁七八。

❸ 據張氏〈文字論〉敘述，他自己曾作一〈書賦〉。見者謂其能與陸機比美。今此賦未見。故張氏論書之作，可能不只於今存所見。

❹ 有關書勢論及書法觀念的發展，請另詳注②所引書中〈書法藝術的品鑒〉〈論詩文之「法」〉二文。已詳論於該二文者此處從略。至於孫過庭對形勢論的批評，後來米芾也有呼應，《海岳名言》開宗明義第一條就說：「歷觀前賢論書，徵引迂遠，比況奇巧，如龍跳天門、虎臥鳳闕，是何等語？或遣詞求工，去法愈遠，無益學者」，也是重視法而不採形勢比擬。

❺ 張懷瓘〈書議〉曾批評早期的書法評論：「昔為評者數家，既無文詞，則何以立說？何為取象其勢，彷彿其形？似知其門，而未知其奧，是以言論不能辨明」，顯然也是不滿筆勢論的。

❻ 一般認為〈心成頌〉是對字的結構分析，但包世臣《藝舟雙楫·記兩棒師語》「謂此乃傳立書之法。撥鐙止宜於坐書，至長幅大字，不得不立書者，則其法著於〈心成頌〉。而注家誤會其言『執筆安足』者，皆以字體劃形說之」。此說我以為並不可採。

❼ 「裹束」之名，亦見張氏《玉堂禁經》，其言曰：「書第一用筆，第二識勢，第三裹束」「改置裹束，豈止於虛實展促？其要歸於互出」。

❽ 撥鐙法，最少有下列四種解釋：⑴林蘊說，謂為推、拖、撚、拽四法。⑵陸希聲說，其法五字：擫、押、鉤、格、抵。⑶李後主說，五字之外，再加上導、送二字。⑷盧雋說，拓、擫、斂、拒四字。撥鐙，或言如人並乘，鐙不相犯；或言如撥鐙（燈）蕊，用指頭運掉筆管，靈活如撥鐙。到底是什麼意思，很難確定。古人言執筆，亦往往神祕其說。

❾ 明朝李淳的〈四十八法〉，把字分成八十四種結構，並說明每一類該如何寫。算是唐人論法的嚴密化了。另外還有九宮之說，據包世臣《藝舟雙楫·述書下》說：「九宮之說，始見於宋，蓋以尺寸算字，專為移

縮古帖而設」。辦法是在紙面打上格子，每一格內又畫成井字，區分成九小格。寫字時把重心放在中間，自然上下左右無不均勻。這都是唐人論結構的發展。但在論執筆法及用筆法方面，則唐朝以後的進展不多。

⑩ 虞世南《筆髓論》或疑其爲僞作，我不以爲然，詳龔鵬程《文學與美學》，民七五、台北，業強，第四章第一節〈唐初書法史上的幾個問題〉。另外，據唐詩紀事卷四九引賈躭〈賦虞書歌〉云：「衆書之中虞書巧，體法自然歸大道。不同懷素只攻顚，豈類張芝惟創草」，評價極高，而所謂體法自然，正是《筆髓論》所强調的觀點，在唐代書法史上極具關鍵，也是張懷瓘書論的先導，互詳後文。

⑪ 當時對草書的重視，又超過眞書。因爲書法做爲一門藝術，自然是以草書最能表現其藝術性。它以文字爲表現，卻不必囿於文字的形義，故自漢朝以來，就對它較爲關注，甚至說「匆匆不及草書」「忙不及草」「適迫遽，故不及草」「匆匆不暇草書」。唐人論書，偏於論眞與草，但對草的重視，似仍在眞之上，如蔡希綜云：「草法尤難」、孫過庭云：「眞以點畫爲形質，使轉爲情性；草以點畫爲情性，使轉爲質形。草乖使轉，不能成字。眞虧點畫，猶可記文」，認爲草的藝術性比眞書純粹。張懷瓘〈六體書論〉雖說：「學草行分不一二，天下老幼皆習眞書，而罕能至，其雖難也」，但他强調：「草書者，張芝造也。草乃文字之末，而伯英創意，庶乎文字之先」；又在〈書議〉中說：「草與眞有異，眞則字終意亦終，草則行盡勢未盡」，草書似乎是最能印合他理論的書體了。

⑫ 歐陽詢〈傳授訣〉：「每秉筆必在圓正，……當審字勢，四面停勻，八邊具備，短長合度，精細折中，最不可忙，次不可緩，又不可瘦，復不可肥」。

⑬ 明王世貞《藝苑卮言》：「正鋒偏鋒之說，古本無之。近來專欲攻祝京兆，故借此爲談耳。蘇黃全是偏鋒，旭、素時有一二筆，即右軍行草亦不能盡廢。……文待紹小楷時出偏鋒，固不特京兆，何損法書？解大紳、豐人翁、馬應圖縱盡出正鋒，寧救惡札？不識丁人妄談乃爾！」批評中鋒說最激烈。但中鋒說非不識丁人所杜撰，乃唐人發展出來的規則。唐人喜歡談的「印印泥」「錐畫沙」，其實即與中鋒有關。清馮武

⑭ 《書法正傳・纂言上》：「印印泥，布置均正而分明也；錐畫沙，筆鋒正而墨浮兩邊也」、王澍《論書賸語》：「如錐畫沙，如印印泥，世以此語擧似沈著，非也。此正中鋒之謂，解者以此悟中鋒，則思過半矣」。

例如對顏眞卿的批評，明項穆《書法雅言・正奇》說：「閎偉雄深，然沈重不清暢」，清梁巘〈評書帖〉云：「結體喜展促，務齊整，有失古意，終非正格」，都偏重於這一面。明趙宧光《寒山帚談・格調》批評「唐人結構囿於法」其意類似。

⑮ 唐人論書最貴中和。虞世南《筆髓論・契妙》謂：「心神不正，書則欹斜；志氣不和，字則顚仆。其道同魯廟之器，虛則欹、滿則覆、中則正，正者沖和之謂也」，此與唐太宗〈筆法訣〉持論相同，不知誰抄誰，但可以視爲唐代一種基本看法。其後柳公權說「心正則筆正」、釋亞棲說：「吾書不大不小，得其中道」，皆此一思想之延伸。

⑯ 竇臮〈述書賦〉說孫過庭「千紙一類、一字萬同」是闤闠之風，以及李嗣眞〈後書品〉：「元常每點多異，羲之萬字不同」、蔡希綜〈法書論〉：「每書一紙，或有重字，亦須字字意殊，故何延之曰：右軍書蘭亭，每字皆構別體，蓋其理也」，均指此一辦法。但這一辦法其實甚爲粗淺，張懷瓘則認爲：「右軍隸書以一形而眾相，萬字皆別；休明章草雖相眾而形一，萬字皆同，各造其極」，並不從字的寫法上論，而兼論其風格，總括形與相，要比李蔡諸氏所論高明。

⑰ 其後蔡希綜撰〈一本書賦〉主張：「字體形勢狀如虫蛇相鈎連，意莫令斷」即爲此說之後勁。

⑱ 蔡希綜也說：「八分、章草、古隸等體，要相合雜，發人意思」（〈法書論〉）。北朝時王長儒〈李仲璇魯孔子廟碑〉在正書中雜以篆筆，間作分隸；顏眞卿送裴將軍詩，兼正行分篆，即用此法。一般也都有好評。但也有人不以爲然，《金石文字記》云：「一行之中，有篆有分有隸有草，雜亂無倫。而或者以爲奇。然則作詩者亦當一句騷一句漢魏一句律而後爲奇耶？」。

⑲ 蔡希綜於此亦有發揮。他採用了「意象」的說法，稱贊張旭「意象之奇」，可以到達「字所未形，雄逸氣

象」的地步。又正面主張創作時，「須正坐靜慮，隨意所擬……凡結構字體，未可虛發，皆須象其一物。若鳥之形、若虫食禾、若山若樹、若雲若霧，縱橫有託，運用合度，可謂之書」。以「以意擬象」的方法來寫書法。

⑳ 宋董逌《廣川書跋》嘗云：「書法貴在得筆意。若拘於法者，正以唐經所傳者爾，其於古人極地不復到也」。唐人貴法是不錯的，但由於「意」的重視，事實上又顛覆了法。董逌及一般論書法的人，在這方面多未注意到，故僅由「法」的一面來了解唐代書法。

㉑ 《新唐書・魏徵傳》：「（叔瑜）善草隸，以筆意傳其子華及甥薛稷」，對筆意的強調，發軔於六朝，但如何在法的建構中論意，卻是唐代所擅長的。

㉒ 王壯爲《書法研究》上篇第十三章〈書法之藝術性質〉特別推崇張懷瓘的「書法約象」說，認爲其說有三大特色，一是擬象由自然物象擴及人類行爲；二是點出書法與音樂相通之理，書法爲點畫字體及運行照應之表現，猶如音樂爲音符之表現；三是書法之綜合性質，爲無形之相。據此，他由張氏「惟觀神彩，不見字形」的說法，推斷書藝應爲一抽象藝術（民七一・商務）。另外他在《書法叢談》也曾一再反省書法與文字的關係，認爲：「若說書法的道理，自然是抽象的藝術」（民七一・國立編譯館，頁七八）。這是少數能反省書法與文字關係，而願發展其藝術性的書家。但我以爲無論如何說「象」，書法均不能視爲抽象藝術。所謂抽象藝術（Abstract Art），基本上有兩種情況：一是將自然的外貌約簡爲簡單的形象；一是不以自然形貌爲基礎的藝術構成，如用幾何形式等。卦象及觀物取象，確實可以視爲一抽象過程。但書法不是，書法藝術自始即不以自然爲對象，書法的書寫對象與內容就是文字，除非它能將文字再予以抽象化，而純粹以形狀、圖式、線條來構成。無論如何，它是在「寫字」，而不能以其「寫」構成實存的意義，不必代表任何其他的東西。例如我們看一幅對聯或條幅，很難不管它寫的字與辭意，獨賞其筆姿；寫的人也不會寫一堆根本不能組湊成句的字，而獨炫其筆趣。因此，從藝術的性質上說，它仍是具象的。只不過其所具之象本來即屬於業已抽象化了的文字而已。

㉓ 唐人所謂「屋漏痕」即是追求自然的筆致。陸羽〈釋懷素與顏眞卿論草書〉說：「素曰：『吾觀夏雲多奇峰，輒常師之，其痛快處如飛鳥出林、驚蛇入草。又遇坼壁之路，一一自然』，眞卿曰：『何如屋漏痕？』素起，握公手曰：『得之矣』」。坼壁紋路，宋姜夔《續書譜・用筆》說：「壁坼者，欲其無布置之巧」、清朱履貞《書學捷要》說：「壁坼者，壁上坼裂處，有天然清峭之致」，與屋漏痕含意相同，都是去除法執與布置結構之用心，而任之以自然。

㉔ 孔穎達的哲學，詳龔鵬程《孔穎達周易正義研究》，民六八，師大國文研究所碩士論文。

㉕ 書法藝術的天才論與學力論，參見註②所引書〈書法藝術的品鑒〉一文。案：中國哲學有承認天才但並不强調天才的傾向。孔子自謂篤志好學，時人則或謂其生知。生知與好學，何者方爲成聖之條件，後世爭論不休，朱子與陽明等，對此皆有討論。大體說來，有兩個傾向，一是比較强調學的重要性，認爲才不足恃，而且非自己所能掌握，故當存而不論。二是比較集中討論才與學的衝突與協調問題。哲學上如此，藝術上亦然。從《文心雕龍》以後，無論如何說天才，總是在不廢學而又超越學、學至於無學的架構中論天才。故天才說相對於西方，可說較不發達，對於天才的性質、心靈狀況、跟非理性思維的關係……等均缺乏討論，也不太把天才視爲藝術創作的主導動力，我覺得這是中西方藝術理論最不同的地方。張懷瓘雖推崇天才與生知，卻也未脫離「才／學」對舉，不廢學以得大自在的理論格局，因此，其所謂天才，其實是描述成聖境界，而非指天生的材質。

㉖ 在這種天才論的基底下形成的此一講法，於這時提出來後，影響後代文藝思想甚鉅。繪畫方面，宋郭若虛《圖畫見聞誌》卷一〈論氣韻非師〉條說：「六法精論，萬古不移。然而骨法用筆以下五法可學。如其氣韻，必在生知。固不可以巧密得，復不可以歲月到，默契神會，不知其然而然也」，明董其昌也說：「畫家六法，一曰氣韻生動。氣韻不可學，此生而知之，自然天授」。詩歌方面，宋人也提出了可學不可學的問題，構成了宋代詩論的思考核心。詳見龔鵬程《詩史本色與妙悟》。

㉗ 與張懷瓘時代相近的張璪，曾提出〈外師造化，中得心源〉之說，見張彥遠《歷代名畫記》。可見書畫藝

術的思考，在唐代此時出現了共同的發展傾向。符載〈江陵陸侍御宅讌集觀張員外畫松石序〉說張璪作畫，「遺去機巧，意冥玄化，而物在靈府，不在耳目，故得於心，應於手，氣交沖漠，與神爲徒」（全唐文卷九七），也與張懷瓘的主張若合符節。但一般解釋者對張璪的理解，並不曾將唐代書論的發展做爲一參照系統，故未曾注意到整個時代審美意識的發展與重點所在。其次，又常將「外師造化，中得心源」割裂作解。例如徐復觀《中國藝術精神》第五章，把二語視爲兩種先後的工夫或階段，說是要先有「外師造化」的工夫，否則心源便成爲空無一物的靈光。而「外師造化」也者，他又解釋爲外在客觀世界的松石水雲。這都是不對的。師造化與得心源乃是同一件事，所謂師造化，不是效法與吸收客觀世界的形相，而是「氣交沖漠，與神爲徒」；得心源，則是「道藝精極，當得之於玄悟」的意思。心悟之說，詳後文。

㉘ 迹與冥的問題，由莊子提出後，在魏晉莊學中得到了充分的發揮，特別是郭象注莊，通過迹冥論，以解決當時自然與名教、有爲與無爲、方內與方外、孔子與老莊等如何統一的問題。但張懷瓘論冥，並無郭注的意涵，而比較接近莊子原旨。這當然是因爲時代思潮不同的緣故。

㉙ 張懷瓘以三品論書，及這一批評方法之衍變源流，詳註②所引龔鵬程文。

㉚ 〈書估〉以書法之市場價格，來替「自古名書，頗爲定其差等」。上估如三代篆籀，已無眞迹；中估爲曠世奇迹，如鍾繇張芝者，有購求者，宜懸之千金；下估如王羲之獻之，其眞書仍可價齊於中估。以王羲之個人的作品來說，則草書一百五字才抵得上一行行書，三行行書才抵得上一行眞書。諸如此類評價方式，乃是如今「暢銷書排行榜」的作法。在觀念上，他認爲市場價格也就眞實地反映了作品的本身實際價值。爲什麼他能這樣認定呢？我們不能忽視這個問題，即書法藝術的市場，在唐代已經形成了。藝術品不只是怡情養性的東西、不只是個人發抒性靈的製成品、不只是朋輩酬酢交誼的中介，它已經成爲具有交換值的商品了。我們固然還沒有找到類似今日蘇富比拍賣古玩字畫藝品的市場記載，但在竇臮〈述書賦〉中，他卻明確地說過：「述書賦論周至唐一十三代，工書，史籀等二百七人；署證，徐增權等八人；印記，太平公主等十一人；述作，梁武帝等十家；徵求寶玩，韋述等廿六人；利通貨易，穆聿等八人」。其中徵求寶

玩的，是收藏家；利通貨易的，是商人。二者構成了供需關係，而且已正式爲書法評論者所承認並正視了這一關係。所以在〈述書賦注〉裏，他們甚至引述了一則故事，說：「王羲之書蕺山姥竹角扇五字，字索百錢，人競買去」。王羲之時，未必眞有此一事迹，但傳述故事者的心情，是我們可以想見的。——爲什麼特別指出這一點呢？唐朝中期以後，詩文書畫理論，越來越敻絕流俗，越來越強調技進於道，創作時要虛靜凝慮、養氣治心，作品之風格也要自然超妙、不染塵俗。這一趨嚮之端倪，在張懷瓘這一類理論中，已可概見。但與這同時的，卻是知識份子的世俗化傾向、藝術商品化或認同商品之價格。價格，只是此一世俗化傾向之一種表現而已。另參第三卷第一章。

㉛ 這裏有兩個問題，一是徐復觀先生《中國藝術精神》第七章〈逸格地位的奠定—《益州名畫錄》的一研究〉說：「張懷瓘畫品始分畫爲神妙能三品，另加逸品」，但「張懷瓘雖首先提出逸品，但未特加推重。對此首先特加推重者應該算是張彥遠」。其實張懷瓘無《畫品》一書，分神妙能三品者，乃張氏〈書斷〉，唐朱景玄《唐朝名畫錄》序引述錯誤，徐復觀乃沿其誤。其次，觀念史的研究，須注意名詞與觀念的配合問題。「逸品」之提出，始於李嗣眞，而非張彥遠。但張彥遠用逸品一詞表達的是「自然」，此則與李嗣眞不同。我們可以說他是強調了這個觀念。然而，張懷瓘的理論中不用這個詞，其神品說却涵蓋了這個觀念。所以這就不應該從「逸格的最先推重者」「逸格地位的奠定」這個角度來思考。徐先生的研究進路，我以爲是有問題的。不只在於他完全忽視書法史料而已（張彥遠的畫論，多由書論來，他本身就編有若干書學論著）。

㉜ 認爲欣賞與創作是具有一致性的活動。創作者依何種方法創作，欣賞者同樣也應採取何種方式進行了解。乃是中國文評藝評非常特殊的一種基本認定。這很容易把欣賞也看成是一創作活動，而且欣賞者在本質上即能與創作者有一「同體」的了解，知音說也就是在這個基礎上建立的。

㉝ 詳蔡英俊〈知音說探源—試論中國文學批評的基本理念㈠〉（民七六、清大中國文學批評討論會論文）。

㉞ 唐人論書仍通用古今文質的觀念，除了張懷瓘外，如孫過庭說：「質以代興，妍因俗易。雖書契之作，適

以記言，而淳漓一遷，質文三變，馳騖沿革，物理常然，貴能古不乖時，今不同弊，所謂『文質彬彬，然後君子』。何必易雕宮於穴處，反玉輅於椎輪者乎？」反對重古貴質之說。但質，即骨氣；文，即妍麗。雖說文質彬彬，實乃先質後文：「假令衆妙攸歸，務存骨氣。骨既存矣，而遒潤加之。亦猶枝幹扶疏，凌霜雪而彌勁；花葉鮮茂，與雲日而相暉。如其骨力偏多，遒麗蓋少，則若枯槎架險，巨石當路。雖妍媚云缺，而體質存焉。若遒麗居優，骨氣將劣，譬夫芳林落藻，空照灼而無依；蘭沼漂萍，徒青翠而奚托？」（書譜）。徐浩〈論書〉云：「初學之際，宜先筋骨；筋骨不立，肉何所附」，就是這類講法。其他如李嗣眞批評「文舒『西岳碑』但覺妍冶，殊無骨氣」，稱贊衛恒杜預「剛健有餘，便媚詳雅」「房司空含文抱質」，說「陸平原、李夫人猶帶古風；謝吏部、庾尙書創得今韻」等等。也是運用文質古今做爲批評概念。在竇蒙〈述書賦注〉後面，附了一個「語例字格」，其中與文質相關者，如「質樸：天仙玉女，粉黛何施？」「妍磨：錯采雕文，方申巧妙」「重：質勝於文曰重。纖：文過於質曰纖」「艷：少古多今曰艷」「質：自少妖妍曰質」，大體上也顯示了「不可今、不可古，華實相半可也」（李華・二字訣）的立場。可見這是唐人慣用的批評術語與概念。而他們華實彬蔚的美學要求也大體相同。宋朝以後，用「質／文」來討論書法風格問題，似乎較唐人少了。

㉟ 宋人如何處理法到無法的超越辯證問題，詳龔鵬程《詩史・本色與妙悟》（民七五・學生書局）及註②所引書之〈論詩文之法〉。此不贅述。

㊱ 〈述書賦經例字格〉中如「體外有餘曰麗。字外多情曰茂。意居形外曰媚。力在意先曰壯」，都强調了字外之奇，與張懷瓘說，適相呼應。

㊲ 中國繪畫之逐漸類化於書法，詳本書第一卷第二章。

㊳ 亦詳本書第一卷第二章。

第二卷　以文字為中心的文化表現

第一章 深察名號：哲學文字學

——中國哲學之主要方法與基本型態

一、專論字義

論中國哲學方法時，我們往往會忘記一個常識：中國沒有文法學。

中國人對文字的辨析，向來極為注意。先秦名學之發展即已甚為蓬勃，其後漢儒更發展出繁複的文字訓詁方法，辨析字意、考定音讀，著名的專著如《說文解字》《爾雅》《方言》《釋名》《廣雅》等在文字學、語言學方面的貢獻，可謂有目共睹。但是，我們固然有這麼多討論字詞的著作，卻一直沒有發展出有關句式的探討、一直沒有語法文法的研究。

當然，我們也有些有關主動詞與被動詞的辨別，例如：《春秋・僖公元年》：「邢遷于陳儀」，《公羊傳》就說：「遷者何？其意也。遷之者何？非其意也」。意謂「邢遷」指邢自己遷，若寫作「遷邢」就是邢被人家遷了。《春秋繁露・王道》云：「春秋曰：『梁亡』，亡者自亡也，非人亡之也」，也是如此。又，《墨子・小取篇》云：「一馬，馬也。二馬，馬也。馬四足者，一馬而四足也，非兩馬而四足也」，則是區分名詞的單複數。另外，還有些對句首句末或語首之語助詞、虛字的討論，如《禮記・檀弓》：「檀弓曰：何居？」鄭注：「居，語助也」；《書・金縢》：「對曰：信、噫！」孔傳：「噫，恨辭也」❶。此類研究發展至元，乃有第一部討論虛字之專著：盧以緯《語助》。清人推而廣之，則如劉淇《助字辨略》、王引之《經傳釋詞》、俞樾《古書疑義舉例》等，皆研究虛字語助之重要著作。但是，這些東西都只是訓詁學意義下的產物，旨在釋詞，「對於虛字的解釋也只是求它的個別意義，並不重在求它的配置意義，……並不重在配置關係」❷，亦即非討論文法語法之書。中國之有文法學，需遲至一八九八年馬建忠始仿西文文法而作之《馬氏文通》。

中國爲什麼沒有文法學呢？胡適在《國語文法概論》中曾做了些解釋說：「第一，中國的文法本來很容易，故人不覺得有文法學之必要。……第二，中國的教育本限於很少數的人，故無人注意大多數人的不便利，故沒有研究文法學的需要。第三，中國語言文字孤立幾千年，不曾有和他種高級語言文字相比較的機會。沒有比較，故中國人從來不曾發生文法學的觀念」❸。

這些理由實在很難教人信服。因爲文法容不容易，難以判斷；某些漢語的特殊性，實在比英文還要麻煩。而中國教育僅限於少數人，故無人覺得有此必要云云，恐怕也非實情。因爲文法及語言結構的分析，並不只爲了語言教育而設❹。缺乏語法結構之分析這門學問，事實上即是在思考語言文字問題時，完全不曾去注意語法結構及文字配置關係。何以中國古代學人竟然會不覺得有此需要呢？

黃侃在《文心雕龍札記・章句篇》中對此做了個說明。他說：

彥和此篇，言「句者聯字以分疆」又曰：「因字而生句」；又曰：「句之精英，字不妄也」；又曰：「句司數字，待相接以爲用」。其於造句之術，言之晰矣！然字之所由相聯而不妄者。固宜有共循之途轍焉。前人未暇言者，則以積字成句，一字之義果明，則數字之義亦必無不明。是以中土但有訓詁之學，初無文法之作。

中國之所以沒有文法語法學，乃是因爲中國學人認爲「積字成句，一字之義果明，則數字之義亦無不明」，以致不去追究字與字組合聯綴時的法則。馬建忠之會想到寫《文通》，則恰好相反，是因看到歐洲語言中「意之所以能達之理，皆有一定不易之律」，所以要拿這一定不易之律，「以律夫吾經籍子史諸書」「於經籍中求其所同所不同」，找出中國聯字成句的規律。也就是說，文法的發現、或覺得有了解文法之必要，是因爲他與中國傳統學人採取了不一樣的思考方式。

形成這種差異的原因，並非中國傳統學人不會做抽象思考、不喜紬繹語文現象背後的規律。而根本是因爲他們採取了另一套辦法。凡詞之「結合」「順序」「重疊」等，我們現在視爲文法現象的狀況，他們往往都不認爲那屬於表意的方法問題，而把它當做詞本身所能表的意思來說明。所以，在別種語言中，有些由詞的「音變」或「附加成份」等方法來表示的意思，中國語言中常是用一個獨立的字詞來表達。而且在語句中，各個詞的關係，因爲不是由詞形的變易（declension, inflexion）來分別表示，故在聯詞成句時，也就沒有符合（agreement）管制（government）等問題。更有甚者，聯字以表意的方法，基本上也被視爲字義，即字與字相聯成句時，字與其他字成立的關係，仍然只從字義來討論，不討論句子❺。不談句子，文法學自然就很難談了。

這種專論字義的作風，影響當然不只在語文研究方面，而更應視爲思考方式上的特色，就像劉勰在思考文學作品的章句問題時，獨論字義那樣。訓詁本身，也是中國學人在進行思考與研究時最基本的方法，有一度還有人誇張地說過：「訓詁明而義理明」。所以如果這種方法有何特色，那必然直接關聯著中國哲學最基本的方法運作。

以西洋哲學來比較，這個關聯即非常明顯。西洋傳統邏輯是以「命題」來展開的，傳統的存有論也奠基於句子的討論上。如亞里士多德論存有，即認爲人與世界的關係，可從我們的語言與事物之關係中看出，因爲我們是用語言來將事物分類別門的。這點，中國也有類似的說法，所謂：「正名百物」（禮記・祭法）。但亞里士多德所講的「語言」，基本上是句子，謂我們對世界有所言說時，必定是用主述式語句（subject-predicate sentence）來述說這個世界。比如依據主詞和述詞的配合關係，可以區分出四種存在的項（entity）。配合之關係有二：㈠被說成是關於主詞（being said of a subject）。㈡固存於一個主詞（being inherent in a subject）。若某物能被說成是關於主詞，則它是普遍的（general）；若否，則它是個別的（particular）。若某物能固存於某一個主詞，則它非實體；反之，則爲實體。因此，亞里士多德便可區分出四種存在項目：個別的實體、個別的非實體、普遍的實體、普遍的非實體。例示如⑴此人、此馬；⑵此馬之「白」；⑶人類、馬類；⑷白的圓的等性質。再者，亞里士多德也可以根據「被說成是主詞」和「固存於一個主詞」這兩點，列出十個「範疇」。

亞里士多德以後的哲學家，在哲學體系和思路上不管與亞里士多德有多大的差異，基本上多與亞里士多德一樣，是透過句子在論存有。如羅素的邏輯原子論，其所謂原子便是邏輯上的原子句式（atomic formula）所欲表達者。這一原子句式是指述句（F.G.H……等）所成立的句式，是構成命題的最小單位。維根斯坦反對此一進路，主張世界是由事實（fact）而非事物（things）所構成，因爲世界是由「基本命題」（elementary propositions）所描述之事實所構成的。兩人的立場不同，但基於「命題」而展開則一❻。

在邏輯方面，大抵也是以句子爲基本單位，命題間關係的系統化，再以邏輯連詞如「非」「及」「如果……則……」來表達。或者把每一命題當作主詞與述詞的複合單位看，每一命題還受「有些」「一切」等量詞的限制。

這一討論問題的基本方法，對中國傳統學人來說，純然是陌生的。中國的哲學家不是針對句子來思考，而是思考一個個的字。走的是一條與西洋哲學完全不同的路。

二、正名之學

徐復觀曾說：「自從嚴復以『名學』一詞作爲西方邏輯的譯名以後，便容易引起許多的附會。實則兩者的性格並不相同。邏輯是要抽掉經驗的具體事實，以發現純思維的推理形式。而我國名學則是要扣緊經驗的具體事實，或扣緊意指的價值要求，以求人的言行一致。邏輯所追求的是思維的世界，而名學所追求的是行爲的世界」❼。這講法一點也不錯，但更值得注意的是：所謂名學的名，究何所指？

《論語・子路篇》：「子曰：必也正名乎！」集解引馬融曰：「正百事之名」。名，是指對事物之稱謂。這些稱謂，據尹文子說，有命物之名，如方圓黑白，毀譽之名，如善惡貴賤；況謂之名，如賢愚愛憎等。據荀子說則有刑名、爵名、文名、散名。凡物，皆當有名去指涉它，故曰「物固有形，形固有名」（管子・心術上）「循名而督實，按實而定名，名實相生，返相爲情」（白心篇）。只有道不可名，故「强字之曰道」。

所以，名基本上只是字。荀子說：「單足以喻單，單不足以喻則兼，單與兼無所相避則共」，單名是單字，如牛、馬。兼名是兩字合成一義者，如白馬、黃牛。共，則是共名，如甲家之牛與乙家之牛同爲牛，甲家之白馬與乙家之白馬共名爲白馬。名學上的爭辯，往往來自大家對這單、兼、共名之間的關係，以及名與實之間的指涉關係，有不同的看法❽。例如公孫龍子的白馬論，謂白馬非馬。我們固然可以用邏輯的論式，將「白馬非馬」視爲一命題，討論主詞與謂詞的包含關係或排拒關係，而說明公孫龍所講的白馬非馬，是說白馬「不等於」馬，非白馬「不是」馬。但是公孫龍子的這個論題，旨趣其實並不在此，他是要討論「白馬」與「馬」這兩個名的差異。所以〈白馬論〉一開始就說：「白馬非馬，可乎？曰：可。曰：何哉？曰：馬者，所以命形也。白者，所以命色也。命色者，非命形也」。馬，只是馬；「白馬者，馬與白也」。因此，此二者之差別，即是單名與兼名之不同：「馬未與白，爲馬；白未與馬，爲白。合馬與白，復名白馬」，復名即是兼名。白馬是兼名，白石也是。但白石或堅石這樣的兼名，公孫龍子雖認爲能夠成立；堅、白、石三名合組爲一，則他認爲不能成立。故〈堅白論〉曰：「『堅、白、石，三，可乎？』曰：『不可』。曰：『二，可乎？』曰：『可』」。因爲公孫龍子主張的是「獨而正」的正名立場，所以他強調要離堅白。據此，論者用邏輯學的觀點來詮釋白馬非馬等言辯，說公孫龍討論的是概念之內含與外延、用上了

「任何一項a不能既是a又非a」的矛盾律……，甚至遺憾公孫龍並未進而建立一套客觀的邏輯理論等等，恐怕都不甚相應❾。因爲整個學問的重點和目標，乃是對名的辨察而非邏輯的建立，亦即荀子所謂：「所爲有名，與所緣以同異，與制名之樞要，不可不察也」。

也就是說，名學旨在正名，務稽實以定名。各家立場及理論各不相同，然此一基本路向是一致的。因要「名以舉實」（墨子・小取）「名也者，所以期累實也」（荀子・正名），故有名實論；因爲「制名以指實」（正名），故有指物論。這些討論，皆覈論名實者，非討論命題者：不是談「馬是馬，白馬非馬」這一命題，是在談「白馬」與「馬」這兩個名。

牟宗三曾言：「由對每一事能下一定義之心靈，即可開出兩種義理之途徑：㈠順名之所以成即在表示實事之理，則可以言柏拉圖之理型，而建立形式體性學（formal omtology），以貞定經驗之現象。㈡順定義之成一名，而反省定義所以成之手續，則可以發現亞氏之所發現，而言五謂與十範疇。然此兩途，荀子皆未做出」❿。其實豈止荀子未朝此二方向發展，整個中國學術均未曾發展此二路。中國的名學，是要構建一套名言系統，來「別殊類，使不相害；序異端，使不相亂」，使人認識這個世界。然後在人與人的認識之間，再通過名的辨察，「抒意通指，明其所謂，使人與知焉，不務相迷」。以達致「名正—言順—事成」的目的。因此，中國的存有論，即是以察名的方式來建立的。哲學家往往以替萬事萬物命名的方式，來說明他們對世界的看法；或重新考察名謂，界定事物存在的性質。

三、說文解字

《爾雅》就是這樣一部正名之書。

《左傳》，桓公二年晉師服曰：「名以制義，義以出禮，禮以體政，政以正名」。《爾雅》，據張揖說，乃是周公「制禮以導天下，著《爾雅》一篇，以釋其義。……爰及帝劉，魯人叔孫通撰置《禮記》，文不違古，今俗所傳三篇《爾雅》，或言仲尼所增、或言子夏所益，或言叔孫通所補」（〈上廣雅表〉）。這本書的作者不知爲誰，但作《廣雅》的張揖顯然是把此書視同於禮經，即吳檢齋氏所謂：「《爾雅》者，《禮記》之流」。此與一般人把它只看成訓詁之書，當然不同。但訓詁釋名，本來也就關聯著禮義，張揖是撰《廣雅》的人，自然深知這種哲學即文字學的大關鍵，倒是後人僅把《爾雅》《廣雅》視爲小學，不免所見者小了。

但視此爲「小學」，是顯示了它做爲一哲學方法的意義。故基本上也沒有錯。這部書，後人推崇它「包羅天地，綱紀人事，權揆制度」「文約而義固，其陳道也，精研而無誤，眞七經之檢度、學問之階路、儒林之楷素也」「所以通訓詁之指歸，敘詩人之興詠，總絕代之離詞，辨同實而殊號」……。講得如此鄭重。可見在中國學人心目中，它不是現代意義的「字典」，而是進入六經奧義、掌握一切宇宙事物的關鍵。這，正是在中國察名傳統中才能形成的想法。以致此書能成爲十三經之一，且被認爲是「九經之通路，百氏之指南」（陸德明・《經典釋文》語）。

《爾雅》的結構，可以分爲三部份，一是〈釋親〉〈釋宮〉〈釋器〉〈釋樂〉。二是〈釋天〉〈釋親〉〈釋地〉〈釋丘〉〈釋山〉〈釋水〉〈釋草〉〈釋木〉〈釋蟲〉〈釋魚〉〈釋獸〉〈釋畜〉。先釋人事環境，次釋自然環境。三則是解釋常用字詞，包括同義詞及疊字詞，此即〈釋詁〉〈釋言〉〈釋訓〉三篇。一共解釋了二千二百零四事。全面進行了對世界的言說。而這些言說，又多是以名釋名，例如「林、烝、天、帝、皇、王、后、辟、公、侯、君也」「父爲考，母爲妣」「木豆謂之豆，竹豆謂之籩，瓦豆謂之登」之類。文字系統與存有論完全結合爲一體。

《爾雅》之後的《小爾雅》《廣雅》《說文解字》《釋名》等書，性質大概都是一樣的。以《說文解字》來說，作者許愼在當時號稱「五經無雙」，他作此書也確實有極大的企圖，自序云：「其建首也，立一爲端。方以類聚，物以群分，同條牽屬，共理相貫，雜而不越，據形系聯，引而申之，以究萬原，畢終於亥，知化窮冥……」。這本書不僅「天地、鬼神、山川、草木、鳥獸、虫魚、王制禮樂、世間人事莫不畢載」，而且顯示了一套世界觀。欲通過文字，來知化窮冥，以究萬原。他那始「一」終「亥」的結構，與其說是什麼六書或本義的探究，不如說他是用文字在說明萬化始於子終於亥。子爲一，屬復卦，名天一生水，一陽生，萬物孳長，歲在十一月；亥爲坤卦，歲在十月。由子至亥，剛好一歲周轉，同時也是萬化成毀始終的周期。這是漢人所發展出來的宇宙觀，後來邵雍《皇極經世》仍然採用了這個架構在講天開地闢以迄世界壞滅[11]。許愼即是用這套宇宙觀釋在釋名，安排每個字進入他的世界體系中，各居其位所；同時也用這九三五三個字來說明這個世界。至於每個字，他細分爲本義、引申、假借等等，則又是「深察名號」的一種方式了。

與《說文解字》體例完全不同的《釋名》，於此亦有異曲同工之妙。其書作者劉熙自序曰：「夫名之於實，各有義類，百姓日稱而不知其所以之意，故撰天地、陰陽、四時、邦國、都鄙、車服、喪紀，下及民庶應用之器，論敘指歸，謂之《釋名》，凡二十七篇」。包括天、地、山、水、丘、道、州國、形體、姿容、長幼、書契、典藝、用器、樂器、兵、車、船、疾病、喪制。顯然是由自然世界敘述到人文世界，而以人命之終爲結束。此書，《中興館閣書目》謂其「推揆事源，致意精微」，劉熙自己也說是要「論敘指歸」。蓋循音求義，以推究每一名號之所以如此的緣故。亦即「名之於實，各有義類」。

從哲學的角度來看，許慎或劉熙所提供的這些體系，實在是異常豐富的，例如以意義理論的類型（type of theory of meaning）來觀察，許慎劉熙是否爲一指涉論（the referential theory）呢？從存有論的立場看，這些名字結構，豈不也顯示了他們觀念中存有的結構？但我們現在不談這些，我們只是要提醒大家注意：他們討論的全部是單個的字，並以字來構建一套世界秩序。

四、深察名號

過去的文字學家訓詁學者，眼光心力呆呆地集中於字形字音的考辨。把《說文》《釋名》之論本義、溯語源，眞視爲字的本義語源，煞有介事地在談古人造字時如何取義，或根據出土文物資料考釋字之本義初形當爲如何[12]。殊不知許慎劉熙等人論本義、溯語源，只是用以界定名與實的關係，用來說明那喚做「牛」喚做「羊」的物事，何以喚爲「牛」喚爲「羊」。喚爲牛喚爲羊，不只是約定俗成的；觀察名之所以爲此名，即可以知物之何以爲此物。這即是所謂「深察名號」的一種方法。

但此法之用，不僅止於此。所謂深察，是不僅要察，更要深察。《說文》分辨字的本義、引申、假借等，就是說明一字之義可能不是單一純粹的，它會順著它「本有的義類」流動。《釋名》也常順著語音關係，深察一個字可能的涵義，例如天，他說：「豫、司、兗、冀，以舌腹言之：天，顯也。在上高顯也。青、徐，舌頭言之：天，坦也，坦然而高遠也」。天有兩種讀法，事實上即顯示了人對天的兩種理解以及天的兩種涵義（這不是實際的音讀，以中國之大，天的讀音豈止二種！）。這種深察名號之法，董仲舒《春秋繁露．深察名號篇》運用得最爲明顯。

〈深察名號篇〉一開始就說：「治天下之端，在審辨大；辨大之端，在深察名號。名者，大理之首章也。錄其首章之意，以窺其中之事。則是非可知、逆順自著」。因爲事順於名，故名號不正，其事必逆，名號不能不察。

如何深察呢？他舉「王」字爲例說：

> 深察王號之大意，其中有五科：皇科、方科、匡科、黃科、往科。合此五科以一言，謂之王。王者，皇也、方也、匡也、黃也、往也。是故王意不普大而皇，則道不能正直而方；道不能正直而方，則德不能匡運周遍；德不能匡運周遍，則美不能黃；美不能黃，則四方不能往；四方不能往，則不全於王。故曰：天覆無外，地載兼愛，風行令而一其威，雨布施而均其德，王術之謂也。

繼而論「君」字，云：「君者，元也、原也、權也、溫也、群也」，亦是如此。這五「科」，即觀察一個字的五個角度，看出五種涵義。這五種涵義即使是矛盾或相斥的，仍能彼此相關聯地融合爲一字。唯有窮盡（「全」）這五科之意，方能稱得上這個「王」字、「君」字。這與一般字典中之一字數義，截然不同。錢鍾書《管錐編》曾舉了《易緯乾鑿度》：「易，一名而含三義，所謂易也、變易也、不易也」、《毛詩正義・詩譜序》：「詩有三訓：承也、志也、持也。作者承君政之善惡，述己志而作詩，所以持人之行，使不失墜，故一名而三訓也」、皇侃《論語義疏・自序》：「倫者次也，言此書事義相生、首末相次也；一云倫者理也，言此書之中蘊含萬理也；三云倫者綸也，言此書經綸古今也；四云倫者輪也，言此書義旨周備，圓轉無窮，如車之輪也」、智者《法華玄義》卷之上：「機有三義：機是微義、是關義、是宜義。應者亦爲三義：應是赴義、是對義、是應義」，以及董斯張《吹景集》卷十所論「佛字有五音六義」等例，說明漢字這種「不僅一字能涵多意，抑且數意可以同時並用，合諸科於一言」的特色[13]。也就是說，依中國哲學家的觀察，中國字，可以同時呈現許多相反、相異、不同層次、不同類別的意。唯有同時窮究深察之，始能盡其理趣。

這樣的漢字，實在要讓近代假手西方語法學以建立中國文法理論的學者煩惱透了。因爲《馬氏文通》以後的文法學家，差不多均依歐洲文法，把詞分成八類，再加上一類歐洲語言中所無的「助詞」，成爲九類：名詞、代名詞、動詞、形容詞、副詞、介詞、連接詞、嘆詞、助詞。馬建忠且以此爲「正名」。但這種分類有什麼用呢？馬建忠自己就說：中國字「字各有義，而一字有不止一義者。古人所謂望文生義者此也。義不同而類亦別焉」，故「字無定義，故無定類」。後來劉半農不同意他這種說法，因爲如此一來便否定字類區分了。所以劉氏建議：「詞類之所由分，係於詞性，即詞本身的性格」。陳承澤也主張要劃定字類。然而，他們都不能不承認所謂詞本身的性格，只是相對的，詞品可以靈活使用。這豈不又是字無定義定類說嗎？它們解決的辦法，就是用句來定字。例如黎錦熙《新著國語文法》發現：中國字，即使是一個最簡單的「人」字，可爲名詞，亦可爲動詞，更可爲形容詞、副詞，詞類雖改，「人」仍是「人」這個字，不像西洋文字有詞頭（prefix）或詞尾（suffix）變化。所以他主張「凡詞，依句辨品，離句無品」⑭。

這便是「句本位」的辨詞類法及語句分析法。然此仍是套在西洋語法規格中的辦法。卻不知中國文字詞類的不確定，不是因爲它在使用上活用的結果，而最主要的還是因爲文字本身便兼涵數義。如「詩」爲一名詞，但它同時也是承、是持、是志，它還能說是名詞嗎？《釋名》又說：「詩者，之也。志之所之也」，《荀子‧勸學》則云：「詩者中聲之所止也」，詩又是止、是之、是至、是寺。猶如「風」，可指自然大氣之風，風，氾也，其氣博氾而動物也；風，放也，氣放散也。又可指風詩之風，爲人文之風。此風，言其作用，則風爲風諫、風教；言其本源，風爲土風、風謠；言其體制，風爲風詠、風誦。正如劉師培所說：「中國之文字，有虛實之用不同，而其字形則同者。同一惡字，而或讀爲好惡之惡，或讀爲美惡之惡。上意屬他動詞，下意屬形容詞中之靜詞，在西文早已分爲二字，而中文則以一字兼之，所謂一字數意也。然此仍以讀音之不同別之。若夫〈大學〉『在明明德』兩明字之形聲無一區別，而義有虛用實用之分，則非深通字學者不能解矣。然此猶曰僅虛實之用不同耳。……且夫風者，大塊噫氣也；因其速而朝廷之化亦稱爲風化；復由風化之化，引申之，而詩亦稱爲風詩矣。字則猶是，而義之相去已遠矣」（《左庵外集‧卷六》）。事實上根本無法「舉句察品，察句定式」；只有深察名號，方能審其義類⑮。

正因文字本身涵義深廣，所以在別種語言中，有些要由詞的「音變」或「附加成份」等方法表達的意思，一個獨立的字本身就能辨到了。反之，所謂依附成份（Dependent Elements），在其他語言裡通常是指不能獨立表意的成份，必須依附於另一個可以獨立表意的詞，如英語裡re-open的re，或books的-s，以及須與其他詞合用的of, to, with之類。中文的依附的成份，勉強說只能說是那些「虛字」。但虛字本身卻是可以獨立表意的，只是假借爲虛字使用而已。如「也」，本字義指女陰，假借爲虛字用。聿、其、豈、因、而、然、亦、且、勿、弗、不……等也是如此，每個字都兼涵虛實[16]。此種字，西文無可比擬，故自《馬氏文通》以來皆獨立助詞一類，云爲「華文所獨」。此外則是介詞，《文通》說：「泰西文字，若希臘、拉丁，於主賓兩次之外，更立四次，以濟實字相關之情，故名代諸字各變六次。中國文字無變也，乃以介字濟其窮」，這個介詞如「之」字，即類似英文的-s及of。此不只是把用語法形式來表示的，用字來表示；而且介詞多由動字虛化而成。動字介字可以混用，也與西文不同[17]。

這種義涵豐富、詞性不定的字，當然值得深究。究察某名某字的活動，本身就如同西洋哲學中對於某一「命題」之討論。

五、望文生義

馬建忠曾建議我們「望文生義」。深察名號其實即是如此。因爲字義不是凝固的限定義，它仰賴觀察者由各個層面去體察它，觀其所以名之之義。故字義是有待彰顯、生發的。如何彰顯呢？一是就一字觀其體用動靜等，如「亂」，又有「治」的意思，徐灝《說文解字注箋》

云：「自其體言則爲亂，以其用言則爲治，故亂亦訓治也」，就是從體用兩方面來解釋亂的字義⑱。董仲舒以五科觀察字義亦是如此，所謂：「五號自讚，各有分，分中委曲」。一個字的各種可能涵義，藉著這種辦法逐漸被挖掘了出來。後人謂讀書當用「八面受敵法」，即一篇文章從各個角度一遍遍地去觀察，殆即爲此種方法之擴充。

二是就字說其義理。這與字典釋明字的用義與指物義不同，是言其所以得名之義，如《釋名・釋親屬》：「無父曰孤。孤，顧也，顧望無所瞻見也」。並不是說造字時依「顧望無所瞻見」來造「孤」字，而是說孤的含義如此，此所以爲孤也。試比較以下幾例，此理便更明晰了：(1)「秋，緧也。緧迫品物使時成也。冬，終也。物終成也」（《釋名・釋天》）。「秋之爲言愁也。愁之以時察守義者也。冬之爲言中也，中者藏也」（《禮記・鄉飲酒義》）。(2)「霜，喪也，其氣慘毒，物皆喪也」（〈釋天〉）「霜，喪也，成物者」（《說文》）。例一釋秋冬，訓詁不同，是因爲二書對字義之理解不同。例二釋霜，訓詁雖同，取義卻恰好相反，《釋名》著眼於霜之肅殺萬物，《說文》則採《詩經・秦風》「白露爲霜，而四時成」，著眼於霜之成物。這樣的說解，顯然是先用字解字，如「日者，味也」，再即字言義、即事言理的模式。不僅是針對所指具體之事更要就此名事講出一番抽象的理。所釋之義，事實上便是該書作者的哲學思想。而即事言理，更是中國哲學的一般作風。例如：

> 〈釋天〉：日，實也，光明盛實也。月，闕也，滿則闕也。水，準也，準平物也。火，毀也，物入中皆毀壞也。金，禁也，氣剛毅能禁制物也。　《說文》：日，實也，太陽之精不虧。月，闕也，太陰之精。水，準也，北方之行。火，燬也，南方之行，炎

而上。金，五色金也，黃爲之長，西方之行。

〈釋天〉：丑，紐也，寒氣自屈紐也。卯，冒也，戴冒土而出也。巳，已也，陽氣畢布已也。午，仵也，陰氣從下上，與陽相仵逆也。未，昧也，日中則昃，向幽昧也。酉，秀也，秀者物皆成也。戌，恤也，物當收歛矜恤之也。《說文》：丑，紐也，十二月萬物動用事。卯，冒也，二月萬物冒地而出。巳，已也，四月陽氣已出，陰氣已藏，萬物見，成彰。午，牾也，五月陰氣牾逆，陽氣冒地而出也。未，味也，六月滋味也，五行水木老於未。酉，就也，八月黍成可爲酎酒。戌，滅也，九月陽氣微，萬物畢成，陽下入地也。

這些字，二書訓詁多同，但解義迥異。劉熙的宇宙觀較爲素朴，許慎則不然，他不但接受了陰陽五行之說，也採用了十二月消息卦的易學理論。這就是爲什麼他釋「五」會說：「五行也，從二陰陽在天地間交午也」，釋「易」會引緯書云：「日月爲易」。日月爲易的易學，也是《參同契》及虞翻卦變說所主張的，以日陽月陰、陽火陰符言消息變化、氣化、甚至吐納煉丹等[19]。後世不講這套哲學，故論「易」多從三易，即不易、簡易、變易之說。此皆即字言理，所構成的其實是一種「哲學文字學」。

三是推類。釋義時經常採用比物連類、反覆旁通之法。亦即廣泛採取類比與聯結的方式，運用推類的思考，輾轉擴大或深刻其涵義。例如《爾雅》特重同義詞的類聚性解釋，〈釋詁〉〈釋言〉二篇約占全書三分之一以上，就都採類聚爲訓之法，如「初、哉、首、基、肇、祖、元、胎、俶、落、權輿、始也」「林、烝、天、帝、皇、王、后、辟、公、侯、君也」。哉是始，「在」爲何也是始呢？在本是終，始終相反爲義，猶如「落」本是死亡結束，現在訓始；愉既是勞又是樂；豫既是厭又是樂；康既是安靜又是苛擾；繇既是憂又是喜。其義皆相反相成。同理，烝爲君，但烝又是眾，故《白虎通》及《廣雅》說：「君者，群也」、《春秋繁露》說：「君者不失其群者也」[20]。這只是字義上反覆旁通的現象，另外還可從字形字音上去推類，由施到矢到尸再到雉、弛、夷、俟、豸、緆、水、準、鷹等。劉師培《正名隅論》等書舉了很多這類例子。董仲舒云王爲方爲匡爲黃爲往爲皇，也運用了這種方法[21]。

這些察考字義之法，就字說義，使用極爲廣泛。但因爲每個字都可以透過形音義的推類比物、輾轉聯結，有時不免恢闊無端，令人覺得過求其深、過於曲折。所以又有人會想從上下文義脈絡去限定它。如清徐大椿《道德經注・凡例》便說：

> 一字訓詁，本有數義，必視其上下文脈絡，方可定此字當訓何義，乃能通貫。否則全文俱晦。如第五九章：「治人事天，莫若嗇」，乃儉嗇之嗇；王弼訓爲稼嗇之嗇，則下文費解矣。此本字義俱考古字書諸解，擇其與本文最切確者爲訓，故能上下連屬。

此即以句義定字義之說。但這種想法實際上極難辦到，因爲正如前文所引黃侃《文心雕龍札記》云：中國傳統上是認爲「積字成句，一字之義果明，則數字之義亦必無不明」，所以要解句義，基本上仍得仰賴對字義的了解。亦即先解「嗇」爲何義，再據以說此章之章義。「嗇」乃這章的關鍵字，大家都在這兒賣弄手段。何止稼穡、儉嗇二義？更有人據敦煌本遂州本及趙志堅本謂應作「式」字哩[22]！所以「視其上下文脈絡方可定此字當訓何義」只是個幌子；實際做法，仍是「字義俱考古字書諸解，擇其與本文最切者爲訓，故能上下連屬」，考字義，以求通貫解釋上下文。而且，他所考察之字義，也只是先秦兩漢諸子們在深察名號的方法運作中解釋出的字義，他再加以斟酌選用而已。可見深察名號，不僅爲一哲學方法；其所釋之字義，也直接影響到中國哲學的內容與發展。

六、哲學文字學

早在春秋以前，中國即有諡號的制度，《史記・秦始皇本紀》：「太古有號無諡，中古有號，死而以行爲諡」，此據《禮記・檀弓》云爲周朝制度，今傳《逸周書》便有〈諡法篇〉。所謂諡法，是在人死之後，用一個字來概括這個人的一生志節行爲，斷其是非善惡。如周幽王之幽、厲王之厲即是對他生平功過的大論斷。這以一字定褒貶的傳統，再加上先秦諸子對名號的考察辨析、孔子作《春秋》所形成的學術傳統，當然對思想家會有深刻的影響。深察名號、考索字義，成了中國哲學最基本的方法。論者不僅要「察制名之樞要」，要覈正名實，更須通過名的探究，構建一套哲學即文字學的體系。這種進路，雖大備於兩漢，但並非漢代哲學獨用之法。清儒標榜漢學，用這套方法區分漢宋學術之不同，事實上不但未能充分理解並發揮此一方法之功能，也忽略了它做爲中國哲學之基本方法的意義。因爲以釋字言哲學，倘若不是一個基本方法，王陽明就不會在「格物」的「格」字上大作文章。王學與朱子學的不同，完全要從他們對「格」字及「親民」「新民」的解釋上看出來㉓。同理，朱子解《論語・學而》第一句「學而時習之，不亦說乎！」的學，說：「學之爲言效也，後覺者必效先覺之所爲，乃可以明善而復其初」，整個朱子學的宗旨亦由此可見。清儒反理學，也全力在攻這個「學」字，一定要把「學」解釋爲「讀書」，因爲必如此乃能轉尊德性爲道問學。

此即「以一字定宗旨」也。在西洋哲學中，以亞里士多德所建立的傳統來說，這種做法實不太可能。因爲一個獨立的字，既不構成句子或命題，也無法「判斷」。他在《論解釋》一書中闡述道：

> 在心靈中的思維有的不牽涉到眞假，有的則必須是眞的或假的。這種情形在說話時也能發生，因「眞」或「假」意含「組合」和「分離」。不附加任何其他因素的單純名詞和動詞，就像沒有組合或分離的思維，尚無所謂「眞」或「假」，譬如「人」（man）和「白的」（white），分開來講，就尚無眞假可言。爲了證明上述所言，以「山羊雄鹿」（goat-stag）爲例，它雖有意義，但無所謂「眞」或「假」，除非加上「是」或「不是」。至於用現在式（present tense）或其他時式，則可視情況而定。句子（sentense）是語言的有意義部分，其中有些部分是有單獨意義的，因爲是一種表達思想的方式，雖然不一定是完整的判斷，對此我將加以解釋。譬如human這個字是有意義的，但不構成一個否定或肯定的命題（proposition），除非附加其他東西。

似乎他認爲哲學工作主要是在進行判斷，而「主詞與述詞眞正結合在一起時，即肯定之；分離時則否定之，此即眞正之判斷」。如僅談「人」「白」「勤」「懶」，那便只是初步認識簡單之概念而已。字義辨析之意義與重要性，他和中國哲學家們顯然有不同的看法。但在中國哲學史上，無論是漢學、宋明理學與禪宗，大概都採用著這種方法。這種方法强調辨名釋義，認爲一切問題都起於名的混淆（或名實不符、或名義不明），只要把名搞清楚了，一切問題就都可以迎刃而解。

但其解釋名義，事實上是以字解字，如「士，事也」之類。若追究士爲何即是事，則再解釋士之所以爲士，是因爲士能任事。先秦諸子及大小戴記中充滿著這樣的問答型式：「何謂x?」「所謂x者，謂……」或「所謂x者，y也。x謂之y者，以……」，均屬此種釋名之例。問題是，x不只是y，它更常是a、b、c、d、e……，一名而廣涵眾義。

這兩點，也深刻影響著中國哲學的性格。因爲以字解字，便不太能看到「論式」的發展。在西洋哲學中我們較容易發現論題以及針對該命題之各種論證。中國非無論題，但論題不顯現爲一「問題型式」，只表現在字義的不同解釋上。這種字義的差異甚爲隱微（如：「性，生之謂性，，言有善生於心也」。表面上看起來沒什麼問題，其實前一義與後一義根本南轅北轍，不深察詳考，往往難以覺知），而且缺乏論證型式，不易覆按。其次，則因一字多義，構成了言簡意賅的哲學風格。哲學不表現在範域（Umfang）的拓展上，而重在內容（Gehalt）的深入挖掘上。言不盡意，意中委曲深至之處，唯有深識博觀，方能逐漸領略。也正因爲如此，故不認爲我們需要繁複的語法表達及囉嗦的論證，表達方式極爲簡樸，只注重內涵。

換句話說，中國哲學偏向文字性思考，西洋哲學偏於語言性思考，各有其基本運思方式與路向，宜分別觀之，以西律中，往往失「中」。本文聊爲喤引，或有助於將來進一步的探索。

附註

❶ 詳見濮之珍《中國語言學史》，一九八七，上海古籍出版社，第五章第五節。

❷ 注一所引書引用郭紹虞〈從馬氏文通所想起的一些問題〉，見復旦學報一九五九年第三期。何容《中國文法論》（民國四一，開明書店）第一章第一節〈訓詁學中的文法學的萌芽〉，也詳細說明了傳統助字研究及釋詞的工作，與現代文法學的差異。

❸ 見《胡適文存》一集，卷三。

❹ 有些語法學家就根本反對語法是爲教學而設。如許世瑛《中國語法講話》即認爲研究語法，並不是爲了教不會說中國話的人說好話。見其書第一章。

❺ 詳何容《中國文法論》第二章第一節。

❻ D.W.Hamlyn "Metaaphysics" Cambridge University Press,London 1984,黃慶明編譯，第三章。

❼ 見徐復觀《公孫龍子講疏》，民國五九，民主評論社，頁七。

❽ 劉師培〈小學發微補〉：「共名與別名不同，中國古籍皆以共名統別名，如《爾雅》列〈釋天〉〈釋地〉〈釋草〉〈釋木〉各篇是也，天地草木皆共名也。……若夫《禮記》以龍鳳龜麟爲四靈，《書》注以稻黍稷麥爲五穀，則又合數名而成一共名。……然共名別名無一定之別。……由荀子之言觀之，則以大共與小共較，則小共變爲別名，以小別與大別較，則大別又變爲共名」。

❾ 陳癸淼《公孫龍子疏釋》及牟宗三《名家與荀子》，都曾批評公孫龍未能積極地說明「邏輯的所以然」，或「自覺地點出內容、外延、共相、殊相、概念與類等範疇，使之成爲有獨立性而客觀的學問」。此乃以邏輯學要求名學。因爲牟宗三先生一貫地主張「先秦名家通過《墨辯》而至荀子乃爲一系相承之邏輯心靈

之發展」，所以他當然會由邏輯去疏解公孫龍及諸名家之論。其實，以邏輯來說明名學，乃是「格義」，能更清楚地使名學爲現代人所理解，但很難說它便符合名學的內容與宗旨。

⑩ 見牟宗三《名家與荀子》，民國七一年，學生書局。頁一七九。

⑪ 同注八所引書又云：「《說文》一書，始一終亥。一字下云：『惟初太極，道立於一；造分天地，化成萬物』，亥字下云：『亥而生子，復從一始』，蓋中國前儒，推論世運，以爲世界遞遷，一始一亂，終始循環，周流不息，故易卦始於乾，其彖詞曰：『大哉乾元，萬物資始』，而〈序卦傳〉則云『物不可窮也，故受以未濟終焉』。《春秋公羊傳・隱公元年》云：『元年者何？君之始年也。春者何？歲之始也』，哀十四年，西狩獲麟，傳云孔子曰：『吾道窮矣』。《爾雅・釋詁》首詳始字之訓，終詳死字之訓，亦此例也。《說文》始一終亥，例與此同。蓋《易經》之義，言陰極則陽生；《春秋》之義，言亂極則治生。……終亥始一，即陰極生陽，亂極生治之義也。」

⑫ 據託名楊樹達兄弟所撰而實爲葉德輝門人作之〈葉郋園先生之經學〉載：「吾師嘗云：《說文》非字學，乃漢學。注解意義，與漢儒經傳注訓相同」（見日人橋川時雄編《文字同盟》第十四號）。此眞通人之言，古來視許書爲小學之首，正由於不知此義。葉氏又謂漢儒注經時解說字義亦多屬「望文生義」，不得據以爲文字聲音之本，亦甚是。

⑬ 見《管錐編》論《周易正義》一〈論易之三名〉。另外，他論《毛詩正義》一〈詩之一名三訓〉、二〈風之一名三訓〉，談的也是同一問題。章太炎《訄書》初刻本〈正名略例〉亦云：「說易者云含三義，變易也、不易也、簡易也。變易、簡易，義本絕殊，中國適爲同字。他國雖明知其訓，而無一字以兼此兩義者，則于《周易》不得不譯音也。」

⑭ 一、有關中國文法學在詞類區分上所遇到的困難，另詳注五所引用何容書第三章。二、馬建忠論類，是字類；後來的文法學家，則多主張以「詞」來代表。如馬建忠說名字、動字、代字、介字等，黎錦熙章士釗等人則稱爲名詞、動詞、代名詞、介詞等。這可以顯示馬建忠畢竟仍受傳統觀念的影響。三、章太炎曾提

到「辭例者，即又不可執也。若言『上下無常，進退無恒』（易・文言）『處而不底，行而不流』（左・襄廿九年傳），一則同趣，一則 馳（謂『上下』與『進退』、『常』與『恒』皆同趣；『處』與『行』，『底』與『流』義相對反），要其辭例則一，詞性亦同。至如《墨子・經說下》云：『白馬多白，視馬不多視』，白馬、視馬、辭例一也，而白爲全體，視爲一部，觀念既殊，則詞性亦殊矣。謝惠連〈雪賦〉云：『皓鶴奪鮮，白鷴失素』，奪鮮、失素，辭例一也，而素爲舉性，鮮爲加性（直指形質謂之舉，意存高下謂之加），觀念既殊，則詞性亦殊矣」（《訄書重訂本・正名雜議》）。據此，則縱使句式一樣，詞性仍然會形成差異，依句辨品這種辦法畢竟是行不通的。

⑮ 劉師培〈小學發微補〉曾以「聲義同源說」論中國字廣涵衆義之故，曰：「古者命名辨物，近其聲即通其義。如豹犳爲同聲,與虎連類而言,則借犳爲豹;與祭連類而言，則借豹爲犳。……而西人克拉伯里著《支那太古文明論》，以易卦爲古文，於一字之中，包含衆多之義。又解釋離卦之文，謂古文離字作离，初九言『履錯然敬之』，履即縭字，錯即謧字，然即粚字，敬之即⿰日离之。六二言黃離，黃離即⿰离鳥字。九三言日昃之離，則大耋之嗟嗟，即⿰口离字。九四言『突如焚如』，焚即⿰火离字。六五言『出涕沱若』，涕沱即漓字。上九言『王用出征，有嘉折首，獲匪其醜』，出征即離字，有嘉即⿰亻离字，獲即⿰豸离字，匪即籬字，其即篱字，以證周易爲古文之字典。其說與焦氏（理堂）合，蓋離字本係動詞，而縭等字則皆名詞。此由靜詞動詞借爲名詞之確證。試用拉克伯里氏之例解坤屯之卦，……是神、伸、陳、呻、紳、電等字皆由申字引伸。……沌、鈍、杶、純、肫等字皆由屯字引申。即此例以推六十四卦，大約皆然，且非特《易》爲然也，即按之中國文字，亦無不然」。章太炎比較中英文字數多寡，也以爲英語「言各成義，不相陵越」，故字數較多，當時已達六萬字。中國字以九千字爲基準，眞正在用的只有四千字左右。見《訄書重訂本・訂文》。

⑯ 廖平曾「主獨體無虛字之說。盡取《說文》虛字而求其本義，均作實字解。將近二三百字」，後稿亡佚。其說見光緒七年之〈釋字小箋〉。其後劉師培〈小學發微補〉曰：「上古之時，未有虛字，先有實詞，凡

後世虛用之詞，皆由實詞假用」；魯實先《轉注釋義》亦云：「其因義轉而注者，厥有二途，其一爲存初義，以別於假借與引申。……若聿、其、豈、因、而、然、亦、且，借爲語詞，故孳乳爲筆、箕、愷、捆、耏、爇、掖、祖」。民國六五，洙泗出版社。

⑰ 參看注　所引濮之珍書，頁四六五～四六八。

⑱ 以「體」「用」論哲學，當起於魏晉時期，秦漢尚無此法。故此所謂就一字觀其體用動靜者，意指觀察每個字的各個方面，不必非用動靜體用等名相不可。另外，我們當注意中國字雖屬同義字時，義可能仍有深淺輕重之分，中國哲學中對此最爲講究，參看劉師培《古書疑義舉例補》「同字同詞而異用之例」。又見其《毛詩詞例舉要》「訓同而義實別例」。章太炎〈正名雜義〉亦云：「之、其、是、者四文，古實同義互用，特語有輕重，則相變耳」。

⑲ 王明《道家和道教思想研究》，一九八七，中國社會科學出版社，〈周易參同契考證〉一文對「日月爲易」之說之淵源及許慎引書諸問題，均有析論，可參看。又拆字解義，亦漢代讖緯中常用者，如《春秋元命苞》：「兩口銜士爲喜」「八推十爲木」、「尉者慰民心，撫其實也。故立字，士垂一人，結曲折著爲廷尉。士戴尸首以寸者，爲言寸度治法數之分，示推尸稽於寸，舍則法有分，故爲尉示與尸寸」、《太平經卷三九〈解師策書訣〉云：「十一者士也」之類皆是。後世道教中也普遍採用這種拆字解義之法，如《道藏輯要》中所收范一中《陰符經玄解》便是典型的例子。拆字，後來成爲民間廣泛流傳的一種術數，拆字測字，就其字以說命運遭際，原因更須由此處索解。另詳本書第二卷第三章。

⑳ 注十五引劉氏書云：「中國言文最難解者有二例，一曰同一字而字義相反，一曰正名詞同於反名詞。如廢訓爲置，亂訓爲治，苦訓爲甘，臭訓爲香，皆同一字而字義相反者也。以不如爲如，以見伐爲伐，以不敢爲敢，皆正名詞同於反名詞者也。」前一條，在《古書疑義舉例補》中稱爲「二義相反而一字之中兼具其義之例」。如「苦」兼有快與痛二義，「鬱」「陶」「繇」皆兼憂喜二義之類。另外，此書又舉了「使用器物之詞同於器物之名例」，如殺人的兵器叫劍，殺人的動作也叫劍。造成這些文字特性的原因，其實就

是一種比物連類、反覆爲用的思考方式。

㉑ 這方面最典型的文獻，是王念孫〈釋大〉、阮元〈釋矢〉。可參看。

㉒ 見朱謙之《老子校釋》，民國六七，明倫出版社重印本。

㉓ 〈大學〉：「大學之道，在明明德，在親民」，程子主張作「新民」，陽明主「親民」。格物，朱子謂：「格者，至也」；陽明則以爲：「格者正也，正其不正以歸於正之謂也」，見〈大學或問〉。其後毛奇齡攻朱子，又云格物只是量度物的本末，此與閻若璩引〈蒼頡篇〉「格量，度之也」相近。其他各家釋格物義者甚多，不具引。

第二章　以文字掌握世界：有字天書

——中國宗教（道教）的性質與方法

本書第一卷第二章〈中國文學藝術發展的結構—說「文」解「字」〉一文，曾認爲我國有一個「主文」的文化傳統。在這個傳統裏，我們不但以文涵蓋一切藝術的創造，概括一切自然美的表現，更以文爲一切歷史文化的內容、爲存在之原理。因此，文字、文學與文化，形成了一體性的結構，文學不但居於我國藝術的中心地位，各門藝術也都朝文學發展。本書第三卷第一章〈文學崇拜與中國社會〉一長文，亦同樣申論此旨。說明中國原有的文字崇拜，如何發展爲文學崇拜，並主導著社會文化的走向。

現在，我擬於本章中討論中國本土所發展起來的道教。由道教的「天書」傳說，略窺其文字崇拜之底蘊，說明道教的性質，再據以了解其與文學之關聯，並補充上述諸文。

我這些探索，當然亦可放入所謂文學社會學的範疇中去看待。但無論規模、理論及方法，均與坊間各種仿襲自西方、或由西方所發展出來的社會文化論文學批評、文學社會學不同。我希望在這方面能自闢蹊徑，以與世界文學批評的發展對話。當然，在對中國文化的具體解析（例如對道教的討論）方面，我希望也能提供新的視野。

一、自然創生的天書

道教以道、經、師爲三寶❶，道指教義，師係傳道者，教義則存於經典之中。傳道者欲傳道，其實仍不能脫離經典。經典之重要，不言可喻。但道教經典中，頗有雜揉九流、囊括諸子者，如《南華經》《亢倉子》《鬼谷子》《墨子》之類。此固爲道教之經典；然亦不必即爲道教經典。眞正屬於道教的經籍，大抵又可以分成兩大系統：一種與其他各宗教類似，以經典爲教主之言說述造，或屬於先知所作，再不然則託諸鬼神。如《黃庭經》第一章便說：「上清紫霞虛皇前，太上大道玉辰君，閑居蕊珠作七言」，以此經爲太上大道玉辰君在蕊珠宮中作。又如《靈寶天尊說洪恩靈濟眞君妙經》《元始天尊說先天道德經》之類，題目上就標明了此經係元始天尊或靈寶天尊所說。這類經典，佔了道教典籍中一大部份。故《靈寶無量度人上經大法》說：「九老仙都千明之科，九氣上人照生天符、大靈群文，皆是三天太上道君所撰，或是三皇天眞所造，或是九天父母眞人赤童所出」。

另一種型態則很特殊。它沒有作者。經典之出生，雖由教主或先知所傳，其創作卻非人力所爲，乃是自然創生的。

這樣的經典也很不少，且足以視爲道教之特色，恐爲其他宗教所無。以《道藏》正一部墳字號《上清元始變化寶眞上經九靈太妙龜山玄籙》爲例。該經即自稱是「九天建立之始自然而生」。據說當時「與氣同存，三景齊明，表見九天之上、太空之中；或結飛玄紫氣以成靈文」。示現靈文之後，倒也並未立即成爲經典，因爲「天書宛妙，文勢曲折，字方一丈，難可尋詳。自非九天中眞主，莫能明其旨音」。所以後來經過諸天上聖仙眞集體解義後，才予以寫定，封藏於九天之上大有之宮，一直要等到西王母登西龜山，恰好又碰到天緣湊巧，於金華堂「北窗上有自生紫氣，結成玄文，字方一丈」。兩相感應，元始天王乃降授此經給西王母，使其總領仙籍。這時經文，乃「青瓊之板，金書玉字」，其貴重可知。

這篇道經出世記，頗爲曲折，且幽邈難稽，但事實上許多道經都强調它是以這種方式降世的。洞玄部玉訣類裳字號〈洞玄靈寶自然九天生神章經序說〉謂此方式爲「懸義」，意指上天懸此義諦以示人，非由仙聖所造。它並說：「此經乃三洞自然之氣，結成靈文，非由人所演說。故經題不冠以太上，經首不冠以道言，不立序分，不言時處也」。所謂經題冠以「太上」，如洞玄部本文類《太上洞玄靈寶天尊說大通經》題曰太上，係因經爲天尊所說。經首冠以「道言」，如《太上洞玄靈寶護諸童子經》一開頭即云：「道言天地父母，日月五星，運氣自然」，指此經乃道君所言。所謂言時處，如《太上洞玄靈寶開演秘密藏經》開端即說：「太上大道君以上皇元年十月五日，與無量天眞妙行神人，詣太微帝君處」。有些彷擬佛經的道書，常以「如是我聞一時天尊在蒲林國中、樊華樹下」（《太上靈寶元陽妙經》）的句式述說經義，也屬此等。倘若在體例上不言時處、不冠說經者名、不以引述言說之方式出現的經籍，可能就是上天懸義，自然成文的❷。

一般認爲，這種天生經文之價値與地位都比較高。如董思靖注解《自然九天生神章經》便說：「三洞飛玄自然之氣，結成靈文，超於視聽之先，出乎名言之表，衆眞欽奉，萬聖尊崇」。因此此類自然創生之經，數量著實不少。除《道藏》所收者外，某些經書中也提到一些自然生經，如《太上靈寶洪福滅罪像名經》本身雖非自然生成經，卻引了洞眞洞玄洞神三洞各十二部經，說：「右三十六部尊經符圖，金書玉字，凝結三洞飛玄之氣，五合成文，文彩煥耀，洞照八方」；且謂《黃庭經》《無上秘要》等三十六部經，皆「以混成鬱積玄景，……三五啓緒，八會結文，或作金書鳳篆，或造玉字龍章」。洞眞部方法類《靈寶無量度人上經大法》更主張：「三洞之經，四輔符籙，皆因赤書玉字而化，稟受靈寶之氣而成。」太平部儀字號《一切道經音義妙門由起》也認爲：「凡諸眞經，皆結空成字。聖師出化，寫以施行」。至此，已有將一切道經皆解釋爲自然創生者的傾向了。

以佛教經典來對照，我們就可以知道這是極特殊的講法了。——在佛教創立時，被稱爲「佛」「世尊」「如來」的，只有釋迦一人。一切教義，皆由佛陀思悟而得，亦皆由佛陀宣講之。佛滅後，其弟子始結集爲經文。在王舍城外七葉窟中，五百羅漢聚會，由阿難頌出他所曾聽聞的佛說義理，由優波離誦出佛所制定的僧團戒律，再由摩訶葉迦頌出教義的解釋和研究的論著。形成了佛教的經、律、論三藏。是爲佛經之第一次結集。因此佛經基本上都說是佛陀所說法，或以「如是我聞」來表示其經文乃聞之於佛陀。經部派佛教以後，另外造作了諸佛與菩薩系統，經文亦有名爲菩薩所說法者。但不管如何，總不會有道教這樣的自然創生經書說。伊斯蘭教的《可蘭經》，亦爲穆罕默德在傳教過程中，依「阿拉」啓示的名義宣布，而由門弟子記錄於石版、獸皮、棗椰葉上，逐漸結集而成，以後也沒有宣稱爲「生於九玄之先，結飛玄紫氣，自然之章」（《上清外國放品青童內文，卷下》）之類。

不過，據《靈寶無量度人上經大法》卷二說，這種天生經文並不就是現在我們所看到的經書。而是經過五道翻譯手續，方成爲現在所見之書。此即所謂五譯成書。〈五譯成書品〉云：

一譯：玉字生於虛無之先，隱乎空洞之中，名大梵玉字。至赤明開圖，火煉成文，爲赤書玉字。元始以大通神威之力，開廓五文，而生神靈，宣緯演秘而成大法也。

二譯：火鍊成文赤書之後，字方一丈，八角垂芒，覆於諸天下，蔭西元，九天之根，流金之勢。玉光金眞之明，煥耀太空。元始命天眞皇人書其文，名八威龍文。亦曰諸天八會之書。秘於上清玄都金闕七寶瓊臺及紫微上宮蘭房金室東西華堂，九天太霞之府也。

三譯：元始天尊爲道法宗主。玉宸道君爲靈寶教主，撰此靈書，五篇眞文，三十二天玉字成經，名雲篆光明之章。

四譯：漢元封元年七月七日，西王母下降，以此經法授漢武帝。帝亦不曉大梵之言，王母曰：「元始是大羅天人，道君是西那玉國人。天方與神洲之言不同，況大梵之言乎？」遂以筆書之，改天書玉字爲今文。以大梵之言、威儀服御宮名、圖書名色、宮闕、甲子、卦炁、壇式大法之內諸品行用，三十六部尊經，並係漢制世文之語，爲古今之法言也。

五譯：自天眞皇人悉書其文以爲正音。妙行眞人撰集符書，大法修用，眞定眞人、鬱羅眞人、光妙眞人集三十六部眞經符圖爲中盟寶籙，以三十六部眞經之文爲靈寶大法，因此流傳。吳左仙翁授經籙法訣於太極徐眞人。仙翁遺於上清眞人楊君。總其玉清洞眞上清洞玄二品之經法，後世漸有神文，是第五譯也。

自然之文，五譯乃成世書。其〈寶經降世品〉也說：靈書八會，字無正形，由天皇眞人注書其字、解釋其音，以賜太上道君，共二百五十六字。道君再撰次成文，稱爲「大梵隱語」。這當然是靈寶派對他們自己這一派經典之來歷及傳承的一種解釋，因爲所謂大梵隱語，正在《靈寶度人經》中，而且自葛巢甫創造靈寶經及陸修靜增修以來，靈寶一派即有「眞文赤書」之說。五篇眞文，亦屢爲各經籍所引錄。但是，這並不能只視爲靈寶派特殊的講法，前文曾引正一部經籍，可說明此類想法，是各派都有的。《靈寶無量度人上經大法》云三洞四輔皆天書化成，固屬誇張不經，然各派也確然都有經典係由天造的講法。如洞眞部本文類收《太上無極總眞文昌大洞經》，敘經意即云：「始自蒼胡檀熾音，結雲成篆度天人，太玄道父親求授，下方世聞大洞仙經」（卷一）。可見上清派亦有此說。至於三皇文派，《三皇經》曰：「皇文帝書，皆出自然虛無，空中結氣成字，無祖無先，無窮無極，隨運隱見，綿綿常存」，顯然也採用了自然創生說。相信有許多經典都是「天書」❸。

二、虛無氣化而成文

道經係自然創生者。這個觀念在道教思想內部，似乎會造成某些矛盾或混淆。

何以說此一觀念會造成矛盾呢？《雲笈七籤》曾歸納了宋朝以前對道教經典的看法，認爲經教所出，係天尊化爲天寶君，在玉清境說洞眞經；化爲靈寶君，在上清境，說洞玄經；化爲神寶君，在太清境，說洞神經。又云靈寶眞文乃靈寶君所出，高上大聖所撰；三皇經爲神寶君所出，西靈眞人所撰。至於太清部、太平部、太玄部、正一部則皆老君所說。見其書卷六〈三洞經教部〉。可見基本上這些經典仍應以作者創作論來看待。但問題是，道教內部同時又存在這種自然創生說，認爲經典之來源，可能可以是非人力、無作者的創造。這豈不要造成矛盾了嗎？就在《雲笈七籤》同卷之中，便引了三皇經鮑南海序，謂此皇文帝書皆自然虛無中結氣成字者。卷七亦引《諸天內音經》《內音玉字經》《玉帝七聖玄記》《八素經》，論自然之字形成的天書。卷九釋《太霄琅書》《胎精中記》《外國放品經》等，也都主張它們是虛空結氣成文的。那麼，何以又說三皇經是西靈眞人所撰、洞玄經是高上大聖所撰呢？

同樣的，茅山道廿三代宗師朱自英序《上清大洞眞經》時，也混用了作者創作論與自然生成說。他說此經乃「中央黃老元素道君，總彼列聖之奧旨，集成大洞之眞經，故曰三十九章經也」，似乎指此經爲黃老君所作。但接著又說：「此經之作，乃自玄微十方元始天王所運氣撰集也。西王母從元始天王受道。……元始天王又以傳上清八眞、中央黃老君，使教授下方」，是作者爲元始天王，黃老君僅爲述者矣。但在此，他又並不完全守住這個立場，他似乎想以作者創作論爲基礎，消融天然生成說。故中間刪節號處，他插入了「西王母從元始天王受道，乃共刻北玄天中，錄那邪國靈境人鳥之山、閬萊之岫；乃於虛室之中，聚九玄正一之氣，結而成書，字徑一丈，于今存焉」一大段。這一大段吸收了眞文赤書人鳥經的說法，卻把自然氣結成書講成是西王母運氣化成。顯然他是想用這個辦法來處理兩種經書起源觀，而不曾考慮到：此經既已爲元始天王運氣撰成，西王母何必又運氣結而成書？若說西王母運氣成書，字徑一丈，至今尚存；何以又說「中央黃老君隱禁此經，世無知者。故人間地上五嶽天中永無此經」？可見他混用兩種經書起源觀，似乎難以自圓其說。

諸如此類「矛盾」與「混淆」，在道教內部幾乎是隨處可見的。但道教中人及傳授道經者，好像又並不以爲這有什麼混淆、有什麼不對。這是什麼緣故？

一般說來，宗教經典的作者，必然是神聖性作者，因爲它要以作者的權威來聖化經典的意義。因此教主是最重要的經典創作者。教主或自說經、或因感應神的啓示而造作經典。其次則爲先知。先知亦因獲得靈恩故能知道，故亦能有所宣說。道教中，「洞眞之教，以教主天寶君爲迹」「洞玄之教，以教主靈寶君爲迹」「洞神之教，以教主神寶君爲迹」，故三洞眞經皆歸於三位教主所說。至於太上老君，乃是道教最主要的先知，所以四輔都說是老君演說而成。依這個原則，各別的經典，其來歷大體上均能得到解說。故以老子、元始天尊等人名號撰成的經典，不可勝數。另外，如上清經系，則又喜歡用扶乩的方式，强調經書是上聖仙眞（早期的先知），透過某位先知降筆寫出的。

這種神聖性作者觀，本來就具有「作而非作」的性質。寫作經典的人，並不以爲經典是他自己寫出來的，反而認爲是另有一個非自己的神秘力量實際寫出了經文，只不過假手於自己而已。這個觀念本身便强調它的非人爲性質，强調不期然而然的特殊緣會遇合。經典之造作，係應機應運應緣而生；能獲知此一經典，也須有特殊的能力、運命或機緣❹。

順著這個觀念再發展，則不僅一般先知及傳經人只是個傳述者的角色，連教主仙聖也可能只是傳述者，他們所說的經典，可能並非他們所「作」。天地之間，本有其書，他們只是譯成世書，只是「注書其字、解釋其音」罷了。如此，便形成了自然創生說！

據此看來，作者創作說與自然創生說並非眞地對立矛盾，透過神聖性作者觀，確有可能發展出「天書」之說。有個故事很可以說明兩者之間關係的模糊性：《神仙傳》卷七載帛和去西城山學道，事王君：

王君語和大道訣曰：「此山石室中，當熟視北壁。當見壁有文字，則得道矣。」視壁三年，方見文字。乃古人所刻《大清中經神丹方》及《三皇天文大字》《五岳眞形圖》。皆著石壁。和諷誦萬言，義有所不解，王君乃授之訣。

石壁上有文字，是古人所刻經圖。文章寫得很清楚。但爲何帛和看了三年才看出來呢？可見這經文與一般刻石不同，它是在並無文字的石壁上忽然呈現出文字來的。它是否眞爲「古人」所刻，可能都有問題，故帛和又稱此爲「天文」。《道教義樞》卷二〈三洞義〉亦云：「晉時鮑靚學道於嵩高。於劉君石室清齋思道，忽有《三皇文》刊石成字」。這《三皇經》，《雲笈七籤》便說它是自然虛無空中結氣成字者❺。它到底是古人人爲的創作，還是天生自然成就的？這也就是說，基於宗教典籍的神聖性作者觀，可能會發展出作而非作、不知作者爲誰的自然生成經文說。

但爲什麼旁的宗教不如此說，偏偏道教有此天書云云呢？

這可能涉及了道教對神靈或教主的特殊認識。其他宗教中，教主與先知，很重要的一個條件，即是「肉身成道」；或倒過來說，是神靈降生。道教中一般神祇及先知，固然亦有此類，但眞正被視爲三洞教主的神靈，卻是無形無質、在天地之先、不涉肉身的「氣」。元始天尊、太上大道君、太上老君，皆一氣所化，所謂一氣化三清。原本是無，未可執著爲有。故元始天尊等所說經，本質上無異即是氣化成文。且不止教主是氣化而成，凡神靈皆然。陶弘景《眞靈位業圖》即云：「廿四官君將吏，千二百官將吏，氣化結成」，又《登眞隱訣》說：所謂天兵天將，「官將及吏兵人數者，是道家之氣，應事所感化也，非天地生人也。此因氣結變，託象成形，隨感而應，無定質也。非胎誕世人學道所得矣」，對此氣化之理，講得更爲清楚。氣化生神，神無定質，則神所造作之經典，事實上亦是因氣結變，託象成形的。不妨全部視爲天書。

對此，《雲笈七籤》卷六嘗總括其理，云：「三洞所起，皆有本迹。洞眞之教，以教主天寶君爲迹，以混洞太無高上玉皇之氣爲本。洞玄之教，以教主靈寶爲迹，以赤混太無元無上玉虛之氣爲本。洞神之教，以教主神寶君爲迹，以冥迹玄通無上玉虛之氣爲本」。教主只是迹，氣才是本。所謂迹，就是說什麼教主仙眞、三清聖境，「其中宮主，萬端千緒，結氣凝雲，因機化現」，俱屬化名化身。學道者不可執迹而忘本，而宜循迹以得本。

由這個觀點說，講經文是元始天尊所說所作云云，其實也都是權機假名，全屬氣化自然，應機示現。元氣因機化現了諸天神靈天尊；天尊則曰：「吾以道氣，化育群方，從劫到劫，因時立化」，所以又有天尊所出之經矣。以此觀之，無論經典係神靈仙眞所作或自然創生，俱屬氣化，是同一個原理下的產物。故有時並不太容易區分到底是神靈所作，抑或爲天生眞文。

如宋眞宗序《靈寶度人經》說：「太上靈寶度人經者，元始之妙言，玉晨之寶誥」，承認此經爲元始天尊所說。但接著卻又說：「實諸天之隱韻，爲大梵之仙草，八角垂芒，本由於神翰」，這便如陳景元所說：「夫空洞浮光，渾淪未判，大道之將化，故玄文發於中天。元虛無之乍凝，妙氣結乎碧落，字方一丈之廣，勢垂八角之芒，粲粲煌煌，光華暐曄」⑥。元始天尊只是命天皇眞人模寫這些諸天隱書，編成五方靈範，再演成三十六部尊經而已（見《度人經》集注序）。那麼，此經究竟爲元始所作還是自然天文？其實它既是元始之妙言，又是諸天之隱語，《道藏闕經目錄》卷下《道藏尊經歷代綱目》云：「天書雲篆，則元始天尊開其先；寶笈琼章，則道君老君繼其後」，就是這個道理。一氣所化，同屬天文，此道經出世之邏輯也。《上方大洞眞元妙經圖》說得好：

> 太虛無中體自然，道生一氣介十焉。罔極大化乾坤域，龍馬龜書正理傳。

道法自然，氣化流行，即自然地無中生有。道經是物，一切物亦皆如此由虛無中生出。如河出圖、如洛出書，皆不知其然而然，自然便有此物。元始或諸神靈，其實亦如河洛龍馬龜，道經圖符由茲而傳，由彼所出。但眞正的創作者卻是自然，是氣化。

這是一種特殊宇宙觀之下，形成的天書說。其他宗教無此觀念，故亦不易出現經典天生的說法。

三、文字爲文明之本

然而，更值得注意的是：虛無本起，自然成文的天書，往往要經過神靈仙眞擬寫才「演成」經典，故它本身既是經籍，又是經籍之所由生的依據。換言之，無而生有，有此天文；而此天文又可能即是「化生萬物」的那個「一」。所謂：「道生一，一生二，二生三，三生萬物」。道教天書說的奇特處，正是要以這個「一」來講三生萬物。今仍舉《雲笈七籤》爲例。其書卷七〈三洞經教部・本文・說三元八會六書之法〉言：

《道門大論》曰：「一者，陰陽初分，有三元五德八會之氣，以成飛天之書，後撰爲八龍雲篆明光之章」。陸先生解三才，謂之三元。三元既立、五行咸具。以五行爲五位，三五和合，謂之八會，爲衆書之文。又有八龍雲篆明光之章、自然飛玄之氣，結空成文，字方一丈，肇於諸天之內，生立一切也。按：《眞誥》紫微夫人說三元八會之書，建文章之祖。八龍雲篆，是根宗所起，有書之始也。又云：八會是三才五行，形在既判之後。《赤書》云：靈寶赤書五篇眞文，出於元始之先。即此而論，三元應非三才，五德應非五行也。此正應是三寶丈人之三氣。三氣自有五德耳。故《九天生神章》云：「天地萬化，自非三元所育、九氣所導，莫能生也。」又曰：「三氣爲天地之尊，九氣爲萬物之根。」故知此三元在天地未開，三才未生之前也。宋法師解八會祇是三氣五德。三元者，一曰混洞太無元高上玉皇之氣，二曰赤混太無元無上玉虛之氣，三曰冥寂玄通元無上玉虛之氣。五德者即三元所有。三五會即陰陽和。陰有少陰太陰、陽有少陽太陽，就和中之和爲五德也。篆者撰也，撰集雲書，謂之雲篆。此即三元八會之文、八龍雲篆之章，皆是天書。三元八會之例是也。雲篆明光，則五符五勝之例是也。八會本文凡一千一百九字，其篇眞文合六百六十八字，是三才之元根，生立天地、開化人神萬物之由。故云有天道地道神道人道，此之謂也。

氣化運行，天書成文，就是一。一是文，文之中便有三氣五德，故稱爲三元八會之文。這個一、這個文，即天地萬物開立之根，所以又說眞文出於元始之先❼。

若依老子哲學來看，只要講道生一，一生二，二生三，因自然氣運便能生成萬物。根本不必扯上文字問題。「自然飛玄之氣，『結空成文，字方一丈，肇於諸天之內』，生立一切」，『』內文字大可刪去。但道教義理，卻在這個地方顯得甚爲奇特。老子是昌言「信言不美，美言不信」的人，主張去文，要「使人復結繩而用之」；道教以老子哲學爲骨幹，在此則顯然與老子頗爲不同。這是一種文字崇拜哩！

如前文所述，道教人士似乎是認爲：天地萬物皆氣化所生，而氣在化生萬物之際，雲氣撰集，就構成了「雲篆」，形成三元八會之文、八龍雲篆之章，這些文章，即天地人三才成立的開端。宇宙正是依此文而成就爲天文、地文、人文。

這個理論，當然可以有不同的講法。如國字號《玄覽人鳥山經圖》說人鳥山之秘密，是「妙氣結字。聖匠寫之，以傳上學，不泄中人。妙氣之字，即是山容其表、異相其迹，殊姿皆是妙氣化而成焉。」這些天文，其實就是人鳥山眞形圖，故經又引太上曰：「人鳥山之形質，是天地人之生根。元氣之所因，妙化之所用」。這個山，並非眞的山，而是指元氣所出之處，所以又名本無玄妙山、或元氣寶洞山等等。氣化成字，字又是此山之眞形圖，則字當然就等於宇宙之本，難怪經又說：「山內自然之字，一十有一」了。說來說去，一切都還是字❽。說人鳥山之形質，爲天地人之生根，不就是說有文字才能成就天地人三才嗎？九老仙都君、九氣丈人，都要圖畫山形，佩之於肘；天帝也得寫空中之書，以附人鳥之體。眞人、道士，若能備此山形及書文者，便得仙遊昆侖；若修行不負文言，亦能登仙，不必服丹藥或導引屈伸。文之德，眞是大矣哉！

人鳥眞形，是靈寶經系的講法。在三皇文經系中，則帛和在石壁上看到的文字，也包括了「太清中經神丹方及三皇天文大字、五岳眞形圖」。三皇文者，本來就是指天文、地文、人文，五岳眞形圖，則如人鳥山眞形圖之類。《靈寶無量度人上經大法》卷廿一〈五嶽眞形品〉曰：五嶽眞形圖，是三天太上所出，文秘禁重。這眞形圖爲何如此神秘呢？西王母解釋說：三天太上道君曾經俯觀六合，「因山形之規矩，覩河嶽之盤曲，陵回阜轉，山高隴長，周旋委蛇，形似書字。是故因象制名，定名實之號，畫形於玄臺」，又說：「五嶽眞形者，是山水象也。雲林玄黃，有如書字之狀。是以天眞道君下觀規矩，擬蹤趨向，因如字之韻，隨形而名山焉」。顯然這是認爲中國文字應以象形爲主，依類象形；而最先擬象的，就是山川大地，所以，五嶽眞形圖，其實就是最古老的文字，「乃是神農前世，太上八會群方飛天之書法，殆鳥迹之先代也。自不得仙人釋注顯出，終不可知也」（國字號一·洞玄靈寶五嶽古本眞形圖一·東方朔序）❾。

這種最古老的文字，不只有一歷史意義而已，它是「天尊造化，具一切法」，可以視爲一切文的「原型」（universol symbols）。後世一切龍書鳳篆、鳥迹古文、大小篆隸、摹印、署書、蟲書等文字，皆由此演出。而且，不只是人間使用的文字如此，還包括天上雲氣撰形、地上龍鳳之象、龜龍魚鳥所吐、鱗甲毛羽所載，以及「鬼書雜體，微昧非人所解者」，也都由此眞文化出。因此這個「文」事實上又指一切文明文化而言，即傳統所謂天文地文與人文，不僅指文字。《雲笈七籤》卷七引《內音玉字經》說此諸天內音自然生字，生於元始之上，出於空洞之中，「隨運開度，普成天地之功」「其道足以開度天人」，就是這個緣故。

由於一切文明皆由此眞文天書來，所以文字對宇宙事物皆有規定性，「一者主召九天上帝，校神仙圖籙，求仙致眞之法。二者主召天宿星宮，正天分度，保國寧民之道。三者攝制酆都六天之氣。四者勑命水帝，制召龍鳥也。其諸天內音，論諸天度數期會，大聖仙眞名諱住號、所治官府臺城處所、神仙變化昇降品次、眾魔種類、八鬼生死、轉輪因緣。……五方元精名號、服御求仙、鍊神化形、白日騰空之法」，幾乎一切人天秩序，都在這些眞文玉字中得到了規定。

眞文天書具有這種神秘力量，所以同書又引〈本相經〉說元始天尊曾與高上大聖玉帝以火煉此眞文，「以火瑩發字形。當時，眞文火漏，餘處氣生，化爲七寶林，是以枝葉成紫書，金地銀樓，玉文其中」[10]。具體說明了眞文可以化成萬物。不只此也，「諸龍禽猛獸，一切神蟲，常食林露，眞氣入身，命皆得長壽三千萬劫。當終之後，皆轉化爲飛仙，從道不輟，亦得正眞無爲之道」。吃了眞文所化林木上的露水，便能有此好處，眞文爲入道之關捩，可想而知。

洞玄部本文類《洞玄靈寶本相運度劫期經》也提到另一種因文字而不死成仙的方法：洞浮山是三百萬劫都不毀滅的奇境。其間蘭林不衰、鳳鳥不死，因爲林葉上「有天景大混自然文字，九色鳳鳥恒食樹葉。其鳥晝夜六時吐其異音。其鳥鳴時，國中男女皆禮」，故全國人都能活三十六萬歲[11]。其國中又有一火池，池水蔚勃，「形狀有似天景大混之文，國中男女三年一詣火池沐浴身形。故人命壽長遠」。反之，若眞文還收，那就要人命短促、兵革疫亂、濁邪競躁、天下大亂了。

同理，洞玄部本文類乃字號《上清三元玉檢三元布經》也說：「玉檢之文，出於九玄空洞之先，結自然之氣，以成玉文。九天分判，三道演明，三元布氣，檢御三眞。天無此文，則三光昏翳、五帝錯位、九運翻度、七宿奔精。地無此文，則九土淪淵、五嶽崩潰、山河倒傾」「得備其文，則得遨遊九天之上，壽同劫年」。宇宙間最高的神秘力量，似乎就在於此。

總之，這種文字崇拜，是把「道生一」解釋成氣化自然生出文字，而此文字又爲宇宙一切天地人之根本：是創生之本、也是原理之本。能掌握這個根本，就掌握了創生萬物的奧秘，可以上下與天地同流、與道同其終始。不能掌握這個根本，則宇宙便喪失了秩序，顚動不安，從此失去生機；人若離開了創生的原理，人也要銷毀死亡。

這才是道教信仰眞正的思想核心。道教以宇宙爲虛無，但虛無之中，因氣的作用，可以自然生化萬物，諸如《老君太上虛無自然本起經》《太上靈寶運度自然妙經》之類名稱，均可表示這個立場。一旦氣化生物，天之日星、地之河嶽、人之言動即共同表現爲「文」，《文心雕龍、原道篇》所謂：

> 文之爲德也大矣。與天地並生者何哉？夫玄黃色雜、方圓體分，日月疊壁，以垂麗天之象；山以煥綺，以鋪理地之形。此蓋道之文也。仰觀吐曜，俯察含章，高卑定位，故兩儀既生矣。惟人參之，性靈所鍾，是謂三才，爲五行之秀，實天地之心。心生而言立，言立而文明，自然之道也。傍及萬品，動植皆文。

把這種觀念講得再清楚不過了。自然之道，顯現爲道之文。用道教的表達方式說，就是上天垂文，結氣成字，形成自然天書，而一切天地人三才亦皆爲此文所涵蘊所開立。這是中國本有的文字崇拜，與老莊宇宙論結合以後的講法，非老子哲學所含。故宇宙雖屬氣化，眞文始爲「三才之元根，生立天地、開化人神萬物之由」。人如果要進窺宇宙造化之秘，唯一的方法，也是經由文字。

四、以文字掌握世界

史作檉在《哲學人類學序說》一書中曾提到：要探索全人類之歷史文明必須通過對文字的省察來。他認爲：

1.人類在歷史的演進中，會不斷發展其追求終極內容的方法。

2.所以我們可由方法來看歷史。

3.方法有一「三元性之序列」，即單一符號、文字、純形式。

4.其中，又以文字最爲重要。欲觀人類文明，唯有把握文字。因單一符號，並無紀錄歷史之可能：純形式之科學，本身具有反歷史之性質，亦不能與整體之歷史直接關聯。能正面紀錄、成形，並有前瞻性創造之可能者，厥唯文字。整個文明的形成、說明、紀錄與批評，亦皆以文字出之。

5.一切屬於創造或歷史之眞始的問題，也都與文字或文字之創始有直接而必然的關係。故觀史解史的方法性之基礎，在於文字。

6.文字的創造，代表人類以自由而創造的心靈，進行了對「觀念如何表達」的探索。所以，觀察文字如何被創造，也就瞭解了文明創始之眞象。

7.古人亦嘗探究文字之始，所謂探求本義，即在求文字之始之心、求文字得以建立的原則。

8.文之始創，由於不可知的創造性心靈。所以要探究它，便不能求之於已成系統的文字。因既成系統的文字，很難說哪一個字是其他字的原因或來源。

9. 既然如此，便只好推想有一「單一文字」。此即在文字系統尚未建立之前的圖畫文字。彼非系統文字，但蘊涵了我國文字造形之理。

10. 這個理，就是圖象。我國的文字系統，即是一象形性的文字系統。

11. 但上古人類文明都有象形，何以獨我國以象形發展成一系統性文字，並以此形成一偉大的古典文明？可見其象物並不只是單純的依類象形，而必有其所以如此象物的內在性觀念。

12. 古人曾經推究字源，想像文字始創時有穗書、鳥書、龜書、龍書之類。若研究他們所說，可發現其所含之觀念即爲「自然」。自然，可能即是當時所有傳說中，文字得以成立的眞正內在性觀念⑫。

換句話說，史作檉是企圖透過對文字之眞始的探究，來講明初始文明的創造性。他的哲學人類學當然與道教思想不一樣，但是他要說明歷史之眞始眞創時，會想到從文字去掌握；說文字，又推溯到一切甲骨金文系統文字之先的圖畫文字（單一文字）；且云此文字所依之理即是自然。這種思路，卻與道教甚爲接近。我們能不能說：道教之所以要提出這種天文自然創生說，也是基於對歷史文明之創造性的理解與說明？

從道教諸天書眞文的故事面看，這些神話確實悠邈無稽。但它可能是一種對文字及文明創始的理論說明，而非事實描述。正如史作檉所說的「單一文字」，究竟係陶文或其他何種文字，並不重要，因爲「它完全是由於一種理論上的要求而來」。爲了要說明歷史文明之創始意義，道教也用天開文字、自然創生或元始作文等，來說明整個文明如何具體展開。這種文，也不是任何系統文字，但它包蘊了以後一切文字乃至文明的成立之法。它內在性的觀念，也是自然，因此它係於虛無中自然生立。這種文字，「文勢曲折」，或顯現爲一種人鳥山之類的圖形，可見道教也是把「象形」視爲文字的基本理則。

由於這種追究文字之始的活動，乃是人類對其本身歷史的一種反省，希望能對歷史之事實有一理論上的說明，故這種理論的提出，是人文之必然，猶如孔子繫《易》，推造字於伏羲。這些推求，旨非考古，乃在於求創造之幾，因此不能從史迹上看這些理論，而應從其探溯創造之幾的理趣上去了解[13]。一切神話性的說辭，亦均爲一修辭策略，意在强調此不可名狀的創造。藉悠邈荒唐之言，寄其情、闡其義而已。無論史作檉的探求文字眞始之活動，或道教的說法，基本上都是如此。

但是，爲何對文明創造之幾的探索，要由追究文字之始來著手呢？從歷史上看，求始之活動，倘爲人文之必然，爲何其他民族或宗教並不曾發展出這樣的天文說？只有中國本土的道教，才特別凸顯文字的地位與意義；也只有中國的哲學家如史作檉者，才會堅信：「觀史解史的方法性之基礎若在文字，那麼果以全人之方式而呈現其歷史之眞義者，唯中國能之」。這是什麼道理？

這不能不說是中國本有的文字信仰有以致之。文字拜與單純崇拜物信仰不同。它涵有「自然」的觀念，更涵有以文字爲方法以觀史觀世界的方法意識。所以，對文字本身的把握，便是一種方法學的掌握；對文字的理解，其實就等於對世界的理解。而文字的神秘力量，就在於它被認爲是眞正把握歷史文明之創造眞幾的唯一方法；就在於文字之創生，便代表了一切人文（或包括天文地文）創生之理[14]。

五、道教信仰的核心

文字，既爲掌握宇宙創生之理的方法，則道教一切修鍊法門，就幾乎都環繞著這個核心而展開。所謂：「學無此文，則九天之上不書玄名，徒勞爲學，道無由成」（上清三元玉檢三元布經・卷上）⑮。

正一部明字號《上清高上玉晨鳳臺曲素上經》嘗云：「玄都九曲，陵層鳳臺，結自然鳳氣以成瓊房。虛生八眞交會之氣，十折九曲，結九元正一之氣，以成憂樂之辭。……凡上宮已成眞人及始學爲仙者，莫不備修九天鳳氣、玄丘眞書、誦憂樂之曲也。……如是九天鳳文憂樂之曲，皆九天自然之氣結而成焉。靈文表異於空玄之中，經九萬劫，玄都丈人受之於太空，以傳太上大道君，道君傳太極眞人，太極眞人以傳……」。此甚能現顯示天書眞文的方法性意涵。這段敘述，也是許多道經共有的論敘模型。他們大體上都是先解釋某些天生文字的來歷、傳授經過，然後告訴學道人：欲修上眞之道，唯有掌握這套神秘的文字，方能達成。而且這一神秘文字，也只能傳給「宿有玉名，應爲神仙」，已掛名仙籍者；非人人可得；故亦不能妄傳妄泄。否則，洩露天機，必將遭到嚴厲的處罰。

這一神秘天生文字，乃修道人一切隱語、訣辭、畫符的來源與根據。脫離了這個，可說便沒有道教了。正一部明字號《上清外國外品青童內文》卷上說：「上帝玉眞，及五嶽上仙，皆服文而咏音，佩身而修眞。學無此文，則不得遊名山、制六國、卻甲兵、五老之官不衛身形。爲學之本，當勤行五嶽，尋受此文。靈威告應，自得道眞高上妙法，雖不學而仙也」，就是這個意思。

所謂服文佩身，如《靈寶無量度人上經大法》卷十八說：「凡修飛仙之道及滅度之法、尸隱解化、輪轉生死、、隨運逍遙、無拘太陰，當朱書諸天玉字、無量內音，白素佩身，隨文服御」，卷廿一說道士應佩太上三天長存符及靈寶五嶽眞形圖之類都是。指修道者佩帶天文以及由天文演化發展而來的各種文字，便可以辟邪、禳災、召劾鬼神、登眞飛仙。

這些文字，以「符」「訣」「咒」「印」的型態出之。印文，當然是文字崇拜的徵象，正一部聚字號《太上元始天尊說北帝伏魔神咒妙經》卷五有〈神印品〉，自謂其印圖能「伏使萬神、驅邪遣魅、收鬼治病、安國寧家。依法修行，無災不滅，功成道備」，即屬此等。

咒語，是一種神秘的天人溝通訊號。咒者，祝唸也。在施行一切法術時，必須口唸眞言、祝誦某篇特定的文字，才能達成目的。如陶弘景《登眞隱訣》卷下，說修黃庭經法、誦經時須存想體內諸神、呼其名字。「不修此法，雖誦萬遍，眞神不守，終無感效」。其他一切法，大概也都要與特定的咒語相配合。如正一部群字號《元始說度酆都經》就說太上神咒爲「太玄紫煙，三素纏旋，九元開道，明魔眞言，有佩我咒，名入金門……」等八十餘字。在眾生有災時，懂得這篇神咒的人就該「懸繒幡花，轉唸眞文，呼吸神氣，佐助道士治病」。

這些咒語，可能是神的名諱，也可能就是「符」。

《靈寶無量度人上經六法》卷廿八說：「諸天帝玉諱，皆以赤晶之碧字刻之，秘於上清帝宮。乃諸天帝正音，不傳下世。其經中之諱，乃隱名也。皆空洞自然靈章，九和十合，變化上清無量之奧，深不可詳。誦之萬遍，白日登眞」。就是以誦念神名爲修行法門。這些神名，包括天神、身中神、三界百靈之隱名。道經中，記載了無數這類神名資料。各家經派，所述神名諱及寫法，當然頗有差異，但基本原則是一致的。《上清河圖內玄經・卷上・太一秘諱》曰：「凡不受河圖本源、不佩眞字、不識本源太一，……皆不得行大謝。大謝請召，啓告周遍。尊極靈諱內神隱名，不經師受，愼勿妄修。……遇此眞諱，密識心存，動靜潛呪乞願，所求隨心」，可見呪念神名的重要性。正一部既字號《上清太上元始耀光金虎鳳文章寶經》則說明了這些神名秘諱都由天文隱書來，在金虎鳳文之中，「皆署天魔之隱諱，亦標百神之內名。誦其章，則千精駭動；咏其篇，萬妖束形」。

天書眞文也可能以符籙的型態出之。故《上清洞眞天寶大洞三景寶籙》卷上云：「太微天帝君金虎玉精眞符，乃太元上景自然金章之內音也」。此所以道教中，用符之意，與佩眞文誦神名是一樣的，如正一部集字號《上清瓊宮靈飛六甲籙》所說：「有其符，則隱化無方；聞其名，則上補天眞；行其道，則飛虛；駕佩其文，則玉女執巾」。而佩文、唸呪，其實也可能只是服符。以正一部群字號《七元召魔伏六天神呪經》爲例。此書名爲神呪，其實是以符爲主，而以呪用符。其符如：

圖一

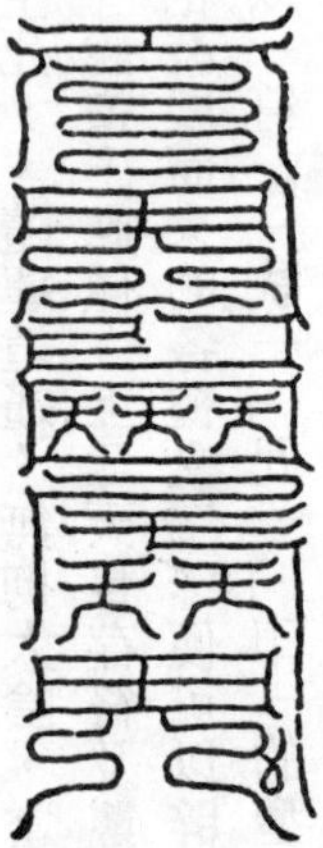

不就是佩文嗎？這些神秘圖形，實係一套文字系統，如天，寫作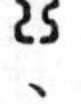、鬼寫作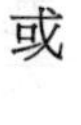或、主寫作、文寫作等等，予以組合聯結，便成一符。如：

圖二

此符即「太上元始敕命火急奔衝三天」幾個字構成的，見《靈寶無量度人上經大法》卷卅四。該經卷三十八說：「天地神靈山川草木人民禽獸星宿日月，凡所有形，皆有符章之篆以治之」，可見符書之用至廣。其文字，大抵係變化古代篆籀及相傳刻符、摹印、蟲書、古文異體而來，加上聚字構形的方法，以致難予辨識，實則並無其他神妙之處⑯。稱之爲符，即有符采之意。《雲笈七籤》卷七〈符字〉及〈八顯〉條記：

> 一切萬物，莫不以精氣爲用。故二儀三景，皆以精氣行乎其中，萬物既有，亦以精氣行乎其中也。是則五行六物，莫不有精氣者也。以道之精氣，布之簡墨，會物之精氣，以卻邪僞。輔助正眞，召會群靈，制御生死，保持劫運，安鎮五方。然此符本於結空，

> 太眞仰寫天文，分置方位，區別圖象符書之異。符者通取雲物星辰之勢，書者別析音句銓量之旨，圖者畫取靈變之狀。然符中有書，參似圖象；書中有圖，形聲並用。故有八體六文，更相發顯。……此六文八體，或今字同古，或古字同今，符彩交加，共成一法，合爲一用。⑰

符是文字的組合，故云符采交加。這些文字，乃道之精氣表見於簡墨者，故又可以合會物之精氣，召會五方之神靈。這時，「符」又可以理解爲符合、符契。道教從張道陵創教、主張考鬼治病以來，就一直是用這種符書在召會神靈、考鬼治病。所以事實上是用文字在考召鬼神、服氣治病、禳度災厄。一切神秘法力，皆來自文字。《靈寶無量度人上經大法》卷三六載發符時要念咒曰：「無文不光，無文不明，無文不立，無文不生，無所不辟，無所不禳，無所不度，無所不成」，其實已把這個秘密澈底點破了。

與符文功能類似者爲上章與投簡。所謂上章，係向天地鬼神上奏摺，以文字申訴乞願。《要修科儀戒律鈔》卷十一說：「上章辭質而不文，拙而不工，朴而不華，朴而不僞，直而不肆，辯而不煩，弱而不穢，清而不濁，眞而不邪，簡要而輸誠，則感天地，動鬼神」，已總括了上章的要點，此法始自天師道，流傳勿絕。陶弘景《登眞隱訣》卷下則與符合論，稱爲「章符」，可見它與符書亦無甚差別⑱。至於投簡，也是利用符字以求長生辟邪，如《三洞珠囊》卷二〈投山水龍簡品〉云：「山居傍水，長生之方，當投簡送名，拜見山水之靈」。對此，洞玄部神符類《太上洞玄靈寶投簡符文要訣》舉了一些法訣，如祝誦曰「飛玄八會，結氣成眞，六十四字，總靈天根，開度生死，朽骨還人……」；又如「右廿四字，主召九天上帝。神仙圖籙，學仙道者，常以本命甲子立春之日，青書白銀木刺，記年月姓名，投於絕巖之下，九年仙官到，便得成眞仙」之類。唸誦或書寫這些文字之所以能使人不死，是因爲道教認爲文字之創生即爲宇宙創生之秘奧所在，若掌握了這始創之眞文，自然就抓住了創生之秘鑰，可以奪宇宙之造化。開度生死，朽骨還人，乃其中之一端耳。故又曰：「有得其法，不學自仙也」（《上清三元玉檢三元布經》），不必再學其他任何法門了。

文之玄奧如此，「反毀聖文，不崇靈章」，當然就成了大罪。即使獲得這個掌握世界之鑰的人，也該注意：「有得明科之身，不得妄與常學談說經文，評論玄古，意通至眞」；「妄示世人，殃及七祖」（《太眞玉帝四極明科經・卷一》）。同時並應謹愼：「有此文者，不得妄令女人及異己坐起其上」（卷四）。

要修眞道，則應寫經。鼓勵寫經，是道教的特色，對佛教影響也極大。日人中村元《東方民族的思維方法》第二篇第十章曾比較佛教在中國與在印度之不同，認爲中國佛教之重視寫經、刻經，超過任何國家，當然也勝於印度⑲。這個風氣，當爲受道教影響所致。陳寅恪〈天師道與濱海地域之關係〉一文，嘗論證天師道與書法藝術的關係，知南北朝最擅長書法的世家，都是奉道世家。他們的書法好，大半即由於常寫道經。如《雲笈七籤》卷一百七陶翊〈華陽隱居先生本起錄〉說：（隱居先生）　祖隆，好學讀書善寫。父眞寶，善稿隸，家貧以寫經爲業」。可見陶弘景家世即善書、常寫道經。故陶撰《眞誥》，搜輯楊羲、許謐、許翽之手迹，也特別談到他們的書法，卷十九：「三君手迹，陽君書最工，不今不古、能大能細。大較雖祖效郗法，筆力規矩並於二王。……掾書乃是學楊，而字體勁利，偏善寫經。……長史章草乃能，而正書古拙，符又不巧，故不寫經也」。他所提到的郗愔，也是擅長寫經的書家。《太平御覽》卷六六六引《太平經》云：「郗愔性尙道法，密自遵行，善隸書，與右軍相埒，自起寫道經，將盈百卷」。寫經促進中國書法藝術的發展，自是無可置疑的了⑳。但道教徒爲何如此勤於寫經？難道不是因爲他們特別看重經文嗎？太平部儀字號《洞玄靈寶三洞奉道科戒營始》卷二〈寫經品〉曰：

經者，聖人垂教，敘錄流通，勸化諸天，出生眾聖。因經悟道，因悟成眞，開度五億天人，教化三千國土，作登眞之徑路、爲出世之因緣。萬古常行，三清永式。結飛玄之氣，散太紫之章，或鳳篆龍書、瓊文寶籙，字方一丈，八角垂芒，文成十部，三乘奧旨，藏諸雲帙，閉以霞扃。使三洞分門、四輔殊統，實天人之良藥，爲生死之法橋。使眾生普超五濁之津，俱登六度之岸者也。凡有十二相以造眞經：一者，金蘭刻文。二者，銀板篆字。三者，平石鐫書。四者，木上作字。五者，素書。六者，漆書。七者，金字。八者，銀字。九者，竹簡。十者，壁書。十一者，紙書。十二者，葉書。或古或今、或篆或隸、或取天書玉字、或象雲氣金章。八體六書，從心所欲。復以總別二門，遍生歸向。總者盡三洞寶藏、窮四輔玄文、具上十二相，總寫流通。別者，或一字一句、或卷或帙、隨我本心，廣寫供養。書寫精妙、紙墨鮮明，裝潢條軸，函笥藏舉，燒香禮拜，永劫供養，得福無量，不可思議。

經文是「登眞之徑路，出世之因緣」，是「生死之法橋」，所以必須刻文或書寫之。洞玄部戒律類所收朱法滿《要修科儀戒律鈔》卷二云：「法橋既架，福岸可登，抄寫書治，於斯見矣。《本際經》云：若復有人，紙墨縑素、刻玉鐫金，抄寫素治、裝褫條軸，流通讀誦，宣布未聞，當知其人已入道分」，也表達了同樣的觀點。我們要特別注意這所謂「徑路」「法橋」所具有的方法性意涵。這與其他宗教把經典之神聖性建立在「神諭」上，實有本質的差異。

六、道門文字教

道教是極複雜的宗教，流傳既久，內部差異也極大。如講丹鼎爐火者，與上文所述之天書信仰、文字崇拜，關係似乎並不緊密。但是，整體說來，文字崇拜可能仍是可以通貫整個道教思想的主線。例如導引服氣，彷彿跟文字無關。然而依天生文字說，天文乃是氣化自然而生，爲三才萬物之本，則所謂服氣也者，其實也就是服此文字所生化之氣。《靈寶無量度人上經大法》卷十九〈五方雲芽品〉對此講得最爲清楚。它認爲五芽氣即生於五篇眞文，要修養丹芽、導引五方之氣，除了存思及咽氣之外，也要服符。至於上清派之存思內視，其關鍵也在於呼念神名。故陶弘景《登眞隱訣》卷上，一開卷即述玄州上卿蘇君傳訣，而且第一則就是「眞符」、第二則則爲「寶章」。文字，在其思想及修行體系中之重要性如何，不難想見。

綜括各經所述。在天地之先、空洞之中，凝結成文，故此文可名爲眞文、大洞眞經、無無上眞等等。此眞文又布覈五方，故又可稱爲五篇靈文、五符、五靈符等等。元始天尊曾以火鍊之，故又名赤文，或赤書眞文。其文乃自然隱秘之音，故又名隱文、隱韻、大梵隱語。

文字始出之際，八角垂芒、文彩煥耀，故又曰寶章、玉字、玉音……。

在道教中，此眞文就是道，爲萬物之本體。蓋大道空洞，其顯相即是文。洞眞部本文類《元始無量度人上品妙經》卷一說：「上無復祖：唯道爲身。五文開廓，普植神靈。無文不光，無文不明，無文不立，無文不成，無文不度，無文不生」，即指此而言。故薛幽棲注曰：「眞文之質，即道眞之體爲文」。成玄英注說得更明白：「眞文之體，爲諸天之根本。妙氣自成，不復更有先祖也」㉑。日月、天地、萬物均由此道體生成化度。另外，道又稱爲文，則是指其涵蘊了一切條理、紋理。

據說這眞文天書共二百五十六個字，分別到三十二天，每天得八字。這八個字，可以「以消不祥，成濟一切」。因爲這是萬物成立的根本，所以若能掌握這幾個隱文秘音，便能「辟逐一切精邪，消禳一切災害，度脫一切生死，成就一切天人」。這就是道士積學修眞的秘訣。有分教：「三洞諸經貴玉音，文章錯落燦珠金。保天鎭地禳災厄，度盡塵沙無數人」（同上·清河老人頌）！

正一派第四十三代天師張宇初的《太上洞玄靈寶無量度人上品妙經通義》卷一列有「太極妙化神靈混洞赤文圖」，可以充分說明這套形上學體系：

圖三

文字是道，則修行體道，唯在守文。文字又成了入道的憑據。此即前文所謂文之方法義。道經千萬種，其旨大抵如是。

順著這種澈底文字化的宗教性格來觀察，我們當然也會發現道教與文學有特殊的關聯。比方說柳宗元「聞凡山川必有神司之，於是作〈愬螭〉，投之江」，或「爲文醮訴於上帝」，豈不是道士上章、投簡之類行爲嗎？文人用文章來祈雨、逐災、驅儺、譴鬼、祭鱷魚、投龍……，道士也用同樣的行爲與文辭來辦這些事。這是用文字在禳祓不祥呀㉒！

又如悼喪葬、祀天地、饗神祇、歌五帝……，本來就都用得著文學作品，如《詩》之頌、楚辭、樂府郊廟歌、神弦曲之類。皆是藉文字的神秘力量，溝聯幽明，通達三界，以致精誠。這種力量，在道教中尤其被充分地發揮了。

例如道教有「步虛詞」。《樂府解題》云：「步虛詞，道家曲也。備言眾仙縹緲輕舉之美」。其實這是道教讚頌樂章之一。其音腔備載於洞玄部讚頌類《玉音法事》等書，旨在飛步乘虛，並不只是描述眾仙之美而已。咏步虛詞，本身也就是一種修行方法，故洞玄部讚頌類《洞玄靈寶昇玄步虛章序疏》謂此經一是建立法體，從理起用；二是示修行方法；三是列十頌以讚法體；第四是散擲廣誦，法法皆正，以示得失流通。在舉行步虛時，又要有焚符於水盂、上香、默跪、啓奏三清、諷神咒……等儀式，可詳洞眞部威儀類《太乙火府奏告祈禳儀》諸書。足見其慎重。但整個步虛詞，實際上仍以天書眞文爲核心。無論道教所用者，或文人擬作，皆是如此。像庾信〈步虛詞〉十首，第一篇就是：「渾成空教立，元始正塗開，赤玉靈文下，朱陵眞氣來……」。第二首是：「無名萬物始，有道百靈初。……赤鳳來銜璽，青鳥入獻書」，第七首又是：「龍泥印玉策，天火煉眞文」。——由此可知，步虛詞是用文字來詠讚天尊及諸仙眞，這種咏讚本身就是修行法門，其文字與天書眞文、與道有同質性。故又可以透過步虛飛玄入妙，與道同流。

這種歌辭，能不能逕視爲文學作品呢？此猶如謠言讖辭，世謂爲「詩妖」。謠讖是神秘的，有預言力量，與一般文學作品未必相同，但其爲詩之一體，卻很難否認。何況鍾嶸說過：

「感天地,動鬼神,莫近於詩」，此類文詞恐怕最能符合這個意義。步虛詞，亦復如此。《樂府詩集》所收郊廟樂章及步虛詞、祓禊曲皆甚多。《文心雕龍》也有〈頌讚篇〉，謂頌爲告神之詞，所以美盛德而述形容。風格必須典雅清鑠。道經中之頌讚，符合這個條件者，正自不尟。《文心》又有〈祝盟篇〉。祝本來就是祀神的禱詞。盟也是「祝告於神明者也」。要找祝盟文學的材料，道教中更有的是。

此非硬要搭截「文學」與「道教」的「關係」。而是要說明：在道教的體系中，我們可看到「文字—文學—文化」的一體性結構。文字，可以演爲文章，文章又通貫於道。道也是文章的根據。在這「無文不明」的結構中，理論上，每位道士都是文人。道士上章、啓奏、盟祝、頌讚、用符、唱名、禳祓，既是一種宗教行爲，同時也可說即是文學活動，《雲溪友議》卷下有一則故事，頗能象徵此義：

> 里有胡生者，……少爲洗鏡鎪釘之業，倏遇甘果、名茶、美醞，輒祭於列禦寇之祠壠，以求聰慧，而思學道。歷稔，忽夢一人，刀畫其腹開，以一卷之書，置於心腑。及睡覺，而吟咏之意，皆綺美之詞，所得不由於師友也。（祝墳應）。

胡生原本是想學道，結果祈祠應驗了：他變成了文人。這象徵了什麼呢？據《樂府廣題》說：「秦始皇三十六年，使博士爲仙眞人詩，遊行天下，令樂人歌之。」秦始皇求仙，可說是歷史上第一個正式的追求不死行動，也表達了道教基本理想。但這第一次，便是在詩樂中登上歷史的舞台。其後曹植〈五遊〉則說要：「徘徊文昌殿，登陟太微堂」。文昌帝君不也是道教的主要信仰對象嗎？

文昌帝君，又名梓潼帝君，爲司命司祿之神，亦爲文章、學問、科考的守護神，在道教中，極爲重要。但這個信仰根本上乃是對文章的崇拜，洞眞部玉訣類《玉清無極總眞文昌大洞仙經》卷二衛琪注曰：文昌者，

> 文者理也。如木之有文，其象交錯。古者蒼頡制字，依類象形。昌者盛也。言天地之文理盛大也。如伏羲則河圖之文，以畫八卦，立三極之道。此經所以推窮三才中之文理性命，皆自二炁五行中出，故文昌星乃土炁所化。坤土之卦辭曰：「黃裳元吉，文在其中也」。艮土之卦辭曰：「生萬物者，莫盛乎艮，成萬物者莫極乎艮」。故周子所謂：陽變陰合，遂生五行。《度人經》云：「五文開廓，普植神靈」，而南上文華，光彩煥爛，故十四章云：「南昌發瓊華」。乃南極長生朱陵上帝、南昌受鍊眞人所治。見有上帝所賜「注生眞君」八角玉印，所謂南斗注生。不言文昌而言南昌，蓋丹天世界，文明之地，梵天所化，是爲南昌上宮。今南嶽衡山朱陵洞天。上應奎軫。始因奎壁垂芒，帝命主持斯文。壁位居亥，專主圖書。奎位居戌。專主文章。蓋奎宿有文彩、壁宿能藏書。昔嬴火之後，於屋壁得古文，故壁之於文，具有功焉。是以文昌宮有東壁圖書府、太微垣中有南斗第五星文昌煉蒐眞君。又有太上九炁文昌宮、文昌上相、次相、上將等星，又有文昌圖，流運以生化文物。是故天地之間，生成變化之道，莫大於此。故曰：「開明三景，是爲天根，無文不光，無文不明，無文不立，無文不成，無文不度，無文不生」等語，實基於此。《易》曰：「物相雜，故曰文」。是以文昌

一經，雜紐不貫，亦如《易繫》云：「變動不居，周流六虛，上下無常，惟變所適。」又曰：「參伍以變，錯綜其數；通其變，遂成天地之文」，亦此義也。故文昌之在世者，乃教化之本源。

由此解釋可知，文昌帝君之名雖來自北斗魁星附近的文昌六星，但實際上業已轉化爲文理昌盛之意，而不再是星辰信仰了[23]。這個文，包括一切文書、文彩、文明、文獻、文章、文物而說。文昌在世，又爲一切教化之本源。道教之爲文字宗教，殆無疑義。後世祈文昌以求開慧、奉文昌以求能文章，不也是前述胡生祈列禦寇祠而能做詩文一類故事的典型化嗎[24]？

因此，綜合地看來，就像文昌帝君是文章科舉的保護神一樣，道教不僅本身表現爲一種文字宗教。其理論、教相也提供了文最大的保證。文既爲體、爲用，亦爲入道之方。文字、文學、文化，在此中綜攝爲一，難予析分。道士用文，其本身也常成爲文學創作者。

對一位文學研究者來說，了解這些當然很有益處。因爲：

一、我們往往忽略了歷史上極爲豐富的道教文學作品，談中國宗教與文學的關係，通常僅能略論禪宗詩偈之類，很少討論道教文學。

二、就是談佛教與文學之關係，我們也常偏重於就佛教如何影響文學及文學家立論；不曉得是佛教進入中國以後，因受中國文化及道教之影響，才產生了轉化，才變成文字的、文獻的、文學的宗教[25]。

三、在思考以上這些文學與宗教之關係時，我們通常是以兩個系統之相互影響關係或互動關係爲思考模式。很少注意到文學本身所具有的宗教性格。文學不只是可「用來」祈禳、盟祝、頌讚、醮訴，它本身便具有宗教神秘力。不只是宗教界利用文學的感性力量，來引人入信，或文人參與宗教活動；而是本來就可因著文字文學的這種宗教性質，形成各種宗教活動。

四、由於缺乏以上這些考慮，也使得我們無法理解宗教間的差異。例如佛教也有唄梵頌讚，也有宣教詩文，也參公案詩偈文字以入道，也有石門文字之禪。但道士女冠作詩文，其意義與僧徒爲文並不一樣。道教係以文爲宇宙萬物之本體，所以是一種根本義的文字教，一切文學活動，亦皆爲因體起用，且可以因文見體。

五、道教所顯示的「文字、文學、文化」一體性結構，自然也能提醒我們：要在中國文學傳統中，偏執「純文學」的觀念，實無可能。一部文學史，其實也就是搖盪流轉於這三者之間的發展。如嚴羽曾描述宋人是「以文字爲詩」；唐朝古文運動，則正面要求「人文化成」，不能僅成爲美文。可見文字、文學、文化，既是一體的，其間又有緊張關係，其辯證發展的歷程，至爲迷人。

六、「文字、文學、文化」的結構關係、文學發展的邏輯，既存在於文學活動本身，也存在於道教這一文化體中。而且由理論上看，道教比一般文學理論家更能深刻掌握住這個原理，並予以說明之。如前引〈太極妙化神靈混洞赤文圖〉，或衛琪對文字、文章、文畫、文明、文物、文獻的系統解說等等，可能比一般文家泛言「文原於道」「文以達道」「文與天地並生」之類，更具理論趣味。欲明中國文化中主文的傳統，勢不能不對道教多加注意。

七、道教既以文字爲教本，又以文字爲教迹。但就其做爲萬物本源的文來說，那是自然虛無混沌中忽然創生的，這種眞文事實上又具有「超視聽之先，在名言之表」（宋眞宗〈靈寶度人經序〉）的性質。它是自然生成的，是不知其然而然，故薛幽樓謂其幽奥不可詳，「忘言理絕」。又說此非世上常辭，故言無韻麗、曲無華婉。這些玄妙天成、自然而生、作而非作、大巧若拙、忘言理絕云云，其實也就是中國文學創作最高之鵠的。文家總愛强調「文章本天成」「風行水上自成文」「天然去雕飾」等等。天書眞文，便是這種最高標準的文學作品之典型。然而，强調自然天成的文學創作觀，必須遲至宋代，方始蔚成風氣。道教之天書信仰，卻在漢末即已成形了㉖。這難道不值得我們注意嗎？

正是：「神仙戲東序，流暉寄文翰」（《上清元始變化寶眞上經九靈太妙龜山玄籙》卷中）且觀神仙，再論文翰！

附註

❶《洞玄靈寶自然九天生神章經解義》卷二：「三寶有三。本經天寶靈寶神寶，分爲玄元始三氣，降於人，爲三田。曰精曰氣曰神。此內三寶也。教有道寶、經寶、師寶三寶，太上三尊也。經寶，三洞四輔眞經也。師寶，十方得道衆聖及經籍度三師。此外三寶也。……又《內秘眞藏經》云：貪行寂滅，塵累無染，戒行不虧，是名法寶；嗔性不起，不憤外塵，定無生轉，是名師寶；癡性無取，無惱無患，慧通無礙，是名道寶。此三寶，非內非外，非聲非色」。

❷董思靖說：「此經直從天地萬化源頭說起，所以不立序分，……非由演說故也。然無序分，則此經又何自而傳？故至此分序出教之因」。序分，是採佛教說經的術語，但解釋並不相同。

❸道教中另有「無字天書」之說。然所謂無字，只是平時看不見字，終究仍會顯示出字來。此外，這種無字

天書乃是眞文天書所派生的次級系統。眞文天書是萬化之本源；偶然在洞窟中或因神緣而獲得的有字及無字天書，則不具有這麼高的地位。

❹ 作者創作所有權的作者，與神聖性作者，係兩種不同的作者觀，詳見本書第一卷第一章。

❺ 《一切道經音義妙門由起》也說：「凡諸眞經，皆結空成字。聖師出化，寫以施行。」這是總原則。各經出世，另有因緣，但都不違背這個原則。

❻ 陳國符《道藏源流考》曾懷疑《元始五老赤書眞文天書經》可能與宋眞宗之奉迎天書有關。一點也不錯。由宋眞宗對《度人經》的序文中即可看出他的天書信仰。

❼ 被視爲道教之本文的，包括三元八會之書、雲篆、八體六書六文、符字、八顯、玉字訣、皇文帝書、天書、龜章、鳳文、玉牒金書、石字、題素、玉字、文生東、玉籙、玉篇、玉札、丹書墨籙、玉策、福運之書、琅虯瓊文、白銀之篇、赤書、火煉眞文、金壺墨汁字、瓊札、紫字、自然之字、四會成字、琅簡素書等。稱爲本文，意謂法爾自然成文，爲萬化之本也。詳見《雲笈七籤》。道教經典，夙以三洞四輔十二類分類。十二類中，第一爲本文類，即「三元八會之書，長生緣起之說，經教之根本也」，第二爲神符類，「龜章鳳篆之文，靈迹符書之字」，大概都屬天書範圍。

❽ 眞天文書，既顯爲文字，同時也常以圖示現。如河圖，固然是圖；洛書，雖名爲書，實亦是圖。這種情況，可以從「文」本身來解釋。文，本爲「文采錯畫」之意。其次，道教也相信「倉頡制字，依類象形」（玉清無極總眞文昌大洞仙經，衛琪注，卷二），故文字即具圖象性。道教喜歡用圖說，且圖文混而不別，殆以此故。據中村元《中國人之思維方法》的研究，中國人重視具象的知覺，文字本身便有具象性，概念之表達，亦往往須依賴知覺表象的說明，且喜出之以圖示。他舉佛教做例子，說明好用圖示，是中國佛教與印度日本不同的特色所在。（徐復觀譯本，第三章第二節，民國四四，中央文物供應社）。其實道教思想更能符合這個講法。

❾ 有關眞形圖的研究，可詳李豐楙《六朝隋唐仙道類小說研究》，民國七五，學生書局，頁五二—五八、

一三四—一三七。唯該文較偏重於眞形圖來歷之考證，並認爲此係古輿圖、道士入山指南、爲山嶽信仰之一端，可以作爲冥想修行之用。

⑩ 用火煉文，是讓文字明晰的一種方法。故李玄眞《上清金母求仙上法》云：「靈寶之文，生乎龍漢。……符圖寶秘，文字幽昧。昔元始火煉眞文，瑩發光芒，文字既顯、吾得曉焉」。至今道教中仍有明礬水寫字，向火烘之乃見字迹之術。

⑪ 道教服符治病驅疫的法術，當即本此信仰而來。通常是書符之後燒化，以水服下，另詳後文論用符。

⑫ 史作檉《哲學人類學序說》，民國七七年，仰哲出版社。特別是第十六章至廿四章。論述甚繁頤，此處係我整理簡化的結果。

⑬ 過去論這些眞文天書，不知此義。總是從依託、僞造、神秘其說以惑世等幾個角度來談宗教史。其荒唐粗陋，自不待言。

⑭ 《寶靈無量度人上經大法》卷一說：我們當明白眞文天書乃「生成之本，總括萬象之元，陶鑄群仙之品，出產仙眞之紐」「爲三洞祖教，生出一切聖人。……三洞之經、四輔符籙，皆因赤書玉字而化。……皆因靈寶大法，化生一切聖人」，說的便是這個道理。

⑮ 一般論者皆認爲道教屬於一種自然靈物崇拜的宗教體系，視一切天地自然現象，如日月山川星辰風雨草木、人體內部器官、人爲世界之營造如門竈等，皆有神靈主之，皆須崇拜之。其實這不是道教眞正精神所在。道教與古之巫覡不同。自張道陵以來，道教就不是祀祭鬼神而是要考召役使鬼神的。如《老子想爾注》即批判神靈附身者爲「世間常僞伎」，又說：「今世間僞伎指形名道，令以服色、名字、狀貌，長短，非也，悉邪僞耳」「天之正法，不在祭餟禱祠也。道故禁祭餟禱祠，與之重罰」「有道者不處祭餟禱祠之間也」。這不是自然靈物崇拜，至爲明顯。原始的日月星辰信仰等，到道教中皆有根本的轉化，納入一個哲學的體系中。此一體系，大致係以自然氣化、氣類感應及五行生剋等思想所構成，故後來道教雖然也講太一、北斗，實際上是在講那一套哲學。這一套哲學才是道教信仰的眞正內容。而在這一套哲學中，「道」

無疑居於首出或核心的地位。可是道教之所謂道，與老莊又有不同，乃以「文」爲道之體及道之用者。所以說文字始爲道教信仰之核心。另詳龔鵬程《道教新論》，民八十，學生，第三章。

⑯ 符書乃摹擬天書而來，天書「八角垂芒，精光亂眼，靈書八會，字無正形。其趣宛奧，難可尋詳」（見《雲笈七籤》卷七引《內音玉字經》），符書也就儘力八角垂芒，形勢宛曲，字無正形。故其難以辨識，並非故弄玄虛。

⑰ 太平部儀字號《洞玄靈寶玄門大義》認爲「八體之文」皆由眞文天書而出，天尊造化，具一切法，後人承用自有先後而已（見〈釋本文〉第一）。這種講法，可以說明道教並不像史家或文字學家那樣，看重文字演變的歷史義，而是著重於文字原理的把握。

⑱ 青詞亦屬上章之類。李肇《翰林志》云：「凡太清宮道觀薦告詞文，用青藤紙，朱字，謂之青詞」。陸游詩有「綠章夜奏通明殿，乞借春陰護海棠」之句。此於後世遂成一特殊文體，明朝顧鼎臣、袁煒、李春芳、嚴訥、嚴嵩等，皆擅長此文體。另參吉岡義豐《道教の實態》第四章。收入《吉岡義豐著作集》，一九九〇，五月書房。

⑲ 見注⑧所引中村元書，第三章第五節。此處用陳俊輝審譯本，民國七八年，結構群出版。

⑳ 《見陳寅恪先生全集》，里仁書局版，上冊，頁三六五～四〇三。

㉑ 見《度人上品妙經四注》本，洞眞部玉訣類。另參砂山稔〈靈寶度人經四注劄記〉，世界宗教研究，一九八四年第二期。

㉒ 另詳本書第三卷第一章。

㉓ 有關文昌帝君的研究，可參窪德忠《道教諸神》，一九八九，蕭坤華譯，四川人民出版社，頁二一二。吉岡豐義《道教小志》，收入注⑥所引書。

㉔ 道教在民間流傳最廣、影響最大的經典，就是文昌帝君《陰騭文》、關聖帝君《覺世眞經》及《勸世文》。文昌帝君又有〈敬惜字紙律〉。《勸世文》中揭示廿四條，一孝、二慈、三忍、四也是敬惜字紙。可見

這種文字崇拜的重要性。配合此一信仰，除文昌帝君之外，另有「制字先師」倉頡的祭祀，各地鄉鎮也都有「惜字亭」。一般研究者以爲這是受儒家的影響，如前引窪德忠書即謂文昌帝君信仰具有十分濃厚的儒家色彩。此不確。儒家固然重文，道教也重文，甚至洞眞部譜籙類《清河內傳》曾載〈勸敬字紙文〉說：「竊怪今世之人，名爲知書而不能惜書。視釋老之文，非特萬鈞之重，其於吾六經之字，有如鴻毛之輕。或以字紙而泥糊，或以背屏、或以裹褥，或以泥窗，踐踏腳底，或以拭穢，如此之類，不啻蓋覆瓿矣。何釋老之重而吾道之輕耶？」所以他希望儒生能效法佛道人士重惜字紙。可見一般社會上的惜字風氣，並非受儒家影響而然。

㉕ 佛教的文學化，詳本書第三卷第一章。中國佛學爲文獻的、文字的宗教，詳注❽所引中村元書。

㉖ 宋代强調自然天成的文學創作觀，可詳龔鵬程《詩史本色與妙悟》，七四，學生書局。道教的天書眞文，若以《靈寶五符》之類爲標準，此類經典至遲出現於齊梁以前。眞文的觀念則在東漢即已形成。《老子想爾注》說：「今世間僞技因緣眞文設詐巧」，便已提到眞文。眞文係與邪文相對而說，「何謂邪？其五經半入邪；其五經以外，衆書傳記，尸人所作，悉邪耳」。可見眞文非一般書記，非尸人所作。另外，《太平經》的天書信仰，詳注十五所引龔鵬程書。

第三章　文學的歷史與歷史的文學：文史通義

——中國史學對歷史寫作活動的思考

中國史學，由經學中分立出來，獨成一類著作與學問，時在漢魏南北朝期間。史纂體例之討論及歷史記載方法之研究，日益詳備，且也成爲歷代修撰史籍時所依據的大原則。綜觀這些原則與方法，我們會發現，史學界的主要思考，其實是有關歷史寫作活動的問題。

由於我國史學，推源於經學，主要是由《春秋》發展而來。《春秋》記事，據說含有微言大義，因此在經學中便有研究《春秋》辭例的學問。說明《春秋》屬辭比事之教究竟是怎麼回事。此即所謂「書法」，亦即歷史記載時記錄的方法。史家未必同意史書應寓褒貶大義，但此等書法已成爲史籍撰寫時之基本規範，史法史例，即由此展開。

這種「以歷史如何記載」爲主要關切點的史學思考，使得史學與文學關係至爲緊密。因爲書法辭例都是就文章寫作而說的，用此書法辭例去敘傳人物、記述時事，即爲史文。文史有時的確很難區分，試看唐人所撰〈柳氏傳〉〈謝小娥傳〉〈吳保安傳〉之類所謂傳奇小說，與正史記傳有何不同?其事爲編正史者所採信，即編入正史中;不能見信，則爲野史稗官。然其爲史一也。《四庫提要》謂:「《穆天子傳》，舊皆入起居注類，……實則恍惚無徵，又非《逸周書》之比，……以爲信史而錄之，則史體雜、史例破矣。今退置於小說家，義求其當」。明確地說明了史與小說混淆難辨的現象，四庫館臣也只能以史文所記載之事是否可信，來判斷史與小說的歸屬、樹立史體的尊嚴罷了。

這裡就可以看出一個問題來:由於文史關係太過緊密，史學上長期存在著如何與文學區分的嚴重疑難。四庫館臣遭遇到的，只是其中一端。其他如:撰寫史文時，基於屬辭比事的需要，必須委請擅長文辭之士執筆;但此類文士能否撰寫合乎史義的文章呢?何種文章才合乎史義呢?爲了表達史家對歷史的觀點、對人物的評鑒，史文又應如何配合，方能使讀史者觀文知意?這些實際撰述史籍時必然會遭遇的問題，每每縈繞在史家胸中。何況，我國史家，常以司馬遷「通古今之變，成一家之言」爲職志。但立言有道，非文辭不爲工。言之不文、行之不遠。文采爛然，是好史書的必要條件。文家撰文，亦常以史著爲模仿學習之對象。凡此現象，均使文史關係複雜難理。各個史家對於這些問題，也各有不同的處理方式。

本文想以章實齋爲例，觀察這位思想家的處理方式，並藉以說明中國史學之特性。選擇章實齋，並不是因爲實齋的《文史通義》是我國重要史學評論書，而是因爲實齋所主張的文史學，恰好能揭露中國史學對歷史寫作活動思考之重點，所謂文史學或文史之通義，正是想處理文史分合的問題，構建一文學的史學或歷史的文學理論體系。觀察這位思想家的思路，重新理解他的問題與解答，是深入中國史學的重要通路。可以讓我們明白，在一個以文字文學爲核心的文化中，史學終必以歷史書寫活動之討論爲重點，而歷史書寫亦終不能脫離文學性。

一、知難之嘆：不被世人了解的章實齋

章學誠實齋之學，晦於當時而聲光赫震於後世。自晚清以來，研究其人與其書，考證篇章、發揮大義者，不知凡幾。然「知難」之嘆，在實齋生前即已有之；現在世人之所以推尊實齋者，也未必便眞能知其用心。

實齋之被推重，一是看重了他對史料的強調。章氏「六經皆史」「盈天地間一切著作皆史也」的說法，到了梁啓超胡適之手上，被解釋爲：「史部的範圍很廣，六經皆史，什麼地方都是史料」（《中國歷史研究法補編》）「一切著作都是史料」（《章實齋年譜》嘉慶三年條）。張其昀則認爲章氏之史學重在「典籍之搜羅」，「言徵集史料之方法，章君所發明，遠較劉君（知幾）爲詳。……言搜羅史料之廣，實爲有史以來所僅見也」。此雖較梁胡所論爲寬，並不僅以史料爲史學。但仍是把章氏之學看成是提倡史料搜集、排比考證以獲得所謂歷史之眞象的典型❶。這個印象，顯然是符合胡適所說「尊重事實」「尊重證據」（見其〈治學的方法與材料〉）及傅斯年所講「有一分材料說一分話，沒有材料就不說話」的科學治學方法之所需，故被拏來當了號召，距實齋學術之眞象，當然也最遠。故姚名達在〈章實齋之史學〉一文中即明確指出：

史雖不離乎史料，而史料終不可以尸史學之名。而胡適先生著《實齋年譜》，釋實

齋「盈天地間，凡涉著作之林，皆是史學」一語，為「一切著作都是史料」，則於史學史料之分際，尚未能深察（國學月報，二卷一至三號，民國十六年）。

史料不是史學。當然。但在民國初年那種狂熱的材料崇拜風氣下，會以史料這個角度來推崇實齋，也是理所當然的事。姚先生責怪胡適於史料與史學之分際未能深察，其實胡適等人正是想以史料為史學的。

以史料為史學，是極狹隘極荒謬的態度，姚名達所駁甚是。然而，他雖不僅就史料搜集與考證這個角度來看實齋，但以實齋為史學，以《文史通義》為我國「史學評論第二部名著」、為「文化史學」而推崇之，是否便能掌握到實齋之學的眞精神？

自北大歷史系招生規定考生須讀《文史通義》以來，該書正是以這種「史學要籍」的身份，為世所重。咸稱實齋「為我國集大成的史學家」，視《文史通義》為「專門討論史法史義以及一切史學問題的著作」（見吳天任《章實齋的史學》）。但是，實齋固然曾討論過史學，固然在〈上朱大司馬論文書〉中說：「乙部之學，近日所見，似覺更有進步，殆於杜陵所謂『晚節漸於詩律細』者」。然而，就像這封信其實乃是討論文學一樣，其用心史學，至少有一大部份原因是為了要寫好古文，故以深於史學為作古文之要件。嘉慶元年三月與汪輝祖書說：「近日頗勸同志諸君多作古文詞。而古文詞必由紀傳史學進步，方能有得」，即是此意。而且，他固然在史部自矜晚節入細，對於文學一道，又何嘗不是如此？他在《文史通義》之外，本有《文學》一書，編於乾隆四十七年，今雖不傳，然其重文之意可見。彼〈與邵二雲論文書〉曰：「於（文章）體裁、法度、義例，殆於杜陵所謂『晚節漸於詩律細』也」

。他於文學，用心顯然不在史學之下。《文史通義》中，如〈文德〉〈文理〉〈古文十弊〉等皆極有關係之文字，與〈史德〉諸篇正相頡頏。可惜世之論實齋者，對於他在文學方面的言論，往往視而不見，忘記了他的書名是《文史通義》，乃通論文史之書，本非專論史學，當時實齋且以「鄙著《通義》之書，諸知己許其可與論文」（〈又與朱少白〉）自喜，今若徒以史學求之，但得其半而已。何況實齋之書又不是論文與論史各半。其所謂文史通義，自有其合言文史之旨，如《文史通義·自序》云：「余僅能議文史耳。……因推原道術，爲書得十三篇，以爲文史原起，亦見儒之流於文史，儒者自誤以謂有道在文史外耳」。此可見實齋是論文史的，嘉慶二年〈與朱少白書〉說：「平日持論，關文史者，不言則已，言出於口，便如天造地設，不可動搖」，可知其於此道之自負。又〈上錢辛楣宮詹書〉云：「學誠從事文史校讎，蓋將有所發明」、〈與孫淵如觀察論學十規〉云：「惟文史校讎二事，鄙人頗涉藩籬」，皆以文史校讎之學自命。這「文史」二字，不是指「文學和史學」。它有特殊的涵義，是實齋用來標識其學術宗旨的特殊名詞，所以邵晉涵說：

> 「文史」字，見東方朔及司馬遷傳，唐宋以還，乃以論文諸家，目爲文史。章君自謂引義徵例出於《春秋》，而又兼禮家之辨名正物，斯爲《文史通義》之宗旨爾（跋〈與陳觀民工部論史學〉）。

可見實齋所欲建立者，並非史學，而是一種文史學。這種文史學之所以成立，則依賴其校讎學的方法，故又名爲「文史校讎之學」。他在《文史通義》之外，著有《校讎通義》與之並行。原因亦即在此。

按：實齋之所謂校讎，與現今一般論校讎學者極爲不同。通常皆以校讎爲版本校勘，綜合群書，比勘其文字篇籍之異同，考正其訛誤，某本多一字、某本少一字、某處誤奪、某處有缺衍，斷斷不已。實齋所謂校讎則不然，乃是「兼禮家辨名正物」的考鏡源流、辨章學術之舉，自以爲能紹劉向劉歆父子及鄭樵之緒遺。彼〈與嚴冬友侍讀書〉自稱：「爲校讎之學，上探班劉、溯源官禮，下該《雕龍》《史通》，甄別名實，品藻流別，爲《文史通義》一書」，說得極爲明白。其子華紱〈文史通義跋〉也說：「《文史通義》一書，其中倡言立議，多前人所未發，大抵推原官禮，而有得於向歆父子之傳，故於古今學術淵源，輒能條別而得其宗旨」。這些話，都清楚地顯示了《文史通義》即是運用校讎之學所得到的結果，其宗旨即在辨名正物，說明學術之源流。其師朱筠《笥河集》卷五〈懷京華及門諸子詩〉第四首「章實齋副貢」有云：「欲殺吾憐總未休，甚都猶爲百綢繆。馮生文史偏多恨，劉氏心裁竟莫收。燕市遊來稀酒客，閩行將絕憶書樓，憑君檢拂殘魚蠹，有意名山著作否？」可見在《文史通義》未出之前，朱氏已經知道他這位高足有此文史校讎之學了。實齋之書，可謂不負師門期許❷。

因此，以史學要籍視《文史通義》及以史家目實齋者，於此皆不能夢見。稱述雖多，徒然誤會其宗旨，冤殺實齋而已。更有趣的，是這些先生們往往把《校讎通義》和《文史通義》視爲兩種不同性質的書，不是說：「其史學思想，則多表現於《文史通義》一書。至其《校讎通義》，就論甄別書籍、部次條別之道，亦即鑑別史料之法也」，就是說：「《文史通義》爲文化史學，《校讎通義》是學術史概論」。更甚者，則如吳天任《章實齋的史學》一書，根本不論其《校讎通義》，宣稱「暫不列入本書範圍」。這樣論實齋，豈能得其根柢？

另一種研究章實齋的路數，是不從史學史的角度來說明實齋對史學的貢獻，而從思想史的角度，把實齋之學放入當時學術發展的脈絡中去看。稱道他能箴砭當時崇尚經學考證的學術風氣，具有思想史的意義。

最早是胡適編《實齋年譜》時，使用了新的體例，把實齋批評戴震汪中袁枚等人的話摘出抄錄，認爲如此，「不但可以考見實齋個人的見地，又可以作當時思想史的材料」（自序）。但胡適對於實齋攻擊戴汪諸人之言辭，不甚欣賞。因爲胡氏本人是擁護戴震等人的，故往往謂實齋「仍有衛道的成見，或尚含有好勝忌名的態度」。後來錢穆《近三百年學術史》及《國學概論》則把章戴衝突的個人性格因素淡化，認爲章氏之所以抨擊戴震，是反對一種以戴震爲代表的學風，亦即反對當時「經學即理學」「由字以通其詞，由詞以通其道」的說法。故由章戴之異同，實齋溯而論浙東學派與浙西學派之異同、再溯而論朱陸之異同，提倡史學經世，謂六經皆史，排比類纂及煩瑣的考證工夫，都不被承認是「著作」與「學問」。

事實上，實齋當時，已有人指他是提倡史學以對抗經學。實齋反對此說，嘉慶元年〈上朱中堂世叔書〉云：「議者頗譏小子攻史而强說經，以爲有意爭衡。此不足辯也。……小子不避狂簡……初不知有經史門戶之見也」。但民國初年有一派學人，因不滿於乾嘉樸學之後裔及復興者所標榜的學風，而頗以實齋之匆同於乾嘉爲借鑑，如張爾田撰〈劉刻章氏遺書序〉，即云實齋與漢學家相對照，有五種不同，故其書不能大顯於時。錢穆的說法，則是進一步從章戴之不同處，逆窺實齋學術的內容，說明其提出浙東學派並寫〈朱陸篇〉的緣故。此固爲思想史之研究，但也是由於錢穆對宋明理學較有好感，故能藉實齋之反戴，反省到戴震所代表之學風可能存在著根本的問題。錢氏之後，余英時推闡其說，最具功力。候外廬〈乾嘉時代的漢學潮流與文化史學的抗議〉一類文章，基本上也沿續了這個思路。

這個思路，當然能夠說明實齋提出某些說法的原因。但是，對學說之所以出現有了說明，不等於就說明了學說的內容。而且，實齋所反對的，除了戴震之外，尚有袁枚、汪中等，嘉慶二年，〈與朱少白書〉論及他與洪亮吉的爭辯，更是明言：「弟辨地理統部之事，爲古文辭起見，不盡爲辨書也」。可見批判戴震所代表之學風，能否做爲他學說中的核心觀點，恐怕大可商榷。他言校讎、論文章，亦非「與戴震對抗」或「以六經皆史，反對經學即理學」諸說所能涵括❸。此外，把章戴對立起來看，更是容易誤會實齋所謂史學經世的意義。

「史學經世」這句話，很容易令人想到致用、實用、切合當世情俗等涵義。所以錢穆便認爲戴震之學是「即聖人六經而求」「主稽古」；「實齋則稱事變、稱時會、稱創制」「主通今」。這種對比是錯誤的，實齋所謂經世云者，絕非此義。他在〈原道中〉講得非常清楚：

> 夫子述六經以訓後世，亦謂先聖先王之道不可見，六經即其器之可見者也。後人不見先王，當據可守之器而思不可見之道。故表章先王政教與夫官司典守以示人，而不自著爲說，以致離器言道也。

乃是主張述而不作，據經稽古，以表章先王之道。其非通今致用、創制應時，語意甚爲明顯。故其云經世，乃述先王之道以訓當世與後世之意❹。其學術型態自然也就是稽古敏求，即聖人六經而求之。在這方面，章戴並沒什麼差別。他們的不同處，非一稽古一通今，而是在於實齋反對其稽古之法（如「由字以通其詞，由詞以通其道」的主張）、也反對只講名物訓詁而不探求義理的作風❺。從反戴震與考證學風這個角度來探論實齋之學者，在這些地方，多乏分疏，其不能知實齋也固宜。

因此，總括近百年的章實齋研究史，實齋所獲者，可謂譽非其實。胡適在《章實齋年譜》出版時，曾經樂觀且自豪地說：「十一年春，本書初版，國人始知章先生」。現在看來，殊不謂然。

二、推原官禮：實齋文史學的基本架構

《文史通義》之倡言立議，既推原於官禮，又自謂著書乃表章先王政教與夫官司典守以示人，則論實齋之學，首應明瞭其所謂官司典守之義爲何。

據實齋說，古代沒有私人著述，周公時代的《官禮》，只是當時政教典章的記錄，其後「官師守其典章，史臣錄其職載，百官以之治，而萬民以之察」，足爲經世之用。孔子也不曾自出著述，只是存周公之舊典而已。到了戰國才開始「官守師傳之道廢，通其學者述舊聞而著於竹帛」，有了私人著述（見〈詩教〉上）。這裡面含有幾個觀念。

一・諸子之學，皆出於王官，亦皆出於六藝。因爲六藝六經即先王政典而爲官師所典守者。「老子說本陰陽、莊列寓言假象，易教也。鄒衍侈言天地、關尹推衍五行，書教也。管商法制，義存政典，禮教也。申韓刑名，旨歸賞罰，春秋教也。其他楊墨尹文之言、蘇張孫吳之術，辨其源委，挹其旨趣，……皆於物曲人官得其一致，而不自知爲六典之遺也」。其

中有得有失，但皆爲先王禮樂之變（見〈詩教〉上下）❻。

二·六藝即先王政典，而爲官司所典守者。《文史通義》一書開宗明義就說：「古人不著書、古人未嘗離事而言理，六經皆先王之政典也」（〈易教上〉）。這幾句話就是〈詩教上〉所講：「古未嘗有著述之事也。官師守其典章，史臣錄其職載，文字之道，百官以之治而萬民以之察，而其用已備矣。是故聖王書同文以平天下，未有不用之於政教典章，而以文字爲一人著述也」。由於這些典籍本身就是當時的政教簿籍，有實際的功能與特定的用途，所以又說它們並非空言、並非離事而言理。此外，這類典籍簿書檔案資料，均由當時實際負責業務的官吏所職掌，所以說是「三代盛時，各守人官物曲之世氏」，屬於世襲的職務掌理人。他們也是王道的具體傳承者。秦朝規定以吏爲師，章實齋反而覺得它能復古道，即是因爲「以吏爲師」恢復了世學官守的性質❼。

三·這種世學官守的六藝，都屬周之官禮。〈詩教下〉云：「自古聖王以禮樂治天下，三代文質出於一也。世之盛也，典章存於官守，禮之質也。情志和於聲詩，樂之文也。迨其衰也，典章散而諸子以術鳴，故專門治術，皆爲官禮之變也」。官禮，即是王者政教典章存於官守者，因其能顯示王者禮治，故曰官禮。當時一切典章皆由官守，所以事實上是「天下之書皆官禮」。到了周公時，集三代治法之大成，「鑒於夏殷而折衷於時之所宜」，所以最爲美備。這些官禮典章，區其大別，可分爲六，則所謂六藝是也。名爲六藝，實則皆爲官禮，「易爲周禮，見於太卜之官。書亦周禮也，見於外史之官。詩亦周禮也，見於太史之官」（皆見〈禮教〉），禮更不待說，也屬於周禮了。比較特殊的，是樂與春秋。〈書教上〉曰：「六藝並立，樂亡而入於詩禮，書亡而入於春秋，皆天時人事，不知其然而然也」。春秋起於王者之跡息；王者之跡息，故「周官之法廢而書亡，書亡而春秋作」。此所以樂與春秋亦仍爲官禮之遺❽。

四．官守之六藝皆爲史。〈易教上〉首揭：「六經皆史」之義，指六藝都是當時王者治世的典章制度，故其性質可視爲當時之史，具體紀錄了當時治績之實況、說明了王者經世的情形。所以說：「三代學術，知有史而不知有經，切人事也。後人貴經術，以其即三代之史耳」（〈浙東學術〉）「賈子嘗言古人治天下，至纖至悉。余考之於周官，而知古人之於史事，未嘗不至纖悉也」（《方志略例．方志立三書議》）。又說：「古無私門之著述，六經，皆史也。後世襲用而莫之或廢者，惟春秋詩禮三家之流別耳。紀史正傳，春秋之流別也。掌故典要，官禮之流別也。文徵諸選，風詩之流別也」（同上），這是因爲書亡而入於春秋，樂亡而入於詩，易則「易象通於詩之比興，易辭通於春秋之例」（〈易教下〉），故六藝之中又只講春秋、禮、詩三家之學。但無論如何，六藝皆史，是從六藝皆官守典章、皆王者治法這個角度說的。

五．六藝皆以經世。六藝皆古先聖王實際用以治世的典章，所以不是空洞的一套理論，而是已徵用於實際生活中，故曰六經未嘗離事而言理、六經切人事。〈易教上〉：「易象亦稱周禮，其爲政教典章，切於民用而非一己空言」、〈書教上〉：「蓋官禮制密而後記注有成法，記注有成法而後撰述可以無定名。以謂纖悉委備，有司具有成書，而吾特舉其重且大者筆而著之，以示帝王經世之大略。而典謨訓誥貢範官刑之屬，詳略去取，惟意所命，不必著爲一定之例焉，斯《尚書》之所以經世也」、〈經解上〉：「古之所謂經，乃三代盛時典章法度見於政教行事之實，而非聖人有意作爲文字以傳後世也」、〈經解中〉：「事有實據而理無定形，故夫子之述六經，皆取先王典章，未嘗離事言理」、〈經解下〉：「《易》乃先王政典而非空言」等等，講的都是這個道理。

六．六藝被稱為六經。〈經解下〉說：「六經初不爲尊稱，義取經綸爲世法耳。六藝皆周公之政典，故立爲經」。這段話，可分兩層說：⑴六經的經字，取經綸之義，謂六藝本係王者治法，故可以經綸人世，〈經解中〉云：「國家制度，本爲經制。李悝《法經》，後世律令之所權輿；唐人以律設科，明祖頒示大誥，師儒講習以爲功令，是即《易》取經綸之意，國家訓典，臣民尊奉爲經」，指的就是這個意義。⑵這些國家經訓，後來被尊稱爲「經」，成爲學術上的經典，則是由於孔門弟子的提倡。〈經解上〉說：「三代之衰，治教既分，夫子……取周公之典章……獨與其徒相與申而明之，此六藝之所以雖失官而猶賴有師教也。然夫子之時，猶不名經也。逮夫子既歿，微言絕而大義將乖，……儒家者流乃尊六藝而奉以爲經」。

七．六經原本都是王者用以治世之器。〈原道中〉云：「聖人即身示法、因事立教，而未嘗於敷政出治之外，別有所謂教法也。……『形而上者謂之道，形而下者謂之器』，道不離器，猶影不離形。……六經皆器也。易之爲書，所以開物成務，掌於春官太卜，則固有官守而列於掌故矣。書在外史，詩領太師，禮自宗伯，樂有司成，春秋各有國史。三代以前，詩書六藝，未嘗不以教人，非如後世尊奉六經，別爲儒學一門而專稱爲載道之書」。言六經爲器之義甚詳。

八．「器」的含義，在孔子之前和之後，頗爲不同。在孔子之前，修齊治平之道，由守官法典之人職掌之並傳授之。其職掌與傳授者，均爲六藝，所以這時是官師合一，道器也合一，即器存道、道寓於器。後世官守典司的政治體制與學術傳統破壞了，孔子等人遂只能據可見之器以思不可見之道，只能即器求道。故〈原道下〉曰：「古者道寓於器，官師合一，學士所肄，非國家之典章，即有司之故事。……後儒即器求道，有師無官，事出傳聞而非目見，文須訓故而非質言」，縱使不致於離器言道，也很可能會執器以爲道，儘在文字上講求，忘了六經原供先王治世之用，本屬國家政教而施用於人倫日常生活之中❾。這是由於時代體制已變，「道不著於器物，事不守於專門，肄習惟資簡策」（〈博約下〉），所以事實上也近乎無可奈何。

九・六經官禮之來源，源出於天，非私人所能創造。〈禮教〉曰：「十朝制度，經緯天人，莫不具於載籍，守於官司，故建官制典，決非私意可以創造，歷代必有沿革，厥初必有淵源。溯而上之，可見先王不得已而制作之心，初非勉强，所謂『道之大原出於天』」「或曰：周公作官禮乎？答曰：周公何能作也？鑒於夏殷而折衷於時之所宜，蓋有不得不然者也。夏殷之鑒唐虞，唐虞之鑒羲農黃帝，亦若是也，亦各有其不得不然者也，故曰『道之大原出於天』也」。

十・官守師傳之道廢，其學流爲諸子百家，乃有私人著述之事，故諸子百家皆古官禮六藝之流別。其後諸子專家著述又衰，則文集興起，文集亦可算是諸子之流別❿。做學問，最重要的，就是弄清楚這些流別淵源，所謂：「深明官師之掌，而後悉流別之故、竟末流之失」（《校讎通義・外篇・和州志藝文書例議》）。整部《文史通義》及《校讎通義》即爲此而作，實齋之學，之所以名爲文史校讎學，宗旨亦在於斯。〈與嚴冬友侍讀書〉自稱：「爲校讎之學，上探班劉，溯源官禮，……甄別名實，品藻流別，爲《文史通義》一書」，其原委綱維，應該這樣來理解。

三、討論流別：實齋論校讎的主要精神

六經均爲聖王治世之典章制度，由官吏職掌，也由官吏傳授。這個觀念導致實齋非常强調周公與孔子的不同。

實齋曾因陳鑑亭批評他的〈原道〉等篇立論不夠新鮮且仍有宋人習氣，而大發牢騷，說：

> 文章以六藝爲歸，人倫以孔子爲極，三尺孺子能言之矣。然學術之未進於古，正坐儒者流誤欲法六經而師孔子耳。孔子不得位而行道，述六經以垂教於萬世，孔子之不得已也。……故學孔子，當學孔子之所學，不當學孔子之不得已。……故知道器合一，方可言學。道器合一之故，必求端於周孔之分。此實古今學術之要旨，而前人於此，言議或有未盡也（〈與陳鑑亭論學〉）。

辨明周孔之分，被認爲是了解學問的關鍵，可見這個問題在實齋學中實居核心地位。依實齋的看法，古代政教合一，治理國家、掌理百姓庶務的官吏，同時也就是傳授各類處理事務之知識的人員。這些知識，由於是爲因應現實生活的需要，逐漸發展而成，所以很難說是由誰創作的；也不可能是先有了一套理論，然後依此理論而規範世事，形成制度。所以說「道之大源出於天」。在這個層次上說，周公也不是作者，〈禮教〉云：「或曰：周公作官禮乎？

答曰：周公何能作也」，就是這個意思。但這些基於現實生活之需要逐漸發展來的知識與制度，到了周朝，已經非常完備了；周公又根據時代之需要，損益舊法，集其大成，創造了一個「郁郁乎文哉」的局面。孔子一輩子在學周公，然因其不能得位施政，故只能教人如何經世治民，本身卻無法治事。於是官師合一、政教合一的結構分裂了，孔子僅能述先王之道，守先待後而已。此即周孔之分，亦古今學術變遷之大關捩。在這個層面上，周公可稱爲制作之聖，孔子則僅爲述聖以爲教的先師。〈原道上〉曰：

> 周公以天縱生知之聖，而適當積古留傳道法大備之時，是以經綸制作，集千古之大成，則亦時會使然。……自有天地而至唐虞夏商，皆聖人而得天子之位，經綸治化，一出於道體之適然。周公成文武之德，適當帝王全備，殷因夏監，至於無可復加之際，故得藉爲制作典章，而以周道集古聖之成，斯乃所謂集大成也。孔子有德無位，即無從得制作之權，不得列於一成，安有大成可集乎？……孔子盡周公之道法，不得行而明其教。……故隋唐以前，學校並祠周孔，以周公爲先聖，孔子爲先師。蓋言制作爲聖，而立教之爲師。

此論周孔之異，極爲明晰。然而這種區分是含有價值判斷的，實齋相信歷史上確曾有過這樣一種官師合一、治教合一的階段，也認爲這個階段學術與現實能徹底結合，所以是最完美的政治盛世與學術盛世。孔子以後，儒者不能得位行道，不但學問變成空談，談著談著，自然也就逐漸有了偏差，添加了太多自以爲是的東西，而有了流弊，所以是學術日衰的世界。故

〈原道中〉說：「韓退之曰：『由周公而上，上而爲君，故其事行。由周公而下，下而爲臣，故其說長』，夫說長者，道之所由明；而說長者亦即道之所由晦也」。

這種講法，頗爲荒謬。實齋這位講史學的人卻有一個怪異的歷史觀。歷史在他看來，是後不如前的兩段式的，在這兩段式區分中，他不但預設了一個古老的黃金時代，供其謳頌；而且切斷了人進入黃金時代的可能性。歷史隔成兩截，截然異質，後人最多只能學孔子：「孔子盡周公之道法，不得行而明其教，後世縱有聖人，不能出其範圍。……蓋君師分而治教不能合於一，氣數之出於天者也」（〈原道上〉）。換言之，後人只能述聖、只能表章先王政教與夫官司典守以示人、只能守先王之道以待後之學者。所以他一面解釋孔子只是一位述而不作的好古之士。「未嘗自爲說也」；一面怒斥後人無知妄作，不能信而好古：「大道之隱也，不隱於庸愚，而隱於賢智之倫者紛紛有見也」（〈原道中〉）。

可是，如果確如實齋所說，道之大原出於天，起於實際生活之需要。孔子以後，諸子百家又豈能不過實際的生活？又豈能不因時代現實的需要而斟酌損益周公之舊法？實齋既肯定「道者，非聖人智力之所能爲，皆其事勢自然，漸形漸著，不得已而出之」（〈原道上〉），那又怎能要求大家只去「述而不作，而表章六藝，以存周公之舊典」？

實齋之所以自陷於矛盾，是由於他太過拘泥於「治教合一」與「治教分立」的兩段式歷史架構。他只想到治教合一階段學術係與人倫日用的現實生活結合，後世學治分立，官師不能合一，所以從邏輯上說，學也就只成爲空言。學者由不跟現實結合的基點出發。「官守失傳，而吾以道德明其教，則人人皆自以爲道德矣，……諸子紛紛則已言道矣，……人各謂其道而各形其所謂，……道德之衰也」（〈原道中〉），越用其聰明才智就越糟，就越會成爲虛談空言。可是，他沒有想到，治教雖分，世遂無典章制度乎？六經倘皆爲先王治教之政典，後世基於現實敷教弼政之需而出現的典制規章，豈不也可視同六經官禮？但若眞如此，則又面將臨嚴復式的詰難：「夫苟如是而已，則桀紂秦政之治，初何以異於堯舜三王？」對此駁難，我們若代實齋回答，自應說：此等典章，雖爲後世人倫日用，然其治法並不合於王道，故其治亦不能如堯舜三代。所以實齋在談三代治法時，必須替所謂王道、所謂三代治法定出一個內容性質的標準來，不能光憑一種形式上的「官師合一」就說三代是王道聖治。何況，治教分立，學者不是官吏、不是王者，也不能立即推論到其學說不能切應於人事。學者是否能得位行道，與他的學說能不能治世實用，是兩回事，實齋混爲一談；且以後世學者不能得位爲王，來規定學者僅能述古，而不能「道其所道而德其所德」（〈原道下〉），實在可笑。

這種形式主義的僵化思考方式，緊密地與他那特殊的歷史觀結合著。認爲歷史在最美好的一刻凝凍住了，周公孔子那時，是個「法積道備於無可復加」「跡既多而窮變通久之理亦大備」的時代。所以歷史的發展性，在實齋書中，就完全被抹煞了。學術，也沒有發展史，僅有流別史或流弊史可說。〈博約下〉云：

> 自官師分而教法不合於一，學者各以己之所私相授受，其不同者一也。且官師既分，肄業惟資簡策，道不著於器物，事不守於職業，其不同者二也。古學失所師承，六書九數，古人幼學皆已明習，而後世老師宿儒、專門名家，殫畢生精力求之，猶不能盡合於古，其不同者三也。

依兩段式架構，爲學術進行區分，然後說前者易而後者難：「夫治教一而官師未分，求知易而實行已難矣，何況官師分，而學者所肄皆爲前人陳跡哉？」⓫在這種比較困難的情況下，學術即不能無流弊：「劉歆所謂某家者流，其源於古者某官之掌，其流而爲某家之學，其失而爲某事之弊。夫某官之掌，即先王之典章法度也；流爲某家之學，則官守失傳，而各以思之所至自爲流別也；失爲某事之弊，則極思而未習於事，雖持之有故，言之成理，而不能知其行之有病也」（〈原學中〉）。後世之學，皆爲古代之學的流別與流弊。學術，在這裡是沒有發展史可言的⓬。

所謂流弊，並不只是指某種學術在流傳過程中有了失誤。實齋之意，是從本質上界定後世學術但爲流弊而已的。後世學術之所以有弊，是因爲諸子在官守失傳的情況下，學術與現實職事脫離，學者僅能「極思而未習於事」，故其言皆不能施行。官師合一的時代既無法恢復，此種限制便不可能打破，學術遂只能是流弊了。〈文集篇〉所謂：「治學分而諸子出，公私之交也。言行殊而文集興，誠僞之判也。聲廣變則廣卑，文愈繁則愈亂」，即是此意。再者，古代官守其學，學指典章制度；後世所謂學者，乃指私人著述立說，其學已非王者制度。故依實齋之見，這也是學術性質的扭曲，「所謂某甲家之學、某乙家之學是也。學因人而異名，學斯舛矣」。已舛之學，焉能不是流弊？

面對這個事實上已經舛亂失弊的學術，實齋認爲唯有詳細說明其流別，使各家之學仍能與古代盛世之學術聯繫起來，讓人仍能循之上追三代古風，才能稍微示人以典型，稍微挽救學術的沈淪。他說：

> 七略之流而爲四部，如篆隸之流而爲行楷，皆勢之所不容已者也。……四部之不能返七略者五。凡一切古無今有、古有今無之書，其勢判如霄壤，又安得執七略之成法以部次近日之文章乎？然家法不明，著作之所以日下也。部次不精，學術之所以日散也。就四部成法，而能討論流別，以使之恍然於古人官師合一之故，則文章之病，可以稍救（《校讎通義．宗劉第二》）[13]。

歷史是不斷發展變化的，實齋也未嘗不知道，故稱七略之流爲四部是「勢」。猶如官師不能復合，也是勢。但實齋的古典主義精神，使他不願認同這個現實，他努力批判四部所代表的學術系統、指摘官師不復合一的時代，想用七略的體系，亦即以「諸子出於王官」的系統，來綜攝一切學術文章，並勾勒一幅三代官師合一的聖治之世，以供人仰望、以對抗他所身處的時代。

欲明學術之流別淵源，以復古道。先生之志則大矣，無奈這種想法存有太多困難。特別是他在這裡顯現了強烈的權威主義（authoritarianism）性格，更是糟糕。

四、以遵王制：實齋學中的權威依附性

實齋嚮往一個治統與教權合一的境界。且認爲周公或孔子以前均符合這個景況；孔子以後，學者無官位，學術便只能是空談。此說乍看之下，是能將學術從故紙堆中解放出來，呼籲學者治學應該要能與現實結合，須切應於人事。但事實上他是解除了學者的著作創造之權，

把學術明晦的關鍵，放在能否做官施政上。所謂：「有德無位，即無制作之權，空言不可以教人，所謂無徵不信也」（〈原道中〉）。縱使是孔子，也只能述先王之道，以守先待後，不准創作。

這不是描述性的語句，而是規範性的。無位而作，被視爲侵犯了王者的權威，不可寬貸，故〈易教上〉諄諄告誡曰：「若夫六經，皆先王得位行道，經緯世宙之跡，非託於空言。故以夫子之聖，猶且述而不作。如其不知妄作，不特有擬聖之嫌，抑且蹈於僭竊王章之罪也，可不愼歟？」

順著這有位乃能制作的觀點，他批判兩種現象。一是後世稱爲「經」的書，如《墨經》《道德經》《南華眞經》《山海經》《難經》《茶經》《棋經》之類，謂此皆官師既分之後，僭居其名，猶如「妄竊帝號」者然。〈經解中〉說：「蓋自官師之分也，官有政，賤者必不敢强干，以有據也。師有教，不肖者輒敢紛紛以自命，以無據也」。對此現象，他是深表不滿的。其次，他也反對儒者擬經，如揚雄擬《論語》作《法言》、擬《易》作《太玄》，「人知謂僭經爾，不知《易》乃先王政典而非空言，雄蓋蹈於僭竊王章之罪。」像揚雄這樣的人，實齋皆謂其得罪名教（〈經解下〉）⑭。

儒者擬經，竟然犯了僭竊王章的大罪。這個論點，實在是令人咋舌的。他似乎並未考慮到硬把學術跟政權如此緊密地扣合在一起，可能會形成對學術獨立性的嚴重扭曲。而且，由於他一力强調治統、强調官守、强調權位，結果就使得他對政與教的發展，有了截然不同的論斷。

據其兩段式歷史區分，實齋謂三代之學因能與政事結合，故極昌盛；孔子之後，官師合一的體制，勢不能不分，所以學脫離了實際政事，僅成空言、僅成流弊。但在「政」這一部份，實齋卻不如此看。脫離了學、脫離了教的治統，並不被認爲就是偏差或不好的。這些後代的典章制度，竟然也和六經一樣，具有同樣的性質和地位。〈史釋〉曰：

> 後世之去唐虞三代，則更遠矣。要其一朝典制，可以垂奕世而致一時之治平者，未有不於古先聖王之道得其彷彿者也。故當代典章、官司掌故，未有不可通於詩書六藝之所垂。

當代政典，竟可通於六藝。這個講法的背後，存在著的，正是實齋對王權的敬畏歆慕之情。因此，說到底，他講什麼三代、溯什麼六藝，其實都只是在表述他的「尊王」心態罷了。〈經解中〉明白指出：

> 制度之經，時王之法，一道同風，不必皆以經名。而禮時爲大，既爲當代臣民，固當率由而不越。即服膺六經，亦由遵王制之一端也。

他是因爲要遵王制，所以才服膺六經。依這種心態來論六經，自無怪乎他要痛罵學人擬經，而主張王者才有制作之權了。在實齋眼中，古代的王者所規定之典章制度是經；現在的王者治法，當然也是經，雖不必皆冠上經的名稱，事實上是一樣的。對於這些王者治法，他毫無批判反省之力，只認爲應該遵守。甚至說：「唐人以律設科、明祖頒示〈大誥〉，師儒講習以爲功令，是即《易》取經綸之意。國家訓典，臣民尊奉爲經，義不背於古也」（〈經解中〉），直以唐明諸朝之典章功令爲經，而未思彼大誥律科等，果然合於義理之正否⓯。如此服膺六經，顯然也不是因爲六經有什麼至言眞理值得誦守，而是以經典爲王者之制度，故宜遵循王制而已。其論六藝，翻來覆去，只在辯明經藝皆爲官守王制，於其內容則甚少觸及，王者治世教民究竟應以何者爲義理之所歸，並未闡發。此蓋由於他是以服膺六藝爲遵奉王制之一端，所以也只能從這一點來掌握六藝。至於舊王時主之典制是否能合理地治世，則非其所欲問。

實齋之所以有此心態，可能跟他的氣質與遭際有關。他半生遊幕，橐筆依人，以此爲生涯，亦以此爲志業。早在乾隆廿九年他廿七歲時，便曾在〈與甄秀才論修志書〉中自稱：「丈夫不爲史官，亦當從名公巨卿，執筆充書記，因得論列當世，以文章見用於時，如纂修志乘，亦其中之一也」。其後旅食四方，眞的是以充名公之書記及任方志之編修爲業。其志原本不甚遠大。對於名公巨卿，尚且服膺敬慕，願執筆爲其待從；則王者之朝章典制威儀，當然更能令他傾仰。所以，對權威者的服從，在實齋看，是頂重要的事⓰。其〈湖北通志凡例〉嘗云：

> 志爲國史取裁，而守土之吏，奉承詔條，所以布而施者，如師儒之奉聖經，爲規爲律，不容以稍忽焉。故皇言冠全志之首。

這種體例，他附會於《史記》，謂「司馬遷侯國世家，亦存國別爲書之義，而孝武三王之篇，詳書詔策，冠於篇首。王言絲綸，史家所重，有由來矣」（〈和州志皇言紀序例〉）。但《史記》何嘗將當代詔令獨冠史前？在敘述諸帝時因涉及政策說明，錄存詔策，是史籍應有之義；別立〈皇言紀〉則爲實齋的獨見。即在實齋本人，亦知《史記》無此義法，所以又拉上歐陽修等來壯膽，說：「遷固而下，本紀雖法春秋；而中載詔誥號令，又雜尚書之體。至歐陽修撰《新唐書》，始用大書之法，筆削謹嚴，乃出遷固之上，此則可謂善於師春秋者矣。……是以恭錄皇言，冠於首簡，與史家之例，互相經緯」（〈永清縣志皇言紀序例〉）。換言之，在「方志之體，崇奉所尊」的信念下，他藉口於方志與正史不同，故可以變通史法，獨載王言。且自詡此舉可以與正史相經緯。此等苦心孤詣，無非是強調權威宜尊、王制宜遵罷了。

此外，更應注意的是：在他這樣一位遊幕文士的心目中，權貴者是他依賴與信從的對象；而其生活周遭，相與揖讓俯仰者，亦無非此等官胥僚屬。因此，他其實是以明清的胥吏政治去想像三代之學術狀況。

實齋所描述的三代政教，是個官守謹嚴、職掌分明的世襲官僚體系。據他說，這個體系，甚爲周備繁複，「法具於官而官守其書，觀於六卿聯事之義，而知古人之於典籍，不憚繁複周悉，以爲記注之備也」（〈書教上〉）「三百六十之官，體大物博，學者不能悉究」（〈禮教〉）。漢朝以後，則已不能具其官，故文章典故，亦散亂而無成法。——此說雖能使人發思古之幽情，然而研究官僚制度史的人都知道，官僚制度，是高度理性化的結果，係在歷史中逐步發展而成的，怎麼可能在周朝以前美備周悉，後來反而荒略殘闕？實齋這樣的描述，其實是反歷史的。而其所以如此，則是由於他對權威以及權威體制所繫之官僚制度，特所關心，故逕以當時之職官吏胥情狀，去想像揣摩三代的王道治法。例如「胥曹所奉行者，不過以往之舊牘、歷年之成規」（顧炎武《日知錄．吏胥條》），實齋也就認眞地以爲三代官守舊牘規章，即可用之以治民察物，且謂教與學亦皆以此爲內容：「司徒之所敬敷、典樂之所咨命，以至學校之設，通於四代，司成司保之職詳於周官。然旣列於有司，則肄業存於掌故。其所習者修齊治平之道，而所師者守官典法之人」（〈原道中〉）。全未考慮到：此類實際辦業務的胥吏職官，依據掌故成例、檔案公牘處理民眾日常庶物，能談得上就是修齊治平之道嗎？誤以辦公文、擬代草爲經世之大業，正是實齋這類遊幕文士與吏胥僚員才會有的觀念。

在實齋同時，「亦以遊幕著者，有安吳包世臣愼伯。初客朱竹君皖署，適實齋初刻《文史通義》之翌年也。嘉慶辛酉，成〈說儲〉上下篇。是歲實齋卒。〈說儲〉主改書吏名爲史。謂史者，所以繕行文移、檢校簿書，習土而明風俗，近民而究情僞。漢魏以前，皆出身辟舉，傑才間出，每至公卿。唐宋以還，屛爲流外，絕進身之望，去代耕之祿，然而居其地以長子孫，故紳無世家、官無世職，而胥吏承襲，遍及天下」。錢穆曾指出，包世臣這個意見，可能是受到實齋的啓發⑰。是否如此，當然無法斷言。但從包世臣改吏爲史，且將公卿和吏胥通爲一體的說法，來看，我們就更能理解實齋說官守六藝皆史是什麼緣故了。〈史學例議下〉說得好：

> 周官五史，謂太史掌建邦之六典、八法、八則之文書以貳六官，小史掌侯國記錄之事，內史掌書外令，御史掌王命贊書。是大史小史所掌，即如近世閣部之文書檔案與內外揭帖章奏，而內史、外史、御史所掌，即如科鈔、閣鈔與翰林中書所撰誥敕。

……五史所掌，不過如後世之科鈔、檔案、揭帖、文書。

他說的這些史官，其實也就是後世的胥吏、包世臣所說的書吏，主管文書檔案者[18]。而後來被稱爲六經的，正是把這批文書檔案，予以彙輯撰著之而已。故曰六經皆史[19]。實齋此說係由清朝實際的吏政中擬構而來，可算是極其明顯了。

五　述而不作：實齋反歷史主義的史觀

從名公巨卿執筆充書記，或爲職官僚胥辦文書，其寫作均與一般文學創作活動不同，因爲作品都不代表作者（實際執筆人）發言，而是代表名公巨卿、代表政府在說話。這個特殊的寫作情境，也使得實齋重新思考到「私人著述」的問題。

如前所述，實齋强調「古人不著書」「古未嘗有著述之事」「古無私門之著述」。蓋官師合一，一切經典法制皆起於實際治民敷教的需要，亦皆爲公眾生活之所有，沒有人會「矜其文辭而私據爲己有」。只有官師分立後，文辭學問才屬於個人，才會有人爭藝術之巧、居立言之功，成私人之著述。前者言公，後者學私。實齋對此公私之辨，甚爲在意，集中一再申言：

△夫爲治爲察，所以宣幽隱而達形名，布政教而齊法度也，未有以文字爲一家私言

者也（〈經解上〉）。

△道，公也；學，私也（〈說林〉）。

△波者水之風，風者空之波，夢者心之華，文者道之私。止水無波，靜空無風，至人無夢，至文無私（同上）。

△道不可以空詮，文不可以空著。三代以前，未嘗以道名教，而道無不存者，無空理也。三代以前，未嘗以文爲著作，而文爲後世不可及者，無空言也。蓋自官師治教分，而文字始有私門之著述，於是文章學問，乃與官司掌故爲分途，而立教者可得離法而言道矣。……學者崇奉六經，以謂聖人立言以垂教。不知三代盛時，各守專官之掌故，而非聖人有意作爲文章也（〈史釋〉）。

△集之興也，其當文章升降之交乎！古者朝有典謨，官存法令，風詩采之閭里、敷奏登之廟堂，未有人自爲書、家存一說也。……夫治學分而諸子出，公私之交也。言行殊而文集興，誠僞之判也。聲屢變則屢卑、文愈繁則愈亂（〈文集〉）。

在實齋看來，三代道公言公，戰國諸子出，始有私家著述及專門名家之學，文章學術乃爲私人所據有。魏晉以後，詞賦不復爲專門之學，文人乃有別集。把雜七雜八的文章，拼湊成集，沒有什麼宗旨可說，徒炫文辭而已，所以就更不堪了。在這樣的區分中，「道、公、無意於文、官守施政、非空談」「學、文、私、僞、離事言理、空談、有意爲文」是涇渭分明的。

實齋反對或批判私人著作的立場，在此表露無遺。藉著這樣一種歷史區分，他更企圖提倡一種「述而不作」的寫作態度及方法。例如孔子述古先聖王之道、戰國諸子述其宗師之言、漢代經學家述其師說，都是述而不作的。述者一方面抱殘守缺，發明前聖之緒言；一方面推衍變化，以致「不復辨爲師之詔與夫徒之所衍也」（〈言公上〉）。其創造即存在於因襲之中。

因襲，是實齋論文史之要義。他指責一般人批評司馬遷裁裂《尚書》《左傳》《國語》、批評班固盜襲《史記》，都是不通文理之談。因爲「因襲成文，或稍加點竄，惟史家義例有然」（〈言公下〉）。而這種義例，亦可推之於其他方面，所以說「修辭不忌夫暫假」「著作之體，援引古義，襲用成文，不標所出，非爲掠美」「李廣入程不識軍，而旌旗壁壘不新焉。固未嘗物物而變，事事而更之也。知此意者，可以襲用成文而不必己出者矣」（〈說林〉）。

文家論文，每怵他人之我先，強調「辭必己出」。實齋反是。他不僅認爲文可以不避因襲、因襲之中也可以有創造性、只要具有「志識」及能力，即使是因襲也能面目一新。更直接以因襲爲文章之通例，批評固執私有著作權之觀念者。

故其論史，有點竄、史刪之例。〈釋通〉謂：「古人著書，即彼陳編，就我創制，所以成專門之業也」，這種辦法，他依孔子「刪述六經」之名，稱爲史刪。史刪之義，原屬史學所特有，所以〈與陳觀民工部論史學〉云：「文士撰文，惟恐不自己出；史家之文，惟恐出之於己，其大本先不同矣。史體述而不造」。此類刪述之中，固然可以有創造性，陶鎔變化，略施點竄而壁壘一新；但也可以純任因襲，「以因襲之文爲重者，如班氏資〈洪範〉於劉更生，沈約襲垂象於何承天，豈班沈之學，勝於劉何？然不自爲功，而因長見取，亦史家之成例」[20]。

然此史家之成例，實齋又並不以爲只適用於史著，他想將它推拓到一切文章寫作上去。因爲刪述點竄代表了文章常是因襲損益、聚眾爲功的，有非個人化的傾向，史家有此義例，文學何獨不然？如請友人潤色其文，或寫作時互相討論商定，均乃是極爲常見的事，作品並不只是某一個人獨立的創作，所以也不應只屬於某一個人，故曰：「文辭非古人所重，草創討論，修飾潤色，固已合眾力而爲辭矣，期於盡善，不期於矜私也。丁敬禮使曹子建潤色其文，以謂後世誰知定吾文者，是有意於欺世也」（〈說林〉）。又莊子改鳳兮歌、魏武用小雅詩、梁人增減古隴頭歌辭、韓愈刪改盧仝月蝕詩，皆摘錄選用古人文句以成己作，「義取斷章，歌古人詩，見己意也」（〈言公下〉）。他稱此爲點竄之公。亦即以點竄、刪述、賦詩斷章等方式，構成了一種文辭彼此複寫、互相指涉的狀況。這種狀況，實齋認爲才是文辭寫作的常態與正道，所以他是少數反對漢魏以來即已逐漸確立的「所有權式作者觀」的思想家，〈言公〉三篇，殆即專爲發揚此傳述型態的書寫活動而作。

〈言公下〉曾歷舉十種傳述型態的書寫活動。一是制誥之公，指史官記言及詞臣代擬王言。二是館局之公，謂群工集事、共同編修纂集。三是文移之公，即官府文書卷牒，「遣言出自胥吏，得失歸乎長史」，發文的署名者，通常不是眞正辦文稿的人；而文稿本身也不會只出自某一吏員之手，乃是層層核稿而成的。四爲書記之公，是幕客僚屬代府主捉刀之作。五募集之公，係招募賓客，集編成書，如《呂氏春秋》《淮南子》之類。六樂府之公，作者多屬無名氏，其本衷及作歌初意皆渺不可考。七點竄之公，辭人刪述改竄古語或賦詩斷章，以致他人言語，竟能符我衷懷。八擬文之公，指各種擬古與託古之作。九假設之公，即各種假設問答，如烏有先生無是公之類㉑。十制義之公，指科舉制義時，考生代聖立言，揣情摩意，設身處地，是擬他人而非以執筆者本人的立場說話。

凡此十類虛擬代筆、引述改竄及聚衆爲功的寫作型態，過去在「言必由衷」「辭必己出」「自道心中事」的所有權作者觀底下，長期遭到漠視甚或飽受譏議。實齋獨能歸納整理並予以揭表之，厥功甚偉。他不但認爲此等書寫活動才能代表文辭不屬於書寫者個人私產的公有精神，也據此反駁所謂「作僞說」。

在所有權的作者觀中，「作品」爲製造該作品者所有。如該作品後來被人冒用、改寫竄亂，則稱冒用及改竄後之作爲「僞作」。又若該作品本非某甲作，而竟宣稱爲某甲所有，亦屬盜襲作者之名的僞作。但是，有許多文章本來就難以確知作者爲誰某、有些則本來就雜出衆手，它們都無法以所有權式作者觀來評論；王言代草及書記擬稿，更是現實上的制度規定，也不能斥之爲盜襲與冒用。至於師弟講習，有時某些觀點即出於討論所得，非師或弟個人之獨創；而弟子承述發揚師說，也很難講弟子就是冒襲剽竊；弟子宣稱其學說即爲師說，更不能視爲作僞。章實齋正確地注意到這類現象，並指出其書寫方式雖異，但均具有「作品」與「作者」分離的性質，書寫者並不認爲即擁有作品的所有權，作品的文辭與意義亦均不能由書寫者本人壟斷，它是在時間之流與空間存在上任由參與者修改、增補、摘用以及理解的。此所以是「公」而非「私」。

《文史通義》中，這個觀念才是眞正反乾嘉樸學的關鍵。

因爲清代考據學是以辨僞方式展開的，其主要方法與態度也是辨僞。

考據學，是基於要確定經典的義理，以矯理學家空談之弊而興起的。回歸經典，是其理想；其方法則是辨僞。蓋經典成爲義理之源與檢驗某一學說是否合理之準據時，經典本身是否爲一可信的依據，便成爲第一個必須確認的事。然後才是去考察某一學說是否合於經典所言。例如：依《古文尙書》「人心唯危，道心唯微，唯精唯一，允執厥中」，各家有不同的論述。評判這些論述是否合乎經典之語意脈絡，依據的是「由字以通其詞，由詞以通其道」的字詞訓詁、名物制度考證等方法。但若該段經文、甚或該經典原本就不是聖典，而是後人所杜撰的，那麼，這些論述就全部瓦解了。反之，也只有先確定了經典的經典地位後，字詞訓詁才可以施其技。因此，考據學的根本核心在於辨僞。不僅清朝初中葉如此，晚清民初胡適梁啓超等重新發揚乾嘉樸學的治學方法，也仍然是以辨僞爲主，只不過把辨僞書推及於辨僞事罷了。《古史辨》以幾十封討論要編《辨僞叢刊》的信函發端，正可以見其影響音息。

如此回歸經典，固然含有聖典崇拜的精神，也使學風由理學之講論轉而爲經典之研究，但其治經其實是治史，不但蘊涵一種歷史主義的態度，抑且已以史學代哲學[22]。

所謂以史學代哲學，是說他們在判斷某一學說是否合理且有價值時，並不從其理論意義上看，而是從它是否合於經典所說來評判；在討論一本書是否有價值時，也只論其是否確爲歷史上某人或某時代所作。這種檢查，之所以重要，即因他們堅信唯有如此才能建立一個可信的歷史。這個歷史，乃是清晰穩定的，某人某書某事在某時代，絲毫不可紊。若某書只應在甲時代，而竟弄錯了，誤以爲是乙時代的書；某書號稱是某甲所作，而原是乙代撰或刪補，均犯了淆亂歷史的罪過，屬於僞造作假。辨別僞書僞事，即爲一歷史之還原工作。清朝初年萬斯同辨《周禮》、黃宗羲辨《易圖》、姚際恆辨《周易·十翼》、閻若璩辨《古文尙書》……，做的都是這類工作。其後乾嘉諸儒一方面以訓詁名物之法，繼續研探已確定爲聖典的經籍，一方面直接進入史籍史事的考證，正是因爲辨僞本身即爲一史學方法。錢大昕王鳴盛等治史，皆倡言「經與史豈有二學哉」（錢序《廿二史箚記》）「讀史之法，與讀經小異而大同」（王序《十七史商榷》），指出了當時治經與治史只是材料對象的不同，而非方法的差異。乾嘉考據由經典延伸到史籍史事，材料對象擴大了之後，則更讓他們恍然大悟，原來他們對經典本來就是以史籍視之的。考證辨僞，本來就是歷史主義式地企圖考索並還原「歷史眞象」以及古書之原貌、定本。彼以此治經，亦以此治史，豈有二學哉？

實齋的「六經皆史」說，即是在這樣的思想脈絡中發展而成的，係由錢大昕「經史無二」「春秋尙書爲史家權輿」的講法，進而言六經皆史[23]。但對於「史」的性質，實齋卻有與乾嘉主流學風完全不同的見解。

例如他說古代「諸儒著述成書之外，別有微言緒論，口授其徒，而學者神明其意，推衍變化，著於文辭，不復辨爲師之所詔與夫徒之所衍也。而人之觀之者，亦以其人而定爲其家之學，不復辨其孰爲師說、孰爲徒說也」（〈言公〉上）。這時，所謂的歷史，便不只是存在於史籍裡的記載，尙有口授微言的部份，非文辭可見。故如錢大昕王鳴盛那樣，參稽史料以考辨史籍的工作，可能就不那麼重要了。其次，已寫定的書，也許曾經好幾代人增飾潤色、推衍變化而成，很難說它代表的是師那一代還是徒這一代，如此一來，考證辨疑以確定「古書眞僞及其年代」也不太需要了。研究歷史，不是歷史主義式地還原客觀歷史的眞相，而是徹底了解到：所謂的歷史即是在流變之中，因襲損益、推衍變化才是歷史的眞相。

由於歷史本來就應該是流變的，歷史事物本來就是因襲損益而成。故我們不能獨擅製造者之名，以作品爲我們的私人所有；也不能把附益沿襲說成是盜竊造僞：

△至戰國之人，而述黃農之說，是以先儒辨之文辭，而斷其僞託也。不知古初無著

述，而戰國始以竹帛代口耳，實非有所僞託也（〈詩教〉上）㉔。

△諸子思以其學易天下，固將以其所謂道者爭天下之莫可加，而語言文字未嘗私其所出也。……莊子〈讓王〉〈漁父〉之篇，蘇氏謂之僞託。非僞託也，爲莊氏之學者所附益爾。……故曰古人之言，所以爲公也。……世之譏班固者，責其孝武以前之襲遷書，以謂盜襲而無恥。此不通乎文理之論也（〈言公〉上）。

△變韻言兮裁文體，擬古事兮達私衷。旨原諸子之寓辭，文人沿襲而成風，後人不知其所自，因疑作僞而相攻（〈言公下〉）。

△莊周〈讓王〉〈漁父〉諸篇，辨其爲眞爲贋；屈原〈招魂〉〈大招〉之賦，爭其爲玉爲瑳。固矣士夫文士之見也。……古書斷章取義，各有所用。拘儒不達，介介而爭（〈說林〉）。

△古人爲其學者效其言，其於文辭，不爭此疆彼界，如後世之私據也，何僞託之有？（〈淮南子洪保辨〉）。

△文士之見，惟知奉韓退之所以銘樊紹述者，不憚怵目劌心，欲其言自己出。此可爲應舉避雷同之法，若以此論著述，不亦爰爰乎私且小耶？（〈與陳觀民工部論史學〉）。

實齋把「作僞」的範圍界定得很窄，除了因貪得「作者」之名的榮耀而盜用他人文章、據爲己有者外，如依附、旁托、雜擬等，他皆不予抨擊，且謂其能「公」、符合古人著述之精神㉕。這種看法，與考據家大異，由其駁馮景辨僞之文，便可看出這種差別。

其〈淮南子洪保辨〉，係因馮氏助閻若璩攻《僞古文尚書》，而實齋於閻若璩不敢明白反對，故駁馮氏以見意。馮氏舉《文子》《太公》《伊尹說》《黃帝說》等僞託之書，云其以僞亂眞，爲晚出古文之嚆矢。實齋則說：「古人有依附之筆、有旁託之言、有僞撰之書、有雜擬之文，考古之士，當分別觀之。依附之筆：門人弟子爲其學者輾轉附益，或得其遺、或失其旨、或離其宗，各抒其所見也。旁託之言：諸子著書，因寄所託，標其風旨，有所稱引，人即傳爲其人自著。如墨者著書稱述晏子，人傳爲晏子書；儒者著書稱魏文侯，人傳爲文侯書是也。……雜擬之文，則始於文人托興寓意，其後詞科取士，因以命題」「僞撰之書，後世求書懸賞，姦人慕賞造僞，與上二（三）種不同」。此等說法，將僞不僞的判斷標準，定在是否有私慾攘善的心術題上問，而不考慮客觀上是否形成了冒名或附益等結果。故其辨僞，如〈論文辨僞〉痛斥袁枚，並不是說袁枚僞撰了一本書，乃是從「言僞而辯」的角度上去指責袁枚「附會經傳，以聖言爲導淫宣慾之具」「所述古文十弊，不知何來，大指陰勦李穆堂《古文辭禁》而增飾以似是而非」。清人言考據辨僞，豈有如此說法？若持與梁啓超張心澂論僞書之說對觀，更能看出這種差別。

私慾攘善，遂行剽竊，是「矜其文辭而私據爲己有」。沿襲、附益、增刪、祖述、旁託、擬作、合撰等等，則是「言公」，不僅不應抨擊，更需發揚。他曾說文士擬古，如假託蘇李贈答來發抒情志，比蘇李自作更好：「出之本人，其意反淺；出之擬作，其意甚深，同於騷也」。又指責尋常考據家辨明文章乃假設而非事實（如謝莊寫〈月賦〉假設王粲因應瑒劉楨之逝而作賦，其實王卒於應劉之前），是「愚者介介而爭，古人不以爲異也」（〈言公〉下）。對於古文家所矜之「文必己出」說，他亦頗不以爲然：

△司馬遷襲尚書左國之文，非好同也，理勢不得不然也。司馬遷點竄尚書左國之文、班固點竄司馬遷之文，非好異也，理勢不得不然也。有事於此，詢人端末，豈必責其親聞見哉？張甲述所聞於李乙，豈盜襲哉？

△展喜受命於展禽，而卻齊之辭，謂出展禽可也，謂出展喜可也。弟子承師說而著書，友生因咨訪而立解，後人援古義而敷言，不必諱其所出，亦自無愧於立言者也（以上〈說林〉）。

△或問：「前人之文辭，可改竄爲己作歟？」答曰：「何爲而不可也？」……古人文辭未嘗不求工也，而特非所論於此疆彼界，爭論文必己出以矜私耳。自魏晉以還，論文亦自有專家矣。樂府改舊什之鏗鏘、文選裁前人之篇什，並主聲情色采，非同著述科也。會昌制集之序，鄭亞削義山之腴；元和月蝕之歌，韓公摧玉川之怪；或存原款以歸其人，或改標題以入己集，雖論文末技，有精焉者，所得既深，亦不復較量於彼我字句之瑣也（〈文集·答問〉）。

△史筆與文士異趣，文士務去陳言，而史筆點竄塗改，全貴陶鑄群言，不可私矜一家機巧（〈跋湖北通志檢存稿〉）。

這些言論，都鮮明地標示了實齋與當時之學風是迥然異趣的。但無論在當時或現在，此一特點均未爲人所深知，以致講辨僞的學者竟常引實齋爲同調，如顧頡剛〈古今僞書考跋〉居然說：「論僞書者，余最服膺實齋」，並謂實齋曾分古今僞書爲數類：「攘奪」，竊人之言以爲己有；「假託」「師說」「挾持」「假重」「好事」，皆自作之而以僞人；「誤會」，則本非僞書而後人迷不能辨，故沿傳爲僞書。這眞是心有蓬塞，故將實齋的言論讀出完全相反的意思。

六、即文是道：書同文以治天下的理想

能明白章實齋之說跟考證史學一派實相枘鑿者，仍推胡適之。胡先生撰《實齋年譜》，意在藉實齋以揭揚史學，卻並不眞以實齋爲史學家。故於實齋五十三歲條下，胡氏曰：「前此先生論方志，雖自誇得史法，其實仍是文家居十之七八，而史家僅居二三。……實齋終是個文史家而非史家」。爲什麼胡適不許實齋爲史學呢？實齋反對史志詳述名物制度，固然使胡適不滿，然更嚴重的分歧，正在於〈言公〉之旨。胡適〈告顧頡剛擬作《僞書考》長序書〉云：「我想做一篇長序，略駁章實齋〈言公篇〉的流弊。旁人如此說，尚可恕。實齋是講史學的人，故不可不辨」。竟說實齋罪不可恕了。

但胡適沒考慮到：「史學」並不只有歷史主義式的史學。實齋當然曾提倡史學，然其論史，非欲建立一客觀還原的歷史；非由一歷史書寫體中，以確定板本、考釋語言、印證當時名物制度之方式，來尋求客觀存在於書寫體所宣稱的那個時代的史實。實齋從來不說史書要如何記錄眞相、發掘事實。從不以爲史學即是要還原歷史的原貌。他只一再申明我人應如何「著述」。著述，即是指明了歷史只存在於書寫之中，而這種書寫又不是與「事實」一一對應的。書寫是在歷史之流中進行，所以它本來就是不斷傳述的。所傳述之事實，亦在流變之中。

歷史客觀主義者，相信有一個歷史的原貌與眞相，而且就存在於歷史記敘之中；只要歷史記錄的資料夠詳盡、不錯誤，我們即能據之以還原當時的史書。因此，史料考訂，即爲史事之說明。材料自己會說話，不必再羼入考史者自己主觀的意見。可是實齋不是這樣的史家，其〈亳州志掌故例議上〉批評各史志書史料太過詳備，致令「討論之旨漸微，器數之加漸廣」，可見他不是讓史料來說話，而是要作者討論史事史意的。

此即所謂別識心裁。他把排比史料跟「著述」嚴格區分開來，謂整齊故事者，乃掌故之學，纂輯比次，如類書之業；考索則是據史料而考證之。二者皆與著述不同。著述，是運用別識心裁，以獨斷之功，在史料中刪削揀擇而成一家之言。所謂：「整輯排比，謂之史纂；參互搜討，謂之史考，皆非史學」。〈報黃大俞先生〉說：「近代漸務實學，凡修方志，往往侈爲纂類家言」「每事必標出處，以示博洽，乃是類書之體，不關史裁」，即是批評當時排比史料的風氣。此等「實學」，並不只運用在方志上，所以實齋的批評，是從方法學的意義上說。〈申鄭篇．答客問中〉引述考證派的詰難云：

客曰：孔子自謂「述而不作，信而好古」，又曰「好古敏以求之」；夏殷之禮，夫子能言，然而無徵不信，慨於文獻之不足也。今先生謂作者有義旨，而籩豆器數不爲瑣瑣焉，毋乃悖於夫子之教歟？

依文獻而言古史，是考證派史學的基本方法與信念；文獻無徵便只能闕疑待考，故曰有一分材料說一分話。材料越詳備，就越能重建古史之眞相。實齋則認爲材料的收集固然不能廢，但史學並不在徵集史料，也不在於考證史料中的史事，「作者有義旨，而籩豆器數不爲瑣瑣焉」㉖。因此，他一面攻擊史料徵輯排比之學，謂此乃糞土糟粕，只有笨人才配去做。另一方面，則批評依史料考據者，謂其治絲益棼，因爲史料記載互相抵牾處甚多，考徵文獻未必便能言古史。以下兩段，即分別申論這兩點：

(1)天下有比次之書、有獨斷之學、有考索之功，三者各有所主而不能相通。……高明者多獨斷之學，沈潛者尚考索之功，天下之學術不能不具此二途。……若夫比次之書，則……其用止於備稽檢而供採擇，初無他奇也。然而獨斷之學，非是不爲取裁；考索之功，非是不爲按據，如旨酒之不離乎糟粕，嘉禾之不離乎糞土。

(2)讀《書》如無《詩》、讀《詩》如無《春秋》，雖聖人之籍，不能於一書中備數家之考索也。《易》曰不可爲典要，而《書》則偏言辭尚體要焉。讀《詩》不以辭害志，而《春秋》則正一言定是非焉。向令執龍血鬼車之象而徵粵若稽古之文，託熊蛇魚旐之夢以紀春王正月之令，則聖人之業荒而治經之旨悖矣。

所以他不但主張對史料要決斷去取，裁之以心，且應推明大道、綱紀天人，「微茫杪忽之際，有以獨斷於一心」。史，不只是史文與史事之記載而已，更應顯示著述者自己個人獨特的歷史判斷及對歷史意義之了解。他再三以孔子作《春秋》時說「其義則丘竊取之矣」來說明史文史事之外史義之重要性，原因在此。他以歷史記述爲「成一家之言」，原因也在於此。

但這並不是從歷史客觀主義轉了個方向，成爲主觀主義了。所謂別識心裁，指個人獨特的創見特識，「詳人之所略，重人之所輕，而忽人之所謹，繩墨之不可得而拘，類例之所不可得而泥」，所以可以自創義例，「標一法外之義例，著一獨具之心裁」（〈申鄭·答客問上〉）。可是這種創造，在實齋的歷史觀中，並非獨立的原創性創造，而是因襲性的創造。因此，在「標一法外之義例」二句上面，還有「能自得師於古人」一語。在〈釋通篇〉中實齋更是明確指出：「古人著書，即彼陳編，就我創制，所以成專門之業也」「史書因襲相沿，無妨並見；專門之業，別具心裁，不嫌貌似也」。即彼陳編，就我創制，這種創制本非漫然無所準的，乃師法古人，或深求古人家法而來，故實齋又頗以「師法失傳而人情怯於復古」爲病。別識心裁的創造，同時也即是復古，得古人著述之大體[27]。

這樣批評考證學派，其意義正如伽達瑪之批評狄爾泰。狄爾泰的歷史主義，就是力求解釋者擺脫主觀偏見以了解歷史對象。伽達瑪則認爲任何理解既然都在歷史中進行，便都不可避免其因傳統而來的成見與時代性偏見；故偏見成見非唯不可棄，更是理解和解釋得以成立的積極因素、創造性條件。正是由於每一代人都具有不同的偏見，所以解釋才能生出豐富的意義，並使解釋活動能永遠進行下去；正是傳統，才提供了我們理解得以形成的基礎。猶如學習語言的過程，即是塑造我們自身的過程，創造並非棄絕傳統而有，每一代人都受以往傳統之制約來進行理解，這些理解之成果又重新構成傳統而流傳下去，這才是歷史的眞相[28]。

由於一切理解都將表現爲語言（口語或文書），並以語言的方式保留下來，所以迦達瑪又從語言的形成與性質來討論歷史與文化的問題。他引用亞里士多德「詞由集體商定」一詞，謂詞是在交流使用中才具有生命，靠著言詞的相互交流，才使人能在共同意義領域中過一種共同的生活，體現共同的社會秩序。在此，人與人靠著語言來共享文化，文化即爲所有人都理解的領域，大家來分享它，不但不會令它減少，反而可以使它增多[29]。

用實齋的話來說，傳統的成見，即是他主張史刪、主張因襲的部份。歷史不能脫離這個基礎，每一代人，其實都只是在複述傳統，而非改寫創新了，所以他基本上主張述而不作。但因襲複述，又非仿印翻版，一成不變。複述者以其偏見，自顯其別識心裁，始足以名爲著述，足以爲一家之言。

所謂歷史，就存在於這種即複述即創造的言說與書寫活動中。「史體述而不造」，歷史，就是歷史的傳述活動。在此傳述中，言說與書寫皆爲公眾享有之物，而非私人據占的領域。換句話說，所謂文化，是指一群人在一個開放交流的語言場域中，建立了一種共同的生活，分享了共同的意義，也體現了共同的社會秩序。「言公」即是「道公」。

實齋以「三人居室，而道形矣」論道，即是認爲道生於公共生活。此種公眾生活，是以語文來完成的。只有道衰世亂，人不能享受一種合理的共同生活與意義時，語文才被私人壟斷割裂，出現私人著述。〈原道下〉曰：「『上古結繩而治，後世聖人易之以書契，百官以治，萬民以察』，夫文字之用，爲治爲察，古人未嘗取以爲著述也。以文字爲著述，起於官師之分職，治教之分途」。

以文字爲治，即是道，〈詩教上〉說：「文字之道，百官以之治而萬民以之察，而其用已備矣。是故聖王書同文以平天下，未有不用之於政教典章，而以文字爲一人之著述者也」，〈易教下〉也說：「文字之所指擬，但切入於人倫之所日用，即聖人之道也」。凡此，意思大抵相同，都是把言說之公視爲道，稱爲同文之治。同文，意指語文係一公眾共同的意義領域，社會中人，是在這個意義共享的領域中才能進行一種社會秩序生活，並形成其倫理與道德關係，顯示其文化狀態。

他所嚮往的三代聖治，只有從這個意義上說，才能成立，也才能解釋他為何將三代政教稱為「書同文以平天下」。

由於他强調這樣的公眾共同意義領域，故反對意義及語文為個人所壟斷，反對理解活動只以迴向某一個人為目的。例如某書某文，雖係某一作者所撰，但實齋一是貶抑此種創作活動之價值，謂其以文辭為私人所有物；其次則認為讀者閱看此一文書，未必即須以理解作者之本旨為閱讀目標。文書本身的意義就是向所有讀者開放的㉚。他說：

△袁氏初無其意，且其學亦未足與此，書亦不盡合於所稱，……但即其成法，沈思冥索，加以神明變化，則古文之原，隱然可見。書有作者甚淺而觀者甚深，此類是也（〈書教下〉）。

△觀書有得，存乎其人，各不相涉也。……至於論及文辭工拙，……至不得已而摘記為書、標識為類，是乃一時心之所會，未必出於其書之本然。比如懷人見月而思，月豈必主遠懷？久客聽雨而悲，雨豈必有愁況？然而月下之懷、雨中之感，豈非天地至文？而欲以此感此懷藏為秘密，或欲嘉惠後學，以謂凡對明月與聽霖雨，必須用此悲感方可領略，則適當良友、乍逢新婚宴爾之人，必不信矣。是以……標識評點之冊……不可揭以告人，只可用以自誌，父不得而與子，師不能以傳弟，蓋恐以古人無窮之書，而拘於一時有限之心手也。……夫書之難以一端盡也，仁者見仁，

> 智者見智。詩之音節、文之法度，君子以謂可不學而能，如啼笑之有收縱、歌哭之有抑揚，必欲揭以示人，人反拘而不得歌哭啼笑之至情矣（〈文理〉）。
>
> △古人著於竹帛，皆其宜於口耳之言也；言一成而人之觀者千百其意焉，故不免於有向而有背（〈朱陸〉）。

文書之意涵是無窮的，所以說難以一端盡，可以見仁見智，各不相涉。非作者一己之意所能壟斷，也非某一讀者一己之讀法、一己之理解所能宰制，故不能以某一讀法、某一意旨爲程準，「據爲傳授之秘」，舉以教人。否則便桎梏了意義的開發。〈言公中〉又說：

> 聖人之言，賢人述之而或失其指；賢人之言，常人述之而或失其指。人心不同，如其面焉。而曰言託於公，不必盡出於己也者何也？……賦詩斷章，不啻若自其口出，而本指有所不拘也；引言互辨，與其言意或相反，而古人並存不廢也。前人有言，後人從而擴充焉，是以己附古人也。仁者見仁，智者見智，言之從同而異，從異而同者，殆如秋禽之毛不可遍舉也。是以後人述前人而不廢前人之舊也，以爲並存於天壤，而是非失得自聽知者之別擇，乃其所以爲公也。

言，不僅不應以某一意義限定讀者的理解，更應開放任由讀者去引述。這種開放，一是意涵的開放，即使傳述不符合本旨，也無所謂；且原文與傳述可以並存，由後人自由地理解、自由地判斷。二是言說原文本身就應該可以開放，可以拆解，賦詩斷章，把原文的語句結構，任由使用者去運用，表達另一個根本不屬於原文作者的意義。

傳述不合本旨，即可能構成流弊。站在實齋的立場，必須承認並容忍這種可能，故實齋一再指出流別與流弊是歷史發展之必然。後代傳述者與原文的關係，不能要求它們如複製之似，而僅能問傳述者是否具合理性；若合理，我們反而將承認它善於紹述繼承原文之意旨。其〈辨似篇〉對此言之甚審：

> 萬世取信者，夫子一人而已矣。夫子之言不一端，而賢者各得其所長，不肖者各誤於所似。「誨人不倦」，非瀆蒙也。「余欲無言」，非絕教也。「好古敏求」，非務博也。「一以貫之」，非遺物也。蓋一言可以無所不包，雖夫子之聖亦不能也。得其一言，不求是而求似，賢與不肖，存乎其人，夫子之所無可如何也。孟子，善學孔子者也。夫子言仁智而孟子言仁義；夫子爲東周而孟子王齊梁；夫子信而好古，孟子乃曰「盡信書不如無書」。而求孔子者必自孟子也。故得其是者，不求似也。求得似者，必非其是者也。然而天下之誤於其似者，皆曰吾得其是矣。

誤以爲複製原本式的似於原文，即爲其具合理性之依據，是一般述古者及復古者之通病。實齋言復古，然卻不以相似性爲合理性，反而認爲追求擬似古人，必然不合乎古人，也必不具合理性。這是實齋理論之特殊處，故復古傳述中就包含了創造性㉛。

依此說，同一言卻可以因閱讀者之不同而意義無窮開放，隨人領會。因此，倒過來講，不同的人說同一段話，意涵也不會一樣。〈黠陋篇〉云：「夫張湯有後，史臣爲薦賢者勸也，出之安世之口則悖矣。伯起世德，史臣爲清忠者幸也，出之秉賜之書則舛矣」。文與人相配合，必然產生意義的變化，故語言不能視爲獨立有機體，不可能只分析語句就能掌握其意義，而更須注意到發言者與言的關係。〈辨似〉說：

> 學術之患，莫患乎同一君子之言、同一有爲之言也，求其所以爲言者，咫尺之間而有霄壤之判焉，似之而非也。天下之言，本無多也，人則萬變不齊者也，以萬變不齊之人而發爲無多之言，宜其跡異而言則不得不同矣㉜。

在此，「言」與「所以言」是不盡一致的。必須兼攝言與所以言，才能掌握實齋言說理論的眞相。

七　成一家言：言與所以言的複雜關係

簡單地區分，語言型式是言，利用這個語言型式傳達某個意思，則是作者之所以言。實齋的文史學，首先注意的，倒不是作者之所以言，而是言本身。所謂「言之不文，行之不遠」。〈說林〉有言：「『出辭氣，斯遠鄙悖矣』，悖者修辭之罪人，鄙則何必遠耶？不文則不辭，辭不足以存，而將併所以辭者亦亡也。諸子百家悖於理而傳者有之矣，未有鄙於辭而傳者也」。這辭本身，倘無其爲一語言組構之基本語言美價值，則一切都免談了。若「言」具有這種價值，雖「所以言」不足以服人，依然能夠流傳。這就顯示了言與所以言可能具有某種分離性。強烈注意這種分離性，正是實齋理論的特色。他一方面要呼籲大家重視言，言之不文，行之不遠；一方面又要提醒人們勿僅注重言，以致溺於文華修辭，出現悖理害義之言。〈史德〉說：「史所載者事也，事必藉文而傳，故良史莫不工文，而不知文又患於為事役也。……發為文辭，至於害義而違道，其人猶不自知也」，很能表現他這兩方面的關切。依前者，形成了他的文史說，強調修辭的史學觀；依後者，他注意言文與人相配合的關係，重視所以言，而大談著作宗旨與心術。

㈠ 修辭立言

實齋曾說：「三代以後，官師分而學士始以著述為一家言；而著述者又自以謂不當其位則不可以徑遂其辭，往往旁申反託，側出互見。後世詩才史學，託文采以傳不朽者，胥是道也」（〈為謝司馬撰楚辭章句序〉）。讓我們以這幾句話為綱領，略做分析。

所謂詩才史學，託文采以傳不朽者，胥由官師分而學者著述立言。是從本質及淵源上說明詩與史之關聯。實齋說：「史學本於《春秋》、專家著述本於《官禮》、辭章泛應本於風詩，天下之文，盡於是矣」（〈立言有本〉）。史本身就是文章寫作的一種類型，它源出《春秋》。《春秋》之教，屬辭比事，所以史學本身乃一屬辭比事之學。它與出於《詩》的辭章之學，在重視修辭這方面，可說是本質上一致的。史不能無文采，正坐此故，實齋曰：

△司馬遷曰：「百家言不雅馴，搢紳先生難言之」，又曰：「不離古文者近是」，又曰：「擇其言尤雅者」。……夫合甘辛而致味，適纂組以成文，……言之不文，

行之不遠。聚公私之記載，參百家之短長，不能自具心裁，而斤斤焉徒爲文案之孔目，何以使觀者興起，而遽欲刊垂不朽耶？（〈和州志列傳總論〉）。

△今用史氏通裁，特標列傳，務取有文可誦，據實堪書（〈和州志闕訪列傳序例〉）。

△史爲記事之書，事萬變而不齊，史文屈曲而適如其事，……此《尚書》之所以神明變化，不可方物（〈書教下〉）。

△歷官紀數之書，每以無文而易亡也（〈永清縣志職官表序例〉）。

△志爲史裁，全書自有體例。志中文字，俱關史法，則全書中之命辭指字，亦必有規矩準繩，不可忽也。……惟是紀傳敘述之人，俱出史學。史學不講，而記傳敘述之文，全無法度（〈與石首王明府論志例〉）。

實齋論史，鄙薄世之言博稽史考、故實史纂、議論史評、體裁史例者，也不主張以文章言史之史選一派，力陳「史志之書，記事爲主」（〈爲畢秋帆制府撰荊州府志序〉）。但記事須靠文字工夫，所以其論史，重點全在如何敘事上。這才是實齋史學的眞正重點。彼屢謂作史者是在「成一家之言」，且此「言」不可不文，又推崇《尚書》的文字，是神明變化不可方物，難道不是由於他以敘事之文法爲史法嗎？文史通義，其通在此[33]。他斷章取義，引用司馬遷「不離古文者近似」一語，即說明了他想溝通詩歌古文與史學的用心。

以〈與汪龍莊書〉爲例。該文自詡：「拙撰《文史通義》，中間議論開闢，實有不得已而發揮，爲千古史學闢其蓁蕪」，但其所自負者何在？全文均論古文辭也。彼云：「近日頗勸同志諸君多作古文辭，而古文辭必由紀傳史學進步，方能有得。蓋古人無所謂古文之學，但論人才，則有善於辭命之科。而〈經解篇〉言：『比事屬辭，春秋教也』，因悟論語『不學詩，無以言』『誦詩不能專對，雖多奚爲』，乃知辭命之文，出於詩教；敘事之文，出於春秋比事屬辭之教也」。據他說，文章只有三類，論議制度之文出於禮經，較無文采；其他出於詩教之文，與出於春秋教之文，皆須講究修辭。出於詩教之文即是詩歌，出於春秋教的就是古文與史。

古文與史，性質既同、淵源又一，所以實齋進一步就是把史與古文統合起來，然後再聯貫詩與史。

〈上朱大司馬論文〉說：「古人著述，必以史學爲歸，蓋文辭以敘事爲難，……古文必推敘事，敘事實出史學，其源本於春秋『比事屬辭』」，即是以古文與史同源同質來「糾正」當時古文與史學兩方面的毛病，尤其不滿於當日桐城古文家所推崇之韓昌黎：

△昌黎之於史學，實無所解，即其敘事之文，亦出辭章之善，而非有比事屬辭、心知其意之遺法也。……然則推春秋「比事屬辭」之教，雖謂古文由昌黎而衰，未爲不可。蓋六藝之教，通於後世者有三，春秋流爲史學、官禮諸記流爲諸子論議、詩教流爲辭章辭命。……昌黎之文，本於官禮，而尤近孟荀。荀出於禮教，而孟子尤長於詩，故昌黎善立言而又優於辭章，無傷其爲山斗也。特不深於春秋，未優爲史學耳（〈上朱大司馬論文〉）。

△左丘明，古文之祖也，司馬因之而極其變；班陳以降，眞古文辭之大宗。至六朝古文中斷，韓子文起八代之衰，而古文失傳亦始韓子。蓋韓子之學，宗經而不宗史，

……而於春秋馬班諸家相傳所謂比事屬辭宗旨，則概未有聞也（〈與汪龍莊書〉）。

本此批評，他一再申言：「才識之士，必以史學爲歸。爲古文辭而不深於史，即無由溯六藝而得其宗，此非文士之所知也」（〈報黃大俞先生〉）「古文辭而不由史出，是飲食不本於稼穡也」（〈文德〉）。

這是他用以糾改當時文風的主張，但又何嘗不是他論史之宗旨?只不過，所謂溯源六藝，區分辭命之學與比事屬辭之學，終究只是想說明古文與史同源而已;辭命之學與屬辭比事，其主修辭，乃是一致的，因此，詩與史仍得通貫起來講。

在這兒，實齋是用「詩亡而春秋作」來打通兩者壁壘的。〈史德〉說：「騷與史，皆深於詩者也」「故曰必通六義比興之旨，而後可以講春王正月之書」、《校讎通義・漢志六藝》說：「孟子曰：『詩亡，然後春秋作』，春秋與詩相表裡，其旨可自得於韓氏之《外傳》。史家學春秋者，必深於詩」，以及〈亳州志人物表例議下〉說：「志者，志也。人物列傳，必取別識心裁，法春秋之謹嚴，含詩人之比興，離合取舍，將以成一家言」，均發揮此義。

史傳敘事而含比興，或詩與春秋相表裡，這些意見，具體落實下來，便是他在(1)史文敘述修辭方面講究興託隱曲，(2)在史籍體例方面提出志乘與文徵互相配合的建議。

所謂史文隱曲，如〈史注〉云：「魏晉以來，作者紛紛，前無師承，後無從學。且其爲文也，體既濫漫，絕無古人筆削謹嚴之義，旨復淺近，亦無古人隱微難喻之故」，即是一例。本來古人講《春秋》，如公羊家一派便非常重視其辭例文法，認爲《春秋》隱指譎譬，文曲而婉。實齋言《春秋》，是從左氏之重敘事來，並未受到公羊家之影響，所以只說《春秋》

筆削謹嚴的這一面；史文之宜隱微難喻，他則歸諸《詩經》之影響。雖然他也曾在〈爲謝司馬撰楚辭章句序〉中，於「太師陳詩觀風之職廢，而賢者多抱隱憂，乃以詩爲忠憤之所寄託，不得不微其辭」之外，申言後世著述者「又自以謂不當位則不可以徑遂其辭，往往旁申反託，側出互見」，於文章隱曲之故，再加了一條，即文人之懷才不遇。如〈質性〉所謂：「物不得其平則鳴也，觀其稱名指類，或如詩人之比興、或如說客之諸讔，即小而喻大，弔古而傷時，嬉笑甚於裂眥，悲歌可以當泣」。但此類文辭畢竟仍是效法風詩而來的，故曰：「騷客擬辭，思人寄興，情雖託於兒女，義實本於風人」（〈婦學〉）。史之敘事，固以徑直爲主，不同於詩歌，但也不能不含此義。

其次，在史體上，實齋主張「文選史乘，交相裨益」（見〈答甄秀才論修志第二書〉），以符春秋與詩相表裡之理想。這是實齋最特殊的史例。在〈書教中〉，他即說《文選》《唐文粹》《宋文鑑》《元文類》等選輯文章之書，「與史相輔」，且謂「諸選乃是春華，正史其秋實耳」。主持修志時，他更本此意見，把方志分成三部份：紀傳之「志」、律令典例的「掌故」、選輯文章的「文徵」。三者分行相輔，不合爲一。其說具見於〈方志立三書議〉。

方志析爲三書，自是依實齋春秋、官禮、風詩三教分立的原則而定㉞。其中關於詩與史，亦即文徵與傳志的關係，實齋尤有詳盡的討論：

△古者十五國風，八國《國語》，以及晉乘、楚檮杌與夫各國《春秋》之旨繹之，則列國史書與其文誥聲詩相輔而行，在昔非無其例也。……州縣文徵，選輯詩賦，古者國風之遺意也（〈永清縣志文徵序例〉）。

△昭明以來，括代爲選，唐有《文苑》、宋有《文鑑》、元有《文類》、明有《文選》，廣爲詮次，鉅細畢收，其可證史事之不逮者，不一而足。故左氏論次《國語》，未嘗不引諺證謠；而十五國風，亦未嘗不別爲一編，均隸太史。此文選志乘，交相裨益之明驗也（〈答甄秀才論修志第二書〉）。

△十五國風，十二《國語》，固宜各有成書，理無可雜。……二者自宜各爲成書，交相裨佐（〈天門縣志藝文考序〉）。

這種史體，乃實齋之創見。所謂「詩之與史，義合例殊」（見〈湖北文徵序例〉），實齋當時，論方志者或不以爲然。文集中與甄秀才往復論辯者，正爲此事。其後如王湘綺亦駁之曰：「別立文徵一門，未爲史法，其詞亦過辯求勝。詩亡然後春秋作，此特假言耳，春秋豈可代詩乎？孟子受春秋，知其乃天子之事，不可云王者微而孔子興，故託云詩亡。而章氏入詩文於方志，豈不乖類？」（《湘綺樓說詩》卷二）他們與實齋意見之不同處，主要在於實齋欲通貫詩史，他們則認爲詩畢竟非史，故甄秀才云：「孺歌婦嘆，均可觀采，豈皆與史等哉？昔人稱杜甫詩史，而楊萬里駁之，以爲《詩經》果可兼《尚書》否？」實齋卻說：「斤斤畫文於史外，其見尚可謂之卓犖否？楊萬里不通太史觀風之意，故駁詩史之說」（〈駁文選義例書再答〉）。兩相對比，益可見實齋文史學之意涵[35]。

(二) 立言有本

言之不文，行之不遠，故成一家之言，必須屬辭比事，通於六藝比興。但修辭之言，本身是具獨立語言美感價值的，追求這種價值，便可能使「言」與「所以言」分離，成爲文勝於質的現象。因此，實齋反覆申述這種危險，提醒人注意，〈文理〉云：「古人著爲文章，皆本於中之所見，初非好爲炳炳烺烺，如錦工繡女之矜誇采色已也」。中有所見，就是立言時自有所以爲言的宗旨。他批評汪容甫爲文，「文章如入萬花之谷，學問如窺五都之市，可以媿奄陋而箴鄙僿矣。問其何以爲言，不能答也。……博學能文而不知宗本，是管庫爲人守藏，多財而不得主其財也」（〈立言有本〉），即是指摘其文無宗本。反之，他推崇鄭樵，「慨然有見古人著述之源，而知作者之旨，不徒以詞采爲文」（〈申鄭〉）；文溯源《春秋》，謂：「史之大原本於《春秋》，《春秋》之義昭乎筆削，筆削之義，不僅事具本末、文成規矩已也；以夫子之義則竊取之旨觀之，固將綱紀天人，推明大道，所以通古今之變而成一家之言」，都是著眼於它們能夠言具宗旨。

文應如何方具宗旨？一是應辨明學術源流。唯有辨明學術源流，才能成爲專門家數之文，而不致泛濫雜猥，言無宗趣。〈文集〉言：「後世應酬牽率之作，決科俳優之文，妄泛濫橫裂而爭附別集之名，是誠劉略所不能收，班志所無可附；而所爲之文，亦矜情飾貌，矛盾參差，非復專門名家之語無旁出也」，就是針對這種毛病而說㊱。

其次，言要成家，立言有本，發言者便須注意發言的態度與方法。實齋綜合前人思路，於此，特標文德之說，〈文德〉曰：「古人論文，惟論文辭而已。劉勰氏出，本陸機氏說而昌論文心；蘇轍氏出，本韓愈氏說而昌論文氣，可謂愈推愈精矣。未見有論文德者」。所謂古人無此說，是因爲孔子講「有德必有言」「修辭立其誠」，或韓愈講「仁義之途，詩書之源」等等，都是合指道德與文章，實齋則區分文辭與文德來說。文辭指言，文德專指發言時所以發言的態度與方法。他認爲發言撰文時，必須敬恕。敬，指臨文應檢攝心氣；恕，則指能替古人設身處地著想。

再進一步，他又有文情之說。〈雜說〉載：「文生於情，情又生於文，氣動志而志動氣也。故有所識解而著文辭；辭之所及，忽有所觸而轉增識解，皆一理之奇也」。凡說寫作者須有學問、有宗旨，須以敬恕的方式撰文，都屬於「有所識解而著爲文辭」之列。大多數論文學的人，所談都只在這個層次與範圍。但實齋不同，他注意到文辭與書寫者的關係是互動的，言對於所以言，非一容器工具性關係，言本身也能使發言者產生改變，故云：「辭之所及，忽有所觸而轉增識解」。這就叫做情文相生，簡稱文情。

文章必待情文相生，始可稱爲辭達。他舉了個例子。說有某人月下撾鼓，調成意盡，但未盡其聲，借調以畢餘聲後，才成爲一曲感人的樂曲。觀者贊美他：「可與言矣」。餘聲，並非曲子的主體，然無餘聲，曲即不美，故實齋說：「文固用以明理、或以記事。然有時理明勢備而文勢闕然，乃若有所未盡。此非辭意未至，辭氣有所受病而不至也。求義理與徵考訂者，皆薄文辭，以爲文取事理明白而已矣，他又何求焉？而不知辭氣受病，觀者鬱而不暢，將並所載之事與理而亦病矣。……今人誤解辭達之旨者，以謂文取理明而事白，其他又何求焉。不知文情未至，即其理其事之情亦未至也。……昔人謂文之至者，以爲不知文生於情，情生於文。夫文生於情，而文又能生情，以謂文人多事乎？不知使人由情而恍然於其事其理，則辭之於事理，必如是而始可稱爲達爾」（〈雜說〉，又〈言公中〉可參看）。這就是文情。他有時又稱之爲文理。亦即把「文以明理」再加解析，謂：「文固所以載理，文不備則理不明也。且又亦自有其理：妍媸好醜，人見之者，不約而有同然之情，又不關於所載之理者，即文之理也」（〈辨似〉）。

這是甚能掌握文學特性的言論，其論理結構也很獨到。蓋文生於情，故言文德，要求檢攝心氣，臨文必敬；而文又能生情，所以講辭采文勢。兩端合構而成一「情文相生」之說。但理論再推進一層，則情因文而有所觸，其所生之識解，是否就合乎正理呢？文生於情，因識解而著文辭的情識解會，是否即有價值呢？實齋在此便不能不再提出一個準則來，那就是文性說。

〈質性〉云：「前人尙論，情文相生，由是文家喜論文情。不知文性實爲元宰，離性言情，珠亡櫝在」。本篇依王宗炎目錄，作「性情」，劉承幹據浙本，仍標爲「質性」。稱爲質性，是兼用文質論與性情論的傳統哲學架構，來處理這個問題㊲。他先講詩言志，立言須有物有志；然後說人之才情氣質有近於陽剛者，也有近於陰柔者。近於陰者，妄自期許，感慨横生；近於陽者，猖狂無主，動稱自然。一鄙一妄、一狂一狷，皆不得乎中行。另有一種人，則爲貌似中行之鄉愿。這三種都不好，所以須本於性天、要於仁義。他認爲如此始爲知言。〈質性〉曰：「孟子論知言，以爲生心發政，害於其事，吾蓋於撰述諸家深求其故矣。其曼衍爲書，本無立言之旨，可弗論矣；人有自命成家，按其宗旨，不盡無謂；而按以三德之實，則失其本性而無當古人之要道，所謂似之而非也」。爲文不能不本於性天且歸於古人之要道，這就是實齋論文之歸趣及衡文之準繩。

如此一來，則所謂立言有本，最終極處，即是「學本於性天，趣必要於仁義，稱必歸於詩書、功必及於民物，是堯舜而非桀紂，尊孔孟而拒楊墨」。亦即是孔孟名教。凡合乎名教，皆能求大義於古人者也，否則便是「求其所以爲言者，宗旨茫然也」（同上）。

實齋孫子廷楓曾說：「論史才史學而不論史德，論文情文心而不論文性，前人自有缺義。此〈質性篇〉及〈史德篇〉俱足發前人之覆」。文性之說，確實是實齋理論的重點。名教，做爲他判斷文學的準據，正如他把著史人的心術問題看得那麼重一樣。史德，據他解釋，就是「著述者之心術」。〈史德篇〉講的也是：文能動人者情也，但情有正有邪，情本於性者是「天」，情汨性自恣者是「人」，故撰史不能乘於血氣陰陽之偏，似天而實蔽於人云云，這一大套[38]。且心術正不正，一視其是否背離名教而定。〈史德篇〉結尾時力陳騷與史皆不背於名教，正是此意。

要明白實齋許多行爲與言論，必須注意他重視名教這一點。例如他批評戴震，是因「戴君學問，深見古人大體，不愧一代鉅儒，而心術未醇，頗爲近日學者之患，故余作〈朱陸篇〉正之」，謂戴震之言，頗得罪名教。他痛罵袁枚，也是因爲袁枚編撰詩話「專以纖佻浮薄詩詞倡導末俗，造言飾事，陷誤少年，蠱惑閨壼，爲風雅罪人」（見〈詩話〉〈書坊刻詩話後〉〈與吳胥石書簡〉）。他認爲西漢古樂府、六朝雜擬，如子夜歌、白紵辭等都是文人擬作，而非當時男女對唱的歌謠；又主張《詩經》中諸男女之辭，皆出詩人擬作（見〈婦學〉等）。也是由於他不能接受這種「自暴自褻」、違背名教的行爲，故發展出一套非所有權式的作者觀，來解釋虛擬代作一類書寫狀況。這些態度，綜合起來看，我們便可發現實齋是把著作視爲維持名教之一手段。「學術不明，必爲人心風俗之害」（〈博雜〉），講明學術，就成爲端正世道人心的主要方法。文章經世，即指此而言，故曰：「經世之業，不可以爲應世之文」「文章之用，內不本於學問，外不關於世教，已失爲文之質」（〈俗嫌〉）「周公承文武之後，而身爲衆宰，故制作禮樂，爲一代成憲；孔子生於衰世，有德無位，故述而不作以明先王之大道；孟子當處士橫議之時，故力距楊墨以尊孔子之傳述；韓子當佛老熾盛之時，故推明聖道以正天下之學術；程朱當末學忘本之會，故辨明性理以挽流俗之人心。其事與功皆不相襲，而皆以言乎經世也。故學業者，所以闢風氣也」（〈天喩〉）。

天下人心風俗不能無弊。依實齋看，三代以下，皆一學術之流弊史，亦一人心風俗之流弊史也。振衰起弊，傳述古先聖王之大道，講明學術，使人能因流溯源、即器求道、洗闢風俗之庸陋、端正人心之鄙亂，就是他的經世大業，也是他自負能成一家之言的地方。

八、自號實齋：對實至名歸社會之嚮往

究竟當時風氣有何庸陋，以致實齋如此痛憤呢？學者立言，往往與其立言之情境有關，實齋當然也是這樣。他自己說《文史通義》一書：「關於身世有所棖觸，發憤而筆之於書。嘗謂百年而後，有能許《通義》文辭與老杜歌詩同其沈鬱，是僕身後之桓譚也」（〈又與朱少白〉）。這些身世棖觸，自可於其生平經歷中考見。例如他少年不慧，廿三歲起即出而應試，直考到四十一歲才成進士。又言詞訥鈍、相貌奇醜、干謁遊食亦往往不順利。「逼於困苦飢寒，呼籲哀號」（〈上梁相國書〉）。侘傺無聊中，與修志乘，意見復多刺異於時流，其不得意，自不待言。〈與胡雒君〉所稱：「歷聘志局，頻遭目不識丁之流橫加彈射」「屢遭坎坷，不能忘情」，確屬實情。抑鬱憤激，對時代萌生了若干不滿，也是理所當然的事。

這種情緒所激生的，乃是對時代整體的不滿。但這種不滿，因爲是起於某些人事的磨擦，

所以他不會對社會體制不滿，而是對社會中充斥著一些「目不識丁之流」感到痛憤。此即〈與胡雛君論文〉所提到的：「機變易盡，播其小慧，略識字而不通文理之人」。這些「江湖遊乞，遇朋儕則解酬唱，於貴顯亦能貢諛」「非狂妄輕佻，不可向邇；即贅瘤臃腫，一無所知」。事實上，這也是實齋在具體遊幕生活中的生存競爭者。實齋討厭他們，並且覺得他的不幸都是因爲這些人所造成。那麼，何以這個社會上盡是這類人呢？這類人之存在，說明了世道人心已然敗壞。批判這些人，挽救風俗之沈淪、人心之陷溺，既代表實齋對他們的反擊；也是實齋的道德使命，將自我行動合理化的必要手段。

我們看他批評汪中袁枚陳燴等，都幾乎是咬牙切齒。凡此皆不能不從他這種特殊心理狀態上去了解。飽受屈辱抑鬱的靈魂，爲了證明自己存在的價值，有時不免會以攻擊爲防衛。像他與周震榮（筤谷）這樣的交情，實齋自己說他頻年遊幕坐館，中歷悲歡離合，且有死喪疾厄患難之遭，震榮與休戚周旋於其間者凡十二年。因此周氏可說是實齋中年最重要的友人與資助者，他修《永清志》、主講定武書院、得入畢沅幕等，都是周氏介紹的。但乾隆五十二年他與周氏論課蒙法，批評周氏〈養蒙術〉裡的意見，周氏不服，實齋竟然攘袂徵色，且醜語相詆。對周氏尙且如此，對其他人當然就更激烈了。這點他自己也不諱言，所以〈與胡雛君〉云：「今知人世觸處多此境也，未免激昂申其孤憤，此古人亦所不免，又何諱焉！」

現實世界中的挫敗，形成了實齋之孤憤，使他對同時名流甚爲不滿。這些名流，據他看，並沒什麼了不起，而竟能博得大名，除了世人俗陋、不辨眞贋之外，此類人善於炫世獵名，自爲一大因素。即〈與胡雛君論文〉所謂：「播其小慧，亦能遮人耳目」。因此，他一方面要〈砭俗〉，一方又要〈鍼名〉，對世俗與士流兩方面同時進行批評。

針對前者，實齋的批評主要是指出世人不辨眞贋。他在〈習固〉中說：「辨論烏乎起？起於是非之心也。是非之心烏乎起？起於嫌介疑似之間也」，所謂嫌介疑似，即是說世上一般被推崇的人，都只似是，而並不眞是，故他要辨論、要爭是非。〈辨似〉一篇，專爲此而作；其他各篇，也常有這個意思。

針對後者，實齋不滿於當時「好名者流」的各種行爲，因此，他才會想到要辨名實，要重建名教之義。何謂名教？〈鍼名〉曰：

君子出處，當由名義。先王所以覺世牖民，不外名教。伊古以來，未有捨名而可爲治者也。……義本無名，因欲不知義者由於義，故曰名義。教本無名，因欲不知教者率其教，故曰名教。揭而爲名，求實之謂也。

以名教民，即爲名教。但名由實而來，以名爲教，是爲了推行那個教。可是「好名者流」，苟名而忘實」，遂成了個「好名之弊」的時代，在這個時代，

好名者，亦必澆漓其實而後能苟一時之名也。蓋人心不同如其面，故務實者不能盡人而稱善焉；好名之人，則務揣人情之所向，不必出於中之所謂誠然也。且好名者必趨一時之風尚也，風尚循環，如春蘭秋菊之互相變易而不相襲也，人生其間，才質所優，不必適與之合也。好名者則必屈曲以苟之，故於心術多不可問也。……學問之道，與人無忮忌；而名之所關，忮忌有所必至也；學問之道，與世無矯揉，而

名之所在，矯揉有所必然也。故好名者，德之賊也[39]。

好名者不能務實，造成了種種時弊。實齋面對這些時弊，深覺批判好名之弊，以復名教大義，是他最重要的道德使命。所以，他因當時文人「道聽塗說，爭名趨詭，腑械心竊，斯文如燬」，而作〈言公〉三篇，不許文人矜於文辭據爲私有以博名譽。又以名與教的關係去處理文質、器道、言事、文道諸問題。

依實齋之見，「名者實之賓，實至而名歸，自然之理也」（〈鍼名〉）。名實應該是合一的；文質、道器，即如名實，也該是合一的。例如道，是實、是質；表見於六藝之文，就是名、是文、是器。道與文，本來應當是合一的。但到了戰國時期，「戰國之文，奇衺錯出而裂於道」，故文才獨立地被人所追求所講究，成爲文弊的狀況，文質不再復合。〈詩教上〉說：「古之文質合於一，至戰國而各具之。質當其用也，必兼縱橫之辭以文之，周衰文弊之效也」，即指此一文道渾合狀態破裂分離之弊。此時「文」才成爲私人所擁有物，出現私人著述，而且愈趨文弊之途發展：「著述不能不衍爲文辭，而文辭不能不生其好尙」，最終則不得不是一種追逐時尙的好名狀況，所以說：「戰國爲文章之盛，而衰端亦已兆於戰國也」（〈詩教上〉）。

從歷史上說，那種文質合一的境界，已然崩解；從意願上看，則實齋之志趣，正在追復此一境界，以拯澆風。〈書教下〉說「事屢變而復初，文飾衆而反質」，就是他的信念。因此在史學上，他想「斟酌古今之史，而定文質之中」，以救紀傳體之極弊。又云參仿紀事本末體以修正紀傳，是「文質之適宜，古今之中道」。他反對編年體，不喜言史法史例，並批評左氏傳「以文苟例」，頗有浮文，強調《尙書》能言事合一。均顯示了他的用心。言與事，猶如名與實、文與質。他認爲古代言事是合一的，「古人事見於言，言以爲事，未嘗分事言爲二物也」（〈書教上〉）。因此，從體例上講，不能承認左史記言、右史記事的說法，謂古代不能有記言的專書。在精神與性質上，則申言古代言事合一，故未嘗徒託空言，離事言理，所有言說與文字都是政事。不幸這個結構後來也破裂了，「『由周公而上，上而爲君，故其事行；由周公而下，下而爲臣，故其說長』，夫說長者，道之所由明，而說長者亦道之所由晦也」（〈原道中〉），言愈文巧繁滋，就愈成一文弊道衰之世界。救弊之道，端在恢復古人因事命篇、因質施文、以文明道的傳統。他論文獨重敘事，也是根於這個信念。

如果用一句話來總括實齋這些名教、道器、文質、言事、名實之說，則〈言公中〉說得最好了：

> 嗚呼！世教之衰也，道不足而筆於文，則言可得而私矣。實不充而筆於名，則文可得而矜矣。言可得而私，文可得而矜，則爭心起而道術裂矣。——古人之言，欲以喻世；而後人之言，欲以欺世。非心安於欺世也，有所私而矜焉，不得不如是也。

欺世盜名之風，起於私矜文辭。所以他要辨名實以決是非。自號實齋，其所以爲「實」者，豈非著眼於此乎？

九　文史別論：劉知幾《史通》論文史

依實齋這種名教觀，通論文史，其說與劉知幾便有十分奇妙的關係。他們的理論是各自發展而成的，實齋並不認爲他曾受到《史通》的影響，且謂「劉言史法，吾言史意；劉議館局纂修，吾議一家著述。截然兩途，不相入也」（〈家書〉）。劉章之異，當然不僅如此，例如劉氏講斷代史，章論通史；劉推崇《左傳》，章不是等等。但枝枝節節地比較這些，沒有意義。我們應注意兩人對文史的態度，以及他們論史之判斷時，都回歸到名教的立場。從這些地方，我們可以發現在不同時空條件，面對不同存在處境而各自發展出來的史學理論，在其基本意趣上，仍然是極爲近似的。特別是實齋的文史觀，講文質合一、批判文勝之風；又以史學爲史著，且謂史著惟在敘事。皆可於《史通》中見其彷彿。因此，以下擬先敘述《史通》的理論特點，並說明劉知幾立說之情境，然後再對章劉之異同稍做比較，以進窺中國文史學之要。

(一)　文與史的分合

劉知幾的《史通》，是我國第一部系統嚴整的史學理論著作，所論廣及史籍源流、體例、編撰方法、史官建置沿革、史書得失等等。寫成當時，與劉知幾一同參預國史修撰的徐堅就曾讚嘆說：「居史職者，宜置此書於座右」，評價甚高。後人對這部書，也很稱許，如黃山谷云：「論文則《文心雕龍》，評史則《史通》，二書不可不觀，實有益於後學」，可見大家是把它看成中國史學理論之代表作的，地位猶如文評裏的《文心雕龍》。

然而，《史通》裏其實有不少意見，在後來的史著中並未被採納，有許多對史書的批評，也不獲後人同意。

以劉知幾之反對收錄文章而言，他說：「《史》《漢》……務存恢博，文辭入記，繁富爲多」〈載言篇〉「馬卿之〈子虛〉〈上林〉、揚雄之〈甘泉〉〈羽獵〉、班固〈兩都〉、馬融〈廣成〉，喩過其體，詞沒其義，繁華而失實，流宕而忘返，無裨奬勸，有長奸詐，而前後〈史〉〈漢〉皆書諸列傳，不其謬乎？」（〈載文篇〉）。這些言論，若將之看成史例，那就完全不通了。連浦起龍都不能不說這「泥古太甚」，章學誠《文史通義·詩教篇》則說此「不爲知言也」㊵。因此，若從「《史通》開發史例」的角度來看，這些言論便只有反面的價值：讓人看看居然有此謬說。但放在唐初思想脈絡中去觀察，我們卻會發現它既透顯了唐初史家一種普遍的態度，又蘊涵著劉知幾個人區判「文」與「史」的特殊觀點。

《隋書·李諤傳》記載，隋文帝頗注意文章「屛出輕浮，遏止華僞」「開皇四年，普詔天下：公私文翰，並宜實錄。其年九月，泗州刺史司馬幼之文表華艷，付所司治罪」。自隋以來，遏止六朝華艷的文風，是官方一貫的意識。唐初史家最能表現這一意識。他們都強調文學的教化功能，如《梁書·文學傳序》云：「經禮樂而緯國家，通古今而述美惡，非文莫可也」，《隋書·文學傳序》說：「觀乎天文以察時變，觀乎人文以化成天下……上所以敷德教於下，下所以達情志於上」，《晉書》《北齊書》《周書》《北史》等也都有類似的意見，一致地指出文學與風俗人倫有密切的關係，故「公私文翰，並宜實錄」。

其次，則是對南朝淫靡的文風，提出批評：「兩朝叔世，俱肆淫聲，……莫非易俗所致，並爲亡國之音」（《北齊書・文苑傳序》）。「梁自大同以後，……其意淺而繁，其文匿而采，詞尚輕險，情多哀思，格以延陵之聽，蓋亦亡國之音乎！」（《隋書・文學傳序》）

由這兩點來看《史通》，我們就會發現劉氏之所謂「實錄」，其實是從這種文學觀來的。所以說經典所載之文，「足以懲惡勸善，觀風察俗」，魏晉以下則繁華失實，流宕忘返，而有虛設、厚顏、假手、自戾，一概等五種缺失。主張「去邪從正」「損華摭實」「爲史而載文也，苟能撥浮華、採眞實，亦可使夫雕蟲小技者，聞義而知徙矣」（〈載文篇〉）。

這種實錄文學觀，使劉氏認爲文與史本來是合一的：

> 夫觀乎人文以化成天下，觀乎國風，以察興亡。是知文之爲用，遠矣大矣。若乃宣、僖善政，其美載於周詩；懷、襄不道，其惡存乎楚賦。讀者不以吉甫、奚斯爲諂；屈平、宋玉爲謗者，何也？蓋不虛美、不隱惡故也。是則文之將史，其流一焉，固可以方駕南、董，俱稱良直者矣（〈載文〉）。

文本是不虛美不隱惡，「言成軌則，爲世龜鏡」的。從漢朝開始，詞賦虛矯了，但其他各種文體仍保留實錄之風；魏晉以後，才雅道大壞，文與史分途，史書都成了文集：

> 昔尼父有言：「文勝質則史」，蓋史者當時之文也。然樸散淳消，時移世異，文之與史，較然異轍。故以張衡之文，而不嫻於史；以陳壽之史，而不習於文。其有賦述兩都、詩裁八詠，而能編次漢冊、勒成宗典。若斯人者，其流幾何？（〈覈才篇〉）。

在這個立場上，《史通》一書的重點就是强調文與史的區分，認爲後代之文喪失了文的實錄精神，而這種精神正應由史來負擔。然能負擔這種責任的人，得有史才；史才不同於文才，故史官不宜由文士來擔任，所以他批評六朝至唐之史局：「每西省虛職，東觀佇才，凡所拜授，必推文士」（〈覈才〉），不能讓眞有史才的人出頭，以致史書「非復史書，更成文集」㊶。

《史通》對前代史籍的許多批評，都根於這一文學觀念。例如它說史不應收錄文章：「至於《史》《漢》則不然，凡所包擧，務存恢博，文辭入記，繁富爲多」（〈載言〉）。說論贊均無必要：「司馬遷始限以篇終，各書一論。必理有非要，則强生其文，史論之煩，實萌於此。……此皆私徇筆端，苟炫文采，嘉辭美句，寄諸簡冊，豈知史書之大體？」（〈論贊〉）。大罵六朝史論都是：「飾彼輕薄之句，而編爲史籍之文，無異加粉黛於壯夫，服綺紈於高士」。又指摘論後加贊，是「猶文士之制碑」。不主張多立篇序，則說：「爰洎范曄，始革其流，遺棄史才，矜炫文采，後來所作，他皆若是。……若乃后妃、列女、文苑、儒林，凡此之流，范氏莫不列序」（〈序例〉）。認爲詔命皆宜人主自撰，否則「但使朝多文士，國富辭人」（〈載文〉）。堅持史書記錄言語，應忠實記當時口語，不應「於其間妄益文采，虛加風物」（〈言語〉）……。諸如此類，都可以看到劉知幾努力地要把史跟文分開來。

依他的看法，史是秉承古代文之實錄精神的，文則流宕失實，虛飾繁采。故史與文的區分，最重要的當然是「捐華摭實」與「點煩」，趨向於簡直。

浦起龍曾說劉知幾：「不喜煩稱，不喜小說，惜史體，故執此太堅，往往言過其直」。的確，劉氏論史體、史文均有刪繁就簡的偏好。例如他反對史書立表，理由就是：「以表爲文，載諸史傳，未見其宜，何則？……文尚簡要，語惡煩蕪，何必款曲重沓，方稱周備？」（〈表曆〉），認為立論之可否，也在於：「史之有論也，蓋欲事無重出，文省可知。……片言如約，而諸義甚備。……及後來贊語之作，多錄記傳之言，其有所異，唯加文飾而已」（〈論贊〉）。《史通》中〈浮詞〉〈煩省〉〈點煩〉各篇，也都是强調刪繁就簡的。他對古代各家史書的批評，亦即以此為標準，故云：「若乃歷選眾作，求其穢累，王沈、魚豢，是其甚焉。裴子野、何之元，抑其次也。陳壽、干寶，頗從簡約，猶時載浮訛，罔盡機要。唯王劭撰齊、隋二史……實得去邪從正之理，捐華摭實之義也」（〈載文〉）。他主張斷代史而反對通史，也是如此，他認為通史乃「撰錄之煩者也」，因為：「通史以降，蕪累尤深，遂使學者寧習本書，而怠窺新錄，且撰次無幾，而殘缺遽多，可謂勞而無功，述者所宜深誡也」（〈六家〉）。總之，他以為：「史之稱美者，以敘事為先。至若書功過、記善惡，文而不麗、質而非野，使人味其滋旨、懷其德音，三復忘疲，百遍無斁，自非作者曰聖，其孰能與於此乎？」「國史之美者，以敘事為工；而敘事之工者，以簡要為主。簡之時義大矣哉！」（〈敘事〉）。

(二)　文學的歷史觀

這一聲讚嘆，大堪玩味。第一，此種文史觀，在劉知幾個人生命史中，是具有存在實感之意義的，不僅為一種意見或概念遊戲而已。劉氏自己說：「余初好文筆，頗獲譽於當時；晚談史傳，遂減價於知己」，又說：「余輒不自揆，亦竊比於揚子雲者，……揚雄嘗好雕蟲小技，老而悔其少作。余幼喜詩賦，而壯都不為，恥以文士得名，期以述者自命」（〈自序〉）

）。他本是文士，再由文士轉變成爲史家。這種生命歷程，與他主張史文本來一體，後來文史分途，但史反而繼承了眞正的文的傳統，乃是一致的。而且，一位本來是文人的史家，跟不曾好文筆喜詩賦的史家也是很不相同的。這個特殊的經驗，使得他的史學觀根本上乃由他的文學觀發展而來。這種發展，有幾點很值得注意：

(1) 是所謂實錄史學。論者嘗謂其爲就史論史，繼承了晉朝以來的實錄直書之風。如北朝君主曾下令史臣修撰國史，務從實錄；裴政《梁太清實錄》、周興嗣《梁武帝實錄》、謝昊《梁元帝實錄》及唐代所修高祖太宗高后實錄等，皆可見實錄已成史家記注之定體，實錄之爲撰史準繩，自亦隨之而深入人心。劉氏以此一公論爲其理論核心，蓋亦風會使然㊷。殊不知劉氏大罵六朝史學，對唐修史籍也不看在眼裏，哪會隨人聲口？而且劉知幾不同於鄭樵、司馬光，他們只能就史學傳統來思考，劉知幾的思考資源則大體仍仰賴他的文學修養。這也就是他爲什麼雖在史學觀念上批判以駢文寫史的習慣，自已卻仍以駢文來撰寫《史通》的緣故㊸。他的史學，根本上終究只是他的文學理論。所謂撰史須實錄，也即是因爲他認爲文須實錄。

(2) 由於其史學觀來自其文學觀，故《史通》的史學理論基本上只是個敘事理論，著重在史書寫作方面。他談實錄，表面上看是要揭露歷史之眞相，其實乃是從文字的樸實簡約上說的。所以他反對修史者採訪求是，認爲「採彼家人，訪諸故老，以芻蕘鄙說，刊爲竹帛正言，而輒欲與五經方駕、三志競爽，斯亦難矣」（〈採撰〉）。這種意見，任何從史料考訂、探求史實立場出發的史學家都不可能會同意。可見劉知幾著重的乃是史書須爲「當代雅言」㊹。這種雅，依他的標準，就是：「國史之美者，以敘事爲工，而敘事之工者，以簡要爲主」

。簡，則「所載務於寡事，其言貴於省文」。史書優劣，以此爲斷。他之推美王劭，即是如此。

郭延年序劉氏書，嘗謂其「愛王劭而忘其佞」，是「《史通》之短」。但它爲什麼愛王劭呢？〈六家篇〉〈雜說篇〉對王劭都有批評，王劭之道德有問題也是大家都知道的，可是〈載文篇〉曾稱讚王劭：「文皆詣實，理多可信，至於悠悠飾詞，皆不之取，此實得去邪從正之理、捐華摭實之義」。類似的話，也見於〈論贊〉〈題目〉〈補注〉〈言語〉〈敘事〉〈曲筆〉〈模擬〉〈正史〉〈忤時〉等篇。這些話，正如張舜徽所說：「大抵稱其長於敘事耳」。《史通》之爲一敘事理論，實在是非常明顯的。它不太追究史籍敘述與「歷史事實」之間的吻合情況，而比較注意史文的表現；其所疑所惑，也僅止史文的敘述不合理處。根據不同史料之參酌比對、加以實地調查考察，以重建歷史眞相，劉知幾實遠不及後代史家。因爲他的用心本不在此。或者說，在他的觀念裏，「文皆詣實」，即是「理多可信」，而這也就是「實錄」了。其實，這只是歷史敘述的眞實感而已[45]。

(3)《史通》努力地要把文跟史分開，但其史學理論基本上又只是個歷史敘述的理論，其敘述無可避免地仍然要憑藉文，所以他必然面臨一個極爲艱困的處境：一方面他不能放棄史書寫作的文學美感，一方面又要排斥文采過於美華所造成的虛飾。他在〈雜說〉中批評蘇綽模擬《尙書》：

> 綽文雖去彼淫麗，存茲典實，而陷於矯枉過正之失，乖夫適俗隨時之義。苟記言若是，則其謬逾多。

可見文采仍是需要的，但同樣也不能過分，所以他又批評六朝以來，「其立言也，或虛加練飾，輕事雕采，或體兼賦頌，詞類俳優，文非文，史非史」（〈敘事〉）。這個立場，使得文學上的「文質」辯證問題，又在《史通》中出現㊻。例如〈論贊〉謂南北朝諸史：「大抵皆華多於實，理少於文，鼓其雄辭，誇其儷事」，〈雜說下〉謂：「自梁室云季，雕蟲道長，平頭上尾，尤忌於時，對語儷辭，盛行於俗，而史之載言，亦同於此。……必求實錄，多見其妄」，〈雜說篇〉也說：「史者，固當以好善為主，嫉惡為次。……必兼此二者，而重之以文飾，其唯左丘明乎！」〈鑒識〉更正面指出：「史之敘事也，當辯而不華、質而不俚，其文質、其事核，若斯而已可也。必令同文舉之含異、等公幹之有逸、如子雲之含章、類長卿之飛藻，此乃綺揚繡合，雕章縟彩，欲稱實錄，其可得乎？」孔子說文勝質則史，他卻說文勝質則為文，必須文質彬彬才能稱為實錄。故他所嚮往的史書，是「文而不麗，質而非野」的，是只有聖人才能寫得出來的。

(4)　實錄之難，不只在文質辯證關係的處理上十分困難；更在於他想在文字上求實，實際上根本辦不到。就前者說，他只能感慨：「自非作者曰聖，其孰能與於此乎？」就後者看，則他恐怕並沒有意識到這個問題。他一心追求「直書」，批判語言的虛飾與誇張，把史之實和文之虛對舉而論，卻不明白歷史寫作本身的虛構性。為什麼歷史敘述本身具有虛構性呢？我們不必徵引近代文學理論或西方柯林烏德（R.G.Colling Wood）、懷特（Hayden White）等人的史學理論來說明，即以《史通》所顯示的觀念而言。——劉知幾非常清楚：「史之為務，必藉於文」（〈敘事〉）「言之不文，行之不遠」（〈言語〉），歷史敘述不但與文學一樣必須憑藉文字，更得使用美麗的文字，但這種文字其實也就是文學語言。不但在一般情形下是如此，歷史敘述之特殊要求也使得它的文字只能使用文學語言。爲什麼呢？劉知幾〈書事篇〉說：「記事之體，欲簡而且詳，疏而不漏」，〈敘事篇〉也說：「文約而事豐，此述作之尤美者也」，這是史書寫作的最高要求。然而，倘若不使用文學語言，而用報告性記錄性語言，能達到這種境界嗎？需知文字既減少，所記錄的事件必然減少。現在卻想用較少的文字，傳達較多的訊息，文字本身必然要具有較多的蘊含與暗示，也需要更爲精練的修辭工夫，才能達到「含不盡之意見於言外」的效果。〈敘事篇〉說：

> 章句之言，有顯有晦。顯也者，繁詞縟說，理盡於篇中。晦也者，省字約文，事溢於言外。然則晦之將顯，優劣不同，較可知矣。夫能略小存大，舉重明輕，一言而巨細咸該，片語而洪纖靡漏，此皆用晦之道也。

用晦之道，非文學語言莫辦，史學作品就在這個地方，使它本身成爲高明的文學作品。然而，晦的表達方式，既是蘊含的、非明言的，在訊息的傳遞上自然就比較容易引起誤解，也比較仰賴讀者的主觀解讀能力，所以它必然不是「如實」的[47]。作者亦並未實寫，而只是虛寫、或以不寫寫之。由這一點看，說史實而文虛，從根本上就站不住。其次，史家在寫作時，已有個敘述模式在，劉知幾稱之爲「模擬」。〈模擬篇〉說：「述者相效，自古而然」「史臣記注，其言浩博，若不仰範前哲，何以貽厥後來？」歷史寫作時，作者自以爲是記錄實事，實際上卻是採用了某種敘述成規套在歷史敘述上，形成一種如詹明信所說的「簡化」（reduct ion）。所以結果是「用簡單化了的模式代替了現實的思維密度（fourdimension al density）」」，以致「必然歪曲了現實和經驗」」。這也是歷史敘述之所以為虛構的主要原因。劉知幾對這些，均無理解，故雖一再努力求眞黜虛、批判文采華縟，畢竟沒什麼效果。且獨尊《左氏》，而對中國非徵實的史學傳統無所發明㊽。——由文士變成了史家之後的劉知幾，整個理論到底仍是個文學的歷史觀啊！

㈢尚禮的世界觀

第二，他這種理論，除了個人生命歷程中的文史糾結發展之外，跟時代也應有極為密切的關係。例如王通的《中說》，雖然重點並非論文論史，但王通也區分古之文、今文文；古之史、今之史。認為古之史辯道，今之史耀文；古之文簡約、今之文繁塞。這與劉知幾講六朝之史皆為文集，而古之史則與文同流，是一致的。其推崇簡約也相同㊾。依他們的看法，文應該是可以觀禮樂治亂之情的，後來的文人卻喪失了這個傳統，所以他們也都批判六朝的「文士」。不僅如此，從深一層看，二人論文史也都根本於禮。

王通之學，以禮為中心，通過禮來論文，是不用說的了。《史通》呢？《史通》應該也是如此。何以知之？由其論體統之處知之。《史通．體統篇》亡佚了，但劉知幾〈自序〉曾說：「若《史通》之為書也，蓋傷當時載筆之士，其義不純，思欲辨其指歸，殫其體統」，體統之義，當然是全書的重點。然而，什麼是體統呢？

現在我們看見人長幼無序、言語失當，常會說這個人做事不成體統。體統，是關聯著禮的秩序而說的。《史通》也是如此。〈書志篇〉說：「司馬遷曰書、班固曰志、蔡邕曰意、華嶠曰典、張勃曰錄、何法盛曰說，名目雖異，體統不殊」，因為「考其所記，並效禮經」。

又〈敘事篇〉：「子長之敘事也，自周以往，言所不賅，其文闊略，無復體統。洎秦漢以下，條貫有倫」，把無體統與條貫有倫相對而說，也可見體統即是合禮的秩序。〈編次篇〉曾具體地指出《史記》《漢書》不合體統的地方，例如龜策與人同傳、昭穆疏而家國別者合編、王莽傳以莽的年號紀年、應替更始列紀、蜀志宜首紀先主、嗣代之不君者不宜紀、先黃老而後六經、後外戚而先夷狄、老子與韓非並列……等，都是他認爲：「體統不一，名目相違，朱紫以之混淆，冠履於焉顚倒」的地方。冠履論是漢朝轅固生最有名的論調，蓋冠雖敝仍是冠，履雖新畢竟不能做冠。君就是君、臣就是臣，上下尊卑，看成是個穩定的關係，此之謂體統。史書的寫作，就是要在文字上顯示這個體統[50]。編次是一種方式，正名也是一種方式，〈稱謂篇〉：「孔子曰：唯名不可以假人。又曰：名不正則言不順，必也正名乎。……昔夫子修《春秋》，吳楚稱王而仍舊曰子，此則褒貶之大體」「帝王受命，歷數相承，雖舊君已歿，而致敬無改，豈可等之凡庶，便書之以名者乎？」都是冠雖敝而仍要戴在頭上、履雖新卻不能做冠的說法。因爲他有此看法，故抨擊：「近代文章，實同兒戲。有天子而稱諱，有匹夫而不名者」，主張：「史論立言，理當雅正」。雅正的文學觀，顯然是來自他尚禮的世界觀[51]。

尚禮的世界觀，必然使劉知幾的史學顯得較爲保守。這與他凌厲的批評態度，恰好形成了強烈的對比。劉知幾對社會的看法，是篤守禮法的，講究上下尊卑之不可亂。對歷史寫作的要求，是懲惡勸善，以輔成名教，移易風俗。甚至爲了名教的需要，有時還不妨稍有諱避。對於史書的實際撰寫，則嚴執史例，譬之爲國法。關於史書的體裁，也僅標示六種，說：「考茲六家，商榷千載，蓋史之流品，亦窮於此矣」（〈六家〉）。又反對通史，極力主張避繁就簡。這都可以看出他的目光心力，沒有大氣魄、大胸襟，故徒斤斤校勝負優劣於字句之間；且只敢斷代言史，而不願通貫古今。

《史通》以「六家」「二體」開宗明義，浦起龍謂：「開章提出四個字立柱棒，曰六家、曰二體。此四字劉氏創發之，千古史局不能越」㊿。其實這正是極保守的史學觀。史體爲什麼只能窮於這六家呢？唐朝以後出現的會要、紀事本末諸體，就不能以六家來涵括。今後修史，顯然也將別創新體。史體係爲紀錄時代之需要而設，劉氏總結上古史籍，歸爲六家，卻未考慮到新史體的需要與可能，正是他保守史學之蔽。浦氏從而稱美之，亦不達之論。

再由他論史例來看。例是法的講求，追求的是穩定與規格化。這是漢魏南北朝在史學與文學上共同的趨勢，因爲這兩者都從經學中逐漸獨立出來，必須尋找到屬於自己世界的律則。唐初論文學之例者，總萃於《文鏡秘府論》，史學上則是《史通》，都是總結魏晉南北朝條例之學的重要作品。但史學與文學一樣，沒有法度規格條例固然不行，過於執著於條例格式也往往不通，《史通》的毛病，就在這裏。後來黃宗羲著《金石要例》，序云：「元潘蒼崖有《金石例》，大段以昌黎爲例。顧未嘗著爲例之義與壞例之始，亦有不必例而例之者，如上代兄弟宗族姻黨，有書有不書，不過以著名不著名，初無定例，乃一一以例言之」。劉氏之言例，就很像他所批評的。例可壞，也有可以變通或不必定爲條例的地方，劉氏卻不免「泥定例而少變通」㊾。

爲什麼會這樣呢？主要的原因在於：劉知幾的歷史觀，是穩定的。爲歷史作紀錄的人，只是在替過去發生過的一段史蹟，做一個清楚典雅的記載，以資懲惡勸善而已。這裏充滿著理性的古典主義精神，卻忽略了歷史「變」的一面。他跟太史公完全不同，《史記》的寫作，自言：「究天人之際，通古今之變」。劉知幾則只言人不言天，只論時代斷限，而不通貫古今。所以他不必追探歷史發展的目的、人類存在的意義、也不喜歡窮究歷史的變動。雖然他在《史通．序》中引了司馬遷，說：「漢求司馬遷後，封爲史通子，是知史之稱通，其來自久」；然而把書命名爲《史通》，主要還是模倣《白虎通》。他自己實在是反對通史，也不喜歡司馬遷的。

需知劉知幾只言人不言天，「上窮王道，下談人倫」〈自敘篇〉，其結果便只能落在人倫常綱之禮教之中，而不太可能如《史記》那樣，時時質疑道德名位等人間世界的價值；對歷史發展中的無奈、偶然、荒謬處，寄予深刻的理解與同情；對於讓國辟世，超越人倫綱常名教的畸人逸士，如許由務光泰伯伯夷等，表示贊揚。《史通》對太伯讓國、務光逃名、文王之德、周公之義……，都以一般人的行爲及「天無二日、地惟一人」「考諸名教」的方式去深表懷疑（見〈疑古篇〉）。正顯示了他的史觀過於保守。

至於不通古今之變，問題更爲嚴重。章學誠《文史通義．釋通》謂：「通史之修，其便有六：一曰免重複、二曰均類例、三曰便銓配、四曰平是非、五曰去抵牾、六曰詳鄰事。其長有二：一曰具翦裁、二曰立家法」。這僅是就歷史寫作說，通史的重要性還不在這裏。史之貴於通者，在於它能通古今之變，所以鄭樵說通史之義，在於能知歷史之損益會通。但劉知幾論史，完全不注意這一點。對於社會人群的變遷、制度政法之因革，並不措意，反而認爲通史煩複，主張斷代編年，這也是他比較推崇《漢書》的緣故[54]。

然而，《漢書》其實並不是斷代史。在班固以前，作《漢書》者十餘家，皆仍《史記》之體，班固父子修史亦然，故張舜徽說：「班書志、表，自多通貫古今，非止專明一代。律曆則始自伏羲，迄於建武。禮樂則上聯周、漢，下逮顯宗。刑法起黃帝、顓頊，而論及建武、永平。食貨則始自〈洪範〉，而結以世祖。郊祠由顓頊、共工，以至王莽。五行則博解《春秋》。地理則詳釋〈禹貢〉。藝文則從古至漢。〈古今人表〉則從古至秦。可知班書志、表，實上承司馬氏通史之體而作。整齊其文，以補《史記》之所未備。《後漢書・班彪傳》稱：『司馬遷著《史記》，自太初以後，缺而不錄。彪乃續採前史遺事，傍貫異聞，作後傳數十篇』。然則叔皮原著，本以上續遷書；孟堅續志，初無更易。徒以生於東漢，故敘人事，但詳西京耳」。《漢書》所記雖是漢朝事，但仍具有通史的精神。《漢書》如此，其他各史亦往往如此，像《後漢書》《三國志》無志，《宋書》諸志即所以補范、陳兩家之缺。唐人修《隋書》時，也別修〈五代史志〉，並將之附入《隋書》。章學誠說：「凡前史所缺，後史皆得補之。……班史〈地理〉上追〈禹貢〉〈職方〉，〈五行〉詳備《春秋》祥異，皆補馬之缺也」，即指這類作法言[55]。不料劉知幾拘執《漢書》的「漢」字，把它跟《史記》對立起來，名為斷代史。且史既斷代，那就必須嚴格討論年代起訖的斷限了，此所以有〈斷限篇〉。

國史斷限問題，在六朝即已提出，但那主要是因為討論朝代的正統問題而帶出來的。例如《晉書》應始於司馬懿、還是司馬炎，就涉及了晉是否「越魏續漢之統」的爭論[56]。劉知幾的主張與此無關，主要仍是斷代的需要。他感嘆自《漢書》以下，「《宋史》則上括魏朝，《隋書》則仰包梁代」，都斷限不明。並大罵：「《漢書》之立表志，其殆侵官離局者乎！」這類意見，又見於〈表歷篇〉〈雜說篇〉〈題目篇〉等，對《漢書・古今人表》尤其不滿。事實上，他若不如此嚴格地芟除表現通史精神的《漢書》志、表，怎麼能把《漢書》當做斷代史之宗呢？

史家選擇的史體，即代表了他對歷史的看法。而這種看法是由其尙禮來的。

這樣的文史觀，應該也與王通門人魏徵房玄齡等所修的唐初史籍，觀點頗爲接近。但是能不能說劉知幾就跟他們一樣呢？或者，能否逕謂劉知幾爲其嗣響者？

四　與時代文風的關係

我想這是全然不同的。王通面對的是南北朝對立的文化格局，以北朝爲正統而續經講禮。房魏諸公則是在一個政治大統一的時代裏，企圖整合南北，「權衡輕重、斟酌古今」「各去其短，合其兩長」，故一方面重定禮的秩序，一方面力求文的「和而能壯、麗而能典」（《周書·王褒庾信傳論》）。但是，到了劉知幾的時代，房魏所提倡的理想落實了嗎？彷彿唐太宗逝世以後，文壇風氣也隨著貞觀之治的消逝而逐漸有了改變，新的風潮來了，也就是舊的南朝文風重新復甦了。楊炯〈王勃集序〉說得很清楚：

> （高宗）龍朔初載，文場變體，爭構纖微，競爲雕刻。糅之金玉龍鳳，亂之朱紫青黃，影帶以徇其功，假對以稱其美。骨氣都盡，剛健不聞。

北朝「詞義貞剛」之風，又消熠殆盡；太宗朝刻意追求的文雅典麗，又被新的淫靡文風壓倒了。這種文風，是由什麼人倡導的呢？主要就是武則天集團。

當時上官婉兒領袖詩壇，《舊唐書·上官昭容傳》言：「婉兒嘗勸廣置昭文學士，盛引當朝詞學之臣，數賜遊宴，賦詩唱和。婉兒每代帝及后長寧安樂二公主，數首並作，辭甚綺麗，時人咸諷誦之」。這麼一來，風氣不變，可想而知。此一集團中人，大抵皆爲文學弄臣，相與歌功頌德、吟風賞月，重現了陳後主時代玉樹後庭花一般的生活。例如武三思的兒小武崇訓娶安樂公主時，武三思竟令「宰臣李嶠、蘇味道，詞人沈佺期、宋之問、徐彥伯、張說、閻朝隱、崔融、崔湜、鄭愔等，賦《花燭行》以美之」（《舊唐書·武承嗣傳》）。等到公主生了小孩，「產男滿月，中宗韋后幸其第放赦，遣宰臣李嶠，文士宋之問、沈佺期、張說、閻朝隱等數百人，賦詩美之」。這數百名詩人鼓吹手，陣容眞是浩大極了。這些歌頌公主出嫁、公主生小孩的詩，會有什麼內容呢？除了「辭甚綺麗」之外，當然也是「骨氣都盡，剛健不聞」的，因爲作詩的人已經先就沒有了骨頭。當時武則天所嬖之張昌宗、張易之，都豢養了一批這樣的文人，「易之、昌宗皆粗能屬文，如應詔和詩，則宋之問、閻朝隱爲之代作」，他們就這樣形成了文壇的權貴勢力。

不僅如此，從龍朔年開始，也編了適於文士撰文採摭的類書，助長了這種華艷淫靡的文風。《舊唐書·孝敬皇帝弘傳》：「龍朔元年，命中書令太子賓客許敬宗、侍中兼太子右庶子許圉師、中書侍郎上官儀、太子中舍人楊思儉等，於文思殿博採古人文集，摘其英詞麗句，以類相從，勒成五百卷，名曰《瑤山玉彩》」，此最便於文人熏香摘艷之用，獺祭成篇，可以滿紙英詞麗句矣。這種編書的工作，後來擴大了，《舊唐書·張行成傳》載：

> （武則天）以昌宗醜聞於外，欲以美事掩其蹟，乃詔昌宗撰《三教珠英》於內。乃引文學之士李嶠、閻朝隱、徐彥伯、張說、宋之問、富嘉謀等二十六人，分門撰集，成一千三百卷上之。

劉知幾生於龍朔元年，整個龍朔以後的文學風氣，他都親身經歷過，更曾經直接參與《三教珠英》的編撰。他是個文人，對這一集團又如此熟悉，但不幸卻對這一集團的作爲及文風，無法認同，以致於逐漸冷卻了他對文學的愛好，「恥以文士得名」（〈自序〉）。

是的，這個時代的文士確實是可恥的。連武則天也曉得這一點，《舊唐書·狄仁傑傳》載武則天爲求人才，向狄仁傑說：「朕要一好漢任使，有乎？」仁傑曰：「陛下何任使？」則天曰：「朕欲待以將相」，對曰：「臣料陛下，若求文章資歷，今之宰相李嶠、蘇味道亦足爲吏矣。豈非文士齷齪，思得奇才用之，以成天下之務乎？」則天悅曰：「此朕心也」。——文士齷齪的時代，劉知幾能不與文士劃清界限嗎？《史通·忤時》謂：「孝和皇帝時，韋、武弄權，母媼預政。士有附麗者，起家而綰朱紫。余以無所傳會，取擯當時」，正指此一時代[57]。歷來論《史通》者，都只從劉知幾撰《武后實錄》與武三思衝突，和他在史館中與預修者如宗楚客輩不合等事，來了解「忤時」的意義。其實在入史館前，他即已因無心附麗於這一集團而「守司東都，杜門卻掃，凡經三載」了。時代文風，才是劉知幾分剖文史、恥爲文士、並主張文宜簡約典雅的主要刺激，光從他的史館遭遇來解釋，是摸不著頭腦的。

也就在這樣一個時代，劉知幾才會力攻六朝淫麗之體，嚴君臣上下之分，提倡合乎體統的簡約文風，強調文學與風俗人倫有密切的關係。他的意見，與王通及唐初史家固然相當接近，但所面對的卻是不一樣的時代處境與問題，劉知幾對唐初史家也未必滿意。歷史之複雜奇妙，往往如此。

由這些地方看，《史通》一書實亦爲一不折不扣的文史通義。

十、敍述史學：對歷史書寫活動的思考

因時代情境不同，劉知幾和章實齋所面對的問題很不一樣，故其思考亦甚不同。實齋不談史例、要通貫古今地講歷史流變這兩點，與劉知幾差異最大。其他如劉氏拈出史才史學與史識之三要，實齋另加史德；劉氏反對史籍收錄辭賦，實齋認爲不好；劉氏極力推崇《左傳》，實齋較尊《尙書》；劉氏不主張立表，實齋則謂史書列表很有好處；……諸如此類，自可再予比對申論。但那些均不是重點。觀看實齋與劉知幾的理論，我們可以很明確地感受到，整個史學討論的重心，是在「歷史如何記載」。他們的差異，大部份只是記載方法上枝微細末的分殊，不影響到基本的思考型態與關懷重心。

所謂「歷史應如何記載」，是什麼意思呢？史書不是本來就要記載史事嗎？是的。但所謂史學，並不一定就是討論歷史如何書寫記載的一門學問。例如在西方啓蒙運動、自然科學獲得重大進展之後，人文歷史社會學究竟與科學有何異同？歷史能建立得跟自然科學一樣，或援用自然科學的法則與方法，是一種史學發展的思路。強調歷史學與自然科學不同，不可能建立什麼通則，只能更縝密細緻地研究具體的、個別的歷史事實，是另一種思路。認爲歷史研究之方法與科學既不相同，而思索「歷史知識何以可能」的，又是一種思路。這些不同的思路，建構了各種不同的史學型態。而我們中國的史學，事實上並未面臨歷史知識如何建構及歷史知識何以可能的質疑，因此發展塗向殊不同於歐西近代史學。我們甚早即有史官制度，史著之撰寫很早便有成例，因此，我們的史學，關切之重心主要在於：史官或秉筆者，

宜如何記載其所見之史事，他又爲何要記載這些東西。

在孔子那時，一般人即認爲「史」代表文采文章，所謂「文勝質則史」，顯見史著的特點就於它的文飾修辭。史的意義，固然包合箸史事與史義，但狹義地的、專於地講，則正如孔子所說：「其文則史」，史是專就史文說的。史文記載了歷史事蹟，表現了記敍者的觀點與記敍目的，這就是歷史。

孔子說：「其事則齊桓晉文，其文則史，其義則丘竊取之矣」。這三句眞言，即反映了上述這種史學關懷的基本重點。撰史者，以他所認爲的「史義」，去評估某事宜記某事宜錄，然後用文字記載下來。他在斟酌「該如何記載」時，所考慮的，不僅是遣辭用字，還包括了史文對某事是否應記、應如何記等問題。所以，整個中國史學，主要就是對這種歷史書寫活動的討論。

在這裡，撰史者並不嚴格講求史事的眞確，也即是說：並不如受西方近代自然科學衝擊後的史學，強調重建歷史眞相的重要性。它只提醒記錄者應該秉筆直書其所見，在書寫活動中「直筆」。這種直筆，並非還原於歷史事件的「眞相」，例如史官記載「趙盾弒其君」時，趙盾事實上並未謀弒其君，但撰史者覺得趙盾該爲這件事負政治及道義責任，所以不畏權勢地寫下「趙盾弒其君」的句子，這就是直筆，直書其所「見」，表達了史官對這件事的「看法」。

看法，表現在書寫活動中，即是書法。書寫的法則、遣辭用字的條例，遂構成「春秋學」的主要重心。董仲舒《春秋繁露》之所以名曰「繁露」，據《玉海》解釋，即是因爲「《春秋》以屬辭比事，有連貫之象焉」。他論《春秋》也全從辭例方面著手。如云：「春秋之辭多所況，文約而法明也」「春秋之用辭，已明者去之，未明者著之」「春秋分十二世，以為三等；有見、有聞、有傳聞，……於所見微其辭，於所聞痛其禍，於傳聞殺其恩，與情俱也（隱元年傳：「所見異辭，所聞異辭，所傳聞又異辭」），……屈伸之志，詳略之文皆應之」「觀其是非，可以得其正法；視其溫辭，可以知其塞怨」（〈楚莊王〉），皆就其書法辭例言之。所謂《春秋》的微言大義，微言指撰者於所見世微其辭；大義則指撰者以特殊辭例，針對特殊狀況所表達的意義，〈竹林篇〉：「春秋之常辭也，不予夷狄而予中國為禮。至邲之戰，偏然反之，何也？曰：春秋無通辭，從變而移。今晉變而為夷狄，楚變而為君子，故移其辭以從其事。……春秋之道，固有常有變。變用於變，常用於常，各止其科。……故說春秋者，無以平定之常義，疑變故之大義」。這也是從書法上討論。在董仲舒當時，論《春秋》者大抵如是，公羊穀梁二家釋《春秋》，往往說「此何書」「此何以不書」，緯書如《運斗樞》也說：「春秋設七等之文，以貶絕錄行應斗屈伸」。所以司馬遷才會說孔子「作春秋、垂空文以斷禮義」。作史者之禮義宗旨，即存在於其空文辭例書法中。

這些史著書法，乃撰史者對史事的記敍方法。我國史學是從討論《春秋》之辭例發展的，記敍史事之方法，自然就成為漢魏南北朝史學的主要論題，史著也競相表現其記敍史事的功能。此即當時史法史例之學大盛，且史書偏於文飾修辭的緣故。劉知幾《史通》反省此風，强調作史者應注意禮義宗旨，對六朝史家撰述史事之方法頗有批評。但在這個大傳統中，他仍然是從書寫記敍活動來討論史學，言史法，謂「國史之美者，以敍事為工」。只不過他特別注意史文應表現禮義，以懲惡勸善而已。這裡即顯示我國史學中一個本質的問題。蓋史以敍事，猶如人說故事。有些人講得精采，娓娓動聽；有的人講來却毫無章法，令人昏昏欲睡。

敍述者之遺辭用字，會直接影響到敍述效果。因此，講敍述史學、講歷史的書寫活動，不能不注意史文之修飾及書寫規範的建立。但史文之記敍，又表現史家對事件的看法，一本史書好不好，不只看它敍事工不工妙，講得精不精采；更該看史家對事件的看法高不高明。若從這一方面看，則僅具史文優美之長處的史著，便要被批評了。光講敍事之法則規範（史例常辭），似乎也無法涵括歷史事件豐富的變化、以及作者爲表達特殊看法時特殊的文字要求。這個內在的問題，構成了我國史學的基本論爭點。一般史學論述，都朝史文如何修辭、如何建立歷史書寫規範這方面努力。而某些史家，則努力指出這樣的工作頗有不足，更應注意史撰對歷史事件之看法、以斷禮義；或强調史法史例均不可執著。

劉知幾的工作，大體可以描述爲：批判一般史家徇於文采修辭之病、且重在歷史書寫規範的整建，欲令其較爲合理完善。章實齋則不然，他是批判一般史家徇於文辭之弊，但不重史法史例，認爲史家是應獨斷創例，以特殊文字表達特殊之看法的。不過，他們兩人雖因批判一般史家徇文之弊，而都重視「禮義」，大談傳統名教。可是講「歷史如何記載」這個基底並沒有丟掉，因此對於文與史，劉知幾是力求其分，而終究不能不是一種文學的歷史觀。實齋則是明白文史不可遽分，而提出一種「詩之與史，義合例分」的文史學，想講文史之通義。

事實上，文與史並不見得眞是那樣糾纏難分，例如抒情言志與論說，在文學作品中均爲大宗，論文史者，若著眼於這些篇什，便不太覺得文與史眞有那麼複雜纏綿的關聯。可是史家論文，乃是從「歷史如何記載」這個角度來思考歷史書寫活動時帶生的。敍事，是歷史書寫活動的主要狀況。故史家亦常把敍事視爲一切書寫活動的性質或重點。他們從這一點上去把握文學，遂常將敍事界定爲文學的特性。如此一來，史與文就成爲同類了。實齋便是如此。所以他說敍述爲史之重心，也是文的重心，「古文必推敍事，敍事實出史學」，以此通貫文史。

但文學是否只有敍述呢？那些主要不在敍述一樁事件，而在表達情思及評析事理的作品，如何處理呢？這位只從敍事角度了解文字書寫活動者就茫然了。他的處理與劉知幾頗有異曲同工之妙。蓋劉氏是堅持國史文辭之重點在於敍事，故將一切非敍事者排除在史外，主張史籍中不應收錄辭賦等文學作品，也不該大作論贊。實齋未如此說，但他主張詩與史例合義分，只能在史籍之外另編詩錄文徵，收採文學作品。意義其實與劉知幾相似。他雖知文學除古文之外，尚有詩歌，可是他認爲古文出於《春秋》，詩或辭章之學，卻出於《詩經》。從淵源上便可看出他是在「文學」中分了類，一屬敍事，一非敍事。對於非敍事者，固然他也提出「詩亡而後春秋作」一詞來通二者之郵。但那只是概念上的處理，對於非敍述性之文學，實齋並不眞能掌握。嘉慶二年，他曾撰〈陳東浦方伯詩序〉謂：

學誠嘗推劉班區別五家之義，以校古今詩賦，寥寥鮮有合者。……或反詰如何方合五家之推，則報之曰：古詩去其音節鏗鏘，律詩去其聲病對偶，且并去其謀篇用事琢句鍊字一切工藝之法，而令翻譯者流，但取詩之意義，演爲通俗語言，此中果爲卓然不可及、迥然其不同於人者，斯可以入五家之推矣。苟去是數者，而枵然一無所有，是工藝而非詩也。

這篇文章，胡適大爲贊賞，且謂：「這個標準可謂辣極，只有眞詩當得起這個試驗」。此語眞可見這兩位先生都是不懂詩的。我們不必徵引形式主義一派文論來駁斥這種謬說，但在此不妨介紹新馬克斯主義者的反省。

馬克斯主義的藝術理論反對形式是有名的，他們認爲美學形式造成了藝術與眞實之間的鴻溝，也使得具有工巧技藝形式之藝術只能爲少數人把玩。故爲了讓藝術爲群眾服務，藝術必須取消美學形式。實齋和胡適並非馬克斯主義者，但胡適說：「章實齋若晚生兩百年，他一定會贊成白話詩」時，他們的基本觀點恰與馬克斯主義者相同。所以他們才會想到要放棄一切音律鍊句之法，演爲通俗語言。這時，他們觀念中只把詩歌寫作看成是先有了個意思，然後安排辭藻去表述之而已。其藻飾雖美，却可能中無所有。故剝去這些形式，文藝就不能唬人了。對此，新馬克斯主義者如馬庫色有精采的反駁。他認爲一個「既與內容」（實際的或歷史的、個人的或社會的），必須經過美學形式的轉換，才能成爲一件藝術品。這種形式，不僅不能避免，它更是藝術自主性的保障。那些內容，在未經藝術形式轉換之前，只是一堆「材料」罷了。材料受形式安排才成爲內容，所以美學形式不只是形式，它實際上就是文體、就是風格[58]。「夜闌更秉燭，相對如夢寐」「今宵剩把銀釭照，却恐相逢是夢中」「乍見翻疑夢，含悲各問年」，翻譯爲通俗語句，不過說久別乍見，疑是夢中罷了。但經藝術形式之轉換，即成爲各種不同的內容與美感效果，顯露出杜甫、晏幾道、司空曙不同的風格，使讀者獲得各不相同的感受。這才是文學的特性。對此特性，實齋亦非無所覺察，但他是承認這個事實却不能認同的。〈文集・答問〉載：

或曰：「古人辭命，草創加以修潤，後世詩文，亦有一字之師。如所重在意，而辭非所計，譬如廟堂行禮，雖不計其紳佩，而紳佩敝裂不中制度，亦豈可行耶？」答曰：「此就文論文，別自為一道也」。

以就文論文為另一道，顯見他是想講文史學的。在這個立場上，他雖在概念上提出「詩亡而春秋作」，但對於辭命之詩，他基本上是貶抑的，或者說他是貶抑那些屬於辭命、出於風詩的抒情文學，及那些論議空談、無關乎「事」的諸子論說。從這一面看，實齋的文章便處處流露出反文學、反文人的氣氛。謂諸子著作論議是第一度的流弊，文集出現是再一度的流弊。故文人之文比不上著述之文；著述之文，又要達到能敘事的地方才好。〈雜說〉曰：「子建厭薄辭賦，欲采史官實錄；昌黎鄙棄科舉，欲作唐之一經。蓋諸子風衰，苟有志於著述，未有不究心於史學者也」。這個「史學」，其實就是指敘事文。所以下文接著說：「諸子僅工文辭，即後世文集之濫觴；史學惟求史事，即後世類書之緣起」，只甄錄史事而不講究敘事方法以成一家之言者，非實齋所謂之史學也：「古人子史不分，諸子立言，往往述事」。這樣的處理，豈不可以看出實齋的偏執？只有偏執於文必敘事的史家，才會在這個地方糾纏不清，一下重文，一下又露出反文（反非敘事文）之氣質。而同樣的，他又要以這種反文學的姿態，去昌大文學之生命（如他對古文辭即是如此）。

可是無論如何，這樣的敘事理論是極堪注意的。注重歷史的書寫活動，注重史文的敘事功能，認為史學的核心即是屬辭比事，正是中國史學的特徵，章劉均是在這個大傳統中的一種表現而已。這樣的敘事理論，與西方敘事理論實有根本的差異。西方敘事理論，主要可以俄國形式主義、結構主義、符號學、敍事學等爲代表，這些理論所涉及者，大抵皆屬於實齋所謂「音節鏗鏘，聲病對偶，謀篇用事琢句鍊字一切工藝之法」或「就文論文，別自爲一道」的層面，所論爲「言」的部份，而非「所以言」的部份。

這種屬辭比事而又不僅落在文辭層面的理論特性，大概源於中國「文字—文學—文化」一體性的結構關係。以荀悅《漢紀》爲例，該書開卷第一篇〈高祖皇帝紀〉劈頭就說：

> 若在上皇，唯建皇極，經緯天地，觀象立法，乃作書契，以通宇宙，揚於王庭，厥用大焉。先王以光演大業，……是以聖上穆然，唯文之卹。

作書契有文字，人類才能紀載所曾遭遇的事件，書寫歷史。故史源即在於文字初創之際。歷史既因文字而有，亦因文字而展開，因此文字又具有文明開展的意義。撰史者，在史著前大力贊嘆這文字之大用，可說是饒有深意的。但「唯文之卹」的文，既含有文明之意，便不限於文字，而更可以指禮樂文明，《前漢記》卷五，荀悅又發了一番議論，曰：

> 知禮樂之情者能作，識禮樂之文者能述。作者謂之聖，述者謂之明。王者必因先王之禮樂，順時施宜，有所損益，即人之心，稍稍制作，至於太平而大備。周監於二代，禮文尤具，故……孔子美之曰：郁郁乎文哉吾從周。

文指文化，故史書的寫作，即被視爲是：以文字紀述禮樂文明發展之經過。禮樂文明發展的經過，是事蹟。敍述此類事蹟，以彰明禮文之美，批評不合禮文者之惡，則爲史之功能。正是在這個基本理解上，史學才能講經世、講維持名教。而名教也就是文字教、禮教。

十一、文外之言：文字傳寫外的口說傳述

名就是字。《周禮・春官》：「外史掌書外令，……掌達書名於四方、若以書使于四方，則書其令」鄭注：「古曰名，今曰字」。〈夏官・司馬〉：「讀書契，辨號名之用」，皆以名爲字。《管子・君臣篇》：「戈兵一度、書同名、車同軌，此至正也」，《禮記・中庸》作「書同文」，秦始皇瑯玡刻石也說：「書同文字」。所以孫詒讓說：「審音正讀則謂之名，察形究義謂之文，形聲孳乳則謂之字。通言之，則三者一也」（《周禮正義》卷五二）[59]。

名、文、字，三者一也。一般來說是不錯的。但名既是就其發聲而說，則是否有有聲音而無文字的情況呢？當然！此即可見名與字畢竟仍非一事。名可兼「言」與「文」，其所指涉，實比文字爲寬。實齋的正名之學，另一個特點，便是注意到文字之外的言。

實齋喜歡用「言」這個詞，所以他講「成一家之言」「立言有本」「言公」等。言，有時指文字著述，如〈立言有本篇〉：「諸子雜家與文集中之具本旨者，皆著述之事，立言之選也」。有時言又指非文字書寫的口說，如〈言公上〉：「《虞書》曰：敷奏以言，明試以功。此以言語觀人之始也」。用言而不用文，是因爲說「言」可以兼「文」，說「文」無法兼指「言說」。這種用法，顯示了實齋比一般思想家更注意言說的性質與功能。他的傳述理論，也即在這一方面顯得極爲特殊。

例如他論「言之不文，行之不遠」時，這個「言」即不專就文辭說。文字辭采之美，固爲其所重視，言說之美，他也一樣注意。故〈答問〉曰：「聖門設科，文學言語並存，說辭亦貴有善爲者」。强調言說之美與文辭之美一樣具有價值。該篇又載：「或曰：『昔者樂廣善言而摯虞妙筆，樂談摯不能對，摯筆樂不能復，人各有偏長矣。然則有能言而不能文者，不妨藉人爲操筆耶？』答曰：『潘岳亦爲樂廣撰〈揖讓表〉矣，必得廣之辭旨而後次爲名筆，史亦未嘗不兩稱之」。這個爭論，明顯代表兩種看法，前者是文優語劣的觀點，實齋則不同意此種觀點，不以爲擅長辭者具有優越性，主張「兩稱之」。這是對言語之價值的肯定。

其次，實齋非常注意學術史上口說的傳統與重要性。如周之衰，他即認爲是：「周衰文弊，諸子爭鳴，蓋在夫子既歿，微言絕而大義已乖也」。微言，就是孔子的口說。口說的流傳，與文字流傳是不同的。文字寫定後，無論讀者閱讀時有多大的歧義，畢竟仍有一個定本文字可以保存、可以覆按。語言則不然，存乎口耳之間：

> 公穀之於春秋，後人以謂假設問答以闡其旨爾。不知古人先有口耳之授而後著之竹帛焉。非如後人作經義，苟欲名家，必以著述爲功也。商瞿受易於夫子，其後五傳而至田何。施孟梁丘，皆田何之弟子也。然自田何而上，未嘗有書，則三家之易，著於〈藝文〉，皆悉本於田何以上口耳之學也。是知古人不著書，其言未嘗不傳也。

這是反對一般經學家的意見，認爲經典中的問答現象，不是用文字假擬出來的，而是實際上存在著一個口說傳統。而且後來之著述，只是紀錄此口談而已。用這個講法，才能證成他「古人不著書」的論點。

換言之，他是認爲先有口說傳統，然後才有文字書寫傳統[60]。這個認定，在他的理論中是必要且重要的一部份。可是，他並不以爲文字傳統崛起後，口說傳統便遭替代了，所以他接著又說：

治韓詩者不雜齊魯、傳伏書者不知孔學，諸家章句訓詁，有專書矣。門人弟子撰引稱述，雜見傳紀章表者，不盡出於所傳之書也。而宗旨卒亦不背乎師說，則諸儒著述成書之外，別有微言緒論口授其徒，而學者神明其意，推衍變化，著於文辭，不復辨爲師之所詔與夫徒之所衍也（以上皆見〈言公上〉）。

這裡，他先肯定有口說傳統與文字書寫並行的現象，並進一步指出口說傳統具有傳述的特性，師傳弟述，述者即可能存有推衍變化、不盡符合師說的情況，傳述之中便有創造。正因爲他注意到這一點，所以他不能同意當時辨僞派的講法：

兵家之有太公《陰符》、醫家之有黃帝《素問》、農家之有神農《野老》，先儒以爲後人僞撰而依託乎古人。其言似是，而推究其旨，則亦有所未盡也。蓋末數小技，造端皆始於聖人，苟無微言要旨之授受，則不能以利用千古也（〈詩教上〉）。

微言授受，是因襲繼承中的創造活動，不能稱爲作僞。乃是傳述者依他聽來的東西，神明變化，推衍其意，著於竹帛。這種傳述，「通其學者，述舊聞而著於竹帛焉，中或不能無得失，要其所自，不容遽昧也」（同上）。

實齋此一種觀念，並不只用在反辨僞或處理先秦文化大變遷階段的問題上，也用在其他地方。例如〈朱陸篇〉即說：「古人著於竹帛，皆其宣於口耳之言也。言一成而人之觀者千百其意焉，故不免有向有背」，這就是在解釋語言傳述爲何容易產生歧義了。語言傳述固然會有這些向背得失的創造部份，也仍有其因襲相承的部份：「夫朱子之授人口實，強半出於語錄。語錄出於弟子門人雜記，未必無失初旨也。然而大旨實與所著之書相表裡，則朱子之箸於竹帛，即其宣於口耳之言」。凡此，皆可充分說明實齋之傳述理論，正是由他對口說的重視和對口說性質之理解而來。

也因爲如此，實齋才會注意到戴震的口談，並予以批評。〈書朱陸篇後〉云戴震常譏詆朱子。這些言論，因未筆之於書，一般人不太會去討論它，但實齋不以爲如此，他說：

> 戴君筆於書者，其於朱子有所異同，措辭與顧氏寧人閻氏百詩相似，未敢有所譏刺，固承朱學之家法也。其異於顧閻諸君，則於朱子間有微辭，亦未敢公然顯非之也。而口談之謬，乃至此極，害義傷教，豈淺鮮哉？或謂言出於口而無蹤，其身既歿，書又無大牴牾，何必爲欲摘之以傷厚道？不知誦戴遺書而興起者尚未有人，聽戴口說而加厲者滔滔未已。

這是他重視口說，而與其他思想家不同的例證。故其論學術傳統，甚重師說。內篇有〈師說〉一文，謂師弟授受，在「竹帛之外，別有心傳；口耳轉受，必明所自。不啻宗支譜系不可亂也」，尤可見其宗旨。實齊是相信「書不盡言，言不盡意」的人，認爲言是第一度表達，書是再表達，故其表意功能，要低於言。師弟相傳，除了看書本子以外，更重要的是老師口授之微言。此類微言，當然仍不能盡意，弟子須要會意於語言文字之表，乃能得師心傳㉛。但口授微言，還是極爲重要的。他斷定「諸儒著述成書之外，別有微言緒論口授其徒」（〈言公上〉）「世氏師傳，講習討論，則有具於書而不必盡於書者」（〈述學駁文〉）。故論者除了文字外，更應注意口傳的部份。㉜

要合「文」與「言」，才能構成實齋完整的名教論。而這套理論，從學術史上看，有什麼值得注意之處？

我們都知道，乾嘉樸學大盛，後則有常州學派崛起，其學始於武進莊存與。存與生於康熙五八年，卒於乾隆五三年，年輩甚早，但其學與當時風氣殊不相合。阮元〈莊方耕宗伯經說序〉謂莊氏「於六經皆能闡抉奧旨，不專爲漢宋箋注之學，而獨得先聖微言大義於言文之外」「所學與當時講論或枘鑿不相入，故秘不示人。通其學者，門人邵晉涵、孔檢討廣森及子孫數人而已」。蓋爲乾隆間經學之旁支，自謂能於文字之外，獨得聖人之微言大義，與主流學風迥異者也。這種學風，後經其門人推闡宣揚，遂發展成清末波瀾壯濶的公羊學。

此一學風的特色，一是不甚重視辨僞，如龔自珍撰〈莊存與神道碑道銘〉對莊氏不辨《尚書》今古文之眞僞便頗爲稱贊。二是反對乾嘉樸學，喜言經世。三是爲學貴通大義，不屑屑於訓詁名物。但不從文字訓詁，如何能得大義呢？這些學者便發展求大義於文字之外的辨法，那就是從口說方面去講「微言大義」。康有為《春秋董氏學》卷一說得非常清楚：「凡傳紀稱引詩書皆述經文，獨至《春秋》則遍周秦兩漢人傳記、文史所述者，皆未嘗引文，但稱其義。故知《春秋》言微，與他經殊絕。非有師師口說之傳，不可得而知也」。口傳心授，只從文字上是不能盡知其義的。

這種學風，始於莊存與，邵晉涵即為其弟子。而我們不要忘記了，邵晉涵正是章實齋最親近的朋友。實齋重口授心傳、反訓詁名物的態度，雖未必即受邵晉涵莊存與影響而然，但其精神，方向、思路是一致的。這一點，從來未為人指出，殊覺遺憾。論實齋者均知邵晉涵之重要性，却僅溯源於邵念魯，而未一考實齋和莊存與治學途向之異同，實乃失之眉睫矣。

且常州派學風，在莊存與邵晉涵時代，只是萌蘖初發，其後陳立以《春秋繁露》《白虎通》說《公羊》，劉逢祿以何邵《公羊》說，講《論語》，乃逐漸形成了一幅群經大義公羊化的景觀。致使後人論此學風，專著眼於其公羊學方面。其實此派之重點，本不在《公羊》，只不過公羊家某些言論便於發揮其思路而已。早期學者，如魏源、龔自珍，亦皆不依《公羊春秋》立言。故我們看待此一學風，不能僅從今古文、公羊家的角度處理，而應當注意到它求微言大義，且「由訓詁聲音以進於典章制度，由典章制度以進於微言大義，貫經術政事文章於一」的復古精神。這種精神，是與其治學方法聯結為一的。章實齋恰好也即在這個地方，與他們忻合同風。不從實齋看，我們就看不清楚這一點（因為實齋好講《春秋》，却從不講《公羊》）。

不僅如此，後來講公羊學者，追究微言大義，謂《春秋》為寄託寓言、謂諸子著述為託古改制，其論事，固然各有按據，但其理路，難道不是實齋所講的那一套嗎？〈言公〉所揭寄託、代言、假擬……等等，發揮在經學史上，很自然就會形成晚清公羊學者的那些講法。這倒不是說康有爲等皆淵源於章實齋。而是說：在乾嘉樸學大盛之後，實齋或莊存與等，從另一種不同於樸學考據的角度，發展了一條新的路向，這條路向，逐漸波瀾壯濶，推衍萬端，但其理路並未超越實齋所指出的範圍。而且，莊存與只是示人以反乾嘉考據之典型，即爲後人推尊爲此派初祖，對於此一學風之精神與方法，論究殊不如實齋深入周備。却因實齋無門人族屬爲之推挹，且非經生，其說遂不爲世重，未嘗注意到實齋之學由在乾嘉轉換到道咸同光之間，學術史上的重要地位，實在是非常不公平的事。對於常州這一派學風，也因爲未注意到實齋，而不太能理解它爲何會形成。以致於如錢穆那樣，將之推源於蘇州惠氏，謂其學風乃承蘇州惠氏之風而益肆者。這就不免錯泝宗祊了⑥③。

當然，言說，在實齋整個理論體系中，只是補充性的，並非全從口傳方面去建立他的理論。因爲實齋所重，乃是名教。名含文與言兩者，「古人聲音之傳勝於文字」（〈詩教下〉），後世則以書寫代口耳，文字雖爲大宗，口說畢竟仍有價値與地位，故須兼論二者，其義乃備。文與言，在這個意義上，常分開討論，提醒人注意文字傳寫之外，還有個口說傳述在。但通常申言名教時，言文互用，往往不再辨別，如謂：「嗚呼！世教之衰也，道不足而筆於文，則言可得私矣」，這時他用「言」這個詞，便是與「文」互文見意的，這類情況，全書皆然。故口說傳統之重視，並不妨礙他文質合一、言事合一、名實合一的立場，且強化了他「主文」的態度。因爲「言之不文、行之不遠」，言依然是要文的。

這就是實齋文史學的大概。

附註

❶ 張其昀文，刊於民國十一年五月《學術》月刊第五期。民國六五年杜維運黃進興編《中國史學史論文選集》時，收入本文。五十多年來，對章實齋的了解，事實上也仍與張文差不多。唯本文既從詮釋實齋的三種路向上，說明歷來解釋實齋之誤，顯見筆者不以民國以來汗牛充棟之實齋研究為然，沒有一篇論文筆者敢予苟同，故以下若非論述必要，不再枚舉單篇論文或專著糾彈其謬。其次，由於本文旨在重新理解章實齋，所以實齋之文字均需重新解讀。在論文寫作中，不能不大量引述實齋原文，即基於這個理由。但正文論敘，自有脈絡，相關言論，不可能全部列秩於文中；相關的問題，也必須割愛。這些都只能在註文中處理，讀者幸垂意焉。

❷ 實齋有時亦自詡其史學。但言各有當，且各有發言的因緣與重點，不能執之以為實齋的用心僅在於史。彼〈與孫淵如觀察論學十規〉自謂：「鄙人所業，文史校讎」，「文史之爭義例，校讎之辨源流」，彼方斷斷不已也。錢穆對這一點看得最透徹，他於民國五五年十一月十七日有信給余英時說：「實齋提倡史學，實於史學無深入，無多貢獻可言。實齋史學可分幾方面言之，一為平章學術，乃從其校讎學來」（余英時《猶記風吹水上鱗》，民八十，三民，附錄）。的確，實齋在史學上無多貢獻，有之，則在於他是用校讎學以平章學術。

❸ 實齋對乾嘉流行之考證學風，當然是不滿的，但研究者僅注意到實齋欲以史學矯當日治經之弊，或由「朱／陸」「浙東／浙西」之辨，論當時不言義理及言義理而不切人事之非，恐猶未能知實齋也。實齋有時很瞧不起考證家們不會作文，如〈答沈楓墀論學〉言：「近代學問如戴東原，未易易矣。其所考訂與發揮，文筆清堅，足以達其所見。而記傳文字，非其所長；纂修志乘，固亦非其所解。委而不為，固無傷也。而强作解事，動成窒戾」，顯然是在考證之外，別標文史。今僅謂實齋言史，所以矯乾嘉經學考據之病，則

其言文非亦欲矯時病乎？何以竟不齒及？

且吾人當知乾嘉考據，本是史學，故此雖別標文史，然實齋以之矯治時風者，實在文而不在史。何以見得呢？實齋〈與陳鑑亭論學〉說：「《文史通義》，專爲著作之林校讎得失。著作本乎學問，而近人所謂學問，則以爾雅名物、六書訓故，謂足盡經世之大業。雖周程義理、韓歐文辭，不難一吷置之。其稍通方者，則分考訂、義理、文辭爲三家，而謂各有其所長。不知此皆道中之一事耳，著述紛紛，出主入奴，正坐此也。鄙人〈原道〉之作，蓋爲三家之分畛域設也」。這是實齋想從三者原出於道這個角度，把辭章、義理、考據三者打併爲一，用以矯時人但知考據而不屑於義理與文辭之弊。但更進一步，從救治時弊這個立場上看，則他又只論文辭了。〈答沈楓墀論學〉說得好：「夫考訂、辭章、義理，雖曰三門，而大要者有二：學與文也，理不虛立，則固行乎二者之中矣。……陶朱公曰：『人棄我取，人取我與』，學業將以經世，當視世所忽者而施挽救焉，亦輕重相權之義也。今之宜急務者，古文辭也。攻文而仍本於學，則既可以持風氣，而他日又不致爲風氣之弊矣」。辭章義理考證三門，他將之簡化爲文與學兩類，並以提倡文辭爲急務。只不過因爲道通爲一，所以實齋並不把文與學對立起來，以文反學；而是主張文與學相濟，以考據之實學，加上文采辭章。所謂：「攻文而仍本於學」「文非學不立，學非文不行，二者相須，若左右手」。實齋自認爲如此方屬良醫之手段，「夫醫之療疾，攻寒以熱，治積宜消。然而寒熱相搏，幾於無止。是以良醫當積實而預爲返虛之防，今日之論文而不敢忽學是也」。——由此看來，實齋是如何矯當日考據之弊，豈非彰彰甚明？錢穆《近三百年學術史》所提示的解析路向，對此可說完全找錯了門。

❹ 實齋所云「經世」者，當然也不能只這樣解釋，但實齋之學的大綱維大根本大方向是如此。至於經世一辭，實齋之意只是強調學問要有益於世而已。如前舉〈答沈楓墀論學〉即云：「學業將以經世，當視世所忽者而施挽救焉」，則其所謂經世，係指應重視文學以矯考據之弊，此即有益於世用矣。又〈與陳觀民工部論史學〉云：「史志經世之業」「顧天錫父子列傳……僕周窺全集，而擷其要領，剪裁部勒，爲此經世大篇，實費數日經營」，經世一辭，也都不指實際應用於人事方面，而是指文章。

❺ 實齋反對戴震以訓詁名物爲治學之道，可以〈說文字原課本書後〉爲代表。該文說：「或曰：『聯文而後成辭，屬辭而後著義，六書不明，五經不可得而誦之』。然則數千年來，諸儒尙無定論，數千年人不得誦五經乎？」這是針對戴震〈與是仲明論學書〉所說「由字以通其詞，由詞以通其道」之治經方法的批評，與他在〈書朱陸篇後〉委婉的說法不同。在〈書朱陸篇後〉中，實齋謂「戴君所學，深通訓詁，究於名物制度而得其然，將以明道也。時人方貴博雅考訂，見其訓詁名物有合時好，以爲戴之絕詣在此。……是固不知戴學者矣」，只是希望世人勿執指而忘月。但在這裡卻直接批判戴震的方法與方法論，謂其指不能指月。〈又與正甫論文〉重申此申，曰：「近日言學問者，戴東原氏實爲之最，以其實有見於古人大體，非徒矜考訂而求博雅也。然戴氏之言又有過者。戴氏言曰：『誦〈堯典〉至「乃命羲和」，不知恆星七政則不卒業；誦〈周南〉〈召南〉，不知古音則失讀；誦古禮經先士冠禮，不知古者宮室衣服等制，則迷其方』。戴氏深通訓詁，長於制數，又得古人之所以然，故因考索而成學問，其言是也。然以此概人，謂必如其所舉，始許誦經，則是數端皆出專門絕業，古今寥寥不數人耳，猶復此糾彼訟，未能一定，將遂古今無誦五經之人乎？」——以上兩種說法，直婉雖殊，卻都不能說他是主張「通今」故與戴震異趨者。

❻ 《校讎通義》有云：「後世文字，必溯源於六藝」（〈原道〉）。故不只諸子出於王官，一切著作也都爲六藝之流別：「廿三史，皆春秋家學也」「顏氏《匡謬》、邱氏《兼明》之類，經解中有名家矣」「得尙儉兼愛之意，則老子貴嗇、釋氏普度之類，二氏中有墨家矣」「韓愈之儒家、柳宗元之名家、蘇洵之兵家、蘇軾之縱橫家、王安石之法家」「類書……其有原委者，如《文獻通考》之類，當附史部故事之後。其無原委者，如《藝文類聚》之類，……附其說於雜家之後可矣」（〈宗劉〉）。這裡所謂的流別，一方面是出於眞正的源流相傳；一方面是實齋依後世著作之性質做的歸類，推溯其原，謂其應出於某官某經，或應附於某一類，以便「使六藝不爲虛器而諸子得其統宗」。讀其書者，自應注意他論史的方法問題。蓋此中混雜了兩種敘述方式，一種是對歷史上（作者相信）已發生過之事蹟的描述；一種則只是表達實齋在四部既分之後，努力將子史集部諸書類秩於六經之下的意願。問題是這種意願亦以歷史敘述出之，彷彿佛老

眞是出於墨家者流。且凡不知此某出於某家者，實齋便大罵別人不識文章流別、不明著述宗旨。但這種編排類秩所形成的源流史，本即出於實齋之擬構，它與「歷史」有時是會不一致的。這種參差，如何處理？例如他把《管子》歸入道家，本是溯其源流之意,此等歸類溯源,只能依其著述宗旨，大體言之。可是「出於道家」的《管子》書中，何以又有明顯可以歸入其他家的思想呢？實齋乃想出了一個「裁篇別出」的辦法，謂〈弟子職〉可入小學、〈三朝記〉可入論語，別出門類，另有來源。《校讎通義・別裁》專論此義。故所謂「別裁」，實即彌縫實齋源流史建構之輔助性原則。不能將它孤立起來，脫離實齋的理論架構而視爲方志學及目錄學中之一般原則。姚振宗《漢書藝文志條理》說此法「使其自著一書，則發凡起例，無所不可；若以例班氏之志，則支離破碎，多見其煩瑣無當者矣」，甚是。關於「互著」與「別裁」二例，講目錄學的人，或以爲啓迪自鄭樵，如劉申叔〈校讎通義箴〉；或以爲乃暗竊祁承㸁之《庚申整書略例》，如文廷式《純常子枝語》卷二十六。却都不曉得此二法係專爲解決實齋學說中之問題而設，非鄭樵或祁承㸁所能有，故錯述宗祊矣。另參胡楚生《中國目錄學研究・論章實齋互著別裁之來源》一文，民七六，華正書局。另參注十三。

❼〈史釋〉：「以吏爲師，三代之舊法也。……東周以還，君師政教不合於一，於是人之學術，不盡出於官司之典守。秦人以吏爲師，始復古制，而人乃狃於所習，轉以秦人爲非耳」、《校讎通義・原道第一》：「秦人禁偶語詩書，而云以吏爲師，……則猶官守學業合一之謂也。由秦人以吏爲師之言，想見三代盛時，禮以宗伯爲師、樂以司樂爲師、詩以大師爲師、書以外史爲師、三易春秋亦若是則已」。他對戰國時期諸子蜂起、百家爭鳴的現象，與我們有截然不同的評價。我們認爲那是學術的黃金時代，他則嚮往官師合一如三代如秦那樣的「盛世」。

❽余英時曾引錢穆說，謂實齋未能寫出〈春秋教〉，係因持孔子「有德無位故不能制作」之說，以致不能落筆。見錢穆〈孔子與春秋〉，收入《兩漢經學今古文平議》；余英時〈章學誠的六經皆史說與朱陸異同論〉。案：此說未諦。實齋在六經中，未寫〈樂教〉，因爲樂入於詩禮之中，自不必單獨再寫〈樂教〉。同

理，書亡而後春秋作，書亡，故〈書教〉本可不寫，已寫〈書教〉即不必再寫〈春秋教〉。其次，實齋的〈書教〉事實上是在說明：「周官之法亡而尙書之教絕」「世儒不達，以謂史家之初祖實在《尙書》，因取後代一成之史法紛紛擬《書》者，皆妄也」「周官法廢而書亡，見春秋之體也」。亦即言春秋之體，並奪後世託尊史祖於《尙書》之榮耀歸於《春秋》。故謂此文爲〈春秋教〉可也，何必復爲《春秋教》耶？余英時不同意日人高田淳「實齋〈春秋教〉即包含在〈書教〉篇中」的看法，恐未知實齋之意趣耳。

⑨ 〈申鄭・答客問上〉：「六經皆史也。形而上者謂之道，形而下者謂之器。孔子之作春秋也，……蓋將即器而明道。其書足以明道矣，籩豆之事，則有司存，君子不以是爲瑣瑣也。道不明而爭於器、實不足而競於文，其弊與空言制勝、華辯傷理者，相去不能以寸焉」、〈藉書園書目序〉：「夫古者官府守書，道寓於器。詩書六藝，學者肄於掌故而已」，也都是說古代是道寓於器，後來是即器明道，但常流於執器、道不明而爭於器。另外，據〈申鄭篇〉所云，則可推出實齋對史書寫作的看法，蓋以史爲即器明道之物，若太瑣細地考索記載典章名物度數，便是執著於器了。他區分著述與纂輯比次，正以此爲言。詳後文。

⑩ 〈婦學〉：「春秋以降，官師分職，學不守於職司，文字流爲著述。丈夫之秀異者，咸以性情所近，撰述名家（此指戰國先秦諸子家言以及西京以還經史專門之業）。至於降爲辭章，亦以才美所優，標著文采（此指西漢元成而後及東京而下諸人詩文集）」，官守之學下降爲專門名家著述，再下降爲文集。文集再下降則有類書，如〈文集〉云：「著作衰而有文集，典故窮而有類書」「自校讎失傳而文集類書之學起」。類輯比次之學，依實齋看，是比文集還不堪的。此外，他所批評的，尙有說部、詩話及語錄，〈與林秀才〉曰：「能文之士則有文集、涉獵之家則有說部、性理諸子乃有語錄。斯三家者，異於專門經史子術，可以惟意所欲，好名之士莫不爭趨」、〈詩話〉：「撰語錄以主奴朱陸，則盡人可能也。……好名之習，作詩話以黨同伐異，則盡人可能。以不能名家之學，入趨風好名之習，挾人盡可能之筆，著惟意所欲之言，可憂也、可危也」。

⑪ 〈藉書園書目序〉：「古者官府守書，道寓於器；《詩》《書》六藝，學者肄於掌故而已。及其禮失官廢

，師儒授受，爰有專門名家，相與守先待後，補苴絕業。夫官不侵職、師不紊傳，其名專而易循，其道約而可守，是故書易求而業亦易成也」，其後則「致力倍難於古人，觀書倍富於前哲，而人才愈下，學識亦愈以卑汙」。

⑫ 實齋論末流之失，如〈朱陸〉：「朱子之流別……一傳而爲勉齋九峰、再傳而爲潛溪義烏、五傳而爲寧人百詩，則皆通經服古，學求其是，而非專己守殘、空言性命之流也。自是而外，文則入於辭章、學則流於博雅，求其宗旨所在，或有不自知者矣」，乃專就理學言。〈史注〉謂：「同聞而異述者，見畸而分道者，源正而流別者，歷久而失眞者」，乃就流傳而生弊之理說。但大部份則是從校讎分部上說，如〈釋通〉：「末流寖失而學者囿於見聞：訓詁流而爲經解，一變而入於子部儒家，再變而入於俗儒語錄，三變而入於庸師講章。不知者習而安焉，知者鄙而斥焉，而不知出於經解之通而失其本旨者也。載筆彙而有通史，一變而流爲史鈔，再變而流爲策士之類括，三變而流爲兔園之摘比。不知者習而安焉，知者鄙而斥焉，而不知出於史部之通而亡其大原者也」。一切學術，可說都是因流別、流變而生末流之弊的。

⑬ 實齋之論學術源流，只是要示人以彷彿，如見三代學術規模，並非謂某家眞出於某。他在〈書貫道堂文集後〉中明白指出：「傳經之學，自東京以後，即不能一一究其授受淵源」，並花了五六百字批評費密所論之儒者授受源流，曰：「分支別派，各注源流，欺天乎？欺人乎？」可見源流不可鑿指、流別不可泥看。彼〈與孫淵如觀察論學十規〉說：「稱先述古，以云明例，非云窮類也。明例則舉一自可反三，窮類則挂九不免漏一」，其言流別，皆以明例而已。另詳注六。

實齋論學術源流，乃以明例，而非眞以爲某出於某，故其校讎，實亦非目錄之學，余嘉錫謂其《校讎通義》「所言得者二三而失者六七，並七略別錄逸文，亦不肯一考，而侈口論劉班義例，故多似是而非」（〈書章實齋遺書後〉）。甚是。然此是以目錄之學求之，故覺其多謬也。實齋本意，初不在言劉班義例，論實齋者，要於此具眼。

⑭ 〈易教中〉又云：「太玄、元苞、潛虛之屬，乃是萬無可作之理，其故總緣不知爲王制也」。

⑮ 章學誠對於朝廷以官學方式提倡儒術，缺乏批判的反省，所以才會說：「漢廷儒術之盛，班固以謂利祿之塗使然，蓋功令所崇，賢才爭奮，士之學業，等於農夫治田，固其理也」（〈婦學〉）。又爲此官學辯護曰：「後王以謂儒術不可廢，故立博士，置弟子，而設科取士，以爲誦法先王者勸焉。蓋其始也，以利祿勸儒術；而其究也，以儒術徇利祿。斯固不足言也。而儒宗碩師由此輩出，則亦不可謂非朝廷風教之所植也。……學校科舉，奔走千百才俊，豈無什一出於中人以上者哉！」

⑯ 對於君主威權下的文士生涯，實齋亦不能無所感受。《文史通義》中〈感遇〉與〈感賦〉兩篇，感激蒼涼，對於那個時代知識份子「進不得祿享其恆產，退不得耕獲其恆產，處世孤危」的處境，寫得深刻萬分。實齋當然想藉此辯說他不得不擁護或依附王權的立場，因爲士人「三月無君，則死無廟祭，生無宴樂，霜露怛心，淒涼相弔，聖賢豈必遠於人情哉」。但這種依附又未必有結果，士人只能乞求幸運地被賞識，獲遇明主。而「宇宙闊而書生小，文事畸而遇合殊」，遂不能不慨嘆「天何爲而生才」了。這兩篇全未觸及理論問題的感性文章，收在《文史通義》內篇中，其實是有深意的啊！

可是實齋的感遇，畢竟只是文人的感傷。他由此深入探索文士處境如此艱困的原因時，只想到「官師分立」。以爲是學不守於官之後，士不再是爵秩了，要獲得祿位，就只能向在位者去求，所以才形成遇不遇的問題。這種思考是不通達的。以嚴復的講法來對照。我們便可以看出實齋的侷限。嚴譯《法意》第十五章按語曰：「西方之君民，眞君民也，君與民皆有權者也。東方之君民，世隆則爲父子，世汙則爲主奴，君有權而民無權也。……西方之言倫理也，先義而後仁，各有其所應得也。東方之言倫理也，先仁而後義，一予之而後一得也」，實齋所感嘆的文人遇合之畸，正起於君有權而民無權，故士不能得其所應得，而唯仰君主之給予。所謂文章沁乎心脾，而風采佇於延覽；若不幸遭遇汙世，更可能十死累囚。他徒致慨於遇合之難，而未反省到這種政治權力結構應予調整，當然是無力的。

⑰ 見錢穆《中國近三百年學術史》第九章。

⑱ 〈史釋篇〉也說：「周官府史之史，與內史、外史、太史、小史、御史之史，有異義乎？曰：無異義也。

府史之史，庶人在官書役者，今之所謂書吏是也；五史則卿大夫士爲之，所掌圖書、記載、命令、法式之事，今之所謂內閣六科、翰林中書之屬是也」。

⑲ 〈史學例議下〉說：「周書今著於經，不得不稱謂當日之史書矣，其在周官，又出何人所纂輯邪？……則五史所掌，安知彙而輯之者之必無其人？」

⑳ 〈黠陋〉：「言文章者宗《左》《史》。《左》《史》之於文，猶六經之刪述文。《左》因百國寶書，《史》因《尚書》《國語》及《世本》《國策》《楚漢春秋》諸記載，已所爲者十之一，刪述所存者十之九也。君子不以爲非也。彼著書之旨，本以刪述爲能事，所以繼《春秋》而成一家之言者」。

㉑ 假設問答的寫作方式，又詳於〈匡謬篇〉。曰：「《國策》一書，多記當時策士智謀。然亦時有奇謀詭計，一時未用，而著書之士愛不能割，假設主臣問難以快其意。如蘇子之於薛公及楚太子事，其明徵也」，謂《國策》所載未必爲實事。又曰：「假設問答以著書，於古有之乎？曰：有從實而虛者，……有從虛而實者，……有從文而假者，……有從質而假者。……後世之士，摛詞掞藻，率多詭托，知讀者之不泥跡也。……且文有起伏，往往假於義有問答，是則在於文勢則然，初不關於義有伏匿也」，分析假設問答的寫作類型甚具見識，對於此類寫法可能形成的流弊，文中也有抉發，不具引。又、有關假擬設問之寫作及詮釋問題，詳龔鵬程〈論李商隱的櫻桃詩：假擬、代言、戲謔詩體與抒情傳統間的糾葛〉，收入《文學批評的視野》一書，民七九，大安。

㉒ 乾嘉學風原本是一「以史學代替哲學」的潮流，詳勞思光《中國哲學史》第三卷，序論及第八章。實齋〈邵與桐別傳〉云四庫徵書時，「遺籍秘冊，薈萃都下，學士侈於聞見之富，別爲風氣，講求史學，非馬端臨氏之所爲整齊類比，即王伯厚氏之所爲考逸搜遺」，也可見當日史學之盛。乾嘉學風，即是如此。正因乾嘉學風本質上是一史學活動，故我們不能把實齋之學視爲乾嘉學風由經學轉入史學的標幟，也不能說實齋欲以史學矯當時經學之弊。互詳註三。

㉓ 實齋六經皆史說，錢穆謂其與袁枚〈史學例議序〉同。其後錢鍾書《談藝錄》亦以此爲說，並歷舉劉道原

、王伯厚、王陽明、王世貞、胡元瑞、顧炎武諸人語，謂爲實齋之先導。其實諸人之說，各有宗旨，全不相蒙，非一家親戚也。如陽明云「以事言曰史、以道言曰經，事即道、道即事，春秋亦經，五經亦史」，與實齋從書吏檔案言六經皆史，根本不同；即道即事，史以示訓誡云云，亦實齋所不言者。王元美說「天地無非史而已，六經，史之言理者也」，與實齋更是了不相涉。至於袁枚之言，本是序《史學例議》，相題發聲，何可據爲典要？且實齋言六經皆史，乃以六經爲聖王政典，不准後人僭擬。簡齋曰古有史而無經，則是用以破時人尊經之念，說「六經之言，亦未必其言之皆醇也」（文集卷十〈答定宇第二書〉）。因爲袁氏原本就自承：「余於經學，少信多疑」（文集卷十〈虞東先生文集序〉），故擬《三禮》、疑《論語》。實齋對經學，尤其是對《禮》的態度，與他可謂南轅北轍。摘其語之貌似者，遽言其爲同類，豈論學之道？要之，實齋六經皆史說，與前此各家均不相同，世之論實齋者，於此皆不能辨別。以余所見，能知實齋之說關鍵在於官師合一者，唯胡楚生《清代學術史研究·章實齋「六經皆史說」闡義》而已。但胡氏文，旨在辨明此說與六經皆史料說的不同，尚未詳言實齋與其他各家之不同。袁章之異，更是無人注意，殊可嘆也。

㉔ 實齋又說：「戰國諸子稱道黃農虞夏，殆如賦詩比興，惟意所欲，並非眞有前代之禮可成一家學術者也」，見〈與孫淵如觀察論學十規〉。說明了戰國諸子依托之眞象。

㉕ 實齋批評盜用他人文章者，以〈又與朱少白〉一文最痛切，因邵晉涵後人謠傳實齋盜竊畢沅《史考》及邵氏文稿，故言之不免激憤。

㉖ 實齋在此不但區分史考史纂與史學之不同，也區分學問與功力之不同。「記誦名數，搜剔遺逸，排纂門類，考訂異同，途轍多端，實皆學者求知所用之功力爾」，批評當時學者之史纂史考，皆屬於功力這一類，並非學問，又見〈又與正甫論文〉〈博約中〉。

但實齋瞧不起他們，他們也鄙視實齋。錢鍾書《談藝錄》說：「實齋記誦簡陋，李愛伯、蕭敬孚、李審言、章太炎等皆曾糾其疏闕。然世人每有甘居寡學，以博精議創見之名者，陽爲與古人夢中暗合，實則古人之白晝現形，此亦仲長統『學士第二姦』之變相也。實齋知博學不能與東原容甫輩比，遂沾沾焉以識力自命」。余嘉錫〈書章實齋遺書後〉也惜其讀書未博，「性既健忘，又自視太高，除創通大義數十條外，他皆非所措意，徵文考獻，輒多謬誤。……徵引群書，往往失之眉睫之前，屬辭比事，有絕可笑者。雖曰隨筆箚記，本無意於著述，然其讀書亦太鹵莽滅裂矣。……不知李延壽爲何人之子、唐明宗爲何朝之帝，以演義爲三國志、以長編爲宋末書，荒疏至此，殊非意料所及者矣」（收入《余嘉錫論學雜著》）。從考徵文獻的角度看，實齋當然是很差的，近人以言史料推崇之，豈不找錯了門牌嗎？

㉗ 實齋主張專門之學必須有師承，原因也是如此。〈家書二〉：「古人重家學」，家學之外，則有師說，見〈師說篇〉。又〈與史餘村論文〉云：「爲文不可不知師承，無師承者，不能成家學也」，亦是强調師承。〈和州志藝文書例議〉說古人學術自有授受，後世「學無專門，書無世守。轉不若巫祝符籙、醫士秘方，猶有師傳不失之道」，則是將師承、家學和古代世襲官守的學術狀況連在一塊兒思考，强調師承亦即所以復古學矣。

㉘ 學習語言的過程，即是塑造我們自身的過程，實齋〈與史餘村論文〉言之最晰。彼云：「僕尙憶生二三歲時，初學言語，凡意所欲達而不能出諸口者，遍聽人言，恍惚而不可蹤跡。惟姊氏長吾六歲，提攜抱負，朝夕相親，又時時引逗吾言以資歡笑。僕於當時覺非姐之言不可學也。……是嬰兒雖與能言者處，亦必於能言之中擇取一人，然後有所據而學之」。學人言而後能言，且其所能言、能見一人之特性風格者，正因爲他在學習過程中已有了依據與擇取。這種「依據」關係，他用自己學文章的經過來說明：「僕嘗學古文辭於朱先生，遣辭造句，侔色揣稱，蓋不啻一步一趨，不敢稍越，縱使左馬復生，不敢易吾範也」。這時，這個被自己選擇的傳統，即成爲塑造自己表達自己的依據，使我能言。我既能言，則「惟吾意之所之。今足下視吾文，豈與朱先生相似哉？亦足以發明吾道而已」。

㉙ 詳見伽達瑪（H.G.Gadamer）《理性・理論・啓蒙》（民國七九・李曉萍譯・結構群）。本書以「文化和詞」開端，以「語言的表達力」「完美的德語」作結，與實齋的理論有奇妙的相似對照關係，故舉以爲

例，用助說明。

㉚ 〈詩教下〉曾說：「善論文者，貴求作者之意指而不可拘於形貌也」，似乎是主張求作者之本意的。但這其實是指論文不可僅論文采，故〈答朱少白書〉：「鄙著正因世俗拘文體爲優劣，而不察文之優劣並不在體貌推求。故撰〈砭俗〉之篇，欲人略文而求實也」。

㉛ 這裡涉及歷史解釋的客觀性問題。傳述者述古時，若不求其似，且謂賢不肖存乎其人，各取其似。那麼，歷史解釋的客觀性何在？一般論歷史解釋之客觀性者，其客觀性的依據，可能是歷史事實、可能是語言規律、也可能是作者本意，從這幾方面來判斷一個解釋是否客觀可靠。實齋因不追求歷史解釋的客觀性，所以也不必去追問歷史解釋客觀性之依據爲何。但實齋不講「似」而講「是」，是指歷史解釋的合理性，這種合理性又以什麼來判斷呢？從實齋書中看，他應是以「王道」及「源流」爲判準的，合於他理想的王道和學術源流才是。這是以理想的典型，替代了歷史的典型，故與一般復古論者不同。

㉜ 〈雜說〉又云：「三百之詩具在也，文字無所加損也、聲音無所歧異也，體物之工、言情之婉、陳義之高，未嘗有所改變也，然而說詩之旨一有所異，則詩之得失胥壞判焉。是則文章之難，不在其言，而在其所以爲言也」。言不變，所以爲言變了，整個意義即隨之轉變。言與所以言的配合關係，複雜至此。

㉝ 實齋〈論課蒙學文法〉即專論敘事之法，曰：「敘事之文，其變無窮。故今古文人，其才不盡於諸體而盡於敘事也。蓋其爲法，有以順序者、以逆敘者、以次敘者、以牽連而敘者、斷敘者、錯綜敘者、假議論以敘者、夾議論而敘者、先敘後斷、先斷後敘、且敘且斷、以敘作斷、預提於前、補綴於後、兩事合一、一事分兩、對敘插敘、明敘、暗敘、顚倒敘、迴環敘。離合變化，奇正相生，如孫吳用兵，扁倉用藥，神妙不測，幾於化工」。這些文法，可以和明清批書人常用的文法修辭觀念合看。實齋所講的史法，大例如是。

㉞ 許冠三《劉知幾的實錄史學》認爲實齋方志立三書之議，胎元於劉知幾，因爲劉氏曾建議作史者應在表志之外，另立一「書」，專收表詔誥移檄等文。其實章氏引劉知幾此說，是用來說明《尚書》之學後來折入

《春秋》，並指責後世强分記事之史與記言之史。劉知幾也不曾談到什麼詩、春秋、官禮之教。

㉟ 葉瑛《文史通義校注》謂湘綺未達章氏徵文佐史之意。是不了解這其中的問題。

㊱ 實齋論成學，有幾個層次。一是須本於才性天資，依自己的才性特質，擴充發展以成專門名家。〈博約下〉：「學術功力必兼性情，爲學之方不立規矩，但令學者自認資之所近與力能勉者而施其功力，殆即王氏良知之遺意也。……高明者由大略而切求，沈潛者循度數而徐達，資之近而力能勉者，人人所有，則人人可自得也。……欲人自識所長，遂以專其門而名其家」。依一特殊的才性，發展出來的必然是某一專門之學。但這一專門之學並非一孔之見，他要求在博雅的基礎上形成專門之學，故云：「道欲通方而業須專一」（〈博約中〉）「學者貴博而能約，未有不博而能約者也。以言陋儒荒俚，守一先生之言以自封域，不得謂專家也」（〈博約中〉）「博文以爲約禮之資，詳說以爲反約之具，博約非二事也」（〈博雜〉）「聞見猥陋，不足成家，而好騁繁富，不知所裁，亦失古人著書宗旨」（〈爲畢制軍與錢辛楣宮詹論續鑑書〉）。意思是說，要在博學的基礎上，依個人的別識心裁以及對學術源流的了解，形成一套有宗旨、有組織的學問，才足以成家，成爲「有主之學」。

㊲ 實齋論文質，如「記注無成法，則取材也難；撰述有定名，則成書也易。成書易，則文勝質矣。取材難，則僞亂眞矣。僞亂眞而文勝質，史學不亡而亡矣」（〈書教上〉）「文章之用，內不本於學問，外不關於世教，已失爲文之質」（〈俗嫌〉）「文生於質，視其質之如何而施吾文焉，亦於世教未爲無補」（〈砭俗〉），均採傳統文質論一般性的講法，但多與世教有關。詳後文。

㊳ 何炳松說：「章氏對史學上第三大貢獻，我以爲就是他所說的『天人之際』，完全就是我們現在所說的歷史上的客觀主義和主觀主義」（《章實齋先生年譜》序）。完全是胡說八道，只有根本不了解中國哲學的人才能講出這種話。

㊴ 〈又與朱少白〉：「學者風氣，不知近來京師如何？江浙之間，一二聞見所及，實爲世道人心憂慮。蓋好名之習，漸爲門戶，而爭勝之心，流爲忮險。學問本屬光明坦途，近乃釀成一種枳棘險隘、詭譎曖昧，殆

於不可解釋者」，對於當日學風深表不滿。實齋之學，乃是由這種對時代風氣整體的感受中發展出來，非如余英時說，只是面對考證學派及要與戴震競爭的心理狀態。

㊵ 章云：「馬班二史，於相如揚雄諸家之賦，俱詳載於列傳。自劉知幾以還，從而排詆非笑者，蓋不勝其紛紛矣。要皆不爲知言也。蓋爲後世文苑之權輿，而文苑必致文采之實蹟。以視范史而下傳標文苑而只敘文人行略者，爲遠勝也。然而漢廷之賦，實非苟作，長篇錄入全傳，足見其人之極思。殆與賈『疏』、董『策』爲用不同，而同主於以文傳人也」，又〈和州文徵序例〉也說：「相如、揚雄、枚乘、鄒陽，但取辭賦華言，編爲列傳。原史臣之意，雖以存錄當時風雅，亦以人類不齊，文章之重，未嘗不可與事業同傳」。

㊶ 雖然如此，才仍包括其寫作能力說，故章學誠曾根據劉知幾的史才三長論（「史才須有三長：謂才也、學也、識也」，見本傳）云：「義理存乎識，辭章存乎才，徵實存乎學」。史才有廣狹二義，狹義專指文才，廣義則兼含才、學、識。

㊷ 見許冠三，前揭書，第二章，頁二九。

㊸ 古人討論這一點，都說他是囿於時代風氣，但我想不是，而是他的文學家底子在左右著他的文學表達。

㊹ 由史學直書實錄觀點，去推崇劉知幾在「言語」中主張直錄當時口語的人，更不能懂劉氏爲什麼這麼說了。其實劉氏主張直錄口語，是有一個理論前提的：「言之不文，行之不遠」。但既然要文，爲什麼還提倡直錄口語呢？因爲「已古者即謂其文，猶今者乃驚其質」，記錄現在的口語，留到後代也成爲雅言了，所以不必爲了文而刻意修飾口語。這是他非常特殊的理論，中間有一層轉折。正因爲如此，他對非方言口語部分，就未必能夠容忍。這裏批評司馬遷採芻蕘鄙說，刊爲竹帛正言；〈敘事篇〉也說：「『史』『漢』之文，當乎《尚書》《春秋》之世也，則其言淺俗，涉乎委巷。……班馬執簡，既五經之罪人」。局部小地方他可以鼓勵方言俚語，因爲方言俚語將來也會變成古之雅言；在整體風格上，他卻是古典主義式的，要求典雅優美。

㊺ 文詞與事實不一定是一致的。合情合理的文句，未必有眞實世界的指涉與之對應：「我今天去看了一場電影」，理固可信，文未必詣實，我未必眞的去看了電影，也許我說謊了呢！文學的特性，就在於根本不追究語言與眞實世界的指涉關係，單單欣賞其文句組構之美及它傳達的意義。劉知幾反對的就是這一點。他堅持文與眞實是一穩定的、不證自明的關係，文實即是史實。文學的虛構性打破了或動搖了這個關係，所以他要予以批判。關於文學的特性、語言與眞實的關係，俱詳龔鵬程《文學散步》，七四，漢光公司。

㊻ 詳顏崑陽〈論魏晉南北朝文質觀念及其衍生諸問題〉（古典文學・七六・學生）。又，王應麟謂《史通》佚文中尙有〈文質〉一篇，當係就此立論。

㊼ 《春秋》所謂「微而顯、婉而通」，就是劉知幾所謂的晦。正因爲晦，所以有微言大義存乎其中。但它的通，是需要讀者去通讀才能顯現出來的，因此又有《公羊》《穀梁》等來解說它。換言之，記者非直寫，解者也不以實證的方式去解，而是把它當詩一樣去參悟體會的，以意逆志（清代常州派以讀《易》《春秋》之法讀詩，詳龔鵬程《詩史本色與妙悟》，七五，學生，頁七九—八二）。

㊽ 歷史之爲虛構，理由尙不只於此，這裏只是依劉知幾自己的意見深一層看，便發現史未必實而文未必虛。劉知幾對於這一點，並無了解，或者他是知道而旨在反對。因爲中國的史學，本來即有徵實和虛構二大系統：前者以《左傳》爲代表，主張史就是據事直書；後者以《公羊》爲代表，認爲《春秋》或其他史書多是寓言，未必眞有其事。劉知幾之〈申左〉，就是站在前一立場來批判後一路數。清末，章太炎亦嘗申左，其〈讀太史公書〉亦嘗力攻以史爲寓言之說，曰：「甚矣，曾國藩之妄也。其言曰：『司馬遷書，大半寓言』。史家之弊，愛憎過其情，與解觀失實者有之，未有作史而橫爲寓言者也。……若寓言者，可以爲實錄乎哉？」（《文錄續編・卷二之上》）與劉知幾是同一聲口。但事實上，言史爲寓言者，不僅曾國藩一人，崔適《史記探源》、康有爲《春秋董氏學》，甚至徐復觀，都有這樣的說法。另參龔鵬程〈論熊十力論張江陵〉（收入《文化、文學與美學》，七七，時報）、周翰〈歷史敘述中的虛構——作爲文學的歷史敘述〉（當代雜誌，二九期）。

㊾ 詳龔鵬程〈北朝最後的儒者．王通〉，民七七年十月，幼獅學誌二十卷二期。

㊿ 〈世家〉謂：「或傳國唯止一身，或襲爵才經數世，雖名班胙土，而禮異人君，必編世家，實同列傳，而司馬強加別錄，以類相從，雖得畫一之宜，詎識隨時之義」，批評《史記》的漢初封侯表。又說三晉與田氏，篡位立統之前是大夫，其後是諸侯，不能都列入世家，否則「君臣相雜，升降失序。何以責季孫之八佾舞庭、管氏之三歸反坫？」〈列傳篇〉又言項羽只能立傳，不能列為本紀，因為「羽之僭盜，不可同於天子」，故「項紀上下同載，君臣交雜」。諸如此類編次上的安排，都是以禮為中心的。

51 一、劉知幾的敘事實錄說，正因為充滿了禮的精神，故在本質上即是非實錄的，它洋溢著褒貶的價值判斷，務期撰史的功能，是能「申藻鏡，別流品，使小人君子臭味得朋，上智中庸等差有序，則懲惡勸善，永肅將來」（〈品藻〉）。這種價值判斷，自然是史官依其個人對歷史人物的了解，而加予的主觀判斷；但因為他以禮為依據，所以他相信這即是客觀的、永恆的判定，且可因撰史而達成道德上懲惡勸善的功能。這與實證的客觀主義史學，有根本上的差別。

二、由於劉知幾的歷史判斷，是依禮而行；所以在編次、人物稱謂等方面，都極重視上下尊卑長幼之序，連男女夫婦也是如此。例如秋胡，婚後數日即出外謀官，一去若干年，音耗全無；其妻在家守節，並採桑侍奉公婆。不料秋胡某日歸來，在陌上見一女子正在採桑，竟已不認得那乃是他的妻子，上前調戲之。後來他妻子發現這調戲他的無聊男子就是她為之守節的良人時，羞憤自殺。劉向將此故事，載入《列女傳》，劉知幾竟然頗為不滿，竟然說：「秋胡妻者，尋其始末，了無可稱，直以怨懟厥夫，投川而死。此乃凶險之頑人，強梁之悍婦」（〈品藻〉）。他對女子之反抗丈夫，實在是畏怒兼至的。同理，他對臣子之謀逆，亦嚴加撻伐。〈書事篇〉抨擊王沈、孫盛、伯起、令孤德棻，「論王業則黨悖逆而誣忠義，敘國家則抑正順而褒篡奪」，即屬此類。最強烈的，則是〈疑古篇〉。該篇序文先說史官對很多惡事，雖未必直接批評，但「拘於禮法，限以師訓，雖口不能言，而心知其不可者，蓋亦多矣」，然後舉六經為證，謂六經皆因此而有隱諱，引「夫子定禮」「孔子答司敗以知禮」為說。再提出十條因禮諱而心知其不可卻口不能言者，一一討論。這在表面上是批評禮法，實正所以強調禮法。故其所疑，皆君臣篡弑之事，浦起龍曰：「知幾眼見近古自新莽始禍，以及當塗、典午，南則劉、蕭、陳氏，北則齊、周、楊堅，累朝踐代，類以攘竊之詐，佹爲推挹之文。雖逮李唐，奮戈除暴，猶必虛擁代邸，粉飾禪書。……諱誅伐之惡聲，掩揖讓而護跡，凡茲口實，率附陶、姚。……作者惘焉，假號汲墳之荒簡，反兵孔壁之遺編，所傷在二姓改玉之交，所影響皆九錫升壇之套」，很能說明這一點。〈惑經篇〉也是一再討論「苟殺、弑不分，則君臣靡別」「臣弑其君，子弑其父，凡在含識，皆知恥懼，苟欺而可免，則誰不願然？」「宋襄公執滕子而誣之以得罪，楚靈王弑郟敖而赴之以疾亡」「夫子之修《春秋》也，蓋他邦之篡賊其君者有三，本國之弑逐其君者有七，莫不缺而靡錄，使其有逃名者」，可見他是要比六經更進一步強化禮法，認爲六經在堅持禮法上仍不道地。其〈申左〉一篇，浦氏謂：「倫莫大於君臣父子，禍莫大於子臣弑奪，《史通》此處最吃緊。」誠然！誠然！

52 見《史通通釋舉要》。浦氏論史本極保守，例如他爲了強調二體，竟以後世官修正史均係編年及斷代爲說，云：「自後秘省敕撰，唯此二途」，又以「其書不由史館，不奉敕亦編」，來否定紀事本末體可以與二體鼎立。全不思《史通》根本反對史館官修史籍，以此爲《史通》辯護，劉知幾也要失笑的。

53 六朝迄唐，文學上的格例之學，論格例的意義，條例格法不能拘泥等問題，併詳注四八所引龔鵬程書。

54 浦起龍替劉知幾辯護說：〈六家篇〉之批評史遷、標舉《漢書》，只是：「有鑒於《通史》、《科錄》之蕪累，故特標舉斷限，借《史》《漢》二家以示適從云爾。夾漈持論，有意矯枉。其言既悖，至評者認此爲乙馬甲班，直不曉文義矣」。其實是誰不曉文義呢？《史通》乙馬甲班，非只一處，如〈點煩篇〉，都是文句最蕪煩的例子，而所舉十四例中，《史記》即有九條，能說他對《史記》非常推崇嗎？何況他根本是反對通史的。

55 詳張舜徽《史學三書平議》中〈表歷〉〈斷限〉〈編次〉三篇評。又章氏〈亳州志人物表例議上〉又云：「班固古今人表，爲世詬詈久矣。由今觀之，斷代之書，或可無需人表，通古之史，不可無人表也。固以斷代爲書，承遷有作，凡遷史所缺門類，固則補之。非如紀傳所列君臣事蹟，但畫西京爲界也。是以〈地理〉及於〈禹貢〉〈周官〉，〈五行〉羅列春秋戰國，人表之例，可類推矣」。

56 參見劉節《中國史學史稿》，民七五，弘文館，第八章丁。

57 《舊唐書·李大亮傳》：「當時稱風流之士，然頗託附權貴，傾心以事張易之兄弟」，講的是李迥，但也是一般之士風，故劉知幾如此云云。又唐人沈既濟亦言：「太后頗涉文史，好雕蟲之藝，永隆中始以文章選士，及永淳以後，太后君臨天下二十餘年，當時公卿百辟無不以文章自達，因循日久，寖以成風」，指出了唐代「文士」風氣及集團之形成，是在武后一朝；「而桀驁無良者或有焉，故是非相陵，歊稱相騰，或扇結鉤黨，私爲盟毀」，則指出文士相結黨私的情況。文見《通典》十五〈選舉典〉三。與劉知幾的批評可以互參。沈既濟，也是《唐語林·文學》所謂：「良史才也」。

58 詳見馬庫色《美學的面向——藝術與革命》，民國七六，陳昭瑛譯，南方。

59 名號與文字，詳饒宗頤〈中國古代文學之比較研究〉第一節。收入《文轍：文學史論集》，民國八十，學生。

60 〈詩教下〉：「古無私門之著述，未嘗無達衷之言語也，惟託於聲音而不著於文字。……後世竹帛之功勝於口耳，而古人聲音之傳勝於文字」。

61 〈禮教〉：「書不盡言，言不盡意，神而明之，存乎其人，可意會而不可言傳，人皆戛戛，我獨有餘，不可強也」、〈辨似〉：「學術文章，有神妙之境焉。末學膚受，泥迹以求之。其眞知者，以謂中有神妙，可以意會而不可以言傳者也。不學無識者，窒於心而無所入，窮於辨而無所出，亦曰可意會不可言傳也。君子惡夫似之而非者也」、〈述學駁文〉：「有精微奧妙，可意會而難以文字傳者。猶夫今百司執事，隱微利病，惟親其事者知之，而非文案薄書所具」，皆論可意會不可言傳者。這類神妙之境，可以心傳，不能以言語文字求。但有時所謂可意會而不可言傳者，乃文字構成的效果。如〈述學駁文〉就說：「若論古人文辭之妙，意會不可言傳者，則余嘗欲倣《文心》例，搜爲專篇，其例甚多」。

62 〈與孫淵如觀察論學十規〉：「《本草》《素問》，道術原本炎黃，歷三代以至春秋，守在官司世氏，其間或存識記，或傳口耳，迭相受授，言不盡於書也」、〈史考釋例〉：「專門家學，書不盡言，言不盡意，必須口耳轉授，非筆墨所能罄」，都強調了口說授受的重要性。

63 錢穆說，見《中國近三百年學術史》第十一章第一節。

第三卷　文字化的社會及其變遷

第一章　文學崇拜與中國社會：以唐代爲例

一、進士登第如躍龍門？

大家都曉得，要了解魏晉南北朝，不能不通過九品官人法。同理，要了解唐朝，也必須掌握科舉制度這條線索。門第社會的興衰、王權的轉變、官僚體制的沿革、世風與文學的發展，均得從這條線索上去看。

一般說來，唐代科舉的種類極多❶。但我們談的，通常皆專指其中的進士科。進士科以眾科之一，而得獨占鰲頭，甚且成了唐代科舉的專名，正可以見該科在唐史中的要重性。《唐書》四四〈選舉志〉云：「大抵眾科之目，進士尤爲貴。」毫不誇張❷。

《唐摭言》卷七，載元和十一年世咏該年登第者云：「元和天子丙申年，三十三人同得仙；袍似爛銀文似錦，相將白日上青天。」進士及第，被看同得仙升天，則世人之艷羨可知。《唐語林》卷八云：「當代以進士登科爲登龍門。」也表達了同樣的社會心理。

朝廷及官僚體系內部，跟社會上的心理，是一致的。〈選舉志〉說進士出身「爲國名臣者，不可勝數」，故「時君篤意，以謂莫此之尙」。《唐摭言》卷一也說：「縉紳雖位極人臣，不由進士科者終不爲美」。可見主政者與朝廷大臣對進士科也都特別重視❸。

進士科何以有此魅力，令朝野皆爲之歆動呢？

照理說，科舉只是一種選任官吏的制度，一般人均可以通過這個制度，垂直流動地進入官僚體系中，去享受爵祿，拾青紫、得富貴。它如果有什麼迷人的地方，不過如此而已。但這有什麼值得嚮往嗎？就算世俗之人，皆以富貴利祿爲念，看見進士登第，即能平步青雲，不禁心生羨慕。又何以整個朝野都那麼看重它呢？難道一般世俗仰望富貴，而那些已經位極人臣的大官，還看得上這塊入仕出身的敲門磚嗎❹？

再從制度上說，進士登科眞如登龍門嗎？——依唐朝的考選制度，經過銓選的人員固然可以任用，但不須銓選，也能任用。任用亦不限於有常貢的各科（如秀才、明經、明法、進士……等）出身，無出身者，也照樣可以任用。所以入仕之途極寬，是否爲進士，本無所謂。任官以後，固然屬進士出身者，「爲國名臣，不可勝數」；但同樣的，不由進士出身者，爲國名臣，亦不可勝數。其宦途之順逆，也與是否爲進士出身關係不大。李德裕、元稹這些宰相，就都不是進士出身的。

不只如此。士人進士及第，只不過獲得了一個任官資格。眞要任官，還得再通過吏部的銓選。既要觀察其相貌、言談，又得考試書法、判牘。稱爲「身、言、書、判」。往往有進士出身，試判未入等，就僅能做勘校工作，熬到試判入等後，方能調任爲地方官。故馮浩《玉谿生詩集箋注》曰：「唐士之及第者，未能便釋褐入官，尙有試吏部一關。韓文公三試於吏部無成，則十年猶布衣。且有出身二十年不獲祿者」❺。

費這麼大氣力，才好不容易可以做個官。但這個官兒有多大呢？據《唐會要》八十〈階〉條所記唐人敘階之法，進士甲等，只能由從九品上起敘；若乙等，則降一等，由從九品下起敘。需知進士甲科之難，直如鳳毛麟角，史傳可查者，只有幾個例子。而竟只有從九品上。這是當時最小的職級，一個普通郡縣公子，若不去參加進士考試，憑資蔭，也可以敘爲八品下。則進士出身敘階之低，可想而知了。

這麼卑微的小官，要從從九品下，靠考績一年一階地往上爬，那麼，他縱使年年績優，也得十六年才能升到從五品下，二十四年才能到從三品。人壽幾何？卻連光祿大夫之位也望不到❻。像孟郊，四十五歲才考中進士，只做過漂陽尉、水陸轉運判官，六十歲試協律郎而卒，官仍在六品以下。李商隱則掙扎奮鬥了一輩子，也只不過幹到正六品上階而已。但他光考進士就考了十年。投資如此之大，若僅僅爲了入仕，划算嗎❼？歐陽詹〈上鄭相公書〉自稱他曾「五試於禮部，方售鄉貢進士；四試於吏部，始授四門助教」。但他感嘆道：「噫！四門助教，限以四考，格以五選，十年方易一官也。自茲循資歷級，然後得太學助教。其考選年數又如四門。若如之則二十年矣。自茲循資歷級，然後得國子助教。其考選年數又如太學。若如之則三十年矣。三十年間未離助教之官。人壽百歲，七十者稀！某今四十有加矣，更三十年於此，是一生不覩高衢遠路矣！」（《唐文粹卷八七》）正是最好的證明。

再說，唐代官吏俸祿甚薄，從九品京官，一年才得祿米五十二斛，根本不足以仰事俯畜。長慶七年一月，戶部侍郎庾敬休奏：「文武九品以上每月料錢一半，合給段疋絲綿等，伏以自冬涉春，久無雨雪，米價少貴，人心未安」，九品以下，其不能安家，更不待言了。因此，從俸祿上也可以看出進士出身者爵卑祿寡，並不值得世人如此嚮往❽。

何況，官場之實際運作狀況，與檯面上的景觀有時未必相符。唐代進士科第，固然備受朝野尊崇；但官場升遷，靠的往往不是出身，而是關係。如《唐摭言》卷九云鄭隱「素無關外名，足不迹先達之門，既及第而益孤」，科第又眞能當什麼用？這一點，很多人都看得很清楚。王洽然與燕國公書，即曾指出：「今之得舉者，不以親，則以勢；不以賄，則以交。未必能鳴鼓四科，而裹糧三道。其不得舉者，無媒無黨，有行有才，處卑位之間，仄陋之下，吞聲飲氣，何足算哉？」得第就未必眞憑本事，則進士一科之尊貴性也已有限得很了。既得第，又發現：「正字、校書，不如一縣尉；明經、進士，不如三衛出身」（同上・卷六），進士畢竟又有什麼用？

《摭言》卷三載：「薛監晚年厄於宦途，嘗策羸赴朝，値新進士榜下，綴行而出。時進士團所由輩數十人，見逢行李蕭條，前導曰：『迴避新郎君！』逢囅然，即遣一介語之曰：『報道莫貧相！阿婆三五少年時，也曾東塗西抹來。』」對一位進士及第而深知宦途艱難的人來說，以利祿觀點尊崇進士，實在是不値一哂的。

換句話說：從爵祿或做爲一考選人才之辦法等各方面看，進士科都與它所獲得的尊重不相稱。帝王與朝士，在態度上企羨進士，而在實際政治體制及運作中，卻並不太把進士放在眼裏。筆記雜說裏雖也記載不少帝王特別喜歡擢用進士的例子，制度卻是死的，品位高低等差，有一定的任用程序。六品以下之敍加階稱，全憑考績，帝王要施特恩也不可能。故進士入仕之卑與榮耀之大，實在是一鮮明的對比，形成一幅奇異的景觀。

研究唐史者，通常只會盛稱唐人對進士的尊崇，卻從來沒有人注意到這個問題。現在，我們則想由這奇怪的現象出發，去解析唐代社會的特質。

二、進士科受尊崇的原因

唐初所設常貢之科，有秀才、明經、明法、進士等等。進士科本不特別尊貴，後來秀才科逐漸廢置，明經之地位降低，才形成進士獨貴的局面。所以進士科之貴，乃是由眾科中競爭來的，且爲逐漸發展而成。越到唐代後期，越被世人看重。

造成這一狀況的原因，歷來有幾種看法。一是從制度及其沿革上看，認爲明經考帖經，純屬誦記，「大概如兒童挑誦之狀，故自唐以來賤其科」（《通考》）。且考試本身已經是比較容易了，錄取人數又比進士多得多。「每年考試所收入，明經不得超過一百人」（《冊府元龜・六四〇・貢舉部》），進士則僅二三十人。依考生比例來說，大約明經可達百之十一、二，進士才百分之一、二。凡物，以稀爲貴。難考，所以才顯得進士得第是件光榮的事。還有，明經「試義之時，獨令口問，對答之失，覆視無憑」（《唐會要・七五》），亦不比進士考試嚴格公正。是以開元二十四年以後，「進士漸難」，而地位也越來越高。

第二種看法，不就考試制度去看，而主張進士科之貴，乃帝王提倡的結果。《唐書・選舉志》云：「時君篤意，以謂莫此之尙」、孫棨〈北里志序〉云：「自大中皇帝好儒術，特重科第，……故進士自此尤盛，曠古無儔」……一類說法，不勝枚舉。特別是唐太宗、武則天、文宗、宣宗幾位，更是屢被提起。

但帝王爲何特重進士呢？這仍然需要解釋。於是有些人從制度上說，明經僅試經義，粗通文墨。但唐代中期以後，翰林學士在政治上的重要性提高了，往往代行宰相之權。此位非粗解文義者能夠勝任，必須仰賴文士出身的進士翰林，所謂：「至德以後，天下用兵，軍國多務。深謀密詔皆從中出，尤擇名士翰林學士。得先選者，文士爲榮」（《舊唐書・職官志・翰林院條》），因此這是在唐代中期宰相權轉移及三省制破壞後，爲現實政治之需要而然。

但也有些人，不從這方面想，而著重帝王個人的心理動機。例如指明某些帝王喜好文學，喜歡親近文士。或如《唐摭言》卷一引詩曰：「太宗皇帝眞長策，賺得英雄盡白頭」，認爲帝王是爲了統治的需要，設此妙轂，牢籠天下英才。以對武則天提倡進士科一事的觀察來看，就同時存在這兩種看法。有人認爲武則天是女性，故喜愛文藝、不貴經術（如沈既濟云：「太后君天下二十餘年，當時公卿百辟，無不以文章顯。因循遐久，寖以成風。……五尺童子，恥不言文墨焉。」《通典・卷十五》）有人則說她是爲了反抗唐初的「關中本位」政策，才擢拔寒畯，打擊世族功臣勢力，培養出新興的進士階層❾。

以上這些解釋，均持之有故，然皆言之不成理。

蓋科目之貴賤，與考試之難易，未必有直接的關係。唐初，本以秀才爲最貴，結果造成了秀才科的沒落。因爲考試太難，「舉人憚於方略之科，爲秀才者殆絕，而多趨於明經、進士」（《唐語林・八》）。永徽二年停了以後，開元二十四年復舉，考試科目就比進士容易得多，「秀才科本無帖經及雜文之限，反易於進士」（《通典・十五・選舉三・注》），但依然興旺不起來。同理，明經是否即比進士易考，恐怕也難說得很。羅龍治曾指出：能考進士的人較多，明經必須通經，故應考者多爲功臣世族子弟，取才不及進士科廣；進士考試只考時務策，能考的人多，故群趨於此❿。至於說明經之帖經，如兒童挑誦，則「業進士者之誦《冊府》及《秀句》，亦何異於業明經者之誦帖括耶？」（呂思勉《隋唐五代史・第二十章》）此外，明經的錄取率高於進士科是事實，但假若我們用今天大專聯考的情況去揣想就知道了：文組的錄取率低、取分高，工組的錄取率高、取分低。但社會上重工呢？還是重文？再說，國家考試中甲等特考，世所矚目，然與普通考試高等考試比，孰難孰易？因此，從制度面論進士科之尊貴，多屬無根的揣測，缺乏對考試行爲的了解。

把進士科的興盛，歸功於帝王，有點根據，然亦非探本之論。因爲這是局限於從政治力的運作來看文化發展，且把政治力再局限於帝王這一權力之源。殊不知政治只是文化中的一小部分，政治力只是各種文化力、社會力中的一股力量而已。固然在古代王權社會中，帝王對文化發展，頗有影響力，但文化的發展，有時卻是「帝何有於我哉」。唐代確實有不少帝王，基於不同的原因，對進士科的發達，起了推波助瀾之功。然而，我們能不能反過來看：唐代帝王打壓進士浮華之風的舉措，難道又少了嗎？但這些打壓什麼時候發生了作用？既然壓抑辦不到，爲啥提倡就大獲回響呢？

這顯見整個社會與文化的發展，往往是不因官方意識而轉移的。政府的措施，符合了社會的心理與需求，便廣受讚美；違逆了，則根本達不成什麼效果。我們不能因看到了一些推揚頌美之詞，就眞以爲事情是由主政者推動起來的。

固然唐初之設科取士，確有羈縻天下英傑，並使爵祿貴賤皆由王者出的意味[11]。但說武則天培養新興進士階層，以與世族抗衡，卻毫無根據。因爲帝王可以說：「卿等不貴我官爵耶？」（《唐書・高士廉傳》）迫使大家都來參加科考。卻沒有理由使明經衰而使進士盛；更不會弄到後來，連皇帝自己也羨慕起進士來了。

《唐語林》卷四〈企羨類〉：

宣宗即位，愛羡進士，每對朝臣問登第與否。有以科名對，必有喜。便問所賦詩賦題，並主司姓名。或有人物優而不中第者，必嘆息久之。嘗於禁中題：「鄉貢進士李道龍」

前已說過，從世俗企羡富貴的角度、或從官僚體系內部實際的情況看，進士皆不足爲貴。現在，帝王對他自己所創造的進士貴現盛象，居然著迷起來了，寧非怪事？進士之貴盛，倘由於帝王之提倡，則帝王本人難道不知「趙孟能貴之者，趙孟能賤之」，又何企羡之有？

這整個問題，只有一種解釋。帝王富有四海、貴爲天子，他所未能擁有的、値得他企羡的是什麼？這種東西，當然不是會世俗的功名利祿。而整個社會所仰望的，卻正是這種東西，所以縱然進士出身未必便能得意於宦途，也無損於他們對進士的歆動之情。

這東西是什麼呢？就是文學。他們欣賞文學的價値，給予文學家榮耀。正如皇甫湜所說的：「文於一氣間，爲物莫與大」（《題浯溪石詩》）。在那種「尙文」的文化環境中，他們使得本來並不尙文的進士科變成了尙文的典型，並由此逐漸看輕了不擅文采的明經科。同時，原來爲政治需要，而吸收幹濟人才的科舉制度，也轉換成爲甄拔文人的典禮。整個社會看重文學的價値，認定了能寫文章的人就是要比光會讀書的人高明，所以明經必不如進士。帝王富有四海，掌握一切權威，但他也不能不羡慕做爲一位文學家所擁有的榮耀。而且他必須配合此一社會動向，因爲反抗也沒什麼用。

三、進士科舉與文學崇拜

從這個觀點看，唐代的進士科舉，就不再只是一項僅對個人有意義的能力測驗，也不再只是附屬於政治體制之下的掄才辦法，而是具有社會儀式化意義的典禮。

這個典禮大致是這樣的：進士放榜後，主辦官員將登第者姓名寫在黃花牋上，派人送去報喜，稱爲「榜帖」，也叫「金花帖子」。登第者獲知消息後，一面將金花帖子寄回家，一面要詣主司謝恩，再進謁宰相，名爲「過堂」。然後等著開曲江宴，去慈恩塔題名。這一套程序，至爲繁複，《唐摭言》卷三載：

> 大凡謝後便往期集院，院內供帳宴饌，卑於輦轂。其日，狀元與同年相見後，便請一人爲錄事，其餘主宴、主酒、主樂、探花、主茶之類，咸以其日辟之。主兩人，一人主飲妓。放榜後，大科頭兩人，常詰旦至期集院。常宴則小科頭主張，大宴則大科頭。縱無宴席，科頭亦逐日請給茶錢。第一部樂官科地每日一千，第二部五百，見燭皆倍，科頭皆重分。

這是剛放榜一段時間的宴樂排場。事實上，「進士及第過堂後，便以騾從，車服侈靡之極。稍不中式，則重加罰金」，他們的宴醵，當然也不會寒酸。據王定保及李肇說，大中咸通以後，這種宴會頗爲侈靡，有專門辦筵席的人在負責，「凡今年才過關宴，已備來年遊宴之費。由是四海之內水陸之珍，靡不畢備。」宴會的名目，有大相識、小相識、聞喜、櫻桃、月燈、打毬、牡丹、看佛牙、關讌等等。負責辦這筵席的，有百多人，每個人都有任務。其奢華闊綽，可想而知。乾符二年有敕，革新及第進士宴會，謂此類宴會，「一春所費，萬餘貫錢」，故規定：「每人不得過一百千，其勾當分手，不得過五十人」（見《唐大詔令集・卷一〇六》）。即使如此，仍甚可觀。而這僅是暖身活動而已，眞正的重頭戲是曲江宴：

> 逼曲江大會，則先牒敎坊請奏。上御紫雲樓，垂簾觀焉。時或擬作樂，則爲之移日。……敕下後，人置被袋，例以圖障、酒器、錢絹實其中，逢花即飲。故張籍詩云：「無人不惜花園宿，到處皆攜酒器行」，其被袋，狀元、錄事同檢點，缺一則罰金。曲江之宴，行市羅列，長安幾於半空。公卿家率以其日揀選東床，車馬闐塞，莫可殫述（《摭言》・卷三・散序條）。
>
> 曲江亭子，……進士關宴，常寄其間。既徹饌，則移樂泛舟，率爲常例。宴前數日，行市駢闐於江頭。其日，公卿家傾城縱觀於此，有若中東床之選者，十八九鈿車珠鞍，櫛比而至（《慈恩寺題名遊賞賦咏雜記條》）。

曲江宴又稱杏園會，是進士登第後的盛會，也是長安城的盛會。新科進士，在這個會上，成了全城人仕注目的焦點。這不僅是進士們的榮寵，更是長安城人民狂歡的佳節。整個過程，充滿了嘉年華會般的氣氛。

這樣子狂歡作樂，傾城縱觀，爲的是什麼呢？難道這不像某種宗教的崇拜儀式嗎？新科進士，再一次印證了存在於社會大衆心目中文學的價值：他們通過公開的儀式，來創作文學作品，然後經由評判（一種文學批評活動），而被選拔出來。新科進士，本身即爲一「文學獎」的優勝者，他們可獲得群衆的仰慕、歡呼、官爵，和美女。但這份榮耀並不專屬於他們個人，而是文學的價值與尊貴，通過了他們這些具體的人物，來接受群眾的歡呼。再一次提醒大家：文章有價，不可輕忽。

文學，就是這個社會集體認可的價值。故科第及官位雖爲王者所授予，但在這個時候，帝王也與群眾一樣，一齊來觀賞新的英雄、崇拜的主角。他不能不認可這樣的價值，甚至他也想追求這樣的價值，所以宣宗才會在宮中自題「鄉貢進士李道龍」，過過乾癮。帝王之尊，竟對進士企羨至此。若非整個社會都瀰漫在一片「文學崇拜」的氣氛之中，他會幹此勾當嗎？

是的，這是一種文學崇拜，具有宗教慶典般的性質，屬於社會群體的崇拜。在所有進士科舉的事務中，我們隨處可以看到這種「群眾性慶典儀式」的痕迹。

例如進士們「互相推敬，謂之『先輩』。俱捷，謂之『同年』。將試各相保，謂之『合保』。群居而賦，謂之『私試』。激揚聲價，謂之『還往』」（《唐摭言・卷一》）。他們之間，就有一種群體活動的意識。是一夥人，在從事著一場共同的、眾所矚目的演出。

爲什麼說是演出呢？進士登第後，一舉一動，往往「傾城縱觀」。不只曲江宴如此，《唐摭言》載：「咸通十三年三月，新進士集於月燈閣爲蹙鞠之會。擊拂既罷，痛飲於佛閣之上。四面看棚櫛比，悉皆褰去帷箔而縱觀焉。」可見蹙鞠會也是如此。又，關宴亦然。關宴之日，進士們也露棚移樂登鷁首，「群興方酣」（同上・卷三）。新科進士們的華服、美宴、遊行、歌舞……等等，都是爲了提高觀賞者之樂趣而設計的。

活動爲世所觀瞻，其文章亦輒爲世所傳誦，「頃刻之間，播於人口」（卷十）。

這是登第以後的狀況，然登第前之投謁與考試，也都有此特色。元和中，盧弘正到貢院求試，同華「命供帳，酒饌侈靡於往時，華之寄客畢縱觀於側」（卷二）。貞元中，牛僧儒赴京師謁韓愈、皇甫湜。二人命他在客戶坊僦居，「俟其他適，二公訪之，因大署其門曰：『韓愈、皇甫湜同訪幾官先輩，不遇』。翌日，自遺闕以下，觀者如堵」（卷六）。

以進士科舉爲一國家考試來說，這種現象是無法理解的。考試的私密性與其公平性有密切關係。國家名器，既爲世所尊崇，更要保障其公平性，豈能以干謁投刺、聲氣標榜得之？

殊不知唐之進士科舉，不是普通的考試，它是群衆性的會集，必須有群衆的參與及觀賞。猶如戲劇，進士及舉人們在賣力演出，觀衆看得大樂。他們不但參與了戲劇，也要對戲劇的發展和演員品頭論足，發表意見。故進士登第，除了考官的甄拔之外，還有群衆的評判，這就是輿論。稱爲聲氣或公論。干謁投刺、聲氣標榜之所以能有效，就是因爲主考官不能不考慮群衆的評判，總希望能選中大家屬意的人。否則各憑本事，就文論文便是，何必管什麼輿論？要通關節，送錢賄賂便是，何須行卷投文？正因爲它不是一場行政體制上公平的測驗，而只是一次爲了讓群衆看得過癮的演出，所以應試者才要賣力地製造他在群衆間的聲名。李翺〈感知己賦〉盼望能有大官替他「拂拭吹噓」；牛僧孺得到韓愈、皇甫湜的吹噓，立刻「輦轂名士咸往觀焉」（卷七）。升沉互異，其理則一。⑫

由這個意義說，科舉與其說是政府的考試，不如說是民間的評選。故舉人入試，皆挾世譽，不僅由考場定甲乙。且來應考者，也未必是以此求官，而係以此博人讚美。《唐摭言》卷三言盧肇「狀元及第而歸，刺史以下接之」。狀元入仕，也不過從九品；但因爲它是狀元，便能接受刺史的歡呼。《因話錄》也提到一則故事：

趙琮妻父爲鍾陵大將，琮以久隨計不第，窮悴甚。妻族相薄，雖妻父母不能不然也。

> 一日軍中高會，川郡請之眷設者，大將家相率列棚以觀之。其妻雖貧，不能無往，然所服故弊，眾以帷隔絕之。

忽然得報，他已及第，「妻之族即撤去帷障，相與同席，以簪服而慶遺焉」。世之愛羨進士如此，無怪落第舉人張倬要「捧《登科記》頂戴之曰：此千佛名經也」（《唐摭言》卷十）。

但我們要特別注意，進士之貴，非以其能獲得官爵，而是因為他們用自己的本事，證明了他們是文人。此一證明，需透過考試這一公開的程序。然考試有時僅是補充性的證明，民眾的評判才是最主要的。考試結果若符合了民眾的評判，大家就深慶得人；否則，大家便嗟傷惋惜之，甚至還要懷疑考試的公平性。也就是說，科舉的公正性，不存在於一般意義的考試公正，而在於公眾的認可。故干謁、請託、講關節、結棚造勢等現象，普遍公行，試卷亦不必糊名。後世以此詬病唐人科舉不公，不知其所謂公平公正者，別有所在。否則進士科考，既為天下仰望，且係國家升進人才之要道，焉能縱容其不公平至此，且行之數百年不予改善？

反過來說，進士得第是尊貴的，但一人若文章佳美，已獲得公眾之認可，考試雖未考上，也不妨礙他的榮耀。甚至會「載應不捷，聲價益振」，「登科之人，賦並無聞；白公之賦，傳於天下」（《唐摭言·卷十》）。唐人科舉的公平性就在這裏。故韋莊曾奏請追贈不及第的文人，說：

> 前件人俱無顯遇，皆有奇才，麗句清辭，遍在時人之口。銜冤抱恨，竟為冥路之塵。但恐憤氣未消，上衝穹昊。伏乞宣賜中書門下，追贈進士及第，各贈補闕、拾遺，見

存明代。……俾使已升冤人，皆霑聖澤；後來學者，更厲文風。（同上）

追贈文學家一個進士名號，以符公論，意義即在於補償或平衡考試所造成的不公平。而公平，正是在群眾這邊的：做為一場群眾性的文學典禮，當然只有群眾才能裁判誰得了優勝。

四、文學崇拜諸現象

以上這些群眾性行為，構成了文學崇拜的具體事實。此一崇拜，屬於社會集體的精神活動。他們把進士登第「神聖化」了。一旦登第，即如白日登仙，可供世俗仰望。而這種進士的神聖性，則建立在文學的價值上。猶如白居易曾經提到的故事：一名妓女向人誇耀：「我誦得白學士〈長恨歌〉，豈同他妓哉？」「由是增價」（《與元九書．長慶集》卷二十八）。人的價值，附著於文學。

崇拜，不僅是價值上的肯定，更有宗教性的意涵。環繞著崇拜行為，必然會出現一些宗教現象的類簇，諸如偶像崇拜、聖碑、巫術、占卜、獻祭、祈禱、聖址、社團、神話……等等。唐代的情況正是如此。

例如舉人赴考時互相結合，及第後又呼有司為座主、同榜者為同年，結合成一團體，這便具有宗教崇拜的教團性質了。這群人之間，交往及聯結的紐帶、團體中權威地位的分布，均由文學才能與文學作品來構成。而更值得注意的，是文學崇拜若為一社會集體的活動，則此一教團便不應只限於新科進士之間。應該說，凡具有如進士科第那樣，以文學崇拜類聚的團體，都會呈現出同樣的徵象，如《摭言》卷二云：江西鍾傳令公「雖川里白丁，片文隻字求貢於有司者，莫不盡禮接之。主於考試之辰，設會供帳，甲於治平，行鄉飲之禮，常率賓佐臨視，拳拳然有喜色。復大會以餞之，筐篚之外，率皆資以桂玉，解元三十萬，解副二十萬，海送皆不減十萬。」設帳供會，行鄉飲酒之禮，即是一種祭禮行爲；資送錢財，則爲一種獻奉活動。這些活動皆不限於舉人進士，而是廣及一切參與了文學的人士，故雖川里白丁，能以片文隻字參與，便盡禮接待。同理，進士的「教團」，其實也不僅進士們參加，它也顯示了群眾向文學集中的狀況。因進士「教團」不僅供群眾會集觀賞，教團本身便集合了許多民眾，《摭言》卷三：「所以長安遊手之民，自相鳩集，目爲『進士團』。初則至寡，洎大中、咸通以來，人數頗眾」。可爲佐證。

這些都是群眾式的崇拜，還有些個人的崇拜活動。

前文曾引《唐摭言》云張倬以《登科記》爲「千佛名經」。同樣的，李洞也曾鑄一銅像，供奉賈島，「戴之巾中，手持念珠，事之如佛。人有喜島詩者，必手錄島詩贈之，叮囑再四曰：『此無異佛經，歸當焚香拜之』。」（又見《北夢瑣言》卷七）這類文人偶像崇拜及作品之聖典崇拜，確屬不折不扣的宗教行爲。而賈島每年除夕將所作詩草焚祭後，和蜜吞服，自稱療其肺腸的做法，也不能說與燒食符籙治病的「服食」信仰無關⑬。

更有甚者，他們把文學作品視同預言讖語，可以預示一個的人生命狀態。如《唐語林》卷二云：「進士李爲作〈淚賦〉及〈輕〉〈薄〉〈暗〉〈小〉四賦。李賀作樂府，多屬意於花草蜂蝶之間。二子竟不遠大。世言文字可以見分命之優劣」（又見《因話錄》及《唐詩紀事》卷三十三）。世謂文字可以見分命之優劣，即指文字的表現跟作者的命運有同一性，寫出衰颯悲涼的文學作品者，其命運大概也不會很發達。⑭

這類觀念，也影響到人們對進士及第的看法。由於文字表現與人之命運有同一性，故文章好、能考中進士者，乃是命中該有此福分；考不上，或平時文章寫得極好，而臨場竟不能有所表現，亦是命該如此。唐人筆記中言及陰騭果報與功名前定的記載極多，大抵均爲此一觀念的延伸。例如：

一、唐馮藻，侍肅之子，涓之叔父，世有科名。藻文彩不高，酷愛名第，已十五舉。有相識道士謂曰：「先輩此生無名第，但有官職也。」亦未之信。更誓五舉，亦無成。遂三十舉方就仕，歷官卿監，終於騎省（《北夢瑣言》）。

二、貞元中，杜黃裳知舉，試〈珠還合浦賦〉。進士林藻賦成，憑几假寢。夢人謂曰：「君賦甚佳，但恨未敘珠來去之意爾」。藻視其草，乃足四句。其年擢第謝恩。黃裳謂曰：「唯林生敘珠來去之意，若有神助」（《閩川名士傳》）。

三、唐厲元渡江見一婦人尸，收葬之。夜夢在一處，如深山中。明月初上，清風吹衣，遙聞有吹笙聲，音韻縹緲。忽有美女在林下自咏曰：「紫府參差曲，清宵次第聞。」及就試，得〈緱山月夜聞王子晉吹笙〉題。用夢中語作第三第四句，竟以是得賞，舉進士。人以爲葬婦人之報。（《瑯環記》）

第一例的馮藻，與第二例的林藻，名字相同，命運大不一樣。由第一例我們知道：能否登第，命已前定。由第二例，我們又知道：有時本不能登第，而竟能得中者，係有神助。第三例的情況與第二例相彷，但出於自助式的果報。這裏，我們當注意：三個故事均顯示了不能及第的眞正原因，在於文彩不佳。只是後兩例中，主人翁憑著一種夢寐通神的經驗，化解了命的困局，而事實上也就是讓文章寫得精采了，所以才能及第。⑮

諸如此類有關科舉的神話、傳說，都包含了上述夢、通靈、陰騭果報、命運等宗教質素，環裹著一層神祕的氣氛。使人越來越相信文學是具有神聖性的東西。不僅「良夫之族，未有登是科者，以此慨嘆憤惋。從十歲讀書，學爲文章，手寫之文，過於千卷。」（《唐摭言・卷二》）而且整個唐代知識分子對「天人之際」的思考，也往往由此導源。

所謂天人之際，指天命與人力之間的關係。《唐摭言》卷四云「裴晉公質狀眇小，相不入貴。既屢屈於名場，頗亦自惑。會有相者在洛中，大爲縉紳所神。公時造之問命」，唐士既以科名爲命運，則得與不得，皆歸之於命，個人的才力與奮鬥能改變命運嗎？唐代知識份子對此，確實是頗爲困惑的。所以有的人怨誹時命不濟，有的人篤信命運前定。特別是中唐以後，有關天命與人道的討論，甚爲繁賾，多由此引生。故《唐摭言》曰：

論曰：孟軻言，遇不遇，命也。或曰：性能則命通。以此循彼，匪命從於性耶！若乃大者科級，小者等列，當其角逐文場，星馳解試，品第潛方於十哲，春闈斷在於一鳴；奈何取舍之源，殆不踵此！或解元永黜，或高等尋休。黃頗以洪奧文章，蹉跎者一十三載；劉蕃以平漫子弟，汩沒者二十一年。溫岐濫竄於白衣，羅隱負冤於丹桂。由斯言之，可謂命通性能，豈曰性能命通者歟？苟怫於是，何姦宄亂常不有之矣！（《卷二・爲等第後久方及第條》）

論曰：士之謀身，得之者以才，失之者惟命，達失二揆，宏道要樞，可謂勤於修己者與！苟昧於斯，繫彼能否，臨深履薄，歧路紛如，得之則恃己所長，失之則尤人不盡；干祿之子，能不愼諸！及知命也者，足以引之而排觖望，不足倚之而圖富貴；倚之則事怠，怠則智性昏；引之則感通，通則尤怨弭。故孔孟之言命，蓋阨窮而已矣！有若立身愼行，與聖哲同轍者，則得喪語默，復何蔕芥乎！然士有死而不忘者，恩與知而已矣。包子之誤放，李翺之奏章，足以資笑談，不足以彰事實。有功成身退，冥心希夷者，吾不得而齒矣。（《卷八・入道條》）

因爲遇不遇的問題，非自己所能掌握，故唐人一般均强調命。命通，方纔性能。並不認爲命能自己創造。這是唐人論命的大原則⑯。但基於此一原則，他們希望人不要恃才，也不要怨人，只要立身修己，盡其在我者，便可無愧。所謂：「炯戒之倫，而窮達不侔者，其惟命歟！苟屈諸道，又何窮達之異致矣！」（同上・卷四）。

這當然不是說唐人論命，皆出於科舉的遇與不遇。但科舉是否登第、文士是否能遇知己，是同一個問題。而這個問題，實爲唐人思考「時命」的問題意識出發點之一。且通過這有關天命的思索，文學崇拜也才能涉及存有論的層次，成爲一種眞正的宗教行爲。

因爲一種崇拜，除了儀式、群聚性慶典、禁忌、偶像祭祀、通靈經驗之外，還關聯著人之存在問題的思索，提供了人在此世的生存之道。

這種生存之道，主要是由於對「文」之神聖性的信仰，確認人若要證明人生果有價値，唯一的途徑，便是去擁抱文、去表現文。藉著與文的聯繫，人也獲得神聖性。具有此一神聖性的人，就不再是一般人了，「聖／俗」的區分，遂由此建立。世俗對文士（聖者），當然只能仰望、企羨、頌嘆、並不斷傳頌聖者所創造的詩文。而一位聖者，既自居於神聖性的擁有者與體現者，則在心態上自將趨於鄙視流俗、高自標置。對於同屬聖者的文士階層，也有同儕意識，視爲同類。但同屬神聖性的掌有者，他們之間卻又常爲了爭辯誰才眞正能體現文、掌握文，而如教士們爭論誰才眞正了解神意或經文那樣，彼此爭鬨、譏嘲。此外，由於世界上俗人較多，文學的神聖性意涵，不見得都能被人認識。或者說，某位文人所體現的那種文學價值，不爲世人所知賞，則文人便不免自艾自怨或怨憤世俗的無知。他必須去尋訪能了解、能聽受福音的人，此即所謂「求知己」。倘得一人，則文字相知，情逾骨肉，「士有死而不忘者，恩與知而已」；倘不能得到，那又只好憤嫉怨怒一番了。然，能不能遇一知己（包括參加考試時能不能碰上賞識自己文章的考官），正是命的問題。何以有人能遇，有人就偏偏不遇？這豈不要有一形上學的解釋嗎？通過了「命通性能」這類的解釋，才能替這些「以文字爲性命」的文人們提供「勤於修己」「冥心希夷」等等安身立命之道。[17]

五、朝廷對文學崇拜的態度

科舉，是隋唐朝王室爲鞏固其統治，扭轉世族門第勢力，重構社會階層化標準的一種制度。也是爲吏治之需要而建立官僚體系的一種選拔人才制度。但這一制度，其本身卻在王室所無法控制的情況下，逐漸轉變爲文學價值的品評，選拔了一批批文士。《摭言》卷一曰：「元和中，中書舍人李肇撰《國史補》，其略曰：進士爲時所尙久矣，是故俊乂實在其中。

由此而出者，終身爲文人」，即顯示了這種進士階層已具體轉化爲一文人階層的狀況。⑱

這種轉化，不但不能說是朝廷所鼓勵、帝王所提倡的，反而應該說是朝廷所不樂見的。從隋代剛剛建立起，即有李諤的上書，主張遏阻這種尙文之風，也有正式禁止文風浮華的詔令：「開皇四年，普詔天下，公私文翰，並宜實錄。其年九月，泗川刺史司馬幼之文表華艷，付所司治罪」（《隋書・李諤傳》）。其後這一模式便不斷上演。唐初所修史籍，無不表達了反對美文的態度，認爲文章寫得太漂亮，會造成壞人心術等後果。唐太宗更曾嘲笑梁武帝、陳後主、隋煬帝等人，「雖有詞藻，終貽後世笑」；又告訴房玄齡說：「比見前後漢史，載錄揚雄〈甘泉〉〈羽獵〉、司馬相如〈子虛〉〈上林〉、班固〈兩都〉等賦。此既文體浮華，無益勸誡，何假書之史策？」（皆見《貞觀政要》）可見當時的官方意識，對文學並不鼓勵。

官方態度，主要是站在統治的需要上著眼的，故張昌齡舉進士，王師旦黜之，太宗問他，他就回答：「昌齡等華而少實，其文浮靡，非令器也。取之則後生勸慕，亂陛下風雅。」（《新唐書・張昌齡傳》）帝王本人或朝臣，未必不喜歡文學、未必不擅長文學，但他做爲一執政者，他就不能不從政治上考慮。因此，他如果提倡文學，也不會是因文學有價值或基於對文學之喜愛而提倡。他必須考慮用一文人、倡一文體，在政治上的後果。同樣的，面對社會上熱烈尙文的風氣，他也必須評估其政治效應，而在適當的時機，予以打壓。這就是唐代史官何以總要大聲疾呼不可尙文、朝臣爲何一再上書檢討文風的原因之一。

玄宗〈禁策判不切事宜詔〉說：

> 我國家敦古質、斷浮艷。禮樂詩書，是宏文德，綺羅珠翠，深革弊風。必使情見於詞，

> 不用言浮於行。比來選人試判、舉人對策，剖析案牘，敷陳奏議，多不切事宜，廣張華飾。何大雅之不足，而小能之是衒？自今以後，不得更然。（《全唐文紀事・卷十四》）

這是舉人尚未試詩賦時的詔令。舉人試詩賦以後，文華愈甚，批評者也愈多。趙匡〈舉選議〉曰：「國朝舉選，用隋氏之制，歲月既久，其法益訛。……主司褒貶，實在詩賦，務求巧麗，以此爲賢。不惟無益於用，實亦妨其正習。不惟撓其淳和，實又長其佻薄」、柳冕〈與權侍郎書〉曰：「唐承隋制，不改其理，此天所以待聖主正之。何者？進士以詩賦取人，不兌理道。……故吏道之理天下，天下奔競而無廉恥者，以教之者末也」，《玉海》亦引〈儒學傳序〉云：「自楊綰、鄭餘慶、鄭覃等以大儒輔政，議優學科，先經義，黜進士，後文辭。」他們都想改革，但都如《玉海》所說：「亦未能克也。」[19]

有些人把這些抑遏進士與文采的建議，視爲朝中權力鬥爭的一部份，例如揣測鄭覃等人之黜進士，係因鄭覃爲山東經學禮法傳家的舊族，故有意壓抑進士科。《舊唐書》一七三〈鄭覃傳〉即持此見解，謂：「覃雖精經義，不能爲文，嫉進士浮華」，故於開成初奏罷進士科[20]。

然此不足以解釋這一問題，因這非私人恩怨或權力鬥爭的問題。鄭覃的建議是：「南北朝多用文華，所以不治。士以才堪即用，何必文辭。」文宗的回答是：「進士及第人已曾爲川縣官者，方鎮奏署即可之，餘即否。」可見君臣間討論的是文士能否承擔政治工作的問題。科舉的目的，在於選拔官僚體系中可用之人，現在卻在選拔文士，故鄭覃質疑的是選人的標準。楊綰、柳冕、趙匡所批評的，也是如此。再看唐文宗的態度：文宗以尊重進士聞名，每試進士，多自出題。披覽試卷，終日忘倦。又命神策軍重淘曲江、昆明兩池，許公卿立亭館，兩軍造紫雲樓、彩霞亭，文宗自題樓額。這一切都表示他極看重進士科舉。然而，他是否欣賞進士之專意文辭呢？那又不然。《新唐書・高鍇傳》載：

開成元年春試畢，進呈及第人名。文宗謂侍臣曰：「從前文格非佳，昨出進士題目，是朕出之，所試似勝去年。」鄭覃曰：「陛下改詩賦格調，以正頹俗。然高鍇亦能勵精選士，仰副聖旨。」帝又曰：「近日諸侯奏章，語太浮華，有乖典實，宜罰掌書記，以誡其流。」李石曰：「古人因事爲文，今人以文害事。懲弊抑末，實在盛時。」乃以鍇爲禮部侍郎。……鍇選擢雖多，頗得實才，抑豪華、擢孤進，至今稱之。

文宗宏獎進士科是一回事，改革進士尙文之風又是一回事，這最可以看出主政者對這件事的態度。他親自命題，旨在改變文風。而這種抑壓文華的行動，又不是專門爲著對付進士科：諸侯奏章，太過華美，他也不高興。文宗的態度如此，鄭覃、李石、高鍇的態度，也均是如此。焉能以鄭覃不擅爲文來解說此事？何況，在他們懲抑文華的政策下，受打擊的，並非孤進寒人，而爲豪門世族。益可證明世族爲壓抑進士勢力故主張罷廢進士科的說法，純屬無稽之談。

總之，朝廷中反對進士科者，是因試貴文辭，「無益於政」。其改革，則均希望能使其「有資於用」（趙匡・舉人條例）㉑。在這一立場上，他們不僅批判進士之文藻浮華，對一切公文書，如試判、對策、案牘、奏議，都不希望它寫得太美。

朝廷之意如此，然社會的發展，往往不受官方意識或官方宣傳所左右。進士科仍是尚文，故沈既濟〈詞科論序〉曰：「開元以後，四海晏清。無賢不肖，恥不以文章達」。科舉之名雖多，以文章達者唯進士科，故進士科獨盛。進士科之所以獨盛，在於它以文章爲銓衡標準，故想改革它，勿令其尚文，根本不可能。所謂：「幼能就學，皆誦當代之詩；長而博文，不越諸家之集。遞相黨與，用致虛聲，六經則未嘗開卷，三史則同掛壁」（楊綰·條奏貢舉疏）。人人都在爲文學奮鬥。

他們的創作量極爲驚人。《摭言》十二云：「薛保遜好行巨編，自號金剛杵。太和中，貢士不下千餘人，公卿之門，卷軸塡委，率爲閽媼脂燭之費。因之平易者曰：『若薛保遜卷，即所得倍於常也』」「劉允章侍郎主文年，榜南院曰：『進士納卷，不得過三軸』，劉子振聞之，故納四十軸。」這些都是行卷或預投公卷。柳宗元曾經抱怨當主考官要看這麼多卷子，至爲辛苦：「今進士歲數百，咸多爲文詞，道古今、角誇麗、務富厚。有司一朝而受者不知幾千萬言，讀不能十一，即偃仰疲耗，目眩而不欲視、心廢而不欲營」（〈送韋秀才序〉）。則此輩文士爲文之勤，可以概見。

他們這麼努力，主要是因爲受到了社會的鼓勵。《雲溪友議》卷中〈辭雍氏〉條載：

> 崔涯者，吳楚之狂生也。……每題一詩於倡肆，無不通之衢路。譽之，則車馬繼來；毀之，則盃盤失錯。……篇詞縱逸，貴達欽憚，呼吸風生，暢此時之意也。……崔生之妻，雍氏者，乃揚川摠效之女。……雍族以崔郎甚有詩名，資贍每厚。崔生常於飲食之處，略無禕敬之顏，但呼妻父「雍老」而已。

文士能文，貴達欽憚、妻族資贍，倡肆也要看他的臉色，眞是威風極了。這是新的時代寵貴哩！他曾作詩嘲名妓李端端，說她「鼻似烟窗耳似鐺」。結果「端端得此詩，憂心如病。使院飲迴，遙見二子躡屐而行，乃道傍再拜競灼曰：『端端祗候三郞、六郞，伏望哀之』」，於是崔涯「又重贈一句粉飾之，於是大賈居豪，競臻其戶」。文士之筆，可畏至此，難怪當時「紅樓以爲倡樂無不畏其嘲謔也」。

文士之品評，所以有威力，是因爲社會上聽從他的評論。大家認爲文字具有神奇的魔力，彷彿只有文字能傳達眞相、宣示眞理。故得其一句之褒，重於華袞；得其一句之貶，嚴於斧鉞。活人爲求生計，來乞文士美言；死人爲博令名，遂也不能不來拜託文人說幾句好話。故《封氏聞見記》卷六〈碑碣〉條說：「近代碑碣稍衆，有力之家，多輦金帛以祈作者。雖人子罔極之心，順情虛飾，遂成風俗。」凡崇功、記德、褒賢、述祖，都得拜託文士動筆。文士也因此而越發顯得尊貴了。世風如是，朝廷又能奈何？

六、社會對文人的供養

社會上表現對文學的尊重，總不外名利兩途。名，是指某人若被公認爲一能寫文章之人，則他便可獲得「文人」的名號，在社會上處處受人另眼相待，有與一般人不一樣的地位。利，是指具體的「文章有價」。

文學，被視爲是有價値之物。此種價値，與一般價値物（如貨幣財物）不同之處，在於它被認爲具有眞理性與不朽性，故有時非一般價値物所能替代。即使花錢也買不到。但它既爲一有價之物，則又與其他有價值物有同質性，所以又可以用金錢貨物與之交換。請文人撰文，需付給報酬；好文章，得有好價錢的邏輯，即在這種狀況下，得以成立。社會人士想得到文人寫的文章，就必須花錢來買；文人則以有價之文，換取有價之財物，以謀生活。如此，便構成了一個相互依存的供需關係。但這種關係，因存有文學價值之尊貴性與不可替代性，故又與一般買賣商業行爲不盡相同：買文章，不叫買文章，而叫「潤筆」。

此一文士撰文以得筆潤的歷史，並不自唐朝始。

文人，正式出現於東漢初葉，王充《論衡》中才開始替文人爭地位、辨作用、論價值、談功能。在此之前，自然已有了文學創作，也有了像司馬相如、枚乘、鄒陽一類人，爲帝王之文學侍從。但把這種能寫文章的人，統稱爲一流品、視爲一階層，則自後漢始。

這時，文人的服務對象，已不限於君王。《論衡・超奇篇》就談到文人能替地方官員服務：「川郡有憂，能治章上奏，解理結煩，使州郡無事。」不過，川郡有急難的時候畢竟不多，文人的筆總不能閑著，州郡養著這一大批文人也總得找些事來做做，那就只好記功伐石或寫作頌文了。葉昌熾《語石》卷一說：「東漢以後，門生故吏，爲其府主伐石頌德，偏於鄉邑。」正是在這種情況下出現的。

從帝王宮廷，到川郡幕府，文人的服務對象，逐漸擴大、下移。不多久，一般人也可以得到文人的頌文了。只要他能付得起供養文人的代價。這便是「潤筆」的起源，也是文學消費結構的正式建立。

早先，據說漢武帝的陳皇后失寵，「別在長門宮，愁悶悲思。聞蜀郡成都司馬相如天下工爲文，奉黃金百斤，爲相如、文君取酒，因于解悲愁之辭。而相如爲文以悟主上，陳皇后復得親幸。」（《文選・長門賦序》）這個故事大概出於後人依託，且非奉金潤筆，乃是賄賂，算不得是眞正的筆潤。筆潤之風，大概要到東漢才逐漸流行。《日知錄》卷二十一云：「蔡伯喈集中，爲時貴碑誄之作，甚多。皆言不由衷。自非利其潤筆，不致爲此。史傳以其名重，隱而不言耳。文人受賕，豈獨韓愈之諛墓哉？」依史事推測，顧炎武的看法大致不差。

因爲早期能夠秉筆爲文者，非朝臣、即諸侯之門客，如淮南王劉安，便曾招四方遊士、修文學。這些人，就食王門，託迹高宦，替君王頌功記德，乃其本份。後來文人的服務對象下移，與州郡主管仍爲僚屬或師友的關係，也很難談什麼筆潤。但撰文對象繼續下移、繼續擴大；文人本身，成爲《人物志》所說的人流十二業之一，會寫文章成了一種專門的技藝；人人要一篇頌文銘贊時，都想找個能寫文章的人來上一段，那可就不能不談報酬了。恰好那時，社會上最大的問題，就是《潛夫論》所說的「三游：游俠、游士、游宦。」其中，游士浪迹江湖、橐筆謀食，既無一淮南王之類人物，起而收蓄之，那當然也只好讓他們憑本事掙飯吃了。游士能有什麼本事呢？無非是寫寫文章罷了。換句話說，在漢末權威逐漸解體的時代，「供」與「需」兩方面都剛好有此需要，文章有價，鬻文之事遂一拍即定了。

南北朝期間，文士又屬於高門貴族的特產，游士甚少。士不游，則通常就不必賣文。文學可以成爲名公貴胄之間遊賞之資、應酬之媒，而不必成爲一種商品。

入唐以後，科舉行、文學盛，但僧多粥少，士乃又不得不游。加上貴族凌夷，世族逐漸分化解體，受過良好文學教養的世族子弟，流散四方。不僅使得文學藝術普及於社會，也使筆潤的事業，重新激發了活力。

《唐國史補》卷中〈求碑誌救貧〉條載：

王仲舒爲郎中，與馬逢友善，每責逢曰：「貧不可堪，何不求碑誌相救？」逢笑曰：「適見人家走馬呼醫，立可待否？」（又見《唐語林》卷六）

所謂「求碑誌救貧」，正表示了文士並無其他的才藝，只能以替人寫碑版掙錢糊口。固然文人的出身仍以進士科最爲尊貴，且入仕之後，衣食問題自然解決。但入仕甚難，遂不能不仰賴社會的供養。顧炎武云：「杜甫作〈八哀詩〉，李邕一篇曰：『干謁滿其門，碑版照四裔，豐屋珊瑚鉤，麒麟織成罽，紫騮隨劍几，義取無虛歲』，劉禹錫祭韓愈文曰：『公鼎侯碑，志隧表阡，一字之價，輦金如山』，可謂發露眞贓者矣。」可見有名文人撰文的收入頗豐，而他們也認爲這些錢是該得的，是「義取」，是人人都可以爭取的。《唐語林》卷一載：「長安中爭爲碑誌，若市賈然。大官薨，其門如市，至有喧競搆致，不由喪家者，」更充分說明了在那種社會結構及文人之處境下，文人不得不賴替人作碑誌謀生的窘狀及醜態。

但文人爭著替人寫碑誌「諛墓」的醜態背後，有個深刻的社會心理條件：社會爲什麼要供養文人？爲什麼要文人來寫一篇並無實際作用的虛文以誌墓頌功？爲什麼願意用高價錢來買文章？而這種供需買賣行爲又不是平等的。——事實上找文人寫文章的買主，是文人的衣食父母；以錢貨交換文章，也是公平交易。但「筆潤」一辭卻表明了文人在這場買賣中的優勢地位。是人來求他作文；是「致贈」筆潤，而非買作品；作品雖被買主買去，著作權仍屬作者，文學創作的榮耀永遠無法被買走，作品仍是作者的，所有權不能轉讓。這些，都與實際上是文人「求碑誌相救」的情況逆反。社會上爲何容許甚至樂於進行這麼不公平的買賣？

答案非常明顯：整個社會沈浸在文學崇拜的心理狀態中。他們相信文字具有「不朽」的魔力、比事實更爲眞實；他們對文人心懷敬畏，因爲那是能說出寫出這種奇妙文字的人。因此，一人死亡後，其家人子孫便盼望此人能得一佳傳，爲死者之哀榮；此與爲官者卒後，冀得一美諡，是一樣的。此一傳一諡，便替代了事實，成爲後人認識死者的憑據，且可傳諸久遠。所以，在文字崇拜之中，混雜了「不朽」和「榮耀」的觀念，文字被認爲能替人帶來榮耀，並使其不朽㉒。這不是任何金錢財貨所能買到的，文人對此亦深有體會，且甚爲自負：

> 大官薨。……是時裴均之子將圖不朽，積縑帛萬匹，請於韋相貫之。（貫之）舉手曰：「寧餓死，不苟爲此也！」（《國史補·卷中·韋相拒碑誌》）

《新唐書》卷一六九〈韋貫之傳〉作「『吾寧餓死，豈能爲是哉！』其不苟且如此！」《唐語林》卷二又載：「呂溫，祖延之、父渭，俱有盛名，至大官。家世碑誌不假於人，皆子孫自撰，云：欲傳慶善於後嗣，傚文學之荒墜。」他們不願假手別人作傳誌，同樣表現了文人的矜慎與自我期許。

然而，文人是矛盾的。既高自位置，又不能不以此爲衣食。且文章有價，其價也常反映在潤筆費用的多寡上。《語林》卷五：「王縉多與人作碑誌。有送潤筆者，誤致王右丞院，右丞曰：『大作家在那邊！』」王縉是王維之弟，他常替人寫碑版，筆潤高，故王維戲呼他爲大作家。是的，作家之大小，確實常要從筆潤金額上去分。猶如今日報社之稿酬，就不是一律的：大作家，字或數十元；小作家，則僅及其幾分之一或十幾分之一。唐代文人亦常以撰文得金之多自負自喜。如李嶠〈謝撰攀龍臺碑蒙賜物表〉云：「伏奉恩敕，編撰攀龍臺碑文，賜臣物四百段」、張說〈謝賜撰鄭國夫人碑羅絹狀〉云：「合賜卿綵羅二十匹、絹一千匹」（皆見《全唐文紀事》卷十六）。寫篇文章，得絹千匹，比起崔孝公「獻慶雲頌，又賜絹一百匹」「奉敕撰龍門公宴詩序，賜絹百匹」（顏眞卿・崔孝公陋室銘記）竟多了十倍。無怪乎張說能號稱「大手筆」了。

須知唐代朝士俸祿甚薄，從九品小京官之年入，不過米一二三・六四斛，有時還要折換爲段疋絲棉等實物。寫一文而能得絹數十匹百匹，已經是極好的待遇了，何況千匹？朝廷如此禮遇作家，社會上又常會出現「元和四年，盛修飾安國寺。……承璀奏請學士撰碑文，且曰：臣以排比一萬貫錢充送撰文學士」（同上・卷二十二）的機會，文人安得不努力爭取？前引《語林》說文人爭著替喪家寫墓誌的情況，就是由此形成的。文人之間的嫌隙與磨擦，所謂「喧競搆致」亦往往由此而生。㉓

如裴度修福先寺，將請白居易撰碑文，皇甫湜就很不高興，說：「某之文，方白之作，自謂瑤琴寶瑟，而比之桑間濮上之音也」。裴度無奈，只好請他寫。寫好後，裴度「以寶馬、名車、繒彩、器玩、約千餘緡，置書命小將就（皇甫湜）第酬之」。其潤敬不可說不厚重了。不料皇甫湜大忿，擲書於地，叱小將曰：「寄謝郎中：何相待之薄也！某之文，非常流之文也。曾與顧況爲集序外，未嘗造次許人。今者請製此碑，蓋受恩深厚爾。其辭約三千餘字，每字三匹絹，更減五分錢不得！」裴度只好如數奉送。《唐闕史》卷上記其事，也替他算了算稿酬：「計送九千七百六十有二。」㉔

這件事既有趣又値得分析。皇甫湜是因受裴度之恩厚，才替他寫這篇文章、才向他獅子大開口。若不「受恩深厚」，那還了得？文人之自我矜許、高自標置，於此可以一覽無遺。

在文人心中，認爲替你寫文章，是表示看得起你，已經降尊紆貴了。其次，正因爲自我矜許太甚，便鄙薄別人的文章。如皇甫湜薄白居易之文如此，後世看來只覺可笑，他們卻自認爲是不可不爭的文壇地位。《摭言》卷四載：「黃頗師（韓）愈爲文，亦振大名。頗嘗觀盧肇爲碑版，則唾之而去」，亦是同一心理。《全唐文記事》又提到王翃，說他撰文，「每賜予稍緩，翃必揚言曰：『吾賦字字作金聲，何受賜之晚耶？』」（卷四一）寫文章必須有報酬，這報酬還不能太少或太遲；而酬之高低，又反映了文章好壞的程度，似乎是他們這批文人共有的想法。也幸好當時的社會，有此條件，否則像他們這樣的想法與做法，恐怕只好等著餓死，根本不能存活。

七、由文學到反文學

然而，文士之病，也即在此，早在曹丕〈典論論文〉中就說過「文人相輕，自古而然」。《顏氏家訓·文章篇》也說：「自古文人，多陷輕薄。……每嘗思之，原其所積文章之體，標舉興會，發引性靈，使人矜伐。故忽於操持，果於進取。今世文士，此患彌切！一事愜當、一句清巧，神厲九霄、志凌千載，自吟自賞，不覺更有旁人。加以砂礫所傷，慘於矛戟；諷刺之禍，速乎風塵。」論文人之病痛，沒有比這幾句話更深刻的了。

這是感性生命激揚、且執著於文字的結果。生命沈溺於性靈與會之間，又以文字爲一切價值及生命的實踐場，故在文字上略有所成，便自負爲天下一切價值都已被自己掌握了。對別人的生命與文字表現，亦缺乏理性的體察，只隨感性之好憎來對待，甚且根本看不起別人所表現的價值，動輒諷嗤之。這就稱爲「輕薄」。《語林》卷六：

> 劉禹錫云：「韓十八愈，直是太輕薄，謂李二十六程云：『某與丞相崔大群同年往還，直是聰明過人』，李曰：『何處是過人者？』韓曰：『共愈往還二十餘年，不曾過愈論著文章，此是敏慧過人也。』」（又見《劉賓客嘉話錄》）

這話講得十分刻薄，可見韓愈之矜許，瞧不起崔大群。韓愈如此，學韓愈的黃頗，瞧不起盧肇；韓愈所喜歡的李賀，瞧不起元稹；韓愈的弟子皇甫湜，瞧不起白居易，自然毫不稀奇。但此非韓門師弟之專利，《唐書・杜審言傳》即載：「蘇味道爲天官侍郎，審言豫選試判訖，謂人曰：『蘇味道必死』，人問其故，審言曰：『見吾判即自當羞死矣！』又嘗謂人曰：『吾之文章，合得屈宋作衙官』。其矜誕如此」，〈鄭仁表傳〉也說：「仁表恃才傲物，人士薄之。自謂門地、人物、文章俱美，嘗曰：天瑞有五色雲，人瑞有鄭仁表」。其輕薄皆不遜於韓愈。故有「開元二十四年，考功員外郎李昂摘進士李權章句疵之，榜於通衢。權亦摘昂詩句之失」（《語林八卷》）「韓翃有寵姬柳氏，翃成名，從辟淄青，置之都下。數歲，寄詩曰：章臺柳，顏色青青今在否？……翃後爲夷門幕府，後生共目爲惡詩，輕之」（《唐詩紀事・卷三十》）一類事情出現[25]。

除了高自矜許、諷嗤他人之外，文士干謁，亦多盛爲大言。如員半千〈陳情表〉謂：「若使臣七步成文，一定無改，臣不愧子建。若使臣飛書走檄，援筆立成，臣不愧枚皋。……請陛下召天下才子三五千人，與臣同試詩策判牋表論，勒字數。定一人在臣先者，陛下斬臣頭、粉臣骨、懸於都市，以謝天下才子。……如棄臣微見，即燒詩書、焚筆硯，獨坐幽巖，看陛下召得何人、舉得何士！」口氣何等矜張！李白上韓荆州書，也自稱「日試萬言，倚馬可待。」這是當時干謁文字的通例，一個比一個自誇得厲害，所謂「一謙三十年」，故牛皮不嫌越吹越大。

大言以動人視聽。若不行，則不妨作怪，以驚世駭俗，以警人聽聞。《北夢瑣言》卷十言：「唐咸通中，前進士李昌符有詩名，久不登第，常歲卷軸，怠於裝修。因出一奇，乃作婢僕詩五十首，於公卿間行之，有詩云：『春娘愛上酒家樓，不怕歸遲總不留。推道那家娘子臥，且留教住待梳頭。』又云：『不論秋菊與春花，個個能噇空肚茶。無事莫教頻入庫，一名閑物要些些。』諸篇皆中婢僕之諱。浹旬，京城盛傳詩篇。」結果就登第了。此所謂用奇出奇。『唐摭言』卷十二〈設奇沽譽〉條同之（另參❻）。

出奇若仍不能沽譽，那就往往出之以「哀鳴」或「忿恚」。《唐文粹》卷八七、八八是自薦文，第八九卷接之以哀鳴及忿恚，正由此故。蓋社會尊崇文藝、禮敬文人，而文人遂亦自居於神聖地位，享受社會的敬禮；偶有佛逆，則忿忿然，認爲社會對不起他，且打心眼底看不起一般非文士的俗人。如「皮日休曾謁歸融尙書，不見。因撰夾蛇龜賦，譏其不出頭也。……後爲湖南軍倅，亦甚傲誕，自號『間氣布衣』」（《北夢瑣言・卷七》）「羅隱既頻不得意，未免怨望，竟爲貴子弟所排，契闊東歸。黃寇事平，朝賢議欲召之。韋貽範沮之曰：『某曾與之同舟而載，雖未相識，舟人告云：「此有朝官」，羅曰：「是何朝官！我腳夾筆，亦可敵得數輩」，必若登科通籍，吾徒爲秕糠也』，由是不果召」（同上）「韋蟾左丞至長樂驛，見李瑒給事題名，因書其側云：渭水春山照眼明，希仁何事寡詩情？只應學得虞姬婿，書字才能紀姓名」（《摭言》三卷）「賈島狂狷行薄，執政惡之，故不與選。裴晉公於興化作池亭，島詩曰：『破卻千家作一池，不栽桃李種薔薇。薔薇花謝秋風起，荊蕀滿庭公始知』，人惡其不遜」（《本事詩》）……等等，其例不可枚舉。韓愈〈集石鼎聯句詩序〉也說：「嘗與文友會宿，……衆度其不能詩，因聯句咏爐中石鼎將以困之。……至彌明，自云『不善俗書，人多不識』，乃遣人執筆硯，吟曰：『龍頭縮囷蠢，豕腹脹膨脝』，坐客盡驚。會人思竭，不能復續，彌明連促之。坐中有嘆吟者，其聲悽苦，彌明句中侮之曰：『仍於蚯蚓竅，更作蒼蠅聲』。須臾，倚壁睡，鼻息如雷，坐客異且畏之。」文人自高自大，又擅以文字侮弄嘲謔他人，類皆如是。但他雖常看不起別人，卻受不得別人的冷淡，最恨的就是別人看不起他。

這樣的性格，使得文人雖然在共同的文學崇拜中結爲一緊密的團體、形成了屬於同一階層的文人同儕意識，互相交結、唱和、標榜，卻又在文人團體內部傾軋不已，彼此攻訕，誰也看不起誰。每個人都是孤立的神祇，只願單獨享受群衆的膜拜。《東觀奏記》卷上說李德裕「文學過人，性孤峭，嫉朋黨」，最能說明此一事實[26]。因爲這不是李德裕個人的問題，而是文人普遍的性格。故其齊名唱和者，如韓柳、元白之類，往往不能無嫌隙及彼此爭勝之念。如《北夢瑣言》卷六云：

> 白太傅與元相國友善，以詩道著名，時號元白。……洎自撰墓誌，云與劉夢得爲詩友，殊不言元相公，時人疑其隙終也。

這種懷疑，宋陳振孫謂其爲：「臆度疑似，乃有隙終之論，小人之不樂成人之美如是哉！」㉗的確，元白二人本身未必遂成隙末；然時人既有此疑，說明了什麼？唐人流傳李白嘲杜甫的〈飯顆山頭逢杜甫〉詩，或後來王安石懷疑杜甫〈春日懷李白〉用庾信陰鏗喻李白詩，是譏其才疏。不也都在疑心李杜亦不見得彼此服氣嗎？宋人流傳許多蘇東坡黃山谷相嘲戲及二人暗中較勁的記載，也出於同樣的理由。

既黨同伐異，又孤峭自大，本來也無所謂。但糟糕的是，文士之攻擊同文、凸顯自我，乃是爲了博得別人的贊賞，爭取別人的注意，獨享世人崇拜的眼光。所以他們雖然高自矜許，自謂「文章千古事，得失寸心知」，其實並不能喪失觀眾。整個生命是外化了的，存在的價值不在我完成了什麼，而在有沒有人能欣賞。不是成就一「價值之自我建立」的人生態度，而是把價值定在他人之認可上。這就是所謂的「求知己」。賈島詩曰：「兩句三年得，一吟雙淚流，知音若不賞，歸臥故山秋」，乃是最典型的表白。

在宗教崇拜中，人需要神、崇拜神，但事實上神也需要人。缺乏了信徒的香火供養，神祇就寂寞了。干謁之風大盛，其內在之心理條件，即出於此。文士不甘寂寞，或俯循流俗之好惡，以博令譽；或訪求知己，以代揄揚；或故意矯飾、以驚世駭俗，而引起注意。實在沒辦法了，才黯然歸隱，憤世嫉俗，認爲世人都不了解他、都是分不清眞神假神的瞎子，而寄望於後世的知己。

此一行爲邏輯，乃是捨己徇人的。所謂：「古之學者爲己，今之學者爲人」，生命一旦仰賴外在的肯定、行爲一旦祈求他人贊美，主體性便喪失了。爲了博得賞譽、爭奪祭享，文人是會不擇手段的，故顏之推云文人往往「忽於操持，果於進取」。進取，就是指他們常會貪婪地追逐名利，因爲擁有名利才能夠證明他們的生命是有價值的。

然此一生命型態，實與市井流俗無異。他們雖高自標置，瞧不起流俗，而史傳所載，種種醜態，如剽竊他人文章以成名、「爭爲碑版若市賈然」、奔走權門、向武則天自薦枕蓆等等，與市井小人又有何區別[28]？范祖禹《唐鑑》所謂：「君子難於進而果於退，小人不恥於自售而戚於不見，知其進也，無所不至」（卷二）。果於進取的文人，確實是小人型態的。唐代士風之壞，原因在此。

而且更不幸的，是一般世俗人，居於世俗的地位，對神聖性價值仍有敬畏仰望之心。文人，則自居於神聖性地位，自己就是神、就是價值之所在，還有什麼值得仰望敬畏？這樣的人，偏偏實際上只是一俗人小人，那就只好是「小人之無忌憚者」了。此即是「文人無行」的原因。

《雲溪友議》載：「蕭穎士，既叨科第，輕時縱酒，不遵名教」「故荊州杜司空悰，自忠武軍節度使出澧陽。宏詞李宣古者，數陪遊宴，每譃戲於其座。或以鉛粉傅其面，或以輕綃爲其衣。侮慢既深，杜公能不容忍」（卷中）[29]。這些文人，因爲自覺是文人，擁有特權，故其行爲如此，難怪要引起批評了。如杜悰不再能容忍李宣古，朝廷科舉也對此深懷戒心。文宗元年詔禮部高鍇司貢舉時就說過：「常年宗正寺解送人，恐有浮薄，以忝科名」；唐人批評科舉選士太注重文學時，經常以此爲口實。

此即構成一禮法名教與文士行爲之間的緊張對抗關係。文人無行，但文人自居於神聖者的地位，無行不但不以爲恥，且視禮法名教爲俗物，認爲無行正所以表示名士之風流。不放浪無行一番，不足以表示我是個文人。社會上也常因爲他們是文人，所以便容忍甚至嘉許、贊美這種風流，視為佳話：某些行為，一般人做了，必為人所不齒；但文人做出來，便成為可欣賞或可容忍的。前舉李宣古事就是一個例子。杜悰不能容忍李宣古的侮慢，準備處罰他時：

使臥宣古於泥中，欲辱之櫝楚也。長林公主聞之，不待穿履，奔出而救之，曰：「尚書不念諸子學，又擬陪李秀才硯席。豈有飲筵，而舉人細過？待士如此，異時那得平陽之譽乎？」遂遣人扶起李秀才，於東院以香水沐浴，更以新衣，卻赴中座。貴主傳旨京兆公，請為詩，冀彌縫也。……杜公賞詩，賜物十箱（〈澧陽讌〉條）。

因李氏是個文人，於是本來要處罰的，竟反而獲得了賞賜。而此並非特例。《友議》卷中載柳全節，多於妓家飲酒，或三更至暮；又每於酒席上，狂縱日甚，干忤楊尚書汝士。楊不能堪，怒，寄書指責他的座師高鍇，說：「柳棠者，凶悖囂豎，識者惡之。狡過仲容，才非犬子。且膺門之貴，豈宜有此生乎？」但高鍇仍讓柳棠及第，理由是「不敢蔽才」。楊汝士甚表不滿，又寄書云：

興亡之道，孔子先推德行，然後文學焉。吾師垂訓，千古不易，前書云「不敢蔽才」何必一柳棠矣？若以篇章取之，寧失於何值、王條也。（見〈宏農忿〉條。）

道德修養、名教禮法、品節操持，與文學家所表現的文人氣質，正面對諍了。換句話說，無論社會上如何尊重文人、崇拜文學，由於文人本身蘊涵有某些感性生命流蕩的弊病，其生命型態又趨於世俗化，陷於輕薄，遂不可避免地要逼出「文學／名教」的衝突。即使是柳棠自己，也受不了別人像他對待楊汝士那樣對待他⑩。所以越到中晚唐、文學崇拜之風越盛，而對文人不滿、批評其輕薄的論調也越大，認為文人只是有一技之長、不值得如此崇慕，文學的價值也應貶低在道德與學問之下。二者相激相盪，相扶以長。

八、反文學以昌大文學

《唐語林》卷二云：

> 文宗嘗欲置詩學士七十二員。學士中有薦人姓名者，宰相楊嗣復曰：「今之能詩，無若賓客分司劉禹錫。」上無言。李珏奏曰：「當今起置詩學士，名稍不佳。況詩人多窮薄之士，昧於識理。今翰林學士皆有文詞，陛下得以覽古今作者，可怡悅其間。有疑，顧問學士可也。陛下嘗命王起、許康佐為侍講，天下謂陛下好古宗儒，敦揚朴厚。臣聞憲宗為詩，格合前古。當時輕薄之徒，摛章繪句，聱牙崛奇，譏諷時事，爾後鼓扇名聲，謂之元和體。實非聖意好尚如此。今陛下更置詩學士，臣深慮輕薄小人，競為嘲咏之詞，屬意於雲山草木，亦不謂之開成體乎？玷黯皇化，實非小事。」㉛

李珏的言論，是當時朝野對文人最典型的批評。其重點大抵有二：一是說詩人為窮薄之士，昧於識理；二是說提倡文學，可能會玷黯皇化。讓我們就這兩方面來分析。

白居易曾經很自負的說：「天地間有粹靈氣焉，萬類皆得之，而人居多。就中文人得之又居多。」（《文集·卷五九·故京兆元少尹文集序》）文人之高貴神聖，其自許如此。楊嗣復說：「唐有天下二百二十載，用文章顯於時，代有其人。然而自成童就傅，以及考終命；解巾筮仕，以及鈞衡師保，造次必於文，視聽必於文」（《文苑英華·卷七〇七·權德輿文集序》），唐代文人地位之高、文學崇拜貫穿於一切人文社會活動中又如此。

然而，由於前文所分析的各種原因，文人在唐，實際遭逢卻並不是那麼泰順崇高。社會上普遍在敬畏、崇拜文人的同時，也批評文人輕薄，批評文人整天哭窮、乞求「知己憐恤」、徇於外物㉜。文人本身，則一再感嘆「文能窮人」「文章憎命達」。白居易〈序洛詩〉云：「世所謂文士多數奇，詩人尤命薄」，孫樵〈與賈希逸書〉亦云：「物之精者，天地所秘惜。……抉而不已，櫝而不知止，不窮則禍，天地仇也。文章亦然。所取者深，其身必窮」（《文集·卷二》）。他們雖如此寬慰自己，但文人，多半是只會寫文章而對世事人情無知無能的人，他們的世界就是文字所構築的宇宙，他們的生命則流遁於此一宇宙之中，俯仰歌哭，發引性靈。感性生命之發舒，固然極爲淋漓酣暢，理性化的態度卻明顯地不足，故李珏云詩人窮薄，且昧於識理。

其次，文人的行逕以及文學的功能，往往與名教相悖，是社會上普遍的感覺。李珏站在朝廷主政者的立場，批評文士有玷皇化，不能擔負政治職責，亦理之所固然。蓋「文」與「行」的衝突或緊張關係，在唐代是極容易感受到的。《全唐文》卷四三三有劉嶢〈取士先德行而後才藝疏〉，謂：「國家以禮部爲孝秀之門，考文章於甲乙，故天下響應，驅馳於才藝，不務於德行」「行有餘力則以學文。今舍其本而循其末」，故建議皇帝先德行而後才藝，以改善風俗。貞元二十一年禮部策問，題目中也有一條說：

> 問：言，身之文也。又曰：灼於中，必文於外。司馬相如、揚雄籍甚漢庭，其文盛矣。或奏琴心而滌器，或贊符命以投閣，其於溺情敗節，又奚事於文章耶？至若孔融禰衡，夸傲於代，禍不旋踵，何可勝言！兩漢亦有質朴敦厚之科、廉清孝順之舉，皆本於行而遺其文，復何如哉？爲辯其說。

顯然題旨就是要應考者從行重於文的角度來立論。可見文士無行，在當時被看成是個大問題[33]。另一個問題，則是這些敗壞風俗的文人所寫的文章，也不利於王化名教。柳冕曾感嘆「逮德下衰，文章教化，掃地盡矣」（《全唐文・卷五二七・答徐州張尚書論文武書》），又說：「王澤竭而詩不作，騷人起而淫麗興，文與教分而爲二」（〈答荊南裴尚書論文書〉）他認爲古先聖王之文章，是根本於教化，也以教化爲功能的，可惜後世文人多昧於此義，以致「文多道寡，斯爲藝矣」，文學僅成爲一種技藝而已。尙衡〈文道元龜〉也說：「今之代其多詞士乎！代由尙乎文者，以斯文而欲軌物範衆、經邦敘政，其難致乎化成，悲夫！」（《全唐文・卷三九四》），他們都一致主張文學不只是寫出一篇漂亮的文章，「彩飾其字」就夠了，還必須是有關於教化的。

這種指責，實不難於理解，因爲文學既具有神聖性，它便有指明眞理的力量與性質。它是文字的構成，但它又具有眞理性，能示人生以準則與方向。方向，就是道：示人生以準則，就是教化的功能。

文學及文人，未能讓人覺得它們已達成了這個功能，人們的文學崇拜便不免減褪了熱情，對文人與文學便不免要抱怨。而文人為了要重振文學的聲威，自必針對這些批評，努力地將文學與道結合起來，說文學不只是一門技藝，古人的好文章，都是能與道合一的，都是具有教化功能的㉞。例如：

> 若聖與賢，則其書文皆教化之至言也。徒見其纖靡而無根者多紿曰：文與藝。殆乎！（《全唐文·卷六八三·獨孤郁·辯文》）
>
> 汝勿信人號文章為一藝。夫所謂一藝者，乃時世所好之文，或有盛名而近代者是也。其到古人者，則仁義之辭也，惡得以一藝而名之哉？（《李翺·李文公文集卷八·寄從弟正辭書》）
>
> 國家化天下以文明，獎多士以文學，二百餘載，文章煥焉。然則述作之間，久而生弊。……古之為文者，以上紐王教、繫國風，下以存炯戒、通諷諭。故懲勸善惡之柄，執於文士褒貶之際焉（《白居易·長慶集卷四八·策林六八議文章》）

他們不滿於唐代本身的文風，都嚮往文學與道相合、文學能有教化功能的古聖賢之文。在這種情況之下，古文運動便順理成章地出現了。古文運動的主張，諸如強調文以明道、強調「文者，必有諸其中」（韓愈〈答尉遲生書〉）強調「宜師古聖賢人」（〈答劉正夫書〉）等等，雖較集中地出現於韓愈柳宗元等人的言論中，但韓柳等人只是較突出地表現了這一思考路線的代表人物而已。這一條批判近代文人與文學，以重振或保住文學神聖性威望的思潮，乃是中晚唐極普遍的思路㉟。讓我引幾則文獻來證明：

痛罵近代文學之弊者，如李舟〈唐常州刺史孤獨公文集序〉云：「不肖者，得其細者，或附會小說立異端；或彫斵成言，以裨對句，或志近物以玩童心，或順庸聲以諧里耳。其甚者，則矯誣盛德、污衊風教，爲蟲爲蠹、爲妖爲孽，噫！文之弊有至是者，可無痛乎？」他欣賞的，是「能探古人述作之旨，憲章六藝者。」呂溫撰〈人文化成論〉，又痛責：「以章句翰墨爲人文，則陳後主隋煬帝雍容綺靡，洋溢編簡，可曰文思安安矣，何滅亡之速耶？文之時義大矣哉！焉可以名數末流、雕蟲小技厠雜其間耶？」（《呂和叔文集》卷十）韋籌〈文之章解〉亦言人文化成，亦云：「使章不自人文也，天下孰觀而孰化？」（《唐文粹》卷四六）這類主張，豈不是皮日休的先聲嗎？《皮氏文藪．卷三．原化》曰：「聖人，其道則存乎言，其言則在乎文」。卷九〈請韓文公配饗太學書〉又稱贊韓愈之文詞「無不裨造化，補時政」。他也稱贊白居易。但理由一樣是：「我愛白樂天，逸才生自然，誰謂辭翰器，乃是經綸賢，歘從深艷詩，作得典誥篇。六身百行足，爲文六藝全」（卷十．〈七愛詩〉）「元白之心，本乎立教」（《全唐文卷七九七．論白居易薦徐凝屈張祜》）。到了《舊唐書》，評元白優劣，亦以「就文觀行，居易爲優」立論。牛希濟〈文章論〉則繼續痛罵：「澆季之下，淫靡之文恣其荒巧之說，失於中正之道。今國朝文士之作，忘於教化之道，以妖艷爲勝，夫子之文章，不可得而見矣，古人之道，殆以中絕。」（《全唐文．卷八四五》）……。

這些意見，構成了一種時代思潮氣氛，批判近代之文（這個近代，可能即指唐朝，也可能上推至六朝，更可能是指「唐堯以下」或「三代以降」），希望恢復古代聖賢之文，使文能具教化之道，能以此人文化成天下。古文運動的提倡者，正好以其理論具體說明了這一思考傾向。故李漢云：「文者貫道之器也。不深於斯道，有至焉者否也」（〈韓昌黎文集序〉）、韓愈說：「愈之所志於古者，不惟其辭之好，好其道焉爾」（〈與李秀才書〉）、「學古道則欲兼通其辭，通其辭者本志乎古道者也」（〈題歐陽生哀辭後〉）。李翺也說：「言語不能根教化，是人文之紕繆也」（〈雜說上〉）。

他們都要重振文學的聲威，但採取的是與反對文士者一致的態度，使用的是與批判文學者一樣的理由，他們是反文學以昌大文學。如柳宗元就說文章是末、是藝，爲文者應深植根本，並即末以操本：「僕之爲文久矣。然心少之，不務也。以爲是特博奕之雄耳」（《柳先生集·卷三一·答吳武陵論非國語書》）「今之世言士者，先文章。文章，士之末也。然至言存乎其中，即末而操其本，可十七八，未易忽也。」（卷三十〈與楊京兆憑書〉）「今世因貴辭而矜書，粉澤以爲工，遒密以爲能，不亦外乎？」「聖人之言，期以明道」（卷三四〈報崔黯秀才論爲文書〉）「大都文以行爲本，在先誠其中，其外者當先讀六經，次論語孟軻書」（同上·〈報袁君陳秀才還師名書〉）……。這種反文學的論文方式，最典型的例證，就是他的〈非國語〉。〈非國語序〉說得好：「《左氏國語》，其文閎深傑異，固世之所耽嗜而不已也。而其說多誣淫不概於聖。余懼世之學者溺其文采，而淪於是非，是不得由中庸以入堯舜之道，本諸理而作〈非國語〉也」（卷四四），後序又云：「以彼（國語）庸蔽奇怪之語，而黼黻之、金石之，用震曜後世之耳目。而讀者莫之或非，反謂之近經。則知文者可不慎耶？」皆批判文采之美而期以義理之正。以此論文，文遂不僅爲一文學技藝，而應爲見道之言；文人亦不僅爲一能書寫漂亮文章的人，其本身便應是見道之人，是有德行又有能力施教化於天下的人。

如此，則文與行合一、文與教合一，如顧況云：「文顧行，行顧文，文行相顧，謂之君子之文」（《全唐文・卷五二九・文論》）、權德輿云：「貫通之以經術，彌縫之以淵元。其天機與玄解，若汗鼻而斲輪。豈止文也，以宏諸立身，不如是，則非吾黨也。」（《文集卷三・醉說》）文是法言、君子之言，文人即是君子。

這些君子們，寫文章，但又不只是在寫一漂亮的文章而已，乃是爲了對時代社會有益、對聖賢之道有所發明，故白居易云：「總而言之，爲君爲臣爲民爲物爲事而作，不爲文而作也」（〈新樂府序〉），韓愈亦自稱：「其所著皆約六經之旨而成文，抑邪與正，辨時俗之所惑」（〈上宰相書〉）。

總之，在一個文學崇拜的社會中，新興的文士階層必須費力地爲自身之價值辯護。他們承認批評者所指陳的各種弊病，但採取一種特殊的論理策略，說：那些毛病，正是「文之弊」；理想的文，則不僅與批評者所期望的名教王化、聖賢之道不相衝突，甚且正是文所應該具有的性質與功能。以此消解批評者的攻擊，也鞏固了文的尊嚴、體現了文學活動的價值、以及未來從事文學創作所應遵循的方向。它能形成一股勢力強大的運動，實非偶然。

九、「道／藝」「文／教」之間

這一運動，是建立在「文」的雙重區分上的。他們必須分辨眞正的文與偏弊之文、高一層的文與低一層的文、古之文與近世之文、聖賢之文與世俗之文、君子之文與小人之文。批判後者而推崇前者，以前者爲遵法之對象。元結〈劉侍御月夜讌會序〉說：「嗚呼！文章道喪久矣。時之作而煩雜過多，歌兒舞女，且相喜愛，繫之風雅，誰道是耶？諸公嘗欲變時俗之淫靡，爲後生之規範」（《次山文集・卷七》），可爲一時實錄。㊱

要達到人文化成的功能，寫出君子之文，作者必須學古、讀書、誠乎其中……，做各種工夫，使自己不只是一個「文人」。這樣的文學區分，以及這種對創作者本身修養上的要求，逐漸扭轉了唐代文人的創作型態。唐代文學那酣暢淋漓、歌舞盡氣，表現出濃厚而强烈感性生命强度的特色，漸漸轉化爲理性的、矜慎的、具深刻歷史文化感的寫作風格，形成了宋代文學發展的基本型態㊲。溷迹於北里南康、與無賴少年同狎歌兒舞女的唐朝文人，逐漸與世俗隔離了，批判流俗成了他們的工作，不染一點塵俗是他們嚮往的境界。這是因爲文學的神聖性增强了，文人的地位也更加尊貴或理性地自尊自重了，所以「雅俗之辨」就變得更重要了。文學批評的標準，也從看重文學技巧，而轉到要求「格高、氣正、體貞、貌古、詞深」上來。皎然《詩式》即曾列「跌宕格二品」，一是越俗、二是駭俗。另有「淈沒格」，是淡俗，要求似蕩而貞、雖俗而正。只有戲俗是「調笑格」：「此一品非雅作，足以爲談笑之資」。這種逆俗以求高古、求高逸的作風，難道不是中晚唐五代以至宋代文學藝術發展的主調嗎？㊳

這種區分及發展，勢必帶來一種輕視文采的風氣，或者說它本身就是在否定文采華藻之價值的思維中形成的。認爲光會寫一手漂亮的文章還不夠，文章除了字面漂亮之外，還得有深刻的內容。而文章要有內容，作者就不能只鍛鍊文字技巧，他必須培養自己豐厚的內涵，以作者內在的人格品質，來保障文章的價值。這是由文字層面再進一步的要求。但這種要求常會倒過來說：文字不重要，內容才重要；只要有好內容，文章自然高妙。㊴

此即以道廢藝或重道輕藝的走向。皎然《詩式》說：「曩者嘗與諸公論康樂爲文，眞於性情，尙於作用，不顧詞采，而風流自然」云云，即此類想法。柳宗元曾批評某些人因「聖人之言，期以明道」，遂至「學者務求諸道而遺其辭」（〈報崔黯秀才論爲文書〉），大概就是這類想法所形成的流弊。因爲這種重道輕藝的想法，可同時發展成强調作者修養論的文學創作觀，使文學表現出一種不執著於語言文字層面的超越型態；也能發展爲否定文學價值的反文學理論。前者可以宋代江西詩社宗派爲代表；後者則是宋朝道學家普遍的態度，不是說：「文似相如只類俳」（呂大臨・〈送劉戶曹〉），就是自稱作詩：「信手題詩不用工」（邵雍語）。前者固然對文學的發展大有助益，後者卻對文學的生命不無斲傷。而且正因爲這一路思想如此輕蔑文學，也引發了宋明幾百年文學與道學家爭鬨不睦的局面，殃及家國[40]。

以道廢藝之結果如此。反過來看，唐代這一思潮會不會形成另一種極端呢？會的。

在古文運動中，韓柳其實都是道藝兼及的論理結構。認爲道與辭不可偏廢，且要由辭以通於道，以辭明道。故韓愈在〈答尉遲生書〉中，在强調了「所謂文者，必有諸其中，是故君子愼其實」之後，立刻接之以「體不備不可以成人，辭不足不可以成文」。〈答陳生書〉又云：「愈之志在古道，又甚好其言辭」。此與〈答李秀才書〉說：「愈之所志於古者，不惟其辭之好，好其道焉爾」，正是互文見義，足以證明他是辭道兼重的。故〈題歐陽生哀辭後〉說：「學古道則欲兼通其辭，通其辭者本志乎古道者也。」

但是，這種兼通道藝的理論，也很容易滑入獨重辭藝的路子上去。因爲不但通其辭是必須的，志於道仍然只能通過「通其辭」來。於是，一切都仍是辭藝上的事，求道云云，竟成門面語矣。韓愈〈答劉正夫書〉說：

漢朝人莫不能爲文，獨司馬相如、太史公、劉向、揚雄爲之最。然則用功深者，其收名也遠。……今後進爲文，能深探而力取之，以古聖賢人爲法者，雖未必皆是，要若有司馬、太史公、劉向、揚雄之徒出，必自於此，不自循常之徒也。若聖人之道不用文則已，用則必尚其能者。……有文字來，誰不爲文？然存於今者，必其能者也。顧常以此爲說耳。（文集卷三）

所謂「爲文必尚其能者」，尙文之旨，躍然紙上。且其所效法者，乃是司馬相如、揚雄等。這些人不正是常被取來做爲文人無行之證例的嗎？此即可以想見韓愈所謂「以古聖賢人爲法」的眞正涵義是什麼了。韓愈弟子皇甫湜說得更淸楚：「夫文者非他，言之華者也」「而以文爲貴者，非他，文則遠，無文則不遠也」「夫繪事後素，旣謂之文，豈苟簡而已哉？」「秦漢以來，至今文學之盛，莫如屈原、宋玉、李斯、司馬遷、相如、揚雄之徒，其文皆奇，其傳皆遠。」（《皇甫持正文集卷四・答李生第二書》）他雖然也扯些文章作用在於通顯義理之類話頭，但是，屈宋李斯司馬相如揚雄等人，能算得上是「通至正之理」的人嗎？他與李生辯論道：「生以松柏不艷比文章，此不知類也。凡比必於其倫。松柏可比節操，不可比文章。大人虎變、君子豹變，此文章比也。有以質爲貴者，有以文爲貴者，引茅屋越席，易黼藻玄黃之用，可乎？」（〈與李生第三書〉）更是明顯地把「節操／文」「質／文」對立起來，强調文學作品就是「言之華」、就應該文采美艷。其後孫樵亦教人深思：「鸞鳳之音必傾聽，雷霆之聲必駭心，龍章虎皮是何等物，日月五星是何等象。」（《文集卷二・與王霖秀才書》）。

虎豹之異於犬羊者，依他們看，不只是虎豹與犬羊本質不同，更在於其文彩即已不同了。

他們都喜歡引用這個例子來說明文辭的重要性，避免走上重道輕藝的路子上去[41]。此其所以仍為文學家，而非道學家。

這條脈絡，據孫樵說，是「樵嘗得為文真訣於來無擇，來無擇得之皇甫持正，皇甫持正得之於韓吏部」，可算得上是古文家的正統。然其重辭也如此。無怪乎後來清代包世臣要說：

> 自唐氏有為古文之學，上者好言道，其次則言法。說者曰：言道者，言之有物者也；言法者，言之有序者也。然道附於事而統於禮，……其離事與禮而虛言道，以張其軍者，自退之始。而子厚和之。至明允、永叔乃用力於推究世事，而子瞻尤為達者。然門面言道之語，淤除未盡。以致治古文者，一若非言道則無以自尊其文，是非世臣所敢知也。（《藝舟雙楫·與楊季子書》）

韓愈之道求道，乃是在文字上求；後世古文家好講道，也只是門面語，包世臣是看得極為清楚的。此即所謂獨重辭藝。這一脈絡的發展，當然也影響深遠。

但不論重道、重藝或兼重道藝，中晚唐之反省文學發展及文人處境者都不能避開「道」的問題。故論文都不能不從聖賢、經典上談下來。這是因為朝廷官學本以經學為主，文學既盛，經學遂束諸高閣，明經科之漸衰，只是其中現象之一。批判文學與文士者，往往企圖恢復經學的力量，來修正被文學崇拜弄壞了的社會風氣。如柳冕〈謝杜相公論房杜二相書〉說：「伏維尊經術，卑文士；經術尊則教化美，教化美則文章盛，文章盛則王道興」（《全唐文·卷五二五》）。尊經術，正是改善不良社會風氣、打壓文士氣焰的好辦法。但是這不是「經術／

文學」對立衝突的問題，柳冕的話講得很明白：他是通過尊崇經術、卑抑文士，來追求文章昌盛的。他這種論文態度，我們在前文已有詳細的說明，乃一時風氣如是㊷。然此一論文方式之可注意者，即在於如此論文，必然使得經學得以復振。

韓愈〈寄盧仝詩〉云：「先生事業不可量，惟用法律自繩己；春秋三傳束高閣，獨抱遺經究終始」（詩集卷七）。盧仝不過一文人耳，韓愈卻誇他能鑽研六經。他自己則更是在六經中「沈浸醲郁，含英咀華」。所以李翺又稱頌他：「六經之風，絕而復新，學者有歸，大變於文」（〈李文公集卷十六・祭韓侍郎文〉），認爲他就是通過經學來變革文風的代表人物。後來皮日休則把他跟文中子連起來談，說：

> 仲尼之道，否於周秦而昏於漢魏，息於晉宋而鬱於陳隋。……夫孟子荀卿，翼傳孔道，以至於文中子。……文中子之道，曠百祀而得室授者，唯昌黎文公之文。（《皮子文藪・卷九・請韓文公配饗太學書》）

文中子講經學，但不是直接講經的經生，韓愈也不直接講經學，而是自稱用文章發明六經之道。文中子以禮義爲文，批判文人，韓愈也是如此。故二人確有類似之處。但古文運動之究論經學，並非爲了闡明經義，實乃爲了寫好文章。這一點前文已有剖析，可見它與文中子之學或孔孟之道畢竟仍有距離。而另一個更大的距離，則在於他們常會順著尊經術以求文章盛的思路，再談到「文章盛則王道興」。

在這一思考路向中，文學與王道教化被期待爲合一的。文以教化、文以明道，既是理想的文學功能。那麼，一位理想的文學家，便在他能寫出好文學作品的同時，也保證了他同時也是一位能擔任政教重任且應該擔任這種職責的人。皮日休云：「所望標文柄，所希持化權」（《文藪・卷十・七愛詩》），即此一理想之說明。

然而，此一先驗的保證，在現實世界卻往往不能實現。文人很難位踞要津，手握天下治化之權。此所以不免時有嗟怨，感傷不遇，嘆惜失位。自覺應該擔任政教重任，卻不能擔任，形成了文人心中最憤懣不平，且恆覺生命未能完成的痛處，影響文人性格最大。因權位乃理所應得之物，自將勇於進取；終究未能持得治化之權，則嘆老嗟卑、鬱鬱憤憤[43]。而且所謂文人之能擔當治化責任，既是先驗的認定，文人遂常常把世事看得太容易了，以爲憑他能寫幾篇文章，就能「致君堯舜上，再使風俗淳」，自高自大，自以爲是，認爲天下之不治，都是由於沒有重用他的緣故。

除了這個問題之外，文人「所希持化權」也可能出現文人依附王權的結果。因爲文人教化風俗的權柄，乃是神聖性的權力。文能明道，文士能寫此明道貫道之文，故其權柄，係因其擁有道，具有能夠明道的能力，而獲得的「道的解釋權」。必須由他們來彰顯道。這是一種類似西洋中古時期教會中傳教士的神聖性權柄，並非世俗的權力地位。

然而，唐代的文人集團卻不比西洋教會，可以形成一獨立於世俗王權之外的神聖性宗教組織，甚至可以對抗或支配王權。唐代的文人階層，基本上即是在世族結構逐漸崩潰瓦解中出現的知識階層。此一知識階層的出現，與皇室以科舉制度重建了一社會階層化標準，有密切關係，即所謂「卿等不貴我官爵耶？」故唐代知識份子，終究很難脫離爵祿、很難脫離皇權體系。即使隱逸，也是「終南捷徑」的型態。這是唐代知識階層特殊的性格，與其發展之歷史條件有關。這樣的知識階層在一文學崇拜社會中，雖逐漸轉化成文人階層，它與皇權體系的根本關係卻沒有什麼變動，不可能形成一股獨立的力量。所以，唐代文人很難反省到風俗教化未必要與皇王治道關聯起來講，文人要表現其教化權力，事實上應該在王權之外建立起一個文化權威的體系，來實施其教化世俗的力量。換句話說，文化教化，是「道」的事；王皇政治，是「勢」的問題。固然道不必非尊於勢不可，但道與勢畢竟不宜混為一談。

可惜唐代文士們並不做此想。他們認為近世之文弊與世亂，即是由於文與教分開了；改革之道，端在文教合一，且均應由王者出。從天寶末年元結〈二風詩論〉開始，便將目光盯在帝王身上，頌堯舜禹殷宗周成王之善，憫太康桀紂周幽赧之惡，欲極帝王理亂之道，繫古人規諷之流（《次山文集》卷一）。尙衡〈文道元龜〉亦期盼文章能「軌物範衆，經邦敘政。」崔元翰〈與常州獨孤及使君書〉則明確地說：「治平之主，必以文德致時雍；其承輔之臣，亦以文事助王政」「為天子大臣，明王道斷國論，不通乎文學者則陋矣。」（《全唐文・卷五二三》）此與崔祐甫〈齊昭公崔府君集序〉云：「國之大臣，業參政本，發揮皇王之道，必由於文」（《全唐文・卷四〇九》），顯然都指陳了文學與現實政權緊密的關聯：君王運用文來治國，大臣運用文來輔政。故好的臣工應善屬文，好的君王也必善於運用文。否則，必將使「有國者無以行其刑政。」（李舟・〈獨孤及文集序〉）

如此一來，文士們一方面盼望君王右文行政，一方面自己又想成為掌握「行其刑政」的大臣。把禮樂的教化權柄，跟施政主政的權柄聯結為一體。劉禹錫〈唐故相國李公集〉云：

> 文之細大，視道行止。故得其位者，文非空言，咸繫於訏謨宥密。庸可不紀？惟唐以

> 神武定天下，群慝既聾，驟示以文，韶英之音與鉦鼓相襲。故起文章爲大臣者，魏文貞以諫諍顯、馬高唐以智略奮、岑江陵以潤色聞，無草昧汗馬之勞，而任遇在功臣上，唐之貴文至矣哉！後王纂承，多以文柄付文士。元和初，憲宗遵聖祖故事，視有宰相器者，貯之內庭。由是，釋筆硯而操化權者十八九。（《劉夢得文集・卷二三》）

文人而能持化權、爲宰相，實是他們夢寐以求的。他們對自己既有此期待，對君王同樣也希望他能政教合一。韓愈說得非常明白：

> 斯吾所謂道也。堯以是傳之舜、舜以是傳之禹、禹以是傳之湯、湯以是傳之文武周公、文武周公傳之孔子、孔子傳孟軻。……由周公而上，上而爲君，故其事行。由周公而下，下而爲臣，故其說長。（〈原道篇〉）

堯舜禹湯文武周公，都是君，君而行道，是有其位，故其事行。孔子孟子以下，君不行道，得道者皆在下位之人，故只能說說而已。所以他希望君王能效法古先聖王來行道，並公然宣稱：「帝之與王，其名號殊，其所以爲聖一也。」（〈原道篇〉）

如此原道，實在大非孔孟之道。孟子說：「古之賢王好善而忘其勢，古之賢士何獨不然？樂道而忘人之勢，故王公不致敬盡禮，則不得亟見之。見且由不得亟，而況得而臣之乎？」（〈盡心上〉）曾子也說：「晉楚之富，不可及也；彼以其富，我以吾仁。彼以其爵，我以吾義。吾何慊乎哉？」（《孟子・公孫丑下》）。道與勢不是一回事，君王帝皇只是有位，豈能便說他們就是聖人？文人不能自尊其道，不知在道德文化權力上，他們要遠高於君王；反而要依君王臣工之位，來規定行道的職責。實在是豈有此理。孟子說得好：「以位，則子君也，我臣也，何敢友耶？以德，則子事我者也，奚可以與我友？」（〈萬章下〉）臣之對君，理應如此。而君王，也未必有權行禮樂，《中庸》即曾說：「雖有其位，苟無其德，不敢作禮樂焉」。

可惜韓愈等人未能思慮及此。他們講孔孟、講要恢復聖人之道。然而，他忘了孟子曾說過：「孔子賢於堯舜」（〈公孫丑上〉）。做一個文化人，只著眼於君王推動禮樂政刑之利，而感傷孔子以下因未能結合政治權勢故道不能行，實在是短視的。政權屢有更迭，文教禮樂之權卻並不隨帝王朝代而轉移，巴巴地希望藉政權以推展禮樂文教，反而是窄化了文教禮樂的內涵，徒然使禮樂文教成爲政治的工具。其次，儒家傳統上是說：在理想的狀況下，有德者應有位。「孔子當聖王」「爲天下」（《墨子・公孟篇引》）。現在卻倒過來，說有位者即有德，君即是聖；或有位者應有德，王者應施行禮樂文教。這本身即是傳統儒學之異化，走到它的反面去了㊹。唐朝中葉以後，君權之逐漸集中與加强，以致入宋以後形成那樣的君權政治，雖有其他政治、社會原因及官制之變遷使然，但知識階層文人意識中這種政治態度，恐怕才是最深刻且具關鍵性的力量與原因㊺。

十、社會生活的文學化

總之，在社會文學崇拜中發展起來的唐代文人階層與文學思想，是極複雜的。不僅具體影響著文學活動本身，更影響著整個知識階層和政治行爲。

在這一趨勢中，特別值得注意的，就是類似上文我們所批評的：文學的神聖性權威（皇甫湜〈題浯溪石〉：「文於一氣間，爲物莫與大」）被等同於世俗政治權威。這顯示了中晚唐文人一種奇怪的處境。即：他們一方面是絕俗超舉的、神聖性的；但另一方面，他們又同時是世俗的。

前文曾指陳：文人高自標置，瞧不起流俗，但其生命型態卻常是世俗化的。又說文學在中唐以後，力辨雅俗，以求高格，爲其主要趨勢，發展至北宋中葉，遂有「詩到無人愛處工」之說，希望做到「若不食人間煙火語」「筆下無一點俗塵」。然事實上，文學之世俗化亦同時在進行著。在文學家寫作活動中數量最多的，如墓志、贈序、書啓之類，也全是應世諧俗的東西。應接酬酢，往往連篇累牘。這不也都顯示了世俗與絕俗的兩重性嗎？

事實非常明顯：文學，做爲一種崇拜對象，它必須是神聖的、超越世俗的；但正因爲它爲世俗所崇拜，它不能不活在世俗之中，世俗必須參與文學，文學也必須要能讓世俗參與到、體驗到。而也就因爲世俗都努力地去參與、熱衷於體驗文學經驗，文學的活力才能持續，文學崇拜才能深入社會各個階層與角落。

順著這個原理來看文學發展及文人活動，情形就非常清楚了。整個古文運動，是要把文提高到「道」的層次，而其語言策略則是「務去陳言」、或復秦漢之古。這當然表示了他們將文學神聖化的企圖，務求其勿同於時俗[46]。但若細予推敲、所謂「古文」，實在要比駢文更接近自然語言，亦即更接近世俗語言。當時「應事爲俗下文字」的，固然是駢文，然古文運動卻是以比駢文更應世諧俗的方式去改革時文。

這是語言上的狀況，再看文的性質。——依六朝文筆之辨的區分來說，文是「綺縠紛披，宮徵靡曼，脣吻遒會，情靈搖蕩」（《金樓子・立言篇》）「吟咏風謠，流連哀思」；筆則指章奏書表一類應用文字。古文運動，恰好是以六朝之所謂「筆」者，去反對六朝之所謂「文」者。此類文字，不但更便於處理世俗事務，也必須面對世俗事務，因爲它比較上不在於抒發作者之性靈，而在於表達作者對人物世事之觀察與意見、描述作者在社會網絡中活動之痕迹。這種文章，要寫得好，往往不是靠才華與性情，而須仰賴作者對社會、對人情世故的理解，以及如何把這種意見恰到好處地說出來。這與我們在社會上做事時，說話應對必須措辭得宜是一樣的㊼。

論者對於古文運動，不是沒有注意到這以「筆」代「文」的變動，但沒有辦法說明這種轉變顯示了什麼意義。郭紹虞的研究則認爲古文運動既以筆代文，則原先的文便歸之於詩，以致原先的文筆之分，變成了詩文之分㊽。這固然不錯，但是詩也在變。杜甫韓愈以後的詩，也不再是「流連哀思，搖蕩性靈」的型態，而是「博涉世故」（《沈德潛·說詩晬語》）的，人情物理，洋溢於筆端，故逐漸發展而出現宋詩㊾。換句話說，詩與文一樣，都在以超越流俗的方式，曲成了文學的世俗化，或者說，他們也同時以更諧應世俗的方式，來超越流俗，達成高雅脫俗的效果㊿。「諧俗」與「脫俗」是同時成立的。

必須如此，文學才可以既是世俗仰望的神聖性事物，又是每個人都能參與的。文人與文學，似乎高高在上，非一般世俗人所能擔任及擁有，故對文人敬畏尊仰，對文學企慕歌頌。可是文學卻不那麼遙遠，它即在人的生活之中，所謂：「自成童就傅，以及考終命，解巾筮仕，以及鈞衡師保，造次必於文，視聽必於文。」文是瀰漫滋潤洋溢於整個社會生活裏的。唐宣宗弔白居易詩曾云當時「童子解吟長恨曲，胡兒能唱琵琶篇」，並說白氏之「文章已滿行人耳」。從《全唐詩》及《唐詩紀事》之類紀載中，我們都可以發現：所謂文學，乃是生活中的一部份，不但兒童、胡人能吟唱詩歌，路人解讀文章，作詩文者亦廣及漁、樵、道、釋、閨媛、青樓、甚至神、佛、仙、鬼。文學作品，更可以壽生日、賀誕子、慶佳節、祝新婚、誌吉祥、達禮節、哀喪祭、記壙墓、送遠遊、悲謫居……，用在一切人生社會活動上。這就叫做社會生活的文學化。

元稹〈白氏長慶集序〉說過，他和白居易的詩，「巴蜀江楚間洎長安少年，遞相倣效」而且：

> 二十年間，禁省觀寺郵候牆壁之上無不書，王公妾婦牛童馬走之口無不道。至於繕寫模勒，衒賣於市井，或持之以交酒茗者，處處皆是。揚越間多作書模，勒樂天及余雜詩，賣於市肆之中也。其甚者，有至於盜竊名姓，苟求自售，雜亂間廁，無可奈何。余嘗於平水市中，見村校諸童，競習歌咏，召而問之，皆對曰：先生教我樂天、微之詩。

白居易給元稹的信上也說：

> 昨過漢南日，適遇主人集眾樂、娛他賓，諸妓見僕來，指而相顧曰：「此是秦中吟、長恨歌主耳。」自長安抵江西，三四千里，凡鄉校、佛寺、逆旅、行舟之中，往往有題僕詩者。士庶、僧徒、孀婦、處女之口，每每有咏僕詩者。此誠雕蟲之戲，然今時俗所重，正在此耳（〈與元微之書〉）。

漢魏南北朝的文學，主要是貴遊文學，民間則另有民歌。至唐，文學作品才往下浸潤成爲社會上一般都可以品嘗享用的東西，民間才把文人的作品當成是他們自己的民歌，來傳咏抄錄。這就是文的世俗化。神聖性的文，降而爲世俗可參與之物。白居易元稹的詩，固然是當時被抄錄書寫及傳唱最多的例子，但這並不是特例，故「孤貧者公乘億，賦詩三百首，人多書於屋壁」（《北夢瑣言・卷二》）「武元衡善爲五言，好事者傳之，被之管弦」（《唐詩紀事・卷三十三》）「有周德華者，劉採春女，善歌楊柳枝詞，所唱七八篇，皆名流之咏」（卷四九）。《集異記》所載王昌齡、王之渙、高適三人旗亭聽曲事，更是膾炙人口的掌故。此外，如「李賀樂府數十篇，雲韶樂工皆合之管弦」「李益詩名與賀相埒，每一篇成，樂工爭以賂來取，被之聲歌，供奉天子」……，亦皆足證《苕溪漁隱叢話》所云：「當時人之辭爲一時所稱者，皆爲歌人竊取，播之曲調」，確乎不誣。民間歌咏，皆用詩人之章，事實上等於壓迫民間歌謠的生長與傳佈，轉化了民歌，使其成爲文人創作[51]。所以更進一步，就是文人自己來寫這些歌兒酒女的唱詞，壟斷了民歌的創作權，形成了詞的發展；而且，把「伶工之詞」，也逐步轉換成「士大夫之詞」。並以此士大夫文人之詞，做爲一個時代的民歌。

換言之，就在民間普遍參與、享用文學之際，整個社會逐漸轉變成一種文學化或文人化的社會。

在這個社會中，有幾種值得注意的徵象。因爲文學已不只是一藝術品，更是社會生活的必須品。在一切社會生活中，幾乎處處都得用到文學，家居的廳堂器皿上，要寫著文學作品；個人生命中重要及有意義的事件，如婚、壽、遠行、升官或貶謫、乃至死亡，都得有文學作品來點明其意義；與世交遊，更須藉著文學來溝通。

白居易〈與元九書〉云：「自八九年來，與足下小通則以詩相戒，小窮則以詩相勉，索居則以詩相慰，同處則以詩相娛」，最足以表明詩在人我溝通時的重要中介意義。達成這個意義並不足爲奇，奇特的地方在於：文學成爲人際溝通中最主要的中介之外，又形成了溝通模式的典型化。所謂典型化，是指文學（特別是詩）的溝通，不但成爲人際溝通的基本方式，任何人，不論他是否爲文人，都傾向或擅長採用文學作品來溝通[52]；而且一切溝通，也以文學作品最爲有效，能達成一切其他溝通方式所不能達成的效果。

當時社會上一般人愛請文人寫序、贈、哀祭、碑誄、壽賀文字，即基於此一心理。且任何場合，皆慣常以詩文來表白心曲。故《唐詩紀事》卷四三云：「自丞相以下，出使作牧，二公（郎士元與錢起）無詩祖餞，時論鄙之」，不做詩送人，是要被社會批評的。反之，如韋皋與一女子玉簫談戀愛，玉簫才十幾歲，韋皋與她約會，也要作詩曰：「長江不見魚書至，爲遺相思夢入秦」云云（同上・卷四八）。十二、三歲的女孩，能懂得這詩意及典故嗎？大概不太懂。但詩既被認爲是最好的溝通中介，那當然只好用詩來約會了。杜牧的「婷婷嫋嫋十三餘，荳蔻梢頭二月初」亦是如此。唐人小說載崔護〈題城南詩〉「去年今日此門中，人面桃花相映紅」一詩，更是如此。甚至出現下述狀況：「邯鄲人妓婦李容子，七夕祝織女，作穿針戲。……其夫以爲沈下賢攻文，能創窈窕之思，善感物態。因請撰爲情話，以導所欲」（《沈下賢集・爲人撰乞巧文序》），詩文是通情之媒、爲傳意之使。此類故事，皆積極强化了文學作品在溝通功能上的地位。

更强的例子，是唐球的故事。唐球隱居於蜀中，曾把詩稿揉成一團，塞入一瓢中，臨病危時，把瓢投入江中，祝曰：「斯文苟不沉沒，得者方知吾苦心耳」（同上・卷五十）。一個人活在封閉的世界中，只好以這種方式去尋求人際的溝通，而這種溝通也被認爲是有效的。同理，更著名的是「紅葉題詩」的掌故。據說一女子幽居深宮，題詩於紅葉上，流入御溝中，爲詩人撿得，乃又作一詩，藉御溝再流入宮中。宮女得詩，悶悶不樂。事聞於上，乃放宮女，使與詩人匹配云[53]。此事唐人筆記中至少有三處記載，不知究爲何人事迹，其事亦未必可信，但詩的神奇溝通能力，卻已具顯無遺。它顯示了詩能穿透空間之阻隔、打通人爲的暌隔。而此一意義，更可由下列事證中看出：

> 柳公權，武宗朝在內庭，上嘗怒一宮嬪久之，既而復召，謂公權曰：「朕怪此人，若得學士一篇，當釋然矣」，目御前蜀牋數十幅授之。公權略不佇思而成一絕曰：「不分前時忤主恩，已甘寂寞守長門，今朝卻得君王顧，重入椒房拭淚痕」。上大悅，令宮人上前拜謝之。(《唐詩紀事·卷四十》)

> 崔郊寓居漢上，與姑婢通。其婢端麗，善音律。姑貧，鬻婢於連帥，給錢四十萬。寵眄彌深。郊思慕無已。其婢因寒食來從事家，值郊立於柳陰，馬上漣泫，誓若山河。崔生贈之以詩曰：「公子王孫逐後塵，綠珠垂淚滴羅巾，侯門一入深如海，從此蕭郎是路人」。或有嫉郊者，寫詩於座，公覩詩，……遂命婢同歸。至於幃幌奩匣，悉爲增飾之。(同上·卷五六)[54]

武宗本怒宮人，得柳公權一詩而解；某婢本來不可能與崔郊結合，但似海侯門，一詩得通。詩之神奇，有如是者[55]。文學作品既已成爲社會上一般人最基本的、主要的、典型的溝通中介。則文學之應酬作用便相對提高，詩不再只是個人情意的表白或心境的紀述，它必須放入社會人際網絡中起作用，不但一切婚喪喜慶、接應酬酢都用得上它，文學也已成爲社會生活中的一部份，浸潤存在於社會諸生活之中。

例如《唐詩紀事》載：「長慶中，元微之、夢得、韋楚客同會樂天舍，論南朝興廢，各賦金陵懷古詩，劉引滿一盃，飲已即成。」（卷三九）此即所謂文字飲也。陳善《捫蝨新話》雖駁韓愈曰：「韓退之嘲京師富兒：『不解文字飲，惟能醉紅裙』。然余觀退之，亦未能忘情者。退之自有兩侍妾，曰絳桃柳枝。又嘗有詩云：『銀燭未燒窗送曙，金釵半醉坐添香』，此豈空飲文字者？」（卷七）然此文字飲有極可注意者，一、文字飲，大行於文人雅士之間，謂「金陵懷古」，本非至金陵而感懷，乃是酒讌中鬥勝的文字遊戲。這種文人遊戲諧謔，充分發揮了文學的娛樂遊戲（語言遊戲與心靈遊戲）功能，也使得文學作品脫離了「作者感物吟志」的傳統結構，而必須放在文人階層的活動中來了解。二、此類作品及行爲，本身即爲一儀式化的舉動，藉著參與這類活動，人可成爲文人階層中的一份子。而文人階層的同儕意識，也要藉此類活動來培養。另一方面，詩酒吟讌唱和之多，更直接刺激了文學作品的創造[56]。三、這種文人雅戲，本行於文士之間，但正如韓愈詩所示，文人以不能行此文字飲嘲世，世亦逐漸認同並摹擬文人之所爲。漸漸地，賣布的、殺豬的，也都要成立個詩社，來詩酒吟唱一番啦[57]。四、飲酒本與詩歌創作活動無干，但文學普遍化了，浸潤到一切生活裡去了，它們便有關係起來了。

十一、社會階層的文士化

在這種社會活動文學化的風氣裏，所有社會階層，遂都有文士化的傾向。所謂「今之世，言士者，先文章」（柳宗元・〈與楊京兆憑書〉），文人成爲社會上一般人的人格典型，文人生活成爲社會生活的模範，文人的價值標準、審美趣味，也成爲大家倣效依歸的對象。特別是原無固定階層的非農非商非工者，如方外僧道和妓女，因其本不特屬於某一階層，故其文士化也就越徹底。

《十國春秋拾遺》嘗感嘆：「近世釋子，多務吟咏，唯贊寧獨以著書立言尊崇儒術爲佛事」。考僧人能詩，六朝即已有之，但那不能顯示六朝僧人已經文士化。和尚的文人化，是唐代的特色。其證例之一，是大批「詩僧」的出現。如皎然、法宣、靈徹、廣宣、法振、法照、貫休、齊己、虛中……等等，不勝枚舉58。他們有些還俗，成了重要的詩人，如無本，後成爲賈島；清塞，後成爲周賀59。有些有重要的詩學著作，如皎然的《詩式》、虛中的《流類手鑑》。有些本身就是不可忽視的詩家，非附庸風雅者。而無論如何，他們都與文人們交往密切，迭相唱品。如廣宣，與李益、鄭絪、王起、白居易等人都有過從；連韓愈那麼排佛的人，也有〈廣宣上人頻見過詩〉，自謂：「久慚朝士無裨補，空愧高僧數往來，學道窮年何所得，吟詩竟日未能回」。可見詩僧與文士交往，本非傳法，乃是吟詩。故劉夢得曰：「詩僧多出江右，靈一導其源，護國襲之，清江揚其波，法振沿之，如么弦孤韻，瞥入人耳，非大音之樂。獨吳興晝公，能備衆體，澈公承之。至如〈芙蓉園新寺詩〉曰：『經來白馬寺，僧到赤烏年』，〈謫汀川〉云：『青蠅爲弔客，黃犬寄家書』，可謂入作者之域，豈獨雄於詩僧間耶？」（《唐詩紀事》‧卷七二引）詩僧，本來只是摹倣詩人的文人附屬階層，但逐漸地也被詩人承認了。而事實上，詩僧名爲僧人，其活動卻與文人無大差異，「顏眞卿爲刺史，集文士撰《韻海》，皎然預其論著」，其與文士交遊吟唱，只是其中一端。更值得注意的，是他們雖屬方外，也與文士一樣，遊行干謁、常以文章應制，如文秀，「南僧也，而居長安，以文章應制」；清江、從海、修會等亦皆有應制詩。諸如此類，均可顯示他們文士化之深[60]。

另一個僧徒文士化的證例是：詩文對佛教內部義理表達方式的影響。自唐中葉以後，僧人即常使用五七言詩作偈作歌，來表達自己對義理之體會及證悟，《景德傳燈錄》卷十一載佛日長老訪杭州徑山洪諲禪師，「師問曰：『伏承長老獨化一方，何以薦遊峰頂？』佛日曰：『朗月當空掛，冰霜不自寒』，師曰『莫即是長老家風否？』佛日曰：『峭峙萬重關，於中含寶月』，師曰：『此猶是文言！作麼生時長老家風？』」佛日無奈，只好答：「今日賴遇佛日」。此唐昭宗時事也，佛日和尙開口閉口就是文言詩句。偏偏洪諲要他直接作答，弄得他極爲尷尬。但接著兩人論道，那就全是五七言詩了。

這種僧徒文士化的風氣，以新興的禪宗最盛。

禪宗初起時，本以「不立文字」爲宗旨，有濃厚的反文字、反知識傾向。且慧能根本不識字，要立文字也不可能。但他由此不識字出發，卻強調一種超越文字的理解。《景德傳燈錄》卷五：「尼遂執卷問師。師曰：『字即不識，義即請問』，尼曰：『字且不識，曷能會義？』師曰：『諸佛妙理，非關文字』」。同卷：「學人愚鈍，從來但依文誦念，豈知宗趣？

」卷六：「經論是紙墨文字。紙墨文字者俱空。設於聲上建立名句等法，無非是空」、卷七：「至理忘言」……無不闡發此旨。

然不立文字者，不妨發爲歌咏。同書卷四云仁儉禪師見武則天時，對曰：「老僧持不語戒」，即告辭出來了。其不落言詮可知。但他第二天就進呈了短歌十九首。同樣的例子是黃檗希運。他曾遇裴休。裴作解義一篇示之，他接過來即擱到一邊，並教訓裴休云：「若也形於紙墨，何有吾宗？」此言可謂峻厲矣。不料裴休聽了很高興，立刻贈詩一章（見卷九）。這種奇怪的態度，在於他們把詩跟一般語言文字做了區分，故紙筆文字應當捨去，詩卻爲論理證道所必須。但除了這個原因以外，陳尊宿說得好：「路逢劍客須呈劍，不是詩人莫說詩」（卷十二）。喜歡說詩的禪師們，不正是以詩人自居的嗎？

一點也不錯，當時禪師們在上堂、小參、拈古、勘辨時無不假借詩句，流爲風範。唐末法眼文益禪師〈宗門十規論〉甚至將這一風氣化爲規範，說道：

> 稍覯諸方宗匠、參學上流，以歌頌爲等閑，將制作爲末事，任情直吐，多類於野談，率意便成，絕肖於俗語。自謂不拘粗獷、匪擇穢孱。……識者覽之嗤笑、愚者信之流傳，使名理而寖消，累教門之愈薄。不見華嚴萬偈、祖頌千篇，俱爛漫而有文，悉精純而靡染。豈同猥俗，兼糅戲謔？——在後世以作經，在群口而爲實，亦須稽古，乃要合宜。

他正式提倡禪家尚文、提倡去俗，認爲不尚文可能會使教門淡泊。並引古代佛經爲說。其實偈頌固然是佛家本有之物，如何說偈作頌卻頗有演變。到中唐，偈頌才開始華瞻采藻起來。在六祖慧能時期，偈詩均少詩趣，只有理語；到臨濟與風林之問答時，才全部借詩示法。至於開悟詩，也要到晚唐，才充滿了詩情。而法眼之後，汾陽善昭禪師始創為頌古，大量運用詩偈，其語錄中，詩偈即占三分之二。汾陽之後的雪竇重顯，更是以工翰墨著稱，曾追慕詩僧禪月貫休，作詩曰：「紅芍藥邊方舞蝶，碧梧桐裏正啼鶯」云云，元朝萬松老人推崇他的頌古詩說：「吾宗有雪竇天童，猶孔門之有游夏。二師頌古之作，猶詩壇之李杜」（〈與湛然居士書〉），可見禪宗文士化、詩偈主文的趨勢，是逐漸發展而成的。法眼所謂：「宗門歌頌，格式多般，或長或短、或今或古，假聲色而顯用。……雖則趣向有異，其奈發興有殊，總揚一大事之因緣，其讚諸佛之三味，激揚後學，諷刺先賢，主意在文，焉可妄述」云云，確是晚唐禪家普遍的想法[61]。其後乃越演越烈，不能作詩，簡直就不像禪師了。據南懷瑾說：禪師寂滅時以詩示法，「用四言八句，以詩詞格調而唱宗旨。於是宗師授受，用此謂傳法。大慧杲臨滅時，時侍僧了賢請偈，師厲聲曰：『無偈便死不得嗎？』援筆曰：『生也恁麼，死也恁麼，有偈無偈，是什麼熱大？』擲筆而逝。繼此之後，棒喝機鋒為之稍遏。而以四韻八句傳說，已成慣例，歷至近代叢席，佛之心法不問，徒以紅綾書上偈語，作為接方丈法使之事，早於彼時階之厲矣。」其影響之深遠，於斯可見[62]。

這種文士化的趨嚮，使得禪宗迅速進入士大夫階層，成為士大夫文人的夥伴，彼此呼噓唱和，宗風遂爾大盛。過去解釋這段時期的佛教史，對於天台華嚴諸宗遽衰、禪宗迅速興盛風靡的原因，多偏於政治社會面，例如說中晚唐社會矛盾加劇，故知識份子往往投入佛門，以求出路，或藉以避世啦；說武宗滅佛之後，佛教大受摧殘，獨禪宗不依經論，不立文字，且在南方傳教，得到吳越閩諸國的保護與崇信，故能蓬勃發展啦；說唐代僧侶地主階層之政治經濟勢力不斷擴大，故培養出一批詩僧文化人啦……。要不則從心理狀況上推測禪宗之能迅速興盛，是因禪宗不坐禪、不苦行、不念經，「懶漢加隱士加食客的生活方式」，與士大夫的慾望相符，且替縱情聲色大開了方便之門，故能獲得士大夫之歡迎[63]。諸如此類說法，固非毫無所見，然根本原因，畢竟仍在禪宗之高度文人化。正是因爲這樣的文人化，才使得禪與文人結合成一體，詩與禪、文人生活與禪，成爲普遍而有緊密關係的語句[64]。僧之文士化如此，道士女冠的情況當然也是如此[65]。

至於妓女，那更嚴重了。孫棨《北里志》曾說：「諸妓皆居平康里，舉子、新及第進士、三司幕府但未通朝籍、未値館殿者，咸可就詣」，唐代都會中的妓女，本來就經常與文士來往。爲了生意上的需要，不能不通嫺文人的技倆，而且越通嫺這些技藝，她們的身價就越高，文人就越會以她爲同調，趨之若鶩。

但在這樣一個文學崇拜的社會中，與文士交往或交易的妓女們，並不是站在同等地位上的，白居易描述那位能誦〈長恨歌〉就自認爲要高出儕輩一等的妓女聲口，可以想見妓女們對文學的態度。她們經常要去求文士作詩讓她們配合弦吹，《集異記》載王昌齡、高適、王之渙旗亭貰酒，聞諸妓唱詩，正是當時實景。在文學世界的結構中，作家是生產者，妓女乃是消費者，故在她們知道她們唱的詩就出自這幾位先生手筆後，「諸伶競拜曰：『俗眼不識神仙，乞降清重，俯就筵席。』」對於創作者是極爲仰慕的。不只如此，妓女的聲名，也需要文士揄揚，她們極畏敬文字的魔力。前文曾舉《雲溪友議》載崔涯「每題一詩於倡肆，無不誦之於衢路」，以及他作詩嘲笑名妓李端端，李氏憂惶求乞的例子，亦可見唐代妓女們是如何畏慕文士了。

所以，她們之間有本事的，就會努力練習著使自己成為文士。如薛濤，她很自負，說：「錦江滑膩峨眉秀，生出文君與薛濤。言語巧偷鸚鵡舌，文章分得鳳凰毛。」由於她有此才藝，故能爭得「掃眉才子知多少」，枇杷門巷、萬里橋邊，才子雲集。套句白居易所述該妓女的話說，正是：「我作得小詩、製得薛濤箋，豈同他妓哉？」「由是增價」！

另一個例子，是劉採春，元稹曾有詩謂採春：「正面偷勻光滑笏，舉止低迴秀媚多」，對她的容貌極為贊美。但劉採春之眞正吸引元稹者，在藝不在貌，故他說：「更有惱人腸斷處，選詞能唱望夫歌」。見《唐詩紀事》卷三七。同書卷七九又載江淮間妓女徐月英「亦有詩集行於世」。凡此，均可具體看出娼妓文士化的傾向[66]。娼妓與文人，不僅是紅袖添香，抑且已為文字知己，構成了我國歷史上一段特殊的景觀，影響深遠[67]。

這些影響，今不能具知。但諸如此類事例，實已充分證明了唐代社會階層是在朝文人團體認同並轉化的。方外士及娼優，因其屬於社會結構中之流動者，故文士化最快也最明顯，迅速成為文人中的次文化團體。至於其他階層，如商人工人及農民，雖不像方外士及娼妓那麼強烈地文人化，但文人，已成為整個社會的人格典型，文人生活已成為大家摹仿的對象，文人的價值觀已深深影響著社會上所有的人，他們自然也逐漸地在文人化。《國史補》便提到：「近代有樂妓而工篇什者，成都薛濤；有家僮而善章句者，郭氏奴」，《全唐文紀事》卷九八則引《宛委餘編》載：

柳子厚記李赤死廁鬼事，以為其人慕李白，故名赤，已可笑矣。《霏雪錄》所載：慕太白者，張碧，字太碧；慕樂天者，黃居難，字樂地；又富家子杜四郎，自號荀鴨，以比杜荀鶴。尤可笑也。

所謂「慕」李白、白居易、杜荀鶴等等，代表這些文人已成爲社會上一般人仰望的人格典型，猶如今日社會上瀰漫著金錢崇拜，崇慕王永慶一類富商巨賈，爭讀此類人之傳記、學習賺錢術、夢想發財一樣，唐人是夢想成爲文人才子的。富家子自比於杜荀鶴、自號荀鴨，固然可笑，卻足以顯示整個社會的價值取向。同理，《新五代史·任圜傳》云：

明宗問誰可相者。重誨即以崔協對。圜前爭曰：「重誨未諳朝廷人物，爲人所賣。天下皆知崔協不識文字，而虛有儀表，號爲『沒字碑』。臣以陛下誤加採擢，無功幸進，比不知書。以臣一人取笑足矣，相位有幾？豈容更益笑端？」

人物，新的標準不是六朝貴族名士的容儀修飾，而是文人的文采斐然。無文采者，即被人鄙視；若居高位，更成笑柄。任圜的戒慎恐懼，正是因爲感受到了社會的文人期待所構成之壓力。那被譏爲沒字碑的崔協，其實也非不識字人，只是不擅長文學而已。當時罹此惡名者，也不只他一人，《舊五代史·安叔千傳》云當時謂其爲「安沒字」或「沒字碑」；《唐摭言》《北夢瑣言》亦云趙崇不爲文章，時號沒字碑。可見這是整個時代的風氣。世俗仰望，願爲文人，並嗤人之不能爲文者。時俗如此，胡釘鉸、張打油遂應運而生。每個人都來謅幾句，充爲文人，通俗詩文之大盛，豈不是甚有道理嗎？[68]

十二、文學權威之神秘化

大曆十三年，蘇州虎丘山上有鬼題詩二首，蘇州觀察使李道昌見了，居然去奏報朝廷，朝廷也居然准敕令致祭。後來文人李德裕、皮日休、陸龜蒙都有詩和之。他們都很認眞地在對待這件事，而這件事依我們看，其所和祭者，並非那個鬼，而是鬼題了詩這一點。祭祀的宗教意涵，充分顯示了唐人文學崇拜的性質。不只人要爭著做文人，社會諸階層都在文人化。鬼也會題詩，而文人又與之唱和、甚至朝廷也爲此敕祭，表示對已死文人之尊重。它們表現的，是唐代整個社會氣氛正籠罩在極爲濃厚的文學崇拜之中。否則，就像淸朝陳鴻墀那樣，覺得：「此殆出好事者點綴，無足深求，惟當日遽以上聞，致煩敕祭，殊可怪耳」（《全唐文紀事・卷一百》），感到難以理解。[69]

其實何止鬼會作詩？《雲仙雜記》引《淸異志》云：「揚州蘇隱夜臥，聞被下有數人，齊唸〈阿房宮賦〉，聲緊而小。急開被視之。無他物，惟得虱十餘，其大如豆」，可見虱子也能欣賞文學。又《玄怪錄》載寶應年間，書生元無有夜入空莊，於月下見四人相與談諧吟詩，一云：「齊紈魯縞如霜雪，寥亮高聲余所發」，二云：「嘉賓良會淸夜時，煌煌燈燭我能持」，三云：「淸冷之泉候朝汲，桑綆相牽常出入」，四云：「爨薪貯泉相煎熬，充他口腹我爲勞」。四人吟畢，極爲快樂，「觀其自負，則雖阮嗣宗〈咏懷〉，亦若不能加矣。」等到天亮了一看，才知是堂上故杵、燈臺、水桶、破鐺四物。可見這些無生命之物，也是懂得文學、會吟詩的。

《東陽夜怪錄》有一同樣的故事，說彭城秀才成自虛夜入佛廟，見盧倚馬等人，相與談論詩文，一下說「已成惡詩兩篇，對諸作者，輒欲口占」，一下催促「側聆所唸，開洗昏鄙，意爽神清，新製的多，滿座渴咏，豈不能見示三兩首，以沃群矚」；一下自說「於病中偶有兩篇自述，詩云……」；一下自謙「不覺詩狂所攻，輒污泥高鑒」；一下嘆嗟：「此時則苦吟之矣，諸公皆由老奚詩病又發，如何如何」……。往復酬唱，相與論賞。成自虛正覺得「賞激無限，全忘一夕之苦」時，晨鐘已動，曉色中仔細看去，所謂四人，乃是一病橐駝、一瘁瘠烏驢、一老雞、一大駁貓、一破瓠、一爛斗笠。這篇傳奇，寫文士談詩文時之口脗形態最爲詳盡，而這些文人，卻係病橐蹇驢瓠笠所化。文章是諷世的，寫文人酸氣，入木三分。然亦可見無論有生之物或無生之物，均可成爲文人。

不只鬼物能詩、樂爲文人，天上亦須有文學。《全唐文紀事》卷一〇一言：「邱孟陽有賦名。嘗夢有一官人，延入一第中具飲。其旁几上，有書一卷。孟陽因展讀，謂曰：『斯乃吾所述賦稿，何至茲乎？』其人曰：「昔公焚之時，吾得之矣。」孟陽因求之，答曰：『他日若至衡山，必當奉還。』後官至衡州茶陵令，乞致仕，卒於衡州。今世言焚故書，必毀而後燔之。蓋可信也。」可見文章雖焚了，卻仍能存之於天上。天庭亦貴文，故李商隱又載李賀：

> 忽晝見一緋衣人，駕赤虬，持一版，書若太古篆或霹靂石文者，云當召長吉。長吉了不能讀，欻下榻，叩頭言：「阿㜷老且病，賀不願去。」緋衣人笑曰：「帝成白玉樓，立召爲記。天上差，樂，不苦也」。（〈李賀小傳〉）

《宣室志》亦載此事，云上帝召李賀與文士數輩共爲白瑤宮記；又作凝虛殿，亦命賀等撰樂章。足證天庭也須文士來點染聲華，且天上缺少人才時，還得到人間來徵調高手。同樣的，《北夢瑣言》載廬山書生張璟，夜宿江廟，廟神找他，「從容云：『大巫立仁者，罪合族誅，廟神爲其分理，奏於嶽神，無人作奏。』璟爲草之，既奏，蒙允，神喜，以白金十餅爲贈。」由於神仙之間審案子也得有篇好文章，故臨時找了個人捉刀。

既然如此，便不免有人寫文章去神仙世界打官司，柳宗元《龍城錄》說：「柳州舊有鬼名五通。余始到，不之信。一日，因發篋易衣，盡爲灰燼。余爲文醮訴於帝。帝懇我心，遂爾龍城絕妖邪之怪，而庶士亦得以寧也。」《龍城錄》係僞書，然此事非不近理者，柳宗元文集有〈愬螭文〉，自稱「零陵城西有螭，室於江。法曹史唐登浴其涯，螭牽以入。一夕，浮水上。吾聞凡山川必有神司之，抑有是耶？於是作〈愬螭〉，投之江」。爲文醮訴於上帝、投訴於神界有司，均可見文能通於幽冥，三界咸貴文學與文人也。更進一步說，此其愬江螭、逐五通，殆與韓愈之驅鱷魚、送窮鬼相似。

韓愈〈鱷魚文〉據說曾發揮了實際效果，潮州眞的永絕鱷魚之患。當時人也眞相信此事，是以其文曾收入新舊《唐書》。但此事甚怪，故後人不能不爲它辯護，說：「古者貓虎之類，俱有迎祭；而除治蟲獸黿龜，猶設專官，不以爲物而不教且制也。韓子斯舉，明于古義矣」云云（見何焯《讀書記》）。其實逐鱷的重點，非古代設官除治之義，而在於他是以文逐鱷。這跟什麼教物而治的先王之教毫無關係，乃是一種信仰與巫術，如古之〈詛楚文〉及「投龍」之類，屬於以文字詛咒祈禳的風俗，用一篇文章來祈雨、逐災。韓愈除驅鱷之外，別有〈送窮文〉〈譴瘧鬼〉詩。均屬此等。

但凡巫術，大抵都配有口頭巫詞，以口唸或歌唱或述說表達我們的願望，如召魂巫術要喚名叫魂，詛咒巫術要用語言咒罵對方，祈求巫術口頭表達盼望，驅鬼巫術用凶惡强硬語句威脅邪鬼等。後來除了口頭巫詞之外，也有書寫文字的現象，如在「石敢當」上刻寫著「泰山石敢當」字樣；或書寫神名，如「姜太公在此，百無禁忌」；或書寫巫禱之事，以符籙召喚。不過這些書寫文字都是極爲簡單的，〈送窮〉〈鱷魚〉〈愬螭〉〈譴瘧〉與它們不同的地方，在於這是用一篇完整的文學作品，來做爲驅鬼辟邪的巫詞。它不是單純的詛咒，也不是簡單的祈願，而是藉著文學作品神奇的溝通能力，在和瘧鬼窮鬼鱷魚們打商量、說道理、施恫嚇。而且，依馬凌諾斯基《巫術科學宗教與神話》中的規定，巫術永遠要有一位主持人。這些人或爲巫師或爲家長或爲族長⑩。文學崇拜活動中的巫祭，卻是個別的，即自己以文學作品來和鬼神溝通：在一種宗教方式中進行此種溝通。例如「唯某年某月，某某以羊一豬一，投惡谿之潭水，以與鱷魚食，而告之曰：」「元和六年正月乙酉晦，主人使奴星，載糗輿粻，二揖窮鬼而告之曰」之類。經由這一儀式、宣讀了這篇巫詞，他們便相信鬼神甚至江螭鱷魚等等，都能了解自己的意思了。

這即是古文運動後，祭文成爲一種主要文學體裁的原因。韓愈文集才八卷，祭文哀辭與碑誌，就占了三卷以上，其中又有些是祭神、有些是廟碑。且祭文均在「維年月日，韓愈以清酌庶羞之奠，敬祭於某某之靈」的情況下展開。可見文章不只供活人欣賞，還常要跟死人說話。而其所謂神，則有的根本就是他的文人朋友，像柳宗元「賢而有文章」，卒後便成爲柳川羅池神。

祭文與禱詞，被視爲文學作品；或者說文學家的主要工作就是替人寫碑誌祭文、主要作品即是祭文，社會上又拚命求託文人撰文銘墓，代表了什麼意義呢？一般論古文運動者，都太強調了當時講王道禮義及人文化成的這一面，卻忽略了在文學崇拜之下，濃厚的宗教氣氛所導生的這一大套怪力亂神現象[71]。殊不知所謂怪力亂神也者，正反映了社會集體的價值觀與世界觀[72]。在唐朝那個社會裏，人們普遍相信文章能夠溝通幽冥，神人鬼都需要且嚮往文學。誰掌握了對這神聖性事物的控制權，誰就能驅瘧、送窮、逐鬼、訴願、告鱷魚，甚或上天作記、入地替鬼神捉刀，取得令人艷羨的地位。

這一地位，係因宗教崇拜而來的神聖性地位。文人，猶如祭師巫祝，能代人祈禳、能與鬼神交談或秉筆供役。具此地位，足資艷羨，且亦足以炫耀，故世俗仰望，連驢駝貓雞甚至斗笠水桶都想成為文人。

但是，也有不願為文人者，《北夢瑣言》卷六載：

> 唐樂安孫氏，進士孟昌期之內子，善為詩。一旦併焚其集，以為才思非婦人之事，自是專以婦道內治。

該書作者孫光憲顯然對孫氏此舉甚為贊賞，故他又舉了一個女子逞其才思而不幸致死的故事說：「臺州盤　村有一婦人蕭惟香。有才思，未嫁。於所居窗下與進士王玄宴相對，因奔瑯琊。復淫治不禁，王捨於逆旅而去。遂私接行客，託身無所。自經而死。店有數百首詩。所謂才思非婦人之事，誠然也哉！」

為什麼才思非婦人之事呢？孫光憲這個故事是從劉山甫處得來的。劉山甫乃中朝舊族，曾著《金溪閒談》十二卷，屢有奇遇，如曾往福建海口祭神，三奠未終，海中靈怪即現，非龍非魚，赤鬣黃鱗；又曾題詩北方毘沙門天王寺，夢爲天神所呵，立撤詩牌；又曾見到前文所述那位替廟神作奏而得到獎金的張璟。這樣一位宗教感及經驗極濃的人敘述這則故事，用意何在？

這正是一個宗教學上對神聖性事物控制權的問題。猶如某些社會在進行祭祀儀式時，會禁止婦女參與，因爲婦女象徵「不潔」。男性，透過對婦女即不潔之定義，而獲得了對神聖性事物之控制權，也取得了社會結構上的優越地位[73]。唐代社會中，女人欣賞與消費文學並無禁忌，故白居易詩號稱老嫗能解。但創作文學、成爲文人，便涉及性別政治的問題了。有人能欣賞女子之能文，有人則顯得焦慮不安，覺得這是對男性優越地位之挑戰，所以他們倡言「才思非婦人所宜」，並舉出妙擅文藻之女子淪落自殺事，以警惕女界。

也可以說，此舉亦界定了作者與讀者的關係。猶如歐洲裸體畫的藝術中，畫家和觀賞者通常都是男人，女人則被當成繪畫的對象，作爲物（thing）或抽象（abstraction）處理。這種不對等的關係，深植於歐洲文化中，故也結構了許多女人的意識，她們以男人對待她們的方式對待自己。換言之，在欣賞一幅畫時，「理想的」觀看者一般被假設爲男人。即使是一位女子在看裸體女性畫幅時，她也會像男人一樣，注意男性欣賞女性的地方。直到馬內（Manet）以後，現代藝術才開始質疑此一傳統。但是取而代之的卻是畫娼妓。「娼妓變成了二十世紀初前衛派的完美女人。」[74]

同理，文學作品的理想觀衆是男人；文學，基本上是男人寫給男人看的東西。女人會寫詩文，大概並不被鼓勵，即使寫了，也多半只是在模倣男子的口吻說話。文學作品中呈現的世界觀，主要乃是一男性的世界觀，表達男性對世界的看法與欲求。女人的世界，僅限於閨閣，而閨閣詩在唐代尚未成爲氣候，只寫閨幃也被認爲格局褊小，不入品裁。走出閨閣之外，女性文人如何表達她們對世界的看法呢？這是極其困難的。唐朝文人固不乏女性讀者，作家中也有女人，但文學裏的女性意識迄未出現。文學上性別政治的優越地位仍爲男性所壟斷。故唐朝女性之欣賞文學作品與崇拜文人才子，是一而二又二而一的。文人可以因擅長文藻而博得女性表睞——不論是被擇爲公卿之東床或暗中情挑懷春少女——用文學來增加他屬於男性的榮耀；女性則只能用文學來顯示她對男子的依戀與嚮往。而這種依戀與嚮往又是極危險的，女子作詩，遂從本質上被懷疑是淫蕩、是需要男人。何況，文人表達情思，旨求知己，婦人女子若未嫁而爲此，不免淫奔；若已嫁有夫，卻任由詩文散播，豈非意欲不貞？孫光憲舉的那個蕭惟香故事，要告誡世人者，正是此一道理。

正經女人既不能爲文人，有文彩的便只好是不正經的女人了。《北夢瑣言》卷九云：「唐女道魚玄機，字蕙蘭，甚有才思。咸通中，爲李億補闕執箕帚。後愛衰下山，隸咸宜觀爲女道士。自是縱懷，乃娼婦也」，描述魚玄機「淪落」的過程，堪爲有才思女子之寫照。

但娼妓能不能有獨立的女性意識呢？批判傳統的前衛學者或藝術家常以逆反心理去看待娼妓，把娼妓神聖化。其實娼妓之依戀依附男人更甚，魚玄機詩所謂：「易求無價寶，難得有情郎」，其無女性意識可知。這類女性詩人愈多，就愈鞏固了男人對女性意識的塑造。

事實上，女性爲文作詩，古多有之，漢之班昭蔡文姬、六朝之鮑令暉等，均極著名。即使在唐朝初期，也有徐賢妃、上官婉兒一類作家，主持風雅，故呂溫〈上宮昭容書樓歌〉說上官：「自言才藝是天眞，不服丈夫勝婦人。」何以到了唐朝末期竟出現才思非婦人之事的說法呢？文學上女權之衰，正乃由於文學崇拜中男子獨占了祭祀權的緣故。文學被定義爲婦人不宜之事了。劉山甫與孫光憲均爲此一觀念之傳播者。

然晚唐五代有此觀念者不僅他們兩人。詞的出現，亦可以看成是男性努力塑造女性意識的工程之一。才思非婦人之事，女人家的心思便只好由男人來代說。唐朝那豐富的宮詞閨怨等詩作，即是代女子說其心中事，詞更是如此。揣摩吻唇、刻畫心曲，更勝過女子自道。而且集中地表現爲情詞艷語、妙於言情。似乎女人就是以其全幅心力在愛戀著男人，其他一切世界物皆不曾縈心。而且這種刻畫，也是把女人視爲一對象物，細細寫之，眞有西洋油畫裸女的趣味，溫庭筠詞便是此中代表[75]。但它與南朝宮體詩不同處，在於它不只是男人在看女人，更是在告訴男人：女人在想些什麼，做些什麼。同時也教育了女人該怎樣去辨識女人。經此教育之後，孟昌期的妻子孫氏果然認爲自己寫詩是不對的。才思非婦人之事，整個時代的文學崇拜，卻替婦女塑造了新的神秘「禁忌」。

十三、文學社會的形成

文人角色神聖化、文學力量神秘化、社會階層又都朝文學在發展，使得整個唐代後期，處在一種特殊的情境之中，文學活動浸潤到了一切社會行爲裏去。——由上文的分析，我們可以獲致此一簡單之印象。

過去，我們對唐代社會的觀察，有幾種成說。一是著眼於其統治階層的變動及內部分合關係。例如陳寅恪的唐史研究，認爲唐代前期是以關隴集團爲主的統治，貫徹「關中本位政策」；其後，武周興起，乃破壞此一政策，進用新興文人。安史亂後，此類新興階級，又與魏晉南北朝以來傳統舊士族互爭，形成朋黨；與那些漢化不深之蠻夷、及蠻夷化之漢人所組成之閹寺等，則形成鼎足而三的勢力，影響著整個中晚唐政治社會的發展。透過這一分析，陳寅恪也解釋了府兵制、均田制及社會階層產生變化的原因。順著這一理路的研究者很多，雖未必全採陳氏之說，但對於統治階層之社會成分、社會基礎、家族變動、門第消融、進士科舉、牛李黨爭……等問題之探討，業已成爲唐代社會史研究中之基本骨架。且因陳寅恪的理論中涉及了「外族盛衰及外患與內政之關係」，故唐代蕃將、胡人漢化、中國與外族關係等事項，也爲研究唐史者所注目。

另一種研究進路，則側重於經濟面的考察。因爲盛唐以後均田制逐漸崩潰。出現了人口大量流動與土地私有化的況狀，豪富及寺院取得廣大土地，形成大莊園，脫離土地所有的人們則以佃租方式，附屬於地主。這一現象，顯然使中國社會出現了新的結構。但對這新轉變，到底該如何理解，卻仍有許多爭議。有的人認爲莊園經濟之出現，可與歐洲及日本的莊園制度相提並論。有的人則認爲這應視爲奴隸社會結束，封建主義或中世紀農奴制度開始的癥象。也有些人覺得不應過度强調佃農的奴隸性，因爲基本上莊園與佃戶制度是屬於資本主義的。……這些爭論，均涉及所謂「唐宋變革」的問題，肯定唐代、特別是唐代末期，乃中國歷史上社會劇烈轉型的關鍵。但他們似乎也都想把中國史套入馬克斯主義等普遍歷史發展模型裏去。[76]

這兩種唐代社會史的研究，一偏重政治權力關係、一偏重經濟生產關係，爲當前之主要研究路向。避開這兩方面問題，而專力於唐朝思想文化發展之探索者，則尚不成體系，僅零星注意到唐代儒學、佛學、道教諸現象，考察了唐代古文運動與儒學復興的狀況而已。

我們以為：這些研究均屬偏頗而不通透。一個時代，有它主導的精神與整體社會趨向，政治、經濟、思想等各種社會力，是在這種整體趨向中顯現其互動關係的。政治權力面的解釋，無法說明武周起用新興文人之後，為何唐室復起，恢復了王權，卻不能改變這一趨向，反而使得盛唐中唐以後文人柄政之勢越演越烈。也無法解說何以文學之盛緣於帝王之提倡，而帝王及朝廷卻無法壓抑文采浮艷之風氣。更不能由此上層政治權力之分配與爭奪關係，來解釋整個社會的結構、階層流動、價值體係……等等。即使是士族演變的研究，也無法說明士族由經學禮法傳家，轉變為進士文人科舉的內在原因。經濟面生產關係的討論，預設了普遍世界史的模型，涉及比較歷史的大爭論，其立足點頗堪懷疑。即使不談這個歷史普遍性與個別性的疑難，它那生產關係「下層基礎」的說辭，實在也很難解釋唐代思想、詩歌等「上層建築」。因為由莊園、租佃、奴隸等概念，根本無法解說禪宗為何興起、古文運動之發展、進士科舉之昌盛、士族之崩潰……等現象，故其解釋力亦至為薄弱。

這些研究，似乎都認為有一種力量足以宰制社會的發展，此一力量，或為統治階層之權力，或為經濟。這一是古老統治王權的迷信，為舊日史家慣用的思考方式；一則是經濟決定論。其實政治或經濟均無此社會支配力，我們也不應在研究社會時，把社會看成從屬者。反之，我們應以社會為主體。一個「人的社會」，對於社會中人應如何生活，必有一基本看法；對社會中人的價值與地位，也必有一基本判斷；對於社會生活中應追求何種價值、成就何種事物，也必有意見。我們循此類意見與態度去觀察，便能確認該社會之性質，也能說明該社會中政治經濟等社會活動何以會如此、又何以是如此。

此方為社會本性之研究。在唐朝，社會中人覺得應該怎樣生活呢？無論其社會地位為何，亦無論其經濟地位為何，顯然，他們都認為人應當成為文人，人生才顯得光采，生活才有趣味有價值。故社會各階層均逐漸在文人化，社會生活逐漸在文學化、文人地位逐漸崇高神聖、文學力量也逐漸神祕化了。本來與之對反的力量或事物，在此趨勢下，亦不得不轉向。例如在宗教活動方面，原本「不立文字」者，成了詩僧；在政治行為方面，原先是為統治者尋找同僚的科舉考試，成了徵選文士的大會；在學術文化方面，漢魏南北朝及唐初之經學，至此已將舞臺讓出，由文學獨領風騷。而古文運動，更是一次以文學為主體，卻帶動了整個社會、政治、思想轉變的運動。這些，都不難看出文學在唐代所占據的統攝地位。

在這個時代，做為一個文人，當然亦與前朝不同。在漢朝，文人猶如倡優，為貴族及帝王所畜養。六朝時期文學開始成為貴族顯示其教養及才華的一種藝能，作品的主要讀者是貴族[77]。而唐朝文人對自己則有了獨立地位的角色覺悟，其作品也不僅為貴族服務。這一重大轉變，若與西方歷史相對照，我們就曉得其意義頗不尋常了。

西方在文藝復興運動以前，文學與藝術主要是為教會和貴族服務的，創作必須迎合他們的口味。隨著文藝復興，作家與藝術家地位才開始提高，社會對藝術家的偏見才漸減少。但直到十六世紀，大部份藝術家之地位仍然比較低微，藝術只不過被視為高級手藝，米開蘭基羅的家庭甚至認為進入藝術行業是種恥辱。到了啟蒙運動之後，才有較多出身中上階層者成為專業作家。作家與藝術家之間，才形成一個較統一的文化階層，對其自身地位之意識，才比較明晰、比較有自覺。然而，直至十八世紀，藝術家的社會地位仍不是劃一的，也就是說他們並不是以「藝術家」的社會身份及角色獲得尊重，他們仍只能個別地仰賴某些特殊有地位有影響力的個人主顧。得到這樣人的支持或欣賞，他的地位及名聲才能抬高，而不是整個藝術家階層都能得到社會的尊重。要等到整個資產階級成了藝術消費的主顧，成了支持文化的統治階級，藝術才成爲社會普遍的需要，藝術家不平等的待遇才告終止⑱。

但文人對其社會角色及地位之自覺，唐代已經形成了。文人之間，亦已形成了一個統一的文化階層。當時，文士干謁求知己的行爲，固然顯示了作家之名聲與地位，往往仍需取決於有權位有影響力的個人主顧。但是，文人在此時實已獲得社會普遍的崇敬；藝術的消費群，也不僅是資產階級或統治者，而是整個社會。甚至於，我們可以說，文人並不是獨立於社會各階層外的一群特殊份子，文學作品也並不是被做爲一審美對象來看待的。社會上每一個人都似乎覺得：人就應該是個文人，社會生活就該是文人式的生活。吟一首詩、寫一篇文章，其實就是生活，猶如喝水或呼吸那樣。

也就是說：在唐朝時，文學及文人創新了整個時代新的習慣、道德和思想方式，顯示了社會的理想和規範、提供了榜樣。一切思想方式、趣味傾向、表達感情的方法及價值標準，都由文學中來。這是一個文學的社會。

就像我們提到六朝，就會想到貴族——清談——名士風流——魏晉風度等之一體性結構；提到唐朝，我們也立刻會想到這特殊的文學社會。唐詩、李杜、古文運動……等，構成了唐代文化那種特殊的氣質，坐者歌而行者舞，充滿著直接感官的觸動、直觀感相的渲染，活潑且有韻律、具象而飛舞。這一「直覺——表現——意象——感情」的結構，正是文學世界的基本特徵。唐朝的時代風格亦即如此。從政治面經濟面甚或中外關係來看，是抓不住這個時代之精神的。⑲

出現這一社會，是中國歷史及文化之特殊性使然。中國本有一個尙文的傳統。「文王既沒，文不在茲乎」，文，關聯著文字、文學與文化。整個人文世界被理解爲一以文字及文學點染與規定的世界。文字與文學這一名言系統，既上通於道，又平鋪展示爲一社會名教系統。因此，中國人的宗教意識與世界觀，在根本處，即是基於對道、對文字的信仰。名不正，則言不順；言不順，則事不成。名先於事，也比具體的事更重要，因爲事是依名之規定而來的。這種文字崇拜，在歷史的發展中，又逐漸形成文學崇拜，相信「言之不文，行之不遠」有文采之名言，更能達成文字的功能，更能充極盡至地成就文的力量。[80]

這種文學崇拜，不始於唐代，故本文所述唐代某些文學崇拜現象，可能在漢魏六朝甚或先秦也能找到類似的例子。但這適足以說明唐代社會的文學崇拜確有其文化上的原因。而唐代正是這一文化條件及歷史淵源中，將文學崇拜擴張到一個前所未有的強度，並以此結構了社會文化的各個層面。

何以唐代能達到這個地步？那便不能不從知識階層的演化談起。由社會組織上看，魏晉南北朝是以門第做爲組織基幹和權力組合的社會。唐代的社會階層關係，仍以門第爲主體，但權力組合則已改變，是帝王權威開始替代殘存門第勢力的時代。這時，世族門第本身正在功能分化中，原先那種集血緣族群、權力政治團體、知識階層等多種社會功能於一體的世族，已逐漸將政治權力拱手讓出，其知識力量也遭到科舉策試的影響而被瓜分。故世族終於沒落，帝王權威開始塑立了新的社會階層化標準。

這時，朝廷欲士「貴我官爵」（《舊唐書·高士廉傳》），特設科舉；科舉又以經義爲主，用以甄拔可以共治天下的人才。實施以後，確實建立了一批有獨立階層的知識份子。這批知識份子，並不確定來自那個階級，門第衣冠與平民均可考試獲雋。理論上說，固然此輩皆將進入官僚體系成為統治階級，但他們之間卻形成了一種特殊的同儕意識，座主門生及同年同文的聯結，幾乎獨立於王權之外。也就是說，此時已出現既依附於王權又有獨立階層意識的知識份子[81]。而且，這批知識份子所擁有的知識，主要並非經學或安濟邦國的學問，而是對文字運用的能力。換言之，這時的知識份子，其實即一文人。知識階層，到中唐以後，業已徹底成為一個文人階層。這個階層既是由社會各階級中人所共組而成，又居政治統治地位；既擁有文字之力量與能力，又占據主要發言位置，他們的態度，自然就成了社會的主導意識。構成文學社會，良有以也。[82]

附註

❶ 林天蔚《隋唐史新論》云有一百零八種之多。我們不敢確定這個數字，因為唐代科目很多是隨時興廢的，甚難統計。《全唐文紀事》卷十五引《六硯齋二筆》曰：「唐設諸科取士。其名隨時起立。最為龐雜。今悉錄之：志烈秋霜科。幽素科。詞殫文律科。岳牧科。詞標文苑科。蓄藻麗之思科。抱儒素之業科。臨難不顧徇節寧邦科。長材廣度沈跡下僚科。文藝優長科。絕倫科。拔萃科。疾惡科。龔黃科。才膺管樂科。才高位下科。材堪經邦科。賢良方正科。抱器懷能科。茂才異等科。文以經國科。藏名負俗科。文經邦國科。藻思清華科。興風興化科。道侔伊呂科。手筆俊拔超越輩流科。直言極諫科。哲人奇士逸倫屠釣科。高才沈淪草澤自舉科。才高未達沈迹下僚科。博學宏詞科。多才科。王霸科。知謀將帥科。文詞秀逸科。風雅古調科。詞藻宏麗科。樂道安貧科。諷諫主文科。文詞清麗科。經學優深科。高蹈邱園科。軍謀越衆

科。孝悌力田聞於鄉閭科。博通墳典達於教化科。識洞韜略堪任將帥科。清廉守節政術可稱堪任縣令科。詳明政術可以理人科。才識兼通明於體用科。達於吏理可使從政科。軍謀宏達才任將帥科。詳明吏理達於教化科。凡此皆率意命名。非有別異。亦恐先有欲舉之人，而創名以網之耳。」又，唐文宗〈罷童子科詔〉云：「朝廷設科取士，門目至多，以外更或延引，則為冗長，迄今後不得更有聞薦」，唐科目之繁雜可見。

❷ 趙匡〈舉選議〉說：「進士者，時共貴之。主司褒貶，實在詩賦，務求巧麗，以此為賢。」進士本不試賦，調露二年四月，因劉思立之奏，始加試雜文（（見《唐會要》）；天寶十二或十三年，始於策外加詩賦各一首，見《舊唐書．玄宗紀》及《新唐書．楊綰傳》。但也有人說：「開成中，高鍇知舉，內出〈霓裳羽衣曲賦〉〈太學創置石經詩〉。進士試詩賦，自此始也」（《太平廣記．盧氏雜說》）不管如何，進士之逐漸尊貴，是與其試詩賦有密切關係的，越是進士科舉偏重詞華，就越為世所貴。由中唐到晚唐的進士科舉史，可以充份證明這一點。

❸ 《全唐文紀事》卷十五引《涉史隨筆》云：「禮部侍郎楊綰上疏，以為……近世專尚文辭，自隋煬帝始置進士科，……從此積弊轉而成俗：朝之公卿，以此待士：家之長老，以此訓士」，《摭言》卷一：「縉紳雖位極人臣，不由進士者，終不為美。……其負倜儻之才、變通之術、蘇張之辨說、荊聶之膽氣、仲由之武勇、子房之籌畫、宏羊之書計、方朔之詼諧，咸以是而晦之，修身慎行，雖處子不若。其有老死文場者，亦無所恨。」整個社會的成就標準與報酬體系，單一化了。變成只有以文辭進身登第，才是可羨慕的。

❹ 如③引《摭言》云縉紳位極人臣者，倘不由進士出身，終屬遺憾。或《唐語林》卷四所載，唐高宗時宰相薛元超說：「吾不才，富貴過人。平生有三恨，始不以進士擢第，不娶五姓女，不得修國史」。若我們把唐人豔羨進士，說成是為了求入仕、得富貴，顯然就不能解釋此一現象了。

❺ 唐人所試判牘，也極重視文采。故《容齋隨筆》云：「唐銓選擇人之法……以判為貴，故無不熟習，而判語必駢儷。今所傳《龍筋鳳髓判》及《白樂天甲乙判》是也。自朝廷至縣邑，莫不皆然，非讀書善文不可

也」，趙匡〈選人條例〉亦云：「又約經義，文理宏雅，超然出群爲第一等。其斷以法理，參以經史，無所虧失，粲然可觀爲第二等。判斷依法，頗有文采爲第三等。頗約法式，直書可否，言雖不文，其理無失爲第四等，此外不收。」

❻《全唐文紀事》卷三引《結埼亭集》曰：「唐末時官至五品難，與今日稍不同」。

❼唐代文獻中，頗有不少刻意强調進士致身通顯，能迅速位列清要者，如《封氏聞見記》卷三說「當代以登進士爲登龍門。解褐多拜清紫，十數年之間，擬迹廟堂」、《唐語林》卷八說：「仕宦自進士而歷清貴，有八儁者，一曰進士出身，制策不入。二曰校書、正字不入。三曰畿輔不入。四曰監察御史、殿中丞不入。五曰拾遺補闕不入。六曰員外郎、郎中不入。七曰中書舍人、給事中不入。八曰中書侍郎、中書令不入。言此八者，尤加儁捷，直登宰相，不要歷緒餘官也」……等。這些說法，皆只能視爲艷羨之詞，而不能據爲證明唐代進士仕路通達的證據。因爲進士出身事實上要上達五品都不很容易，更莫說什麼「直登宰相」了。另參胡寶華〈試論唐代循資制度〉。收入一九八八《唐史論叢》第四輯，三秦出版社。

❽參考楊樹藩《唐代政制史》，民國六三年，正中書局，第三編第三章。

❾謂武則天獎掖文學進士階層，以打擊唐室原先的統治集團，係陳寅恪說，詳其《唐代政治史述論稿》。牟潤孫曾有〈從唐代初期的政治制度論中國文人政治之形成〉一文，以爲唐太宗採用了南朝後期的官制，在三省制中，文人的責任非常重大，所以重用文人乃是必然的，與人主的好惡沒什麼關係（注史齋叢稿，一九八七，北京・中華書局），足可反駁陳說。岑仲勉亦有駁論，見其《隋唐史》。

❿楊瑒〈諫限約明經進士疏〉云：「承前以來，制舉遁迹邱園、孝弟力田者或試時務策一道，或通一經。粗明文義，即放出身，亦有與官者。此國家恐其遺才。至於明經、進士，服道日久，請益無倦，經策既廣，文辭極難。」顯然明經與進士都不很容易。

⓫見龔鵬程〈唐宋族譜之變遷〉，收入《思想與文化》。民七五・業强出版社。

⓬《通雅》載：「禮部采名，故預投公卷」。科舉的公平性，正建立在群眾間的名聲上，所以有此制度。考

試之前既已如此，考試後若不符輿情，也往往要謀求補救，如後唐莊宗〈更定符蒙正等及第勑〉云：「禮部所放進士符蒙正等四人，既慊群情，實干浮議，近令覆試，俾塞輿言」、《新唐書・高鍇傳》：「試別頭進士明經鄭齊之等十八人，牓出之後，語辭紛競。監察御史姚中立以聞。詔鍇審定。乃昇李景、王淑等，人以爲公」、《舊五代史・周太祖本紀》：「是歲新進士中有李觀者，不當策名，物議諠然。中書門下以觀所試詩賦失韻，勾落姓名」。此皆可見唐之科舉，名爲科考，實近於選舉，登第者皆具有群眾的民意基礎。詳下文。

⑬ 李賀〈答贈〉詩：「本是張公子，曾名蕚綠華，沈香薰小像，楊柳伴啼鴉」，姚佺云：「或他人愛之，而沈香以薰其像。如呂洞金鑄賈島而呼曰賈島佛者。世上癡人殊不少也」（《昌谷集句解定本・三》

⑭ 此即詩讖說。早期的「詩妖」「童謠」說，早已指出了文學能預言未來。但所指多屬國家集體的命運，詩讖預示個人之強弱吉凶，則是唐代發展起來的觀念。

⑮ 還有一種模式是《雲溪友議》提出的。卷下〈祝墳應〉條載：「里有胡生者，……少爲洗鏡鎪釘之業，倏遇甘菓、名茶、美醞，輒祭於列禦寇祠壠，以求聰慧。而思學道。歷稔，忽夢一人，刀畫其腹開，以一卷之書，置於心腑。及睡覺，而吟咏之意，皆綺美之詞，所得不由於師友也。」以夢寐通靈的遭遇，獲得了寫作文學的能力。另詳本書卷二第二章。

⑯ 但這也不是決定論，詳龔鵬程〈唐傳奇的性情與結構〉，收入《中國小說史論叢》。民七三・學生書局。

⑰ 杜甫〈天末懷李白〉有云：「另詳本書卷二第二章。文章憎命達，魑魅喜人過」，文章憎命達，即詩能窮人之意。中唐以降，這個命題更是不斷被提出。如白居易〈序洛詩〉：「余歷覽古今歌詩……觀其所自，多因纏冤譴逐、征戍行旅、凍餒病老、存殁別離，情發於中，文形於外。故憤憂怨傷之作，通計古今，什八九焉。世所謂文士多數奇，詩人尤命薄，於斯見矣」（集・卷六一）「殷璠云：高才而無貴位，誠哉是言也。曩劉楨死於文學，左思終於記室，鮑照卒於參軍，今常建亦淪於一尉，悲夫！」（《唐詩紀事・卷三一》）即是，詳後文及注四十三、五十五。

⑱ 俞樾《茶香室續鈔》卷十：「王鳴盛《蛾術編》云：《松陵集·陸龜蒙秋試有期因寄襲美詩》，題下自注云：時將主試貢士。按：以處士而竟膺主考之聘，宋以後無此事矣。」文人能成爲主考官，足以證明這種科舉根本只是一文學獎性質。

⑲ 貞元十三年十二月，尙書左丞權禮部知貢舉顧少連奏：「伏以取士之科，以明經爲首；教人之本，則義理爲先」。要壓抑文士，提倡經學是個好辦法。另外，則是強調才行比文辭能力更爲重要。貞觀元年，杜如晦即曾警告：「吏部擇人，唯取言辭刀筆，不悉才行」，會使百姓受害。開耀年間，崔融也說銓簡人才，應「以德行爲上，功狀次之」。垂拱中，魏元同奏：「今用刀筆以量才，案簿書而察行，法令之弊，由來久矣。」天寶十年劉迺也說：「判之在文，至局促者。夫銓者必以崇文冠首，媒耀爲賢，斯固士之醜行，君子所病」，故建議：「先咨以政事，次徵以文學」（《唐會要·卷七四》）。此議之前，已有勑云：「吏部取人，必限書判。且文學政事，本自異科，求備一人，百中無一；況古來良宰，豈必文人？」但風氣並未改善。故劉迺文議云云。

⑳ 陳寅恪對中晚唐政局的分析，便全由此處著眼。但我以爲陳氏的解說是不能成立的。

㉑ 天授三年薛謙光上書曰：「朝廷以茲（文學）擢士，故文章日煩，其政日亂。……不以指實爲本，而以虛浮爲貴。……察其行而度其才，則人品於茲見矣。徇己之心切，則至公之理乖；貪仕之性彰，則廉潔之風薄。……若使文擅清奇，便充甲第；藻思微滅，旋即告歸。以此收人，恐乖事實」（《會要·卷七六》）

㉒ 文之不朽及其能傳示眞理的性質，詳見本書第三卷第三章。

㉓ 一、唐代筆潤的狀況，另參《全唐文紀事》卷一二一引《容齋隨筆》。
二、文人寫篇文章，酬賞一萬貫，這樣的潤例高不高呢？我們且做個比較。——許國霖《敦煌雜錄》中收有〈寫經生〉詩，云：「書寫今日了，因何不送錢？誰家無賴漢，迴面不相看」。唐人做功德，常聘人寫經。此寫經生寫好了卻未拿到錢，故大發脾氣。但他能拿到多少錢呢？令狐陀咒爲她亡夫所寫的《大涅槃經》題記曾記載：「《大涅槃經》一部三十吊。《法華經》一部十吊。《大方廣經》一部三吊。《藥師經

》一部一吊」。據此看來，差不多抄一卷經只能拿到一吊錢。抄四十卷的《大涅槃經》還得打個折扣，只能拿得三十吊。宋初，據曾敏行《獨醒雜志》說：「國初江西用鐵錢，嘗見玉笥山梁觀所藏經卷尾有題字云：『太平興國三年太歲戊寅，新淦縣揚名鄉胡某使鐵錢一百二十貫足陌，寫經六十卷』」這個價錢就比唐朝高了。但無論怎麼說，一吊錢寫一卷經或兩貫錢抄一卷經，跟「排比一萬貫錢充送撰文學士」比，簡直就有天壤之別。文人撰文，筆潤之豐如此。

㉔ 一、《唐詩紀事》卷三五：「湜不善詩，退之詩曰：『皇甫作詩止睡昏，辭誇出直遂上焚。要余和贈怪又煩，雖欲悔舌不可捫』，言其語怪而好譏罵也」，皇甫湜之好譏罵可見。但其性格不好是一回事，社會風氣也縱容了他如此做。《全唐文紀事》卷一〇三說：「唐人極重潤筆，韓昌黎以諛墓聾人金帛無算；白樂天與元微之歡好，視兄弟無間，及銘元墓，猶酬以臧獲輿馬綾帛銀案玉帶，價值六七萬。則皇甫湜責裴晉公福先寺碑，多至九千縑，不為過矣。宋太宗時，凡勑製文字，皆欽定潤筆之數，不移檄督之，蓋仍唐之習也」。

二、中唐貞元元和之際，白居易、元稹、劉禹錫、白行簡、李公佐等應為一文學集團；韓愈、孟郊、張籍、李翺、皇甫湜、黃頗、李賀等則為另一集團。柳宗元依違於二者之間，與劉禹錫的政治關係較密切，而與韓愈的文學關係較密切。韓愈集團中人對白居易等人所代表的文學風氣，似不甚以為然。除了皇甫湜如此瞧不起白居易之外，李賀也曾給元稹難堪，《劇談錄》載〈元相國謁李賀〉條可證。劉禹錫則批評韓愈輕薄，白居易也有詩謂韓愈服硫磺致疾。《白孔六帖》又載韓愈有寵妾柳枝，後踰垣遁去事；好奇，登華山，發狂慟哭事。韓愈〈平淮西碑〉後拽倒而代之以段文昌碑，劉禹錫《嘉話錄》云段碑「文勢也甚善」「別是一家之美」，態度就與李商隱〈韓碑〉、或後代韓愈地位鞏固後宋人的評價不同。劉氏又云：「柳八駁韓十八〈平淮西碑〉云：『左餐右粥，何如我平淮西雅云仰父俯子』，禹錫曰：『美憲宗俯下之道盡矣』，柳曰：『韓碑兼有帽子，使我為之，便說用兵討叛矣』」（《語林卷二》），對韓碑並不服氣。

㉕ 依韓愈之描述，時人對李杜也有很多批評，所謂「那知群兒愚，故用相謗傷」。而韓愈本人也難逃被人譏

評的命運，故司空圖云：「愚嘗覽韓吏部歌詩累百篇……其次皇甫祠部文集外所作……今於華下，方得柳詩……固非瑣瑣者輕可擬其優劣。……噫！後之學者褊淺，片詞隻句，未能自辨，已側目相詆訾矣，痛哉！因題柳集之末，庶俾後之詮評者，罔惑偏說以蓋其全云」（《唐詩紀事・卷三四》）。

㉖ 這「朋黨」不能解釋為專指牛僧孺黨，而是泛指文人的一般習性。長慶元年三月詔：「國家設文學之科，本求實才，苟容僥倖，則異至公。訪聞近日浮薄之徒，扇為朋黨，謂之關節，干擾主司。每歲第名，無不先定」，開成元年十月中書門下亦奏：「朝廷設文學之科，以求髦俊。……其江湖之士，則以封壤接近，素所諳知者為保。如有缺孝弟之行，資朋黨之勢，迹由邪徑，言涉多端者，並不在就試之列」（《會要・卷七六》）。朋黨，皆指文士結黨標榜的活動。

㉗ 見陳振孫《白文公年譜》。《唐語林校證》，一九八七・北京中華書局，頁五八八引。又，此事《全唐文紀事》卷八七另有考證，可參閱。

㉘ 剽竊盜用他人文章，如李播「以郎中興蘄州，有李生攜詩謁之，播曰：此吾未第時行卷也。李曰：頃於京師書肆百錢得此，遊江淮間二十餘年矣。」（《唐詩紀事・四七》）「揚衡，初隱廬山，有盜其文登第者，衡因詣闕，亦登第。見其人，盛怒曰：一一鶴聲飛上天在否？答曰：此句知兄最惜，不敢偷。衡笑曰：猶可恕也。」（卷五二）崔君出牧衢川，有一士投贄。公閱其文數十篇，皆公所製也。密語曰：「非秀才之文。」（《唐文紀事・卷九九》），皆可見一時風氣。

㉙ 《國史補》卷中：「崔膺性狂率，張建封愛其文，引為客。隨建封行營。夜中大叫驚軍。軍士皆怒，欲食其肉。建封藏之」，亦此類也。

㉚ 同書載：柳裳在杜悰高鍇交惡後，往依劍川王使君。王使君飲酒先歸憩歇。命其子招待柳裳。但王氏子恃酒，對柳裳很不禮貌。柳裳大怒，說：「畫師之子，安得無禮先輩乎？」王氏子聞之，乃說：「我大似尊賢，尊師幸不喧酗耳！」柳裳益怒，遂叱咤而散。

㉛ 許多史學家都認為唐代尚文之風有其制度上的原因。有些人從早期制度的淵源上著眼，認為唐人承襲了南

朝的制度，在三省制中文人特別重要，故形成了朝廷尙文之風，如注九所引牟潤孫文，即持此觀點。另有些人則從中唐宰相權力旁落、翰林學士地位凸顯的狀況來設想，認爲中唐以後朝廷中文人勢力之膨脹，關鍵在此。這些想法都很有意思，但都不是重點。唐初所設文學之官、立崇文之館，固然鼓吹風雅，其實仍然意存教化，中書舍人固多文學之士，但其意識亦以政治爲依歸，《唐會要》卷六五秘書省部，載貞觀七年九月廿三日，太宗言曾戲作艷詩，虞世南即進表勸諫曰：「聖作雖工，體制非雅，上之所好，下必隨之，此文一行，恐致風靡，輕薄成俗，非爲國之利」，堅不奉詔，並以死諫爲辭。這件事充分證明了在唐初的文人學士心態實不同於梁陳文人。至於說中唐以後翰林學士之漸掌權柄，情況從同。由李珏的言論中就可以看出來：李珏不贊成文人，卻頗欣賞翰林學士。翰林學士雖亦「皆有文詞」，卻不能與一般文人等量齊觀，因爲他們是文人又非文人。這種文人的兩類區分，在唐代是極爲普遍的看法，詳後文。所以說，只將唐人尙文的原因推溯到官制上，並非探本之論，亦忽略了實際的狀況。

㉜ 楊綰〈條奏貢舉疏〉云：文士「爭尙文詞，互相矜衒。……祖習既深，奔競爲務，矜藝者無愧色，勇進者但欲凌人，以毀讟爲常談，以向背爲己任。投刺干謁，驅馳於要津；露才揚己，喧勝於當代」（《全唐文》卷三三一），賈至議其疏，亦以其說爲然（卷三六八）。其餘類似批評，不勝枚舉。

㉝ 身爲文家的李華，也曾感慨世風不競，希望作者能：「文顧行，行顧文，此其與於古歟！」（《全唐文》卷三一五）。

㉞ 李舟〈唐常州刺史獨狐公文集序〉記載他父親哀嘆獨狐及等人早逝時，曾說：「豈天之未欲振斯文耶？」振斯文，正是他們共同的願望。

㉟ 白居易曾用了個生動的譬況：「根莠秕稗生於穀，反穀者也。淫辭麗藻生於文，反傷文者也。故農者耘根莠、簸秕稗，所以養穀也。王者刪淫辭、削麗藻，所以養文也」（《文集》卷四八．〈策林〉六十八）。

㊱ 所謂歌兒舞女且相喜愛，是指文士溺於聲色歌伎。一般認爲唐代文學與歌伎關係甚爲密切，此乃文士情欲生命放縱的結果。

37 唐型文化與宋型文化的區分，詳龔鵬程〈宋詩的基本風貌——知性的反省〉，收入《文學與美學》，民七四・業強出版社。

38 皎然《詩式・明勢》云：「高手述作，如……古今逸格，皆造其極矣。」逸格的提出，乃是中晚唐文學藝術共同的走向。詩如此，書法與繪畫則李嗣眞已提出逸品，經張彥遠、黃休復繼續强調，影響深遠。文章方面也一樣，强調「曷可俯仰於俗，囂囂爲多言之徒哉？」（張籍・〈上韓愈書〉）

39 另一種危機則是：形式與內容兩分之後，常把形式視爲表達內容的工具。文以明道，乃進一步發展爲「文以載道」。把文字形式譬喻成車子，用車子來載負內容（道），傳遞給讀者。這是一種反文學的觀點，文學只有工具性價值。但從另一方面說，此亦形成了宋代得意忘言的文學思考路向。詳龔鵬程《江西詩社宗派研究》，民七二年・臺北・文史哲・頁一八八。

40 黃明理《「晚明文人」型態之研究》第三章，曾對宋代以下文人與道學的爭執，做了一些考察，可以參看。（七八年師範大學國文研究所碩士論文）

41 李翺〈答朱載言書〉亦云：「仲尼曰：『言之無文，行之不遠』。子貢曰：『文猶質也，質猶文也，虎豹之鞟，猶犬羊之鞟』此之謂也」「義雖深、理雖當，詞不工者不成文」（卷六）。

42 從陳寅恪以後，論唐史者，喜歡從「經學／文學」「世族／文士」的對立格局中觀察唐代後期政治的發展。這一粗糙的分析架構，理應放棄了。

43 一、劉禹錫〈彭陽唱和集引〉云：「丞相彭陽公，由貢士，以文章爲羽翼，怒飛於冥冥；及貴爲元老，以篇咏佐琴壺，取適乎閑讌。……鄙人少時，亦嘗以詞藝梯而航之。中途見險，流落不試，而胸中之氣伊鬱蜿蜒，泄爲章句，以遣愁沮。……雖窮達異趣，而音英同一」（外集卷九）。文人之窮與達，視官爵而定，劉氏之言，已明白說出了他們把文章做爲敲門磚的作用。

二、文人未必能「由篇章以躋貴仕」（劉禹錫・〈董氏武陵集序〉），是一事實。當時文人既多怨悱，故又特別注意文人不偶之事，輒將失意文人引爲同調，如白居易〈與元九書〉云：「詩人多蹇，如陳子昻、杜甫，各授一拾遺，而迍剝至死。李白、孟浩然輩，不及一命，窮悴終身。近日孟郊六十，終試協律。張籍五十，未離一太祝」、孫樵〈與賈希逸書〉云：「文章，所取者深，其身必窮。六經作，孔子削迹不粒矣。……元結以〈浯溪碣〉窮，陳拾遺以〈感遇〉窮，王勃以〈宣尼廟碑〉窮，玉川子以〈月蝕詩〉窮，杜甫、李白、王江寧，皆相望於窮者也」。其實盧仝王勃之窮，另有原因，文章並非直接因素，但在當時的思考模式下，遂全歸諸文章憎命了。當時他們甚至虛構了一些文人因詩文被擯見絀的故事。另詳五十五三、中唐以後發展出「詩窮而後工」之說，具體地解釋了文人不偶的原因，並增強了文人的自尊，故提出後即大爲風行。另詳張健〈詩窮而後工說之探究〉，收人民六八，天華，《中國文學批評論集》，頁二三—九三。但該文有些意見與本文並不一致。

四、「詩窮而後工」觀念之興起，代表中國文學觀之大轉變。早期一般認爲文學與時代治亂盛衰及文人之遭際是一致的，盛世之文學爲正、爲盛；衰世之音，則爲變、爲衰。遭際好的文人，寫出來的作品也必然雍容平和，評價也高；反而是遭遇不好的文人，作品多衰颯淒苦之聲，被認爲不值得效法。現在卻倒過來，說文人窮，文章才能寫得好，做大官而能寫出好作品的很少。文學作品的內容，竟也以嘆老嗟卑爲常態了。

㊹ 嚴復曾有〈闢韓〉一文，對韓愈的君臣觀大爲撻伐。

㊺ 社會原因，是世族社會瓦解後，君權不再有一穩固的社會階層予以抗衡。政治原因，是唐代末期的藩鎮之亂，使得地方分權不再受到支持。官制上的原因，則是唐中期以後三省制破壞，宰相備位而已，翰林學士逐漸成爲政治運作的核心，但翰林學士等是皇帝的秘書，權力乃逐漸集中於帝王一人。

㊻ 韓愈〈題歐陽生哀辭後〉云：「愈之爲古文，豈獨取其句讀不類於今者耶？」古文運動之古文，固不僅是一種句讀不類於時文的文章；但在其語言策略上，正是要寫一種句讀不類於時的文章。這種策略，實有標新立異的心理在，刻意爲之，使與時異，故〈答劉正夫書〉云：「夫百物，朝夕所見者，人皆不注視也；及覩其異者，則共觀而言之。夫文，豈異於是乎？………若皆與世浮沈，不自樹立，雖不爲當時所怪，

亦必無後世之傳世。」

㊼《紅樓夢》第五回描寫秦可卿領著賈寶玉去一間房子裏憩息，屋裏掛著一幅對聯：「世事洞明皆學問，人情練達即文章」。這是後來社會上極爲通行的對聯，文章與人情練達的關係，這幅對聯講得最清楚了。

㊽見郭紹虞〈試論古文運動——兼談從文筆之分到詩文之分的關鍵〉，收入《照隅室古典文學論集》。民七四。丹青公司重印本。頁四九一—五二一。

㊾杜甫詩被後世某些復古派批評爲變體，理由亦即在此。另詳龔鵬程《江西詩社宗派研究》對唐詩轉變到宋詩的分析。民七二。文史哲。頁一〇七—一〇九、一六一、一七一—一七二。

㊿一、曲成，是用《莊子·天下篇》：「人皆求福，己獨曲全」「範圍天地而不過，曲成萬物而不遺」之意。曲成曲全，謂以不求而得成全某事。

二、古文運動，以更接近世俗的方法，達成高雅的效能。柯慶明〈從韓柳文論唐代古文運動的美學意義〉一文論之甚詳。他認爲古文運動者往往脫離了駢文原有華靡典麗的美感範疇，觸及卑下俚俗、甚至臭腐的經驗意象，並用心於物態人情的刻劃與描寫，以致形成一種令人驚異的「奇怪之辭」，且又由此引伸出雅正的教化功能與主題，以蘄文章有益於世（第一屆國際唐代學術會議論文集、七八、學生）。這個分析是準確的。但他說如此形成的，是一種介乎高雅與卑俗之間的「中間文體」。中間文體一詞，恐不足以涵括這既高雅又世俗、既卑俗又脫俗的文體與運動趨嚮。它是不落兩邊，卻又不離兩邊的，超俗與卑俗同時存在。而且，此一狀況又不僅古文運動如此，我們能不能試想一下：古文運動批判了「取青媲白」的駢偶對仗，五代卻出現了家家戶戶要招貼在門窗上的對聯，專以「錦心繡口，宮沈羽振」爲職事。而民間彈唱寶卷，也多出之以駢四儷六。高雅與卑俗的兩重性，構成了其中極爲複雜的關係。

(51)另參龔鵬程〈另一種詩：雜事詩的性質與發展〉，收入《文化·文學與美學》。並詳注五六。

(52)劉禹錫曾說：「文之神妙，咏而爲詩」（集卷二三·〈盧公集紀〉）、白居易也說：「文之神妙，莫先於詩」（集卷六十·〈劉白唱和集解〉）。論文學功能，常舉詩爲例，正由於有這個原因。

(53) 見《北夢瑣言》卷九、《全唐詩紀事》卷七八。時間分別是天寶末年、宣宗朝及僖宗朝。又見《雲溪友議》、《本事詩》、《青瑣高議前集》、《詩話總龜》前二三。類似的例子則是僖宗時贈戰士袍，而宮人在袍中藏一金鎖，鎖上題詩的故事，亦見《唐詩紀事》卷七八。

(54) 以詩遣返姬人之例，又見《唐詩紀事》卷八十〈不知名〉條。大抵此類事迹，均係同一心理狀況及社會條件下之產物，故可能是妻爲夫所棄，因詩得合；或妾爲人所奪，因詩遣歸。總之，不外凸顯詩的神奇溝通力量而已。不煩類舉。

(55) 相反的，也有些以詩見絕的例子，如孟浩然、趙嘏即是。《北夢瑣言》卷七「孟浩然與李太白交遊。一日，玄宗召李入對，因從容說及孟浩然。上令急召賜對，俾口進佳句，孟浩然誦詩曰：『不才明主棄，多病故人疏』，上意不悅。由是不降恩澤。宣宗索趙嘏詩，其卷首有〈題秦皇詩〉，其略云：『徒知六國隨斤斧，莫有群儒定是非』，上不悅。」這類例子，與李商隱之不見諒於令狐綯，是因爲寫了「郎君官貴施行馬，東閣無因得再窺」；溫庭筠之得罪令狐綯是寫了「中書堂內坐將軍」等詩……一類掌故，均難視爲信史，諸家考辨甚詳。蓋此等詩之本事，皆讀詩者揣想作者平生遭際，而從詩歌中附會出來的。不過，其事迹雖屬附會，卻仍顯示了時人特殊的想法：一個人之不能發達，如果是由詩來的，那就沒話說了，也沒辦法解救了。另詳注四十三。

(56) 在此當注意二事：一爲唱和詩之大盛。二爲文人創作時，不僅是一個人感物吟志，更是人在文人團體中創作。在這個團體中娛樂戲謔，全仗詩文，故詩文的諧謔遊戲性質也得以充分發揮。我曾輯宋人詩話中記載晚唐五代人嘲戲詩句甚多，可以見一時風氣。如五代《花間集》這樣的作品，就應該放入這一風氣與脈絡中來觀察。另參龔鵬程《論李商隱的櫻桃詩——假擬、代言、戲謔詩體與抒情傳統間的糾葛》，《書目季刊》二二卷一期。收入《文學批評的視野》，民七九・大安出版社。

(57) 詩社的發展，以及它普及到社會各階層中去，成爲各「社」「會」的典範，詳見《江西詩社宗派研究》卷二。頁九六—一〇二；卷三，頁二二一—二二七，其中也談到了詩社吟會的宗教性質，以及屠夫和當舖夥計入詩社吟詩的事。

58 晚清有些人，如王闓運沈曾植，特別推崇六朝僧人支遁等，評價在唐朝詩僧齊已貫休等人之上。這涉及評價問題，姑置不論。然有一二僧人能作詩、能參與文士雅集，並不能說明所謂「社會階層文人化」的問題。這裏指的，是整個階層之行爲模式，價値標準、群體認同之轉移的現象。何況，六朝之社會典型人物是名士，文采風流只是名士的一種行爲及能力表現；六朝僧人能詩，意義與唐代出現的大批詩僧，全然不同。故六朝無詩僧，有之，自晚唐始。

59 相反的，也頗有些本屬文人卻出家爲僧之例，故辛文房《唐才子傳》卷三云：「有顚頓文場之人、憔悴江海之客，往往裂冠裳、拔繒繳，杳然高邁，雲集蕭齋，一食自甘，方袍便足」。

60 錢鍾書曾說：「僧以詩名，若齊己、貫休、惠崇、道潛、惠洪等，有風月情，無蔬筍氣，貌爲緇流，實非禪子。使蓄髮加巾，則與返初服之無本賈島、清塞周朴、惠銛、葛天民輩無異。例如《瀛奎律髓》卷四七謂惠洪虛憍之氣可掬，自是士人詩；《弇川讀書後》卷六謂洪覺範乃一削髮苦吟之措大。固不能以禪悅道腴苛求諸詩家矣」（《談藝錄》）。所謂詩僧，不只是說他們是一些會做詩的和尙，更由於他們的詩以及由詩中表現出來的人生觀世界觀，純然無異於文人。所以他們只是一群出了家的文人而已。

61 我曾將《傳燈錄》中諸歌偈錄出詳考之，發現這種詩化文藻化的傾向，是越晚越濃厚。而早期許多具有詩歌型式的偈語，大抵也是後來增飾的結果。朱熹〈釋氏論〉說得好：「佛書本皆胡語，譯而通之，則以數字爲中國之一字，或以一字而爲中國之數字。而今其所謂偈者，句齊字偶，了無餘欠。至於所謂二十八祖傳法之所爲者，則又頗協中國音韻，或用唐詩聲律。自其曹之稍黠者，如惠洪輩，則已能知其謬而强爲說以文之。顧衣冠、通古今、號爲士大夫如楊大年蘇子由者，反不悟而筆之於書何也？」（《文集·別集》卷八）

62 見南氏《禪海蠡測》禪宗之演變章。又，黃宗羲〈定林禪師詩序〉謂：「寒山拾得村墅屋壁所抄之物，豈可與皎然、靈澈絜其筌簹？然而皎靈一生學問，不堪向天台炙手。則知飾聲成文、雕音作蔚者，非禪家本色也」（《南雷文約・卷四》）。這話有點道理，詩僧本係詩人，不能以禪以佛的標準來要求。且禪師與詩人本非一家，應有所區分。然，正如以上所述，禪宗到後來事實上有嚴重文人化的傾向，不立文字者，寖假而出現了《石門文字禪》。至南宋詩禪合一之說大盛以後，禪宗做為佛教中一派門的意義便幾乎消失了。禪宗之衰，即衰於其極度文人化之後。這是禪宗到南宋以後衰落的重要原因。

63 以上這些，均屬習見之說，近孫昌武《唐代文學與佛教》，一九八五，陝西人民出版社；葛兆光《禪宗與中國文化》，民七八，里仁重排本，仍持上述觀點。故禪宗之文人化，向來未被注意，甚且經常反過來，大談禪宗如何影響了文人。所見只有鑒安〈試論唐末以後的禪風——讀《碧岩錄》〉一文，對禪之文士化稍有描述（收入現代佛教學術叢刊二、禪學論文集、民六五、大乘出版社）。

64 我們認為禪宗在慧能之後，仍繼續在發展，其發展基本上朝兩個方向，一是對於上層士大夫階層，禪宗在教義上廣泛吸收了《易經》與老莊，使得禪宗道家化了，例如石頭希遷仿《周易參同契》而作〈參同契〉、雪峰義存玄學式的禪學，以及曹洞宗六爻攝義、五位君臣諸說等等，均可看出這一趨嚮。而在表現上，禪宗又充分地文人化，由老莊的藝術精神轉手，綰接了禪與文士之間原有的差異。至於對下層普通民眾，禪宗則是朝道教化之方向發展的、阿部肇一《中國禪宗史—南宗禪成立以後的政治社會史的考證》（民七七、東大、關世謙譯）第二章對後者曾有說明。

65 在此僅舉一例：《宣和書譜》曾言晚唐最著名的道士杜光庭「初意喜讀經史，工詞章翰墨之學」，後因科舉不中，棄而入道，成就極大，「扶宗立教，海內一人而已」。但他畢竟仍是個文人，「喜自錄所為詩文，而字皆楷書，人爭得之」。道士之文人化、女冠之喜歡交結文士，皆可緣此線索觀察。此不具論。

66 參《北夢瑣言》卷九。

67 妓女有文人化的傾向，文人也有女性崇拜的狀況，兩者互動，另外又屬雜有俠客崇拜。這幾方面複雜的關係，龔鵬程〈俠骨與柔情——論近代中國知識份子的生命型態〉（民七九、中國學術年刊第十一期）有初步的探討。

68 一、《北夢瑣言》卷七「唐盧延讓業詩，二十五舉，方登一第。卷中有句云：『狐衝官道過，狗觸店門開。』租庸張濬（一作『相』）親見此事每稱賞之。又『餓貓臨鼠穴，饞犬舐魚砧』之句，為成中令汭見賞。又『栗爆燒氈破，貓跳觸鼎翻』句，為王先主建所賞，嘗謂人曰：『平生投謁公卿，不意得力於貓兒狗子也。』人聞而笑之。」「進士李洞慕賈島，欲鑄而頂戴，嘗念『賈島佛』，而其詩體又僻于賈。復有包賀者，多為分鹿鄙之句，至於『苦竹筍抽青橛子，石榴樹掛小瓶兒』。又云『霧是山巾子，船為水靸鞋。』又云『棹搖船掠鬢，風動竹搥胸。』雖好事託以成之，亦空穴來風之義也。盧延讓哭邊將詩曰：『自是磠砂發，非干礮石傷。牒多身上職，盎大背邊瘡。』人謂此是『打脊詩』也。世傳逸詩云：『牕下有時留客宿，室中無事伴僧眠。』號曰『自落便宜詩』。顧況著作披道服在茅山，有一秀才行吟曰：『駐馬上山阿。』久思不得，顧曰：『何道「風來屎氣多」？』秀才云：『賢莫無禮。』顧曰：『是況。』其人慚惕而退。」一通俗詩文之大盛，表現在兩個方面，一是社會各階層人都來作詩文，詩文即不能不表現為通俗；二是文士寫作，也有通俗化的傾向，如此處所舉諸詩例，作者皆係秀才進士，然其詩實粗俗無比。這是因為他們所面對的讀者多屬世俗人士的緣故。只有這些半通不通、便宜混扯的詩文，才更容易獲得並不真懂文學卻又好附庸風雅之社會大眾所喜愛。

二、鄭振鐸（西諦）《中國俗文學史》第五章曾說：「唐末，通俗詩忽行於世」，並舉了許多例子。馬積高《賦史》（一九八七、上海古籍）第八章也提到唐末的俗賦。當時為何忽然流行通俗詩文呢？原因要從以上這一脈絡來了解。

69 又見《唐詩紀事》卷三四李道昌條。

70 參見宋兆麟《巫與巫術》，一九八九、四川民族出版社。第六章第二節。又《容齋隨筆》云：「唐宣宗時，有文士王振，自稱紫邏山人。有〈送窮辭〉一篇，引韓吏部為說，其意亦工」。

71 其實「文以載道」或韓愈所說的文能達道、明道、貫道云云，固指先王之道，但這個道並不只有歷史意義，而更是扣住形上道體來說的。故此「道」有本質、永恆、本體、最高善等涵義。文字與道體連結為一，作者通過文字，即可上通貫達於道體。這亦可顯現其宗教性。

72 中唐以後，文人對神異世界及宇宙形上問題的關切，詳龔鵬程〈唐傳奇的性情與結構〉。注十六引。

73 參見R・M 基辛《文化、社會、個人》，甘華鳴等譯，一九八八，遼寧人民出版社，第十二章第三節。

74 見約翰・柏格《看的方法——繪畫與社會關係七講》，陳志梧譯，民七八，明文書局。第三講。

75 74所引書提到歐洲油畫中對「蘇珊納和老人」（Susannah and the Elders）這一主題的處理，在丁多列托（Tintoretto）的畫裏，蘇珊納正看著鏡中的自己。作者說：「鏡子的眞正功能，在於用來使女人假裝不知道她將自己處理爲一個景象」。所謂景象（sight），意指女人不但是一對象，且是一特殊的視覺對象。而把女人當主要成景象，正是歐洲油畫的特色之一。詞在這一點上，與油畫有驚人的相似性，其重要之處，不只是題材之雷同，而是對於「注視女性」的高度興趣。早期詞作的文類特徵，除了聲腔格律之外，正在於這種把女人當做景象的某些準則和通套上。特別是溫庭筠，王國維曾以「畫屏金鷓鴣」喻其詞，那種設色濃重、客觀描繪、類不出乎綺怨的作風，豈非油畫之同調？其名作〈菩薩蠻〉第一闋亦有「照花前後鏡，花面交相映」之句，女性在詞中被當做景象來處理，是毫無疑義的。

76 詳《劍橋中國史》第三冊，隋唐篇緒論第三節。

77 漢代後期文學寫作狀況之發展，詳本書第一卷第一章。

78 詳阿諾德・豪澤爾《藝術社會學》，居延安譯，民七七，雅典出版社，第二章。

79 唐代文化的精神，詳見注37所引龔鵬程文。

80 另詳本書第一卷第二章〈說「文」解「字」——中國文學藝術發展的結構〉。

81 唐代門第世族的結構功能分化、及知識階層的興起，另詳注十一、五七所引龔鵬程書。

82 唐代知識階層轉換成一文人階層，以及此一狀況對中國宋元明清學術文化發展之影響；文學崇拜環境中，文學與諸藝術之關係，與唐代思想之發展又有何關聯等問題，本文俱未及詳，請俟後論。

第二章　儒學、吏學與文書政治

儒學自西漢成爲官學之後，發展蓬勃，靠著官學體系及士大夫家族的推揚，迅速成爲社會的主導意識。但儒學的異質化危機也即存在於這種官學性質中。從東漢王充《論衡》裡，我們即可發現當時社會上對儒者的角色與能力都有了不好的批評，〈程才篇〉曰：

論者多謂儒生不及彼文吏。

爲何儒生不如文吏呢？儒生「志在修德，務在立化」，窮意經義、被服聖教，學問既好，品節也高。文吏則不必讀什麼聖賢經傳，他們是從事行政工作的一群人，乃「朝廷之人也，幼爲幹吏，以朝廷爲田畝，以刀筆爲耒耜，以文書爲農業」，從小就學習一套如何辦行政事務、嫻熟於官場行爲模式的學問：「讀律諷令，作情奏，習對向，滑習跪拜」，然後進入官僚體系中去鍛鍊洊升，「身役於職，職判功立」。這批文吏，是政府內部實際處理行政工作的人，善辦公文，對相關法律案例也極熟。但他們畢竟只是官場中養成的熟鍊與機靈，如何在官僚體系中攀升存活，他們也有一貫的處世態度：「阿意苟取容幸，將欲放失，低嘿不言者，率多文吏」「勤力玩弄，成爲污吏」「降意損崇，稱媚取進」。亦即巴結上司、玩弄法條、不肯負責。因此《史記》述張釋之語云：「秦任刀筆小吏，陵遲至二世，天下土崩」。治國是不能靠這一批人的。

既然如此，爲何論者多謂儒生不如文吏呢？又爲何儒者自己也覺得自卑：「世俗共短儒生；儒生之徒，亦自相少」？因爲在儒學成爲官學之後，教育體系與政治結構是合一的，學仕一體化。學者入學、習儒業，爲的便是將來出仕任職；出仕任職便得辦行政，辦行政就得會文吏的那一套。正如唐睿宗文明元年四月十四日敕所云：「律令格式，爲政之本，內外官人，退食之暇，各宜尋覽」（唐會要，卷三九，格令條）。光會詩云子曰而不懂律令格式，當什麼官呢？吏學就在這個意義下，取代了儒學。僅擅儒術者，對此便自卑起來了。王充曰：「世俗共短儒生；儒生之徒，亦自相少。何則？並好仕學宦，用吏爲繩表也」，眞是探本之論。

由於吏學與儒學都是好仕學宦的，導致儒學的發展出現了異質化的危機。兩漢儒學之盛，僅爲「祿利之途使然」的假象；後世帝王更公開地以「書中自有黃金屋，書中自有千鍾粟」爲餌，吸收儒生進入其官僚體系爲文吏。

對抗這種危機，儒者必須進行兩方面的批判。一是如王充這樣，區分儒生與文吏、儒學與吏學的差異，並做價値的判定，强調儒者的擔當、見識、學養、操守，認爲「儒生所學者道也，文吏所學者事也」。批判吏學，確定其性質、分位及與儒學的區別。二是從政治的角度，說明文吏不足以任事治國。王充說：「張釋之曰：『秦任刀筆小吏，陵遲至於二世，天下土崩』，張湯、趙禹，漢之惠吏，太史公序累，置於酷部，而致土崩。孰與通於神明，令人塡膺也？」即屬此類批評。

王充是我國歷史上正式處理儒學與吏學之間緊張關係的第一人。《論衡》中〈程才〉〈量知〉〈謝短〉〈效力〉諸篇談的都是這個問題。但這個問題在我國歷史上並未獲得解決，無論是在學術上或政治上。

由學術上說，王朝對儒學的提倡，往往非純學術的理由，而是希望能通過儒學教育體制，培養輔政之官吏僚員。亦即希望儒學教育提供吏學之訓練。同時，行政官僚也往往被賦予文教大責，導致儒學因吏學化而衰亡。以唐朝爲例。《舊唐書·儒學傳序》一開頭就批評：「近代重文輕儒，或參以法律。儒道既喪，淳風大衰，故近理國多劣於前古」。儒學被滲入文吏法律之學，使得儒道喪亡。是修史者認爲魏晉南北朝衰亂的原因。但唐朝的情形不見得就比南北朝好。唐高祖、唐太宗之提倡儒學，固然是「濟濟洋洋焉，儒學之盛，古昔未之有也」「尊重儒道如此」。然而，好景不常，「高宗嗣位，政教漸衰，薄於儒術，尤重文吏」，情況就不妙了。——

及則天稱制，以權道臨下，不吝官爵，取悅當時，其國子祭酒，多授諸王及駙馬都尉。準貞觀舊事，祭酒孔穎達等赴上日，皆講五經題。至是，諸王與駙馬赴上，唯判祥瑞按三道而已。至於博士、助教，唯有學官之名，多非儒雅之實。是時復將親祠明堂及南郊，又拜洛，封嵩嶽，將取弘文國子生充齋郎行事，皆令出身放選，前後不可勝數。因是生徒不復以經學爲意，唯苟希僥倖。二十年間，學校頓時隳廢矣。

以親信及行政官員擔任主掌教育之大臣，以經典講論爲具文；儒學資歷，僅成爲苟希僥倖者藉以攀升上位的有利管道而已，儒學焉得不衰？論唐史者，只知自武則天之後，起用文學科舉之士，經學儒術不振；卻不曉得這種吏學化傾向才是儒學最嚴酷的殺手，唐代士風之澆壞亦從此始。但這並不是一樁特例，我國儒學在官學體系中始終無法眞正發展，正因爲存在著這種內在的困境。因此，晚唐以後，儒學的發展便試圖脫離官學體系，出之以私人講學書院的型式。但書院與政府之間，也長期存在著緊張關係，如宋代政府之禁僞學、明代朝廷之惡東林等等。以致中國雖有歷史最悠久的國子監官學教育制度，卻不能形成優良的大學傳統，追究其原因，實在是令人唏噓的。

再從政治方面看。儒學始終對政治上之官僚體系採批判態度，認爲文吏不足以治國。這個觀點形成了中國政治的特色。依王充的說法，「儒生不習於職，長於匡救；將相傾側，諫難不懼。案世間能建蹇蹇之節，成三諫之議，令將檢身自敕，不敢邪曲者，率多儒生」。儒生並不熟悉行政事務，但儒生通過經學的教養，卻培養出了一種節操，能匡正朝廷施政的偏差，樹立大臣風範之榜樣。而且儒者「深知古今」，對政事能掌握大節目、看清大方向，這些都不是文吏所能辦到的。因此，中國傳統政治結構是依「官」「吏」二分法來設計的。亦即具儒學修養、能立「忠節公行」之儒生爲官；熟習文案簿書法律事務之文吏掾曹爲吏。以官統吏。調和了政治體制中儒生與文吏的矛盾，並嚴格區分了官與吏的不同。如宋齊以降，五省令吏皆爲流外，隋代亦然，唐朝時《舊唐書·張玄素傳》載：貞觀十四年，「太宗嘗對朝問玄素歷官所由。玄素既出自刑部令吏，甚以慚恥。將出閣門，殆不能移步，精爽頓盡，色類死灰」。可見令吏出身並不光彩。同理，開元廿四年，玄宗將任命牛仙客爲尙書，張九齡諫阻，謂：「仙客，河湟一使典耳，今驟居清要，恐羞朝廷」「仙客起自胥吏，若大任之，恐不愜衆望」（卷二一四）。後來玄宗問高力士意見，高力士也說：「仙客本胥吏，非宰相器」（新唐書・牛仙客傳）。官不是吏，吏不是官，乃極清楚之事。

官吏之分，猶如政務官與事務官，前者承擔政治責任，掌握大方向，表現大臣的風骨儀範即可。事務官辦具體行政業務，「五曹自有條品，簿書自有故事」，根據法規與案例去辦事。《新唐書・劉晏傳》云：「晏嘗言：士有爵祿，則名重於利。吏無榮進，則利重於名，故檢劾出納一委士人，吏惟奉行文書而已」，即代表了傳統政治中具體分工的辦法。故官與吏這兩者的區分和配合，應該是極爲理想的。

然而，正因爲政務官係儒者出身，於法律政令之學，甚爲陌生，實際操作行政運作仍不能不仰仗吏胥。政務大臣往往只成爲傀儡，任其文吏師爺所哄弄擺佈。且官員常有升調遷黜，吏胥卻長期在一個衙門裡任職；甚至汲引親戚朋輩進入該機構當科吏工友之類。久而久之，亦形成一種世襲的盤踞勢力。初由外地調來就職的官員，對之除了妥協之外，根本無可奈何。這就是我國政治的實相：表面上是帝王統治，事實上乃是科員政治，亦稱爲胥吏政治。

批評此種政治者極多，如顧炎武黃宗羲皆其人也。黃氏《明夷待訪錄》有〈吏胥篇〉、顧炎武《日知錄》卷十一〈掾屬〉〈都令史〉〈吏胥〉諸條，亦反省此一問題者。抄幾段以見一斑：

> 自隋以來，令吏之任，文案瑣屑，漸爲卑冗，不參百官。至於今世，則品彌卑、權彌重。八柄詔王，乃不在官而在吏矣。……胥吏之權，所以日重而不可拔者，任法之弊，

使之然也。開誠布公以任大臣，疏節目以理庶事，則文法省而徑竇清，人材庸而狐鼠退矣（都令史條）。

天子之所恃以平治天下者，百官也。故曰臣作朕股肱耳目，又曰天工人其代之。今奪百官之權，而一切歸之胥吏，是所謂百官者虛名，而柄國者吏胥而已。郭隗之告燕昭王曰：亡國與役處。吁，其可懼乎！秦以任刀筆之吏而亡天下，此固已事之明驗也。謝肇淛曰：從來仕官法網之密，無如本朝者。上自宰輔，下至驛遞倉巡，莫不以虛文相酬應。而京官猶可，外吏則愈甚矣。大抵官不留意政事，一切付之胥曹，而胥曹之所奉行者，不過以往之舊牘、歷年之成規，不敢分毫踰越。而上之人，既以是責下；則下之人，亦不得不故事虛文應之。一有不應，則上之胥曹又乘隙而繩以法矣。故郡縣之吏，宵旦竭蹶，惟日不足，而吏治卒以不振者，職此之由也。又曰：國朝立法太嚴，如户部官，不許蘇松浙江人為之，以其地多賦稅，恐飛詭為奸。然弊孔蠹竇，皆由吏胥。堂司遷轉不常，何知之有？今户部十三司，胥吏皆紹興人，可謂目察秋毫而不見其睫者矣（吏胥條）。

這些批評，說明了中國政治如何從儒家政治走向文吏法律之政。君臣政治成了吏胥政治，然後再成為文書政治。刀筆吏，據法規成例，舞文弄墨、故事虛文，交相敷衍一番。「辦公」事實上只是辦紙、「辦公文」。這不僅是明朝如此，清末人朱克敬《暝庵雜識》卷一還提到：

部胥之權重於尚、侍。以科比繁多，官不能盡記，高下出入，惟其所為，雖知其奸，

客，如者事屬凡「：曰人語胥一聞，肆酒次偶，時京寓臨世生先山次惲湖陽。也禁能莫

士進成，幾未。嘆怪竊心臨世。」已而右左之鞭，騾如官司堂，御如輩我，車如署部

。富致往往，錢官外協，法選易移胥部，藪利爲故司選文。事主司選文部吏官改林翰由

至，壁廳於名姓其書倒。骨次之怨，施得不奸胥，考鉤事遇又，事舊記多，敏勤臨世

。矣難之職盡官居見可益。存猶今

可見胥吏之政，是我國政治史上的沈痾，自漢迄清，情況殊無改善。而其所以如此，根本的關鍵，則在於君主的態度。顧炎武批評得很對，君王爲什麼要用那些「諫難不懼」、以先王禮義爲價値依歸的儒臣呢？他正是不願「開誠布公以任大臣，疏節闊目以理庶事」，所以密織法網，造就了一個吏胥得以成長坐大的空間，奪百官之權，而一切歸之胥吏。胥吏構成了一個龐大的利益壟斷集團，他也不管；反去嚴格管制大臣。此非目察秋毫而不見其睫也。蓋統治者皆好用奴才而不肯用人才也。文吏事實上即是帝王的家奴而已。王充曰：「文吏，朝廷之人也」，便是這個意思。

我們無法詳述此一儒學與吏學之爭。但通過上文簡要的分疏，讀者不難發現這個問題的嚴重性。想來大家都會同意這個問題應該是我國學術史和政治史上的大關鍵所在。弄清楚這個問題，才能明白我國歷史上統治王朝的所謂「陽儒陰法」是怎麼回事；也才能了解現代人批評儒家爲統治階層服務，是不知學術、亦不知政治者言。更進一步說，亦唯有通過這樣的分疏，我們乃可以說明我國教育史上如何從官學轉入私塾書院的歷程；說明儒學做爲政治體制內部和外部抗議精神、諫諍態度之表率的存在處境。

當然，歷史性的解釋，往往也涵蘊著解釋者指向當代學術及政治環境的批判。我們中華民國的政治及學術現實，是否已脫離了漢唐明清諸朝那種備受儒生批評的困境了呢？過去我們的中華文化復興運動，起用某些黨政大老來主持儒家文化之發揚。與武則天時「其國子祭酒，多授諸王及駙馬都尉」，有何不同？此豈能復興文化乎？且政府以文吏主掌文教事務者，非特此一例證而已，過去許多大學校長，皆文吏而已；現在，曾任大學校長之文吏，乃更獲選爲中央研究院之院士矣。此猶可言學術耶？明何良俊《四友齋叢說》卷四云：「莊子比舜爲卷婁，卷婁，羊肉也，以爲舜有羶行，故群蟻聚之。今若在外之兩司與郡縣守令，凡士子之升沈、人家之盛衰，胥此繫焉。則又豈但如卷婁而已哉？故今兩司郡縣諸公，尤不宜講學。蓋其聲勢足以動人，而依倚聲勢之人進也。夫依倚聲勢之人進，則持身守正之士遠矣，尙何怪乎今世士君子之恥言講學哉？」此明朝之病也，然於今爲烈矣。

至於政治。各級機關，仍是科員政治。冗員充斥，親朋援引，坐領薪餉。辦事則毫無擔當及遠謨宏圖，執守規例，以虛文相敷衍。或利用權責，以他們熟悉法例之便，鑽營苟且。甚而僥倖希求，稱媚取進。形成一套胥吏文化，充斥於政界。嗚呼，此吏學之遺烈也，吁，可畏哉！

至於文書政治之極端，則「刀筆」一詞，實仍不足以形容。蓋此不僅爲字斟句酌、舞文弄墨、鑽營法條的工夫，更須注意它是「虛文」。因係虛文，自必有許多修飾語，裝門面、打官腔。如此一來，即逐漸彩藻化，而成爲文學作品之一類，以《文心雕龍》所載文學作品的分類來看，如詔、策、章、表、奏、啓之類，皆爲官文書。後世一般判牘更屬公文無疑了，但其文往往是駢四儷六、錦心繡口。不少作官的文學家，是以創作文學作品之態度來寫判牘的。判牘通常也都會收進他們的文集中。此文書政治之所以又爲文學政治也。茲不能詳論矣。

第三章　文字傳統的解構與重建

——新文學運動對中國文化的衝擊

當今討論五四運動者，大多把「五四」視爲一種多方面的思想和政治社會現象，對五四運動中主要的活動——文學革命，探討反而較少。例如陳端志的《五四運動之史的評價》一書中，幾乎完全不提文學革命。新文學的發軔與成就、抑或當年新舊文學的爭論、文學革命在其史之評價中，變成了不存在的事。周策縱《五四運動史》稍稍好些，但文學革命並未成爲整個五四運動的核心問題來處理，反過來，周氏要我們：「認清文學革命實在只是這段時期裡多方面大進展中的一方面而已。」（第一章、導言）

文學革命是否僅爲五四運動的邊緣性角色？倘若果然如此，則今訂此爲文藝節，便顯得十分荒謬了。文藝界每年熱烈慶祝歌頌五四，遂也成爲無的放矢，非其鬼而祭之矣。

我們不否認在五四運動中，伴隨著文學革命而激生了一連串的改革，範圍既廣，關聯實多，馴致形成了社會整體的變動。但不能說五四影響甚廣，所以文學只是其中一端。更不能一筆抹殺文學革命在「五四」的地位，裝做沒有這回事一樣。

再進一步說，從經濟、社會和政治來分析五四運動的興起與性質，恐怕正是使它不易理解的主要原因。因爲假若五四的影響是多方面的，那麼儘可縱容論者從各個角度去縱橫曼衍，肆其恢擴之思、卮言之辯。以致歧路亡羊，莫衷一是。把所謂的五四，膨脹成一頭龐然怪獸，甚至成爲神話、迷思，根本無從掌握。而反對這樣搞法的人，要不就是對此心生煩厭，要不就是被逼出另一種說法：把五四跟「新文化運動」分開，認爲五四運動只是學生運動、愛國運動；新文化運動才包括民主與科學的提倡、白話文學的革命……等等。這種講法，主要是想將「五四」單純化，以免弄得其大無外。但事實上，持此說者也曉得「五四」與所謂「新文化運動」不是那麼容易分得開的，硬要予以拆裂，帶來的困擾只會更多。

何以會弄得如此左支右絀呢？由詮釋脈絡看，這可能是因爲碰到了解釋上的困難。——新文學運動起於民國六年，民國八年而有五四的學生示威。我們當然知道學生的行動必與其思想息息相關，可是爲什麼一個文學上的改革，而且只是語文的改革，竟能激起整個文化的反省、整個社會的改造？這點無法解說清楚時，自然就不得不旁求社會政治等外在因素的解釋了。換言之，抹殺文學革命在整個五四運動中的地位，或不承認五四運動係以文學革命爲其核心（只視爲五四各方面進展之一部分），主要是由於不能理解文學革命的意義，以致不能相信文學的改革竟然可以成爲這麼巨大變動的力源。

討論五四的文章，汗牛充棟，但從來沒有人正面處理過這個問題，當然也就不可能有什麼答案。現在，我想嘗試從文學理論上說明新文學的興起，其新何在；何以一新之後，隨即帶動社會與文化的變遷。

新文學運動，是個白話文學運動，我們先從「話」談起。

說話，是人類最值得驕傲的能力。無論哪個種族、無論什麼文學理論，大概都不否認語言先於文字，謳歌先於文章。語言的重要性，實不待言。不過每個人雖然都會說話，對語言功能的理解和使用語言的方式，卻可能並不相同。對語言和文章的態度，亦不一致。根據這種不一致，高友工先生曾將之區分成兩種語言學：一種是以語言之交流功能（Communication）為主的語言學，一種是從記錄功能（memorigation）發展出來的「文字中心的語言學」。

所謂交流功能，是說人與人藉著口語交談，我們可以交換訊息、溝通觀念、協同態度及行動。而在這樣的口語言談中，因為涉及了訊息的交流和對環境的態度，且口語交談時，能否溝通又與言談時的說話情境有密切的關係（例如某些話在某些場合不方便說，說了效果也不好……），所以用作交流的語言跟環境之間，往往較具指稱作用。

根據這一基本理解或立場，所發展出來的語言觀點，事實上即是自索緒爾（Saussure）以降，近代語言學的基本模型。語言學以語言為其研究對象，討論語言在言語活動事實中的地位、在人文事實中的地位。照雅克慎（Roman Jakobson）在《語言學與詩學》一文中圖解的語言模式看，其所探究之語言行為大概包含著六個面：說話者、說話對象、所說的話、話的語法規則、話的指涉、話所達成的溝通（線路功能）。這六個面，實際上即是依口語及口語的語言行動而擬構之範疇，不是由文字運用來的。索緒爾曾說過：「語言和文字是兩種不同的符號系統，後者唯一存在的理由是表現前者。語言學的對象，不是書寫的詞和口說的詞之結合，而只是由後者單獨構成」（《普通語言學教程·第六章》），很能切合這一主張。在這種主張裡，文字只是為了表現語言而存在，一如照片只為了模擬真人。文字乃是用以模擬、譯寫、記錄語言而已，其結構與功能均應依據著語言而來。甚至不容許寫法和語音相齟齬。

以文字爲中心的「語言學」就不同了。文字的主要功能是記錄。記錄思想、感情及經驗，像日記或契約，其目的均不在交流，而在「爲異日之劵」。因此，文字跟口語的不同，在於口語與口語情境關係密切，往往具有指稱環境的作用，文字則陳述經驗內容以供記憶，故其內指性較強，「意蘊」遠較口語深刻、豐富。而且，索緒爾說過：在漢字這種表意的文字體系中，書寫的詞，有强烈替代口說的詞的傾向；有「文字的威望」；文字凌駕於口語形式之上，也遠較表音之文字體系爲甚。他說得不錯，但還不夠。在這個體系中，口語只是文字交流的代用品，文字才是經驗再現的工具和資訊交流的工具，口語的結構反過來模仿著文字。

這兩種語言學，都是索緒爾曾經意識到的，但站在他的文化傳統中，他只能討論以希臘字母爲原始型的表音文字體系。但我們順著他以及整個偏重口語與語言活動的思考方向來看，不難發現西方文化中幾個重要的學術傾向是與此有關的。例如邏輯與語言分析，討論的是雅克愼所說的語法面；符號學、結構主義、語言心理學，則探討語言與溝通。而阿佩爾（Karl-Otto Apel）、哈伯瑪斯（Habermas）所說，由控制外在客觀化世界之興趣所發展的經驗分析的科學；由溝通之興趣所發展的詮釋的科學；由解放的興趣所發展的批判理論，這三者如果代表了西方知識構成的三大類型，則起碼語言之交流功能與指稱作用，跟他們的知識類型之間，必有相當奇妙的呼應關係。

這種關係，無須比附，也不必猜測，因爲實情即是如此。伊戈頓（Terry Eagleton）在《當代文學理論》中談到：從柏拉圖到李維史陀的西方哲學傳統，都把寫作貶爲一種毫無生氣、異化了的表達方式，而對活人的聲音則讚美有加。認爲：「我的話語可以立即把我的意識表現出來，我的聲音成了話語親密而自然的媒介。反之，在寫作時，我想表達的意思大有脫離我控制的趨勢；而付諸印刷這一非個人所屬之媒介，更是可流傳、再造和引用，可以有各種我所無法預料的用途。故寫作似乎是從我身上剝奪了我的存在。因爲它總是交流思想的間接方式，是話語死板而機械的摹仿，所以它總是和我的意識保持著距離」（第五章）。而這種以詞語爲中心的思想，追求著那能做爲我們思想、經驗之基礎的終極本質，竭力覓求超級能指詞（the transcendental Signifier），又衍生許多超驗的概念，諸如上帝、理念、世界精神、自我、實質等。對此，德希達(Jacques Derrida)在《文學科學論》中論證道：自柏拉圖以來，西方的語言哲學便一直是「理體爲中心」系統，將眞理的本源歸於說話的聲音，理體(logos)被視爲理性之聲、上帝之道；實體的存在被認爲是一種本質的「現出」。故聲音的完全演現(在現場)比不出聲音的書寫文字更接近眞義。文字在傳統哲學中只占次要地位，只是用來再現聲音。所以文字可說是「完全話語」的墮落。順著這種語言中心觀(phonocentrism)，西方文化締建了種種等第：聲音／文字、講話／書寫、聲音／沈默、存在／非存在、實相／影像、內在／外在、物自身／符號、本質／現象、意指／意符、眞／僞……等，不斷强調前者的優越性。

以德希達所代表的解構批評(deconstruction)對這一哲學及文化傳統，抨擊甚力，但這不是我們所關切的。我們只是想藉由此類批評來說明語言的重視及以語言爲中心可以締構西方的文化傳統。反過來說，中國卻是以書寫文字爲中心的。

劉師培《文說・耀采篇》云：「言以足志，非文辭不克爲功。是以文章一體，與直語殊」，文與言不同，而且文才有優位性。《世說新語・文學篇》載：「太叔廣甚辯給，而摯仲治長於翰墨，俱爲列卿。每至公座，廣談，仲治不能對。退著筆難廣，廣又不能答」，王隱

《晉書》談到這件事時，就下了個斷語說：「廣無可記，虞多所錄，於斯爲勝也」。可見文字的紀錄功能，勝於一時口談，乃中國人的基本想法。

由此，即顯示出文的價值與尊嚴。一方面，「聲成文，謂成音。治世之音安以和」（〈毛詩序〉〈樂記〉），聲必須成文，始可討論。言之不文，即不具價值，所以說：「言之不文，行之不遠」。一方面，文字以其能紀錄垂遠，故能穿透時間空間，傳示眞理與眞相，所謂「一字之褒貶，嚴於斧鉞」或立言的不朽，都是就文而說。太史公自序，以「垂空文以斷禮義，當一王之法」自期；言詩者以「上以風化下，下以風刺上，主文而譎諫，言之者無罪」，顯示詩的功能。無不是相信文字的力量。故《論衡》說：「極筆墨之力，定善惡之實，文以千數，傳流於世，故可尊也」。

類似的說法如「期命辯說也者，用之大文也，而王業之始也」（《荀子·正名》），「文章者，經國之大業，不朽之盛事」（《典論·論文》），「俯貽則於來葉，仰觀象乎古人，濟文武於將墜，宣風聲於不泯」（〈文賦〉）……可謂俯拾即是。這些言論不但凸出文章不朽的價值，把言說囊括包容於文之中，更有透過文來貞定人世的意味。

所謂把言說囊括包容於文之中，就是由言文不分，到以文代言。言與文兩字時常交互換用，不刻意區別；由言說到書寫，彷彿也非常自然，並沒有文字只是摹倣語言的觀念。相反地，言卻常倣效文字。讀書人的掉書袋不用說了。說得好的話，亦根本即是文章的仿擬。如《沙門題目》云：「道一文鋒富贍。孫綽爲之贊曰：馳騁遊說，言固不虛」，文，是指道一和尚說話言辭整飾，猗蔚芬敷。又，桓溫西征時，袁虎撰露布，「俄得七紙，殊可觀」，旁人讚嘆其才，袁虎說：「當令齒舌間得利」（見《世說》），令齒舌得利，是說有文章做底子，講起話來即便給流利。這兩種情況，都是語言趨近文字的模倣。換句話說，在中國的文化傳統裡，文才具有優位性，而語言也以趨近或仿擬文字爲常態。文學作品亦復如此，是循著文章的系統，而不是語言的系統發展。即使是小說戲劇，其實亦是文而非言，故王國維表彰元雜劇，特別推重的，竟是「元劇之文章」。李漁的《閑情偶記》，特立「賓白」一章，力矯歷來傳奇只重塡詞、不貴賓白之弊。看起來是對這種習慣的反抗，但李漁畢竟仍在這個「主文」的文化傳統中，所以他又强調少用方言，「凡作傳奇，不可頻用方言，令人不解。……傳奇，天下之書，豈僅爲吳越而設」，希望不被語言的時空條件所局限。同理，他一方面知道：「戲文作與不讀書之婦人小兒同看，故貴淺不貴深」，卻又籲「戒浮泛」、勿「日流於粗俗，求爲文人之筆而不可得」。這就顯示了從孔子雅言詩書以來，文與言的區分，其實也就是雅與俗的審美判斷。「文」雅與方言俗語，一直是我國文學藝術品評中最重視的分別，以致於形成語言中讀書音與普通音也不太一樣的現象。

文與言之所以一雅一俗，是因爲文具有超脫時空和隨時變異的世界，展現眞相與眞理的力量。而這種展示，也即是人類文明的價值所在。古來以天文、地文、人文並稱，文就具有秩序和價値意義，包含一切典章制度禮樂文飾而說。自然的世界，經過修飾即爲有文，或文已得明；一句普通的說話，修過整飾亦爲有文。故文可以指辭采文章，也可以是指整個文化的體現。《文心雕龍·原道篇》說：「文之爲德也大矣，與天地並生。人爲天地之心，心生而言立，言立而文明」，文就是存有的歷程與意義，是道，「道沿聖以垂文，聖因文而明道」。既爲展現道之媒材、爲道之示現、又是彰顯道的力量。於是，乃有宗經、徵聖、原道、明道、達道、貫道、載道之說，寖假而形成一文字的崇拜。

這種崇拜，可以從高層次的「正名」思想，包括到民間以文字替代事實的行爲及對文字的信仰。五四時期人曾批評中國官府辦公辦事，其實只是辦紙，大做官樣文章。民間則流行著「惜字亭」之類的崇拜行爲：不准隨意拋棄糟蹋有文字的紙片，以有字之紙當草紙用，會爛屁股，用紙書寫某人姓名，予以噀咒，即能魘死對方，……。諸如此類，一方面有著「天雨粟，鬼夜哭」的敬畏文字之情。一方面則有由文體現道、展示道的體認，形成了文即事實即真理的誤解。

文學革命，要革的，正是這樣一個傳統。

評述文學革命的先生們，最常見的兩種意見是：

一、革命時期，胡適所提倡的文學改良八事，並不是他所獨創的，在李夢陽、何景明、唐順之、茅坤、徐渭、王世貞、李贄、袁宏道、李維楨等人的言論中，大致都可歸納出與胡適相同的主張。於是或抹殺胡適的貢獻，委諸時會因緣；或溯源晚明，說晚明與五四時期的新文學運動精神完全相同，胡適的主張就是公安派的主張（如周作人、劉大杰均如此云）。

二、是說文學革命只是繼承晚清革命文學的發展。因爲晚清的知識份子已意識到知識普及對於救亡圖存的重要性，反省到語言與文字必須合一才能有效傳播，所以有大量白話報出現，促成晚清的白話文運動，爲五四文學革命舖路。文學革命只是順此潮流，因勢利導而成的一種「歷史的必然」。

這些看法都沒有抓住文學革命的「典範」（Paradigm）意義。文學革命之前固然有晚清白話文運動，但白話文運動的目的，在於啓迪民智，因此如章太炎、劉師培也曾致力於此。五四新文學運動，則是要顚覆以文字爲中心的文學觀世界觀，章劉等人就不能接受了。這種顚覆，非古代文人提倡兼採方言俗語、追求清新、不用典不摹倣前人等等可比。那些提倡，無論如何，都只是在文的大傳統中，小有更張而已。文學革命卻是涉及全套信仰、價值、技術的轉移，使之產生基本性的變化，破舊立新，導向新傳統的建立。

這是接近孔恩（Kuhn）對科學革命結構之解釋的一種鉅變。他們所建立的，是個以口語爲中心的白話文學史觀。藉著「文言／白話」的對比，胡適在〈建設的文學革命論——國語的文學、文學的國語〉一文中痛詆二千年來文人所作、用死文字做出來的死文學，提倡國語的文學。民國十年，更寫了《白話文學史》，將整個文章的文學史改寫成白話的文學史。白話，第一個解釋，就是「戲台上說白的白，是俗語的土白」。白話文學史，則把文學的臍帶伸到民間，認爲一切新文學的來源都在民間。民間文學，本來就是口語傳統大於文字傳統的，諸如傳說、演講、謠諺、咒語、神話之類。胡適將這種傳統充分吸納發揚之外，又進而以此去囊括綜攝《史記》《漢書》及佛經譯本杜甫白居易詩等一般視爲文章傳統的作品。

因此，我們可以這樣說，晚清啓迪民智的白話文運動，是著眼於交流功能的語文運動。文學革命則扭轉了以文字爲中心的哲學，打破了中國整個文化傳統的核心，對中國文化進行一次「解構」：文的優位性喪失了，錢玄同要將中文改成拼音文字、傅斯年認爲中國字野蠻。文雅與鄙俗的區分消逝了，鄭振鐸作《俗文學史》、顧頡剛研究民俗。文與道的關係斷裂了，宗經徵聖載道，被視爲對文學的扭曲；禮樂文教，是與文學無關的政治事務。由文、文學到文化，全面地質疑、瓦解、顚覆。從批判文言，到對傳統的全面棄絕背反，而逐漸由以語言爲中心，達到「全盤西化」。也就是說：五四運動所進行的變革，從根本上動搖了傳統「文字—文學—文化」的具體結構。

在胡適提出白話文主張之前，白話文學的「勢」已經出現了。例如維新派及革命黨人，利用較爲淺俗的文字，來宣傳改革的社會政治理想，較開明的知識份子，體察到中國之積弱，係因民智未開，故經辦各種白話報刊，以啓迪民智，進行社會教育。這些現象，近人談論已多，起碼李瑞騰的《晚清革命文學》一書述之甚詳。但此處宜補充兩點：

一、晚清白話文學之發展，不應只以中國遭受西方沖擊後的反應面來觀察（像上述兩種說法），而應視爲中國傳統內部非主流因素勢力全面擴大中的一個部份。因爲在晚清，中國傳統中較不重視或被貶抑的東西，都被提舉出來，勢力大爲增強。民間小說戲劇評話之發展亦然，且有大量文人投入其中參與研究及創作，如王國維、吳梅、俞樾、劉鶚……等。其目的皆不在啓迪民智也。❶

二、以白話宣揚政見，啓發民智，在晚清只是個輔助系統，聲勢並不如今人想像中大。以革命黨跟保皇黨的鬥爭來說，革命派之章太炎劉師培，皆文筆古奧，章氏尤甚。但在宣傳上卻如魯迅所說，是「當之披靡，令人神往」。爲什麽？因爲大部份的知識份子覺得章氏的文章較有「根柢」，梁啓超新民叢報體，就不免有些淺薄了。所以革命派文宣之勝利，主要是他們的表達方式較符合一般知識份子的文學認知，也脗合他們的格調（當時很多人寫信都用篆字，玩古董、賞古碑、論古學，也是一般知識人普遍的生活方式，且大流行於晚清）。白話固然也有人提倡，但根本上仍是重「文」而輕「話」。

以章太炎爲例。他的《文始》，推語言之始，而全然以文爲說，可見在他的觀念裡，語言學乃是建立在文字學上的。——這跟現代或西方語言學有一基本之差異，所以直到現在，章氏後學如林尹、陳新雄先生等人之小學，仍以《說文》《廣韻》之歸納分析爲主。形成

「以字爲中心的聲韻學」❷。由這個文字訓詁之學進而到文學領域，他也認爲：「有文字著於竹帛，故謂之文；論其法式，謂之文學」（國故論衡・文學總略），稱「文」而不用後來習用的「文學」二字，即是把文學推回到古義，指一切文字書寫品，而不僅以「流連哀思，吐屬藻麗」者爲文。爲什麼他要如此說呢？主要就是區別「語」「文」：

> 凡此皆從其質爲名，所以別文字于語言。其必爲之別，何也？文字初興，本以成聲氣，乃其功用有勝於語言者。言語僅成線耳，喻若空中鳥跡，甫見而形已逝。故一事一義得相聯貫者，言語司之。及夫萬類坌集，棼不可理，言語之用，有所不周，於是委之文字。文字之用，足以成面，故表譜圖畫之術興焉。……然則文字本以代言，其用則有獨至。

以語、文的區分，來論斷文學的本質，且對文充滿了信心，說文之用勝於語。他這亙古所無的看法，當時有贊成者也有反對者，但怎麼定義文學並不重要，重要的是此說顯示了一種當時知識份子普遍的態度，相信文而輕忽語。

五四運動就不同了，白話文學的主張，高舉語而推倒文，謂文言爲死文字死文學，提高民間口傳文學的地位，以語之用勝於文等，皆令晚清思想先鋒震愕不已。林紓詆其以「引車賣漿者流」的語言來取代《史記》《漢書》之文章，可以充分說明問題的關鍵所在。此爲世所周知者，不必詳述。這裡要談的是：這場以語代文的運動，其是非與影響如何。

文言與白話的劃分，根本是虛構的。張漢良曾稱文言與白話的對立，是「語言的二元論神話」。因爲：「語體文和文言文並非對立的語言系統，兩者本無先驗的、獨立的語言質素，足以作爲彼此區分的標準。就語音、語構和語意三層次而言，兩者沒有本質上的差異。如果有區別，也僅在語用層次。亦即語言使用者對以上三種層次的慣例的認知、認定和認同問題。其次，所謂『語體』的白話文，和文言文一樣，已經不再是口語，而是被書寫過的文字」❸。

也就是說：「白話文」一詞根本是自相矛盾的，白話文就是文言。即使我們把它稱爲「語體文」，語體依然是文體。即使在語彙及語態上刻意模擬說話，其文詞規律仍是文的，而非語的；是視覺的藝術，而非聽覺的美感。故文言與白話無從對立，五四以來一切文言與白話的戰爭，都是在這一虛構中抓瞎起鬨。

所以在這裡我們就必須注意到胡適所提的「白話文」與「文言文」一詞中的「文」字。順著晚清如章太炎等人的「文」「語」區分，胡適做了兩個推展，一是承認文與語的區分，但這兩者都存在於文中，文中即有語與文之分。二是逆轉了文與語的價值判斷，說文中之語體者，其用勝於文中之文言者。

爲了證成這個紆曲繚繞的理論，他先在古代文學作品中分出什麼是白話文、什麼是文言文；再賦予價值判斷，說前者是活的，而後者是死的。然而此一區分實在帶有若干任意的遊戲性質，列如把《詩經》春秋戰國諸子、《史記》《漢書》、杜詩……等，全都歸爲白話文，來跟桐城派古文家爭地位；其判斷一文是否爲白話文學的標準，又隨時移易，互不相同。這樣的做法，實在問題重重。不過，這一語與文的分判，也確實觸及了一些文學史上重要的論題，例如語如何進入文，文如何消融吸收語，口傳的或帶有表演性質的藝術（如說話、評彈、戲曲）如何與文相離相合、文人傳統與民間傳統的關係……等等，都在這種研究觀點下帶生出來了。

然而，不幸的是：這其中一方面含有太强烈的價値判斷，推倒一面而肯定另一面，在事理未詳，義理未安之際，即發展成一種獨斷專横的意識形態，流弊自然甚大。另一方面，語與文的區分，乃是指文中之語與文中之文，但此「語」與口語活動之語，卻時相混淆。寖至「文」「言」兩歧，歧路羊亡，文既不文，語亦横受干擾。

這也就是說，五四新文學運用，表面上推倒了文的傳統，白話取得了全面優勢，但實際上這個話乃是文中之話，故所建立的不是個語的傳統，而仍是文，是對文另一種形態的强化與鞏固。以小說爲例，五四以後的小說論者，所欣賞的都是文人小說家（Seecholar-novelist）而非民間說話傳統，所偏愛的小說也仍以文采可觀者爲主。至於小說之寫作，亦復如此。北大陳平原《中國小說敘事模式的轉變》特別指出：現代小說不是比古典小說更大衆化，而是更文人化：作家主體意識的强化，小說形式感的加强及小說人物的心理化傾向，全都指向文人文學傳統而非民間傳統；小說書面化的傾向，也轉變了古典小說的敘事模式❹。這種結果，乍看之下似乎是與五四提倡民間文學傳統、打倒山林貴族文學之口號矛盾。但仔細想想，何止小說如此？新詩比古典詩更難懂，話劇也從來就不像話。可是，雖然不像話，雖然是文的深化與强化，它卻又自稱爲「白話文」；然後再簡稱「白話」，來跟「文言」對立對抗。

這就混淆了文中之語與語的界限，以致治絲益棼，搞得莫名其妙。對抗的結果，使人普遍地對文言產生抗拒，文言變成保守、腐敗的象徵。人不再讀古典文學或不能讀文言作品了，不再讀古書或不能讀古書了，不必書寫或不能書寫了。文字使用能力及對文字的理解能力，也都日益低落。

這眞是從古未有的情況。文化界固然還在形式主義地爭辯能不能全盤西化，可不可以全面反傳統；固然還有許多人以保存文化爲己任。然而社會普遍上對固有文化卻是隔閡的，因爲文字就是天塹，難以跨越。在虛構的文言與白話二分中，每個人都以爲文言是另一套極艱澀、己死亡的語言，而古代典藉就是以這一套語言來書寫的，所以望之卻步，心生畏懼。甚至於排斥學校裡講授文言，認爲居今之世，要教育生童，使其能運用中國語文以應付社會需要，自當加强白話之訓練，日誦古文言，有何用處？徒錮窒性靈而已。有識之士，見此情況，愍焉憂之，於是努力地替古藉作白話譯述，以通古今之郵，讓現代人也能讀得懂古書。

可是文言能譯成白話嗎？文言文與白話文根本就不是兩套語言系統，所謂文言翻成白話，其實只是語句的自我解釋與複述。如「牀前明月光，疑是地上霜」，譯成「看見床前明亮的月光，我以爲是地面上的霜」之類。這不是翻譯，最多只是訓詁的關係。翻譯，是在兩種語言系統之間尋求對等關係，所謂文言譯白，卻頂多只有「以今言釋古語」的訓詁功能；大部份則是像上面舉的這個例子，把原有的文句囉嗦夾纏地再講一次而已。

文言譯白之不恰當，不止於此。訓詁的涵義是開放的，每個時代也都在做訓詁的工作，可是文言譯白的「譯」，卻把意義完全限定了、窄化了。不但文字淺俗，意涵也淺俗化狹窄化。且翻譯者替代了經典在說話。這種毛病，不必詳論，只消看看柏楊版《白話資治通鑑》，就了解啦！

還有，從理論上說，現代人可以通過所謂白話翻譯去理解古典，或進而閱讀原書。可是一旦有了白話譯本，讀者就更不讀古書了，因爲白話譯本既養成了讀者的依賴心理，又教育了他：古書古文是非常艱難的。他讀白話譯本愈久，愈學不到東西，就愈覺古書也沒什麼了不起，而且也愈來愈沒有能力自己去看古書了。如此輾轉循環下去，國人對其傳統之了解自然就從根本上出現危機。何況，古籍之有所謂白話翻譯者少，未譯爲白話者多，知識份子遂亦樂於藉口無譯本，看不懂而心安理得地不再讀古籍了。

當中國高級知識份子都不能讀古藉或不願讀古藉、都不擅長使用中國文字時，中國焉得不加速西化❺？五四以後新一代的知識份子，固然在理念層次上仍徘徊於中／西、新／舊之間，可是在實際思維方式、語文使用、觀念架構上，均已無法再像五四前的知識份子那樣深入傳統，或藉傳統以批判傳統。反倒是外文的使用日益純熟，他們要擁抱傳統時，自然便去擁抱了西方文化的傳統。而西方自啓蒙運動以來，對其傳統之批判，也就成爲新型知識份子批判意識的主要資糧了❻。

這就是文學革命的性質與意義，也是文學革命之所以能形成文化思想與政治上整體革命的原因。我們對這次革命，必須先有切實的理解，才能予以評估，並進而超越五四。

附註

❶平民文學在清朝發展暢旺，晚清戲曲小說之大盛，尤值得注意。但過去我們受阿英《晚清小說史》一類看法影響太大，老以爲晚清小說之發展，係知識份子面臨時代困局所滋生的强烈憂患意識使然，故表現在小說中便充滿了批判社會乃教育改革意義。這一看法與研究是不恰當的，詳龔鵬程〈論鴛鴦蝴蝶派〉〈論清代的俠義小說〉二文。

❷ 另參陳紹棠〈章黃學派訓詁學的幾點特色〉、姚榮松〈黃季剛先生之字源學詞源學述評〉。二文皆一九八九年香港大學舉辦「章太炎黃季剛國際學術研討會」論文。

❸ 見張氏《比較文學理論與實踐》，民七五，東大，頁二二一〈白話文與白話文學〉。

❹ 陳平原《中國小說敘事模式的轉變》，一九八八，上海人民出版社。本書指出五四以後之新小說，非文學通俗化的結果，亦非文人文學與民間文學的合流，而是受到中國「詩騷傳統」的影響，「正是由于五四作家部分脫離了一般民衆的審美趣味，突出主要體現文人趣味的『詩騷』傳統，才得以眞正突破傳統敘事模式的藩籬」。換句話說，即使晚清以來，西方小說業已大量輸入中國，但五四小說家接受的，仍是已滲入了詩騷傳統的西方小說，「五四作者也是根據自己的『期待視野』來理解西洋小說的」。但這個說法，其實已衝擊到他仍把「西方小說之啓迪」視爲近代小說敘事模式變遷主因的觀點了。

❺ 當代知識份子語文能力之低落，參看龔鵬程〈作家的文字爲什麼差勁〉，民七六，台北，久大，《我們都是稻草人》，頁一五三；〈中國學術語言有沒有生路?〉國文天地雜誌第二五期。

❻ 另詳龔鵬程〈我看新儒家的處境與面對的問題〉一文。收入《近代思想史散論》，八十一，東大。

第四卷　文化的符號與意義

第一章　傳記小說的新思維

一、傳記小說

古稱傳記，本指口說。故記字從言從己，自己立言以爲記，所以稱爲記。傳，則是人與人間轉相傳述之意，後來不論書寫流傳或傳誦講說都稱爲傳，但早先應當是以口傳爲主的。這有個證據，就是古代「經」和「傳」的分類和稱呼。經典，自然是指聖賢宗師之所撰作，是以絲革編織竹簡，再在竹簡上書寫而成的，傳則往往被稱爲傳說。例如《墨子》書有〈墨經〉上下篇，另外又有〈經說〉上下兩篇，即是爲了解釋經文而作。其意義正與當時另一種傳體相同。如《老子》在戰國時即有〈解老〉〈喻老〉及鄰氏、傅氏之傳那樣。傳、說、喻，乃至後來出現的訓、詁，都表明了它們屬於口說性質。

顧炎武〈述古詩〉有云：「六藝之所傳，訓詁爲之祖」。經典得以流傳，全賴歷代學者替它做訓詁做解說。而訓詁也者，近代學人黃侃說得好：「訓詁者，以語言解釋語言之謂」（黃焯《文字聲韻訓詁筆記》）。

訓，據《說文解字》說，乃是：「說教也」。詁，則是：「訓故言也」。訓詁，確實是以語言解釋語言，而此，亦即是傳。因此歷史上第一位把訓詁兩字放在一塊合用的，就是秦漢間人毛亨的《毛詩詁訓傳》，一般簡稱爲《毛傳》。

由此即可見「傳」實以言說爲主。經典中如《春秋經》的《公羊傳》就特別強調這一點。據何休《公羊解詁》云，孔子在世時，他寫《春秋》的用意，曾對其弟子有所講說。孔子卒後，「其說口授相傳」，至漢景帝時才寫成文字，也就是現在的《公羊傳》。但文字畢竟只記載了一部分口說，還有一些則仍在師弟間口授相傳，故所記者爲大義，口說則多微言。公羊學者，向來較重視的是口說。這個特點，只要看過康有爲《春秋董氏學·春秋口說篇》的人，一定都會有深刻的感受。

這種情形，當然與文字書寫較不方便有關。文字的傳播，須仰賴簡帛，價格昂貴、書寫困難、傳授不便，故傳播活動，仍以口說爲主。我們看當時行人振鐸採風、收輯歌謠；或誦詩三百、出使四方，可以專對。正是以口語傳播爲職事。傳字從專，即與其屬於口語轉述有關，與使者「可以專對」的專字，也有意義的關聯。至今傳呼、傳喚、傳令等詞彙也都還保留著這種口語轉述傳遞之意。到了戰國時期，諸子遊走各地，講學、遊說諸侯，或聚在稷下等處談天、論辯，亦均以口說爲主。鄒衍號稱「談天衍」，公孫龍子、惠施、鄧析等以辯論聞名，縱橫家遊說的資料則後來被輯成了《長短說》。凡此事例，皆足以證明當時是口語述說爲主，著作傳述，只是輔助性的。如孔老夫子遊說諸侯，講學四方，晚年才返回魯國去整理圖籍。但其講學記錄，依然被稱爲《論語》。

小說，就形成於這樣一種環境中。《漢書·藝文志》說小說家出於古代稗史之官，搜集巷議街談而成小說。巷議街談，即是流傳於民間的口說材料，古代稗史也是記言傳語之官。

左史記言、右史記事，乃是中國史官的傳統。記錄下來的史書，有時就稱爲語，今存

《國語》便是此類史書。稗官即小史官，所傳則爲巷議街談之野史，故《漢書・藝文志》所列的小說家中包含《青史子》一類作品。小說，顧名思義，正是小史傳述的各種口談言說。其性質殆近於後世之「講史」。

二、言說系統

《漢書・藝文志》所載。周秦小說家九種，稱說者有《伊尹說》二十七篇、《鬻子說》十九篇、《黃帝說》四十篇；漢人小說五種，稱說者有《封禪方說》十八篇、《虞初周說》九百四十三篇。《隋書・經籍志》所錄小說家二十五部，名說或語者則有《雜語》五卷、《雜語對》三卷、《要用語對》四卷、《瑣語》一卷、《世說》八卷、《世說》十卷、《小說》十卷、《小說》五卷、《邇說》一卷，以及稱爲辯的《辯林》二十卷、《辯林》二卷。此外尙有記笑話的《笑林》三卷、《笑苑》四卷。

由這樣的目錄，可以發現在魏晉南北朝期間，小說仍然是以口說傳統爲主的。

辨明這一點有何意義呢？有的，一，上古口傳「文學」之傳統，可以被證明是由小說延續發展下來了。《隋書，經籍志》把小說的源頭上推至：「〈傳〉載輿人之誦。〈詩〉美詢於芻蕘。古者聖人在上，史有書、瞽爲詩、工誦箴諫、大夫規誨、士傳言、而庶人謗，孟春徇木鐸以求歌謠，……道聽塗說，靡不畢記」，亦即是把小說列入誦、詩、歌、謠、傳話、謗誹、規誨、勸諫、道聽塗說這個大的口說傳統底下。這種解釋，甚爲確當，比班固將小說家歸諸稗官之記巷議街談，更要周延。

其次，也可說明中國小說中爲什麼會有「語林」類專門記言，而不重故事的類型。各種笑話書、世說新語，在中國小說中之所以都能自成一次級系統，相關作品甚多，正是因爲小說家收錄的範圍與性質，就是以話語爲單位的。美妙有趣的話語，有時也像曲折動人的故事一樣，值得傳述。

第三，小說既以口語言說爲主，相對於由文字系統發展而成的文學作品，自然別具體勢。什麼是文字系統發展來的文學呢？以寫成經典的《詩》《書》爲淵源及依據的文學、運用《倉頡篇》《爾雅》等文字學知識寫作的辭賦、乃至強調「事出於沈思，而義歸乎翰藻」（《昭明文選・序》）的文筆之辨，都屬於文字體系。因此，在漢魏南北朝，除了《文選》《詩品》《文心雕龍》〈文賦〉這一龐大系統外，其實還有一個也十分龐大的話語言說體系存在。認清這個事實，頗有益於我們對文學史之認知。

四、整個文字系統的發達，是漢魏南北朝文人階層主要的歷史貢獻所在。文字學、聲韻學、對偶構句法、駢儷體以至近體詩之形成，都是運用文字愈趨精密的結果。這種文字體系精密化且勢力增強的趨勢，自然也就影響到口說系統，因此小說傳統在唐代乃開始出現新的變化，在原有口說傳統之外，有了新的、講究文辭之美、取法於史書寫作方法的唐人「傳奇」。

謝無量《中國大文學史》說：「小說家者流，魏晉以後，作者不絕，大都文辭煩瑣」，郭希汾《中國小說史略》說：「小說與一般文章之發達，都至唐代而達於絢爛之境」，意思都是指魏晉南北朝間小說文字不如唐傳奇優雅。殊不知此正是一大變動。傳說的傳統，出現了文章記事的新典範，導致「小說」開始分化爲口說和文辭兩條路線發展。

元朝陶宗儀對此新變，曾慨乎言之，謂：「稗官廢而傳奇作」。其實稗官何嘗廢？話說口傳之體系，繼續發展出宋代的說話四大家數（小說、講史、說經，說參請或說諢話），出現了話本、詩話、平話等等。傳奇一系也不斷推出新的佳構。終至兩系相互競爭、相互揉合。明清小說，固可分爲白話小說與文言小說兩類，但兩系彼此影響的痕跡也是不可磨滅的。

好了，文章寫至此，才開始要談到第一個擬探討的問題。——在當前哲學界，語文之辨，乃是一熱門問題。如德希達（Tacques Derrida）的解構主義，有一大部分即涉及於此，討論語言、邏各斯（Logos）、書寫之糾葛。而據我在上文的描述，「傳記」一詞，以及它所指的小說傳統，其中正含有語言與書寫之動態關係，很可與之對比討論。

另外，言說與書寫都是「敘述」，而敘述的歷史性、歷史敘述、以及敘述性歷史，不正是歷史學上極重要的問題嗎？小說出於史官，其稗官野史之身分，又爲這個敘述與歷史之關聯添加了更引人注目的元素。且小說「道聽塗說，靡不畢記」的性質，也一定會引發關於歷史敘述眞實抑或虛構的爭辯。這樣的情況，也是我所感興趣的。底下準備簡略分論之。

三、文的優位

古希臘哲學家赫拉克里特（Heracleitus）曾提出邏各斯之說，謂萬物芸芸，但其中自有永恆的規律存焉，人應知此規律，並以此規律來認識萬物。這個規律或理性法則，就稱爲邏各斯Logos。這個字的含義其實正是言說，其詞源爲Legein（說），其義也可兼指談論、說明、理性、公理、想法等。

早在德希達以前，即已有不少人批判「邏各斯中心主義」，德希達更是如此。他認爲整個西方文化傳統基本上是貶低書寫的，例如，柏拉圖責難書寫、盧梭對書寫不屑一顧。其間也有一些人做過建構實證的文字學（書寫學）的努力，但都未能擺脫邏各斯中心主義的陰影。只有到六十年代，結構主義與後結構主義才眞正地提出了書寫問題。

邏各斯意指言談，意指說出的話語。由於說出的話語比寫出的話語更接近內心經驗、更接近實在和在場（presence），它也因此得到信任並被賦予優先地位。故邏各斯中心主義實爲言語中心主義（phono Centrism）。意指言語（聲音）對文字（書寫）的優先在場。言語是一級能指，書寫是二級能指，言語模寫實在，書寫模寫言語，後者因而是對模仿的模仿。

這種邏各斯中心主義，伴隨一種「在場」的形而上學：「意義是可以明確地呈現的、是可以在我們當下的對話中證明的」。在場者可以當場說話，不在場才須要書寫。因此理解、證明、理性都以在場爲主，書寫只能成爲邊緣、次要的範疇。依此在場與不在場的區分，便形成二元對立的格局，而西方哲學也根據二元對立分析了世界：心靈與肉體、善與惡、男人與女人、在場與不在場（Presence vs Absence）。每一種二元對立都是等級制的，前者高於、好於後者。優先的一類屬於邏各斯，次要的一類屬於書寫。第一類是在先的、肯定的，第二類只不過是否定、補充。

語言與文字之間的這種關係，當然有一大部分肇因於西方的文字是拼音系統。西方人習以爲常的拼音文字（Phonetic○Writing），的確是聲音的模仿，因此符合於其傳統上所界說的一切二元對立關係。但中國不是。中國文字對語言，完全沒有從屬、模仿、次級的意含。且文字中就有聲音，但不是拼音，而是形聲。中國文字號稱象形文字，其實象形字極少，總共只有一百多個字，占十之七、八的倒是形聲。在字形上以一部分表示聲音，如前文談到的傳、記、談、論……都是形聲字。

形聲字之聲符，一方面顯得鬆散不穩定，如燈，聲符也可改，成爲灯。繡可作綉、證可作証、機可作机、橘可作桔、動可作勛、據可作据、葯可作藥之類，幾乎只要是音近，便可能用來做爲聲符。但另一方面，聲符往往又很重要，影響到字的含義，以致文字學家一再強調「形聲字聲多兼義」。例如勾是彎曲的意思，因此凡勾聲之字，類皆有曲意，像鉤、朐、苟、姁、笱都是。侖聲之輪、倫、論、綸等亦是如此。

這樣一種關係，使得文字對語言既不隔離排斥，又不致成爲語言的完全模擬，兩者的關係較爲親和。但如此也使得語文各成一系發展，各有各的原理和規律。文字並不能全然代替語言，語言也無法凌駕於文字之上。

但因文字系統與文人階層結合了，自漢代以後，事實上便逐漸形成了文字的優位性。口傳作品的「文學」之身分彷彿消失了，或僅成爲文字文學的一個次級系統，書寫的重要性越來越被文人階層強調。凡義皆歸乎翰藻，傳說口談乃不得不逐漸翰藻化，逐漸趨於文字化。小說漸漸出現傳奇，似乎即可如此理解。

傳奇這個詞，本身便很能顯示這種轉變。因爲「傳」與如前文所說，本爲口述傳說、轉相談論之意，《隋書·經籍志》引《左傳·襄公十四年》云：「士傳言，庶人謗」。即表明了傳說傳誦的口說性質。但是，《左傳》本身就並非師傳口授，如今文家學那樣。而是仰賴發現的文字傳本，所以名爲古文經。其得以流傳，正好是不經口授的。可見傳的意義此時已分化了，可以口傳，也可以藉由書寫而流傳。史書之傳記，亦復如是。書寫下來的「傳紀」，再也不是口說記述了。由記而又出現了紀，例如史書中帝王的傳，就都稱為「本紀」，而不再稱為記。

在小說方面，《漢書·藝文志》所載小說家，只有名為說者，不曾見到稱為記者。今傳所謂漢人小說，如東方朔《十洲記》、班固《漢武內傳》、郭憲《漢武洞冥記》、劉向《西京雜記》、伶玄《飛燕外傳》，已稱為傳或記。但即此已可證明它們全屬偽作。因為此刻小說仍是口說的體系，眞正在小說中出現文字傳統，應遲至六朝。張華《博物志》，以志名書，敘異物而仿史志也。同時並有干寶《搜神記》、陶潛《搜神後記》，劉義慶《幽明錄》等。稱為記或錄。至唐，則更有名為傳者，如《白猿傳》《李娃傳》《鶯鶯傳》《南柯太守傳》《謝小娥傳》之類。

由說而紀而傳，且成為史志傳書的類擬，正可以顯示傳記含意的演變，以及文字系統逐步擴張的事實，而且小說跟史書的書寫傳統越來關係越密切了。始將其作品稱為記的干寶，曾作《晉紀》二十卷，時稱良史，撰《搜神記》乃用以「發明神道之不誣」。託名魏文帝撰的《列異傳》，也顯然是模仿史著的列傳，如列女傳、列仙傳之類。至唐，傳奇作者，多具史筆，作品如〈吳保安傳〉〈謝小娥傳〉也多被收入正史，甚至它的文體規格，都是由史書寫作來的。小說本出於稗官野史，巷議街談，它和史本來就有關係。但古者左史記言右史記事，史也有兩類，或偏於言說，或偏於書事。現在明顯地是由記言之史朝書事之史過渡了。

另一個值得注意的現象，是「記錄」的功能越來越被重視。某某記某某錄，文字書寫下來，是為了做為以後的記錄，為了證明某些東西，也為了避免遺忘。這種記錄功能，一旦在小說文類中占居重要地位，自然就會越來越朝文字系統發展。因為語言恰好是會隨時間空間轉變而消失的。語言的功能，是當下的溝通，而非異時空所依賴的記錄。不但如此，強調記錄，既用以爲「異日之券」，則所記必須眞實不虛妄，於是「記錄之眞」遂也越來越獲重視。

四、虛實之間

我國史書寫作傳統中本有所謂「實錄」之說，謂作史者應甄錄事實，據實而書。許多講史學的人，視此爲金科玉律。卻不知此僅爲一偏之見。怎麼說呢？史本有重口說與重文錄之別。謂史應記實事者，書寫文錄之史學傳統才會這麼說，如果是口說傳統，則根本無此要求。不但無此要求，甚且還會認爲歷史可以完全與事實無關，只是寓言。

這兩種區分，正是左傳家和公羊家的不同。

左傳家徵實，主張史就是據事直書。公羊家則說《春秋》或其他史書多是寓言，未必眞有其事。清章太炎〈讀太史公書〉曾力攻以史書爲寓言之說，云：「甚矣，曾國藩之妄也。其言曰：『司馬遷書，大半寓言』。史家之弊，愛憎過其情，與覯觀失實者有之，未有作史而橫爲寓言者也。……若寓言者，可以爲實錄哉？」（《文錄續編》卷二之上）實則以史爲寓言者並不只曾國藩一人，康有爲《春秋董氏學》、崔適《史記探源》都曾闡發史爲寓言之義。因此我們只能說這是兩種史學觀的對諍。

前文已說過，《公羊》重口說，《左氏》重文錄。口說者旨在發明文外隱曲，文字本非所重，更不必執著。文錄者，謂史爲史事之記錄，必須確實不虛。因此二者分疆，頗不相侔。後世史書寫作傳統，較偏重於「以文字記錄事實」這一思路，則是理勢所必至的。

在小說中，也發生了這種差別和爭論。由於小說本屬口說傳統，稗官野史，雖或亦錄諸文字，但巷議街談、道聽塗說，本不以徵實爲其宗旨。文字記錄，也不被視爲「定本」，依據某一記述，可以再不斷講說談論演申傳述下去。宋元「話本」以及後世所謂「演義」，就很清楚地在名稱上揭示了這種性質。然而，文字系統也在小說中出現之後，便開始有人以徵實的要求來檢視小說了。

晉隆和（西元三六三）中，有處士河東裴啓，撰漢魏以來迄於當時言語應對之可稱者爲《語林》。頗爲流行，然因記謝安語不實，爲安所詆，書遂廢。見《世說新語・輕詆篇》。又，晉王嘉《拾遺錄》十卷，有蕭綺序，言書本十九卷，二百二十篇，綺「刪繁存實」，合爲一部，凡十卷。這都是在小說中要求記實之例。後世講史演義，更是在這一點上備受批評。站在書寫傳統立場上發言的學者文人及史家，一致抨擊小說敘述虛飾不實，添油加醋、捕風捉影，認爲史書寫作就應該是徵實求眞的。「歷史又不是小說」「歷史小說或傳記文學，可能太偏於文學而失眞，所以不能等同於歷史記載」，史學家們總是這麼說。

這樣的爭論，在現今史學界實在意義非凡。因爲歷史究竟是眞實抑或虛構的爭議，也正發生在當前史學界中，而其中也涉及了「敘述」的問題。

五、歷史文學

近百年來史學理論中占強勢地位的，當然是科學史學、實證史學這一路向，企圖把史學建立得像科學那樣客觀，而且所有的論證都是有根據、可檢證的。在運用理論去解釋歷史材料時，也時時擔心「尋求法則、模式、詮釋、體系、理論的欲望越強時，體系越完美、詮釋範圍愈擴大，與事實的對應成分便相對縮小」。

　　這種態度，首先在文學研究界開始提出質疑與反省。因爲文學上的寫實主義，也正是宣稱要爲社會眞實的。可是現代主義興起，質疑了這個觀念，也拋棄了以文學來表現歷史眞實的興趣。此種反抗，曾被惡意比擬爲法西斯：

> 十九世紀古典小說的現實主義是認識到「社會現實」的性質是「歷史的」這一發現的產物。發現社會現實的歷史性質，也就是發現「社會」不僅僅是——即使主要是——傳統、統一輿論和連續性，而且是衝突、變革和變化。現實主義小說是這一發現在文學中的必然表現，不僅僅是因爲它把「歷史的現實」作爲它的「內容」，而且因爲它發展了敘述形式所固有的「辨證的」性能，以表現特別屬於「歷史的」性質的任何現實。因此，現代主義作家拋棄正常的敘述性，是內容層次中對「歷史現實」的拒斥在形式層次上的表現。既然法西斯主義的基礎是對歷史現實作類似的拒斥，並逃避到對「眞實的」社會矛盾作純粹「形式主義的」政治解決中去，那麼，現代主義也就可以看作政治上的法西斯主義在文學上的表現〔F．詹姆遜：《侵略的寓言：溫德姆．劉易斯，作爲法西斯主義者的現代主義者》（貝克萊、洛杉磯、倫敦，一九七九年）〕。

現代主義這種反對歷史眞實的態度，逐漸延申到後現代思潮。人們對蘭克（Leopold Von

Romke,1785-1886）史學以來，追求客觀歷史科學之風，已普遍感到厭倦，以致出現了人文學科中的歷史主義危機，對於能否達到「客觀的歷史科學」感到絕望。並在人文科學中出現了道德上的和認識論的相對主義、批評上的多元論和方法論上的折衷主義。

新實證主義和結構主義，就是這類設想中的新科學的兩種形式。它們被當作一般人文科學中過時的「歷史主義」、特別是傳統的歷史研究的替代物。

但爭論並未解決，歷史越來越遠離「眞實」的需要，而跟「敘述」「說故事」掛鈎。到八〇年代，因詮釋學、文化研究和文藝批評之發展，人們已不再盲從實證的、統計式的典範，了解到物理生化現象和社會文化體系畢竟屬不同的層次，人類文化行爲的意義問題，日益受到重視。故事（narrative，或譯「敘事體」）既是日常生活實踐中藉以理解事態的普遍模式，自然深受一些學者的關注。有人甚至將敘事結構比諸康德所云作爲先天的「直觀形式」的時空，認爲心靈必須透過敘事形式才可認識世界。新歷史主義者葛林布雷（Stephen Greenblatt）說故事跟主體認同感（sense of being a self）關係密切，範門（Joel Fineman）說軼事比春秋大業更能激發有意義的文史研究。專注後殖民主義之論述者，如巴巴（Homi K. ○Bhabha）等，認爲民族故事是了解國民的文化體認的重要資料。而歷史哲學家懷特（Hayden White）和里柯，則一再強調歷史學科總離不開故事的撰寫。

懷特的《後設歷史》（Metahistory, 1973），說明了歷史故事與文學在情節建構上的相通、情節和論理模式跟四種修辭法的契合，從而質疑客觀的歷史敘事的可能性。里柯的《時間與敘事體》第一、二冊（法文版一九八三、一九八四）則明晰地處理了時間與敘事的關係，論述了歷史故事和小說的異同。依據懷特的看法：

> 事件固然是在時間中發生，但把它們整理爲特定時間單位所使用的編年代碼（chronolmndogical codes）卻不是自然形成的，而是具有特定的文化意義（culture-specidfic）。
>
> 其次，把事件的編年記事轉化爲一個故事（或故事的集合體），需要在歷史學家的文化傳統所提供的許多種不同情節結構中進行選擇。……因此故事絕非「親歷」（lived）。本來就不存在「眞實的故事」這類東西。故事是講出來的或寫出來的，而不是找出來的。「眞實的故事」這種概念，實際上是一種矛盾的措詞。所有的故事都是虛構的。
>
> 第三，不論一個歷史研究者爲了說明編年記事中所包含的意義而明確地提出什麼「論證」。都不僅關係到事件本身，也關係到把編年記事塑造成一類特殊的故事所使用的情節。這意味著對一篇歷史敘述的論證從根本上說是第三級虛構物，是對虛構的虛構，或者對虛構制作（fiction-making）的虛構。

這就不再是對歷史能否絕對客觀眞實有所懷疑，不再是企圖在論證及寫作手段上如何逼近眞實，而是根本認定歷史是虛構的。而歷史之所以爲虛構，則是由於它本質上就是講故事。

這乃是在理論上呼應了「講史」這個詞語及其意義。且因西方人的文字本從屬於語言（如德希達所指出的），故其所謂敘述，實乃話語式而非文字式的。歷史被還原到說故事的型態，更接近小說之巷議街談、稗官野史性質。

當然我們也不能立刻便慶幸現代史學理論已向古老小說回歸，傳記文學、歷史小說或小說是歷史作品的身分重新得到確認，因爲爭論仍在持續中。許多歷史學家仍然堅持敘述是「文學性」話語的一種形式，而文學處理的則是「想像的」而非「眞實的」事件，因此歷史研究必須清除掉敘述，或者只是爲了使歷史現實的「細節」對讀者顯得「有趣」以免分散其心思而使用敘述。許多文學批評家也把歷史當作一種不成問題的事實本體，求助它來解決文學理論上的問題。新的研究趨勢，尙未完全替代舊的思維。但無論如何，懷特說得好：

現代文學理論所提供的有關歷史寫作的觀點意義十分廣泛，已超出了關於敘述話語性質的爭論、和關於歷史知識性質的爭論這兩方面的參加者的想像範圍。歷史話語既是一般話語的一種特殊情況。因此，歷史話語的理論家們絕對不能忽視話語的一般理論，它們是由現代文學理論內部，在語言、言語和文本性的新概念基礎上發展起來的，而這些新概念允許我們重新闡述本義性、指稱性、作者地位、讀者和代碼等傳統觀念。

這些新觀念有助我們重新釐清一些問題，也有助於回頭審視我們自己的文學與歷史傳統。由言說、書寫，傳記、小說，歷史、文學，眞、假之間複雜的關聯中，也許可以替已經斷裂的文史關係再開發出一個新的討論空間。

第二章　漢語文化學的歷程

一、為撫陳編弔廢興

一九七三年，我進淡江中文系就學時，許世瑛先生方逝。我雖能感受到許先生精擅的文法學在系裡之影響，畢竟無法接受相關的教育，因爲此後幾年系裡均未再開設文法課程。而事實上我們當時也無法再期待這類課程了。大學一年級，光是國語語音學就整得人人七葷八素。國語誰不會說？可是語言學基本知識誰也沒有。上課除了讀「石氏食獅史」及「廟門兒對廟門兒，裡面住了個小妞人兒」之類東西覺得好玩以外，就是戴著耳機練習發音，或者用剛學會的羅馬拼音寫信去整同學。一封信得寫幾個小時，收到信的人如看天書，也要花上幾個小時才能解碼破譯。

這樣胡鬧了一學期，下學期讀《中原音韻》，更是不知所云。幸而臨考試時去央求倪台瑛助教惡補，始能勉強應付。

二年級文字學，本是周何老師的課，許多學長都回來旁聽，把瀛苑邊的花廳擠得壅塞不堪。但周老師因師大系所長任內事忙，隨即讓沈秋雄師來教。從六書名義講起，逐字解析示例。以《說文解字》爲基，參證甲金文以求本義。這門課我倒是讀得不錯，有九十幾分的好成績。當時去師大參加轉學考，文字學共四題，我寫了三題，得了七十五分。剩下一題，問「無聲字多音」的現象，則完全無法作答。監考的陳文華先生問我爲何不答，我告以沈老師並未教著。後來才明白文字學在國內也彷彿武林人士分門派，它有好幾派的。同在師大，沈師所教，近於魯實先先生之說；而無聲字多音，則爲林尹先生聞諸黃季剛者。

黃侃乃章太炎門人，故林尹先生門下均以章黃學派傳承自居。我當時雖未獲教於此一系統，但接著大三的聲韻學即立刻接觸到這一宗風了。

張文彬先生即林尹弟子，他教聲韻學甚爲嚴格。上學期的守溫三十六字母、反切上下字系聯，令我同學人人如坐五里霧中，下課則拚命做系聯作業，苦不堪言。下學期更縋幽探秘，直入古音分部、韻部通轉及韻圖的縱橫譜陣中。讀之讀之，漸至於面無人色。

聲韻學乃中文系一大險關，重修、三修者不乏其人，終於因此而慘遭死當者更不罕見。能闖得過，也別忙高興，訓詁學又等在前頭呢。修這門課，同時並須點讀《說文》及段玉裁注。然後是利用《廣雅》、《爾雅》、《經籍纂詁》等去解讀古書。其結果，當然又是一片哀鴻遍野。

其時，系裡另有于大成先生精於校勘；韓耀隆先生精於古文字，教我們《尚書》；王甦先生亦魯門高弟，教我們《詩經》；張卜庥先生則教我們修辭學。修辭學主要是以古書文句示例說明修辭格，並以此說明古人詩文修辭構語之妙。王仁鈞先生也做這類研究，有幾篇論文，很在我們學生之中流傳。張夢機師講詩法，其實也接近這個路數，但不直接說修辭格，而是從古人詩法詩話中整理條例。此外，詩詞曲這類課程，因爲都涉及格律及押韻的問題，因此與聲韻學也是頗有關係的。張老師除了教我們用平水詩韻、背韻字，亦講古詩「聲調譜」，對於拗救和入派三聲等問題，亦三復致意。傅試中老師教詞，當然也會命我們依《詞律》、《詞林正韻》試塡習作。考音定律，比詩還要嚴格。到了下學期教曲，本以爲可以擺脫了，誰曉得，呀，又繞回《中原音韻》的世界了。……

這即是我們那一代中文系學生所接受的語文訓練概況。或許有點代表性，或許沒有，但起碼可說明一部分現象。

二、詮言詁字似秋蠅

現象之一，是語文課程及其相關訓練，是中文系課程的主幹。文字、聲韻、訓詁、國語語音學、文法、修辭、板本、校勘，固然已占了課程的大部分，連詩選、詞選、曲選、六朝文選也均與之有關。某些人選擇進中文系，是耽於美感審味，並未料到會有這麼多無福消受的大餐在等著他，因此可能反而得了厭食症，或有些消化不良。現象之二，是這些語文課程不僅學分、時數及類別多，老師與學生大抵也對之不敢輕忽，視爲中文系眞正的專業課程。當然，物極者必反，由於太過重視這個部分，也使得喜愛文藝和思想的學生對中文系大失所望，萌生反彈之意。對語文課應付不來的人，則倍感沮喪，在中文系中毫無生路。現象之三，是這些語文課的教學目標非常單一，全都集中在「解讀古書」上。

這是因學脈傳承使然。師大、政大、文化等校，受林尹、高明、潘重規諸先生之影響，講章黃學派而上溯於章太炎、俞樾、孫詒讓、王念孫、戴震，以爲統緒。治學方法本諸乾嘉考據，謂「訓詁明而古經明，古經明而我心同然之義理乃因之以明。古聖賢之義理非他，存乎典章制度者是也」（漢學商兑·卷中之下）。故治學以小學（兼及典章制度考證）始，以明古經終，目的是爲了讀古代經籍。臺大一脈，雖若與師大、政大系統頗有壁壘，自命爲繼承北大風氣，然而正如胡適之講考證、傅斯年創辦中研院歷史語言研究所那樣，學風亦有偏於史料、考證、語言學之勢。中研院院士屈萬里先生時兼臺大系所主任，其《古籍導讀》是中文學界共用的治學方法教本，其法即不脫樸學經學範圍。龍宇純先生繼掌臺大門戶，亦以文字聲韻名家，我們讀《韻鏡》時，均用其校注做爲課本。

因此那時候主持各校中文系所的，如臺大龍宇純，師大周何、李鍌，文化陳新雄、李殿魁，東吳劉兆祐、林炯陽，高師黃永武，東海江舉謙、方師鐸，淡江于大成、王甦、傅錫壬、韓耀隆諸先生，幾乎都治文字聲韻之學。系所開課程亦以此爲大宗，博碩士論文更是多以此爲題。此即使得中文系變得古意盎然。

其他的問題先不談，專就語文研究這一點來看。欲明訓詁以明經義，則治學當然僅以經典所涉及者爲範圍。故文字學以《說文》爲主，參考篆、籀，旁證以甲骨金文。於是隸、八分、楷、草、行等各體書，雜體、書樣學或漢喃漢朝漢西夏文字比較等，便因與經籍解讀無甚關係而罕人理會。俗體字的研究，因敦煌文獻有益於治經，尚有些討論，宋元明清俗字即少人問津。所以我們雖讀了文字學的課程，若問起文字源流及文字在社會各階層中運用的情況，大抵對之茫然，僅能略說六書分類，談某字本字本義爲何，並粗辨甲篆字形而已。

聲韻學也一樣。主要是以《廣韻》爲主，由中古音去擬測上古音之狀況，以明聲音文字之原。而近代漢語已少論及，現代漢語更乏探究。中文系之外的語言學界，雖熱衷於國語語句分析及方言調查，但與中文學界並無太大關係，因爲那些都對解讀古書之用處不大。只有某些語句分析，和中文學界講文法而受結構語言學影響者有些交集，則是因中文系畢業生往往需從事中學國文教學工作，這些分析偶爾可以派上用場之故。這樣子理解語言語音，自然也是狹窄極了的。

不僅所知僅偏於古代，它的工具性也不足。教我們的老師總是說小學是個工具，可以幫我們讀古書。但事實上有許多時候是每個字都認得，整句或整篇的意思卻難以理解。每個人讀書時都有這種經驗，而文字聲韻學所能提供的工具作用卻完全無法解決這類問題。傳統訓詁學也不能有效應付此一困境，因其中甚少處理語境與語義、詞義與概念、模糊與歧義、寓義與蘊含等語義學的論題。它所講的，只是依古訓、辨假借、考異文、因聲求義、探求語源，以及遞訓、推因之類方法，功能只在指導語文教學、整理古籍和編纂辭書。但即使是在解讀古書方面，其效能亦如上所述，極其有限。也就是說，只是種功用不大的工具。

而這種工具又無法推展到其他地方。當然也不乏學長們利用這些方法校注詩集詞集，做《楚辭用韻考》、《東坡詞用韻考》之類。可是除此之外，這些語文訓練對我們研究文學能發揮多大的工具效能呢？講中國哲學史、宋明理學，要如何與此語文知識相聯結？做做《莊子內七篇「之」字用法考》《論語「斯」字考》，對哲學義理能有多大的闡發？是我們當時學生心裡都在嘀咕，而老師們又很少回答的疑惑。

處在那個考證學風濃烈的時代，我其實並不反對語文訓練的所謂小學方法，我自己也嘗試校注《莊子》《論語》、考詮古史，努力汲取此一學風的養分。但我們常處於焦慮中，苦惱它學來不易，卻在許多場合中無用武之地，苦惱它不能解決許多文義解釋上的問題，苦惱我們對人類的整體語文活動所知太少……。

因此，大部分中文系畢業的學生都覺得大學生涯中被語文課程壓迫太多了，可是實際上我們的語文知能並不是太多而是太少。且這些語文課所獲得的知識是封閉的，只在幾十本經典中彼此迴環互證而已，根本通不出去。能通出去的，反而是文學。

三、鑿光欲借西鄰火

前面講過，當時中文學界教文學也常涉及語文知識訓練，不像現在也許僅就寫實主義、女性主義、後殖民主義談談就可以了。這些語文訓練，從語文課程的角度看，乃是邊緣性的，不如文字聲韻訓詁文法之類課程直接且重要。對學習者來說，也認爲是次要的，不如美感品賞高妙有趣。但教者與研究者，卻實質上是在此著力的。

當時中文系對文學作品的教學與研究，也是考證式的，具有歷史主義的風格；利用板本、校勘，確定文件；再以語文訓詁，確定文句的意思；然後知人論世，考其生平、創作時地、寫作動機，而講其詩旨。

不過，中文系的歷史研究向來稀鬆，大概說說「時代背景」、考據考據寫作緣起，便以爲足以知人論世。故功力所在，實僅在前半部。而且那時比較優秀的說詩者，尚能由語文來論美感，此中本領所繫，即爲前文已介紹過的修辭學及對詩詞體製格式的掌握。（以下相關問題，參見本卷第三章，語言美學的探索）

修辭學本來就是古代的文學批評術，元人王構《修辭鑑衡》可證。古或稱爲文法、詩法、筆法。如《文則》《古文筆法》《作文軌範》《孟子文法讀本》等均屬之。把文法和修辭分開來，分別指文句的構成與文句之修飾，一重是非，一講美惡，是《馬氏文通》引進西方文法觀念以後的事。成爲獨立的修辭學之後，論斯學者，歸納古人所說修辭法則，形成「條例」，或稱「修辭格」，如互見、倒裝、尊題、夸飾、雙關、頂眞、跳脫、重出等。以此繩衡古人作品，即不難徵見昔人匠心修飾以求美之處，且可示後學以津梁，頗便金針於渡人，接引後昆。當時如黃永武《字句鍛鍊法》、黃慶萱師《修辭學》、張夢機師《近體詩發凡》，就很能發揮這種功能。

這種功能後來因機適會，大獲發揚，是由於形式主義新批評在臺流行之故。當時外文系正推動比較文學，顏元叔先生不但也解析中國詩，更要說中文系不會解詩，無法說明詩的美感何在（考證文句、說說背景，就能分析出詩的美感嗎？）。葉嘉瑩先生與之辯論，反被譏爲「歷史主義之復辟」，令中文學界憤憤不已。這時有力的抗衡者，就是既能在格律、文句、史地知識之掌握上優於外文系學者，又能運用類似新批評講張力（Tension）、反諷（Irony）、悖論（Paradox）、隱喻、象徵等那樣的術語與概念，來說明詩之美感所在的人了。黃永武先生隨即推出《中國詩學》設計篇、鑑賞篇；吳宏一先生也邀集中文學界青年學者編出《小橋流水》等大套詩詞賞析。後來張夢機、顏崑陽、李瑞騰、我也都各編了一些，蔚爲風尚，先後成編十數種，流通至今。

這些賞析，特點都是略說史事及字句文獻考證，便就其辭語構撰之匠心，講其美感特性。因此從中文學界的學術角度看，覺得有點「輕」，屬於通俗讀物。然而它事實上打開了一條生路。

一方面，修辭學及文學作品的語言形式性知識（如格律、用韻、對仗、押韻、聲調、詞曲牌、拗救、務頭、聯套等），本來是從對作品的審美歸納中組織化系統化而得，如今又轉而應用於文學批評中。這對正爲不知學了半天文字學聲韻學能有什麼用的人來說，實在是個有啓發意義的事。

另一方面，這與形式主義文評也形成了有意義的對話，不只是反駁和對抗，發抒義和團式的快感，更刺激出了對中國文學作品究竟應如何詮釋的方法學思維，逐漸發展出後來一些方法學的論述及詮釋學的流行。二、對中國文學語言形式的討論，也接上了西方形式批評的脈絡，使得中文學界在傳統的語文學之外，關聯上了世界的語文學研究。

以形式批評來說，當時影響臺灣者，乃是五、六十年代在美國居主流勢力的新批評學派。這是因臺灣赴美留學生去美國剛好學了這一套，便回來演示推銷的緣故。與現今臺灣流行女性主義、後殖民論述，道理是一樣的。可是這派批評本身卻屬於一個大思路之中，那就是近代形式主義文論。

這個系統，始於二十年代的俄國，其後是三十年代的捷克布拉格，然後在四十、五十年代美國有新批評，歐洲則於六十年代出現法國結構主義、敘述學（narratiologie）、七十年代的符號學等。這些理論，並不是一下就被我們摸清楚的。臺灣的學術環境，使得批發商或零售店盛行。流行於美國的思潮，係分批由外文系學者批售引進，歐洲思潮大抵也待美國流行後才再被引進臺灣。因此我們並不能立刻就掌握這個脈絡，而是新批評、結構主義、記號學、布拉格學派、敘事學、以迄羅蘭巴特符號學等，分段、分批、後先凌雜地逐步接受，再慢慢串起來的。在此同時，當然臺灣還介紹進來了許多其他的文評路數，如現象學、詮釋學、新馬克思主義等等。在這麼多的批售店鋪中，讓我們得以將整個形式主義文評譜系繫聯起來，發現它們乃是加盟店或連鎖店，屬於同一個陣營，主要的線索，即因它們均是以語言學爲基幹發展成的。

俄國形式主義，係依索緒爾（Ferdlnand de Saussure）《普通語言學教程》音位學的理論，把詩學視爲語言學之分支、整個符號理論的一部分。其後的布拉格學派也將語言學與詩學關聯起來說。新批評則亦被稱爲語境批評（contextual criticism）、本文批評（textual criticism）、詩歌語義學批評（semantic criticism of poetry）等。法國結構主義，更是直接受索緒爾、雅可遜（RomanJakobson）的影響。這派思想在心理學、社會學、歷史學、哲學諸領域均有發展，而李維·史特勞斯即認爲它們全部奠基於語言學，甚至是音位學。在《結構人類學》中，他說道：「音位學對於社會科學，必然像核子物理對於整個精密科學領域一樣，起著同樣一種革新者的作用」，故他也用分析語言的方法，去分析整個人類文化的基本原則，如親屬、食物、婚姻、烹飪等。他雖無文學批評著作，但其他人對此卻著墨不少，如巴特《寫作的零度》、格雷馬斯的《結構語義學》、托多洛夫的《文學與意義》、《十日談的語法》、日奈特的《辭格》一、二。在詩學、敘事學、符號學方面成果斐然。其後德希達論解構（daconstruction），著有〈人文科學話語的結構、符號和遊戲〉、《書寫與差異》、《言說與現象》、《論書寫學》等，也是從語文結構之問題開展而成的。

這個脈絡，在我從新批評找著一個切入口之後，上溯下索，逐漸進入，愈炙愈深，愈感其龐大複雜。因此耗了不少時間與氣力去跟這些理論搏鬥，從讀碩士班到博士畢業，幾乎有十年時間，在片斷、零碎、後先錯置、詰屈聱牙、甚至還有不少錯誤的譯述、簡介、或借用的實際批評中去摸索揣摩。其辛苦，殆與大學時讀文字聲韻學相彷彿。

四、呼渡難期夜客膺

可是讀這些，跟在大學及研究所裡讀文字聲韻學感覺並不相同。學文字聲韻訓詁時，除了能訓讀古書、考文字本義、知古音古韻以外，不但不知它還能幹什麼；更會覺得學此頗窒性靈，不利於從事文學創作和研究；其法亦由「漢宋之爭」導出，講理學哲學義理，所謂「生命的學問」也者，均不必採此方法，亦反對此等方法。然而，在讀這些形式主義思想時，我看到的卻是完全相反的情景。

在人類學、詩學、敘述學、符號學中，在論神話、論親屬、論民間故事、論藝術、論圖騰制度、論婚姻儀式、論流行服飾時，語言學是無所不在的。任何非語言的材料，都可以使用語言學的方法去分析，更不用說詩文這類語言表現物了。個別去讀這些派別的理論，會覺得繁雜無比，彼此歧互紛紜，茫茫然難尋其頭緒。但只要把索緒爾的結構主義語言學弄懂了，稍微誇張點說，其他由此發展演繹而來之各色論點，非特如網在綱，粲若列眉，幾乎也可以不學而能。換言之，語言學不僅可通之於各種學術，更是各門學問的基石。

可是且不論傳統的文字聲韻訓詁學，就是同樣的結構主義語言學，在我們這裡，從趙元任以降，就只能做方言調查和語法結構分析。涉及語言與文學之相關性者，趙元任大概只有〈語言成分裡意義有無的程度問題〉中論「意義的程度在文學上的地位」一小節。而這樣的討論，在我們研究文學理論的人來看，也實在嫌其淺略。趙先生論〈漢語中的歧義現象〉，則完全沒有講到詩的歧義問題。跟西方結構主義語言學下開無數詩學、敘事學、符號研究法門之風景相比，我們始於語言而亦終於語言，實在顯得局束寒傖。縱或後來湯廷池先生等人做國語變形語法研究，這種現象亦無根本之改變。

類似的情形，我也在哲學研究方面看到。

眾所周知，西方哲學史可分成三個階段，古希臘時期，哲學以形上學爲主，旨在探索存在的來源、現象背後的本質。近代哲學，從笛卡爾開始，哲學轉向認識論，從研究世界的本體或形上來源，轉向探討人的認識來自經驗抑或理性、認識之方法與途徑、認識之限度等。現代哲學，則號稱「語言學的轉向」，認爲哲學上的許多爭論，其實僅是語言與語意的問題。

從維根斯坦將哲學最主要的工作界定爲對語言進行邏輯分析以來，弗格雷、羅素由語言形式分析形成邏輯實證主義，並發展英美分析哲學。摩爾及後期維根斯坦則爲日常語言學派，亦屬英美語言哲學之重要部分。歐陸語言哲學則可分成三條路線發展，一是由現象學、存在主義發展；二是由古典解釋學、哲學解釋學到批判詮釋學；三就是前面談過的，從普通語言學、結構語言學、結構主義，到後結構主義這條路，這條路既是語言學的發展，也同時即是當代哲學中的重要一支。

這幾條路線，非常有趣的地方，在於因專注於語言研究，故對語言中最精最美的文學、語言藝術，也就多所著墨，故均與文學批評關係密切。與僅進行日常語言分析、或致力發展科學語言的英美分析哲學頗不相同。在現象學方面，伊戈頓（Roman Ingarden）有《文學藝術作品的認識》《藝術本體論研究》等，馬洛龐蒂（Maurice Merleau-Ponty）有《眼睛與心靈》等，杜夫海納（Mikel Dufrenne）有《審美經驗現象學》等，對文學與美學，貢獻卓著。晚期海德格更是越來越偏於詩。在詮釋學方面。早期聖經解釋學，是類似我國經學箋注訓詁之類工作，其方法也與漢學方法頗有相通相似之處。狄爾泰以後，逐漸用之於歷史學，做爲歷史詮釋之方法，形成歷史主義。伽達瑪之後，處理文學與美學越來越多，如他《美學與解釋學》《短篇論文集》《美的現實性》諸書，赫希《解釋的有效性》等都是。這個現象，呼應了我們在語言學領域中曾經觀察到的想法，在當代學術發展史上，語言學、哲學、文學，乃是完全關聯在一塊兒的。

我在語言學領域觀察到的另一個狀況，是語言學不僅與文學、哲學等相關聯，且語言被置於核心地位，語言研究成爲所有研究基礎。在哲學中亦是如此。胡塞爾試圖建立一種純粹的邏輯語法，以語言符號和語言表達式爲主要研究對象，探討對一切語言都適用的那些共性問題。他說：「語言問題無疑屬於建立純粹邏輯學之必不可少的哲學準備工作」（一九一三，邏輯研究，二卷一冊）。馬洛龐蒂則把現象學看成一種關於語言的一般理論，認爲語言問題比所有其他問題使我們更好地探討現象學（見《符號》，一九六四）。海德格更強調語言，他認爲語言並非僅僅是一種用以交流思想的工具，而是存在的住所（Hous des Seins）。伽達瑪在他的哲學解釋學中謂語言是理解的普遍媒介，詮釋學現象本身就是語言現象，對語言的理解是哲學詮釋學的基礎。說：「語言問題是哲學思考的中心問題。」又說：「語言就是我們存在於其中的世界起作用的基本方式，是世界構成的無所不包的形式。」（均見《哲學詮釋學》）

面對現代西方哲學的發展，我們的情況實在令人不敢樂觀。國內哲學界，受邏輯實證論的影響，走英美分析哲學之路者，固然占一大支。但僅是順著羅素、卡納普、石里克、塔爾斯基、蒯因、皮爾士的東西講。接引歐陸學風者，也以介紹、消化、整理其說爲主。在語言理論或語言哲學上，其實並無太多自己的見解，也極少專力於語言哲學者。研究中國哲學的人，以新士林學派和新儒家學派爲兩大陣營，故形上學、倫理學仍爲其主要內容。

在新儒家方面，因牟宗三先生之緣故，新儒家一部分也做邏輯和語言哲學研究，如馮耀明、岑溢成等均是。但並無一人能再像牟先生譯述維根斯坦、撰寫《認識心批判》那樣，深入語言哲學之研究。而即使是牟先生，他講中國哲學時，也僅將他對語言與邏輯之研究所得，施之於先秦名家墨家和荀子而已。其意蓋謂西方邏輯之類心靈與學問，中國固亦有之，名墨荀子等，即「一系相承之邏輯心靈之發展」（見《名家與荀子》）；只不過後來中國不朝此走，儒道釋三教均別有所重罷了。

這種態度，當然使得講中國哲學、中國哲學史，除了談先秦名墨荀一段和六朝隋唐佛教思想那一段時，會涉及部分語言哲學外，幾乎對此絕不染指。對於清代漢學，牟宗三及其後學，大抵將之排除在哲學領域外，勞思光《中國哲學史》雖略述其事，但主要是對它的批評。新儒家中，徐復觀先生最能深入漢學領域去反清儒之所謂漢學，又譯有日人中村元的《中國人的思維方法》，本來很有希望能由漢學的文字聲韻訓詁之中，發現漢語與中國人思維特點上的關聯，進而有所申論。可惜徐先生之漢學考證本領，局限於文獻比對與解讀，在語言文字方面並無鑽研，故亦無法致力於此。其他哲學系出身的學者，大抵缺乏中國語文相關知識之訓練，自然就更談不上要如何從事這樣的研究了。

五、滄海已隨人換世

在摸索西方現代思潮以及對中文學界的悲觀焦慮中，一九八五年，梅新先生創辦了《國文天地》月刊，由我負責編務。隔了兩年，我因讀到龍宇純先生的《荀子論集》，感慨國內語文學界頗昧於世界大勢，發了一頓牢騷，並說：

語言對人有什麼重要性呢？最基本的，當然是因爲人必須靠語言來溝通。但你不要誤以爲語言只是溝通的「工具」。我們使用語言時，是憑著信實的動機和正當的行爲，才能讓語言準確傳示意義；所以準確的語言，是誠實社會生活的先決條件。假若語文一片紊亂，充滿了虛飾、誇張，或者牽強、枯萎與錯誤普遍存在，則溝通便不可能，而社會也生病了。……其實當代思想家無不致力於語言之探索。……要用語言來抵禦智力之蠱惑的，把現代的邏輯跟科學方法，視爲一種形式語言和科學語言的運作，而在哲學上引發了方法學的大革命，開啓了邏輯經驗論和語言分析的各種流派。把語言放到社會中訊息之傳播與溝通情境中去觀察的，發現語文不但是最普遍的溝通、交換符號，也是一切溝通行爲中結構最嚴明，意義最清楚的；一切社會間聯姻、貨幣關係，均可以語言結構來了解，遂又形就了符號學、結構主義、語言心理學等學派。而那些注意到溝通問題中道德因素的人，則相信穩定清晰的語言，是民主而開放社會的必要條件，因爲唯有袪除了語言的暴力與欺罔，社會才能眞正清明。因此，我們雖不敢說對語文的關切，是一切當代思潮的特質；但忽略了這一點，確實無從掌握這個世紀的思想脈動與社會發展。而且，恐怕也沒有資格做一個現代人。（一九八三，三卷一期，中國學術語言有沒有生路？）

這裡，第一是批評中文學界長期以語文學爲小學，且以小學爲工具之觀念；第二是介紹如上文所說的，我所理解的世界學術大勢；第三則說明語文研究之社會實踐功能。

當時我早因撰文批評國內文學博士的養成教育及論文水準而有「盛氣善罵」之名。罵人太多，大家早已見怪不怪，故對我所說，或亦漫然視之，無甚反響。實則這是另一個非常重要的面相。

在前面我們所介紹過的西方現代與語言有關之學說中，許多並不僅出於理論的興趣，它還會有社會實踐功能，企圖由此進行社會改革。例如哈伯馬斯的批判詮釋學，就是針對晚期資本主義社會的反省。它把人的行爲分成兩類：工具行爲與溝通行爲。工具行爲，即人依技術進行的勞動，涉及的是人與自然的關係。溝通行爲，是人與人之間的相互作用，通過對話，達成人們的理解與一致。而人類奮鬥的目標，並非勞動之合理化，而是溝通行爲的合理化。因爲前者意味著技術控制力的擴大，後者才能有人之解放含意。在晚期資本主義社會，卻恰好是因科技越來越發達，人的勞動越來越符合科技之要求，技術的合理性變成了對人之統治的合理性，以致人的溝通行爲反而越來越不合理。故而，要改造這個社會，我們就必須強調生活主體間進行沒有強制性的誠實溝通、對話，以求得相互諒解。要達到此等理想，一是得承認和重視共同的規範標準，屬於他所謂「溝通倫理學」範疇；二是須選擇恰當的語言進行對話，他稱爲「普遍語用學」。

哈伯馬斯之說，不過是一個例子，諸如此類，企圖從語言上覓得改善社會之論者，實不乏其人。遠的不說，殷海光提倡邏輯實證論，就是以爲此有助於社會的科學化、民主化的。但在語言學界或中文學界，這個面向異常缺乏。靜態的結構分析、封閉的言說體系、在古書中穿梭的技術、對生活世界均漠不關心。語言在這個社會中實際的存在及發展狀況、在社會交往中的語言、語文的教育、語文的運動、語文的政策，研究者都極少極少。更不用說覃思如何透過語言進行社會實踐及文化改造了。

可是我辦《國文天地》，用心正在於此。故我在該刊一周年時曾說：

在一個資訊傳播快速的新時代裡、在一個大眾消費文化興起的新世紀中，我們是不是應該面對這許多問題，以新的方式，整合人力和傳播功能，重建一個國文的社會輔助教學系統，以介紹一般國文知識，探索文化走向？這就是當初創辦《國文天地》雜誌的原因。事實上，這本雜誌不同於民國以來所有同類刊物，這不僅因為它是大開本國文綜合月刊，更是由於它在編輯理念上和媒體功能上較為特殊。首先，我們認為語文教育不只是學校教師或學生的事。整個社會的語言環境，有賴大家共同參與創造，而語文之學習，更是每個人終身教育的重點。只要一個社會還有心反抗語文的污染、思索語文的問題、提供語文的潤澤，即應該有這樣一份刊物。何況，語文的強化，對於國家社會來說，不獨是傳統的延續，更是文化重塑的第一步，屬於一種社會工程，需要花極大的氣力和關注來處理。（一九八六，二卷一期，徜徉在國文的新天地裡）

在《國文天地》刊頭上，我特意標明了這是一本「知識的、實用的、全民的」國文刊物。每期策劃了國文在民間、資訊時代的國語文、編輯工作中的文字問題、科學與中文、經典與現代生活、生活裡的國文、文學改良以後、國文教授論報紙標題、廣電傳播媒體的語文問題、中等學校詩詞教學答客問、問題重重的大學國文……等專題與座談會。我當然也關心學校裡的語文教學，但我不是要編一本讓學生補充學習之讀物；協助教師們教好課本，也只是附帶的目的。我要做的，是改革原有的教學體制與觀念，強調國語文不只是現在學校裡的那一套。那些，僅屬於「歷史語文學」，亦即語文的一部分歷史現象。可是語文有其現世流變性，也有其社會性。因此，我在發刊詞中說：

> 語文本身是不斷演變的，一個社會對語言的處理也不會一成不變。尤其是在目前社會文化大變遷的階段，國文本身所遭受的衝擊、使用及研究國文的方法態度，均有了重大的改變。例如社會上流行的語辭、招牌廣告的用語，就反映了我們這個社會對國文的運用；翻譯，也嚴重影響了我們的語法、語彙和思考模式，豐富或扭曲了國文原有的範域。這些，都應該在這本刊物中展現出來，而不能再侷限於原有的國文知識體制和教學方式。同樣的，整個國文環境都不同於往昔了，資訊與科技涉入我們每一天的生活，社會結構與組織規制劇烈變動，國文及其教學的功能、目標、性質，自不可能仍與從前相同。（一九八五，一卷一期，開創國文的新天地）

這是一個社會語文學的新天地，其中雖也不少歷史語文現象的討論，但精神意趣，畢竟別有考量。故主要撰稿人固然仍是中文學界學者、中小學國文教師，亦有大量作家、媒體傳播工作者、社會人士參與。在討論廣告、科技用語、流行語、外來語、新生語等問題時，也往往因學者們本來都沒有從事過這類研究，而不得不拉人逼稿、趕鴨子上架。但胡拼蠻湊，總算是打開了一個新局面，社會語文學的討論，漸漸成形。

雜誌編至一九八七年七月，我返回淡江大學中文系負責系務。這個刊物幾經轉折，現仍在發行中，且仍有很好的聲譽與銷路。但編輯方針似乎已調整爲歷史性的、國文教學輔助刊物，封題注明它是「發揚中國文化，普及文史知識，輔助國文教學」。也許，這較符合中文學界的興趣，也較適合國文學者的能力吧。

可是社會語文學的面向與發展，並不因此而受阻。我在淡江規劃了「文學與美學」「社會與文化」兩個系列研討會，社會變動與文化變遷，乃成爲我們研究各種問題時，必須經常要考慮到的因素。次年成立研究所，我與竺家寧先生商量，開「詞彙學」，請李瑞騰先生開「文藝行政學」，又由何金蘭先生、施淑女先生和我同開「文學社會學」，都是臺灣前所罕見的嘗試。

六、鳩鷹相化水成冰

一九八八年底，我赴杭州大學、復旦大學參訪，中小龍來找我，我才曉得兩岸學風的發展竟有異曲同工之處。

大陸的語文學研究，早期與臺灣的情況相近，也是到八十年代以後，才開始展開社會語言學的研究。一九八七年十二月，中國社會科學院語言應用研究所才召開第一屆社會語言學會議，出版論文集《語言·社會·文化》。次年，語用所所長陳章太〈從漢語的實際出發研究社會語言學〉一文，說明了這個學科興起的原因，一是引進了六十年代美國的社會語言學，二是：「建國以來，人們只注意到調查研究方言和標準普通話兩端的情況。……我們國家有許多語言政策（包括新時期語文工作的方針任務、雙語雙方言問題等），需要從社會語言學的角度對它做出解釋」（中國語文，一九八八，二期）。這兩個原因，臺灣都沒有。但不同的社會脈絡與學術環境，卻不約而同地在八十年代中期出現了社會語言學的研究，實在可說是件有趣也有意義的巧合。

大陸的社會語言學，形成的主要原因既然是爲政府政策做說明，則其研究必然「突出了實踐意義」（一九九三，北京語言學院出版社，語言與文化多學科研究，書首陳原的〈寫在本書前面的幾句話兒〉）。只不過這種實踐與我在前文所說的社會實踐不同，還是政治實踐的意味較多些，故其主要推動機構，乃是中共國家語言文字工作委員會。其前身就是一九五二年即成立的「中國文字改革委員會」，是負責中共文字改革之最高指導及執行機構，各省市皆有分會。但除了有關政策之制定外，它亦爲一龐大的研究單位，在學術上納入「中國社會科學院」，稱爲應用語言研究所。行政管理方面，該委員會與新聞出版署、文化部、國家教委、中國地名委員會等，有直接關聯。學術研究方面則與各省級研究機構、中國語言研究學會、方言學等團體有密切聯繫。

幾十年來，該委員會主要策劃推動的文字改革，包含以下各項：一是漢語拼音；二是正詞法基本規則及施行細則；三、整理異體字，淘汰一〇五〇字；四、規範漢字字形，共計整理了六一九六字，對文字的筆順、筆劃次序、筆劃數等，皆予以標準化；五、更改地名生僻字；六、淘汰部份複字計量字，如千瓦、英寸等；七、漢字歸首及查字法，一九八三年提出統一部首查字法草案，爲二〇一部；八、簡化漢字；九、推行普通話；十、漢字資訊工程等。

這些工作，事實上也就是社會語言學裡主要的內容。但陳章太說過，他們的研究除了要對之進行解釋外，「還需要進行預測，以便提供政策依據」（同上）。要預測，即須注意社會變遷，注意社會變遷所帶來的社會及社會心理變動，對語言變異造成的影響。

一九八九年八月，我與周志文、竺家寧、朱歧祥、黃沛榮、李壽林諸先生，同赴語委會，與陳章太先生等人討論兩岸的文字問題。討論的內容，另詳我〈簡化字大論辯〉（收入一九九一年三民書局《時代邊緣之聲》一書）。

出版這本書時，我已轉至行政院大陸委員會文教處服務，兩岸語文問題即為我主要處理事項之一。同年十一月我推動成立中華兩岸文化統合研究會，周志文出任會長。一九九二年八月，即與北京師範大學合辦海峽兩岸漢字學術座談會，與北方工業大學合辦海峽兩岸文化交流研討會，其後出版《從文字到文化》。後來周志文、李壽林等又在大陸推動了若干次相關活動，與袁曉園、徐德江諸位也有合作；在臺北另有中國文字學會、《國文天地》辦了一些活動，共同促進這類討論。第一次辜汪會談在新加坡舉行時，兩岸語文問題亦已納入雙方共識之中，我政府中國科會、教育部、資策會、僑委會、文建會、新聞局之相關業務，則都與此議題頗有關涉。

一九九三年暑間，我辭去陸委會職務後，又隨周志文去北師大辦「漢字與信息處理研究所」，希望對中文在資訊上的運用，及資訊社會中之語文環境，做點研究。目前這個所已有十幾位博士了。

當然，大陸仍然堅持其語文政策，但兩岸交流、社會結構變遷及科技發展，對其語文生態仍有不可忽視的影響，例如港臺語彙之流行、正體字回潮、正簡體文字轉換技術更新等，均值得深入觀察。而同樣地，在這十年之間，臺灣的語文環境也有極大的變化。

八十年代後期，因解嚴而解放的社會力，隨著政治權力爭奪、經濟結構調整，導致本土化思潮逐漸加溫。我在臺灣學生書局擔任總編輯時，出版了鄭良偉的《從國語看臺語的發音》，讓我了解到一個與社會、政治、權力、感情、意識型態相糾結的語文論爭時代終於來了。鄭先生推動臺語話文運動，一九八九年、九〇年分別又在自立報系出版社出版《走向標準化的臺灣話文》《演變中的臺灣社會語文》。這個臺灣話文運動既已如此展開，我便在一九九〇年的文學與美學研討會上，邀廖咸浩對此進行討論。不料他從語言理論上寫出〈臺語話文運動之囿限〉，引起了很大的爭論，弄得他很不愉快。事實上這本來就不是語言學理的問題，而是政治問題或社會問題。這個問題嗣後持續發燒，遂成爲語言學界熱門領域，由之形成了語言政治學或語言社會學的樣貌。許多本來做形式分析的先生們轉而從事於此，例如黃宣範即表示早先所做抽象的形式系統頗爲不足，「宣布加入開拓臺灣語言社會學的行列」（一九九五，文鶴出版社。語言、社會與族群意識：臺灣語言社會學的研究‧序）。中文學界中羅肇錦、姚榮松諸先生對客語、閩南語的研究，有時也涉及這個領域。

語言學界重要課題對象，過去是國語，現在則是臺語、客語、南島語系。而且這些語言亦非「方言」這個概念所能涵括或指涉，整個研究更有離開漢語，以建立該語言之文化主體性意味。

不過，無論我們如何理解與評價兩岸語言文字學之進展，誰都不能否認：社會語言學已經成爲語文研究的新貴，縱或它尚未占居主流，然而風氣轉移，現在連要找人做語言結構形式分析，或出版這類著作，恐怕都不容易了。

七、老夫尚喜不知鬧

社會語文學又是關聯於文化研究的。前文所引陳原的文章就曾說過：「社會語言學這門學科在這裡的發展道路是具有中國特色的，這特色可歸納爲兩點，一點是它突出了實踐意義，另一點是它重視了文化背景」。由後面這一點看，文化語言學可以是社會語言學之一部分，但文化語言學也可僅從哲學、文學、語言、宗教、藝術方面進行語言研究，此即非社會語言學所能限。不過兩者間頗有交涉及關聯性，則是非常明確的。

文化語言學雖然一九五〇年即有羅常培的《語言與文化》，但語言學界並無繼聲。八十年代中期以後，大陸興起文化熱，語言學界逐漸從社會文化角度去看語言。一九八九年上海教育出版社出版《語言文化社會新探》，第一章就是「文化語言學的建立」，一九九〇年邢福義主編了《文化語言學》（湖北教育出版社），一九九三年申小龍出版《文化語言學》（江西教育出版社）。一九九二年第三屆社會語言學學術研討會並以「語言與文化多學科」爲主題。同年亦召開了第一屆全國文化語言學研討會。文化語言學顯然已正式成爲一個學門，在大陸已形成熱烈的討論。

但若觀察大陸之相關研究，可說基本上仍不脫羅常培的路子。羅氏《語言與文化》下分六章，分別從詞語的語源和演變看過去文化的遺跡、從造詞心理看民族的文化程度、從借字看文化的接觸、從地名看民族遷徙的蹤跡、從姓氏和別號看民族來源和宗教信仰、從親屬稱謂看婚姻制度。這六章也就是六個方向，若再加上方言、俗語、行業語、秘密語（黑話）、性別語等特殊用語的文化考察，差不多也就涵蓋了今天大陸有關文化語言學的研究了。但文化語言學焉能僅限於此？我覺得它仍大有開拓範圍之必要。而且，老實說，他們談文化也都談得很淺，缺乏哲學意蘊和文化理論訓練。看起來，雖然增廣了不少見聞、增加了不少談助，卻不甚過癮。

再者，是所謂「文化語言學」，它的基底是語言學。因此僅從語法、語彙、語意、語用方面去談，忽略了漢文化中文字的重要性，以及文字與語言之間複雜的關係，或將文字併入語言中含糊籠統說之，殊不恰當。

何況，要從語言分析去談文化，有許多方法學的基本問題要處理。不從嚴格的方法學意義去從事這樣的文化說解，其實只是鬼扯淡。例如把人名拿來講中華文化，人名有名爲立德、敦義、志誠、志強者，也有水扁、添財、查某、罔舍之類，任意說之，何所斷限？或把古代詞書《說文》、《爾雅》找來，就其所釋文字，指說名物，介紹古人稱名用物之風俗儀制，而即以此爲文化詮釋，斯亦僅爲《詩經》草木鳥獸疏之類，非詮釋學，亦非文化研究。從語言去談文化，不是可以這樣曼衍無端的。否則語文既爲最主要的人文活動，什麼東西都可以從語言去扯。隨便解一首詩，例如，嗯，韓翃的〈寒食〉好了，「日暮漢宮傳蠟燭，輕煙散入五侯家」，不是就有許多典故（五侯、晉文公與介之推故事、漢宮）、民俗文化（寒食）可說嗎？隨便一句罵人的話「龜兒子」，也就可以從古神話、四靈崇拜，講到妓院文化、社會風俗、以及相關罵人俚語、語用心理等等。如此扯淡，固然不乏趣味，實乃學術清談，徒費紙張，無益環保。

在陳原《社會語言學專題四講》第二講「文化」中，他說：「語言的結構眞的會決定或者制約文化的方式以及思維的方式麼？我不以爲然。看來研究社會語言學的學者不贊成這個說法的越來越多。」「我們這裡只能討論一下：從社會語言學出發所發現的中國文化有哪些値得注意的特點。頭一點値得注意的是：至少在近代，我們的文化從總的傾向說是封閉型的。應當說，這種封閉性質的文化同封閉型社會經濟結構是吻合的。……第二點値得注意的是巫術的作用」（一九八八，語文出版社）。後面這些他所發現的中國文化特點，是怎麼得來的呢？難道沒有意識型態偏見嗎？難道與中共過去所持之文化觀點不是相呼應嗎？這就顯示了語言的文化詮釋涉及了語言邏輯中的「意義」和「理解」問題，也涉及符號解釋的主體問題，以及「符號解釋共同體」的問題。這些問題在語言哲學中均有繁複之爭論，不能不有進一步的討論，而不是採獨斷式論述即可的。前面那一段，問題尤其嚴重。語言結構倘與文化或思維方式無關，那麼申小龍等人一系列由漢語語法句型特色來申論中華文化特點的論著，豈不根本動搖？而語言結構與文化有關的講法，事實上洪堡特（Wilhelm von Humboldt，一九六七—一八三五）《論人類語言結構的差異及其對人類精神發展的影響》即曾倡言之。洪堡特繼承者施坦塔爾（Heymann Steinthal）主張透過語言類型去了解民族精神，包括思維與心理等，甚至想把語言學建設爲民族心理學。現在我們由語言分析去申論文化特徵者，是要重回洪堡特、施坦塔爾的老路嗎？抑或別有所圖？我們的方法論、語言與文化聯繫的觀點爲何？

洪堡特的路子其實也不是不能發展的。在臺灣，我看過關子尹先生《從哲學觀點看》裡兩篇很精采的論文：〈洪堡特《人類語言結構》中的意義理論：語音與意義建構〉〈從洪堡特語言哲學看漢語和漢字的問題〉。他敏銳地抓住洪堡特對漢語與漢字特性（漢字爲「思想的文字」、漢語爲「文字的類比」）的分析，結合胡樸安的語音構義理論和孫長雍的轉注理論，討論漢語語法之特性在精神而不在形式、意義孳乳之關鍵則在漢字（一九九四，東大公司），頗有見地。

然而，所謂意義孳乳之關鍵在漢字、漢文爲思想之文字云云，類似的觀念，在大陸某些朋友們手中，卻還做了更強的推論。如石虎〈論字思維〉（一九九六，詩探索，二期）、王岳川〈漢字文化與漢語思想：兼論字思維理論〉（一九九七，詩探索，二期，收入同年四川人民出版社，文化話語與意義蹤跡），認爲漢字是漢語文化的詩性本源，而漢字之思維是「字象」式的，具有意象的詩性特質，由本象、比象、意象、象徵，而至無形大象，故詩意本身具有不可言說性。因爲這種思維及漢語文化具有自身的邏輯開展方式，我們應強化說明此一特色，以與西方文化「強勢話語」區別開來。這民族主義的氣魄誠然令人尊敬，但這種特色既然是從漢詩上發現到的，謂其具有詩性、爲字象思維，豈非廢話？且一個漢字接著一個漢字，構成「意象並置」之美感型態，葉維廉先生也老早談過，而且談得更深入、更好。而即使是葉維廉式的講法，也僅能解釋一小部分（王孟、神韻派或道家式）的詩作，對許多中國詩來說，並不完全適用。字象說、詩意不可說理論，能解釋杜甫、韓愈和宋詩一類作品嗎？此又能做爲漢字及漢語文化之一般特色嗎？論理及敘事文字也是如此嗎？在國外，如陳漢生（查德・漢生，Chad Hansen）《中國古代的語言和邏輯》也從漢語本身的特點來談中國哲學，但他卻反對說中國人的心理特殊以及認爲我們有特殊的邏輯，他認爲過去用直觀、感性、詩意、非理性等所謂「漢語邏輯」諸假說來解釋中國哲學，其實均無根據。漢語最多只是由於它以一種隱含邏輯

（implicit logic，或稱意向性涵義）的方式來表達，與印歐語系有些不同罷了，這並不能說它即屬於另一種不合邏輯或特殊邏輯的東西（一九九八，社會科學文獻出版社，周云之等譯）。他的看法固然也未必就對，可是關於這類的論述，似乎都仍要矜慎點才好。

八、能說桃花舊武陵

我自己做文化研究，其實較受卡西勒（Ernst cassirer）的影響，由符號形式論文化哲學，跟以語言學爲基礎的語言符號學（Semiology）並不一樣。對結構主義不做歷史研究，殊不贊成；對它以進行語言內部結構分析即以爲已然足夠的做法，也不以爲然。因爲語言以外的外部因素（文字、聲音、符象、號幟、社會、歷史、人物、藝術、宗教……），以及它們與語言的互動終究不能忽略。結構主義的非人文氣質，更令我無法親近，不能喜之。它發展蓬勃，運用到各人文及社會領域中，固然勢力龐大；但其文化分析其實就是不做文化分析，只分析語言結構，然後類比到文化事項上來，或根本就把語言結構和現實結構看成是同一的。

同時，依我對漢語文的理解，我也不能贊成僅從語言來討論文化。在中國文化裡，文字比語言更重要。西方語言中心主義的傳統，要到後結構時期的德希達（Jacques Derrida）才開始試圖扭轉，重視文字。而漢字與漢文化，恰好在這方面，與西方文化傳統足資對照。可是從清朝戴震以來，樸學方法，自矜度越前修之處，其實正是轉傳統之以文字爲中心，而改由聲音去探尋意義的奧秘。此種建樹，連反對漢學的方東樹，在《漢學師承記》中都不禁讚嘆：「就音學而論，則近世諸家所得，實爲先儒所未逮」（卷中之下）。此不僅指其音韻之學，更應兼指其以音韻爲中心的訓詁方法。如戴震所謂：「得音聲文字詁訓之原」，或王念孫所稱：「詁訓之指，存乎聲音。字之聲同聲近者，經傳往往假借。學者以聲求義，破其假借之字，而讀以本字，則渙然冰釋」（《經義述聞・序》引）；一直到林尹先生講因聲求義、形聲多兼會義；魯實先先生說形聲必兼會意，聲義同原，得其語根可以明其字義等等，都是以語音爲釋意活動之中心的。文字學訓詁學統統以此爲樞紐。此與後來語言學界逕以語法爲文法或包攝文法，將文字視爲「書面語」「文學語」，乃至「漢語文化學」這個名稱，均爲同一性質之發展。這都是語言中心主義的，也都無法眞正契會中國文化傳統，必須予以改造，重新重視漢字以及語與文之互動關係，才是正理。

我的《文化符號學》（一九九二，臺灣學生書局），即是這種具有歷史性，同時關注文化之性質與變遷，並由中國傳統「名學」發展而成的符號學。卷一論文字文學與文人；卷二論以文字爲中心的文化表現，其中分論哲學、宗教、史學；卷三論文字化的歷史及其變遷。自以爲打開了一個新的漢語文和漢文化研究的空間。其中談哲學的部分，我曾以《爾雅》、《釋名》、《說文解字》等書爲例，說中國哲學偏於文字性思考，與西洋哲學不同，深察名號即爲中國哲學最主要之方法，哲學與文字學乃是一體的。對於我這種「哲學文字學」的講法，學棣黃偉雄曾有一文評析如下：

> 哲學文字學，就龔鵬程的構想上，其重要之處有二：㈠哲學文字學是中國哲學的主要方法；㈡哲學文字學是中國哲學的基本型態。
>
> 說哲學文字學是中國哲學的主要方法，其主要的論點有三：（W1）中國哲學的語言，

其語義的元素是「文字」，而非「命題」，故以西方哲學以邏輯學（Logic）爲方法的命題分析，不適用於中國哲學的研究。（W2）哲學文字學的方法論，建立在以《說文解字》爲典範的字義分析與詮解的基礎上。（W3）哲學文字學的目的，在於「正名」。通過「正名」，賦予萬物的秩序與和諧，達到存有論的目的。此即「深察名號」。

W1顯然是不充分的。就任何一套語言系統L1而言，理論上均可改寫爲另一套語言系統L2。就L2而言，「命題」可以是其語義的元素，進一步作命題分析。就日常經驗的事實上，可以舉出兩種常見的改寫：一是就文本的解讀上，文言改寫爲白話。一是就文本的解讀上，中文改寫爲外文。若我們把中文作爲語言系統L1，把德文作爲語言系統L2，則就「改寫」的結果上，我們可以推斷出W1的不充分性。

雖然W1是不充分的，但其意義在於揭示中國哲學的特殊性。中國哲學的特殊性有二：㈠中國哲學的本質，因爲哲學語言的特殊性，而異於西方哲學。㈡中國哲學的意義，因爲哲學書寫的特殊性，而異於西方哲學。

就中國哲學的本質而言，龔先生提出的看法見於W3。這個意思是說，中國哲學的本質，就是哲學文字學。哲學文字學作爲中國哲學的方法論，其結果是哲學文字學爲萬事萬物「正名」；萬事萬物通過了「正名」，得到了萬事萬物的本質。因此哲學文字學的工作，代換了中國哲學的工作，進而取代了中國哲學的位置。中國哲學在上述的意義而言，取得了與西方哲學不同的獨特本質，不會成爲所謂「一般哲學」（GeneralPhilosophy）的西方哲學意義下的「地方哲學」，同時卻也冒著自我取消的危機。不過，縱使我們失去了中國哲學，我們還有哲學文字學。

W2以《說文解字》作爲哲學文字學的方法論，正足以說明哲學文字學等同中國哲學，並進一步代換了中國哲學。《說文解字》作者許愼的〈自序〉，表明了《說文解字》的方法論及其哲學企圖。他說：「其建首也，立一爲端。方以類聚，物以群分，同條牽屬，共理相貫，雜而不越，據形系聯，引而申之，以究萬原。畢終於亥，知化窮冥」。由此可以得出《說文解字》的方法論原則：⑴分類。⑵引申。⑶究原。

我們從W3可以得出哲學文字學的另一個方法論原則：正名。據此，我們可以得出哲學方法學的方法論原則有四：⑴分類。⑵引申。⑶正名。⑷究原。因此我們可以看出龔鵬程和許愼的主張之差異，在於「正名」。我認爲《說文解字》不只是哲學文字學的方法論，更是「前哲學文字學」。因此作爲哲學文字學的研究，對於《說文解字》的研究是其必要條件。

W3是以「正名」作爲「究原」的方法，其原則是「名實相符」。「名實相符」不同西方哲學的「符應說」（correspondent theory），因爲「正名」的目的有二：（一）賦予萬事萬物的本質。（二）賦予萬事萬物存在的價值，此價值不只是存有論上的，而且是倫理學上的。

結論：哲學文字學還原了中國哲學，也可能顚覆了中國哲學。

他的結論很好玩。其評論，我也有可再申辯之處。不過我不想在此斷斷爭是非。引此只是表示我的講法其實尚有發展性，裡面點出了一些有趣的問題。不只是哲學文字學，在史學、文學、宗教、藝術、社會各方面，也都可賡續討論，建立一個足以與西方對話的符號學文化研究。

一九九六年陳界華、李紀祥、周慶華諸位在中興大學舉辦了「中國文史論述與符號學」會議，也是以中文書寫特性來對文化進行考察。同年我聘李幼蒸先生至南華管理學院擔任研究員，推動在世界符號學會中設中國符號學圓桌會議。後雖未果，但李先生另寫出了《欲望倫理學：佛洛伊德和拉康》（一九九八，南華）。南華文學所學生也興辦了「文學符號學研討會」，邀請各校參加。我則與林信華等人組織了符號學會，並獲教育部補助成立了符號學研究室。林信華亦出版了《符號與社會》（一九九九，唐山出版社），從「做爲文化科學的符號」討論符號的意義與社會生活、傳播意義的符號系統、書寫符號系統的文化表現能力、藝術生活的符號結構、佛洛伊德與拉康的符號理論等。周慶華則有《語言文化學》（一九九七，生智文化公司），對各種語言現象加以文化解釋，評述大陸的文化語言學發展概況，並討論後現代的語言文化觀，強調應以溝通理性建立相互對諍權力意志的合理性。此外，則如南方朔，近年亦對語言學大感興趣，出版了《語言是存在的居所》、《語言是我們的星圖》（一九九七、一九九九，智慧田出版）。他們的著作，代表了語文符號之文化研究的最新進展。

回顧這個進展的歷程，思緒總不免會飄回二十八年前。在淡江上課時，師長教我識字辨音之情景，猶在目前，而少年子弟江湖老矣。數十年間，所歷萬端，老了少年，也變了江湖。昔日榮景繁勝的文字聲韻領域，眼看它風華退散，逐漸少人問津；而又見它路轉峰迴，由社會語文學、文化語文學、符號學等處展開生機。這其間，或假西學以接枝、或汲往古而開新、或移花換木、或么弦別彈、或隔溪呼渡、或曲徑通幽，種種機緣，各色樣貌，足以徵世變，而亦可卜其未來必然是大有發展的。只不過，講談這樣的歷史，終究是教人感慨莫名的。

第三章　語言美學的探索

一、語言美的研究

在台灣，語言美學的發展有兩個高峰，一是在五〇年代的現代文學運動，二是在七〇年代的比較文學發展。

瘂弦曾指出：新文學運動時期，很多以白話寫詩者，並不純粹爲了創造詩藝，而是從事文化改革的運動，以此散播新思想。三〇年代，抗戰，詩更成用爲救亡圖存之工具，不允許在戰火中精琢詩藝。四〇年代，標榜普羅與進步，詩人成了無產階級的旗手。故須待五〇年代台灣詩人才開始展開「文學再革命」，迎接西方各種技法，進行詩語言之試煉（詩是一種生活方式：鴻鴻作品的聯想，現代詩，復刊十五期，一九九〇）。

這就是當時將新詩改稱爲現代詩、創辦現代詩社之類活動的內在原因。當年紀絃自稱要「領導新詩再革命」，夏濟安先生則顯然也想進行一次文學再革命，強調文學就是文學，只有「繼承數千年來中國文學偉大的傳統，從而發揚光大之」「我們的文學才會從過去大陸那時候的混亂叫囂走上嚴肅重建的路」。

這些話，正是欲將文學回歸於文學，並進行文字再錘煉之意。當時他們都反共，此即爲其反共之方法，反對文學成爲宣傳（大陸上於八〇年代以後，反對延安文藝整風以來的文學道路，放棄文學的政治話語時，也主張重返文學自身。與昔年台灣之以現代主義反共，實有異曲同工之妙）。故他評彭歌《落月》、談〈一則故事，兩種寫法〉完全是討論小說的寫法，〈白話文與新詩〉〈兩首壞詩〉等文更明說：「二十世紀英美批評家的一大貢獻，可說是對於詩本身的研究……，著力地就詩的文字來研究詩的藝術」「新詩人現在主要的任務，是『爭取文字的美』。詩的題材是次要的，詩的表現方式才是最重要的問題」。其目的在使白話文成爲「文學的文字」，其批評方法則亦屬於新批評的字句剖析（explication of texts）。美國「新批評」之崛起，本來也就是由於二、三十年代不少文人以人道主義、社會批評爲旗號，揭露社會不義，故導致新批評起而反抗之。摒除社會—歷史式批評方法，反對把文學作品和外界現實牽扯在一塊，著重討論作品本身的意象、語言、象徵、對比、張力、結構等。當時台灣文學上的發展，也可以從類似的脈絡來觀察。

在此同時，我們也不可忽視了台灣在現代化方面的進展。六〇年代的中西文化論爭，顯示了台灣正在邁向現代化之過程。現代化所要求的自由、民主、科學、理性，成爲社會上進步知識分子所欲達致之精神，因此邏輯、實證主義、分析哲學一時之間亦成爲被鼓吹之顯學。所以那是個現代化的時代，也是個分析的時代。在英美世界中，美國哲學家懷特在《分析的時代》裡寫道：「二十世紀表明爲把分析作爲當務之急，這與哲學史上某些其他時期的龐大的、綜合的體系建立恰好相反」。他把「分析」看作是標誌二十世紀的「一個最強有力的趨向」。這一趨向是從「非黑格爾化」發端。杜威、羅素、摩爾等人摒棄了以絕對理念和辯證法爲特徵的黑格格爾主義，謂此類哲學爲神話、玄想和詭辯，認爲哲學是需要分析的事業。其後英美實證主義傳統則由此拓出新的路向。在台灣，自由主義及現代化論者亦由揚棄中國傳統唯心論、道德哲學、宋明理學，來開展實證主義、分析哲學。

在這些自由主義者身上，並沒有什麼美學論點可說，因爲注重分析的實證主義傳統原先並不重視對美的研究。早期維根斯坦即認爲善與美只能由直覺和情感來體會，不能形成眞實的命題，故無意義，不能討論。不過，後來分析美學的發展則突破了這個局限，如桑塔耶那即提出了自然主義的新實在論，建立了一個將存在、本質、心靈三位一體的體系。他寫下了《理性生活》一書，將人類努力使自己的各種各樣的欲求衝動趨於和諧並且得到滿足的過程，視之爲人類向自己的理想目標不斷邁進的環節。並將藝術理解爲是將客體「理性化的活動。理性既是藝術的原則，又是愉快的原則」（藝術中的理性）。這一條思路也很快就被引進台灣，白先勇所辦晨鐘出版社便出版了桑塔耶那的《美感》。

七〇年代由顏元叔大力提倡的新批評，其實乃是延續這個脈絡的發展。因爲之前歐陽子也曾以新批評手法來分析白先勇的小說。現代主義小說，整體上看，亦都有重視作品本身語言表現的性質。

但七〇年代中，這個性質與寫作態度遭到社會主義與寫實主義之反擊，文學被要求要正視社會現實、正視鄉土。文學再度成爲號角，希望能帶動社會之改革。但這個新態度本身卻是分裂的，如顏元叔本人在現代文學方面，也主張民族主義文學；但他進行文學批評時，用的卻是新批評。新批評一如過去，仍然具有批判性。只不過它的批判對象不再是五四運動以來的新文學，而是五四運動以後「文以載道」的主張，以及七十年代尚未受現代化洗禮的中文學界。

文以載道的主張，顯然常視文學爲工具；中文系所依循之評文方法，也以籠統之風格描述爲主，若要深入談，便往往乞靈於社會-歷史式批評。顏元叔抨擊它們是「印象式批評」和「歷史主義復辟」，主張回歸於作品本身，視作品爲一獨立自存的有機體，要求批評者針對這件作品進行分析，並謂如此才是客觀的科學分析，而不再是主觀的印象描述。

這波攻擊，對中文系有極大的震撼，因此中文學界往往認爲語言分析新批評是在中文系外部發展起來的，而且是七十年中期才出現的。其實正如前述，殊不盡然。我們忘了中文系老早就有王夢鷗先生寫了《文學概論》等書。新批評健將韋勒克的《文學論》，六〇年代即有大林出版社的譯本，八十年代王夢鷗先生也譯了一次。不過這種對作品本身的分析，確實重新呼喚了中文學界內部一些重視語言分析的思路，使之重獲重視與開展，例如修辭學、詩格詩例詩法、評點等等。

而衝突遂也發生於中文學界內部。王夢鷗於一九七九年爲時報公司歷代經典寶庫寫了《文心雕龍》，同一時期他在《中外文學》刊載〈劉勰論文的觀點試測〉，主張劉氏「對文學的基本看法是把文學當成語言來處理」，並說劉氏「著重的是辭章而不是義理，所以兼容緯書騷賦諸子百家的語言，僅僅討論他們語言表現的功力如何，而不作思想上的批判」（八卷八期）。這顯然也是繼他在《文學概論》中強調文學乃「語言之藝術」後的發揮。但結果是引起了徐復觀先生的痛批。徐先生亦曾因一九七九年九月白先勇在香港新亞一場演講而光火，寫了〈中國文學討論中的迷失〉。認爲白先勇所說：「從五四以至三十年代之文學思潮，文藝被視爲社會改革工具。這種功利主義的文學觀，使文學藝術性不再獨立」，今後「唯有再加倍注重小說的藝術性，配以社會意識，才會有更深度之作品」，完全不正確（兩文均收入一九八一，學生書局，中國文學論集續篇）。徐先生本於中國傳統「詩言志」之說，強調作品乃主體情志之發抒或表現。故所謂藝術性，只是就表達主題之效果而說的，「藝術性是附麗於內容而存在，無所謂獨立性的問題」。這樣的觀點，當然要與語言美學的路數相齟齬了。

諸如此類對諍，當然屢見不鮮。但語言美學式的探討仍不少見。如姚一葦「有意採用西洋現代語言學的方法，撰述一系列討論我國詩的論文」，曾寫過〈中國詩中的人稱問題芻論〉；又據新批評之觀點，參考艾略特以想像力的視覺性論但丁詩之例，寫了〈李商隱詩中的視覺意象〉；其他如他論瘂弦的〈坤伶〉、王禎和的〈嫁粧一牛車〉、白先勇的〈遊園驚夢〉、水晶〈悲憫的笑紋〉、黃春明〈兒子的大玩偶〉等，也都是針對語言藝術的分析。又則如梅祖麟高友工對唐詩的分析，標明了是「試從語言結構入手作文學批評」「利用安普森學派的分析方法作爲批評的取向」「我們的分析方法，學自標榜『細讀』一派的大家，例如I.A.李查士、C.布魯斯，尤其是新批評學者」（見〈分析杜甫的秋興〉〈論唐詩的語法用字與意象〉，均收入《中外文學》）。凡此等等。都對那個時代的學風起著具體的影響。

也就是說：語言美學的路向，在台灣也是頗有發展的，形式批評（包括結構主義）這一脈，從五〇至八〇年代，其實一直綿亙不衰，而且與現代主義、自由主義、理性精神、客觀方法、藝術自主性等有著密切的關聯。

二、對形式的關注

這種關注語言形式的學風，也逐漸影響著我的文學美學研究。

早期我與一些師友們講詩文，雖然本領頗在於說其謀篇、鍊句、鍛字、酌律之巧，但整個說解的目的並不在此，而是期望通過對作品更深入的分析來了解作者，成爲作者的知音。因此整個釋義活動，是回歸於作者那兒的。探尋作者是什麼樣的人、說了什麼、爲什麼說、如何說。每位作者，都是我們「尚友古人」的「友」，我們要傾聽其心聲，與他形成共鳴，了解他的生命型態，深入到他內心世界去。這種理解，當然同時也回歸於自己，因爲透過與古代偉大心靈的對話，在我們不斷深入到詩人文豪的內心世界去時，我們自己的生命也不斷深邃起來，我們的境界也不斷提高了。故知音傾談，生命形成互動，其意義並不全然是客觀的考古。

我稱此爲「生命美學」的進路或型態。這個型態，乃是我爲學之基本態度，我對它當然是極爲肯定的。

但是，這個型態不能概括所有，學問畢竟仍有其他面相。對於客觀的、形式性的部分，亦不能說它與主體內在性情志意無關，而予以忽略。從歷史發展來看，生命美學誠爲中國文學藝術之特色所在，卻非全貌，而且其間還有個發展演進的過程。對於那些非生命美學所能範限，又於歷史上跟生命美學形成動態關係的思路，我們則一向缺乏探究，或者不予重視。

以詩來說，大部分詩學理論，總是由「詩言志」講，論詩本性情、言爲心聲。主張讀詩者要以意逆志，得知作者之私衷隱曲，如見其爲人。分析起詩來，也老是由作者的生平遭際、性格心理、特殊感性模式等方面去探索。

我們雖然在解詩時也會分析它的形式、技巧，說明它遣辭命意方面的匠心，但本末輕重是很明顯的。我們不但把情意視爲本體，將技巧形式看成是爲情志服務的工具，也以「內容」和「形式」來區別內外本末，甚且認爲形式並不重要。一個內蘊豐富、學養俱優的人，自然就能寫出好詩文來。所謂「腹有詩書氣自華」。反之，若無此涵養，再怎麼鍛鍊字句，也沒有指望。同時，只要有好的內容，形式是可以破壞或放棄的，所謂「吾寧拗折天下人嗓子」。一位好作家，絕不能爲了格律或其他任何形式而桎梏了他的性情。故打破形式的束縛，乃更因此而是一項我們所稱道的好品格。

我是作詩的人，當然明白這類觀點，也頗服膺其說。但正因我亦從事文學創作，並不如我們一些朋友，只是談理論。所以我又深知這形式的問題其實並不如此簡單。因爲看球的人可以只欣賞球員在場子上馳騁騰挪之姿，我們打球的人卻曉得那些抄截、過人、傳球、上籃、遠射、助攻，全都是在規則下做出來的。沒有籃球的規則，就沒有籃球這種遊戲或競技活動。所有籃球之技藝，都是由這些規則形塑、規範，並讓人在與規則配合的情況下產生的。籃球與足球、羽球、曲棍球、棒球、躲避球、板球、橄欖球之不同，不也是規則的不同嗎？球員們的運動才華可能都是好的，但有些人適合打籃球，卻未必能成爲好的棒球選手，如喬登之類就是個好例證。用踢足球的辦法也打不成籃球。詩文的情形，不正是如此嗎？我們怎能說我是一位好柔道選手，但偏要用柔道方式去打拳擊賽？一位好足球員，偏要以踢足球的方式去打籃球，而後說規則限制了我呀、桎梏了我呀，我寧拗折天下人的膀子呀，大家不必管形式，應當注意我的運動天才呀，我們能接受嗎？在一場足球賽中，忽然衝進一人持球大作投籃動作，觀眾必定大譁。何以在詩文中我們卻將這些形式、規則看得如此輕忽？

事實上，傳統文學創作者亦不見得眞的輕忽形式與規則。每種文體，即如每種球類，各有各的規則與風格，就像橄欖球與高爾夫球不同那樣。從事文學創作，本來就會先考慮它是在幹什麼，是寫小說呢？還是寫詩？寫詞呢？還是作駢文？也就是說，現在準備打什麼球。然後，打什麼要像什麼。我國第一篇正式文學批評文獻，曹丕〈典論論文〉就說：「詩賦欲麗，章奏宜雅」等等。詩、賦、章、奏即是不同的文體文類，麗與雅則是它的風格。這種風格與它的形式規範是分不開的，即如橄欖球激烈驃悍、高爾夫球則顯得較爲雅致一般。這乃是我們從事文學創作時原本就知道，而且在此原則下進行的。

三、探索法的原理

但此不必明言者，現在卻被忽略了。我早年學詩，講詩法，也沒有從理論上想到這些問題。而是倒過來的。先寫《春夏秋冬：中國詩歌中的季節》談詩人感情與四季物色之互動，再在博士論文《江西詩社宗派研究》中討論詩人如何經由文體修養之提升，轉識成智，以達成「活法」，亦即心活故詩語活的境地。在那些年，我談龔自珍的劍氣簫心、講六朝詩人之孤憤、說李商隱的人生抉擇，大抵都只從生命情調、心境內容、價值抉擇這些方面去探索。把中國詩，甚至整個中國文學的基本性質定位爲「抒情傳統」。一九八〇年由蔡英俊召集我們爲聯經出版公司《中國文化新論》編寫的兩冊中國文學論集，其一即名爲《抒情的傳統》，另一本名爲《意象的流變》。可見彼時我與我那一群朋友們對中國文學的基本掌握即是如此。

但研究宋詩畢竟讓我觸探到一個新的面向，我注意到宋人對於唐詩宋詩風格的分辨涉及了「文體論」的問題。詩究竟該怎麼做才像個詩而不是文章、記應該怎麼寫才不會像是論，這就是文章辨體的事了。每種文體都該有其本來該有的風格與寫法，合乎它，稱爲有本色、得體；不合，則不得體，稱爲失體、戾體或謬體。宋人說：「荊公評文章，常先體製而後文之工拙。」談的就是這種重視文體規範的觀念。

我乃由此而寫〈論本色〉〈論法〉諸文。認爲：「兩漢渾渾灝灝，文成法立，無格律之可拘。建安黃初，體裁漸備，故論文之說出焉」（四庫提要・詩文評類）。早期文學作品無論是傳達理念，抑或表現感情，它都只在「表現」，可以自由選擇並運用文字，構成作品。但當這些作品在質與量方面都有了豐富的積累以後，文字組合便逐漸顯示出一定的規律和結構，形成了「法」。這時，自然就會激生批評理論上的知性反省活動，對於這些逐漸完備的體裁，已然成文、已然立法的作品，重加檢視。魏晉時期，如〈典論論文〉〈文賦〉之類，即屬於這一種批評性作業。

過去，對魏晉南北朝這一段，在文學批評方面，我們只集中力氣去關注當時因所謂「人的自覺」而興起的緣情之說，卻忽略了魏晉南北朝以後，曾經興起的一股替文學立法的熱潮。對於唐朝，我們雖也討論過他們那時曾經流行廣遠的詩格著作，但基本上只認爲那是考試制度下的副產品；對唐詩及唐朝在文學批評上的歷史性格，也只強調他們的活潑創造表現，而把宋朝視爲對法的堅持者。

但如果我們把齊梁以降，諸如永明體逐漸發展成律體、詩格詩例之書日趨增多、《文心雕龍·總術》這一類言論逐漸形成……等現象，綜合起來考察，便將發現：這是一個新的文學批評運動。一方面，它是對漢晉時期所發展出來緣情之說的反省與超越；另一方面，對於宋朝文評，可能也應重新理解爲：它既是法之觀念與系統建立完成後，一切均在法之規範下活動與思考的時期；也是朝向鬆動、辯證法律體系這個方向努力的時期，因此才能有對於「意」的強調，並從「法」的觀念發展出「活法」。

漢代論詩者，較著眼於作者本身的情志意念，賦比興也只視爲一種表達手法，用以表達作者內在的情思，故重點依然只在作者之情志內涵，文字乃傳示道之工器而已。此時並未發展出有關體制形器之知識。「形」並無獨立地位，其自律性也沒有受到尊重。然而，自法之觀念在文學批評中出現後，此一傾向即遭到明顯的挑戰，法與作者創作主體之間，乃出現了一種新的辯證關係。

這是因爲立法的行動一旦展開，順著法的原理，其辯證性必然逐漸開展。這種辯證性是多重的、並存的。例如法是人所規定，但又反過來做爲人的行動規範和依據；而法既爲普遍的規律，作爲行動的準則，它便應具有不變的穩定性，但時移世異，法又必須不斷變動，才能保持其內部的活力、擴張法的體系；同時，有定法而無定人，人不僅流動、生活於法之中，也必須倚靠人才能完成法、表現法……。諸如此類多重複雜的關係，必然會隨著立法活動逐漸圓熟後，慢慢地開始被人思考到。

由此亦可以衍化爲「質／文」「內容／形式」「天然／人工」「悟／法」「自得／學古」……等問題。後世文學發展，雖然重視主體性，一切理論固然均以前者爲依歸，但卻幾乎沒有任何人主張完全放棄後者。而都是把這兩者放在一個辯證的架構中來處理，認爲兩者相反而皆不可廢，且可通過法之得於自然，或出諸自然情性故與法訢合無間。

這條路子，基本上是在法的格局中講「意」。格律既須守住，理致情意如何才能與法融合，或者說法如何才能涵攝理致情意，乃成爲一重要課題。這即逼出從「法與悟」到「由法起悟」的詩學模式。而法之所以能夠起悟，其所謂法，本身便已不再是與悟對立的法了，它成爲涵攝了情志的法。這種法，就是活法。

活法，是「規矩備具，而能出於規矩之外；變化不測，而不背於規矩。有定法而無定法，無定法而有定法。」要達到這步境地，關鍵在於妙悟。而悟又須有種種工夫，非一蹴可及。因此活法之說，只是宋人在理論上超越辯證地解決了法的問題；其實際創作行爲，恐怕仍在法的縛纏中，並未眞正達到從心所欲不踰矩的地步。這也就是爲什麼元明清三朝詩家仍必須不斷面對這個問題的原因。

這是我由法的角度對文學批評史之解釋，並說明法與創作主體之間的關係。這種批評史的描述，和對法與創作主體關係之理論說明，都是從前沒人做過的。對於法的原理，諸如如何立法以建立藝術的世界、形成文學的成規、奠定法律的權威、塑造學習的規範等，過去也未有此類討論。

延申此類討論，我援用索緒爾（Ferdinand de Saussure）la langue（語言）與la parole（言語）之分，將文體視如la langue。因爲la langue是從一般語言的混雜事實中抽出來的明確因素，它是語言屬於公眾的、合於習俗的一面；這體系是根據一個團體中各份子的社會契約而建立的，依賴這一體系才能使他們互相了解。在字典和文法書中所描述的，就是la langue。

因爲la langue存在，字典和文法書才是可能和必須的，不受個人意志而改變；因爲la langue對個人而言，永遠是外在的，他繼承了它、他降生於它之間，就像他活在社會裡一樣。但相反地，la parole是個人說話的方式，是個人意志與智慧的行動。la langue是一部法典，la parole則是這法典在實際情況中被使用的方式。文體與創作者具體地進行某一文體之創作，正如la langue與la parole之關係。

四、文體的本色

但這個講法，在論「本色」時沒有問題，在討論《文心雕龍》的文體論時卻引起了不少的爭論。

一九八七年十二月我在古典文學研究會策畫了《文心雕龍》研討會議。爲了增加會議氣氛，同時在中央日報發表〈文心雕龍的文體論〉，在書目季刊製作了《文心雕龍研究》專輯，其中並有我一篇〈文心雕龍的價値與結構問題〉。

大意是說：自漢朝劉熙《釋名》、蔡邕〈獨斷〉開始作文體分類以來，文體論一直是文學理論的主要重心，如〈典論論文〉〈文賦〉〈文章流別論〉〈翰林論〉〈文章原始〉乃至桓範《世要論》中〈序作〉〈讚象〉〈銘誄〉諸篇……，幾乎全是對於文章體式、各體之風格規範、修辭寫作方式、歷史發展的討論。各類文學作品，即是一個個客觀的、可分析的對象；作者也必須「程才效技」，將自己沒入文類規範之中，依其客觀規律及風格要求去寫作。雖然這裏面也會有文氣論的問題、有對創作者個人情性的考慮，但那都常附著於文體論之下，由人的才氣問題，轉入對文章氣勢風骨的討論。因此這時的確有一種濃厚的客觀精神瀰漫著。所以，早期談「知音」是知心知己的意思，是兩個主體間相互了解、相互感通的融洽狀態，似乎不必訴諸言語，即可莫逆於心，雙方都在內心世界沉靜地進行著理解的活動。但《文心雕龍·知音篇》卻不是這樣，劉勰企圖建立一套理解的法則與客觀批評的標準。不但將文類客觀化，更要依其文類規定，找出優劣判斷的客觀標準。由於創作者與批評者之間，有一個客觀的作品文理組織，故「六觀」不再是觀人，不再是相悅以解的溝通，而是具體地觀作品之位體、置辭、通變、奇正、事義與宮商。

不僅劉勰的「六觀」屬於這類批評理路，沈約、鍾嶸亦皆如此。沈約論四聲，認爲他所發現的，是詩文本身內在的規律，而非經驗上對前人作品的歸納，且「自靈均以來，此秘未睹」，歷來創作者都只能自以爲自由地在規律中表現自己，冥契於此一規律。鍾嶸則認爲「詩之爲技，較爾可知。」詩技高下是可以客觀比較的，所以他要寫《詩品》，較評詩家。

這是個接近形構主義把作品視爲客觀對象的立場。可是近幾十年來，大家受了抒情美典的影響，接納徐復觀等人的見解，不但從人物品鑒去觀察六朝文論，著重說明風格即人格，並企圖說文體就是人之性情的體現，如徐先生即認爲《文心》全書都是文體論，上篇談歷史性的文體，下篇論普遍的文體，所以下篇才是文體論的基礎，也是文體論的重心。而下篇裏的〈體性篇〉又是《文心雕龍》文體論的核心，因爲文體論最中心的問題就是人與文體的關係。依此，他大罵古來言文體者都弄錯了，都把文體與文類混爲一談。不曉得文類是客觀的作品語言結構，可以跟作者個人因素無關；文體則必有人的因素內。故他以事義言體要，以作者才性生命特質論文體。

我則以為他的論點根本就是錯的。依他（以及與他類似）的講法，不但《文心》的文體觀念更難理解，中國文評理論的糾葛藤蔓也將更趨繁多。

由於文體論是以語言形式為中心的，但因語言必有意義，依緣情理論和言志傳統的講法，是心中有情意志慮，借語言表現或表達出來，文體純為人格內在情志生命的外觀，很多人也用這種想法去解釋《文心》。但這是不了解何謂文體使然。文體，如前所述，係就語言樣式說。由文體談創作，自然也就顯示了：一切情志意念都在此語言形式中表現，及語言形式是可以規範並導引情感內容的。或者，更直截地說，每一文體都有其成素與常規（conventional expeatations），無從逃避；每一形式也都表徵出一種意義，而該意義就徹底展現在語文的表現模式及其美學目的上。

因此《文心・鎔裁篇》說剛開筆為文時，即須「履端於始，則設情以位體」，設情與酌事、撮辭同義，表示作者應斟酌其情以位置於文體之中。同理，〈章句篇〉又說：「設情有宅，置言有位，宅情曰章，位言曰句。故章者，明也，句者，局也。局言者聯字以分疆，明情者總義以包體」，章句是語言格局，也是情之安宅，更是用以明情的唯一依據，所以後文又說：「句司數字，章總一義，其控引情理，送迎際會，譬舞容環，而有綴兆之位；歌聲靡曼，而有抗墜之節也」，抗墜之節、舞踏之位，不是用來「表現」情理，而是「控引」情理的。文體如此，文術亦然，故〈總術篇〉說曉得文術之後，即能「控引情源，制勝文苑」，因為「術有恒數」，可以「按部整伍，以待情會」。

正因文須「設情以位體」，不是素樸地感物吟志而已，所以才要強調文術。一切才氣才力都得納入術的考慮之中，所謂：「棄術任心，如博塞之邀遇」，故「才之能通，必資曉術」（總術）。文術觀念的提出，乃是在文體論思考下，由文氣論那種「引氣不齊，雖在父兄，不能以移子弟」的天才說脫化轉出的制衡觀點。一方面具體指出術有恒數，可以制巧拙；一方面藉此將文氣論消融於文體論中，承認才氣是創作者最主要的動力，但才氣須依文術之運作，體現於文體之中，乃能有所表現。這裏便出現了「學」的問題。

凡此云云，在當時不僅是衝撞了權威，也挑戰著信仰。因爲在中國文學批評界，大家都認爲文學作品並不只是文字遊戲，它必須「其中有人」「其中有我」；整個文學創作活動也應發乎情志，本於胸臆。因此對於我這類講法，殊覺逆耳。

而事實上，早先王夢鷗先生寫《文學概論》時，揭櫫「詩爲語言的藝術」之義，大家也不覺得有什麼不妥，只認爲他是沿續了克羅齊以迄新批評形式分析之類說法而已。可是王先生爲時報公司寫歷代經典寶庫版《文心雕龍》時，以語言藝術界定劉勰論文之旨，便引起徐復觀先生嚴重的非難，撰文大力批駁，主張文體本於情性，不能只從語言面去論文體。我既論《文心》，又直攻徐先生，當然也引發了很大的爭論。

賴麗蓉首先寫了一文說我是「開倒車的革命家」。後來古典文學會又擇清華大學月涵堂加開了一場討論會。另顏崑陽也寫了一文，謂我僅得一偏。學棣周慶華等，也各有文章繼續討論。

但我是否已從「生命的學問」轉到客觀化、形式化的那一面了呢？其實亦不然。我只是說：情志批評，固然爲中國文學評論之主流，亦影響了中國的文學創作。但情志批評、生命美學、抒情傳統，並不能涵括所有。有些時代，反而是要要求「控引情源，制勝文苑」「按部整位，以待情會」的。對此文術、文體、文「學」，吾人不能不予探究。其次，對於強調法的時代與文獻，我們也不能只以一種情志典範去看待它、理解它。再者，人與法的關係是辯證的，法的發展也是辯證的。漢晉講情志、論才氣，齊梁隋唐乃立法度、設格例，宋朝則存法以破法，大談活法。此一格局，亦當注意。而且，這亦是我國文評與西方頗爲不同的所在。

五、象徵的體系

關於第一點，屬於文體之術等「形」「法」的知識，我在《文學散步》（一九八五・漢光）中區分形式爲結構形式和意義形式兩種。所謂結構形式，是指文學作品可以脫離意義內容而討論的語言組織形式，例如：一首七言律詩，無論其意義內容爲何，它永遠在結構形式上不同於一闋「水調歌頭」；而一篇駢文，也永遠可以根據它的結構形式，跟其他任何散文或戲劇劃分開來。任何一篇文學作品，我們都可以依據它結構形式的特徵，分爲有韻、無韻、抑揚格、十四行詩、古體詩、近體詩、評論、奏議、銘誄、遊記、哀輓……等等，它代表某些特定的法式、體制或格律。而且，這些體制與格律，乃是固定的，不能任意改變。不管你的情感是悲哀還是欣喜，不管你所要宣示的意義是深厚還是尖刻，只要你採用了七言絕句這種語言格式，就永遠不能悖棄或違反這種結構形式的規定。即使有所謂「拗體」，也只是依照該體制所規定的拗法去拗，不能隨便亂拗。

至於「意義形式」，與結構形式不同。譬如：一首歌楊詠貴妃的七言絕句，七言絕句的格律，是結構形式；而「一騎紅塵妃子笑，無人知是荔枝來」所宣示的意義（唐明皇爲了博貴妃一粲，竟不恤民力，千里迢迢，從嶺南運送荔枝來給她吃），就是意義形式。爲什麼稱爲意義形式，而不逕稱爲意義或內容呢？因爲這裏所謂的意義或內容，其實並不是形式之外或預存於形式之前的東西，而只是這首絕句。是這首七絕的語言文字，組織後構成的東西。

這即意味者：第一、在文學作品裏，一切「意義」，都仰賴文字來呈現，包括所謂言外之意，也是以語言文字來蘊含或暗示。我們找不到有在文學作品那個語文格式之外或之前的意義。第二、一篇文學作品的意義，例如：詩，並不是專指那些能夠用散文寫出來的意思，才喚做意義或內容。詩的意義，乃是由押韻、特殊的文法構造、文字的歧義、比喻、富於表意的音質，以及可以用散文概述簡括的內容，合併起來的。所以，即使是結構形式，也是意義構成的一部份，不可或缺。第三，既然文學作品中一切意義都在其語言文字中，則我們平時所說的作者的意思，其實就都是「作品中的作者」，都是作品的語言文字帶給我們的。而且這個作品中的作者與現實世界的作者也並不全然相等。因爲符號跟它所指涉的事物之間的關係，並非天生而然，而是依使用符號那個社群中人共同的規定。正因爲它們之間，不是實質的關聯，是約定俗成，所以，人能利用符號去觀察、去討論世界上實際並不存在的事務（至少在經驗上不存在），例如：鬼神、地獄等等；也會受符號的限制，觀察不到實際上明顯存在的事物。故符號所構成的認識世界，不同於眞實的世界。它的眞實世界，就在符號系統所構築的世界裏；那當然會跟客觀眞實世界有關聯，但不必，也不可能企求它們相等（詳見該書〈文學的形式〉〈文學的形式與意義〉）。

基於這種看法，我便要接著探討文學語言之特性。此亦「本色論」中涉及到的：詩當以反逆日常語言爲其本色。我援用雅克愼（Roman Jakobson）的理論來說，詩歌語言即是一表達詩功能（Poetic function）的語言。它整個語言行爲集中在語言本身，設法使語言成爲藝術品，而不只有指涉、抒情、感染、線路及後設語規等其功能。這樣一種語言，構成的基本原理，在於把「對等」當做組合語串的構成法則，使得詩歌語言在語音、文法、語意等層面，都帶有隱喻和旁喻的性質，所以它也充滿了豐富的模稜性（ambiguity）。換言之，詩歌「比物連類」的語言特徵，乃是達成詩之藝術的重要關鍵。古人論詩之所以爲詩，強調其比興寄寓，就是這個道理。

但論詩語言而強調比興含蓄，會碰到貶低「賦」體的情況，認爲敘事、說理、議論均非文學語言之本份，而形成爭論。如明謝肇淛《小草齋詩話》說：「王建王涯宮詞，借以敘事，遂傷本色」，王船山《薑齋詩話》說：「詩之不可以史爲，若口與目之不相爲代也」。這種詩語言特性的釐定，以及它在文學批評史上的相關爭議，我於一九八五年寫的〈詩史觀念的發展〉、一九八六年寫的〈論本色〉，一九八七年寫的〈論法〉，均是處理這個問題。

而這個問題又帶出了有關「比興」的探討。學界論比興者多矣，但大抵集中於解釋何謂比興，或由詩人之比興寄託去了解詩人心境。而未發現比興象徵之所以會令詩語充滿了模稜性，乃是因爲比象託喻之物與其所欲說明之意義之間，雖有關聯，卻畢竟不完全相等，故一個意義可以用好幾種不同的象來表達，一個象也可以有許多個意義，這便是象徵的模稜曖昧本質。令仁者見仁，智者見智。然而，象徵固然是仁者見仁、知者見知的，但象徵記號與意義，在一個文化中，卻無法輻射型開放。文化的強制力量，拉合了象與意，使得象特定地朝向某一類意義，而不朝向另一類意義。如此，自然就構成了文化及文學上的成規（cultural and literary conventions）。

這樣的成規，具體表現在詩和易的象徵體系中，據惠棟《易漢學》說：「荀九家逸象三十有一，載陸氏釋文，朱子采入《本義》。虞仲翔傳其家五世孟氏之學，八卦取象，十倍於九家」（卷三），但這些象多半失傳了。惠棟整理後，得三三一事，張惠言著《周易虞氏義》，又增加了一二五事，共得逸象四五六則。譬如乾，爲王、爲明君、爲神、爲大人、賢人、君、嚴、威、道、德、性、信、善、大、盈、好、利、清、治、龍……。坤爲臣、民、小人、鬼、母、下、惡、藏、恥、亂、怨、晦、夜、車、牛……。離爲女子、孕婦、惡人、刀、斧、鳥、瓶……。凡此之類，後來方申撰《虞氏易象彙編》，續予補充，共得一二八七事，可說是洋洋巨觀了。

把張惠言等人對虞氏易象的歸納，拿來跟乾隆中刊行的《詩學指南》相對照，便可以發現：《詩學指南》所收晚唐虛中撰《流類手鑑》及題賈島所撰的《二南密旨》，也都是從六藝、風雅、正變，論到物象，例如殘陽落日比亂國、百花比百僚、江湖喻國家、荊棘蜂蝶比小人……等等，共一〇一則。大抵清人之說比興者，都是依據這個易象所衍生的流類象喻系統在創作或詮釋作品的。所以這個系統，也可以簡單地視爲我國詩歌的「公共象徵體系」或「俗成暗碼」。

如此論比興，便是一種文化符號學式的討論了，前此論比興者均未觸及於此。而我之所以能談這些問題，則是本於我經學的基礎。

例如，說詞的人都曉得常州派張惠言等人係以寄託說詞的。可是誰能讀張氏之書？誰知其論詞手眼即本於其虞氏易學？他把〈詞選序〉編在〈周易虞氏義序〉〈虞氏易禮序〉〈虞氏易事序〉〈周易鄭荀義序〉〈易義別錄序〉〈易緯略義序〉之後，〈丁小疋鄭氏易注後定序〉之前（見《茗柯文》二編卷上），當然不會沒有用意。何況，常州學派又是講今文學的，今文家說《春秋》，強調「義例」，更是對文家論文有深遠之影響。

公羊家認爲《春秋》某些特定的修辭運用，如及、來、入、取、卒、薨、朝、會等字，都有特殊的意義，再配合時、月、日的書與不書、或詳或略，就構成孔子筆削寓意的目的。這樣的寓意系統，濫觴於漢晉。清中葉後，公羊學復興，莊存與出，著《春秋正辭》，認爲春秋「以辭成象，以象垂法」，又開始講義例，後來劉逢祿著《公羊何氏釋例》更是集大成之作。所以常州派基本上就十分注重這個暗碼系統，並要通過這個暗碼系統，去說明：「能說鳥獸之類者，非聖人所欲說也；聖人所欲說，在於說仁義而理之」（魏源・武進莊少宗伯遺書序），無論解《春秋》《論語》或詩詞，均是如此。

言文學者，很少人通經學，故亦罕有人能知此義，更不能明白經學對文學批評的影響還不只在常州一派，或象徵符系統這一面。因爲文學批評中有關修辭格例的討論，大概均得諸經學。

漢儒曾從《春秋》的遺辭用字（所謂「書法」）中，歸納整理出若干條原則，又稱爲凡例。據說有周公舊例和孔子的新例，如杜預所云：「（春秋）其發凡以言例，皆經國之常制、周公之垂法，仲尼從而修之，以成一經之通體」。故學者須觀察書法，以明孔子進退褒貶之意；由書、不書、故書、不言、不稱、書曰……等處，觀微言大義。這些條例，據何休《公羊解詁》序說有胡母生條例，然其書已亡。《隋書・經籍志》則還載有杜預《春秋釋例》十卷、劉寔《春秋條例》十一卷、鄭眾《春秋左氏傳條例》九卷、不著撰人《春秋左氏傳條例》二十五卷、何休《春秋公羊傳條例》一卷等。

晉朝以後，晉人經義及南北朝義疏，除沿續了漢儒治經之法外，又受到佛典疏鈔和僧徒講論的影響。而有了開題和章段。所謂開題，也稱爲發題，這是在講經時，由都講先唱題，再由主講的法師講解題意。此外則爲章門。章門，又稱科分、章段，就是章節段落。晉唐義疏，如皇侃《論語義疏》學而第一說：「論語是此書總名，學而爲第一篇別目。中間講說，多分科段矣……」，《左傳・序》疏說：「此序大略十有一段明義」。

這些體例，無不深刻影響到後來的說經習慣，也直接塑造了某些文學批評的模式。例如說經者推敲字辭書法以明仲尼褒貶之意，許多文評也是要「從文字上得作者之用心」。說經者具文飾說、敷暢文義，許多文評亦正是如此。明清流行之評點，在每書之前，例必有「凡例」或「讀法」若干條，更是像極了經學家的條例。而晉唐義疏有開題，後來評點之書，開頭除凡例之外，也必有釋題，如金批《水滸》，序一是自道作書之意，序二就是開題。章段，更是重要。評點批評，都是先把一篇文章區分成幾個段落，然後分析「章有章法，段有段法」。

不僅如此，我國第一部修辭專著，應推陳騤的《文則》。該書一開始就說明：「大抵文士題命篇章，悉有所本，自孔子爲書作序……」云云，表白了他之撰寫歸納這些文章法則，根本上即是從經學傳統生出來的。所以他所說的各種爲文法則，如「六條」論文之助辭、倒裝、字音、字義、病辭、疑辭、輕辭、重辭；「四條」論譬喻的十種方法與引證；「八條」論文的啣接、交錯、記事、記言、問答……等，都是以六經立論。其所謂「條」，亦即條例之意。這是我國第一部文話，其所分析之條例法則也與後世評點之伎倆關係最爲密切。

一九八九年史墨卿先生主編《中國國學》，囑我寫稿，我即本此見解，說明我國文評中除了欣賞作者情志，知人論世者外，尚有一大堆評論是就作品之語文形式、章法結構、寫作技巧、修辭技術等等逐篇逐段逐句逐字分析的。這些批評文獻，當然以評點最爲著名，但並不限於評點，所以我將它稱爲「細部批評」。寫成〈細部批評導論〉。所謂細部批評，是指它這種批評的態度，不同於對作品總體風格的概括描述，例如「清新庾開府，俊逸鮑參軍」之類，而是就作品之字句、意象、聲律、結構一一細究其美感經營之跡。有英國《精審季刊》（Scruting）所揭示之精神，及類似湯普森的《字裡行間》（Between the Lines）的地方。在我以前，談評點批評的人當然也多得是，可是說明其批評性質、探索其淵源與流變、分析它與形式批評新批評的異同，畢竟仍以此爲嚆矢。

總之，論詩語言的特性、論比興之功能與爭議、論象徵系統與文化符碼、論辭例、論針對作品語文字句的細部分析，都屬於我對文學作品「形」這方面的研究。

六、意義與結構

可是這些主要是結構形式的問題，關於意義與結構相配合的問題，則除了談象徵系統文化符碼之外，我也希望能進行更多的研討。而這方面，我主要是由小說著手。

一九八四年我與張火慶合著《中國小說史論叢》，由學生書局出版。我在這本書裡，主要想解決的一個問題就是：西方小說在發展中深受悲劇之影響，故小說藝術的構成，主要是以悲劇的敘述結構：情節（plot）爲主。而中國小說，則因缺乏悲劇精神，所以也少有情節的因果律（causal relations）、缺少衝突（conflict），以致常被西方觀點的批評者嗤爲綴段式（episodic）結構。欲抬高中國小說地位者，又因無法說明中國小說的結構及其結構原則爲何，而只能依仿比附一番，硬用悲劇精神、情節、衝突等來解說中國小說。對於這個問題，我們該怎麼辦？

我認爲一種文辭樣式（Verbel patcern）乃是伴隨著它的意識內容而生的，西方小說的結構原則若是悲劇觀，中國就是天命觀。兩種人生觀不同，其結構形式遂亦相異。以唐人傳奇來看，Manuel Komroff 在《長篇小說作法研究》一書中，曾分析小說組織可依其敘事內容分成幾種圖示：讀者在小說開頭即能察覺小說已發出命運的訊號，是圖一，覺察點（point of recognition）和小說開端距離甚短。若故事進行甚久，才能發現一張命運之網已開始被編織起來，則是圖二（那下降的曲線，表示命運一旦出現，人物生命情境便急速下墜殞滅了）。若是人物居然從註定要倒霉的故事敘述中，由命運圈上昇，超脫出來，則它便將成爲一種不自然、畸形、悖乎所有一致法則（rules of consistency）的圖三。唐傳奇中，〈虬髯客傳〉顯然是第二類結構圖示，但生命情境似乎並未下降。〈定婚店〉更是在幾乎釀成悲劇時轉變爲天命之前的一體同歡，由Komroff看來，這就像灰姑娘（Cinderella）自殺一樣不可能，可是傳奇中卻所在多有。不僅如此，西方小說的基本意念，多借情節中包含的「糾紛」（complication）來顯示，唐傳奇則多半不如此。

我國長篇小說另有一種神話性結構。這種結構習見的模式是：開頭以一個神話或寓言發端，結尾再以同樣的神話或寓言聯繫並收束，《水滸》《紅樓》《鏡花緣》《儒林外史》莫不皆然。這場神話式傳說的起訖，主要在說明書中主人翁存在的根源，並指出他降生人世的主要目的。通常這些人物一點通靈之性仍可與天命遙契，所以他雖懵懂來往於天命所預設的事件而不自知，卻能恪遵未生以前既定的使命，因爲他們本身通常即是天上的星座或神祇降臨人世（包公是奎星下降，薛仁貴、薛丁山、羅焜是白虎星下降，《儒林外史》《三國演義》《水滸傳》也都有星君降生的說法）。在天命的安排下，這些命中註定要聚合的人物，不斷向一個中心點匯集，匯集後一齊朝某一目標或事件前進，又不斷流散，而漸歸於「空」，結束。《水滸傳》一百零八位得天命下降的魔君，遇洪而開以後，分散各地，齊奔梁山；《儒林外史》亦然。《外史》中所有良善有德的文人匯集南京，共祭泰伯祠。《鏡花緣》也讓所有女子在長安聚首。至於《紅樓夢》的大觀園更是如此。然而千絲萬縷湊攏一處之後，隨之而來的大抵即是散離與幻空，所謂「飛鳥各投林，落了片白茫茫大地眞乾淨」。

這些小說表現的都是人間活動場中的事物，與《封神演義》先乎人間秩序的型態不同。但天命似乎總藉儀式來展示：《封神》是眾仙不斷往封神臺會集，透過隆重的封神典禮，重構宇宙的秩序；《外史》中大祭泰伯祠的儀式也飽涵莊嚴的禮樂精神；聚義梁山、天降石碣那一段更是怵心動魄，令人爲天命之森嚴奧妙而驚動。只是《封神》沒有既成人間秩序以後的敘述，所以也不會產生由天命看待人間時所激生的冷澈觀照（空）而已。

這些意見，分見〈傳統天命思想在中國小說裡的運用〉〈唐傳奇的性情與結構〉〈中國文學裡神話與幻想的世界〉〈以哪吒爲定位看封神演義的天命世界〉等文，作於一九七九至一九八三年間。一九八五年還另寫了〈小說創作的美學基礎〉，其中第三節論結構與圖式，舉佛斯特所說鐘漏型、長鐘型，康洛甫所說順命運下降型、命運向上型、滴漏型、圓型、橫8字型、上昇鋸齒型等，與中國小說對照，並說明中國小說的特點。

這些文章，雖談敘事結構之問題，但與結構主義和敘述學（narratiologic）並沒什麼關係。當時結構主義應用於中國文評，正成爲繼新批評而後的流行，鄭樹森、張漢良、周英雄等人都頗致力於此。然而敘述學所關注的乃是敘事作品的普遍規律，亦即各成品中的抽象敘事結構（narrative structure），而非一本書一個作品的結構。而且這個抽象的結構又本於一種「普遍語法」的觀念，正如托鐸洛夫（Tzvetan Todorov）所說：「一切語言，甚至一切指示系統都具有同一種語法。這語法之所以帶有普遍性，不僅因爲它決定著世界上一切語言，且因它與世界本身的結構是相同的」（十日談的語法）。我雖然也努力在中國各類小說中找尋它的結構原則，但一來我並不將此形式結構導入語法學的討論；二來我也反對普遍語法，認爲不僅語言不能完全同於世界，語言不能同於一切指示系統，亦非一切語言均本於同一語法；三則我不是談抽象的敘事結構，而是意義結構；四、我更想說明的，恰好不是普遍，而是有中國特色的思維與形式。因此，我的研究雖在局部個別問題之處理上，頗徵引結構主義相關理論以資說明，但與結構主義其實甚不相同。

當時中文學界談小說，一是沿續胡適考證之風，搜版本、考作者、定時代、說源流；二是講故事發展、主題賡衍；三是參考結構主義的做法，找出小說及民間故事之「情節單元」；四是學外文系，用西方理論來解剖古代小說，大談浪漫精神、悲劇意識、情節、衝突，或做小說人物之心理分析。凡此等等，亦均與我不契。

其中，考證學派，從形式分析這一路批評觀點看，根本屬於文學之外部研究，固無論矣。對作品進行內部研究，而說其情節安排與作品主題意識者，我亦多不以爲然。論天命諸文，其實即與當時學界鬥口之作。如論唐人傳奇，主要是批評樂蘅軍先生的見解，以爲中國小說不能用西方命運與自由意志相衝突之觀點去看。論天命思想，又反對新儒家式的人文主義主張，謂其知人而不知天。此外我也不同意使用源生於西方的文類特性，做爲指標，在中國文學中找一些東西出來，說這些就是史詩、就是悲劇；亦不贊成將史詩、悲劇這類語詞，由指形式和結構，擴大且轉移至指其結構含意和哲理含意，因爲那只會引發更多複義的爭論，無裨實際（見《詩史本色與妙悟》，一九八六，學生書局，第二章，論詩史）。

七、抒情的辯證

前面說過：在面對作品時，我們既認爲一切意義都存在其語文中，則作品中的作者與現實世界中的作者就會拉開一個距離，不會一樣。畫布上的蘋果，終究不同於眞正的那顆蘋果。這個認識，也使得我在詮釋作品時開始與情志批評分道揚鑣。

在理論上說明這個道理的，當然是那本《文學散步》。實際從作家與作品來看，就不能不談到我的李商隱研究了。

李商隱是我最熟悉的詩人，讀其詩如見其爲人，對其生命型態與人格特質，不僅理解，抑且時有同體之感。但知人論世，把詩中所見之李商隱放到唐朝那個時代中去看，卻怎麼都不對勁。新舊《唐書》描述他是個背恩負義、放利偷合的人。馮浩替他編年譜，強調他詩中頗多企望令狐綯之事。張爾田另編了一本年譜，生年即與馮譜不同，對李商隱與牛黨、李黨的關係也有不同的描寫，例如說李商隱詩「滄海月明珠有淚」即感傷李德裕貶官客死於海南島者。徐復觀則認爲李商隱仕途之不順利，與令狐家無關，乃是受岳家王茂元家族壓抑排擠的緣故。這些對他身世不同的勾勒，不唯令吾人難以辨識其面目，亦使得要理解他的詩格外困難，以致長久以來「詩家總愛西崑好，獨恨無人作鄭箋」。

我讀李詩，韋編三絕，但越讀越糊塗。博考史籍，參稽諸譜，久欲斷其是非，還原歷史的眞相，而竟左支右絀，越來越找不著出路。在此中往復沈吟，迴翔而思，先後十餘年，才逐漸發現到那種「知人論世」「細按行年，曲探心跡」的詮釋方法是有問題的。

一九八七年我赴東吳大學演講，即談到詩裡的作者和實際的作者應分別來看。詩中敘述某事，未必即眞有其事。唐人干謁，有「舍弟江南死，家兄塞北亡」之句，見者弔之，作詩的人卻說這不過是求其對仗工整而已。友人渡也，在某年父親節時發表一詩，哀悼父亡。母親節，又有一詩傷祭其母。後又見他一詩，說他哥哥因車禍去世了。我甚驚悼，謂其不幸竟至於是，去電慰唁，才曉得原來只是藉題目作詩，羌無其事。

換言之，作詩者，或就題敷陳、或依語文格式構撰，與事實是有距離的。李商隱自己就講過：「南國妖姬，叢台妙伎，事雖涉於篇什，實不接於風流。」他喪偶後，府主柳仲郢要送女人給他解悶，他才明說：我在詩裡雖常談戀愛，在現實生活上可不見得如此。這不正是詩中之我不同於現實之我的具體例證嗎？詩人作詩，事實上往往有此。因此，根據詩語所述，去編排年譜、勾稽生平，本來就不可靠；再以此生平去解說詩句，循環互證，殆如水中撈月。

顏崑陽後來在《李商隱詩箋釋方法論》（一九九一，學生書局），對於「知人論世」這套方法也有很多的反省，但是對李詩有「就題敷陳」「依語文格式撰構」和「虛擬其事」的部分則較少論及。我於一九八九年寫〈無題詩論究〉、一九八七年寫〈論李商隱的櫻桃詩：假擬、代言、戲謔詩體與抒情傳統間的糾葛〉，想處理的卻是這些問題。

李商隱集中有些時，如〈百果嘲櫻桃〉〈櫻桃答〉，是櫻果本來無言，作者擬爲問答之辭。又有代作者，如〈代魏宮私贈〉〈代元城吳令暗爲答〉；〈追代盧家人嘲堂內〉〈代應〉；〈代越公房妓嘲公主〉〈代貴公主〉；〈代贈二首〉；〈代應二首〉；〈代贈〉；〈飲席代官妓贈兩從事〉；〈代董秀才卻扇〉；〈代秘書贈弘文館諸校書〉等。這些詩，光靠「詩言志緣情」「吟詠情性」這一大原則來談，是不行的。他這一批作品，事實上提供了我們另一個新的思考點。

文學作品固然出自作者的創造，但作品本身，卻可以因其文字結構而自成一獨立的世界。魏晉南北朝盛行的文體論，就顯示了這個意義：每一文體，均有其特殊的語言格式與風格規定，如詩是緣情而綺靡，賦得體物而瀏亮，碑就須披文以相質。不論作者是誰、作者之情如何，文體的規範是普遍而獨立自存的。這樣的規定，表現在實際創作活動中即是擬古或效某人體。擬一作品或一詩人擅長之文體，不僅在構句方式、風格上與之接近，用意命思亦復擬似。此即所謂擬意。義山集中亦有此類作品，如〈擬意〉〈擬沈下賢〉〈效長吉〉等皆是。〈河清與趙氏昆季讌集得擬杜工部〉〈杜工部蜀中離席〉應當也屬這種擬效之作。凡此，都不必是抒自我之情，而常以擬似所效之人之意爲慣例。故效長吉者，必然不會有杜甫式的情思；且既擬某人，自己便要假裝是那個人在說話，才算合作。代作及假擬問答的原理也是如此。

過去我們論詩，對此都不注意，認爲詩必須與作者人格遭際密切相關才有價值，若只是虛構文字，即成爲文字遊戲。這在強調主體性方面，當然是不錯的。但文字本身的客觀性卻不免被忽略了。我們常常忘了詩歌既已創作造出來，與作者即不必然有關。李商隱這幾組假設代擬的謔嘲對問，顯然更是有意識地利用語言的特性，以幻構出一些情境。不是用言志抒情之說即能解釋的，所以各家箋注者碰到這些作品無不解得亂七八糟。

而義山傳統的悲劇形象，也使得大家忽略了他喜歡開玩笑，特別是以文字開玩笑的事實。其實義山集中戲謔之作極多，如〈飲席戲贈同舍〉〈謔柳〉〈題二首後重有戲贈任秀才〉〈韓同年新居餞韓西迎家戲贈〉〈寄惱韓同年時韓住蕭洞二首〉〈俳諧〉〈縣中惱飲席〉〈嘲桃〉〈戲題樞言草閣三十二韻〉等。這種嘲謔，源遠流長，相傳李白「飯顆山頭逢杜甫」一絕即是。但所作不多，中晚唐期間，像杜牧集中就完全沒有這類作品。義山戲謔成篇，肇引風氣，晚唐及宋代詩家，遂多此體。此等詩，無當風雅，藝術價值不算太高，但對文人階層內部的鞏固，頗有強化之功。情形正如後來盛行之次韻、和作、限題、擊缽一般（我後來亦以此觀念去解釋清朝台灣詩壇流行的擊缽聯吟、作詩鐘等風氣。因擊缽聯吟和敲詩鐘，從抒情言志的角度看，正是文字遊戲。詳一九九七，駱駝出版社，台灣文學在台灣，第一章：台灣詩歌的童年）。

循此線索，我們其實也可在「抒情傳統」之外，再建構一條「文字傳統」的脈絡。這其中，一種是依文類的傳統及規範而構作者，如樂府辭及擬意、擬古、擬某人體。義山無題詩，後來也成爲這樣的文類規範，凡作無題，不必有本事、不必有實際託指及情感，然皆循義山無題之辭藻命意來寫作。這是文類的型塑作用使然，作者可以因寫作這一文類，而熟習其文體內部之規則，參與這一文學傳統。第二種是作者順文字之結構而起造者，如賦得體、試帖、命題作文、八股。所謂「未作破題，文章由我；既作破題，我由文章」（藝概．制義概）。一般皆只知人作詩，不知作詩者亦須依循文字之結構，是詩作人。箭在弦上，不得不發，文字是會帶著人走的。一開了端（如賦得、開題），便順文起造，構一題目所規定之境。第三種是作者假擬爲他人，依他作想，如說他人夢，藉揣摩形容的想像工夫，曲寫他人心事。如陶淵明〈形影神〉三詩，假擬為形、影、神相與應答；唐人之宮詞閨怨，設身處地作思婦宮幃女子語；鮑照代郭小玉作詩、元稹代曲江老人，代筆代言；牛僧孺李義山設為古人或植物器物相酬答……，皆代人作語者，類同戲劇。所謂類同戲劇，不僅指它們都有與戲劇相似的美學典型：非表現的，而是模擬的、表演的。更指它們共同具備了「戲」的性質。所謂文字遊戲、戲擬、戲作、戲弄。面對這些作品，我們必須具有不同於情志批評的方法，否則是無法處理的。

倘如說抒情傳統所對應或所顯示的，是生命美學的型態，那麼以上這些我所強調的，亦可概括為語言美學的範疇。

八、文化的關懷

打開這樣一個美學面向，如今敘來，似亦平平無奇，實則多歷艱難。不僅常在爭辯的語言戈矛場中度過，亦有友誼師道人情之壓力，掙脫情志批評典範尤為不易。而即使掙脫了，疆宇獨開，亦四顧蒼茫，苦乏賞音。

在這個時候，我其實就非常羨慕俄國以迄布拉格的形式批評學派，或美國的新批評學派，因為他們此呼彼喁，遂共同開啓了一個時代，與我的情境大不相同。

但我亦不引彼為同調，我跟它們實又非常不同。在討論細部批評時，我即對於當時把古人評點比擬於形式批評的風氣頗不以為然，說明兩者對作品的看法、對人性的哲學觀點、對批評的功能，態度都不一樣。唯一相似者，只是雙方都強調文字，都努力評析作品的語言構造。但這種相似也是表面的。新批評在分析作品時，側重文學的緊密性、曖昧性、複雜性，講反諷、講矛盾語，在情節與結構上，講究「起——中——結」的集中於一個焦點的統一性，均與其悲劇傳統有密切的關係。跟細部批評一般所慣用的「起——承——轉——合」「頓挫往復」之說，亦根本大異。細部批評游心於小的審美態度，更是山水畫式的多焦點移動，與山水畫所追求的渾灝流轉之美一致，而遠於新批評。一種批評方法或觀點，終究不能不與它所出生的文化環境有關，從新批評與細部批評的比較上，我們即可發現這一點。

因此，形式批評所採取的，常是減法。不再理會作者與創作時代，只把作品視爲獨立自足的有機體，分析這一首詩一闋詞之美感便罷。而分析之方法又是具有普遍性的，什麼時代什麼人都可以用這種客觀普遍的方法，針對其語言構造進行分析。某些批評者並不太從事實際批評，只談詩語言之普遍特徵、敘述文之普遍結構，而後用之於各個作品的解析上去，這也是簡約極了。

我討論語言美，則重視時間因素，想說明歷史上不同時期的人對語言美的掌握有何不同。因此我的理論論述往往與我對中國文學批評史的勾勒混在一塊，除了像《文學散步》那樣的寫法以外，幾乎都是即事言理，並具有史學氣味的。用結構批評的術語來說，我這種「歷時性」而非「共時性」的研究，或許正是他們準備揚棄的。

我也不喜歡談普遍性與抽象性，而喜言特殊性與具體性。不僅每個作家每個時代不同，民族間也不一樣。因此，文化的問題仍然是不能不考慮的。我一再申辯中國小說爲何性質不同於西方、爲何不適宜用悲劇精神來解釋、爲什麼它的結構原理異於西方，又爲何中國詩歌沒有史詩，都是想說明語言結構是與思維、與文化有關的。

中國語言有其特性，不能以普遍語法概括之，討論文學作品之語言結構時，亦應注意這些特性。早自《馬氏文通》以來，漢語即有若干特性是大家都知道的，如詞類區分方面，「泰西文字……無助字一門。助字者，華文所獨，所以濟夫動字不變之窮」；拉丁語法中也無介詞，只有前置詞，馬建忠參考前置詞之作用，列了介詞一類。可是他也說：「介字用法與外動字大較相似，故外動字有用如介字者；反是，而介字用如動字者亦有之」。在句法方面，《文通》則說：「大抵議論句讀皆泛指，故無起詞。此則華文所獨也。泰西古今方言，凡句讀未有無起詞者」。

這些語法特性，邇來研究愈多，愈覺明晰。我們不能說這些都是表面差異，漢語與泰西語言之深層結構仍是一樣的。因爲結構主義所相信的一些深層結構，如二元對立，在我看，漢語恰好就不如是。漢語的一個特點正是正反無別、同義反復。故哀矜之矜，即是驕矜之矜；薄既是少又是多（如磅礴、薄海騰歡）；止既是停止又是走（論語先進：「以道事君，不可則止」，止即趾，行走之意）；離既是分開又是碰到（如罹字，故應劭班固顏師古解「離騷」爲遭憂，離即遭）；鯤既是小魚卵又是其大不知幾千里的大魚；易既是變易又是不易；豫既是悅又是厭（爾雅釋詁：「豫，厭也」）；厭既是討厭又是滿意（猶如饜），殆均如莊子所云：「假於異物，托於同體，反覆終始，不知端倪」（大宗師），二元是對立不起來的。只有正視這些特性並關聯於思維與文化，語文的分析才能比較準確。

此外，形式批評不重視作者，以爲作者原意不可求，也不必求。我同意原意不可知，但作者仍是不能忽視的，因他終究是那個語文構造物的造物者。同一造物者所造之物，大抵有其相似性，此即可見性氣、偏好與技藝短長。《文心雕龍》說從文章上可以考知作者「爲文之用心」，一點也不錯。以我之心，知彼之用心，則文學批評活動事實上乃一「心心相印」之過程，亦不能是純屬客觀之行爲，此所以語言美學最終仍要回轉到與情志相結合的地方去討論之故。

語文問題，終究是離不開意義問題的。

第四章　語文意義的詮釋

一、因言以明道

戴震〈與是仲明論學書〉云：「經之至者，道也。所以明道者，其詞也。所以成詞者，字也。由字以通其詞，由詞以通其道，必有漸。」

乾嘉樸學家主張由字義明經義，其見解大抵均類似於此。例如錢大昕云：「六經聖人之言，因其言以求其義，則必自詁訓始」，見《潛研堂文集》卷廿四〈臧玉琳經義雜識序〉。惠棟謂經之義存乎訓，識字審音，乃知其義。見《漢學師承記》卷二。戴震《古經解鉤沈．序》說：「經之至者，道也。所以明道者，其詞也。所以成詞者，未有能外小學文字者也」，更顯示此語亦為余蕭客等人所認同。

勞思光先生對乾嘉學者這種方法提出了兩點批評，一是說語文問題並不等於理論內容問題。因此一個人也許看得懂一篇談物理學問題的文字，未必便能了解它所談的問題。二是說哲學家立說時所使用之特殊語言未必同於當時之日常語言用法，故考索該字詞在古代的用法，不見得就能了解它在哲學家語言脈絡中之意義（中國哲學史．三卷．八章）。

這兩項批評都是不能成立的。語文之理解，特別是乾嘉樸學所說的語文理解，包括字形、字音、字義各個層面。勞思光所講，一個人面對一篇物理學論文，或許語文沒有困難，而仍然不能了解其含義。這時，其所謂語文沒有困難也者，只是說他認識字形字音罷了，對於字義句義依然不能說是了解的。其次，哲學家使用的語言，或許有其特殊性，但我們也不能忘了：他說話給同時代人聽，即不可能用當時人聽不懂的語言。故其特殊用法距曩時之日常用法必不甚遠，且必特別聲明、特予界定，俾免誤解。古人交談，既不致誤會其語義，我人通過較縝密的語文掌握，去認識其語義，爲什麼就一定會弄錯？

因此，從這些方面去駁乾嘉樸學，是駁不倒的。古人之義理，存於古書中。古人已杳，其意吾人不可能起九泉之下的幽魂而叩之，故僅能就書中所記述者循跡追躡，「因跡求道」。正如物理學家所談的物理學原理，寫在書本子上，我們一樣得透過他所寫下的字詞來了解。乾嘉樸學家所講的，就是這麼一個理解的程序與方法。不管你是特殊語言還是日常語、是語句問題還是理論問題，道理都相同。

但這樣一個看起來近乎普通常識的觀點，爲什麼乾嘉人物要煞有介事地提出來，並大張旗鼓以宣揚之呢？

原因就是：乾嘉樸學家覺得在此之前，宋明理學家等人講義理，並不遵循著這樣的方法，而是：「自晉代尚空虛、宋賢喜頓悟。師心自用，乃以俚俗之言詮說經典」（錢大昕·經籍纂詁序）。

換言之，這是兩種語言觀，一種主張因言求道，道在語言之中。一則認爲言與道的關係不是合一的，對道的理解，有時反而要在語言文字之外去探求。所謂「言語道斷」「不落言詮」「意在言外」「目擊道存」「默而識之」「心領神會」等詞語，都是用來指稱這種言道關係和理解狀態的。在宋朝以前，老莊及佛教(特別是禪宗)所採取之語言觀即傾向後者。乾嘉學者覺得宋明理學家也是如此，所以批評晉代雜於老莊的清談、宋代染於禪宗的頓悟，都是離開語言之理解的「師心自用」。

不但如此，他們還認爲宋明理學家用他們所處那個時代的語言去解釋古代經典的語言，是更進一步地脫離了語文的理解，造成了理解上的困難。所以他們才主張回歸到經典本身的語文意義中去了解聖人之道。

在這個時候，釋義學就是語文學，正確理解語文就等於正確掌握了經義。故錢大昕才會說：「有文字而後有訓詁，有訓詁而後有義理。詁訓者義理之所由出，非別有義理出乎訓詁之外者也」(同上)。

相對來說，莊子就不是這個立場，如〈齊物論〉云：「道未始有封，言未始有常。爲是而有畛也：有左有右、有倫有義、有分有辯。……春秋經世，先王之志，聖人議而不辯。故分也者，有不分也；辨也者，有不辨也。曰：何也？聖人懷之，衆人辯以相示也。故曰辯者有所不見也。夫大道不稱、大辯不言、大仁不仁、大廉不嗛、大勇不忮。道昭而不道、言辯而不及。……故知止其所不知，至矣。孰知不言之辯、不道之道？」

依莊子看，語言的作用在於分辨事物，故有你我、上下、是非、左右等等。物物有理、事事有宜，看起來清楚，實則反而形成了障蔽。所以理解不是要從語言上去理解；恰好相反，知應止於其所不知，不再致力於辨析、說明、討論，而是不言不辯不道。對於先王經世之志，只需「懷之」，不必言之。他稱此爲「不道之道」。反之，若道被說明了，那就是道昭；道昭而不道，道反而要被遮蔽或隱匿了。

戴震錢大昕等人恰好相反，主張「昭道」「明道」，並強調要透過語言去確定其倫義、分辨。此剛好與莊子的語言觀是對諍的，他們希望知之，而莊子卻要知止；他們要道昭，莊子卻要不道；他們信賴語言、依靠語言，莊子則不信任語言。因此，兩者所形成的，也是兩種釋義學。倘依莊子之見，乾嘉學者乃是：「若彼知之，乃是離之」，所以應「天降朕以德、示朕以默、躬身求之，乃今以得」(在宥篇)。

不過，若看看近代西方哲學的發展，則我們又會發現：乾嘉樸學這種語言觀與釋義活動，與西方近代哲學的「語言轉向」頗有異曲同工之處。

現代西方哲學的一個重要特徵，在於許多哲學家認爲語言哲學並不以形而上學或認識論爲基礎。相反，形而上學、認識論以及其他任何哲學學科都必須以語言哲學爲基礎。只有通過語言分析，才能澄清或解決哲學問題。哲學問題不過是關於語言的意義問題。哲學研究之所以從本體論轉向認識論，是因爲哲學家們認識到離認識來討論存在，是收不到成效的；而哲學研究之所以從認識論轉向語言哲學，也是因爲哲學家們發現不論研究存在還是研究認識，都需要首先弄清楚語言的意義。這其中，英美分析哲學家普遍認爲研究語言是消除或澄清哲學混亂的有效方法，還認爲這也是理解思維與實在的最佳途徑；現象學家強調語言研究對現象學理論的意義；存在主義者著重從本體論角度考察語言，把語言看作存在的住所；詮釋學家強調語言是理解的普遍媒介；結構主義者則把結構語言學的語言模式看作社會研究的理想模式。

從宋明理學著重形上學存有論，講心、性、天、道、理，到乾嘉學者轉而著重於辨析字句，並謂唯有講明字義才能避免意義的混殽與偏失，重新彰明聖人之道，跟西方這個哲學的語言轉向不是有著類似的性質嗎？只不過，西方這個轉變發生於十九世紀末、廿世紀初；我國則產生於十八世紀初中葉。

二、語言的分析

將清儒之訓詁學與西方近代語言哲學、語言、邏輯學等做一番比較，一定非常有意思，但本文目前尚不暇為此，我想就乾嘉時期的語言觀再追問一些問題。

戴震〈與某書〉曾說：「治經先考字義，次通文理，志在聞道，必空所依傍。……我輩讀書，……宜平心體會經文，有一字非其的解，則於所言之意必差，而道從此失。……宋以來儒者，以己之見硬坐為古賢聖立言之意，而語言文字實未之知。其於天下之事也，以己所謂理強斷行之，而事情原委隱曲實未能得，是以大道失而行事乖。」主張由字義明義理，說得是極明確了，但〈與段玉裁書〉又說：

> 僕自十七歲時，有志聞道，謂非求之《六經》孔孟不得，非從事字義制度名物，無由以通其語言。為之三十餘年，灼然知古今治亂之源在是。古人曰理解者，即尋其腠理而析之也。……今人以己之意見不出於私為理，是以意見殺人，咸自信為理矣。此猶舍字義、制度、名物，去語言訓詁，而欲得聖人之道於遺經也。

兩文相比較，批評宋儒之處固然相同，求道之途徑卻有了差異。前面只講治經須考字義文理，要知語言文字。後者所談，則將字義、制度、名物三者合起來稱爲語言性的了解，故說：「非從事於字義、制度、名物，無由以通其語言」。後者的範圍顯然比前者大得多。兩者所講的「語言」，也不是同一件事。前者指語言文字，後者指道的表現形式，是古代聖人言道之「言」。事實上也就是文化的表現符號，因此這個符號可以是語言文字，也可以是名物度數、典章制度。

戴震對語言文字當然非常重視，但他也同樣重視這些名物度數與典章制度。他平生最大的計劃乃是作《七經小記》。據段玉裁的摘述，此書中詁訓僅爲其中之一，其他如〈學禮篇〉「蓋將取《六經》禮制糾紛不治、言人人殊者，每事爲一章發明之。今《文集》開卷〈記冕服〉〈記爵弁服〉〈記朝服〉〈記玄端服〉〈記深衣〉〈記中衣方襦褶之屬〉〈記冕弁冠〉〈記冠衰〉〈記括髮免髽〉〈記絰帶〉〈記繅籍〉〈記捍決〉凡十三篇，是其體例也。」這是討論制度的。論名物度數，則如〈水地記〉，討論水道地理，「使經之言地理者於此稽焉。」又「〈原象〉凡八篇，一二三四篇，即先生之釋天也；五六七三篇，即〈句股割圜記〉上中下三篇也；其八篇則爲矩以準望之詳也。」此即可見戴氏在名物制度方面的用心。因此章學誠述戴氏語云：「戴氏言曰：誦〈堯典〉至乃命羲和，不知恒星七政，則不卒業；誦〈周南〉〈召南〉不知古音，則失讀；誦古禮經先〈士冠禮〉，不知古者宮室衣服等制，則迷其方」（章氏遺書·卷二十九），也是兼括這三者而說。後人對戴震之學，往往僅強調其語言文字訓詁的部分，論漢學方法亦復如此。這是僅注意到戴震之學在段玉裁、王念孫的這一部分傳承，未注意凌廷堪對戴震學說早有評論謂：

> 先生之學，無所不通，而其所由以至道者則有三，曰小學、曰測算、曰典章制度。至於〈原善孟子字義疏證〉，由古訓而明義理，蓋先生至道之書也。先生卒後，其小學之學，則有高郵王念孫、金壇段玉裁傳之；測算之學，則有曲阜孔廣森傳之；典章制度之學，則有興化任大椿傳之。皆其弟子也(〈東原先生事略狀〉)。

孔廣森、任大椿實非東原弟子。但凌廷堪強拉入譜，序於東原派下，其實正是爲了避免大家只從小學這個方面去掌握東原的求道徑路。

但由此也可見東原之學，在其生前或死後都有逐漸簡化或窄化的趨向。「所由以至道者三」，因爲均屬於語言性的了解，故往往只集中到去了解語言；戴震自己則也常僅就語言這一點來立論，更是強化了大家對其方法的印象。而且，由「可操作性」來說，名物度數及典章制度的理解，其實乃是解經者廣泛的文化知識問題，並非一種可以操作的技術。故而後來者據其說以推衍，均只說「訓詁明而義理明」。所由至道者三，變成了只有一途。

窄化的趨勢尚不僅止於此，更顯示在語言與文字之間。

在戴震的講法中，無論是「所以明道者，其詞也。所以成詞者，字也。由字以通其詞，由詞以其道」「所以明道者，其詞也。所以成詞者，未有能外小學文字者也。由文字以通乎語言」，或「今之學者，毋論學問文章，先坐不識字」(章氏遺書·卷廿二引)，講的都是字。「由文字以通乎語言」的「語言」，也不是指語言文字之語言，而是聖人言道之「言」，所以他才會又說：「由語言以通乎古聖賢之心志」。

可是東原之後，其弟子卻越來越把「語言」只看成是語言文字的語言。以段玉裁來說，他曾說：「治經莫重於得義，得義莫切於得音」(廣雅疏證序)，又著有《六書音韻表》，內含〈今韻古分十七部表〉〈古十七部諧聲表〉〈古十七部合用類分表〉等。他在〈與劉端臨書〉第八書中更強調：「於十七部不熟，其小學必不到家，求諸形聲難爲功也」。爲什麼音韻不熟，小學就必然不到家呢？我國文字，形聲占了七成以上。從段玉裁的觀點看，形聲之字，其義均繫於其聲，說：「凡字之義必得諸字之聲」「從某得聲之字多有某義」「凡從某聲皆有某義」者，在其《說文解字注》中凡八十多處。形聲字若義均由其聲來，則不懂聲韻學，焉能通小學？此所以說：「求諸形聲難爲功也」。不唯如此，段玉裁對會意字的處理也是如此。他說《說文》中有很多形聲兼會意或會意兼形聲之字，且數量極多，必須知道聲義相通的道理才能掌握：

> 聲與義同原。故諧聲之偏旁多與字義相近，此會意形聲兩兼之字致多也。《說文》或稱其會意，略其形聲；或稱其形聲，略其會意。雖則省文，實欲互見。不知此，則聲與義隔。又或如宋人《字說》，只有會意，別無形聲，其知均誣矣(幟字注)。

古人文字學重會意而不重形聲、重字形字義而不重聲音，段玉裁恰恰相反。不但特重形聲，且拉會意歸於形聲。「聲義同原」遂成爲解釋文字孳乳與字義之關鍵觀念。且又不只如此，對聯綿詞的解釋(猶下注：「古有以聲不以義者，如猶豫」之類)、對假借字的解說，也都從聲音上著手。因此張之洞〈說文解字義證序〉說：「竊謂段氏之書，聲義兼明，而尤邃於聲」。

戴震另一弟子王念孫以校釋名家，其道亦以聲音爲主。其《廣雅疏證》自序說：「竊以詁訓之旨，本於聲音。故有聲同字異、聲近義同，雖或類聚群分，實亦同條共貫。……今則就古音以求古義，引申觸類，不限形體」，其子王引之述其言又曰：「訓詁之指，存乎聲音。字之聲同聲近者，經傳往往假借。學者以聲求義，破其假借之字，而讀以本字，則渙然冰釋。」王引之自己為阮元《經籍纂詁》作序，也明揭：「夫訓詁之旨，本於聲音，揆厥所由，實同條貫」。在這種為學宗旨之下，不熟於音韻，其小學當然是不可能到家的。

然而，訓詁，在戴震那裡，何嘗是「訓詁之旨，本於聲音」？戴氏〈題惠定宇先生授經圖〉說得很明白：

> 求之古經而遺文垂絕，今古懸隔也。然後求之故訓。故訓明則古經明，古經明則賢人聖人之理義明，而我心之所同然者乃因之而明。賢人聖人之理義非他，存乎典章制度者是也。松崖先生之為經也，欲學者事於漢經師之故訓，以博稽上古典章制度。由是推求理義，確有據依。彼歧故訓理義二之，是故訓非以明理義，而故訓胡為？理義不存乎典章制度，勢必流入異學曲說而不自知。其亦遠乎先生之教矣。

故訓云云，實就典章制度言之。可是到了段玉裁王念孫手上，不惟典章制度不講，僅求諸聲音文字以為訓詁。而又在語言文字之中，攝文字歸於語言，專就聲音言訓詁之旨。這是雙重的窄化。

經此窄化以後，因古人言道之言以求道的徑路，事實上已經出現了變化。只能考言，而且只能考語言。古今音韻之變、文字孳乳假借之故，瑣瑣不已，成為對語言之專門研究，而道遂終於不能明、不暇明，其術終於只是「小學」。段玉裁晚年撰〈宋子小學跋〉說：「漢人之小學，一藝也」，又自悔：「喜言訓詁考核，尋其枝葉，略其根本，老大無成，追悔已晚」。這正表示著這個惠棟戴震以來「因言明道」的運動，已走入道的迷失之境地，故令這位語文學大師深感悵嘆了。

三、理解的迷失

戴震「因言明道」的方法逐漸變成「小學」，據上文之分析，主要是由於窄化使然。但此所謂窄化，很可能被誤解爲只是明道之方法不夠全面，實則亦不僅是如此，它還代表著方向上或性質上的改變。

若借用詮釋學發展的術語來說，欲明古聖人之言，爲什麼需要「非從事於字義、制度、名物，無由以通其語」？因爲通字義，可以稱爲「語言的理解」；通制度與名物，則是爲了達成「歷史的理解」。這兩種理解的性質並不相同。前者只從文字語句上去了解，後者卻涉及語境之認識。

以王引之〈經籍纂詁序〉所舉的一些例子來看，他說：「〈小雅・采綠篇〉：『六日不詹』，《傳》訓詹爲至。後人不從。不知詹之爲至，載於《爾雅》，乃古之方言，是以《方言》亦云：『楚語謂至爲詹也』」。這就是語言的理解，只就字分析。講得也很好。但他忘了：詹爲至，既是方言、既是楚語，雅言的〈小雅〉爲何卻會刻意用此方言？此即不理會語境之問題，反而構成了歷史性理解的困難。

在解釋學的發展史上，早期文藝復興時期之人文主義，可以追溯至中世紀的「解經七藝」。神學院中，邏輯、語法、修辭三學科乃學生進行意義理解之必修入門學科。而它所能達成的，就是語言的理解。十九世紀狄爾泰等人講歷史理性批判，則企圖超越這個方法，所以又欲使讀者通過對時代做歷史的了解，以進入作者所處的時代。戴震所說，由字義、制度、名物以通其語言云云，正兼括語言的理解與歷史的理解兩方面。

可是狄爾泰等人所談的「進入作者所處的時代」，尚含有一種設身處地從心理上進行「移情的理解」之含意。即使是一個邏輯上並不完備的語言形式，若通過讀者對隱含在語言背後的活生生之動機的心理學重構，仍可以把個體意向揭示出來。這種精神意向的重構，本於人與人的理解之間有其共同性。靠著這種「理解的共同性」，解釋者與被解釋對象才能隔著時代而在心理上重新被體驗，狄爾泰說道：「每個詞語、每個句子、每個姿勢或禮儀、每件藝術品、每個歷史行動，都是可理解的。因爲用它們來表達的人，和理解它們的人之間，有著共同性。個體總是在一個共同性的氣氛裡有所體驗、有所思想和行動。只有在那裡他才有所理解」(見《歷史的型式和意義》)。用中國一句老話來說，這叫做：「他人有心，余忖度之」。藉著同理心去體會，所以說是一種移情的理解。而他人之心，余可忖度而得，則是由於我們相信心是有共同性的。

戴震的方法學，當然不即等於狄爾泰，但他有沒有這個面向呢？有的。他說：「治經先考字義，次通文理。……我輩讀書……宜平心體會經文，有一字非其的解，則於所言之意必差，而道從此失。……宋以來儒者，以己之見，硬坐爲古聖人立言之意」，雖然仍從文字上論理解，但已提到「平心體會」，不要「以己之見硬坐爲古聖人立言之意」。在〈題惠定宇先生授經圖〉一文中則更進而談到：「故訓明則古經明，古經明則賢人聖人之理義明，而我心之所同然者乃因之而明」。由明故訓明古經而明聖人之理義的同時，我心與聖人之心，亦因其爲同一種心，而亦獲得彰明。這時，理解雖不由吾人之用心忖度而來，但理解所獲致者卻爲一「心心相印」之結果。到了乾隆四十二年，戴震將卒之年，予段玉裁書，對「理解」則有底下這樣的解釋：

古人曰理解者，即尋其腠理而析之也；曰天理者，如莊周言依乎天理，即所謂彼節者有間也。古聖賢以體民之情、遂民之欲爲得理。今人以己之意見不出於私爲理，是以意見殺人，咸自信爲理矣。此猶捨字義、制度、名物，去語言訓詁，而欲得聖人之道於遺經也。

由字義、制度、名物去理解聖人遺言與聖人之志意，是一類理解活動。可是還有另一類理解活動，與它同爲「理解」，所以戴震說此猶彼也。這種理解是什麼呢？乃是依乎天理、尋物之腠理、體會別人的心理，以獲得的認識和了解，不是只根據自己單方面之認知與想像，便自信以爲理的見解。

這不是表明了戴震對於「理解」的掌握，包含著語文的、歷史的、心理的幾個層面嗎？可是這套方法發展到後來，存含在有關意義之理解這個問題背後的動機、前提及其內涵，卻都有了極大的轉變。認知旨趣只集中在語文問題，甚或僅是語音問題上，於是一方面遺落了歷史的理解與心理之理解；一方面則從因言求道，轉而成爲探討語言，不僅不暇明道，亦誤以爲除此語言分析之外並無什麼道的問題。

德國哲學家卡爾─奧托・阿佩爾（Karl-otto Apel）曾比較維根斯坦與詮釋學的「理解」問題，認爲維根斯坦語言邏輯中的意義和理解，與詮釋學傳統中的意義和理解頗不相同。詮釋學哲學基本上均預先假定宗教、哲學、文學等傳統中的偉大文本都具有不可替代的意義，我們是利用語文分析等方法與手段，去把這些意義重新在這個世界展現出來。可是維根斯坦在《邏輯哲學論》中所云，則並不如此。他所談的語言意義，並不是某個歷史的具體文本之完整意義，或作者有意無意地貫徹在文本中的意圖，而只是語言命題本身所提供的信息內容（哲學的改造，第一章，上海譯文出版社，一九九七，孫周興、陸興華譯）。

從命題本身來看，我們只能理解一個語句在說什麼，而不能討論它說的價値、優劣、眞假如何。那些，對於從事語言分析的人來說，乃是無認知意義的，因爲不能理解。據此，維根斯坦認爲：「哲學著作中大多數命題和問題不是虛假的，而是無意義的。因此我們根本不能回答這一類問題，我們只能確定它們無意義。……（它們是屬於善、是否與美同一的那一類問題）。因此，最深刻的問題實際上不是問題」。詮釋學所想追問的那些意義，在此遂事實上被取消了。

參照這種對比，我們也可以說戴震原先因言求道，是個較接近詮釋學傳統的態度。希望找著古先聖賢立言之意，而且相信這個本於聖賢之心的意思可以與我的心，因其同一性而重新獲得內在的證驗。然而，走入語文分析的小學家們，卻只就語言本身做討論。那些天理、人心、體民之情遂民之欲、古聖賢之心志等等，都被認爲是屬於宋明理學的無意義的話語，也無意再去探討。因此，戴震是「先考字義，次通文義，志在聞道」，其後學卻只考文字，不務聞道明道，形成段玉裁所說的：「尋其枝葉，略其根本」之純技藝的「小學」。

正因爲如此，所以戴震極看重他的《孟子字義疏證》，曾說：「僕平生著述，最大者爲《孟子字義疏證》一書」，又說：「作〈原善〉首篇成，樂不可言，吃飯亦別有甘味」。原因是這本書實踐了他因言明道的方法論。對於他所明之道是否即爲孟子之本意、是否合乎孟子的心志，吾人固然可以再討論，但無可否認本書是透過字義以及他所說「以體民之情、遂民之欲爲得理」之方法去闡明天道性命之旨的。然而，此書在他那一輩考證學者及後學看來，評價卻極低。章學誠云：「時人方貴博雅考訂，見其訓詁名物，有合時好，以謂戴氏絕詣在此。及戴著〈論性〉〈原善〉諸篇，於天人理氣，實有發前人所未發者。時人則謂空說義理，可以無作。是固不知戴學者矣」（文史通義・朱陸篇書後）。這種評價的不同，實即顯示了整個以字求義之方法已形成了自我迷失的困境。

四、客觀的考古

由字義名物訓詁去理解聖人之道，在戴震等人提出來時，另有一個方法的目的，即藉此批判魏晉清談與宋明理學，「重新恢復」聖賢及經典的「原貌與原意」。

這種態度或目的，使他們宣稱其方法乃直接由六經之文字語言中去獲得這個道，「空所依傍」，並無前提、主觀的立場、或個人之私見存乎其中。此一宣稱，使其方法具有客觀性與實證性。但它整個釋義活動卻不是實證或客觀的。

日人村瀨裕也《戴震的哲學：唯物主義和道德價值》一書對此有幾方面的論證。一、是說戴震為學「志在聞道」，故其學術工作有其價值意涵與指向，本來就不是純客觀無立場的。其方法，正是為了達成它主觀的目的而提出來，亦為其目的服務的。二、對於聖賢義理的體會，戴震謂「古聖賢以體民之情、遂民之欲為得理」；故其解義活動，是他用因字求義的方法在彰明這個義理，以自別於宋明理學。這時，考證與義理完全是一體的，所以他才會說：「義理即考核，文章之源也。義理又何源哉」(段譜)。換言之，從方法上看，是因字以求義，義理本於訓詁。實則其釋義活動卻是義理即考核，並不本於或源於考核。恰好相反，考證工作，反而才是基於它對聖賢之理已有「以體民之情遂民之欲」之認識，才被用來說明這個義理的。三、提倡這個客觀方法，戴震還有用以去除心理上「蔽」「私」之倫理意涵。由這三方面看，村瀨裕也提醒我們：勿將戴震看成是個客觀實證主義者(一九九五，王守華等譯，山東人民出版社，第二章)。這個觀察是對的。

我們還可以有幾點補充：一、戴震提出這套方法，擬以分析文本來復見原意。這個原意乃是被遮蔽了的，必須透過他的考證與理解，才能重新被發現。因此，這個義理(聖人之道)並非客觀存在之物，亦非自明之物。要使道能彰明，需要許多條件與能力(平心體會、對文字名物制度之掌握能力、依天理尋腠理體察民理等)。因此，它與後來客觀實證主義者所相信的「依一客觀普遍之方法,人人可以得出相同之結論」或「依一客觀之材料,人人可以得到客觀之答案，材料會說話」，可說完全不同。

其次，客觀實證主義者，把解釋對象客觀化，本身保持價值中立地對之進行客觀的認知。戴震所謂「空其依傍」「平心體會」卻不是如此。他對聖人之道有價值的認同感，自認為他的釋義活動即是對這種價值的彰明，故而此非去價值化地中立性考證。

再者，由於解釋本身就是價値化的工作，因此考證與解釋不僅是是與非的問題，不僅要說明是什麼，更要說明什麼更好更恰當，故曰：「徵之古訓，協於時中，充然明諸心而後得所止」（原善．卷下）。此不僅戴震如此，王引之〈經籍纂詁序〉也明白指出：「若乃先儒訓釋偶疏，而後人不知改正者亦多有之。如《易》屯六二『女子貞不字』，陸績訓字爲愛，已覺未安；至宋耿南仲誤讀『女子許嫁笄而字』之文，遂以許嫁爲笄，更不可通，不如虞翻訓爲妊娠之善也」，底下共舉了廿四例，均是如此。不通、不安、善，是三個層次。其中不安並不是不對，而是不夠好；善則不只是對，更是較佳。所以如《詩經．菁菁者莪》說：「我心則休」，各注將休解爲美，沒有麼不對；可是王引之建議解爲喜，認爲喜更好。這好不好的判斷，非客觀考據之事，乃主觀價値選擇及理解的程度問題，亦即理解除對錯之外，更須辨深淺；有高明不高明之分。

第四，戴震藉由此一方法所明之道，被宣稱爲聖賢之本意；亦猶其解字，謂所解乃其本義，責宋明理學家鑿空爲學，「緣詞生訓者，所釋之義非其本義」（古經解鉤沈序）。但實際上它同時也就是戴震的主張。「本義」與「戴震之義」是二而一的東西。解釋者在解釋古人時，同時也是在說明自我，因此，釋古與陳述自己的義理滾動在一起。解釋者事實上也是站在自己的存在情境上（如戴震所面對的宋儒以理殺人情境）去進行解釋活動，希望用他所解釋出來的義理，解決當下他所遭逢的時代問題。所以，這也絕對不是客觀釋古、還原歷史原貌、回歸本源之舉。更不能說他是在一種實在論的立場上，以主客分離之方式，由主體對客體進行概念的解剖。

可是，不幸的是，這個方法竟被誤解爲一種客觀分析文本之術，亦伴隨著一種客觀實證主義態度，以古物研究或形式分析爲標榜。於是，在方向上並不以明道聞道爲宗旨，僅以解釋訓詁文本爲目的。精神上，自居於考古者、釋古者、或回返古義者，以致同時出現佞古及客觀論古兩種型態。在方法上，強調主體不介入、空其依傍、不以私見，又形成了客觀主義、價值中立、主客二分。甚且因著重文本而成爲材料主義，要有一分材料說一分話，沒材料則不說話。

這樣，整個解義活動的方向與性質遂被扭轉了。學者不復明道、亦不言義理，於古人之道，若視越人之瘠腴，與自己身心和存在境遇皆不相干。考校於一字一句之微，求索及於古本秘笈，而漸至海外佚珍、地下文物。這當然促使文字、聲韻、語法、訓詁、版本、校勘、輯佚、考古等學問有了長足的發展。但考文之功多，求道之意寡，終至完全逆轉了明道的目標。

而這樣的發展，在民國以後，因科學主義之介入而越趨暢旺，客觀實證主義態度被稱爲科學精神與科學方法，反理學的聲明則被挪用爲批判傳統的口實。對歷史，採取客觀地、站在它外面的分析，而且帶有一種「評判的態度」之分析，要以今日之需求來重估其價值。分析之方法，則仍是封閉的語言分析、文體分析。胡適主持中央研究院、傅斯年創辦歷史語言研究所，本身就體現了這樣的學風。

而號稱延續乾嘉學風的一些學派，如黃侃門人林尹、高明、潘重規，在台灣所開展的學脈，強調的，其實亦僅是段玉裁、王念孫以降之技藝，非戴震釋義學之舊蹊。以語言的理解，代替了歷史的了解與移情的了解，以爲如此即能釋古，且亦以此爲滿足，謂能復古。因此，典章制度及歷史情境的分析，在這個系統中其實甚少論及；也不喜談義理，以論道爲談玄。僅就文獻考釋古語，遂以告朔之餼羊爲禮。懷抱遺經，矜爲古道猶存；而詈批判傳統、評估價值者爲數典忘祖。

其實這兩路乃是同一脈絡之發展，故其方法有驚人的一致性。均能數典、均能明其度數、均能抱持遺經。可惜它們正如戴震所描述的：「六書九數等事，如轎夫然，所以舁轎中人也。以六九數等事盡我，是猶誤認轎夫爲轎中人也」（段玉裁〈戴東原遺書序〉）。本欲由字以明道，最後雖識得了字，卻只是認得了幾個轎夫罷了。

五、反省的路途

對於這種發展的反省，也有兩個路數。一是直接反對因言明道，從另一種語言觀出發，強調人與傳統或與道之間，須透過一種體證之知，代替言說分析所獲得的認知。用莊子的話來說，惠施問：「子非魚，安知魚之樂」時，莊子回答：「吾知之於濠上」。此知，即爲生命感通之知，非理性、邏輯、形跡所得而測度之知也。古聖今人，心心相印，人人皆有此心，故皆能返身而求，逆覺體證，而知道不遠人，重新體驗孔顏樂處。

這條路子，或援引宋明理學、或用莊子之心齋坐忘、或參考康德實踐理性之說，講生命的學問、說逆覺體驗、談全體大用、論藝術精神。總之，是企圖說明因言不足以明道，反對以客觀、實證、科學、實在論、語言分析等方法去支解扭曲古人之道，認爲如此適如莊子所謂鑿七竅而渾沌死。

當代新儒家，如熊十力、牟宗三、徐復觀等，走的就是這一條路。這條路，實即乾嘉樸學所反對的路向。

另一種方法，則是詮釋學式的。仍然同意因言可以明道，但不認爲詮釋就是對客觀文字的解析，將因言明道拉回到比較接近戴震的方式上來運用。

西方的詮釋學，起於對《聖經》的解釋。這種解釋與科學的歷史考古不同，在於考古只是要知道古代曾經發生何事，研讀《聖經》卻非如此。一、《聖經》固然寫成於古代，但對現在閱讀它的人來說，它乃是對現在人起著具體且眞實之作用的，故它並非只屬於古代、只具歷史意義。

其次，閱讀《聖經》之意義，也不僅是把它當成一部歷史文獻，以理性獲得關於它的知識即可；讀它的人，是爲著從其中領受眞理，也就是求道。

三、這種耶穌或天主所示現之眞理，不只爲讀者客觀所認知，更會在心靈上形成感性之體驗和理解，並使讀者由內在主體中產生自我轉化之效果。眞正讀過它的人，和沒有讀時已然成了不一樣的人，內在出現了生命豐饒或提升或轉變之感。換言之，理解不僅爲對經典文字之客觀認識，同時也成爲內在主體之重新理解，有著強烈的主觀感受。

四、因爲詮釋是如此主觀與客觀相互融會的，所以它不能用主客二分的模式去看待，詮釋的歷史性也是兼含兩端的。既指形成於歷史情境、時間範疇中的歷史性文件，也指閱讀者詮釋者是站在他的時空環境和識域中（即他的歷史性中）去進行理解。

五、這兩者必須克服語言、時空的疏隔，才能獲得識域的融合（fusion of harizons）。因此，詮釋者必須尊重文件的歷史性，詮釋經驗必須受作品本文之領導，要敞開自己來了解對方。但詮釋也不能完全依據並歸準文件的歷史性。基於詮釋者的歷史性，可知若沒有預設的詮釋（presuppositionless interpretation。也就是科學客觀論者所相信的那種客觀解釋）根本不可能存在。因此詮釋若不開放文件的意義,不能讓它與詮釋者的存在及處境相關聯，不僅是死的詮釋，把《聖經》變成爲古董、閱讀只是屍體解剖；也是虛假的詮釋，不符合理解活動的實況。

六、整個詮釋不能脫離語言。《聖經》爲神所說的話，這個話，是詮釋的起點。詮釋之經驗，本質上乃是個語言性的經驗。存有在此語言中展露，吾人亦藉此語言對存有有所理解。

依此，「聖經解釋學」以降諸學派，固然也廣泛利用文字校勘、文獻辨僞，輯佚、訓讀、名物制度考據等方法，但旨在因言明道或因言求道，是非常明顯的。

十九世紀歷史研究法逐漸崛起後，反對如上所述之詮釋立場，主張去除信仰部分，否定耶穌的奇跡與復活，要還原他「人的身分」及時代背景。對文獻亦須考辨眞僞及年代，從「還原歷史眞相」的角度，而非「獲得眞理與啓示」去面對史料。

這個風氣盛行至二十世紀中葉。從時間上看，與乾嘉後學至五四運動後疑古辨僞、史料考證的史學潮流，正相符應，可謂異曲同工。其法係以外在批判(external criticism，指考證文件作者、作時、作地)、內在批判(internal criticism，指考證作者動機及文件之內容)爲主，運用詞句分析、歷史探源、時代環境還原等方法，輔以人類學、口傳文學之研究，希望能獲得客觀理性之認知，擺脫迷信及教會權威之控制。

要到五〇年代，詮釋學才再度成爲歐洲神學、文學、哲學界新的焦點，對歷史、語言與詮釋，有了迥異於十九世紀末至廿世紀中葉的認識與發展。六〇年代末期，英美文學研究的實在論體系也開始受到這個新思潮的強烈衝擊。詮釋與理解，不再只是客觀的理性分析，不再只做語言形式研究，也不再只是史料與考古。理解既是認識論也是存有論的現象，理解活動是種歷史的遭遇（historical encounter），詮釋對象與詮釋者的在世存有（being-in-the-world）必然是相互扭合交會在一塊的。

歷經施萊爾馬赫、狄爾泰、海德格、伽達瑪、呂格爾等人之不斷推闡，詮釋學已成爲批判「科學的理解」、建立「歷史的或詮釋學的理解」之一大典範，代表歐美社會在科學思潮席捲世界之後的一種文化反省力量。因此它的性質，乃是做爲整個人文學科的基礎。

相對於西方的發展，我國另成風景。

民國以後，提倡以科學方法整理國故，以相關聯之疑古、辨僞、史料、考證、語言分析、文獻整理等方法，配合著客觀化、理性化、概念化的精神，強調價值中立、主體不涉入，甚至應具有批判之精神、評估的態度，不迷信、不信仰，均有與西方二十世紀初葉的發展神似乃至同步之處。而被視爲反對五四新文化運動的傳統勢力，則標榜乾嘉樸學的方法，以訓詁明而義理明爲說。要求從學者致力於訓詁研究、文獻考證。

這樣的學風，大約沿續到七〇年代才有些變化。但衝擊主要是因史學界引進社會科學方法治史，因此反而強化了統計、量化、理性、客觀的科學化態度，歷史解釋的問題並未找到新的方向。

文學界的方法學改革，第一波乃是「新批評」等形式分析方法對中國古典文學研究之衝擊。這種方法，事實上就是後來詮釋學所反對的。但它有幾個特點，一是把作品客觀化，文學批評被視爲對文學客體從事概念的解剖（dissection）。這種具科學性的形式批評與解剖，用在文學上，恰好是過去乾嘉後學以迄五四科學方法整理國故學派所尚未達到的。過去客觀考古式的研究，主要用於經史。文學研究畢竟仍相當仰賴「以意逆志」及審美感受；考證，主要只用在有關作者身世、板本作品文句、社會背景方面。可是新批評更要對作品本身也進行科學的、客觀的、語文形式的分析。此一分析之細緻詳晰，令只講審美感受及籠統風格概括的傳統批評倍感威脅。而推展此一學風者，則對中國傳統文評詩話未能建立爲科學客觀文評深致譏諷。從這一方面說，這種衝擊，乃是對中國人文學科研究的進一步科學化。

二、作品被視爲客觀的獨立體、爲語文之有機結構，不但使研究者與研究對象分開了，形成文評只是對作品的客觀解剖，更讓作品與它的作者也分開了。批評者根本不必追問作者創作這個作品的意圖爲何、想表達什麼。作品其實猶如一臺機器，機器被造出來以後，其機能全部在於機器本身的結構之中，沒有人在用這臺機器時會去追問製造者的意圖。因此，文評活動始於作品這個有機結構，也終於它。追究作者之意，遂被稱爲「作者原意之謬誤」，認爲作者原意不可求也不必求。這個態度，打破了傳統文評以作者爲意義導向或歸趣的做法。不再以意逆志，作品也不被視爲作者言志抒情之作。這是放棄了心理的理解。

同理，作品爲一獨立之有機體，這個觀念也把作品和它的創作時代、歷史社會分開了。新批評由此批判歷史主義式復現歷史眞相的研究，認爲文學批評不是考古、亦不爲古代服務。這一點，看起來頗與客觀考古者不同。但實質上是進一步放棄了歷史的了解，只講語言的了解。

這與史學界汲引社會科學，或企圖把史學建設爲社會科學的動作適相呼應。所形成的方法學熱潮，可說是讓人文學徹底科學化了。自乾嘉時期提倡「因言明道」以來，到此已完全異化，究言而不復明道矣。

但風氣轉變，亦在此時。五〇年代詮釋學已在歐洲建立了新的學風，六〇年代即影響到了英美的文學研究，然後又逐漸在八〇年代影響到台灣，畢竟開啓了新的方法學思考。

六、詮釋的方法

七〇年代，臺灣在哲學或傳統義理研究上，正面臨新舊兩種勢力。舊勢力，即宣稱「訓詁明而義理明」，以遠紹乾嘉樸學精神、近承五四新文化運動爲旗號者；新勢力，即邏輯實證論、分析哲學、社會及行爲科學。在史學研究上，同樣面臨史語所學風之沿續發展、及社會科學治史風氣的新舊勢力。在文學上，則是新批評的挑戰，以及箋注校釋生平考述的老學風。要對此學風和勢力有所修正，自然得進行方法學的探討。

在文學批評方面，顏崑陽於一九七九年主編故鄉出版社《古典四書》詩詞賞析時，已針對形式批評予以反省，認爲並不足以成爲典範。次年蔡英俊寫碩士論文時也嘗試從人格與風格的關聯上去討論如何進行風格批評。這表示當時我們正熱切地想爲中國文學之批評找出一條新路。隨後李正治發現日內瓦學派「意識批評」較接近我們的思路，也能對新批評有所矯正，所以就譯了一冊，由我介紹至金楓出版社出版。

日內瓦學派大致可以分爲幾代：第一代的代表人物是馬歇爾·雷蒙（Marcel Raymond）和阿爾貝·貝甘（Albert Beguin）。喬治·普萊（Georges Poulet）等爲第二代。第三代有讓皮埃爾·理夏爾（Jean-Pierre Richard）、讓·盧塞（Jean Rousset）和讓·斯塔洛賓斯基（Jean Starobinski），以及J·希里斯·米勒（J. H. Miller）。此派思想來源較複雜，在哲學和文學的傳統上大致受盧梭的浪漫主義傳統、狄爾泰解釋學，以及胡塞爾、海德格、梅洛·龐蒂的現象學方法的影響，認爲在批評中主體和客體不能截然二分，而是一種主客體合一交融的存在。對作品的閱讀是一種心靈進入另一種心靈的疊合，是讀者的體驗與作者的體驗的再體驗（re-experience）和再創造。透過這種再體驗的心理活動，把作品中潛存的生命意識顯露出來。

這個批評流派吸引我們的，其實不在其現象學方法，而是：一、此一批評努力發掘作家的深層生命意識，掌握這種意識，才能對作家的生命體驗及審美精神有所理解。這突破了語言結構分析，探尋了語言結構中的意義。二、這個語言結構與意義，不再僅是批評者研讀者之外獨立自存之客體，意義生於主客互動及主客合一之中。三、批評者的主體涉入，再體驗再創造，雖然是揭露了作家與作品的生命意識，但這個體驗事實上也就是評讀者親身參與的歷程。所以此一生命意識也將成爲評文者的意識內容，增益了自身、更新了感受。

對這個學派的介紹，當時在學界影響甚微，可是我不以爲意，又於一九八五年創辦《國文天地》時，即於創刊號刊出〈詮釋學導論〉，Richard E. Palmer著，以爲推廣。第四期又刊了〈詮釋學的三十個論題〉。當時中文學界很少人明白爲什麼要在一冊國文專業期刊上談詮釋學，更少人看得下去，所以或來信或賜電或當面向我表示不以爲然者甚多，可是我覺得這些介紹確實是非常必要的，因此也不以爲意，仍舊刊出。

爲什麼會這麼認爲呢？我自己做的歷史研究讓我接近這個現象學詮釋學的路向，也使我發現這個思路有顛覆客觀考古研究法的功能。

我博士論文是《江西詩社宗派研究》（1983，文史哲出版社），處理的主要是中唐迄宋之文化變遷問題。我注意到中唐以後，許多人在復古，也有許多人在疑古。但無論是復古或疑古，古都不只是客觀之古，而是與他們希望開創一個新的文化世代之想法相關的。也就是說，對歷史的認知與解釋，與詮釋者本人的價值選擇及文化意識是合而爲一的，釋古同時也就是對自己的說明。故復古即是開新，開新也就是復古。

關於這個文化變遷的具體內容，談起來非常複雜，但從方法學上說，簡要的結論大抵即是如此。這項發現，顯示了人們對歷史的認知與理解活動，並非對一外在客觀事物之認知；過去那種復現歷史眞相原貌的客觀研究，既不可能也無必要。其次，對歷史的詮釋，與詮釋者本身的價值觀密切相關。詮釋者即是以其價值觀在做選取與判斷。因此，過去那種強調客觀性的態度、不涉及主體信仰與偏見、價值中立、材料會說話的研究法，也都是不能成立的。再者，歷史對人之所以有意義，就在於它具有意義，非僅是一段過往的時間、一些已逝之人與事。知道那些殘垣斷壁、斷爛朝報，與不知道有什麼差別呢？讀歷史的人，不是要在過往諸史事中，以一種價值感或文化意識去觀看它，以獲取意義嗎？此即所謂因言求道，非徒考詮文字語言而已也。過去那樣僅求索於文字本身的做法，並不可取。

這樣討論歷史與詮釋的問題，思路已與詮釋學頗爲接近，但此時我主要是從「價值」的角度來區分人文學與科學。認爲客觀研究事實的自然科學與涉及價值的「規範科學」（Normative Sciences）不同，文學及史學均應屬於此種人文學領域。當時我寫〈詩歌鑑賞中的評價問題〉〈試論文學史之研究：以劉大杰《中國文學發展史》爲例〉亦皆就此發揮。認爲：歷史，並不如某些幼稚的實證論者或史料論者所說，可以客觀而完整地藉著資料來說話、來呈現。資料本身非但不完整，其證據力也難以保證，它所揭示的「眞實」，不但常與研究者的理論和價值系絡有關，其自身更是大大小小各種解釋的遺跡。一位研究者面對這些大大小小、無可數計的史料時，他的心智必須做怎樣的活動，才能「重建」歷史呢？眞是用心如鏡，純然客觀地由資料本身來展示來說明嗎？若果如此，則資料何以又有重要與不重要的價值劃分、眞與僞的判定呢？反之，若歷史必須讓我們「進入」以求了解，則其方法又如何呢？

史料學派所崇拜的宗師蘭克（Leopold von Ranke），爲此提供了一個「沈思冥想」的觀念，也就是說史家必須依自己的一套價值體系（Value system）爲基礎，做選擇性地進入，進入歷史脈絡中，去揣想、去體驗當時人物的活動狀態。

這是個很有趣的觀念，既有主觀的價值、又有客觀情境的投入，因此，主體與客體並非截然劃分的。史家通過「再體會」與「再經驗」的內在歷程，既以歷史人物自身的看法去了解史實，又以史家對自己時代之體驗去掌握，兩者融合爲一，歷史始能重予建構。就此言之，客觀性的迷思（Objectivist myth），乃是十八世紀以來科學意理（Scienitistc ideology）下的產物，不能顯示史學研究的性質。歷史研究，乃是詮釋的科學（Hermeneutic Science），而詮釋必然由某一觀點展開，故所謂意義的了解，基本上即是詮釋者與被詮釋者的一種融合(Fusion)。若無一套價值觀，只能稱爲史料或史纂，不能稱爲歷史或史學（一九八二，試論文學史之研究）。此即是對客觀考古式研究的批判，重點在強調人文研究的特性，研究過程中主體不能不涉入，研究結果也必須對自己產生價值的作用。

接著，我在一九八六年出版《詩史本色與妙悟》，對詮釋方法本身又做了些討論。我參考了成中英先生〈如何重建中國哲學〉一文所提本體詮釋學之說，認爲要重建中國文學批評亦應以方法性的理解、語言性的理解，結合本體性的理解方能奏功。

我們對於理解古人，第一當然須要有理解的能力與方法，不是單靠幻曼無端的靈感、聯想、擬測或憑空的想像，而應透過對理性的知識訓練來達成理解，這乃是方法性的理解（methodological understanding）；其次，則是對於我們所要理解的文學觀念的語言層面，要有清晰的掌握，對表達其觀念與概念的文學批評用語，做一番語言性的理解（linguistic understanding）、第三、則須優游含咀，對於中國文學批評中最基本、最原始的價值本體思想及形上原理，產生價值的體會與認識。而這種體會與認識又可分爲意義和價值兩方面，一方面我們要深入了解其意義，一方面又要體會其價值，進而在意志上對其作肯定與承諾，以達成本體性的理解（ontological understanding）。這三部份，自然是互爲聯鎖的，有方法性的理解，才能建構概念、分析結構、批評理論、了解意義、掌握其語言含義和本體思想；有語言性的理解，才能扣緊意義的脈絡、摸清該用語所代表的文學觀念，及語辭與語辭之間的關聯，不致泛濫枝蔓，隨意流盪自己的方法性理解；有本體性的理解，才能體察其用語和觀念所以出現並建立的原因，平情默會、深考於言意之表，而不敢凌躐古人，以己爲度、以今爲度（第一章，第三節，學生書局）。

在這裡，方法性的理解，實即戴震所云「尋其腠理而析之也」；本體性的理解，則爲戴震所云：「依乎天理」「以體民之情、欲民之欲爲得理」；語言性的了解，就更不用說了。但爲了避免研究者再度陷入戴震後學把語言性理解局限於語文分析之困境，我另主張進行處境分析，謂過去「以科學方法整理國故」的辦法，只是資料的文獻分析，而缺乏處境的分析。

所謂處境分析，不是說我們必須以同情的心境重複古人原初的經驗，是指研究者對於歷史上那些行動者，他們所身處的環境與行爲，找出試驗性或推測性的解釋。這樣的歷史解釋，必須解說一個觀念的某種結構是如何形成、爲何形成的。即使創造性的活動本不可能有完滿的解釋，但仍然可以用推測的方式提出解釋，嘗試重建行動者身處的問題環境，並使這個行動，達到「可予瞭解」的地步。過去的研究者，並未告訴我們文學批評家提出一個理論、一個觀念、一個術語，爲的是要解決什麼樣的難題，他們遭遇到什麼文化的、歷史的，抑或是美學的、創作經驗的困難？想要如何面對它、處理它？爲何如此處理？有什麼特殊的好處，使得他們採用了這樣的觀點或理論？這個講法，是戴震由典章制度名物度數進行「歷史理解」的發揮。要綜合語文分析與處境分析，才能構成較完整的語言性理解。

但縱然如此仍是不夠的。處境分析，除了針對歷史上那些行動者，要分析其處境之外，還必須注意詮釋者本身的處境。前者可稱爲「歷史處境」，後者可稱爲「存在處境」。例如我讀《史記》而有所理解，有所感會。此一理解，本身就跟我自己的存在處境是相關的。同樣，司馬遷所理解的或所敘述的伯夷叔齊、太伯讓國、游俠，也必與他的存在處境相關，非客觀之歷史。

我在碩士論文《孔穎達周易正義研究》（一九七九，文史哲）中即如此討論孔穎達如何詮釋《易經》，說明其詮釋未必可助吾人理解《易》之本旨，但適足以供吾人了解孔穎達所處唐初之文化境況以及他的存在態度。

一九八六年寫〈論俠客崇拜〉更集中此討論歷史研究之方法問題，認爲：假若我們把歷史上實際發生過的事稱爲歷史的實在體(Reality)，則各個史家對這一實在體的描述，就是所謂的「歷史」。換言之，眞正的歷史事相是什麼，早已渺焉不可知。「七月七日長生殿，半無人私語時」，既無人得知，後世亦無從懸想；所能知者，只是史家對於它的描述與解釋。但同時代或不同時代的各個史家，對同一件歷史事實，必然會有不同的陳述與了解。而這種理解，正與他個人存在的感受、時代的召喚、關注的問題息息相關。因此，一個歷史事件，絕不只是靜態的、固定的，而是動態的、發展的。歷史之所以能對現代人有意義，其原因在此。而同樣的，任何一件「歷史事實」，都相對地會出現關於此一事實的「詮釋的歷史」。例如俠，相對於歷史上眞正的俠的歷史事實，從《韓非子》、《呂氏春秋》、《史記》、《漢書》、《漢紀》……一直到章炳麟、梁啓超、陶希聖等等，就成了俠的詮釋史。仔細觀察這一詮釋史，我們自會發現每一時期甚或每一史家，對俠的詮析，都有他特殊的理論背景及意義關懷、時代感受在支配他、在影響他。每個人都有他的存在處境以及對此處境而生的存在感受、在他詮釋歷史時，乃是以這種感受去理解歷史，歷史也回應其感受，對他形成意義。因此，詮釋者與詮釋對象；存在的感受與歷史之敘述，是滾動融合爲一體的。

關於這些方法論的思考，是我參考狄爾泰、卡西勒、蘭克、克羅齊諸家之說，揉會我對中國史學方法（如「其義則丘竊取之」「史識」「心裁」等）之體察，而逐步發展出來的。但很顯然與詮釋學極爲近似。因此我會花些氣力來推介這一思潮，可說一點也不奇怪。

但僅僅彰明這一點也是不夠的，語文意義的詮釋，並不能落入虛無主義或相對主義的窠臼中。什麼是虛無主義呢？理解既不是觀的認知，追求並復原歷史原貌既是不可能也不必要，豈不是表示了意義不可求也不必求嗎？而詮釋者與詮釋對象，歷史敘述與存在感受既混揉爲一，則一個時代有一個時代的詮釋，一個人有一個人的詮釋，既無原本原貌原義可定眾說之是非，那不就成爲相對主義了嗎？若說此亦未必即是虛無，因爲雖不承認原義可求也值得求，但重視歷史對當代的意義，強調當代人之價值抉擇及意義認知面，仍可有其積極作用，不見得就是虛無主義。則其說亦令人感到歷史被工具化了。

歷史並不因它有各種解釋即無一眞相存在。只不過這個眞相，並不是靠我們自己客觀的理解能力與態度便能知之，而是存在於各種解釋之互相印詮互相補足相矛盾互相雜錯之互相對諍間。故通過對歷史各類詮解之梳理，吾人仍能彷彿得之。這種疏理，我在《大俠》中是指對詮釋脈絡的掌握與檢驗，亦即各詮釋之間辦證的發展。

當時我說：我們衡量一個歷史詮釋是否可信，要根據兩種判斷標準，一是查考「歷史的證據」，一是檢驗其推論之強弱。任何一個歷史詮釋，都會提出詮釋者所選擇及判斷過的證據。而我們檢查時，首先就應該先看看這些所謂的證據是否足以支持其詮釋；有關證據的理解，是否有明顯的錯誤或仍有包含其他理解的可能。然後，再以其他詮釋者（包括我們自己）所提出的證據，與他互相對勘，看看他的詮釋是否足以包容這些證據、有沒有蓄意扭曲或忽略某些證據，而這些證據如果加入其詮釋系統中時，會不會迫使其詮釋必須擴大、縮小或修正。至於推論之強弱，主要是指史家對歷史「證據」的解釋而說。史家面對材料時，他用他的眼光及他所關切的問題，來處理資料，構成解釋。我們看著他的解釋，即必須找出他所關心的問題，並用問題來「質問」他。看他的推論、他的解答是否周密，其有效性及推論的強度又如何。拿其他史家和自己，來跟他比，則更能釐清問題之間的相關性和變異性，對推論的強弱及涵蓋度，也較能掌握（第六章第一節）。

借用赫許（E. D. Hirsch）的一本書名來說，此處談的不但是「解釋的有效性」（Validity in Interpretaion），亦是如何藉由詮釋之辯證而達到意義的開顯之目的。

也就是說，不只問誰的詮釋更能有效解釋歷史文本，還要看誰的解釋更好，或藉由諸詮釋之辯證，讓我們體會意義之蘊涵及其關聯。

這方面實際的操作，除了對俠以外，我也以李商隱詩、小說《紅樓夢》爲例，做了許多分析。選擇李商隱詩，當然是因爲它久成聚訟，「一篇錦瑟解人難」，詮釋者各出手眼，故亦最便於分析。選擇《紅樓夢》亦復如是。解《紅樓》者有索隱、自傳等派，又有謂該書爲情書，或主張該書乃教人悟情之爲虛幻者，聚訟紛紛，亦爲近世一大懸案。對於這類詮釋棼如者，我人應怎麼辨，不只是詩學與紅學上的一大問題，亦可由之進行方法學的理解，討論各種詮釋進路的意義取向及方法的有效性。

這部分，則恰好是當代哲學詮釋學所較少涉及的工作。

另一個有進於詮釋學的主張，則是我在《文化文學與美學》（一九八六）序言中談到的：依詮釋學所說，任何存在都受到它在時空歷史條件的限制。這些歷史條件，決定性影響了我們對歷史傳統本身的意識，包括歷史批判的意識。因此，對我們來說，理性只能是具體的、歷史的。它並不是自己的主人，因爲它總依賴一定的條件，總在這樣的條件下活動。這就變成歷史決定論了。在歷史決定論中，詮釋學家當然可以說歷史的淘汰與保存，即是一種理性的行動。但我們若再深入追究，便應發現歷史的保存和積累，並不能是自身具備的，其間須有人的理性運作才能達成。故歷史的理性，最根源處，仍在於人的理性，歷史只是人理性的實踐罷了。由人的理性上說，我們才能發覺歷史中具有價值意識：不但具有價值之選擇與批判，也因這一價值理性而使我們具有超歷史條件和傳統的可能。

因此，我們不但要說人在歷史中活動，更要進一步說是與歷史的互動；人固然在歷史裏，卻也同時開創了歷史。《易經》之所謂「參贊」，就是說宇宙及歷史，乃因人之參與、投入而彰顯其意義。

這種彰顯，可分成幾方面，第一，歷史雖是過去的遺蹟，但人面對歷史的經驗，卻永遠是現存的、直接的經驗；故歷史可以是客觀的，可是一旦涉及歷史的理解活動，便一定是人與歷史的互動互溶，客觀進入主觀之中，主觀涵融於客觀之內，即傳統即現在。其次，人的理解之所以可能，是因爲歷史傳統提供了理解的條件，誠如詮釋學所云。然而，在通過歷史以了解我們現在的處境時，存在的境遇感，也正同時帶動著我們去理解歷史。所以歷史又同時顯其「現在相」，變成一切歷史都是現代史的弔詭。換句話說，歷史並不是「已經那樣」的實存之物，歷史並未完成，須待人投入，與之交談，乃能彰顯其意義。

彰顯意義，可能就是戴震所謂的「明道」。從對語文的分析，到經由詮釋方法的探究，而蘄於彰顯意義，是台灣這幾十年來一條走離乾嘉後學、走離五四客觀考古，旁涉西學，而回歸於或復近於戴震的路向。這條路向，是詮釋學式的，故亦頗有取於詮釋學之說。但它畢竟不盡同於詮釋學。無論在歷史觀、存有論、對理性與言說之看法，對實際詮釋及詮釋之間的辯證，均有不完全相同的見解。這些同與不同，我雖僅以我自己的研究爲例來做說明，但讀者是不難推類的，所以也就不必再嘵舌了。

國家圖書館出版品預行編目資料

文化符號學

龔鵬程著. – 再版. – 臺北市：臺灣學生，2001 [民 90]
面；公分

ISBN 957-15-1043-2 (精裝)
ISBN 957-15-1044-0 (平裝)

1. 中國語言 – 哲學，原理
2. 中國文學 – 哲學，原理
3. 中國 – 文化 – 哲學，原理

802.01 89015405

文化符號學（全一冊）

著作者：龔鵬程
出版者：臺灣學生書局
發行人：孫善治
發行所：臺灣學生書局
臺北市和平東路一段一九八號
郵政劃撥戶：○○○二四六六八號
電話：(○二)二三六三四一五六
傳真：(○二)二三六三六三三四
本書局登記證字號：行政院新聞局局版北市業字第玖捌壹號
印刷所：宏輝彩色印刷公司
中和市永和路三六三巷四二號
電話：二二二六八八五三

定價：精裝新臺幣五六〇元
平裝新臺幣四八〇元

西元一九九二年八月初版
西元二〇〇一年二月再版

11908

ISBN 957-15-1043-2 (精裝)
ISBN 957-15-1044-0 (平裝)

臺灣學生書局出版

文化哲學叢刊